アーゾロの談論

ピエトロ・ベンボ――著
仲谷満寿美――訳／解説
白崎容子――頌辞

ありな書房

アーゾロの談論　目次

Pietro BEMBO
GLI ASOLANI DI MESSER PIETRO BEMBO
Impressi in Venetia nelle
Case d'Aldo Romano nel anno . M D V . del mese di Marzo

Transtulit Masumi NAKATANI
Curavit Masumi NAKATANI
Laudavit Yoko SHIRASAKI
Edidit Akira ISHII

アーゾロの談論

献辞　いとも令名高きフェッラーラ公妃エステ家のルクレツィア・ボルジャさまへ

昨年フェッラーラにおりましたとき、[☆1]こちら《ヴェネツィア》に帰国次第お送りする約束になっていた談論集ですが、ただちにお送りできなかったことを、殿下[☆2]におかれましてはなにとぞお許しください。わが親愛なる弟カルロの身に不幸があったのでございます。[☆3]まったく思いがけないことに、弟はすでに不帰の客となっておりました。私はすっかり我を忘れました。次から次へと火矢を射かけられた人が意識を失って長い間朦朧としているのと同じように、私は今もなお、癒やされることのない、奥の奥までぐさりと突き刺さった傷のこと以外には、なかなか魂《こころ》を向けることができません。なぜなら、男兄弟の一人を失ったというにとどまらないからです。それ自体、もちろん、つらくて悲しいことです。しかし、私が失ったのは、ようやく若さが花開こうとする時季にさしかかったばかりの、たった一人の弟だったのです。[☆4]弟は私のことをたいへん愛してくれていました。私が望むことはなんでもまるで自分の望みであるかのように親身になって、私のありとあらゆる気苦労を肩がわりするよう誠心誠意、務めてくれました。私にとってなによりも大切なのは文学の研鑽であると心得ていて、私がすべての時間と思考を文学に捧げることができるようにとりはからってくれました。[☆5]それだけではありません。高貴で明晰な知性にも恵まれていましたし、いろいろな意味で天寿を全うするまで長生きする値打ちがありました。いや、私よりもあとに生まれたのですから、せめて旅立つのは私よりあとにしてくれればよかったものを。こうしたさまざまなことのせいで、私の傷ははてしなく深まりました。殿下におかれましても、無礼きわまりない運命のせいで、ごく短期間のうちに二つのことをご経験されていますので[6]、私の状況をお察しいただけるものと存じます。

こうしたことは、時の流れに身を任せるよりほかには為すすべとてありません。私もこのありきたりの養生法のおかげで悲しみと涙がおちついて、理性と真っ直ぐな認識能力が少しは蘇ってきました。こうして、殿下とのお約束と、私の責務のことにふと思いいたりましたので、この談論集をあるがままの状態でお送りさせていただくことにいたしました[7]。しかも、近ごろ聞き及びましたところでは、殿下は高貴なるニコーラさま[8]を縁組みさせたもうたとのことですので、この時期にお送りできるのはなおのことうれしゅう存じます。お日柄のよろしき折にふさわしい贈りものになることでしょう。さしあたって私は所用のため殿下の祝宴に列席することはできませんが、この談論集が私に成りかわって、殿下に、殿下のいとしくも徳高きアンジェラ・ボルジャさま[9]に、そして花嫁さまに、語りかけ、議論を披露してくれるだろうからです。その場には、殿下の身近でお仕えされている御家臣のエルコレ・ストロッツィ殿[10]とアントニオ・テバルデオ殿[11]もいらっしゃるかもしれません。この方々を私はたいへん愛しておりますし、世間はたいへん尊敬しています。かくして殿下は、殿下の僕である私の手に成るものを、侍女のみなさまや宮廷のみなさまとご一緒にお読みになられるでしょう。ここに書いてあるのは、別の婚礼のときに[12]、さまざまな愉しみごとのひとつとして、若殿方がご婦人方に向かって語ったことでございます。これをお読みいただくのは、殿下には喜ばしいことにちがいありません。高価なお衣装で見た目を飾り立てるよりも、素晴らしい美徳で魂を飾ることにご熱心でいらっしゃるからです。殿下は見目麗しさの点でもほかのすべてのご婦人方を圧倒しておいでですが、常に可能なかぎり多くの時間を読書や書きもののために充てられることによって、殿下の魂の美しさがお姿の美しさを上回ることになられますように。そして、外面的な御容姿によって万人を喜ばせることよりも（たとえそれが無限大であっても）、ご自身の内面だけを喜ばせることに格別の愛情を注がれることによって、殿下は今よりもなおいっそう偉大なお方になられますように。また、かくも気高くかくも称讃に値するお望みに殿下がますます意を用いるようになられることを思えば、私のこの若書きの労作に対する素晴らしい褒美となるでしょう。お読みになられる論説には、それにふさわしい議論が掲載されているからです。殿下の優しき御厚情と御恩顧を、恭しくもお願い申しあげます。

ヴェネツィアにて、一五〇四年八月一日[☆13]

ピエトロ・ベンボ

ピエトロ・ベンボのアーゾロの談論　第一書

船で旅ゆく人々にとっては、嵐を呼ぶ黒雲に出会ってふらふらと押し流され、進もうにも難儀しているときに、インドの石の指針《はり》が北斗を探しだしてくれるのは嬉しいことです。そうすれば、風が吹いてくる方角の見当がつきますし、帆や舵をあやつって、たどりつきたいところへいくなり、あるいはせめて、いちばん助かる見込みのあるところに向かうなりの目処《めど》がたつからです。また、見覚えのない田舎道を歩みゆく人々にとっては、同じような道が何本も伸びている分かれ道にさしかかって、どの道をたどればよいのかわからずに立ち止まって途方に暮れているときに、正しい道を教えてくれる人に出会うのは心の安まることです。そうすれば、まちがえたりせずに、しかも日が暮れるまえに、宿屋に着くことができるからです。

つらつら考えるに、命かぎりある私たちの人生の旅路では、情念の暴風雨が吹き荒れたり、多くの、しかも見た目にはもっともらしい意見に惑わされるのが日常茶飯事ですから、いつなんどきも磁石にも案内人にも頼らないでいられるような人は滅多にいないことでしょう。ですから、このような危険な道程《みちのり》なり行く手なりを進んでいくときに、どうすれば迷わないですむかがわかるように、ご自身の身の上に起こったことや、先達から学んだこと、あるいは自ら発見したことを人々にご教示なさる方々のことを、私はかねてより、心優しい役目を引き受けてくださるものだと高く評価しておりました。なぜなら、他人《ひと》の役にたつこと以上に、心優しいことはあるでしょうか。あるいは、人間たるもの、ここ現世で大勢の人々に幸せをもたらすよりも、もっと人間らしいおこないがあるでしょうか。また、誰にも見られたり聞かれたりしていなくても、自分一人だけは過ちを犯さずに生きていける人でも称讃に値するならば（そのこと自体は、まったく非の打ち所のない素晴らしいことですけれども）、自らも過ちを犯さずに人生を送るとともに、この世にいる数かぎりない人々に過ちにおちいらない生き方を教え授ける人は、もっと大きな称讃を受けるのが当然ではないでしょうか。目標に到達するための道を教え諭す人が、肝心の目的地を知らないなどとは、理屈では考えられないことですから。

ところで、私たちの人生の静かな船旅が荒れ模様となったり、正しい生き方の谷間の小道が危険で恐ろしいものになってしまう原因は、いろいろとあります。わけても、私たちがたいていの場合は、何が良い〈愛〉であるか、何が悪い〈愛〉であるかがわかっていないという事実が、一番の原因として挙げられるのが通例です。それを知らないばかりに、私たちは避けるべきものを愛してしまったり、追い求めるべきものを愛さないでいたりします。忌み嫌うにしても、探し求めるにしても、その度合いがいきすぎだったり、いいかげんだったりします。私たちが生きているあいだ苦しんだり迷ったりするのは、そのせいなのです。そこで私は、一連の議論をまとめることを思い立ちました。その議論とは、つい最近、わが国《ヴェネツィア》の利発で物知りな三人の貴公子が、〈愛〉について充分に手広く、さまざまに検討しながら、三日間にわたって語ったものです。聞き手はわが国の三人の徳高きご婦人方でしたが、最後にはキプロス女王陛下もお迎えしました[☆1]。議論に参加した方々から話を聞かせてもらったとき、私は楽しくなり、しかも役にたちました（本当に、大いに役にたちました）。ですから、私の手でまとめておけば、どなたであれ、その話を聞いておきたかったと思われる方にも、お役にたてるだろうと思ったわけです。

これを書き留めるにあたって、私自身も若手ではありますが、とりわけ若い男性のみなさま、若い女性のみなさまに読んでもらうように強くお勧めします（もちろん、どんな齢の方にとってもおもしろい話を聞いたり読んだりするのは楽しいことですし、本書のような話題なら、なおさらです。人はとにかく、何歳《いくつ》になっても愛することをやめたりはできません。自然は、すべての人間たちに生命を与えると同時に、人が常になにかを愛し、常に欲するように定めたもうたからです）。私がここに書き綴ることをお聞きになれば（私の自惚れでなければ）、大勢の若い男女のみなさまに、ご自分で経験されていない場合でも、〈愛〉について迷わずに判断を下すことができるようになってもらえるでしょう。

いずれ年齢を重ねて熟年に達すればもっと的確に判断できるようになるにしても、あらかじめ若いうちから読んで心得ておくことがどれほど有益であるかは、ことさらに言うまでもありますまい。なるほど、たいていの事柄については、身をもって体験することこそが、最も優れた、最も確実な先生となります。しかし、いくつかの事柄については、自ら体験するまえに、他人の前例を聞いたり読んだりすることが、多くの場合、多くの人々にとって、大いに役に立ったのはまちがいありません。☆2 とりわけ、〈愛〉のように、喜びの原因にもなるけれども、苦しみの原因にもなるものが、これにあてはまります。したがって、文学は、人類のきわめてすばらしい発明であると言えるでしょう。私たちは文学のおかげで、過去の多くの出来事を、隅から隅まで、まるで一枚の鏡を覗くかのように見てとることができるからです。いずれも、文字がなければ私たちには伝わってこなかったはずの情報です。そのような先人たちの事例の中から、私たちにぴったりのものを拾い集めれば、あらかじめ他人の先例によって手解きを受けることができるでしょう。そうすれば、まだ船で通ったことのない人生の大海原に漕ぎだすにせよ、まだ歩んだことのない人生の細道に足を踏み入れるにせよ、あたかも経験を積んだ舵取りあるいは旅慣れた旅人として、いっそう安心してでかけていけるというものです。さらには、いろいろな種類のものを読むことからは、尽きせぬ喜びが湧いてきます。中には、身体を食物で養うのと同じように、魂を読書で養うのが日課のようになっている人々もいます。このようにして、読みものの全体から、このうえない喜びと滋養とをともにとりいれられるわけです。☆3

余談はさておき、先に述べておりました〈愛〉についての議論に戻りましょう。これらの議論の運びを一つひとつありのままに、よりよくご理解いただけるように、いきなり本論に入ることはせずに、まずは、どのような経緯《いきさつ》で議論が始まったのかを説明しておきましょう。（ⅰ）

ところで、アーゾロといえば、トレヴィーゾ地方にそびえるわが郊外《くに》のアルプス連峰のはずれに位置する、可愛らしくも心地よい城塞都市です。そこは（誰もが知っているとおり）キプロス女王の御料地となっております。[☆4]陛下のご実家《コルナーロ》は、わが都市《くに》において、今日、大いなる尊敬を集める令名高い御一族ですが、私の家族とも、友情、当方が抱いている敬意、そして親類関係によって御縁があります。[☆5]去る九月のことですが、陛下が気晴らしのためにこの地においでになったとき、侍女の一人を縁組みなさいました。この侍女は、たいそう美しくて礼儀正しくて上品な娘として目をかけられており、陛下からたいそう優しく愛され、可愛がられていました。ですから、陛下は立派で盛大な婚礼の支度をさせ、近隣の在所やヴェネツィアからも、きわめて名誉ある人士を一人残らず、奥方ともどもご招待になりました。こうして、来る日も来る日も、歌と楽の音ときわめて豪勢な饗宴で祝いながら、みなを最高の喜びでもてなされたのです。[☆6]

そのとき女王に招かれて祝宴に訪れた人々の中に、わが都市《くに》の、若くて心の気高い三人の紳士がおられました。幼少のころから学芸女神《ムーサイ》の優雅な余暇の中で育てられ、そののちもひきつづき多くの時間を閑暇に充てているおかげで、文学の栄誉にとどまらず、高貴な若殿方にふさわしいあらゆる立派な讃辞を一身に集めておいでの方々でした。彼らは血筋の尊さのゆえ、またそれにも増して研鑽と優秀さの名声が華々しかったため、この饗宴にいあわせたご婦人方みんなの注目の的となり、ご婦人方は彼らを待ち望んで、いちいち呼びとめました。ですが、ご本人たちはどういうわけか、ご婦人方の中でも自分たちと同じように美しくて可愛らしく、優雅な立ち居ふるまいで飾られた三人の若いご婦人方とおられることが多く、またその方がくつろいだ気持でいられるのでした。血筋も近いし、彼女たちや夫たちとも長い間親しくしていたからです。[☆7]このようにして、いつも娯楽たっぷりの議論に喜んでうち興じながら、たのしくて上品な時を過ごしていました。ところが、ペロッティーノは（この談論集では彼らの一人をこのように名づけることにします）、滅多に、あるいは全然、喋ろうとしませんでした。祝宴の日々の間もずっと、彼が一度たりとも口許に笑みを浮かべるのを見た人はいません。それどころか、いつも魂《こころ》に悲しい思いを抱いている人のように、ややもすると人目を避けてこそこそと隠れておられました。彼は仲間たちにむりやりせっつかれなかったならば、ここにくることもなかったでしょう。陽気な人々の中に入りこめば明るさをとりもどしてくれるだろうと踏んでのことですが、仲間たちは実に巧みに彼を誘いだしたものです。

ペロッティーノだけではありません。三人のご婦人方と、ほかの若殿方も仮の名前で呼ぶことにしました。そのわけはほかでもなく、きわめて誠実できわめて申し分のない彼らの生き方のいかなる側面についても、愚かしくて浮わついた精神《こころ》の俗衆が余計な詮索をする隙を与えないように、ご本名を伏せておくことにしたのです。このような噂話は、人から人へと伝わるうちにあっというまに世間に知れわたってしまうものですし、後ろ指をさされる謂われのないことでも、ついつい怪しげに勘ぐってしまう人も少なくないからです。(ii)

それでは、女王の婚礼に戻りましょう。婚礼は先ほど述べたような段取りで進行して、常にまばゆいばかりに素晴らしいご馳走がふるまわれました。食事中は、私たちを笑わせる男たちの多彩な演しもの《どうけし》や、いろいろな楽器の音楽《おと》、さらには、あるときはひとつの調子で、またあるときにはほかの調子で歌われる何曲かの歌のおかげで、座が盛りあがりました。そんな中のある日、食事の終わりぎわに、可愛らしい二人の乙女が晴れ晴れした顔つきで手に手をたずさえ、食卓の上座の女王のお座席のところまかりでて、恭しく挨拶いたしました。ご挨拶が終わると二人そろって立ちあがり、大きい方の乙女が、手にしていたきわめて美しい一台のリュートを優しげなしぐさで胸許に当てて、たいそう巧みに弾きました。そのまましばらくして、心地よい音色に甘い声を乗せながら歌い始めました。

私幸せ　乙女の
こころ、満たされる思い。

でも　変わったの。愛神《アモル》の
せいよ、生きているのも　つらい。
　アモルの館、初めの
ころなら　楽しい。
でも、ちがうの、違ってたの。
今では、死にたいくらい　つらい。
　メデイアは　アモルのことを
識《し》らないうちが　華《はな》だった。
でも　イアソンのおかげで
故郷《ふるさと》を捨て、捨てられた。☆8

うら若い歌姫はこのカンツォーネを歌い終わると、初めの旋律に戻って演奏《おと》を続けました。☆9 すると、小さい方の乙女が、相方の短い間奏のあとで、彼女と同じように舌を甘くあやつりながら、同じ調べに合わせて歌で応酬しました。

　私不幸せ　乙女の
こころ、泣きぬれる思い。
でも　変わったの。愛神《アモル》の
おかげで　喜びいっぱい。
　アモルの後ろについて
舟を迷わせるのは、いや。

でも　ちがうの。苦しみの
嵐を避ける　港。
　アンドロメダは　アモルなく
みなに見捨てられていた。
でも　ペルセウスに愛されて
とこしえの　幸せを得た。[☆10]

一同はしんと静まりかえって、じっと注意深く彼女たちのカンツォーネに耳を傾けていました。二人の乙女は歌い終えると、次の余興に座を譲るためもあり、退場するつもりでおりました。そのとき女王は、一人の侍女を召しだされました。この侍女の美しさは並大抵ではなく、誰がどう見ても、この婚礼にいあわせているほかのどのご婦人よりも優れていました。陛下が一人離れてお食事をなさるときには、いつも彼女が、お飲みものを給仕する役目を仰せつかっていたのです。陛下はこの侍女に、二人の乙女のカンツォーネをおぎなうために自分の歌を歌うようにとご下命になりました。このような晴れがましい席で歌わなければならなくなったせいで、慣れないことゆえ、彼女の顔はほんのりと赤らみました。しかし、陛下のご所望なので、自前のヴィウオーラをとると、驚くほど美しい音色を奏でました。[☆11]こうして、たいそう可愛らしく、たいそう目新しい調子の旋律で次のようなカンツォネッタを歌ったのです。彼女の調べは、聴いている人々の心の中に甘美な炎をかきたてましたので、二人の乙女の残した余韻は、かき消された炭のように、すっかり冷めてしまいました。

　愛神《アモル》の　清らかな
はたらきを　誰も知らない。

心は曇り
苦しみの　道をば進む。
本物の　まばゆい光に
導いて　もらえるならば、
人は正しく
迷わずに　賢くなって
生きられるでしょう。
幸せな　黄金時代が
あざやかに　よみがえるでしょう。☆12（iii）

ところで、女王は、昼のお食事も、楽しい演目を鑑賞するのも終えられると、侍女たちを連れてお部屋にお引きとりになるのが常々の慣わしでした。そこで午睡をとるか、または好きなことをしながら、一日のうちで最も暑い時間をご自分だけの時として過ごすためです。そのようなわけで、ほかのご婦人方にも、祝宴が催される黄昏時になるまでは、それぞれ好きなようにして過ごすのをお許しになっていました。夕暮れ時になると、ご婦人方と紳士方と女王のご家来衆は全員、宮殿のきわめて広々とした大広間に再び参集するのです。こうして、愉快に踊ったり、女王たる者の祝宴で催すのにふさわしい、ありとあらゆる娯楽を楽しむのでした。

さて、侍女と二人の乙女たちがカンツォーネを歌い終わり、この時間帯のすべての座興が終わりになると、女王は、いつものようにほかのご婦人方から離れて、お部屋にお戻りになりました。これにならってみなも退出しましたが、先に述べました三人のご婦人方は、ふとしたはずみで最後にとりのこされてしまいました。ご婦人方は、例の若殿方と一緒に四方山話をしながら大広間を歩きまわっているうちに、足と言葉のおもむくままに、大理石のバルコニーにでました。それは大広間の一番奥まったところにあって、宮殿のきわめて美しい庭園に面しておりました。

ここにくるとたちまち、ご婦人方は庭園の美しさに感激しました。彼女たちが上から見下ろしながら、順繰りにいろいろな箇所に目をやって、庭園の眺めをひととおり満喫したところで、ジズモンドが彼女たちの方を向いて、次のように言いました。彼は、三人の若殿方の中でもひときわ陽気で、いつでも進んでご婦人方を喜ばせ、品の良い遊びで楽しませてくれる人だったのです。

「親愛なる若奥様方よ、真昼のこの時分に食事のあとで午睡をとるのは、一年中どの季節でもよいことではありません。ただし、夏場だけは、日中の時間がきわめて長いので、心地よい眠りが私たちの目をとろかしたとしても、大した害にはならないでしょう。しかし、こうして九月ともなりますと、午睡はこれまでのように気持の良いものではありません。日を追うごとに、だんだんと面倒くさくなってきますし、体にも毒です。ですから、(みなさんは今頃の時刻にはお部屋に籠《こも》ってお休みになりたいようですが、ここはひとつ、私の提案にも耳を貸してもらえるなら)、睡魔などは寝台のカーテンの後ろにそっと寝かせておいて、庭園に降りてみるのも一興ではないでしょうか。庭園で木陰に入って、爽やかな草地でくつろぎながら、物語を話したり、楽しい話題について議論しているうちに、一日の中でも退屈なこの時間をまぎらわせることができますから。祝宴の時刻になって、私たちもほかのみなと一緒に、花嫁を祝福するために大広間に呼び集められるときまででいいのですよ」。

ご婦人方は、女王の宮殿にそなえつけの厚ぼったい掛け布団にもぐりこんで午睡したり、ほかの婦人たちのつまらないお喋りにつきあわされるよりも、木陰なす木々の下で若殿方の如才ない議論のお手並みを見せてもらう方がおもしろそうに思えましたので、ジズモンドの提案に賛成しました。このような次第で、ご婦人方はそろって楽しそうにはしゃぎながら、若殿方と一緒に降りて、庭園にやってきました。(iv)

この庭園はたいへん可愛らしくて、驚くほどの美しさを誇っていました。しかし、微に入り細に入り説明すると長くなりますので、次のことだけを述べておきましょう。庭園にはきわめて美しい蔓棚《パーゴラ》がひとつもうけられていて、ゆったりとした蔭をつくりながら庭の真ん中を十字形に区切っていました。さらに、訪れる人々のためにあちらやこちらを通れるように一本の通路がつけられていて、道は庭園の外周に沿ってめぐらされていました。園内の道は、余裕たっぷりの広さで、長々と伸び、瑞々しい敷石が敷きつめられていました。道の庭園に面した方は、蔓棚の出入口になっているところ以外は、緑の葉がびっしりと密生した柘植の生垣が隙間なく並んでいました。生垣は、傍らまでくる人がいたとすれば、腰回りに届きそうな高さでしたが、眺めるのに心地よく、どの方向に目を向けても同じように、視界を潤してくれました。道の外周に面した方は、壁沿いに並ぶ誉れ高き月桂樹が高々と天までそびえたち、最も高い部分が半アーチ形になって道の上にせりだしていました。こんもりと繁った葉は、刈りそろえられ、はみだすものは一枚もなく優雅な形を描いていました。壁が見えるのは、庭園の外周のうちのひとつの面にもうけられた、真っ白な大理石の二つの窓のところだけでした。窓は、両端に近いところにあって、大きく広々と開け放たれていました。壁にはたいそう厚みがあったので、どちらの窓も腰を下ろして一望のもとになだらかに続く平野を見渡せるようにできていました。[☆13]

さて、このような美しい道の一端から、可愛らしいご婦人方は若殿方と一緒に庭園に入ってきました。陽射しがしっかりとさえぎられたところを歩きながら、手近なものや離れたところのものを眺めたり、しげしげと見とれたり、いろいろなことについて話をしているうちに、庭園のつきあたりのこじんまりした芝原に着きました。そこには、とても瑞々しくてたいそう細やかな草がそこかしこに生えていたので、まるで甘美なエメラルド色が一面に覆い尽くしているかのようであり、何種類かの可憐な花がところどころに彩りを添えていました。芝原の端には月桂樹の木立があり、激しい勢いで生長し、二つの小さな森をかたちづくっていました。二つの森はそっくりで、小暗《おぐら》い陰をつくり、深閑とした威厳をたたえていました。森と森の間のさらに奥まったところには、きわめて美しい泉がありました。泉は、庭園の奥のいきどまりになっている山の天然石を巧みに穿ってしつらえられ、山から湧きだす清らかですがすがしい水がささやかな水脈となって落ちていました。そして、大地とさして変わらない高さの泉から、芝原を分けている大理石の小さな水路に流れ落ちるときに、さらさらと優しい音を立てました。それから、ほとんど草に覆いかぶされた水路にたどりつくと、せせらぎながら流れを速めて庭園へと目指していくのでした。（v）

美しいご婦人方はこの場所にすっかり魅了され、おのおのが口々に褒めそやしました。そののちマドンナ・ベレニーチェがジズモンドをふりかえって言いました。三人のご婦人方の中で最も年嵩《としかさ》で、彼女たちから指導者として一目置かれていたお方です。☆14

「おやまあ、ジズモンドさま、今日までここに全然、こなかったなんて、なんともったいないことをしたのでしょう。花嫁も女王様もおいでにならない手持無沙汰な時間は、部屋に籠っているよりもお庭にいる方が、もっと楽しく過ごせたでしょうに。ところで、私たちがここにこられたのは、あなたのおかげです。ですから、どこに腰をおろすのがいいのかも、見つくろってくださいませ。この陽射しの中を、お庭のあちら側までいくなんて、むりですわ。御覧のように、お日様がかんかんと照りつけて、妬ましげに睨みつけていますから」。

ジズモンドは彼女に答えました。

「奥方さま、お望みとあらば、この泉のところならお嫌な方はいないでしょう。どこよりも草が喜ばしげで、色とりどりの花が今を盛りに咲いています。しかも、ここの木立が陽射しをさえぎってくれますから、太陽がどんなに力をふりしぼろうとも、私たちに照りつけることはなさそうです」。

マドンナ・ベレニーチェは言いました。

「では、このあたりに腰かけることにしましょう。ここまでお連れくださったあなたのお見立てですから。それに、あなたのお勧めならなんでもお聞きしなればいけませんわ。水のせせらぎを聞いているうちに語りあいたい気持になってきましたし、ここなら木陰の暗がりが私たちに耳を傾けてくれそうですから、議論するのにちょうどよいと思われる話題を、どうぞお決めくださいませ。私たち三人は、あなたのお話が聞けるのでわくわくしておりますのよ。それに、私たちが語りあうためにこのように素敵な場所を選んでくださったあなたに、お話しする題目をきめていただくのが当然ですから」。

マドンナ・ベレニーチェがこのように述べ、ほかの二人のご婦人方も口々にジズモンドに話をせがんだところ、彼は嬉しそうに言いました。

「みなさまがここに最高の決定権を授けてくださいましたからには、慎んでお受けいたしましょう」。

それから、一同は思い思いに、美しい泉のそばや、小さな川の両岸にある月桂樹の木陰で、草の絨毯のうえに車座になって座りました。ジズモンドは注意深く腰をおろし、美しいご婦人方の顔を優しくぐるりと見渡してから、話し始めました。

「愛らしいご婦人方よ、私たちはみな、食卓が片づけられるまえに、二人の乙女と一人の可愛らしい侍女が女王の御前で歌うのを聞きました。そのうち二人は〈愛〉を褒め讃え、一人は〈愛〉のことを嘆きながら、とてもうっとりするような三曲のカンツォーネを歌ってくれました。ところで、誰であれ〈愛〉のことを嘆いたり悪しざまに言ったりする人は、ものの本性も〈愛〉の特質もよくわかっていませんし、真実のまっすぐな道から大きく逸脱しているのはたしかだと思います。ですから、美しいご婦人方よ、みなさまのうちのどなたか、あるいは私ども三人のうち誰かが、最初に歌った乙女と同じように〈愛〉は怪しからぬものであると考えておられるようでしたら（諸君の中にはそういう人もいるようですが）、どうぞ、〈愛〉について思うところを述べてください。私がお答えいたしましょう。そうすれば、そのような妙な考え方のせいでどれほど欺かれ、損をしていらっしゃるかを、私からご説明する勇気がでてくるでしょう。もしもそうしてもらえるなら（先ほど授けていただいた決定権が本物であるなら、そうしてもらわないといけませんよ）、語りあうのにもってこいの広々とした素晴らしい競技場をもうけることができるでしょう」。

彼はこのように言うと、口を閉ざしました。（vi）

ジズモンドの申し出を聞いて、上品なご婦人方はしばし絶句しました。マドンナ・ベレニーチェが内心、あまりにも好き勝手に話題を選んでもらったことを後悔したのはもちろんです。それでも、この若者が愛嬌たっぷりで茶目っ気いっぱいでありながらも節度のある話しぶりをいつも忘れない人であることを思いだして、ほっと胸をなでおろし、仲間のご婦人方と微笑みを交わしました。ご婦人方も、彼女と一緒に、しばし気をもんだあとで、胸をなでおろしました。そののち、ジズモンドの言葉を思い返しているうちに、はたと気がついたのです。彼は深い悲しみに沈みこんでいるペロッティーノをけしかけて、話をさせようと仕向けているのだということに。愛に関する事柄について、ペロッティーノが悪いことばかり語るのは、彼女たちも知っていました。ところが、ペロッティーノはこれに対してうんともすんとも答えません。みんなが黙ってしまったところで、ジズモンドがあらためて話しました。

「いとも心優しきご婦人方よ、みなさまが口をつぐんでいらっしゃるのは、驚くにはあたりません。みなさまはなにかにつけ〈愛〉からひどい仕打ちを受けられたことなどないはずですから、〈愛〉を非難するのではなく、褒め讃えるのに知恵をお使いになることでしょう。ただ、上品な恥じらいのせいで、遠慮されているだけなのだと拝察します。それは、ご婦人ならば常に称讃に値する態度です。ともあれ、〈愛〉については、いつでも、誰でも、きわめて上品に語ることが可能であります。しかしながら、私の二人の仲間には、心底、あきれてしまいます。彼らは冗談半分に〈愛〉に不利な作り話をとにかくでっちあげようとしています。本当はそのようなことは露ほども信じていないくせに、私たちが今日このような素晴らしい話題について議論できるようにきっかけをつくろうとしているのです。彼らはそれを目論んでいる、というのは憶測ではありません。現にその一人がここに座っておられます。その人は、〈愛〉の悪いところばかりを裁定して罪人と決めつけ、むっつりと黙りこくっていらっしゃいます」。

こうなると、もはや逃げ隠れするわけにはいきません。ペロッティーノは、顔色に表われたとおり少々当惑しながら、長い沈黙を破って言いました。

「ジズモンド君、君がこの競技場に誘いだそうとしているのが僕であるのは、百も承知さ。でも、僕はひ弱な競走馬《バルベロ》だから、こんなにきつい走路は走りきれない。だから、ご婦人方もラヴィネッロも、（お好みとあらば）僕も、ここことは異なる平地に呼びだしてくれた方がよほどましだよ。こんなに砂利だらけで難儀な競技場とは異なるところに連れていってくれる方が」。

ここにいたって、ジズモンドとラヴィネッロ、つまり第三のお仲間は、言葉のかぎりを尽くしてペロッティーノに話をさせようとしました。しかし、彼は意固地になって節を曲げません。マドンナ・ベレニーチェと仲間のご婦人方はこの様子を見ると、たちまち、みなを喜ばせるためにも彼女たちへの友愛のためにもなにかおっしゃってくださいなと、いっせいに頼み始めました。彼の話が聞きたくてたまらなかったのです。ご婦人方が入れかわり立ちかわり優しい言葉で討《う》ってかかったので、彼もついに音《ね》をあげて、彼女たちに言いました。

「黙っているのも、話をするのも、同じくらい辛い気持です。話をするなんて嫌で嫌で仕方がないのに、黙っていては勘弁してもらえないのですから。それでも、ご婦人方よ、みなさまのご命令に対しては敬意を払わないわけにはまいりますまい。でも、ジズモンド君の指図は聞きたくもありません。彼はこのような話題ではなくて、もっと気の利いた話題を提案することだってできたはずなのです。そうすれば、みなさまや、私や、彼自身をも、同時に楽しませて、彼も面目をほどこすことができたでしょう。にもかかわらず、彼はみなをもろともに悲しみの中に引きずりこんで、赤恥をさらすことになるのです。と申しますのも、みなさまは耳に心地よい話をお聞きにはなれないでしょうし、私も鬱陶しいことを喋らされるし、彼は彼で思いもよらないものを見いだすはめになるからです。彼は、私の話をきっかけにして自分の議論を展開しようと目論んでいるようですが、どんな話題であれ、まともに語ることなどできなくなるでしょう。それどころか、まったく語ることができなくなるはずです。彼は、まちがっているのは私だと思っています。しかし、私がこれからお話しすることを聞いているうちに、そう思いこんでいる自分の方こそがよほどひどい誤りにおちいっていることに気がつくでしょうし、（恥を知る気持が少しでも残っているならばですが）真実に刃向かって武器をとるのを手控えるでしょう。それでもなお武器をとろうと躍起になったとしても、それはできない相談です。とるべき武器など残ってはいないでしょうから」。

ジズモンドは切り返しました。

「武器を手にしていようがいまいが、ペロッティーノ君、今度という今度はなんとしてでも君と戦いぬくつもりだ。それに、僕の手許には武器は残るまいと考えているなら、思いあがりもはなはだしい。僕が手にするものはなんであれ、君に対する武器に早変わりするのだ。だが、ともかくも、君は鎧甲を着込んでくれたまえ。まともに武装していない手合いに勝ったとしても、勝った気がしないから」。(vii)

合戦の手筈が整った二人の騎士が言い争うのを聞いて、可愛らしいご婦人方は笑いました。ところが、リーザは(残る二人のご婦人のうちの一人をこのように名づけることにします)、ラヴィネッロが黙りこくったまま話す機会をとらえそびれているように思えたので、彼に微笑みかけて言いました。

「ラヴィネッロさま、お仲間の方々が戦っていらっしゃるのに、両手を腰に当てて高見の見物を決めこむなんて、恥ずかしくはありませんこと。あなたも競技場に馳せ参じられてはいかが」。

彼女に対して、若者は嬉しそうな顔で答えました。

「ところがね、リーザさん、今さら競技場に跳びこんだりしては、とんだ恥さらしです。ご覧のように、仲間の連中は、すでに果たしあいを始めてしまっているのですよ。私がどちらか一方に加勢すれば、残る一人は二人を相手に戦わなければなりません。そのようなことをしては、私の名折れです」。

「そんなのは言い訳にはなりませんわ、ラヴィネッロさま」と、ご婦人方が三人そろって、ほとんど声をひとつにして言い返しました。そののち、ほかの二人が遠慮して彼女に返答を任せてくれたので、リーザが続けました。

「武器もとらないでご自分だけのらりくらりと身をかわそうなんて、いけませんわ。なぜって、この手の戦いは、おっしゃるように二人対一人の戦いにならないように、目を光らせなければならないものではありませんから。こういう太刀打ちなら、命を落とされる方はいらっしゃいません。さあ、ご参加ください。どちらでも、お好きなほうに加勢なさいませ」。

するとラヴィネッロは、「リーザさん、リーザさん、それは大きな思いちがいです」と答えながら、冗談半分に指を一本立てて、たわむれに彼女をたしなめました。人は時々、そのような仕草をするものです。それから、ほかの二人のご婦人方の方を向いて、言いました。

「ご婦人方よ、私はつい先程まで、おとなしく鳴りをひそめていました。みなさまは二人の果たしあいを見届けるのに気をとられていらっしゃいましたから、私の方に矛先が向けられるとか、争いの仲裁に割って入る以外の役目が回ってくることはなかろうと思っていたのです。ところが、私がゆったりとかまえているとからといって、リーザさんのご不興を買ってしまいました。とにかく、彼らには彼らなりの仕方で存分に戦ってもらいましょう。私だって仲間たちに恨まれたくはありません。けれども、彼らがとっくみあいから手を引いたあとなら、続きまして私も、休ませておいた武器をとり、みなさまのご要望にお応えしましょう。優れた剣術師たちが止めの一撃を自分の手許に残しておくのと同じように」。（viii）

このようなやりとりがあって話がまとまり、みなはしばらく黙りました。それから、ペロッティーノは、まるで深い物思いから呼びさまされたかのように、ご婦人方の方に顔をあげて、言いました。

「さあ、ジズモンド君には受けるべき報いを受けてもらいましょう。この堤を破ってしまったからには、そんな目に遭わなくてもすんだはずの大量の水が彼にどっと押し寄せるでしょうし、みなさまにとっても彼の思惑どおりに事は運びませんけれども、後悔しても手遅れです。もちろん、ご婦人方よ、人間たちにあまねくいきわたったこの害悪、世間にあまりにもありふれたこの破滅、つまり〈愛〉について、このような大それた話題にふさわしい仕方で語ることなど私にはできますまい。私には力が足りないし、しかも一人だからできない、というのではありません。この世にいるすべての人々が、もっとも目端の利く用意周到な語り手が寄り集まったとしても、この話題について充分に語り尽くすことはできないでしょう。私に語れるのは、ごくささやかなことです。しかしながら、これから私が述べるわずかなことでさえ、ジズモンド君にとってはたいそうな負担になるはずです。彼は、まったくの出鱈目が真実としてまかり通っているみたいに、勘違いしていますから。そして、みなさまのようにお若いご婦人方にとっては、この性悪な獣の性分をいくぶんなりともご承知いただければ、来たるべき年月において、たいへんな誉れにも実りにもなるでしょう」。

　ペロッティーノはこのように言って、いったん休んでから、少しばかり語気をやわらげて議論を始めました。

「〈愛〉とは、徳高きご婦人方よ、ウェヌスの息子ではありません。（物書きたちはそのように書いてますが、ただの作り話です。しかも、この法螺話ひとつとっても、てんでばらばら。手当たり次第に〈愛〉をいろいろな女神の息子にしています。でも一人に対して大勢の母親がいるわけなどないではないですか）。また、マルスとかメルクリウスとかウルカヌスとかそのほかの神の息子でもありません。〈愛〉とは、そのようなものではなくて、人間たちの度を過ぎた好色と怠惰な閑暇という、素性もわからぬきわめて卑しい父母によって私たちの精神の中に生みだされるものなのです。[☆15] 私たちの精神は、きわめて虚しくきわめて愚かしい思いによってそれを育みますが、その中にはにがい苦しみ以外のものはこれっぽっちもありません。思うに、にがい苦しみ（amaro）という言葉をもとに〈愛〉（Amore）という名前をはじめてつけた人は、実にうまいことを言ったものです。[☆16] それはおそらく、人々がその声《なまえ》の字面に接しただけで早々と正体を見抜いて、それを忌み嫌うようにさせるためだったのでしょう。

　本当のところ、〈愛〉についていく人は誰であれ、苦労した見返りとして頂戴するのは、〈苦々しい思い〉（amaritudine）と苦しみだけです。なぜなら、この者は家来たちに支払おうにも、こういう金子《きんす》しかもちあわせていないからです。愛しているせいで、人々はいつも千ものにがい苦しみを飲みくだし、数かぎりない苦しみに日がな一日さいなまれるはめになります。しかし、そのようなことを恨みに思ってはなりません。そうではなくて、愛してしまったということそのものを、恨みに思うべきなのです。そのことを恨むのなら、いつでも、正当でありうるでしょう。なぜなら、人はにがい苦しみなしに愛することはできないからです。愛（amore）以外の見地からは、にがい苦しみ（amaro）を感ずることも、それを堪え忍ぶことも、決してないからです」。（ix）

ペロッティーノがこのように言うと、たいへん注意深く耳を傾けていたマドンナ・ベレニーチェが彼に尋ねました。「ペロッティーノさま、これからはお言葉を慎んでくださいませ。なぜなら、拝見しますところ、あなたはジズモンドさまに、あなたの主張に存分に反論する自信を与えてしまわれたようですから。それに、私たち女性もそれぞれに、眉唾物の話であっても異議を申し立てないように口止めされているわけではありませんのよ。もちろん、殿方たちの議論に割って入らないよう口止めはされていないにしても、私としてはそのようなところに迷いこみたくはございません。生意気で思いあがっていると殿方たちに思われたくありませんから」。

するとジズモンドが言いました。
「奥方さま、貴女さまがお話しになったり議論に加わったりされても、思いあがっているとか生意気だとかいうふうに受けとったりはいたしませんとも。お友達のみなさまも御同様。私たちがうちそろってここにきたのは、まさに議論するためです。ですから、みなさまのどなたでも、お好きなように、どしどし参加して下さい。これは男《わたし》どもの討論でもありますが、みなさまの議論でもあるわけですから」。

するとマドンナ・ベレニーチェは、「では手始めに私が、お友だちのためにしっかりと先鞭をつけることにしますわ」と言いました。そう言い終わると、ペロッティーノの方を向いて、続けました。
「ペロッティーノさま、あなたが『人はにがい苦しみなしに愛することはできない』と述べるだけにとどめておかれたのなら、私は黙っていたでしょう。ジズモンドさまをさしおいて、わざわざ口を挟んだりはしませんでしたわ。

でも、『愛以外の見地からは、にがい苦しみを感ずることはない』と言い足されたのは、蛇足ですし、ひどい放言のように思えました。なぜなら、『すべての苦しみは、ほかでもなく、愛の苦しみである』と言うこともできたはずだからです。それとも、私にはあなたのお言葉が正しくつかめていないのでしょうか」。

「なかなか的確に、正しくつかんでおられますよ」とペロッティーノは答えました。「奥方さま、私が申しあげているのは、まさにおっしゃるとおりのことです。人々の人生においては、愛のせいであるものを別にすれば、いかなる性質の苦しみも、いかなる種類の後悔もありません。あたかも水源から川が流れだすように、すべての苦しみは愛からでてくるのです。このことは、私たちがものごとの本性をじっくりと見据えるならば、たちどころに明らかになるでしょう。とにもかくにも人々に喜びをもたらしたり苦しみをもたらしたりするすべての善とすべての悪には（私たち誰もが知っているように）、三つの種類があります。それ以上はありません。すなわち、魂にかかわるもの、運命にかかわるもの、肉体にかかわるものです。[☆17] ただし、良きものからは苦しみがでてくることはありませんから、苦しみの出所となる三つの種類の悪について述べることにします。そうすると、次のように言えるでしょう。私たちが経験するかもしれない重篤な熱病、前代未聞の貧困、不品行や無知、そのほかの似たような害悪は、挙げ連ねればえんえんと切りがありません。そうしたものは、それぞれの特性に応じて、また私たちの気質に応じて、程度に差はあるにしても、私たちに苦しみをもたらすのはまちがいありません。しかしながら、私たちがそれらと反対のもの、健康や富や知性を愛していなかったならば、そのような事態にはならないはずなのです。

たとえば、肉体は、なんらかの不慮の出来事で怪我を負えば、痛みを感じます。それは、肉体が生来おのれの健康を愛しているからにほかなりません。もしも肉体が生まれつき健康を愛していなかったならば、痛みを感ずることなどありえないでしょう。それではまるで、肉体が乾いた材木とか、硬い石ころとかで、できているのと変わりがありません。

また、羽振りのよい高みから運命のどん底につき落とされたならば、私たちはわが身をかこちます。それは、富や名誉やそのほかの似たようなものを愛しているせいです。そうした愛は、長い間の習慣や、心の曇った選り好みによって、それらのものにまとわりついているのです。ですから、富や名誉などは愛していない人がいるとすれば、もちろん、からくも運命に翻弄されようとも苦しみを感じたりはしないでしょう。あたかも、祖国が占領されたときになにひとつ救いだそうとあがいたりせずに、普段からもち歩いているものだけで満足だったと伝えられている、あの哲学者のように。[☆18]

さらに、私たち一人ひとりは、生まれながらにもっているきわめて自然な衝動のゆえに、魂に宿る素晴らしい美徳と有用な理解力を愛していますし、それらを熱望してもいます。それゆえ、誰にとっても自分の悪意とか無知は、嘆かわしいものであり、ちくちくと痛む隠れた傷口のように恨めしく思われます。ひょっとすると、悪い習慣に染まって、知性の灯火もないままに生き、どのようなものであれ自分の悪い生き方に痛痒を感ずることすらもない人がいるかもしれません。それはそうかもしれませんが、そのような御仁にとっては、徳高い生き方をしようとか、理解力を身につけるとかいうことは、どうでもよいのです。まちがいなく、認識能力が極端に不足しているか、いかがわしい習慣に際限なくこだわり続けているわけですから。

人間だけではありません。このことは獣たちにも起こることが明らかに知られています。獣たちは、生まれてまもない仔どもたちが生きていけるように世話を焼いているうちは、一匹一匹、分けへだてなく、たいそう優しく愛しています。そんなときに、一匹が死んでしまったり、なんらかの方法で攫《さら》われたりすると、まるで人間と同じ知性をもっているかのように嘆き悲しみます。ところが、その同じ獣たちであっても、仔どもたちが生長して独り立ちできるようになると、仔どもたちが目の前で絞め殺されようとも、八つ裂きにされようとも、一向に悲しみません。もはや仔どもたちを愛していないからです。[☆19]

これで貴女さまにも充分にご理解いただけるでしょう。いかなる川も必ずどこかの水源から流れてくるものですが、いかなる苦しみもいずれかの愛から生じてくるのです。水源がなければ川は存在しないのと同じように、『すべての苦しみは、ほかでもなく、愛の苦しみ』なのです。つまり、貴女さまがおっしゃったとおりになるわけです。ところで、陛下の御前でカンツォーネを歌った例の第一の乙女が嘆いていた愛に戻りましょう。私たちが議論を始めるきっかけになった悲しい愛のことです。彼女が悲嘆にくれている原因は、彼女が希望をふくらませて想い人《たにん》に愛情をいだき、欲望をいだいているからです。ほかの見方などできるでしょうか。彼女が恋人を愛していなかったならば、彼女が歌った苦しみや拷問の片鱗たりとも彼女に触れることなどなかったのはたしかです。さて、私が述べたにがい苦しみとは、ほかでもなく、なんらかの思いがけない出来事のせいで魂が内々に堪え忍ぶ拷問と苦しみのことです。ですから、奥方さま、貴女さまとのやりとりの含みをもたせて、次のように言い直しましょう。『人々がにがい苦しみを感じたり、堪え忍んだりするのは愛のせいであり、ほかには原因はありません』、と」。(x)

マドンナ・ベレニーチェは意表をつく答えに口を閉ざし、考えこんでしまいました。そのときジズモンドが笑いながら言いました。

「ペロッティーノ君、今日の君は、にがい苦しみというたったひとつの論題によって、愛のあらゆる甘美さに水をさしてくれたね。しかも、軽々とやってのけたのはまちがいない。ただしそれは、君の言い分が容認されるならばのこと。僕はどうも賛成しかねる。反論するための時間が僕にもたっぷりと与えてもらえるなら、そのときには、君がそこまで言いつのるにがい味 (amarezza) であっても、おそらく甘く変えることができるのを、じっくり見てもらえるだろう。ところで今は、もうひとつの主張について教えてくれたまえ。『人はにがい苦しみなしに愛することはできない』と君は言っているけれど、それはどの程度、真実なんだい」。

ペロッティーノは答えました。

「それならば、つい先程、言ったばかりだ。僕たち一人ひとりがいつも心の内に感じているはずのものについて議論するなら、ジズモンド君、そこそこ手短かにすませることができるかもしれない。でも、僕をこの議論に引きずりこんだのは君なのだから、この件についてはもっと詳しく検討したいと思う。太陽はまだ第九時半《メッザ・ノーナ》のところをたいして過ぎていないし、僕たちには議論するための時間が充分にあるから。

さて、ご婦人方よ、まったくもってたしかなことがございます。つまり、魂のあらゆる情念の中でも、これほどまでに煩わしくて厄介なもの、これほどまでに腕っぷしが強くて乱暴なもの、これほどひどく私たちを揺さぶり動かし振りまわすものは、ほかにはないということです[☆20]。私たちは、それを〈愛〉と呼びます。物書きたちは、あるときは、火と呼びます。なぜなら、いろいろなものの中に火が忍びこんで焼きつくすように、〈愛〉は私たちを消耗させ、やつれさせるからです。またあるときは、狂気と呼びます。それは、愛する者を怨念の女神たち《フリアエ》にとり憑かれた人に喩えるためです。あたかも、オレステスやアイアスやそのほかの人々について書き留められているように[☆21]。また、『愛する』と言うかわりに、燃える、やつれる、身をすり減らす、消えいる、気が狂うと言いますし、愛する者たちのことを、盲目の、捕らえられた、燃えあがった、気の狂った、炎の燃えたったと形容します。物書きたちは、長い間の経験を通じて、愛すること以上にたしかな不幸と悲惨はないと思い知りました。それゆえ、愛する者たちの生き方に、この二つの特権的な綽名「火」と「狂気」を授けたのです。これらの名は、まるで愛する者たちの独壇場のようになりました。このようなわけで、どの書物を繙いても、どのページをめくっても、読めばいつも、愛する者の惨めなありさまや、愛する者の不幸なありさまが書いてあるのです。ですから、〈愛〉のことを、『心地よい』と呼ぶ人などいるはずがありません。『甘美である』とか『人情がある』と名づけた人も、絶えて、おりません。紙という紙はみんな、むごたらしいこと、凄惨なこと、残酷なことで埋めつくされています。千人もの人々が〈愛〉について書いていることを、読んでみてください。どれひとつとっても、苦しみ以外のものはほとんど、いやまったく見つからないでしょう。ある物書きの場合は、ラテン語の詩文が溜息をついています。多くの人々の書物は、最初から最後まで泣きどおしです。俗語《イタリア》の詩歌も、インクも、紙も、巻物そのものも、火です。愛について歌うカンツォーネでは、どれもみな、侮辱、疑念、敵対心、戦争が語られます。しかも、これしきのものは、愛の苦しみとしては序の口。絶望、謀反、復讐、

鎖、怪我、死を、誰が涙を流さずにがまんできるでしょうか。[☆22]

愛する者たちについて詩人たちが俗衆に流布させている、軽はずみな作り話だけではありません。このうえなく荘重な歴史書や、このうえなくひっそりと忘れ去られた年代記までもが、そうしたもので汚されているのです。ピュラモスとティスベの不幸な恋愛沙汰、ミュッラやビュブリスの馬銜《はみ》のはずれた人倫にもとる炎、メデイアの罪深く長きにわたる過ちは言わずもがな。メデイアについては、先程、第一の乙女が御前で歌っておりました。[☆23] 彼らはみな、きわめて悲しい最期を遂げました。そういう話は、真実ではないかもしれません。しかし、ともかくも、古代の人々がこのような話をこしらえてくれたおかげで、私たちは、真の恋愛沙汰は最後には悲しい結末を迎えるものであると学ぶことができるのです。もちろん、パオロとフランチェスカについては、彼らの欲望の真っ只中にひとつの死へと死に急いだことは疑いありません。ただひとつの愛を貫いたのと同じように、ただ一振りの剣によって、きわめて苦々しくも、二人揃って貫かれたのです。タルクイニウスについて物書きたちが書いているのも、架空の話ではありません。彼はルクレティアに横恋慕したせいで、王国を追われて逃亡し、あまつさえ命を落とすことになりました。また、たった一人のトロイアの男と、たった一人のギリシアの女が放った恋の火花のせいで、小アジア全体とヨーロッパ全体が戦火の炎に燃えあがったことを、本当の話だと思っていない人はおりません。[☆24] そのほかの、千もの似たような例については申しますまい。みなさまお一人お一人が、新しい紙や古い紙で、何度もお読みになっているでしょうから。

以上から明らかなように、〈愛〉は涙や溜息の原因、そして個人個人の死の原因となるにとどまりません。由緒正しき王座や、きわめて隆盛を誇った諸都市や国々の破滅の原因にすらなるのです。[☆25]〈愛〉の仕業とは、ご婦人方よ、このようなものなのです。この者は、このようなものとして記憶されているのです。〈愛〉のことを誰が書いても、このように語ってもらえるように。

だからだね、ジズモンド君、〈愛〉は良いものであると言い張るつもりなら、用心したまえ。〈愛〉は邪悪であると述べている物書きたちは、古代にも現代にも千人もいるのだ。いちいち論駁することになっては、大変だよ」。（xi）

ペロッティーノがここまで話したとき、リーザは居ずまいを正して尋ねました。そのときまでは、頬杖をついて泉の縁に肘をもたせかけ、身体の左側を下にして全身楽な姿勢で聞いていたのです。

「ペロッティーノさま、そのようなことならジズモンドさまがご自分でお考えになりますわ。その気になられるか、その時がくるかすれば、あなたに反論してお答えになるでしょう。でも、今は私にお答えくださいませ。あなたがおっしゃるように、また、あなた方の物書きのみなさんが槍玉に挙げるように、〈愛〉がこれほどたくさんの悪の原因であるとするならば、彼らはなぜ、そのようなものを神様として祀りあげるのでしょうか。なぜって（何回か読みましたけれど）、人々は〈愛〉を崇拝していると書いてあるではありませんか。しかも物書きのみなさんは、〈愛〉に神殿を捧げ、彼に向かって誓いを立て、天翔る翼を与えているのです。[☆26] 誰であれ、ひっきりなしに悪いことばかりなさる方は、もちろん、神様ではありませんわ。誰であれ神様である方は、まちがいなく、悪いことなどなさるはずがありません。ですから、よろしければ、どうしてそんなことになるのか教えてくださいませ」。

彼女の要望に対して、ペロッティーノはしばしの沈黙の後、答えました。

「詩人たちはですね、リーザさん、生き方についての最初の先生でした。人間たちが野蛮でがさつで、一緒に寄り集まるのもままならなかった時代のことです。造物主たる自然は話す力を与えて、詩人たちに教えたので、彼らは甘美なる詩を発明しました。人々は木々の間や洞窟からでてきて、なにがなにやらわからぬままに獣のようにぶらぶらとうろつきまわって暮らしていましたが、詩人たちは詩を歌うことによって、民草《たみくさ》の荒々しい気性を和らげました。最初の先生たちがカンツォーネを歌うや、たちまちにして、野蛮な人間たちは歌声にうっとりと聞き惚れて、彼らが歌い歩く先々を着いて回るようになりました。オルペウスの魅惑的なキタラは、あくがれ歩く獣たちを森から、高々と聳える木々を森林から、硬い岩を山々から、流れ下る急流を川から引き離しました。それはほかでもありません、これらの最初の歌い手たちの一人の、純朴な声のことなのです。獣たちとともに森の木々の間や山の中や川べりに棲んでいた人々は、この声の後を追ってぞろぞろとついていきました。ところが、愚かな連中がこのように寄り集まると、彼らに生き方を教え、ものの性質を示しておく必要がでてきます。良いことを見習い、悪いことから身を引くことができるようにするためです。にもかかわらず、彼らの魂は狭量ですから、自然の偉大さを受け入れる余裕がありません。眠り呆けた精神には、理性が割ってはいって彼らに語りかけるような余地もありません。そこで、詩人たちは寓話をこしらえることをも発明しました。あたかも、透明なガラスの下に置くように、お伽噺のヴェールの下に真実を覆い隠すことにしたのです。このような方法で、目新しい嘘で人々をたえず楽しませ、ときには嘘の合間にちらりと真実を垣間見せながら、あるときはひとつの寓話によって、またあるときはほかの寓話によって、より良い生き方を少しずつ教えていきました。[☆27]要するに、リーザさん、世界が稚《おさ》なくて民草が野卑だった時代に、おっしゃるように、〈愛〉もほかのたくさんの事象とともに神に祀りあげられたのです。そのわけは、この情念が人間の精神にどれほど大きな猛威を振るうかを、神という名称によって愚かな人々に示すためにほかなりません。[☆28]

そして本当に、〈愛〉が私たちのうえに、また私たちの命のうえに振るう力について考察する気になるならば、きわめて深刻な破滅をもたらす愛の奇蹟は、数えきれないほどたくさんあり、まことに驚くべきものであるのが明白にわかるでしょう。申しますように、人々が〈愛〉を神として祀りあげているのも、正当な理由あってのこと。なぜなら、ある人はサラマンドラのように火の中で生き、ある人は氷のようにかちかちに凍てつき、ある人は雪のように溶けくずれるからです。そしてまた、心臓《こころ》がふらふらとさまよいだしたので、探し回ってはみたものの、結局は心臓をなくしたままになってしまう人もいるでしょう。まるで、以前にもっていた心臓は余計なものだったかのように。[☆29]

このようなことは、どれほど奇妙奇天烈に見えるとしても、恋に落ちた男においては充分にありうることです。私は身をもって体験したことがありますから、みなさまに証拠をお見せすることができたかもしれません。先頃、そのことでつくった詩がありますので、みなさまにご披露して信頼を勝ちとることができたかもしれません。しかし私には、歌うよりも、泣いている方が、よほど似合っているのです」。(xii)

　すると、マドンナ・ベレニーチェは、待ちわびていたものに矢庭にでくわしたかのように、とっさに考えをめぐらせて言いました。

「これはこれは、ペロッティーノさま、その神さまとやらが、あなたの歳月のすべてにわたって楽しい人生を授けてくださいますように。ところで、議論の続きを進めるまえに、あなたの詩を聞かせてくださいませ。先程からずっと、あなたのカンツォーネをお聴きしたいと、わくわくしておりましたのよ。歌ってくだされば、こちらの二人もいっしょに喜んで聴いてくれますわ。私と同じくらい待ち焦がれていらっしゃいますから。耳の肥えた若殿方たちがあなたの歌をどれほど褒めちぎっていらっしゃるか、私たちはよく存じあげておりますことよ」。

　彼女に対して、ペロッティーノは、言葉といっしょにとても深い溜息をつきながら、答えました。

「奥方さま、この神は悪であると、私はいやというほど知り抜いております[☆30]。私に楽しい年月を与えてくれることなど、ありえません。たとえ、ほかのすべての人々には楽しい年月を過ごせるようにしてくれるとしても、私には決してそうはさせてくれないでしょう。そもそも、できっこないのですから。運命は私を誑《たぶら》かし、私から恋人《しあわせ》を奪ってしまいました。この幸せに次いで喜ばしいものも大切なものも、私にはありません。今後も決してないでしょう。ただし、あるひとつのもの、つまり、あらゆるものの究極の最後、死神だけは別です。私は何度も何度も懸命に呼び求めているのに、死神は聞こえぬふりをして、耳をふさいでいます。私の運命と示しあわせているのです。おそらく、私が余分に生き永らえれば、実に長いこと不幸なままでありつづけ、惨めな者たちの見せしめとなるからでしょう。ところで、ご要望の歌ですが、せめて作者《マエストロ》の今の身の上にぴたりと合っているならば、私としても、それを歌えば不幸なありさまをみなさまに同情してもらえるかもしれないと考えたことでしょう。しかし、現にわが身の上にのしかかっているのとは別の災難のことを思い返すのは、気が滅入る一方です。でも、貴女さまのたってのお望みとあらば、歌わせていただきましょうとも」。

ペロッティーノの最後の言葉に、ご婦人方の感じやすい心は哀れをもよおしました。彼は、目に浮かんだ涙をやっとのことでこらえていましたが、やや気をとりなおして、歌い始めました。

信じられない　一大事、
今ではたやすく　うれしい。
でも語れば　嘘くさい。
〈愛〉は私の
心臓を盗んでいった。
きらきら光る
あの人の目を、見ていたら。
あわれ、命を
拾うために　あちこちと
探し回った。非情な
運命を　恨みながら。
丘辺を　谷を
川岸を　めぐり歩いた。
森の精に　泣きついた。
希望をなくした　ある日、
嘆きの声を　聞きつけて
心臓が　こちらを向いた。

ああ　愚かしい。
嘆いた甲斐は　なかった。
泣いたのは　虚しかった。
走ったのは、むだ。
恋の道に　綾目《あやめ》はない。
魂などは
もたずとも、生きていける。
美しい目に　差しあげて
過ちの　許しを乞うた。[☆31]（xiii）

ご婦人方と若殿方はペロッティーノの詠唱したカンツォーネを褒めそやしましたが、彼はみなをさえぎってもとの話題に戻ろうとしました。褒めちぎられて嫌気がさしたからです。すると、マドンナ・ベレニーチェが再び言いました。「ペロッティーノさま、せめて少しはご満足なさってはいかが。褒められて鬱陶しがるなんて、世間並みの慣わしとはあべこべですわ。でも、これから議論を続けていかれるうちに、うまい具合に御自作の詩を思いだされるようなことがありましたら、どうか、ご面倒がらずに披露してくださいませ。私たちは三人とも、あなたの名誉をたいへん熱心に望んでおりますのよ。お仲間の方々も、あなたのことを兄弟のように愛していらっしゃるはずですわ。（お仲間の方々は、ほかの機会にあなたの歌をお聞きになったかも知れませんけれど）ほんの少しお手間をかけてくださるだけで、みんなにことのほか喜んでもらえるのですよ」。

ペロッティーノはこの言葉に対して、できることならばそういたしましょうと返しました。それから、話の続きに戻りました。

「惨めな愛する者たちを、ご婦人方よ、彼らの神である〈愛〉はご覧のような仕方で手玉にとってもてあそびます。それができるのをいいことに、このような方法やらほかの千もの方法やらで、心臓を抜きとるのも好き放題。もちろん、おちついて考えてみれば、脈拍のある人間から心臓や感覚が本当にとりさられるわけではありませんが、そのようなものを抜きとられたらたえがたい苦しみに襲われるのはたしかです。それでもなお、次のような奇蹟は勝手がちがうように思われるでしょう。それらは、これまでに述べた奇蹟とは打って変わって、現在の私の苦悩に似通っていますし、私の最高の不幸にぐっと近づいています。ですから、それについての歌を思いだすようなことがあれば、喜んでご披露させていただきましょう。その音調《しらべ》がいっそう悲痛で、涙のせいでいっそう曇って、濡れているとしても。

それでは、この神についての私たちの議論に戻りましょう。ご婦人方よ、愛する者たちが僕《しもべ》となって意気消沈しているところへ、この神がなんと多くの支離滅裂で調和のかけらもない大まちがいをかき集めて、始末に負えないほどごちゃごちゃに彼らの精神にどっと注ぎこむかは、考えるだにぞっとします。愛する者たちは、きわめて陽気であると同時にきわめて悲嘆にくれ、彼らの目からは苦い涙が甘い笑いとないまぜになって流れます[☆32]。しかもそれは、日常茶飯事。あるいは、度胸が据わっているのと時を同じゅうして臆病風に吹かれ、そのせいで、血の気の多さゆえに大胆不敵さを熱い火のようにたぎらせながら、顔色は蒼ざめて凍てつくような恐怖に震えあがります。あるいは、きわめて多種多様な苦悩がごった返し、傲慢と謙虚、怒りと無気力、戦争と平和が一気に襲いかかり、いっせいに乱闘をくりひろげます。あるいは、舌も顔も押し黙っているのに、心では声高々とまくしたてて叫びます。希望をふくらませながら希望をしぼませ、命を探し求めると同時に死を抱きしめます。こうして、普通ではありえないことですが、己のうちに四六時中、二つの正反対のものが巣喰っているのです[☆33]。そのせいで引きちぎられ、あちらにいくかと思えば一瞬のうちにこちらへと連れ去られ、こうした心の振動がもたらす調子はずれの騒音に、感覚も心もくたくたになります。このようなわけですから、愛する者たちは、ほかのどんな悲惨さにまきこまれた人にも増して不幸であると、誰もが認めざるをえないでしょう[☆34]。（XIV）

こうした流儀の驚異はどれひとつとっても、〈愛〉の率いる戦場ではお馴染みのものです。しかしながら、最後に述べた驚異は、ほかのものよりもずっと頻繁に起こります。しかも、数かぎりない苦しみが大仰な不協和音を奏でる中にあって、この驚異だけは、まるでぴたりと調整された弦のように、実にしばしば真理の音に同調します。愛する者一人ひとりに最もよくあてはまることであり、かつ、それ自体まごうことなき真実だからです。つまり、愛する者たちは、己の命を求めると同時に、己の死を抱擁し続けるのです。なぜなら、彼らは喜びを探し求め、それを追求しているつもりでいるうちに、難儀への道に引きずりこまれ、それを幸福と勘違いして惚れこんでしまうからです。こうして、千もの種類の不面目で珍無類な塗炭の苦しみの中で、ある人はある仕方で、ほかの人はほかの仕方で、一人ひとりが惨めったらしく馬鹿らしく、最後の最後には身を滅ぼすように努力することになるわけです。愛というただひとつの狂気に突き落とされて、こんなに軽々しく死へと押し流されていく人は誰であれ、むざむざと惨めに犬死にするのです。これを否定する人はいるでしょうか。誰もいるわけがありません。ただし、当のご本人は別です。そのような人々は、ありあまる苦しみのせいで、あるいは思慮が足りないせいで、そしてたいていはその両方のせいで、生きていることがあまりにも煩わしくなることが多々あります。そのため、死を嫌がらないどころか、喜んで歓迎するまでになるのです。そのようにすればほかの方法よりもずっと速やかに苦しみに決着をつけられると思う人もいますし、このような仕方でせめて一度なりとも貴婦人《こいびと》の目に哀れみを呼びさまそうとする人もいます。すべての苦難へのご褒美として、たった二粒の涙を頂戴できれば本望とばかりに。

ご婦人方よ、愛する者たちがこんなにも些細で奇妙な理由で自分の命を粗末にするとは、みなさまには物珍らしい気狂い沙汰と思えないでしょうか。思えないはずはありますまい。でも、実際のところそうなのでございます。私も一度、身をもって経験いたしました。それどころか、もしも死ぬことが許されていたならば、ずいぶん久しき以前から私にとって願ったりかなったりだったでしょう。今はますますその思いがつのります。ご婦人方よ、愛する者たちはこのようなことを画策して、自然の流れにさからう抜け道を見つけようと知恵をしぼるのです。自然はすべての人々に分けへだてなく、自分自身に対する、また自分の生命に対する生まれつきの愛を産みつけ、命を保つためにたゆみなく配慮するようにさせました。それなのに彼らは、自分の命を憎み、自分自身を目の敵にしてまでも、他人《ひと》さまを愛しているのです。しかも、自分の命を守ることなど意にも介さないだけにとどまりません。往々にして、自分自身に対して残酷にふるまい、命をないがしろにしてわれとわが身をかなぐり捨てるのです。

ところで、次のように混ぜかえす人もいるかもしれません。『ペロッティーノ君、そういう話はだね、君の話もそうだけれども、理性ある人の述べるまともな議論ではなくて、愛する者が問題とするにふさわしい、作り話だよ。なぜなら、君は死ぬことが願ったりかなったりだと言い放つけれども、それならば誰が君に思いとどまらせることができたのかね。生きている人ならば誰でも死ぬのは自由だけれども、すでに逝ってしまった人々はもはや生き返ることはできない。そういうことはおいそれとはできないわけだから、言葉にだして言うのも正気の沙汰ではないよ』、と。

ご婦人方よ、これから申しあげますことは、聞けば仰天するようなものです。私とて、身をもって経験していなかったならば、語るはおろか、想像するような大それたこともできなかったでしょう。ほかのいろいろな状況にある人々の場合とはちがって、愛する者たちにとっては、死ぬことは最後の苦痛ではありません。それどころか、彼らはたいていの場合、死ねないように阻《はば》まれているので、死ぬことができる人は悲惨の極みにあってまだしも幸せであると言えるほどなのです。なぜなら、実にしばしば、次のようなことが起こるからです。（みなさまは、ご婦人方よ、おそらくそのようなことはまったくお聞きになったこともないでしょう。そんなことがあろうとはお考えになったこともないでしょう）。すなわち、惨めな者たちは、散々な、しかも長きにわたる苦しみに打ちひしがれて、死出の門口にたつや、悶々とした心臓から生命が徐々に離れ去ろうとしているのを身の内に感じます。すると、ようやく死ぬことができるのだと心が浮きたち、糠喜びするので、しょげかえった魂がかえって元気づいてしまいます。彼らは普段、魂を喜ばせるようなものをもちあわせておりませんから、なおのこと。弱り切って、否が応でも去ろうとしていた精気は、生きる力をとりもどします。消えかかっていた生命は、支えとなるものを与えられます。このような具合で、彼らは死の間際に迫るたびごとに、このような喜びに見舞われるので、あれほどまでに待ち望んでかけこもうとしている死に、たどりつくことができないのです。

このような出来事について、〈愛〉に対して恨み言を述べようとしておりましたところ、先程、次のようなカンツォーネが生まれました。

辛くて重い　胸の苦しみを
〈愛〉は　私に　与えた。
逃れるために　死に急ごうと
思いつめ　ただ直走《ひたはし》る。
　逆巻く波の　命の水際《みぎわ》
瀬戸を踏めば　ああ嬉しい。
喜びすぎて　わが魂に
生きる力が　湧きあがる。
　死に生かされて
命に殺されるとは。
ああ果てしもない　悲しみの極み
命も死もすげなくて　身の置きどころすらない。[☆35]（XV）

こうなりますと、愛する者たちの運命は、もちろん、これ以上きわめようもないほど惨めである、としか言いようがありません。彼らは、生きていながら、生きているがゆえに生きることができず、死んでいながら、死んでいるがゆえに死ぬことができないのです。実際、私には、これほど新奇な愛の苦蓬《にがよもぎ》から、これ以外の樹液は一滴たりとも絞りだすすべもありません。けれども、うら若きご婦人方よ、それがどれほど苦いかについては、身をもって味わうのではなく、他人《ひと》の話に聞いて納得するだけにしてください。私もつねづね、みなさまのお幸せを願っておりますので。

ですが、これなる神のお力よ。もっと煩わしくてもっと仰天すべきものがあるとも思えないお力よ。（リーザさん、あなたに申しあげましょう。これなる者が神として祀りあげられているのをいぶかっていらっしゃいましたから）。〈愛〉は、これしきの称讃には満足しません。彼の奇蹟の中で最高の奇蹟であるとも思っていません。これまでの理屈ですと、愛する者たちがそういうふうに生きているのにもそれなりに理由があるし、死んでいるのもそれなりに理由がありました。彼らにとっては、生きることへの嫌悪感が死の原因になりうるわけですが、他方では、やっと死ねるという喜びが生き延びる原因となるからです。ところが〈愛〉は、人が生きていく理由をすべて失っているにもかかわらず死なないでいることを望むだけではありません。時には、明々白々たる二つの死を生きるようにさせるのです。あたかも、二つの死からのあまりにも残酷な攻撃にさらされながら、二つの生命を生きるかのように。この私といたしましても、ご婦人方よ、自分で言っているにもかかわらず、今でもやはりまったく常軌を逸した珍妙なことに思われます。でもこれは、真実なのです。もしも真実ではなかったならば、私は今頃、ほかの数かぎりない苦難とは無縁でいられたでしょうに。でも、まだ、その真っ只中にいるのです。

さて、その実情がどのようなものであるかは、歌でご披露いたしましょう。（みなさまからご所望がありましたし、お喜びになられるようですから）。

身を焦がす火に

尽きるだろう　わが命。
つれない貴婦人《ひと》よ　やつれ果てて
倍の涙が　流れる。
お願いします、
二つは多い。
死にざまは　ひとつでいい。
　涙にくれて
火は消えゆく。　燃えさかる
火は乾かす　あだな涙。
それでも消えない　焔《ほむら》。
辛さこたえる、
炎と涙。
死にざまが　二つあれば。
　燃える身体《からだ》が
死灰《つち》になるを　待ちかねて、
露をかける　いかさまぶり。
涙癒えず　炎癒えず。
辛き憂き身よ、
合わぬ二つの
死にざまに　生かされるとは。

恨みはしない
君の心。　恨むのは
容赦しない〈愛〉の仕打ち。
出鱈目な法の　裁く
愛の下僕《しもべ》に
何ができよう。
生きる死の　二つならば。[☆36]（xvi）

リーザさん、このような奇蹟をやってのける者が神様と呼ばれるのはごもっともと思いませんか。原初の人々が神と名づけたのも理由のないことではないと思いませんか。自然の通例《ならわし》から逸脱していて、見たり聞いたりする人々が驚嘆するようなものはなんでも、奇蹟と呼ばれます。ところで、奇蹟は超自然的ではないものから起ることはありません。そして、なににも増して超自然的なものといえば、神にほかなりません。このようなわけで、彼らは〈愛〉に神という名を奉ったのです。〈愛〉の力は自然の力を超えてくりひろげられるように見えましたから。[☆37]

ところで、私は自分の不幸せには関心がありますが、他人様《ひとさま》の不幸せには関心がありません。ですから、あなたにこのことを説明するにあたって、ご覧のとおり、私自身の際限のない悲痛な殉教の苦しみの記憶の中のほんの一部分しか用いていません。（もちろん、私の殉教の苦しみを、お聞かせした分にとどまらず全部が全部数えあげでもしたら、私は世間にあまねく、これなる神の力を証拠立てる過大な悲惨さの見本になってしまいそうです）。それでもなお、私の殉教の苦しみをひとつ残らずかき集めたところで、ほかのすべての人々の殉教の苦しみを合わせたものに比べるならば、ものの数ではないとか、大したことはないと評価されるのが関の山。たとえば、教会で常々おこなわれているのが見ることができますが、一人の聖人《かみ》の御前《みまえ》に描かれているのは、たった一人の人の信仰心ではありません。数かぎりない人々の信仰心が千枚もの小型のタブロー画のかたちで語られています。☆38 それと同じように、本に書いてある一〇万人もの愛する者たちのことを物語絵巻にして説明しようとすれば、あなたは大層びっくりなさるでしょう。まるで、羊飼いの連中が、何かの用向きではじめて都会にでてきたときに、果てしない驚嘆を引き起こすことをほんの一時間のうちに千も目にして、びっくりするような具合に。☆39 私の悲惨さは、掛け値なしに、たいへんひどいものです。だからといって、ほかの人々の悲惨さはとるに足りない、ということにはなりません。〈愛〉は私の心にたいへん激しく襲いかかりました。しかし、同じように激しく心を攻撃された人々はおそらく千人もいることでしょう。〈愛〉は私の心の中に、とんでもない驚異をたくさん生みだしました。そして、ほかの人々の心にも、それと同じようにひどい珍奇な驚異を、同じようにおびただしく生みだすのです。そうなのです。このような経験をした仲間は大勢いるはずなのです。もちろんそれは、わが主人、〈愛〉のおかげと思っています。ただ、私が私自身を知っているのとはちがって、そういう人々は出会ったり顔見知りになったりはできないだけの話。

ところで、愛する者たちのばかさ加減にはいろいろありますが、そのひとつに次のようなことがあります。つまり、誰しもが自分こそが一番惨めであると信じこんで、まるでこの勝利によって栄冠を勝ちとったかのように、うっとりと自己陶酔してしまうのです。そのような人は、自分がおちいったのと同じように、愛することによってあらゆる不幸のどん底に突き落とされた人がほかにもこの世にいようなどとは、まったく認めようとしません。非常に古い話を信じてもよいならばのことですが、アルゲイアは、まちがいなく、度を過ごして愛していました。伝え聞くところによれば、彼女は亡くなった夫の傷口にすがりついて泣いたそうですが、彼女の泣き声をその場で聞いた人ならば、彼女が自分の苦しみをほかのすべての悲しい女の苦しみよりも上に置いているのがわかるでしょう。エウアドネについて書いてあることも、同じです。エウアドネはアルゲイアと同じ時に、同じ悲惨な運命に見舞われましたが、夫の死を嘆くだけではなく、気高くも自分の命を軽んじてあとを追いました。夫に死なれたラオダメイアも、ペルシア随一の美女パンテイアも、同じようにふるまいました。セストスの幸薄き乙女も、恋人を亡くしたときに同じようにしました。[☆40]他にも大勢の女たちが、そのようになりました。これで、納得していただけるでしょう。いつの時代のどのような状態の不幸も、ほかのたくさんの状態の不幸に似てくるのです。ただ、簡単には見つからないだけのこと。悲惨さはたいてい、隠れていることを好むものですから。

そこでですね、リーザさん。私は自分の実例を引き合いに出しながら、私のような仕方で愛している人がどれくらいたくさんいるかを説明したわけですが、今度はあなたのお見立てで私の苦悩の仲間を増やしてみてください。[☆41]そうすれば、物語という物語を私からくだくだお聞かせするまでもなく、あなたがこの神様の力としてお気づきになる力は私の説明よりも何倍もの広い範囲に及んでいることが、簡単に推測できるでしょう。そして、そのような人々が数かぎりなくいるのはまちがいありません。なぜなら、〈愛〉はその気になれば、すべての場所で同時に愛する者たちの命を脅かし、千人もの人々を相手にいっせいに武勲《てがら》をたてるなど朝飯前だからです。〈愛〉はこのように悪ふざけをするのです。私たちにとってはとめどのない涙やとめどのない塗炭の苦しみの原因であっても、彼にとっては悪戯《ざれごと》にすぎません。彼の笑いは、ほかでもなく、私たちの苦しみです。この残酷な輩は、私たちの血に慣れ親しみ、私たちに傷を負わせるのにご満悦。ですから、〈愛〉のせいで愛するように仕向けられた人が、苦しみをほとんど感じないとか、全然感じないことがあれば、〈愛〉の奇蹟の中でも最も驚嘆すべき奇蹟となるでしょう。それゆえ、愛する者たちのうちでも、炎の最中にあって正気を失わないでいられる人は、ごくごくわずかです。（そういう人がいるとしても、私は存じあげません）。明けても暮れても、目につくのは正反対のことばかりです。（私たちも、物静かで、注意深く、研究熱心で、哲学に打ちこむ人柄から一転して、危険をかえりみず夜中にうろつきまわったり、武器をもち歩いたり、城壁をよじ登ったり、人々に怪我を負わせる無頼漢《ならずもの》に変わり果ててしまうというていたらくなのは言わずもがな）。それどころか、千人もの人々が、しかもきわめて冷静沈着できわめて知恵があるという評判の高い人々でさえもが、愛という仕儀になれば、明らかに気が狂ってしまうのが日常茶飯事なのです。（xvii）

ところで、リーザさん、人々は以上のような理由で〈愛〉を神として祀りあげたわけですが、彼らはまた、〈愛〉になんらかの姿形を与えるのが便利だろうと考えました。〈愛〉の全体像がわかりやすくなるようにするためです。このため、〈愛〉を裸の姿で描きました。このような描き方をしたのは、愛する者たちは自分自身がそもそも他人《ひと》のものになっているせいで、自分のものなどなにひとつもっていないことを示すためです。しかも、己の自由意志を剥ぎとられ、理性を跡形もなく失っていることを示すためでもあります。また、プットーの姿で描きました。それは、〈愛〉が原初の人間たちのもとに生まれたときそのままの少年だからではありません。〈愛〉は、つき従う人々の認識能力《おつむ》を子どもっぽくさせるからです。しかも、すっかり白髪になったお年寄りを、まるで新たなるメデイアさながらに摩訶不思議な毒を用いて、赤ん坊に変えてしまうこともあるのです。また、翼のある姿で描きました。それはほかでもなく、愛する者たちはたわけた欲望の翼に支えられて、希望の空を、ばかばかしくも天まで舞い昇るからです。さらに、火の灯った松明を手にした姿で描きました。その炎が燃えさかるまえに人の知るところとなっていたならば、いやはや、この暴君の支配の及ぶ範囲は今日これほどまでに広がらなくてすんだでしょうに。愛する者たちの数も、今とちがってどんなにか少なかったことでしょうに。それなのに、私たちは、われとわが身の不幸を願って、まるで蝶のようにひらひらと、喜んで炎の中に飛びこむのです。それだけではすみません。われとわが身に火をつけることも、まま、あります。こうして、まるで自分がつくった牡牛の形の竈に閉じこめられたペリロスのように、わが身を焼く火の中でまぎれもなく滅びるという憂き目に遭うのです。ところで、リーザさん、人々はこれほどまでさまざまな色合いで不幸の色を塗りたくってもまだまだ足りませんでしたので、以上のようなすべてのものに弓と矢を付け加えて、この神の図像の仕上げとしました。それは、〈愛〉が私たちに負わせる傷は、弓の名人が私たちを射抜くときの傷のように重傷になることがよくわかるようにするためです。それどころではありません。〈愛〉の矢は一本残らず心臓に刺さるので、命とりになる公算がもっと高くなります。さらに困ったことに、〈愛〉は、私たちが気を失ったとしても、飽き飽きしたり、可哀想と思ったりすることはありません。私たちが弱り切ってふらふらになればなるほど、ますま

す気ぜわしく私たちを痛めつけるのです。[☆42]

このことについて私は、〈愛〉に向かって次のような恨み言を述べたのでした。

どうせいずれ　死ぬ私に
射かけても　役にたたない。
たまゆらの　玉の緒など
断ち切っても　甲斐もない。
射続けるのは
〈愛〉よ、心臓なのです。
これ以上　隙間もなく
これ以上　痛みもない。
やめてください　弓と矢を。
今はただ　死ぬだけだから。[☆43]

これで充分でしょう、リーザさん。私たちが〈愛〉と呼ぶものを人々が神と呼ぶにいたった理由はなんだったのかも、ご覧のような姿で描いたのはなぜなのかも、明快に説明できたと思います。でも本当は（率直に考えてもみてください）、〈愛〉は神ではありません。そのように信ずるようでは思慮が足りませんし、そもそものように考えること自体が神に対する冒瀆ともなりかねません。実のところ、〈愛〉とは、ほかでもなく、私たち自身が望んでいるものなのです。なぜなら、〈愛〉は必然的に、私たちの意志という土壌に生まれてくるからです。地面がなければ草も木も生えてきませんが、〈愛〉も私たちの意志という土壌がなければ存在できません。本当のところ、ともかくも私たちが〈愛〉

を受けいれ、魂の中に足を踏みこんだり意志の中に根を張るのを許そうものなら、彼は勝手にたくましく生長してしまいます。こうして、たいていは私たちの都合におかまいなしに居座りつづけ、あまりにも多くのあまりにも尖った棘で心をちくちくといたぶり、あまりにも珍妙な驚異を引き起こすのです。経験のある人なら身にしみて知っているように。（ⅩⅧ）

さて、あなた《リーザ》のために随分たくさんのことを議論してきましたので、そろそろジズモンド君の話題に戻りましょう。あなたからのご質問にお答えするために、彼のことは後回しになっておりましたから。ところで彼は、私の議論が歩みだしたごく初めのところで、『人はにがい苦しみなしに愛することはできない』というのがどうして真実なのかと、早々と尋ねていました。そういうことでしたら、これまでに述べてきたような理由で理解してもらえるのは明らかでしょう。ただし、自分の不利益も顧みずに真実に刃向かって詭弁を弄するような手合いには、わかってもらえないかもしれません。それはともかく、話を続けさせていただきましょう。ひとつには、ご婦人方よ、みなさまのお役に立つようにするためです。みなさまは女性であるがゆえに、また、人生の中で私ども男たちほどは運命の試練に鍛えられていないがゆえに、いっそう多くの助言を必要としていらっしゃるからです。もうひとつには、惨めな者たちはたいていそうしたものですが、一旦わが身をかこつ話を始めてしまったからには、不幸なことを洗いざらい話してしまった方が気晴らしになるからです。ですから、私はみなさまの期待に応えて、議論を続けさせていただきましょう。それはまた、みなさまのご期待を裏切ることでもあるのです。口うるさく助言をくりだすことになるうえに、きちんと理解できない人にとってはとんでもない不幸の原因となるだろうことがらについて、指摘したり考えをめぐらせたりするつもりですので」。

ペロッティーノがこう言ってから口を閉ざし、次の話に入る準備を調えていると、ジズモンドが、日陰が少しばかり長くなってきたのに目ざとく気づいて、ご婦人方の方を向いて言いました。

「親愛なるご婦人方よ、常々言われているように、降参させる相手の戦士が勇ましければ勇ましいほど、勝利はいっそう偉大になります。ですから、ペロッティーノ君が議論をこねくり回して屁理屈をがっちりと固め、才知の切先を研ぎすませて不当な言い分を長々と話し続けることに腐心するならば、とりもなおさず、私の額を飾るためにいっそう称讃に値するすばらしい栄冠を編むのに精をだしてくれているというもの。しかしですよ、私から彼に言い返そうにも、時間が足りなくなってしまうのではと気が気ではありません。私たちは宴が始まる時分になればほかの人々と一緒に宮殿に戻るつもりですし、それが務めでもあります。ところが、太陽は早くも日暮れの方角に傾いていますから、私たちは、ここに着いてから過ごしたのと同じくらい長い間、ここに居続けることはできないでしょう。なるほど、時はいとも軽やかに流れさり、ペロッティーノ君の玉のように美しい言葉は私たちの魂をすっかり魅了しましたので、ここにきたのはつい先程のように思えますけれど」。

サビネッタは少々かちんときて、彼に言い返しました。彼女は三人のご婦人の中で一番年下でしたが、議論が始まるときに月桂樹の木陰で草の上に腰をおろしてからというもの、ほかの人々からは距離を置いて聞いているだけという様子で、ペロッティーノが話を始めてから一言も発していませんでした。

「ジズモンドさま、そのような言い方をして、もっと話を短くすべきだったのにと嫌味をおっしゃるなら、ペロッティーノさまに失礼ではございませんこと。ペロッティーノさまには、今日とことんお気のすむまでお話しになってもらわなければ。あなたは明日、ごゆるりと反論なさればよろしいのよ。そうすれば私たちも、また何日かはここに戻ってきて、同じようにして楽しく気晴らしをすることができますわ。あなたも、考えを練る時間を間にさしはさむことができれば、反論するのがたやすくなるでしょう」。(xix)

みながサビネッタの意見に喜んで、翌日もぜひここに戻ってきて今日のようにしようと決まりました。そして、一同が黙ったところで、ペロッティーノが始めました。

「流れさすらう疲れきった船にとっては港が、狩りたてられる獣にとっては住み慣れた森が、安らぎの場となります。それと同じように、問題が山積みになっている議論にとって安らぎの場となるのは、真の結論です。えてして、真理から程遠いのを自覚して引け目を感じている人々であればなおのこと、朗々と響くはきはきとした千もの声《ことば》を集めて議論を組みたてようと躍起になります。しかし、真の結論がないならば、多くの磨き抜かれた文章と飾りたてられた描写によって聞き手の魂《こころ》をからめとろうとしても、詮ないことです。聞き手の人々だって、言葉の見かけとかうわべだけではなく、言葉の胸と心までをも見抜くことのできる、鍛え抜かれた目で見ているかもしれないのですから。ご婦人方よ、明日ジズモンド君がそんなふうになりはしないかと、たいへん気がかりです。彼は、みなさまお一人お一人の才知に一目置くとか、自分の立場の弱点を自覚して気を配るといったことはおろそかにして、自分の才知に自信満々なあまり、この一騎打ちで栄冠を勝ちとろうと希望をふくらませているからです。そのような皮算用ではあっても、彼が真理に対して敵となって刃向かっていくのでなかったならば、運命は彼に微笑んでくれたかもしれません。なにしろ運命は、議論を起てるために私に与えてくれた時間よりも、もっと長い時間を、反論の準備をするために彼に譲ってくれたわけですから。

それでは今度こそ、彼の質問に移ります。私が彼に投げかけようとしているまさにそのことを、彼が私に投げ返してきては困りますから、次のことを確認しておきましょう。人は自分が欲しているものを所有していないときには、いつも必ず、自らの内でいろいろな苦痛に居場所を与えます[☆44]。これらの苦痛は、まるで都市が敵軍に敗北したときのように、その人のあらゆる平和をかき乱します。そして、欲望が強いなら強く、弱いなら弱く、片時の休みもなくひどい塗炭の苦しみでいたぶりつづけます。ところで、『所有する』とは、馬や衣類や家屋のようなもののことを指すのではありません。そういうものであれば、持主が一人で使っているとか、いつも使っているとか、好きなような仕方で使っているわけではなくても、純粋に『所有者』と呼ぶことができるでしょう。ここで『所有する』という意味は、そうしたことではありませんで、その人が愛しているものを、その人にとって一番満足のいく仕方で、完全に楽しむことをさすのです。

さてと、ジズモンド君。ひとつ教えてくれたまえ。他人のものを愛している人は、愛しているものを完全に楽しむことができると思うかい。『楽しむことができる』と言うなら、君は明らかに誤っている。人はいつであろうと、すっかり自分のものになりきっていないものを楽しむことはできない。なぜなら、他人のもの（istrane）は私たちの下にあるのではなくて、気まぐれな運命と偶然の下にあるからだ。他人のものは所詮他人のもの。文字どおり余所様のもの（istrana）なのだ。反対に、『楽しむことはできない』と言うなら、愛する人は誰であれ四六時中、苦痛を感じて堪え忍ぶものであると、君は白状しなければならなくなる（ジズモンド君、愛する者たちだって、君を弁護できなくなるだろう）。そして、魂のにがい苦しみとは、魂に毒を盛る苦痛の胆汁にほかならないから、必然的に、にがい苦しみなしに愛することは実行不可能であると結論づけられる。水がからからに乾いたり、火がずぶ濡れになったり、雪が燃えだしたり、太陽が光を放たなくなるよりも、よほどありえないことだ。今なら、ジズモンド君、こんなに単純で短い言葉の中に、かけ値なしの真理が盛りこまれているのが、わかってもらえるね。でも、なんたることか、手で触ることだってできるくらいに、わかりきったことばかり論じつづけるとは。いや、手なんかどうでもいい。心に障《さわ》るのだ[☆45]。〈愛〉がなしおおせるほど、内面のいっそう深いところで自らの存在を誇示したり、私たちの骨の髄の一本一本の真ん中にずかずかと入りこんだ挙句、魂をぐさりと串刺しにするものはない。〈愛〉は、あまりにも強すぎる毒のように、心臓に効力を注ぎこむ。そして、路上に出没する凶悪な盗賊さながら、人間たちの命に手をかけるのを虎視眈々と狙っているのだ。（xx）

それはともかく、ご婦人方よ、ジズモンド君やら演繹的推論やらには道をあけてもらいましょう。ジズモンド君は演繹的推論の闘志らしく煩瑣な議論を重宝していますが、その分、私たちの問題の聞き手であるご婦人方への心遣いがおろそかになっています。ですから、私は別の道筋をたどって、みなさまと歩調を合わせながら、もっとあけひろげに議論を進めていきましょう。つい先程まではジズモンド君と交代する手はずになっていましたが、みなさまも今日はずっと私が話をするのがよいと思ってくださっていますし、すでに少々議論を始めかけているところでもあるので、これから苦痛について話を続け、苦痛という糸でもっと長い布地を織りあげることにしましょう。そうすれば、魂の苦痛について議論を重ねるうちに、まるでアロエから絞りだされる苦い味のように、愛の苦い味が如実におわかりいただけるでしょうから。

さて、ご婦人方よ、魂の苦痛を一般化すると次のようになります。ほかのすべての苦痛は、そこに由来し、そこに帰着するのです。すなわち、度を超して欲望を抱くこと、度を超して陽気に浮かれはしゃぐこと、未来の悲惨にたいして、および現在の苦しみにおいて、度を超して怯えることです。この四つがすべてであり、それ以上はありません。これらの苦痛は、まるで逆風のように、魂の平安と私たちの人生のすべての静けさをかき乱すので、物書きたちは、もっとも印象的な語彙《ことば》で心の乱れ（perturbazioni）と呼んでいます。ところで、〈愛〉は欲望にほかなりませんから、これらの心の乱れのうちで〈愛〉に固有なものは、第一の、欲望にまつわる心の乱れです。にもかかわらず、〈愛〉は自分の地境《ちざかい》には飽きたらず、他人の沃地《なわばり》にもずかずかと踏みこんで、もってきた松明に息を吹きつけます。こうして、すべての心の乱れが火の手をあげる惨状になるのです。この火は私たちの魂を焼きつくしてぼろぼろにし、往々にしてわれわれの命を最期へと引きずりこみます。たとえそこまではしなくても、私たちを死よりも無残な生へと追いつめるのはまちがいありません。[☆46]

そこで、欲望から話を始めましょう。欲望とは、ほかのすべての苦痛の起源であり、その発端となるものです。どんな木でも根から生えてくるのと同じように、私たちのあらゆる不幸はそこから生じてくるのです。[☆47] どのような仕方であれ私たちにおいてなんらかの対象に対する欲望に火がつくやいなや、私たちはたちまちけしかけられ、それを追い求め探し回るように仕向けられます。こうして追い求め探し回っているうちに、私たちは途方もない無茶苦茶な危険と千もの惨めさに誘いこまれてしまいます。欲望にそそのかされると、兄はおぞましくも妹を愛して忌まわしい抱擁を求めるようになります。継母は継子の、はなはだしくは（口にするのもはばかられますが）父親までもが純真な娘の抱擁を求めるにいたるのです。☆48 残酷な、というどころか、化けもののような所業です。そのようなことは口に出したりせずに黙っている方がはるかにましですから、彼らの怪しからぬ醜態のことはもうよしておきましょう。私たちのことについて述べますと、欲望は、私たちの思考も、私たちの歩みも、私たちの日々をも、苦しみに満ちた思いもよらぬ最期へと、お膳立てし、案内し、引きずりこんでしまいます。理性によって欲望にあらがおうとする人がいても、えてして徒労に終わります。なぜなら、私たちは不幸へと向かってつき進んでいることに気づいてはいても、だからといってとどまるすべを知っているわけではないからです。☆49 たとえ、たまにはとどまることがあったとしても、元の木阿彌。体内に具合の悪いところがある人のように、胃袋にいっそう強烈な吐き気をもよおして、ますますひどく体調を崩してしまうのです。その挙句、今朝の日の出のときにはじっと見つめても平気だった太陽が、天高く昇ってしまった今となっては眺める人の目をくらませるように、私たちは時として、不幸が生まれたばかりのときにはしっかりと見据えているのに、その不幸が大きく成長したあかつきには、私たちの理性も思慮もことごとく盲目にしてしまうのです。☆50（xxi）

ところが〈愛〉は、まるで一本の鞭のように、私たちをたったひとつの望みで追いたてるだけでは容赦しません。それどころか、欲望からすべての苦痛が生まれてくるのと同じ按配で、私たちに起こる最初の欲心からは、まるで幅広い川から多くの分流《ながれ》がでてくるように、千もの欲望が湧いてきます。しかも、愛する者たちの欲望は、多種多様なのはもちろん、数もかぎりがありません。なぜなら、たいていの場合はすべての人々がひとつの目的を目指すものですが、愛する者は、目的とするものもさまざまなら運命もさまざまであるため、一人ひとりがまちがいなく異なった仕方で欲望を抱いているからです。獲物に追いつくために、それがいつになるかもわからないのに、全速力で走る人々がいます。しかし、駆けている最中に、ああ、なんと、たびたび転ぶことでしょう。ああ、なんと、たくさんのひどい障害物にけつまづくことでしょう。ああ、なんと、たくさんのしつこい棘が惨めな足の裏に刺さることでしょう。しかも大概は、狩の獲物に喰らいつくよりも先に力つきてしまうのです。[☆51]また、愛する恋人《ひと》の持ち主となって、いつまでもこのままであってほしいと願ってばかりいる人々もいます。ところが、そのことばかりに頭を使い、そのためだけに労力も時間もすべて注ぎこんでしまうので、幸福の中にありながら惨めで、富の中にありながら乞食で、幸運の中にありながら災難に沈んでいます。[☆52]自分の財産《しあわせ》を手放してしまったものの、あとでとりもどそうと躍起になる人々もいます。そのせいで、千ものむずかしい条件や、千もの心得ちがいのとりきめを並べたてては、拝み倒したり、泣き落としにかかったり、叫び声をあげたりしているうちに、すっかりやつれはててしまい、失ったもののために徒労を重ねながら自分の命を危機に追いこんでしまうという、おめでたさ。

しかし、欲望の最初の段階では、こうした苦労も、こうした惨状も、こうした塗炭の苦しみも姿を見せません。喩えるなら、森に入るときには充分に踏み分けられた小径があるように見えても、森の奥深くまで足を踏み入れるにつれて小道はどんどんと狭くなっていくのに似ています。それと同じように、私たちがなんらかの対象物へと欲心によって手招きされるときにも、最初のうちは、それに追いつくのはいともたやすいように思えます。ところが、一歩また一歩と進んでいくにつれ、道はいっそう狭くなり、ますます歩きにくくなるわけです。このようなことが、私たちにとって茨のような禍いのもととなるのです。なぜなら、私たちはそれでもなお目標に到達したいばかりに、立ちふさがる障害物をなにからなにまでとりのぞこうと画策しますし、真っ直ぐな方法で埒が開かないときには歪んだやり口に訴えることになるからです。こうして、怒りが、口論が、詰《なじ》りあいが起こります。そして、よもやわが身に降りかかろうなどとははじめには夢想だにしていなかった不幸が、早々とやってくるのです。これについては、微に入り細に入り挙げ連ねたりはいたしますまい。しかしながら、なんとたびたび、このような理由のせいで、たった一人の人が数かぎりない人々に死んでほしいと思ったことでしょうか。しかも、ひょっとすると、最もかけがえのない人々に対して。なんと大勢の女たちが、情欲に駆られるがままに、夫の死を追求したことでしょうか。いやはや本当に、ご婦人方よ、もっと凄まじいことを言ってもさしつかえないならば、さらにお話しいたしましょう。しかし、これ以上、なにが言えましょうか。妻と夫のきわめて神聖なる寝台が、彼らの人生の最も秘められた部分の証人が、法にかなった彼らの抱擁を知るものが、愛の新しい欲望ゆえに、良からぬ男の剣にかけられた無実の男の血潮で、染められ、濡らされるなどとは。☆53（xxii）

それでは帆をあげて、このように艱難に満ちた欲望の岩礁から、陽気さの大海原へと船足を進めましょう。ところで、ご婦人方よ、みなさまもよくご承知のように、喜びの原因となるものに対していだいていた欲望が大きければ大きいほど、私たちのあらゆる陽気さはいっそう大きなものになります。☆54また、追求しているものに到達するときには、私たちがそれを追い回していた仕方がはなはだしく度を越していたならいただけ、いっそう羽目を外して陽気に浮かれ騒ぎます。ところで、〈愛〉の拍車でつつかれ鞭で急きたてられた欲心ほど、私たちに強い力を振るい、目の前にちらつく対象に向かって有無を言わさぬ衝動でぐいぐいと引ったてていく欲心はありません。それゆえ、どんな陽気さにもほどほどの限度というものがあるのに、愛する者たちが彼らの欲望の岸辺にたどりつくときの陽気さは、真っ当な限度をすっかり通り越してしまうのです。そして、本当に、愛する者でなければいったい誰が、ちょっとした眼差しにこれほどまでに舞いあがったり、ほんの二言ばかりの言葉のかけらや、ほんの一瞬手が触れることや、この種の他愛もない笑い種に無上の喜びを見いだすのでしょうか。☆55もちろん、そんな人などいるわけがありません。ところが、愛する者ときたら、そのような戯言《たわごと》にうっとりし、理性をかなぐり捨てて欲望をふくらませるのです。だからといって、愛する者たちはこの点でほかのすべての人々よりも羨むべき状態にあるとは言えません。彼らの陽気さの一つひとつには、たいてい、あるいは（はっきり言って）いつも、はてしない苦しみがまつわりついているのが明らかに見てとれるからです。そのようなことは、普通の人々には起こりません。ですから、いったん陽気な楽しみごとにうつつを抜かした人には、しっぺ返しが千倍になって戻ってくるわけです。

さらに、いかなる陽気さも、適切な限度を越えるならば、健全ではありません。そのようなものは真の陽気さではなく、風をはらんでふくれあがった魂の自惚れ、まやかしの愚かな思いこみと呼ぶほうがよいでしょう。こうした思いこみは、愛する者たちにとって次のような点でいっそう破壊的になります。つまり、愛する者たちはその毒気にあてられて陶酔してしまうので、あたかも忘却をうながす冥界のレテ河に記憶を投げ捨てたかのように、自分の不幸以外のことをなにもかもすっかり忘れてしまい、あらゆる立派な責務も、あらゆる称讃に値する研鑽も、あらゆる名誉ある事業も、あらゆる果たすべき義務も放ったらかしにしてしまって、不名誉にもこの一事だけのためにすべての思考を注ぎこむようになるからです[☆56]。彼らはそのせいで恥をかいたり損失をこうむったりしますが、それだけではすみません。まるで自分自身に対して敵になったかのように、ほいほいと千もの苦しみの奴隷となりはてます。不幸な愛する者たちは、ほんの一時の喜びに恵まれるまでに、いかに多くの夜を惨めにもまんじりともせずにすごすことでしょうか。いかに多くの昼をそわそわとたったひとつの思いに費やすことでしょうか。いかに多くの歩みをとぼとぼと虚しく数えることでしょうか。いかに多くの紙を、インクどころか涙で濡らしながら、書きちらすことでしょうか[☆57]。たまさか、そのような一時が訪れたとしても、憂いがふっきれることはありません。憾みがましい文句や燃えるような溜息や正真正銘の涙が混ざっているのがしょっちゅうです。あるいは、事と次第によっては、わが身に危険が及ぶやもしれません。あるいは、以上のような不都合に脅かされずにすんだとしても、時はあっというまに流れ去り、こんなにも長い間苦心惨憺してようやく手に入れた喜びをもちさってしまうので、当然、心にちくちくと痛みを感じることになります。ここにいたるまでの顛末もご想像のとおり。ひとつの喜びが手にはいるまでに、どれほど多くの後悔が、どれほど多くの赤恥が、どれほど多くの心変わりが、どれほど多くの咎めだてが、どれほど多くの悔しさが、どれほど多くの復讐の思いが、どれほど多くの怒りに燃える炎が、彼の身を焦がし千回も焼きつくしたことでしょうか。あまりにも短い甘美さ一つひとつのために、どれほど多くの妬《ねた》み、どれほど多くの嫉《そね》み、どれほど多くの疑い、どれほど多くの競争心、さらには、どれほど多くの苦蓬《ぬがよもぎ》が支払われたことでしょうか。もちろん、愛の喜びの一つひとつに含まれる苦しみに比べれば、わが国の海辺にある貝殻の数も大したことはありません。緑が最も鮮やかで豊かに繁る季節にこの庭で風にそよぐ木の葉の数も、ものの数ではありません。☆58

しかも、こうした愛の喜びは、よしんば、あらゆる面で悲しみや憂鬱とは無縁であるとしても、（ありえないことですが、そのように仮定しますと）、だからこそなおさら、私たちを破滅させる深刻なものになります。なぜなら、愛の運命はいつまでもひとつの状態にとどまっているわけでないからです。それどころか、現世のいかなる事柄にもまして、ころころと変化します。愛の運命は、ほかのすべてのものとは異なって、最も軽薄な領主の支配に平伏しているわけですから。ひとたび運命が急変すると、かつて幸せが大きく思えていたなら思えていただけ、不幸はなおさら大きく感じられます。私たちは、事ここにいたって〈愛〉を呪い、事ここにいたって己の身をかこち、事ここにいたって生きていることを悔やみます。それについては、次の歌でご覧いただきましょう。この歌は、ひょっとすると、通常のものよりも長いように見えるかもしれませんけれども、それも私の不幸の深刻さを鑑みてのこと。深刻すぎて短い詩行では歌いつくせそうにもなかったのです。（xxiii）

こよなく甘美で安らかな日々に、
こよなく明るい夜に、こよなく幸せな身の上に、
私よりも恵まれた人は、いなかった。
愛ある人生にはじめて足を踏み入れ
苦しみも涙も露ほども交えずに
愛の文体を織りなし始めた、そのときには。
いまや私の生命《いのち》の道筋は変わってしまった。
過ぎにし日々の美しい思い出は、くつがえされてしまった。

あのころは涙など縁もゆかりもなかったのに、
重苦しくも辛い、陰鬱な夜におおわれてしまった。
文体も主題も変わりはて、
私の身の上も幸運も、変わりはてた。
　ああ、思いもよらなかった、
あれほど高い境涯から、これほどまでに低い生きざまへ転落しようとは。
平明な文体から晦渋な文体に落ちぶれようとは。
太陽がどれほど清らかな昼をもたらそうとも、
そのあとに陰惨な夜がこなかったためしはない。
それと同じこと。笑いのそばではいつも涙が待っている。
　そう、笑いのすぐそばに涙があったのに、
気づかなかっただけ。知ってさえいれば、幸せな状態のまま
歌い続けていただろうに。甘美だったあのころの夜のうちに
わが命を終わりにしていただろうに。
なのに、ぐずぐずしすぎて今では胆汁を味わうはめになった。
私の胸も文体《ことば》も、こんなにもすさんでしまった。
　〈愛〉よ、かつては文体《うた》のために
楽しい主題をあてがってくれたのに、今は怒りと涙を教えるお方よ、
私の楽しかった日々はどうなってしまったのだろう。
花咲き誇る私の身の上を、なんたる風が吹き払ってしまったのだろう。

穏やかだった人生に嵐を巻き起こし、
静かな夜の眠りを打ち砕いたのだろう。
　まんじりともできぬまま、あれほど甘美に過ごした夜は
今いずこ。ふさぎこんだ人生を明るく元気づけてくれる
笑いさんざめく文体は、今いずこ。
こんなにも急いで文体を涙に変えたのは、誰。
いっそ死んでしまった方がよかったのだ。私は結構な身の上だったのに、
きらきらと明るい日々が烏羽玉《うばたま》の暗がりに染め変えられた、あの日のうちに。
　晴れわたった日々の私の太陽は、姿を消した。
私の夜は、かつては普通の太陽よりもずっと明るく輝いていたのに、
今では幾重にも闇が深まった。
かつて私は、愉快な文体で歌い、
詩歌をつづったのに、今では涙でつづっている。
甘美だった人生を苦いものに変えた、その涙で。
　私の人生の体たらくぶりを、おのおの方にお察しいただけるなら。
私の日々を賑々しくしてくれる唯一人の女《ひと》が
よりによって、それを涙に変えてしまってからのことを、お察しいただけるなら。
それなりに心穏やかに夜をすごせるのに。
憂き身のかこちごとを文体《うた》に詰めこむまでもなかろうに。
なのに、今の境遇の私には、それはかなわぬ幸せ。

　緑あふれんばかりの私の幸せに牙を突きたて、
あやうく命にまで噛みつきそうになった、あの獣《こいびと》は、
悲しみに打ちひしがれた文体《こえ》の響きを耳にすると、逃げ去ってしまう。
かつての日々のことを思いだしてもらおうとしても、
このころの夜のことを語って聞かせようとも、
私のとめどない涙に、ついぞ哀れみをかけてくれることなどなかった。
　私に耳を傾けてくれるのは木霊《エコー》の精だけ。私の涙を
その昔の自分の奇怪な状況に重ねあわせて
切ない夜のことを一緒に嘆いてくれるのは、彼女だけ。
もしも人生があらかじめ最後を見通しているのなら
私の日々も木霊《エコー》の精の日々もゆく手をひとつにして歩みより、
私の文体は肉体を脱ぎ捨てて、ただ声だけになってしまうだろう。
　愛する方々よ、かつての私は、
誰に語りかけても涙を鎮めてもらうことのできる、麗しい文体を手にしていた。
それなのに、今では一日たりとも、私をおちつかせてくれないなんて。
喜ばしい状況にあるときには
苦しい生を経験することになろうとは露ほども思わない人は、
昼日中《ひるひなか》は来たるべき夜のことを考えもしない人は、このような仕儀におちいるのだ。
　私の夜におかまいもなく浮かれさわぎたい人は、どうぞご随意に。
私が自分の文体に嫌気が差すように仕向け、

生きているのもいやにさせる、あの女《ひと》と同じように。
私はもはや、涙から逃れでる望みは絶え果てた。
あれほど楽しかった立場から、たちまちのうちに
私を悲しい日々へと追いつめたあの女《ひと》は、それは百も承知。
　まかり去るがよい、喜ばしい日々よ、優しい夜よ。
私の美しかった状態は、
別の文体を選んだのだ。私の命を涙だけで養うために。[☆59]（XXIV）

ご婦人方よ、第二の嵐である陽気さが私たちをどんな港に連れていくかは、ご覧のとおりです。それなのに私は（死ぬのが待ち遠しくてならないというのに）、どんな生き方にもせよ、ともかくも生き永らえています。ところが、生きていられなくなった人々も、大勢いました。大層な陽気さのあとでは、かえって、苦しみは人々にとって辛いものになるからです。運命はカリアの女主人アルテミシアの愛の幸福を夫の死によってぶちこわしました。彼女はそのせいで生涯の残りの日々をずっと涙にくれてすごし、ついには泣きながら死んでしまいました。もしも彼女が、愛の喜びにあっても陽気になるのはほどほどにしておいたならば、そんなことにはならなかったでしょう。悲しみにくれるエリサは想いを寄せているアイネイアスに捨て去られて、惨めにもわが身を捨てて自ら命を絶ちました。もしも彼女が愛の欲望においてそれほど順風満帆な運命にめぐまれていなかったならば、そんなに死に急ぐことはなかったでしょう。惨めなニオベは、多くの子宝に恵まれたことを無上の幸せとして増長しなかったならば、子どもたちを失ってもそこまで辛くはなかったでしょう。[☆60]このように、愛する者たちの惨めな陽気さがそれだけで充実しているならば、彼らはきわめて悲惨な死にいたるか、あるいは永久《とこしえ》の苦しみをもらいうける相続人に指定されるまでのこと。もしも陽気さが大いなる悩みでちゃらちゃらと飾られているならば、それが続いているかぎりは愛する者たちを責めさいな

み、なくなったらなくなったで彼らの手中に後悔だけを残していくのは、まったくまちがいありません。なぜなら、私たちはどんな事柄に着手しようとも、それが失敗して損害となるならば、無念の思いが痛切になるからです。

おお、苦々しい甘美さよ。おお、心の曇った愛する者たちの、毒をふくんだ薬よ。おお、おまえをもっている人たちのために、後悔よりも甘美な果実をなにひとつ残さない、悲しみにまみれた陽気さよ。おお、目に触れるやいなや軽やかな煙のように姿をくらまし、私たちの目には涙しか残さない可愛らしさよ。おお、いまいましくも私たちを高く舞いあがらせる翼よ。太陽にあたって蠟が溶け、重たい身体が身ぐるみ剥がれて残されれば、まるで新たなるイカロスさながらに、私たちは海に墜落するしかないのに。ご婦人方よ、人が愛するときに感ずる快楽とは、このようなものなのです。

それでは、恐怖とはどのようなものかを見てみましょう。(XXV)

詩人たちは架空の話をでっちあげるものですが、時にはいくばくかの真実を語ることもあります。それによると、暗い奈落の底には、地獄に堕ちた惨めな者たちの群れの中に、頭の上にとてつもなく巨大な岩が細い細い糸で吊されている人がいます。この人は岩を見上げて、今にも落ちてくるのではと恐れおののきながら、絶えまなくこの懲罰を受けているのです。[☆61] 不幸せな愛する者たちの状態も、ちょうどこれと同じです。彼らは、まるで自分たちの災難の重大な破局が頭の上にぶらさがっているかのように、降りかかってくるやもしれぬ破滅に四六時中びくびくしています。惨めな者たちは永遠の恐怖の中を生きていて、悲しき心が片時も休まず彼らになにをささやきかけるのかは知りませんが、無言のうちに心配におとしいれ、責めさいなみます。こうして、その都度その都度次にめぐってくる不幸を言いあてるわけです。なぜなら、貴婦人《こいびと》に軽蔑されてしまうのではとか、ひょっとすると誰かほかの男に愛を与えてしまうのではとか、何かのはずみで(そのような方法はいつでも千もあるのです)歓びにいたる恋路が奪われてしまうのではないかといったことを、いつも恐れないでいられる恋人とは、どのような御仁でしょうか。愛しているときには誰であれ（その愛が順調であろうとなかろうと）一日に千回も心配になったり、千回も恐怖を感じるのではないでしょうか。そんなことにはならない人が生きてこの世にいようとは、私には、とうてい信じられません。☆62

では、これらの心配事については、恐れのほかにも損失はあるでしょうか。当然、あります。しかも、ひとつではありません。数えきれないほどございます。恐れと臆病心は、ほかの多く不幸の種となり、根となるからです。なぜなら、私たちは、ぶらぶらとぶら下がっていて、落ちてきたらせっかくの幸福を水に溺れさせてしまったり、粉々に打ち砕いてしまうやもしれぬと危惧される破滅をまぬかれるために、何本もの邪悪で曲がったつっかい棒を置いて落下をくいとめようとするからです。ほかの人々を散々な目に遭わせようが、ひょっとすると死に追いやろうが、おかまいなし。残忍なアイギストスは、長きにわたった戦争から帰ってきた従兄弟を刺し殺しました。ひょっこり戻ってきた邪魔者のせいで歓びが台無しになるのを恐れたからでした。同じように、狂乱のオレステスは憎い敵を殺しました。こともあろうに神々の祭壇の前で、犠牲式を執りおこなっている神官たちの只中で倒したのです。それは、従姉妹に対して抱いていた愛をつなぎとめるためでした。☆63私としたことが、ご婦人方よ、こんなにもたくさんの悲惨な話を挙げ連ねたりしたことを、申し訳なく思います。それでも、ジズモンド君と、御前で歌を披露した第二と第三の乙女たちが良きものとして褒めそやしている〈愛〉というものの正体がどのようなものであるかを御覧いただくためには、私としても〈愛〉の仕業で織りあげられた布でお示しする必要があるのです。しかし、〈愛〉の仕業についてては、多くはお話しせずに残しておきましょう。船は、順風に恵まれてとどこおりなく航路を進んでいるときには、海の水の滴の多くを船尾に残してゆくものですから。（XXVI）

では、苦しみに移りましょう。不幸についてのお話は、できるだけ手早く終わらせたいですしね。苦しみは、ほかの二つの苦痛、つまり陽気さや恐怖と同じように、欲望を根としています。ところが、陽気さという川が以前に注ぎかけてくれた水がたっぷりだったかちょっぴりだったかに応じて、すくすくと、あるいはちんまりと、生長します。

たとえば、愛する者たちの中には、貴婦人《こいびと》からじろりと横目で睨《にら》まれたり、一言二言なじられただけで、三つの刺し貫かれた深手《きず》にくずおれる人々もたくさんいます。彼らは、女たちは得てして、愛してくれる男たちをちょっとばかり懲らしめてみようと、わけもなくそんなことをするものだなどとは思いもよらずに、悲しみにくれ、くよくよし、まったく慰めようもないほど苦しむのです。また、自分の欲望になんの見返りも得られないので、もう生きてなどいられないと思いつめる人々もいます。見返りは得られても充分には楽しむことができないせいで、見かけだけの不幸に次から次へと怨めしい気持をつのらせ、それを現実に存在する由々しき不幸に変えてしまう人々もいます。そして、多くの人々は、舞いあがるような喜びが貴婦人《こいびと》の死によって終局を迎えると、とめどもなく悲しみにひたり、目や思いをどこに向けようとも、彼らの目の前に現われるのは、ひたすら彼女の冷たく青ざめた姿だけとなってしまいます。このような人々みなにとっては、冬になってもすべての木々から葉が散り落ちてしまうわけではないように、時が経っても悲しみが除かれることはありません。それどころか、春がくるたびに古い枝から木々の新芽が萌えでてくるように、悲嘆のうえに悲嘆を積みあげる愛する者たちも少なくありません。彼らは、愛する貴婦人《こいびと》よりも生き永らえれば生き永らえるほど、ますます苦しみぬいて暮らし、剣の上にのしかかって傷口を押し広げるように、惨めにも日を追うごとに傷を深めていくのです。[☆64] さらには、貴婦人《こいびと》の残酷《つれな》さのせいで、幸福の絶頂から不幸のどん底に突き落とされて、彼女に喜んでもらえるように世間から遠ざかってしまう人にも事欠きません。しかも、このような手合いは、流浪の身にありながら、泣くことのほかはまったく関心がありませんし、このうえなく不幸であることのほかはなにも望みません。不幸であることを欲し、それによって身を養い、そこに慰めを見いだし、われとわが身を不幸へと吸いよせるのです。彼にとっては、太陽も、星も、天も、明るく輝くことはありません。草も、泉も、花も、川のせせらぎも、緑なす森の眺めも、そよ風も、涼しさも、木陰も、どれひとつとして、心地よく感じられません。ただもう、ひとりぼっちで、じっと物思いに耽ったまま、目には涙をいっぱいにためて、森閑と静まりかえった森や足跡もまれな谷を散策しながら、己の命を縮めるために知恵をしぼります。時には、閉ざされた苦しみのいくばくかを悲しげな歌で披露し、枯れた木の切り株や孤独な獣を相手に、まるで彼らが耳を傾けてくれるかのように、話しかけ、己の身の上をなぞらえることもあるでしょう。☆65 私も、何度も何度も自然の風物に心を打ち明けました。(ご婦人方よ、私の悲惨さをみなさまに隠しだてなどせずにお話しいたしますが、私は悔やみませんとも)。しかも、私が打ち明けてから、さして時間は経っていません。なぜなら、昨日の今時分、ここの連中からこっそりと姿をくらまして、道を外れてこの辺りの斜面を一人さまよい歩いておりましたところ、一羽の孤独な雉子鳩がこちらにやってくるのを見かけたのです。雉子鳩もまるで悲嘆にくれているかのように、悲しみにひたっている私のところに飛んできたのでした。そこで私は、涙ぐみながら話しかけたのです。

寂しき小鳥よ、
やさしい伴侶《とも》がいなくなったと泣きながら飛んでいるのなら、
こちらへおいで。私も伴侶《とも》のことを泣いているのだ。
一緒に私たちの哀歌をつくろうではないか。
でも、おまえは今日にでも巡り会えるだろう。
私はいつになったら。おまえはいつでも緑の中に
いるけれど、私はといえば、
嘆きの声をあげないでねと慰めてくれる人のいるところからは、逃げだしたくなる。
泣いている人、溜息をついている人でなければ、聞く気にもなれない。
それにおまえは、ひとつの苦しみがのしかかろうとも、
別の生き生きとした歓びのおかげで元気をとりもどすことができるだろう。
なのに、私はありとあらゆる私の幸せを抜きとられ、奪われたまま。

　ありとあらゆる幸せを抜きとられ、奪われた私。
それを剥ぎとったのは、私の欲深き運命。
いまや、見てのとおり、身ぐるみ剥がされたよそ者となって、
野原をとぼとぼと、わが身の苦難をはかりながら歩いている。
言わせてもらおう。晴れわたった時間はごくわずか。
楽しい歩みは、あっというまに終わった。
せめて、あらゆるものの終わりに近づければよかったものを。
なのに、その日は、決してこちらにはこないで、私を悩ませる。
新たなる闇の中に、私を押しこめる。
でも、もしも可哀想と思ってくれるなら、
神の御心のお望みになるところに、飛んでいっておくれ。
舌をほどいて、伝えておくれ。
　「アルプス山脈の麓、父君の生まれた
美しい故郷からアラマン族の地を分け隔てる山の麓に、
獣たちや、木々や、水の流れと一緒になって、
大声で〈愛〉のことを嘆いている男がおります。
苦しみを糧とし、涙で
草原と斜面を濡らしています。かつては、貴女《あなた》のことを思うのを
喜びとしていたので、なにを語ったか、なにを言わずにいたかを、
思いだしながら歩いています。そして、足の赴くままに、ところかまわず

田野のいたるところで叫び声をあげ続けています。
目に表われるのは、死の望みだけ。
口に唱えるのは、貴女のお名前。
顔立ちも髪の色も、まだまだ若い盛りだというのに」。

なにを喋っているのかね、運に見放された者よ。
誰に話しかけているのかね。何をしょぼくれているのかね。
なぜ、いっそのこと黙々と泣きつづけないのかね。[☆66]

さあ、ジズモンド君、〈愛〉は良いものであると示す勇気が出てきたかね。〈愛〉は良いものだと示す度胸は湧いてきたかね。[☆67]（xxvii）

このようなわけで、ご婦人方よ、これらの不幸については、つまり欲望と陽気さと不安と苦しみの四つについて、一つひとつ別々に御了解いただきました。ここからは、何もかもいっしょくたにして文目《あやめ》もなしに、これらの不幸の中をしばし散策いたしましょう。

さて、あれやこれやの話に移りますまえに、まずもって私の目にとまるのは、このおべんちゃら使いの悪党が私たちの魂に不幸を与えるときの、始まり方の新奇さです。それはまるで、悲しみと涙と私たちの生命の明らかな危機が誕生するのではなく、まるで楽しい遊びが始まるかのように装うのです。たとえば、他愛もない一言、ちょっとした微笑み、一曲の歌、わずかな目の動きが、驚くべき力で私たちの魂を鷲づかみにし、それが原因であらゆる幸せ、あらゆる名誉、あらゆる自由を一人の貴婦人の手にすっかり握られてしまい、以後は彼女のこと以外には見向きもしなくなる、ということが千回も起こります。こうして、身のこなしや、歩く姿や、座っているさまが、こよなく大きな消すことのあたわぬ炎の火口となるのが一日中いつでも見られるのです。[☆68] さらに、なんとたびたび、（もちろんご婦人方の身体にはいろいろな美しい部分がありますが、このさいは、そのようなことについてのお話はご勘弁を。最もささやかな部分が不思議にも私たちを動かすことが、まま、あるとしても）、ああ、なんと、たびたび、私たちはたった一筋の涙にうっとりすることでしょうか。[☆69] 貴婦人のいろいろな美しい部分の中でも、笑いのせいで私たちの心が動揺することはまずないでしょう。それなのに、たった一粒の涙が足取りも気ぜわしく私たちを不幸へとひた走らせるのです。いかに大勢の人々にとって、一人の病弱な女性の青ざめた顔が、もっとひどい蒼白さの発端となったことでしょうか。[☆70] そして、心地よい庭園では憧れにきらきらと燃える目をとらえることのできなかった彼らが、ひどい熱にうなされて虚ろでとろんとした恋人の目に釘づけになり、彼らにとっていっそう危険な熱の原因となったことでしょうか。なんと、たびたび、可愛らしい貴婦人が無邪気な楽しみのつもりで見つめて、私たちを満足させ歓ばせているつもりになっているときに、私たちは目で飲まされている愛の毒気に気づかないでいることでしょうか。いかに大勢の人々が、初めは遊び半分で罠にかかりにいってつかまったふりをしているうちに、困ったことにもいつのまにか、きわめて頑丈できわめて強く締めつけられた結び目に惨めにもがんじがらめにされてしまったことでしょうか。いかに大勢の人々が、他人《ひと》さまの火を消そうとしているうちに、自分自身に火が燃え移って、助けが必要になったことでしょうか。いかに大勢の人々が、ほかの誰かが遠くの貴婦人のことを話しているのを聞かされているうちに、彼ら自身が千もの殉教の苦しみにすり寄っていったことでしょうか。

おお、情けない、これだけは黙っていたかったのに[☆71]」。（XXVIII）

こう言うやいなや、ペロッティーノの目から突然はらはらと涙がこぼれ、今にもでかかっていた言葉が胸につかえました。みんなは、この光景に哀れをもよおし、黙りこくってしまいました。彼は、そうこうするうちに気をとり直し、涙にむせぶくぐもった声で、話の続きに入りました。

「私たちの魂にこのような火花が灯されるのを見届けると、ご婦人方よ、この愛くるしくも残虐な小童《アモル》は、火に油を注ぎます。つまり、希望と欲望をくべるのです。この二つのうち希望ならば欠落している場合もあるでしょう。希望が生まれてくるということ自体珍しい偶然ですから。しかしながら、欲望は目減りすることはありませんし、希望と一緒に潰えることは決してありません。なぜなら、私たちは石頭で、命かぎりある人間だからです。私たちはなにかが拒まれれば拒まれるほど、ますます欲しくてたまらなくなるように生まれついています。それだけではありません。実にしばしば〈愛〉が潜んでいるせいでもあるのです。〈愛〉は、私たちの希望がしぼんでいくのを察知すると、ますます躍起になって炎に欲望を吹きこみながら、炎を煽りたてます。☆72 炎が燃えあがるにつれて、私たちの悲しみはいや増しに増し、ついには、悲しみは溜息や涙や叫びとなって惨めにも私たちの胸から外にぶちまけられることになります。しかし、たいていは虚空に消えていくのみ。このことにはっと気づくとき、風にさらわれる声が多ければ多いほど、私たちが感ずる苦しみはいっそう大きくなります。このようなわけで、私たちの火は涙を降りかけられると、驚くべきことに、ますます勢いづきます。こうなると、私たちは自らの命を殺める瀬戸際にたち、究極の救いとして死を呼び求めることになります。

なるほど、このような仕方で苦しむことによって苦しみがふくれあがり、このように嘆きながら人生を生きていくのが惨めであることはまちがいもありません。しかしながら、このような体たらくではあっても、大いなる苦しみの中にあっては、苦しんでいられるということ自体が少しはましなことです。悲しみの最中にあって、少しでも声をあげたり、ひどい目にあった原因を申したてることができないのは、いっそう惨めでいっそう多くの災厄に満ちています。しかも、ぜひとも声にだしたいときとか、その必要に迫られているときにかぎって、そうなってしまうのです。さらに、悲しみをそっと胸のうちに秘めたまま楽しげにとりつくろった顔をして、愛の想いを目に表わすことすらもできないのは、あらゆる尺度を越えてきわめて惨めできわめて苦しいことです。愛の思いは閉じこめたままにしておくと、炎を維持するどころか、増大させる材料となってしまいます。なぜなら、火は締めつけが厳しくなればなるほど、いっそう激しくものを焦がすからです。[☆73] そして、これらのことはすべて、愛する者たちにとっておなじみの現象です。大気にとっては、風や雨がつきものであるのと同じです。ですが、なぜ、『これらのこと』などと言ってしまったのでしょうか。数えきれないほどたくさんあって、一つひとつが悲しみに満ちていて深刻だというのに。（xxix）

ある人はつれない貴婦人を追い回します。そんな人は、拝みたおし、恋いこがれ、泣きくれ、[☆74] 死ぬほど苦しみつつ、悲しみに打ちひしがれた千もの思考の中で人生をきわめてつらいものにしながらも、欲望にますます身を焦がします。またある人は、哀れみ深い貴婦人の従僕となりますが、その穀物《みのり》に手をつけることを運命に阻まれるので、望みの貴婦人を間近に見れば見るほど、また禁じられていればいるほど、ますますやつれはてて衰弱し、まるでもう一人のタンタロスさながらに、多くの望みの只中で悲惨にもわが身をすり減らします。[☆75] さらにほかの人は、気紛れな貴婦人の奴隷となりはてて、今日は満足したかと思えば、明日は不幸せ者と名乗ることになります。そんな人は、あたかも風や波にもまれるままに前に押しだされたり後ろに戻ったりする海の水泡《みなわ》のように、高くなったり低くなったりします。こうして、熱くなったり冷たくなったり、恐れおののいたり、希望をつないだりで、その状態にはなんの安定性もないので、あらゆる種類の懲罰《くるしみ》を感じ、こらえることになります。またほかの人は、かすかで根拠のない罪深い希望だけを頼みの綱としながら、惨めにも塗炭の苦しみをいっそう長びかせるために何年も生きつづけます。さらには、たとえほかのものがなにもかも失われ壊れようとも、誓いあった忠誠や幸せな状態だけは盤石だと思いこんでいる人もいるでしょう。そんな人は、愛の信頼関係はなにもかもガラスでできていたことにふと気づいて、物想いの陸《おか》に乗りあげてにっちもさっちもいかなくなり、足許の大地が崩れ去ったかのようにくらくらします。[☆76]

これらのことに加えて、突如として、ほかの千もの残酷なことが手を変え品を変えてもちあがり、私たちの平安をことごとく食いつくし、はてしない不安を投げつけ、さまざまな塗炭の苦しみをもたらします。たとえば、ある人は貴婦人の急病に泣きます。この病気は、彼女の身体の中で彼の魂《こころ》を惨めにも責めさいなみ、消耗させます。[☆77] ある人は、新しい恋敵に気づくと、たちどころに嫉妬を覚えます。内心かっかと燃えながら身をすり減らし、とげとげしい敵対的な魂《こころ》で、あるときは自分自身を、あるときは競争相手を咎めだてします。もちろん、貴婦人を大目に見ることなどできません。彼女のことを見ているのが自分一人だけでないならば、とてもではないが平穏な気持になれないのです。ある人は、貴婦人の婚礼が間近に迫っていることに動転します。御馳走の支度がととのい祝宴が催されても気持を切り替えることはできませんし、豪華なしつらいを嬉しそうな目で見るどころか、まるで自分の葬式のためであるかのように思ってしまいます。ほかの人たちは、日がな一日、いろいろなことをきっかけに泣き続けます。涙を流す機会さえあれば、不運にもたちどころに泣けてくるからです。なにかの偶然で、あるいはなにかの美徳のおかげで泣きやむことになったとしても、往々にして、それにかわるもっと苦渋に満ちたもっと重苦しいほかの泣き方が、わんさと甦ってきます。ですから、ヘラクレスの獰猛なヒュドラと戦うはめになった者でさえも、〈愛〉の残忍さを相手に力試しをする仕儀におちいった者よりはよほどましな条件に恵まれていることになるでしょう。[☆78]

そして、私が男どもについて述べていることは、ご婦人方よ、みなさまにも同じように降りかかってきます。しかもおそらく、あくまでおそらくでございますよ、もっとたくさん降りかかるのです。（とはいえ、どうか気を悪くしないで下さい、若奥様方よ。私はみなさまのことをとやかくあげつらっているのではありません。ただ、みなさまを相手に話しかけているだけなのですので）。なぜなら、みなさまのほうが私どもよりも、生まれつき、〈愛〉の攻撃に屈服しやすくてあっけなく降参なさるからです。それに、みなさまのほうが私どもよりも、もっとあかあかと明るく炎を燃えたたせられるのが世の常。[☆79] そうは言うものの、ご婦人のお一人お一人にたくさんの出来事がのしかかってくるせいもあって、みなさまの方が私どもよりも一段と用心深く、慎重になられるようですが。（XXX）

そのうえさらに、最初の情熱が年端もゆかぬ魂にとりつくならば、柔らかい枝葉が暑さに参るように、私たちはたいそうな被害をこうむります。老成した年齢になってから感じられるならば、いっそう衝動的でいっそう凄惨になるのはまちがいありません。あたかも、空が穏やかに晴れわたっていた時間が長ければ長いほど、いっそう滅茶苦茶に荒れ狂うのと同じように。このような具合で、若かろうが年をとっていようが、ひとたびこの病に冒されるや、私たちの生命は、行方も知らぬ道に、立つ瀬もない状況に、勝ち目のない戦いに、突きだされてしまうのです。しかも、愛の疫病はどれひとつとっても、肉体の疫病と同じように、年寄りになればなるほど治療は困難になり、どんな薬も効かなくなります。なぜなら、愛における最悪の事態とは、いつまでも淡い期待を抱きつづけることだからです。ろくに考えもせずに、一日また一日と深入りしてしまったが最後、まるで糸巻き棒ももたずに迷宮の中を歩きまわったのと同じように、あとでやはり気が変わったとしても、入ってきたときの道を通って後戻りすることはたいていできなくなっています。しかも時には、私たちはあまりにも不幸に馴れ親しむあまり、その気になればできるくせに、でていく気にすらならなくなってしまうのです。☆80

これらすべてに加えて、ほかにもございます。長い間続く仲たがいは残酷です。短い仲たがいの間は悲しみに打ちひしがれそうになります。仲直りしても先行きは不安です。また、かつての愛の焼けぼっくいに火がつくのは危険であり、大変なことになります。再び病床に就くことになった患者は、最初に熱がでたときよりも、二度目に熱がぶりかえしたときの方が、よほど痛めつけられることになるからです。失われた甘美な時の追憶はきわめて苦渋に満ちています。かつては幸福だったということが最高の不幸を生みだします。別れはきわめて辛いことですし、とりわけ、嘆きながら首を長くして待ちわびていた夜に、長くて溜息に満ち涙をまじえた抱擁とともに終わりを迎えた場合はなおさらです。そのような別れぎわには、愛する者たちの心臓は血管の網目から引っこ抜かれ、あふれかえる懊悩のせいで真っ二つに切り裂かれるかのように思えます。ああ、離れ離れになるのはなんと苦いことでしょう。そんなとき、愛する者はついぞ笑うことはありません。うきうきするような喜びもわくわくするような楽しみもありません。まるで目で北斗を見つめるように、想いはいつも貴婦人に釘づけにされたまま、人生の嵐の中をどう見ても危うい足取りで歩いていきます。悲しい心の周りにはいつもきわめて苦い涙の川を流し、口からはたくさんの悲痛な溜息をつきながら、肉体が訪れることができないところには、かわりに魂が飛んでいってしまいます。そして（見えているものなどほとんどないにしても）なにを目にしようとも、それがはずみとなって大泣きに泣いてしまうのです[☆81]。

ところで、ご婦人方よ、私の生きざまはカンツォーネに歌われているとおりのもの、いいえ、もっとひどいものです。私の惨めな実例によってみなさまに明らかになるでしょう。先程カンツォーネを思いだしてからずいぶん時間が経っていることでもありますし、懲りもせずに、またぞろ二つ思い起こしてみましょう」。（xxxi）

まやかしの、むごたらしい運命は、
あの人の慈悲深くも甘い眼差しから
無惨にも、私の希望を消してしまった。
それ以来、苦しみに次ぐ苦しみ、不幸に次ぐ不幸の中で
日々を過ごし、荒涼とした片田舎を
よろめきながらふらふらと歩みつつ、死を呼び求めるうちに、
私は風に散らされる霞か砂埃、
日に照らされる細雪《ささめゆき》になってしまった。
ひとつの面影が魂につきまとって離れないのに、魂はそこから逃れようとする。
魂はひとつの物想いにずたずたになり、
激しく燃えるあまり、ほかのどんな痛手にも無頓着。
目は、かつては見たがって憧れていたのに、
今はさめざめと泣き、泣かずには気がすまぬかのよう。
私はもはや、星のご加護を受けられなくなった。

悲しくて禍々《まがまが》しい想いにひたりながら、
四肢《からだ》を引きずって、一歩一歩、難儀な道のりを進みいく。
すっかり踏み惑って怖くなった私は、問い糺す。
「どこに都落ちするのかね、悲しき者よ。尾羽うち枯らして諦めるのは、何。
おまえのことを嫉むのは、誰。おお、私のいちばん崇高な欲望よ」。
そうかこちながら、悲しみにくれる雨を
大河となして、心臓から流しだすや、
岩でさえもが涙ぐまんばかり。
どこに足を向けようとも、どこに目を向けようとも、
そこに見るのは私の貴婦人《こいびと》ばかり。
私の苦悩は、珍妙な仕方で
ますます深まるばかり。
　足はここにあるのに、心はあの人の許にある。
内面から湧きだす川が目からあふれて、
いく先々の小道を濡らしながら、歩みいく。
そして、思い煩う。「ああ、私は何者なのか。そもそも何者だったのか。
かけがえのない宝を奪いさったのは、誰。
帰る当てもないところに、私を引きたてていくのは、誰。
ああ、私はペーロではない。なにゆえ、玉の緒はこの場で絶え果てぬ。
ますます浅ましく乞い願うようになるまえに。

ああ、あっというまに私の喜びを身ぐるみ剥いで
永久《とこしえ》の悲しみをまとわせるのは、誰。
ああ、世界よ。ああ、私を目の敵《かたき》にする
運命よ。私をどこへ連れていくのか。
やがては尽きる命といえども、私より辛い生き方はあるまいに」。
　道なりにいくまま、さすらう足の赴くまま。
せめて死ぬまえにこの両目に想いを遂げさせようと、泣きながら探し求める。
ほかのことなど望んでいないから。
そして、叫ぶ。「おお、幸運に見放された恋人よ。
おまえが今いるのは、短い喜びのいきどまり、
そして、足引きの長き苦しみの始まり」。
私の魂の真ん中に、まるで二つの星のように
しっかりと刻みこまれた目は、
かつては私の太陽だった顔は、
私の胸から重荷をすっかり除いてくれた
仕草と言葉は、
心の中で、辛い想い出の数珠つなぎとなる。
私が息絶えずにいられるのは、まったくの奇蹟。
　なるほど息絶えてはいないが、私はペーロではない。しかも、生きてなどいないのだ。
いや、生きているとすれば痛手のおかげ。一つひとつの報いに

希望をかけていては、死んだも同然。
私は喜びのせいで死に、苦しみのせいで生きている。
歓喜が足りなくなると、心の苦しみはいや増しに増して、
時が経つにつれて、ますますおびただしい涙が流れでる。
それでもなお、心は、あの人を慕い、耳にし、目にする。
かつてはいとも優しく心を燃えたたせてくれたのに、
今では苦々しくも心臓を搾りあげる、あの人を。
だが、燃えたつ精神《こころ》の大いなる火を、
たった一かけらの花火が鎮めてくれるはずもない。
私は歩き回りながら、訴える。「おお、つれない運命よ。
よくも私を、堪えがたい巡りあわせの中に放りこんでくれたね」。
　カンツォーネよ、この幹も残すところわずかとなってしまった。
でも、私をやつれさせ無茶をさせる悲しみは、しぼんではくれない。
よんどころなく、もう一本の木肌に刻むことにしよう。[☆82]（xxxii）

ペロッティーノはこの詩が終わると口をつぐみました。そして、しばらく静かにしていましたが、やがて心の真ん中からでてきたかのような、内面の辛さをきわめて真摯に打ち明ける悲しげな溜息のあとで、次の詩に移りました。

　ああ、どんなに逃げ回ろうとも、助かる見込みはない。
疲れ切った命から軛《くびき》を外すこともならない。

どこへいこうとも、命は軛《くびき》に押さえられたまま。
かつてのことを追憶すればわが身は燃えたつけれども、
苦しみは倍になり、
そこかしこの田舎辺に証人をこしらえるはめになる。
〈愛〉よ、もしも気が向くならば、
せめてマドンナに耳を貸してもらえるようにしてください。
私の今際《いまわ》の際《きわ》の声を届けてください。
気高き希望が
以前は生き生きしていたけれども、今は落魄して消えてしまった、あの場所へ。
あのとき、私の身の上は甘くて芳しかっただけに、
なおのこと、都落ちする身は、辛くて、堪えがたい。

　アルプスの山で、緑の中をそよ風がたつのを聞けば、
私は溜息をつき、涙を流す。どうか可哀想と思って
私の窮状を天までお伝えくださいと、風に向かって頼みこむ。
泉の水が谷川に落ちるのを、あるいは小川が緑の水路を伝って
落ちるのを聞けば、私は自分の目と示しあわせて、
もっと大きな流れを涙でこしらえたくなる。
枝振りや花を眺めれば、
ささやきかける人影が目にとまる。「おお、悲しき巡礼よ。
あなたの命は花の盛りだったのに、しおれて、枯れてしまったのですね」。

それでも私は、あの人のことばかり考えている。
辛い運命をくれた、あの人のことを。
歩みいくうちに想いが募れば募るほど、
〈愛〉は私につきまとい、いっそう激しく苛《いた》めつける。

　日の光も射さない下草に
座りこむのも、しょっちゅうのこと。木陰なす森の中でも
最も深閑とした暗がりこそが、私には最もほっとできるところ。
憧れに満てる想いが釘づけになるのは、あの美しい目。
あの目は、楽しくて幸せな日々を私にくれたのに、
今くれるのは、惨めさと苦しみで一杯になった日々。
欲張りな思いちがいのせいで
苦しみはますます深まるばかり。私が日々どんなにか殉教の苦しみに
堪えているかを物申すために、あの目のところにいこうと思い立つ。
だが、ふとわれに帰ると、
自分の望みからあまりにも遠ざかってしまったことに気づいて、
私は（ああ、なんたること）、影の下の影のように消えいりそうになる。
〈愛〉がたっぷりとくださるのは、これほどまでに真摯な憐憫の情。

　物寂しい野山で
無邪気ですばしっこい二頭の獣が
エメラルドの草を食みながら歩いているのを、遠くから目をこらして見つけると、

私は泣きながら、話しかける。「おお、愛しあう者たちの
楽しくて目端のきく暮しぶりよ。諸君の希望は、仇なす星々のせいで
潰えたり、嘘になったりすることはないのだね。
諸君はいつも、ひとつの森、ひとつの山、ひとつの平野、
ひとつの喜び、ひとつの望みを、共にしている。
それなのに私は、貴婦人《こいびと》からなんと遠く離れていることだろう。
ああ、可哀想と思ってくれるのなら、
どうか私の苦しみにじっくり耳を傾けておくれ」。
とかくするうちに、はっとわれに帰り、
他人《ひと》を探しているうちに自分自身を失ってしまったことを、はっきりと悟る。

寂しい海岸の、最も索然とした岸辺を
指し示すのは、〈愛〉。昔ながらの私の仇敵。
私が悲嘆にくれればくれるほど、なおいっそう喜びはしゃぐ者。
海辺に着いた私は、張り裂けんばかりの心を波に向かって
悲しみに満ちた叫びで打ち明ける。それから、貝殻をペンに、
真砂《まさご》を紙に見立てて、書きなぐる。
こうして、いっそう辛い悲嘆の中を
あの美しい顔に戻っていく。まるで餌に喰いつく魚のように。
精神《こころ》の中で、あの顔をじっと見つめながら、
恐れつつ、望みつつ、

ひたすら祈る。私のことを惜しんでくださいますように、と。
それから、ふとわれに帰って、ひとりごつ。「ああ、虚しい考えだった。
マドンナはどこに」。泣き濡れて、去りゆかばこそ。
　カンツォーネよ、おまえはこの山毛欅《ぶな》の根方で
先輩とともに生きながらえ、ともに居残るがよい。
私は苦しみをたずさえて、ここを立ち去るから。[☆83]（xxxiii）

「そろそろカンツォーネはこのくらいにしておきましょう。ご婦人方よ、〈愛〉はこのような遣り口で、私たちをあらゆる側面から虐めぬきます。このように、あらゆる方向から、あらゆる状態において、幸薄き愛する者たちには、炎、溜息、涙、苦悩、塗炭の苦しみ、心痛が、つきまといます。彼らは御丁寧にも、悲惨さの一つひとつの絶頂を完全無欠なものにしたいので、これらの苦難とはいかなる和平も、休戦さえも、決して結ぼうとはしません。残酷で頑なな運命のせいで、生きとし生けるものがもつほかのあらゆる特質から外に放りだされているからです。[☆84] それは、次のような理由です。自然によって創造された動物たちはみな、なんらかの方法で生命を保とうと努めるものです。苦労のあとには休息をとり、動き回っているうちにへとへとに疲れきって、力を使いはたしたと感ずると、安静にして力を回復させようとします。夜ともなれば、にぎやかな小鳥たちはぬくぬくとした巣や心地よい木々の枝に戻って、昼の間大空いっぱいに飛び回った疲れを癒やします。森では、のしのしとうろつき回る獣たちが横になります。草むした川底や、ゆらゆら揺れる海藻は、しばしの間柔らかい魚たちを迎え入れ、彼らがもっとすいすいと泳ぎ回りたくなるように休ませてやります。人間たちとて、同じこと。昼間はまる一日それぞれの用向きに精をだしますが、せめて夕方ともなると、どこでなりと手足をくつろがせて、やがて訪れる眠りを受け入れ、骨の折れる苦労事からの休憩をゆったりと楽しみます。それなのに、惨めな愛する者たちは、たえまない熱にうなされつづけます。彼らの不幸には、

休息も、中休みも、軽減もまったくありません。彼らはどんなときにも悲嘆にくれ、いつ何時も支離滅裂な心配事によって、まるで四方八方から馬に引っぱられたメットゥスのように、ずたずたに引きちぎられるのです[☆85]。

彼らの昼は悲しみに翳り、太陽は煩わしくてしかたがありません。陽気に見えるものはなんであれ、彼らの身の上とは正反対の性質をもっているように思えるからです。かといって、夜は輪をかけてひどいことになります。闇はいっそう悲惨に似つかわしいので、闇の方が光よりもよほど涙を誘うからです[☆86]。夜闇の中では、まんじりと眠られぬ夜は長々しくて涙にまみれています。眠りは短く胸苦しくてびくつきやすく、えてして、眠れない夜にも劣らぬほどびっしょりと涙に濡れ、水浸しになります。肉体はなんとかだましだまし眠らせたとしても、魂《こころ》はそそくさと駆けだして苦しみに舞いもどり、小心翼々とした空想と、いっそう目新しい種類の苦悩によって、もろもろの感覚を油断も隙もなくびっくり仰天させて苦悶させ続けるので、眠りはかき乱されて、寝入るやいなや目が覚めてしまいます。あるいは、たとえ肉体は弱ってふらふらになり、睡眠《それ》を必要とするがためにかろうじて眠り続けるにしても、憧れいく心は夢を見ながらも溜息をつき、不安におののく精気はそわそわと震え、憂鬱な魂は悲嘆にくれ、気の毒な目は涙を流します。眠っているときも眠れないときに負けず劣らず、残酷で悲しい想像を追い回すのに慣れっこになってしまっているのです[☆87]。

このように、愛する者たちにとっては、昼が苦ければ苦いほど、夜はいっそう悲しみに満ちたものとなって訪れます。ややもすると、昼の間はこらえていた溜息と同じだけ多くの涙を、夜になって流すことになります[☆88]。めそめそと涙を流し続けているうちに目が二つの泉に変わってしまったとしても、涙となる体液が不足することはありません。溜息が道半ばにして封じこめられることもありません。昨日の溜息で大気がすっかり満杯になったからといって、心臓から出てくる今日の溜息が少しはおとなしくなるとか[☆89]、すっかり勢いを削がれるということにはなりません。悲嘆のゆえに悲しみが、嘆きのゆえに嘆きが、苦悩のゆえに苦悩が、小さくなることはありません。それどころか、痛手は日一日と大きくなり、刻一刻とますます深刻になっていきます。愛する者は悲惨さを育てあげ、われと自ら苦しみを殖やし続けます。この輩こそはあのティテュオス、己の肝臓を禿鷹に喰われる者。いやむしろ、いつも千回も啄まれながら煩わしい苦患《くげん》とともに再生するのは、心臓なのです。この輩こそはあのイクシオン、おびただしい苦悩できた車輪にくくりつけられてくるくると回りながら、あるときは頂点に舞いあがり、あるときはどん底に突き落とされて、一向に拷問から解放されることのない者。それどころか、縛りつけられて過ごす期間がいっそう長くなり、いっそうたくさん回れば回るほど、時を経るごとにますますしっかりと結わえつけられ、釘をかたく打ちつけられてしまうのです。☆90

私には、ご婦人方よ、地獄の底の底まで降りていって、呪われた者たちの極めつきの悲惨さの実例をみなさまの目の前にお示しでもしなければ、この残酷なお師匠さまが私たちを虐めぬくお仕置きを言葉で喩えることなどできません。しかも、ご覧のように、地獄の責め苦といえども、愛する者の責め苦ほどはむごたらしいものではないかもしれないのです。

ですが、こういう議論もそろそろ潮時でしょう。この話題についてこれ以上喋りつづけるのは遠慮しておきます。この話題についてはべらべらと喋れば喋るほど、頭がくるくる回って言いたいことがあれこれでてくるものですけれども。(XXXIV)

このようなわけですから、ご婦人方よ、〈愛〉とは何であるか、また、どれほど有害でひどいものであるかが、ここまでの話で充分に納得していただけたことでしょう。私たち人間は自然からたいそう可愛がられておりますし、知性という神聖なる要素を、格別なる恩寵によって自然から授けられています。それというのも、知性をもつことによっていっそう純粋な人生を送り、速やかに天に昇れるようになるためです。それなのに〈愛〉は、自然の御威光に逆らう悪党になりおおせて、私たちから惨めにも知性をむしりとり、両足をむんずとつかんで地上の穢れの中にどぼんと引きずりこむので、私たちは往々にして運悪く溺れてしまうのです。しかも、そのような憂き目に遭うのは、ご覧のように、さして高名でもなければ、ぱっとした評価もされていない人々だけではありません。それどころか、〈愛〉はやんごとなき高き運命に登りつめた人々であろうと、黄金の玉座も、宝石を散りばめた宝冠も意に介することなく、敬意のかけらもあらばこそ、いっそう見苦しく彼らを汚しながら、惨めにも乗しかかり、押しつぶしてしまうのです。そんなわけですから、最初に歌った私たちの乙女が〈愛〉をなじって苦情を述べたてたとしても、ジズモンド君は彼女に感謝しなければなりますまい。これほど罪にまみれた、隠れもなき人殺しに対して、彼女が申しでた訴えは、さして恨みがましくもないうえに、あまりにもあっけなかったのですから。

ですが私は、おお〈愛〉よ、(あなたに申しあげます。私たちをひどい日に遭わせながら、今どこの空を飛び回っておられようとも)。私が第一の乙女よりも長々と無念の気持をぶちまけてあなたを告訴するとしても、いささかも驚くにはあたりません。ただ、あなたの両足でこれほどきつく首根っこを押さえつけられているのに、こうして声《ことば》を外に送りだすことができるのは、不思議です。その声とても、あなたのおびただしい罪状の割には、数かぎりない殺しの割には、疲れはてた風前の灯の囚われ人の声よろしく、いかにもいかにも、かすれがすれで、か細いかぎりです。あなたは苦々しい思いで私たちを養います。あなたは褒美として苦しみを賜ります。あなたは人々の命をいつでも情け容赦なく奪う神であり、残虐至極であまりにもむごたらしい神の御稜威《みいつ》の証を見せつけます。あなたのおとりはからいで、私たちはわが身の不幸を切望します。あなたせいで、私たちは悲しみによって陽気になります。あなたは片時も休むことなく、千もの目新しいかたちの恐怖で私たちを脅かします。あなたのおかげで、私たちは苦悩に満ちた人生を生き、あなたは私たちに、いとも残酷でこのうえなく苦しい死への道を指し示します。☆91

そしていまや、おお〈愛〉よ、この私めを、どのようにもてあそぶのですか。私は、自由な身としてこの世に生を享け、世間からもたいへん優しく歓迎されました。私はこよなくいつくしみ深い両親の懐の中で、安らかで静かな人生を暮らし、溜息とも涙とも無縁のまま若い年月を幸せに過ごしました。いいえ、あまりにも幸せすぎたのです。それなのに、あなたに出会ってしまったなんて。あなたは私をあの女《ひと》に授けました。私は誠心誠意を尽くして彼女にお仕えし、彼女のことを己の命よりも大事と心得ておりました。そんな御奉公の最中にあっても、彼女のお気に召し、覚えめでたかったころは、おかげさまでずいぶん長い間、自由な境遇にあったときよりもはるかに幸運に暮らしていました。今ははや、私はどうなったというのでしょう。おお〈愛〉よ、今ははや、私の人生はなんたるざまなのでしょう。私はいとしい貴婦人から引き離され、年老いてがっくりと肩を落とした両親の面前からも遠ざけられました。両親は私を生みさえしなかったならば、幸せに包まれて天寿を全うすることができたでしょうに。私は心の支えとなるものをことごとく奪われ、己の身すらも厄介でわずらわしくてたまりません。長きにわたって運命の慰みものとして弩《おおゆみ》で飛ばされるように悲惨から次の悲惨へと投げあいされているうちに、ついには世間の物笑いの種となりはて、ずっしりと重い鎖をひきずったまま、よれよれのくたびれた負け犬よろしく人々から逃げ回っています。この責めさいなまれた四肢《からだ》を捨てるのにふさわしい場所を毎日毎日探し求めているのに、この四肢《からだ》はしぶといばかりに頑丈です。私はいまだに生き永らえ、痛ましい不幸をいつまでもとどめどなく泣きつづけている次第です。ああ、せめて私の不幸を哀れんでくれるのなら、この四肢《からだ》などさっさとご破算になってくれればよいのに。このように辛い生き方で私が私の心臓を食いつぶすことを、あの貴婦人の残酷な心臓《こころ》が望んでいるならば、私の死という御馳走をさしあげればよいのに。でももう、それも時間の問題でしょう」[☆92]。（XXXV）

ここでペロッティーノは、懐手をさしいれると、一枚の小さな亜麻の唐絹をとりだしました[☆93]。そして、話を始めてからも先ほども一度したように、おいおいと号泣する目をぬぐいました。それから、ふとしたはずみで、びっしょりと涙に濡れてずしりと重くなったこの唐絹をじっと見つめているうちに、いっそう激しく大泣きに泣けてきましたが、先程の言葉に続けて、涙の合間合間に、かろうじて言い足しました。

「ああ、残酷なるわが貴婦人からの幸薄き贈りものよ。憐れな唐絹、憐れな役目を背負わされた小道具よ。あの女《ひと》はおまえを私にくれたときに、私の身のほどをあまりにもまざまざと見せつけてくれた。私の果てしない苦しみに対して、御褒美に残されたのは、おまえだけ。おまえは私のものなのだから、これから私が生きているかぎりおまえで涙をぬぐいつづけても、怨まないでおくれ。ほんのしばらくの辛抱だから」。

こう言いながら、両手で唐絹を目に当てがいましたが、すでにおびただしい涙が両目から流れ落ちていたので、ご婦人方も若殿方も誰一人としてもらい泣きせずにはいられませんでした。ペロッティーノはこのようなようすで、ずいぶん長い間うなだれたままじっとしていましたが、仲間たちとご婦人方は早々と腰をあげ、何度も何度も彼に呼びかけました。ご婦人方は、こうして（そろそろ帰るべき頃合いだろうと彼らには思われたので）、ついには彼を元気づけ、やさしく慰めました。ご婦人方は、ペロッティーノが物想いから気をとり直してくれればと、この唐絹をせがんで、見たくてたまらないそぶりをしました。そして、唐絹を受けとると、順ぐりに手から手へと渡しながら庭園の門の方へと歩みを進め、みんなして嬉しそうに何度も見とれていました。なぜなら、それはきわめて繊細な糸で織りあげられた品で、周囲は全体に金と絹糸で縁飾りが施してあり、中にはギリシアの風習にしたがって可愛らしい動物が見事に描かれていたからです。その丹念な仕上げからは、名匠の手と洗錬された目でつくりだされた逸品であることが一目瞭然でした。[☆94]

こうして美しい庭園からでてくると、若殿方はご婦人方を宮殿までお送りしました。しかし、その日はもはやペロッティーノは祝宴にとどまるのを嫌がったので、若殿方は城から降りていきました。そして、痛々しいまでの落胆ぶりから彼が少しでもたちなおってくれればと、ひとつの話から次の話へととりとめもなくお喋りしながら、その日の残りの時間はほとんどずっと、心地よい木陰や川岸や野山を気晴らしに散策して歩いたのでした。（XXXVI）

ピエトロ・ベンボのアーゾロの談論　第二書

造物主たる自然は、私たち人間を霊魂と四肢《からだ》からつくりあげました。四肢《からだ》は命かぎりある脆弱なものですが、霊魂はかぎりのない永遠のものです。ところが、私たちは、一般に、肉体の快楽のためにはあらんかぎりの努力を尽くしますが、魂のことを顧みる人はそれほど多くはありません。ありていに言えば、気を配って丁寧にあつかう方はほとんどおられません。このことを考えるにつけ、私は不思議でなりません。なぜなら、どんなに卑しい人であっても、なんらかの衣服で身体を覆わないことはないでしょう。艶やかな緋の衣や、繊細な絹や、おそろしく値の張る黄金で身をつつむことによって、煌《きら》びやかないでたちを調え、身体がいっそう優美になるように飾りたてる人々なら、数えきれないくらいです。ところが、精神には真実の揺るぎない美徳を着せておこうともしないし、それどころか、精神をくるんで陽射しから守ってあげるために、良き嗜みのヴェール一枚、いや糸の一本すらもちあわせていない人々が、数えても数えても数えきれないくらい大勢、朝から晩まで見られるからです。

しかも、次のような状況については、なにをか言わんやです。肉体を養うには、自然が私たちの目の前に置いてくれた手軽でどこにでもあるもので事足りるはずでした。それなのに、私たちはわずかな歳月が過ぎればばらばらになって死灰《つち》に戻ってしまう地上の重荷《からだ》をいとおしむあまり、田野や森や海のあちこちをひっかき回し、汗水垂らして、きわめて高価な食物を探し求めます。さらに、肉体を休ませくつろがせるためならば、外気をさえぎることのできる慎ましい小屋が一軒あれば、雪や直射日光から肉体を守って満足させることができるにもかかわらず、世界の隅々の遠いところから大理石をかき集めて、途方もなく広大な屋敷をそこかしこに普請します。そのくせ、多くの場合、天上にある私たちの部分《たましい》については、なにを食べさせてあげるか、どこに住まわせるかすらも意に介そうとしません。このうえなく甘い美徳の果実を魂に与えるのではなく、苦い悪徳の葉を与えてけろりとしています。明朗で気高い美徳の働きの中に魂を招きいれてお仕えするのではなく、いつもひどく暗くて低劣な悪徳の習慣の中に封じこめたまま放ったらかしにしています。そのうえ、身体のどこかが弱って病気にかかったのに気づくと、私たちは千もの方策を試して、失われた健康をとりもどそうと腐心するくせに、魂が健康ではないとしても、とりたてて休ませようとか薬を飲ませようとか気を配ることもありません。

このようになってしまうのは、肉体は魂とはちがって、姿が見えやすいからでしょうか。見えやすいがゆえに、さまざまな手当てが必要であると思ってしまうからでしょうか。しかし、そのような考え方をするのは賢明なことではありません。なぜなら、本当のことを言えば、人間の魂は見てもらいやすいものですが、肉体はそうでもないからです。しかも、この点については、肉体は魂よりも大幅に不利な条件に置かれているのは明らかです。なぜかと申しますと、魂にはたくさんの働きがありますし、それと同じようにたくさんの顔もあります。しかるに、肉体の姿かたちはひとつであり、多くの姿かたちを見せることはできないからです。そのうえ、魂の側面《かお》はたくさんあるとしても、ごく短い時間のうちに世界中のみなさまに覚えてもらうことも可能ですけれども、肉体はたったひとつの姿しかないのに、何年も何年も歳月をかけても大勢の人々に見てもらうことは覚束ないからです。そもそも、肉体などというものは、ごくわずかな日々しか存続しません。それにひきかえ、魂は永遠なるものであり、永遠に残りつづけます。そして、魂は、肉体に宿っていたときに慣れ親しんでいた性格《もの》を、肉体がなくなったあとも何世紀にもわたって保っておいてくれるのです。

こうしたことや、これつけ加えて論ずることのできる数かぎりないことに対して、人々がしかるべき熟慮《おもんばかり》を払っていたならば、今日、世界で生きていくことは現状よりもはるかに美しいことだったでしょうし、はるかに甘やかだったでしょう。肉体に対する配慮はほどほどのところでとどめる一方、精神と魂をもっと飾りたて、より良い糧をまかない、より名誉ある住処《すみか》をあてがっていたならば、私たちは今よりもずっと魂と精神にふさわしかったことでしょう。そして、魂と精神の健康を保つために、多大な配慮を払っていたことでしょうし、かりそめにも魂や精神が病気にかかるようなことにでもなれば、今の私たちとはちがって、そうした悪疫を癒やすために全力をあげて努力したことでしょう。☆1

こうした魂の悪疫の中でも、〈愛〉がずっしりと私たちに背負わせるものがどれほど重篤になるかは、先の書でペロッティーノが述べた言葉から充分にご理解いただけるでしょう。ところが、ジズモンドはペロッティーノとは大いにちがっていますので、ペロッティーノの意見から遠く離れるために歩みいく議論の道のりは、長くなりそうです。

さて、明くる日のことですが、美しいご婦人方は、あらかじめ手はずをととのえておいたとおり、昼の食事のあとで例の三人の若殿方と一緒に庭園にやってきました。ご婦人方は、可愛らしい草原で美しい泉のそばに近寄って、木陰なす月桂樹の木々の下に腰をおろすと、ペロッティーノの論説を肴にジズモンドとラヴィネッロも一緒になって、五人で楽しそうに冗談を言ってふざけました。こうして、早くもみんながジズモンドの話に期待をふくらませているところで、彼は次のように語りはじめました。（i）

「聡明な美しいご婦人方よ、ペロッティーノ君は昨日、なかなか小癪なまねをしてくれました。彼はうじうじと長ったらしい嘆きの最後のところで、泣き落としにかかりました。言葉では勝ちとることができそうにもないものを、涙でせしめるためです。つまり、そうまでして、みなさまに語ったことがらを信用してほしかったのです。しかし、私は、たとえみなさまには効果覿面だったとしても、涙に訴えたりはしません。でも、本当のところ、私としても、彼の涙につられて彼の不幸がたいへん可哀想に思えてきて、（みなさまもご覧になったかもしれませんが）自分でも涙をおさえることができませんでした。可哀想に思う気持が湧いてきたのは、昨日だけではありません。それどころか、彼のたびかさなる災難のことを思うにつけ、私も斜めならず身につまされます。彼の苦労は、かけがえのない親友の苦労なのですから、私にもいつもずしりと重くのしかかります。ひょっとすると、御本人におさおさ劣らぬほど深刻に受けとめているほどです。

なるほど、同じ涙でも、私の場合は、彼の状況に対していだいている優しい兄弟愛の魂《こころ》からでてくるものとして、正当にも高く評価してもらえるかもしれません。しかし、ペロッティーノ君には、うっかりして涙が赤恥とならないように、よくよく用心してもらいたいところです。なぜなら、早くも幼少のみぎりより充分ためになる仕方で文学と学問の研鑽を積んできた男児たるもの、まさに彼はそういう人ですが、運命の女神《フォルトゥーナ》のなすがままに尻に敷かれて、まるでしたたかに打ち据えられた学童のようにめそめそ泣いたりくよくよ後悔するのではなく、敵となってかかってくる運命を雄々しく踏みつけ、運命の悪戯《わるふざけ》を笑いとばして小馬鹿にする方がふさわしいからです。彼はまだ古代の教師たちから、健全なる明察の肝心なところを、学びとっていないのかもしれません。あるいは、たかが一人の女に討ちかかられたときに身をかわせるだけの肝っ玉も技《わざ》も、揺り籠の中に忘れてきたのかもしれません。（声《なまえ》のとおりであるならば、運命の女神《フォルトゥーナ》はご婦人のようですからね）。たとえそうであったとしても、ペロッティーノ君は、〈愛〉つまり赤の他人を逆恨みして自分の落度を他人《ひと》のせいにするのではなく、自分の弱さを白状して己のふがいなさを嘆いたのであれば、よっぽどあっぱれに、自由なる男にいっそうふさわしくふるまったことになるでしょうに。

情けない。そんな真似をするのを望んだのは、彼なのです。彼は自分の恥に巧妙に色を塗って誤魔化すために、〈愛〉に恨み言を述べ、咎めだて、断罪し、非難し、〈愛〉にあらゆる過ち、あらゆる罪を押しつけました。そもそも〈愛〉は、このうえなく鷹揚に休息を授ける者、このうえなく優しく幸福をもたらす者、このうえなく神聖に人類を存続させる者です。それなのに彼はまたたくまに、〈愛〉を、このうえなく貪欲に平安を奪い去る者、このうえなく残酷に不幸をもたらす者、このうえなく悪辣に人々を惨殺する者に仕立てあげようと、無理強いしたのです。しかも、まるでこの世の悪の吹き溜まりでもあるかのように、人生のありとあらゆる汚らしいものを〈愛〉に流しこみ、あまりにも声高に、あまりにもくだくだと、あまりにも四方八方から〈愛〉に罵詈雑言を浴びせました。ですから、次のようにでも考えなければ合点がいきません。つまり彼は、私たちが思っているよりもよほど目端が利くのです。彼が私たちを相手にこの話題についてことさらにあのような話し方をしたのは、自分の咎を隠すためではなくて、雄弁を見せびらかすためだったにちがいありません。私たちだって、桃と林檎がちがうことくらい、わかっているわけですから。☆2〈愛〉がなければ人間たちにはいかなる善も存在することなどできません。それなのに、〈愛〉こそは私たちのすべての悪の原因であると、彼が私たちの誰かに信じこませようとしたなどとは、とうてい考えられません。

そしてたしかに、尊敬を集めるご婦人方よ、彼はたった一本の川筋におびただしい嘘を流しこみました。しかも、これらの嘘を、あっぱれなことに、見かけのうえでは真理らしい水路を通して、意のままの場所に送りとどけました。ですから、私の前にいて話を聞いてくださるのがみなさまのように耳聡《みみざと》いご婦人方でなかったならば、彼ははじめに大音声でいきまいたとおり、大量の水を私にどっと浴びせかけたことでしょう。でも、みなさまならば、どんなにこんがらかった問題でもご自分で解決するだけの力量もおありですし、もちろん、解明された問題に対して判断をくだすこともおできになるでしょう。それに、この問題はすぐにでも解決されますとも。彼が言葉で隠しだてしたものを私が言葉であばきたてたあかつきには、みなさまは、昨日は彼の涙のせいで憐憫の情を呼びさまされたのと同じように、今日は彼の誤りのせいで笑いに誘われることでしょう。では心置きなく笑っていただけるよう、前口上はこのくらいにしてただちに本論に入ることにします。どうぞ、ごゆっくりお聞きください。じっくりお聞きいただいても、ご婦人方よ、つまらない思いはなさいませんとも。昨日ペロッティーノ君よりも、今日の私の方が、じっくり聞いてもらうだけの値打ちがあるのです。なぜなら、結び目をこんがらからせるよりも、他人《ひと》がごちゃごちゃにした結び目を解くことの方が、よほど腕の見せどころになりますから。そのうえ、私がみなさまの目の前に据えるのは、真理です。みなさまのお若い年齢に最高にふさわしいもの、それがなければ私たちの生きざま全体が生ではなくて死と呼ばれることになりかねない、その肝心なものを、私はみなさまにお教えしようとしているのです。それにひきかえ、彼は口からでまかせを並べただけ。彼が示そうとしたものは、仮に真実だったとしても、みなさまのお歳《とし》にはそぐわないうえに、生きている人々のどんな特質よりも、死んだ人々にこそ似つかわしいものでした」。(ii)

ジズモンドがこのように言って一息つくと、リーザは大胆にもマドンナ・ベレニーチェの方を向いて、言いました。「奥方さま、私たちはジズモンドさまのお話をじっくりお聞きするのがよさそうですわ。たいへん役に立つお話をしてくださるようですから。ジズモンドさまが堂々と胸を張って約束されていることを、そのとおりにきちんと果たしてくださるなら、昨日ペロッティーノさまは勇ましく攻めこんでゆかれましたが、今日はそれにひけをとらないくらい猛々しい護り手の反撃を受けることになられますわよ」。

マドンナ・ベレニーチェはリーザのこの言葉になにやら早口でお返事なさいました。そして、返事が終わると、すっかり嬉しそうに、聞きたい気持でわくわくとして、口を閉ざしました。そこで、ジズモンドは話し始めました。

「麗しいご婦人方よ、私が今日みなさまにお話しするのは、たったひとつの、しかもごく簡単なことです。それはまた、昨日、陛下の御前で歌を歌って私たちの議論の主題を提供してくれた乙女のうちで、実に三人中二人までもが知っていることがらです。それどころか生きている人なら誰だって、少しくらいはご存知のはず(私はそう思います)。ただしペロッティーノ君が、自分で話したとおりのことを本気で信じているのなら、彼だけは例外になりますが。つまり、〈愛〉の善良さでございます。昨日ペロッティーノ君は、みなさまもご覧になりましたとおり、善良であるはずの〈愛〉に大層な罪悪をなすりつけました。けれども、これからご覧いただきますように、それは大いにまちがっています。とはいえ、私の広々とした真理の平野につながる道をつけるためには、嘘で固められた彼の鬱蒼とした森をかきわけながら進むのが順序というもの。ですから、私の話に移るまえに、彼の議論に応えるところから手をつけることにしましょう。

ペロッティーノ君は昨日、たくさんの声《ことば》の最初の最初のところで、次の二つのことを基礎に据えました。そして、その上に議論を構築し、くだくだした泣き言のまるごと全部を、いい具合に組みたてました。すなわち、『人はにがい苦しみなしに愛することはできない』ということと、『いかなるにがい苦しみも〈愛〉ではなくてほかのところから、やってくることも、ひょっこり飛びだすこともない』、この二点です。[☆3] そして、彼は手始めに二つ目のことがらについて、ベレニーチェ奥様、貴女さまの方を向いて論じました。けれども、貴女さまもいち早くお気づきになりましたように、彼は議論に入ったのっけから、まるで真っ暗闇の中にいるみたいに、たどたどしく手探りで進みました。私はそこから始めようと思いますが、彼に応えるにはわずかな言葉で結構。これほどあけすけな嘘に対しては、多くの言葉は要りませんから。

では、申しあげましょう。『いかなるにがい苦しみも〈愛〉からではなくて、ほかのどこかから、ひょっこりとびだすことも、やってくることもない』というのは、気狂いじみています。もしもそのようなことが真実だったならば、甘い幸せ（dolcezza）はまさしく憎しみからやってくるでしょうし、ほかのところからひょっこり飛びだしてくることはないはずでしょう。にがい苦しみが愛からでてくるならば、それとは正反対の甘い幸せは、憎しみからでてくることになるからです。ところが、あらゆる憎しみは、憎しみであるがゆえに、あらゆる心をいつも悲しませ苦しませます。ですから、憎しみからはいかなる甘い幸せも、飛びだしてくることはありえません。それと同じように、愛からはいかなるしかたであれ、いかなるにがい苦しみも決して飛びだしてくることはない、と結論づけるのが必定でしょう。

ペロッティーノ君、おわかりかい。君を降参させる武器なら、もう見つかった。だが、先へ進もう。君の言い分に対するもっと熾烈なとっくみあいを始めることにしよう。

君は、魂やら運命やら肉体やらの三つの種類の悪にこだわって、どんな川でもなんらかの泉からでてくるのと同じように、どんな悲嘆もなんらかの愛から生ずると主張する。けれども、君は空論をふりまわしているだけ。相当に出鱈目で脆弱な理屈に支えられた、出鱈目で脆弱な論陣《がわ》にしがみついているだけだ。君は、私たちがもともとなにかを愛していないならば、いかなる苦しみにも決して見舞われることはないだろう、とでも言いたいのだろうか。それならば、愛は私たちのあらゆる悲嘆の泉であり基礎であるということになってしまう。したがって、あらゆる苦しみは、ほかでもなく、愛の苦しみということになるだろう。いやはや、それではなぜ、こんなふうに言ってくれないのだろうか。人は生まれてこなければ決して死ぬことはないのだから、誕生こそがあらゆる死の基礎であるし、カエサルやネロの死の原因はほかでもなく彼らの誕生だったと言えるでしょう、と。それはまるで、海に沈みかけている船が、船を降参させてしまった幸先よろしからぬ向かい風ではなくて、港をでるときに吹いていた幸先のよい順風を、鯨どもと一緒になって逆恨みするようなもの。船は港から出航しなかったならば、海に呑みこまれることもなかったはずだから。また、低い境遇に転落するのを辛いと思うのは高い境遇に憧れている人々だけかもしれない。だからといって、君が言っていたように、富や名誉に対して私たちがいだいている愛が私たちを苦しめるわけではない。私たちからそれを奪い去る運命のせいなのだ。なぜなら、富や名誉を愛することがなんらかの悲嘆をもたらすのであれば、そのようなものを所有していようがいまいが、それらに対する愛とともに苦しみがやってくるはずだろう。ところが、私たちは富が失われないかぎりは悲嘆に暮れたりしないのは、見てのとおり。それどころか、運命が与えてくれる財産《もの》が私たちにとってかけがえのない大切なものとなるのは、私たちがそれらを愛しているからであり、愛のおかげなのは明白だ。もしも愛の作用など関係ないのであれば、私たちはせっかく築きあげた富や名誉を失おうとも、それらに事欠くことになろうとも、悲しんだりしないはずだろう。

ところで、人は、運命に左右される良きもの《ざいさん》を愛することにおいては悲嘆を感ずることはない。悲嘆を感じるのは、そうしたものを支配している運命のせいで、すっかり様変わりしてしまうときなのだ。そして、〈愛〉は、そうした良きもの《ざいさん》が私たちにとってますます喜ばしいものになるようにしてくれるだけだが、運命は好き勝手に私たちからそれらを奪ったり与えたりする。となると、そうした良きもの《ざいさん》が変転して人々が苦しむことになる原因は、運命ではなく、〈愛〉である、と君が言い張ったところで、なんの甲斐があろう。たとえば、君がみなと同じように、ここの婚礼で食事をしているとしよう。美味しくて甘いものが金色《こんじき》の皿に山盛りになっているのに、給仕係が君の食欲におかまいなしに料理をさげてしまったとしよう。しかも、料理を運んできたときと同じ給仕係が。そのせいで君が、料理係のことを恨みに思い、こんなことになったのは料理係のせいであるとわめきたてたりしたら、まちがいなく君は気がふれたのだとみんなから思われてしまうだろう。料理係がすばらしいご馳走に繊細な味つけをほどこしてくれたのは、運ばせて君に食べてもらうためなのだから。では、運命が以前には私たちに良きもの《ざいさん》を与えてくれたくせに、こんどは私たちの気持に反して再びとりあげてしまうとしよう。そういうものを、もたらすのも、もちさるのも、運命のなせるわざ。それなのに、君のように、そこに味つけしてくれる〈愛〉に濡れ衣を着せるだなんて、狂気の沙汰とは思えないかい。ペロッティーノ君、僕だってこんなことは言いたくはない。しかし、君はいまや底抜けに貪欲な憂鬱のせいで、こうしたことを判断するまともな認識能力をあらかた巻きあげられてしまったのではないかと疑われてもしかたがないだろう。

魂の富についても、肉体の富についても、それらを取り仕切るものがなんであれ、わざわざ話を展開するまでもなかろう。同じような答えで応酬できるのだから。また、君の言うように、獣たちが乳飲み子のうちの一匹を失って悲しむとしても、獣たちが心を痛めるのは、自然が彼らに教えこんだ愛のせいではない。禍々しい偶然の事件のせいなのだ。こういうすべてのことについて、なんと言えば言い過ぎにならずにすむだろうか。君はこうした雲で嘘を覆い隠そうと画策するばかりで、ゆるぎない真実の姿をなにひとつ描いてくれませんでしたね、とでも言うほかに。

そうそう、君の言うところでは、〈愛〉（Amore）が初めからにがい苦しみ（amaro）という声《ことば》で呼ばれたのは当を得たことだったし、それは、字面《かお》によって〈愛〉の正体がはっきりとわかるようにするためだった。しかし、僕たちとしては、〈愛〉の苦々しさ（amaritudine）を反駁するような論拠を、強硬に主張する気にもならなかった。そんなことはまったくの初耳だったからだ。言葉の見かけが似ているかどうかについて、わざわざ思索を重ねたり吟味したりしなければならないなんて、思ってもみなかった。実体とか作用のほうが肝心だろう。

もしも言葉が似ているかどうかが実際の問題に直結するのなら、ご婦人方よ、僕はみなさまのことが心底、気の毒です。ペロッティーノ君がご婦人方は男たちの命にとって破滅であると言いだすのは疑いありません。なぜなら、〈愛〉とにがい苦しみが似ているように、女子《おなご》（Donne）と業《ごう》（Danno）という二つの声《ことば》はよく似ていますから」。（iii）

ジズモンドの最後の言葉に、優しいご婦人方は楽しそうに微笑みました。そして、マドンナ・ベレニーチェは微笑みつづけながら、ほかの二人の婦人の方を向いて言いました。

「とんでもないことになってしまいましたわね、いとしいみなさま方。こちらのお方たちの論争が私どもの上に降りかかってくるなんて」。

彼女に対してサビネッタが、じつに愛くるしく、間髪を入れずに答えました。そのうら若い年頃とあどけない美しさのおかげで、彼女の言葉はいっそう味わいのあるいっそう好ましいものとなりました。

「奥方さま、ご心配にはおよびませんわ。私たちにはまるで関係ございませんもの。ところで、ジズモンドさま、おっしゃってくださいませ。あなた方の命にとって破滅になるとおっしゃりたいご婦人方とは、若い方々ですの、お歳《とし》を召した方々ですの。もちろん、お話の流れからすれば、若いご婦人方はあなた方のお眼鏡にかなうとしか言いようがございませんわね。なぜって、若《わか》い（Giouani）と可愛《かわい》い（Giouano）は、女子《おなご》と業《ごう》についておっしゃったのとまるっきり同じように、たがいに似ておりますもの。それさえ認めてくださるなら、私どもは結構ですわ。あなたはお歳を召したご婦人方におとりいり遊ばせ」。

するとジズモンドは、破顔一笑して答えました。

「そういうことなら、ペロッティーノ君に任せますよ。彼の悄然とした萎れようと、涙にかきくれた泣き言は、冷えきった不平たらたらのお年寄りになかなかお似合いです（似ているかどうかも有効な判断材料ですからね）。若いご婦人方は私のところに残ってください。私の心は、若いご婦人方の楽しく朗らかで温かい希望に満ちた心といつも意気投合しておりました。今も、これまでにないほど、意気投合しておりますとも。おっしゃるとおり、若いご婦人方は私の眼鏡にかなうにちがいありません」。

このような言葉が交わされたあと、ご婦人方と若殿方は自由闊達で楽しそうな顔をしてほかにもたくさんの言葉を並べながら、愉快な話しぶりの面白い台詞をひとつまたひとつと蒸し返してふざけました。こうして、次から次へと冗談をとばしているうちに、そんな中にあっても一人で黙りこくっているペロッティーノを別にすれば、気晴らしに打ち興じる仲間たちはずんずん先に進んでしまいそうな勢いです。しかし、ジズモンドは、次のように話しながら、彼らの組んず解れつの冗談合戦をおしまいにしました。(iv)

「軽口の達者な若奥様方よ、ペロッティーノ擬《もど》き合戦のせいで私たちの議論はまっすぐな道筋からずいぶんと逸れてしまいました。でも、そのようなものは彼の自己満足にはなっても、私たちにはさしてものの役にも立ちませんから、そろそろあとに残していきましょう。それでは、彼の言う後悔へと話を進めます。

ところで、彼の大前提のひとつ、つまり『いかなるにがい苦しみも〈愛〉からではないほかのどこかから、やってくることはない』と彼が言っているのがどれほどひどい誤りであるかは、しかと御覧いただきました。今度はもうひとつの大前提、つまり、『人はにがい苦しみなしに愛することはできない』と彼が主張していることがどれくらい真実であるかを見てみましょう。彼はこのたったひとつの議論の中に、あまりにもたくさんの種類のにがい苦しみをかき集めてもちこみました。ですから、彼には田畑で働いてもらったとしても、なかなか有能だったことでしょう。つまり、自分の地所に生えている細麦、烏麦、茨、巻耳《おもなみ》、野薊、羊歯、野茨、そのほか、無益でかつ有害な雑草を、せっせと選りわけて、一カ所に投げ捨ててくれるでしょうから。彼はそういう風に熱心に、溜息、涙、塗炭の苦しみ、苦悩、心痛、苦しみのすべて、そして私たちの人生のありとあらゆる不幸を選び抜き、ひとまとめにして、もっぱら無実な恋人たちの肩の上にひっくり返してどっと浴びせかけたのです。この仕事を成し遂げるために、一見して明らかな話の糸口から始めようとして、彼は物書きたちから話題をひきだしてきて、次のように言いました。〈愛〉について語る人々はみな、それを火と呼んだり狂気と名づけたりしている。しかも、愛する者たちのことを惨めな者たち、不幸な者たちといつも呼び慣わしている。彼らは、あらゆる書物、あらゆる紙葉《おり》で、苦しんだり、〈愛〉への恨み言を述べており、そのうえ、彼らの巻物はどれもこれも愛する者たちの溜息や涙だけではなく、彼らの傷と死で汚されている、と。

彼はこのことを、ただやたらに響きのよい言葉でまくしたてただけで、なんら合理的な証明によって立証したわけではありません。真実など微塵も感じていない人の遣り口です。なぜなら、あらゆる書物の中に、愛の喜びのことだって書いてあるのではないでしょうか。あらゆる書物の中で、愛する者の幸せな巡りあわせ（uenture）は言わずもがな、完全無欠なる愉悦（beatitudine）が、語られているのではないでしょうか。こうしたことを、思いつくままにたっぷり並べたてようとすれば、今日一日はそれだけで終わってしまいそうです。それどころか、話題が尽きるまえに声がでなくなるのではと心配なくらいです。

ところで彼は、自分であげている証拠を自分でも信じていないくせに、愛する者たちの切々たる後悔と〈愛〉の残酷さを、カンツォーネで示すことを選びました。（しかも、なかなか美事にやってのけました。あのように新奇な主題の歌は、自分でこしらえでもしないかぎりそうそう簡単には見つかりませんからね）。ですから、私も、ご婦人方よ、みなさまがおいやでなければ、私のカンツォーネのうちの一曲をご披露するのにやぶさかではありません。人々がどんなに〈愛〉を褒め讃えているか、〈愛〉がどれほど称讃に値するかを、ご説明するためにも」。（v）

ご婦人方はみなそれぞれに、ジズモンドに返辞をしようとしました。歌ってくださいと頼むためです。ところが、彼のいちばん近くにいたリーザが、ほかのご婦人方に先駆けて最初に応えて、言いました。

「ぜひとも、ジズモンドさま、そうしてくださいい。歌っていただければ楽しゅうございますし、こちらからお願いしたいくらいです。あなたが私たちのためにしてくださることの中で、これほど素晴らしいことはありませんわ。お申し出がなかったら、こちらから催促しようと思っていたところですのよ」。

　すると、ジズモンドはすかさず応えましました。

「いえいえ、みなさまからお願いされたり、催促されたりするにはおよびません。私の歌ごときをお聞きになって喜んでいただけるなら（それがどのようなものであるにせよ）、ご披露させていただけるのは無上の喜びでございます。さらに、ひょっとして、みなさまのお褒めにあずかるようなことにでもなれば、身にあまる光栄。高く評価していただいたことをいついつまでも感謝します。ペロッティーノ君は煩わしそうにしていましたけれども」。

　マドンナ・ベレニーチェが応えました。

「喜んでそうさせていただきますわ。本当ですわよ。ペロッティーノさまのことは褒めてさしあげましたけれど、あなたも褒めてもらえるように成し遂げてくださいましね」。

　すると、ジズモンドが言いました。

「手厳しい条件をつきつけてくださいましたねえ、奥方さま。それなのに私は、身のほどもわきまえずに喋りちらし、自分の腕前をろくに見極めもせずに、みなさまの称讃をずけずけと要求してしまいました。ですが、ともかく、（どのような首尾に終わるとしても）、力試しをさせてもらいましょう」。

　そして、こう言うと、心地よく歌い始めました。

　夏の　そよかぜ、
海の波の　つぶやく声、
花咲く　岸を
しゃなりしゃなりと　いく貴婦人《ひと》。

恋に　悩める
心には　薬はない。
病《やまい》など　辛くはない。
魂の　鍵をにぎる
〈愛〉の　喜びがあるから。
いとど　やさしく。[☆4]

聴いていたご婦人方は、カンツォーネの続きが歌われるものと期待してジズモンドの口許を見つめておりました。しかし彼は、口をつぐんで終わったというそぶりをしました。そこで、再びマドンナ・ベレニーチェが、彼に向かって言いました。

「ジズモンドさま、まことに楽しくて可愛らしいカンツォーネを歌ってくださいましたわね。でもね、こんなに短いもので褒めてもらうおつもりかしら」。

ジズモンドは応えました。

「滅相もありません、わが奥方さま。私はただ、このカンツォーネの一体どこにそのようなご大層な苦しみがあるのかを、ペロッティーノ君に応えてほしいだけです。彼は、どんなカンツォーネにもそうしたものが読まれると言っていましたから。ですが、彼に応えてもらうまえに、次のカンツォーネをお聴きください」。

　　この手のペンは　疲れる
ことはない。　〈愛〉よ
君に感謝し、

君の誉れを　謳うとき。
記憶の中を　心は
舞い飛び、　君の
まことの値打ちを
目にして　力みなぎる。
　〈愛〉よ、　君のおかげです。
地から天へと
私をひきあげ、
言葉を甘くしてくれた。
讃えつくせぬ　乙女に
会わせてくれた。
やさしい　思いを
心に　授けてくれた。
　すがすがしい　火の中で
楽しく生きる。
君あればこそ
心は　希望をいだく。
高らかに　飛びつづけて
喜びの待つ
ところにきても

書くなど夢のまた夢。
たのしい生命《いのち》は
ないだろう。〈愛〉がなければ。☆5（vi）

耳の肥えたご婦人方はこのカンツォーネがたいへん気に入ったので、さまざまなことを言いながら褒めそやしました。ところがジズモンドは、これからたっぷり長い時間をかけて話そうとしておりましたので、時間が逃げ去るのにじりじりして、彼女たちに待ったをかけ、再び議論にはいりました。

「恋心のわかる若奥様方よ、私の歌がお気に召すようでしたら、望外の喜びです（みなさまのお言葉を真に受けるならばですが）。でも、お褒めにあずかるのは、〈愛〉を褒め讃えたあとで結構。まだ話はほんのとっかかりのところが終わったかどうかなのに、あまりにも素晴らしいご褒美を頂戴しては、かえって気詰まりですから。

では、ペロッティーノ君に戻りましょう。彼の主張では、〈愛〉について語る詩においては苦しみ以外のものはなにひとつ読まれないとのことですが、それがいかに誤りであるかはご覧のとおりです。私も愛する者たちの一員ですが、私の歌は、彼らの御主人様である〈愛〉を褒め讃え、感謝を捧げる一方です。しかも、この二曲だけにとどまりません。ほかにももっとたくさんあります。しかし、話を次々と進めていかなければなりませんし、この話題だけをだらだらと議論しつづける義理もありません。ほかの歌については、いずれ口をついてでてくるままに、歌わせていただくことにしましょう。そうすれば、ペロッティーノ君の誤りが気違いじみていることが、みなさまによりよくご理解いただけるでしょうから。

もちろん、詩の中で〈愛〉について嘆いた恋人たちの方が、〈愛〉を称讃した恋人たちよりも大勢いました、とペロッティーノ君が言ったならば、彼の話ももう少し理屈にあっていたことでしょう。私も、すんでのところで、同意するところでした。しかしながら、〈愛〉に恨み言を述べる人々は大勢見られるけれど、〈愛〉を褒め讃える人々はそれほどたくさんはいないからという理屈をふりまわして、『人はにがい苦しみなしに愛することはできない』と私たちに信じこませようとしたならば、まっとうな論証にはなりえません。なぜなら、次のように言えるからです。すなわち、(私たちは誰しも、心がくじけやすくて恩知らずな本性《ところ》があるので、幸運を褒め讃えることは滅多にないくせに、災難に遭うとすぐにくよくよするものですが、そのようなことは抜きにしても)、幸せに愛している者たちは、愛の喜びにたいへん大きな甘い幸せを感ずるがゆえに、魂にもあらゆる感覚にも甘い幸せだけが隅々まで滋養を与え、完全無欠な満足が得られるので、彼らには俗《イタリア》語の歌も、ラテン語の詩も、ばかばかしいことを書きなぐる虚しい紙葉も、必要がないからです。ところが、幸薄き恋人たちは、自らを養うための食餌も、炎を鎮めるため方策もありませんので、インクにとびついて、騒々しいことを書きちらします。こうして、ペロッティーノ君がみなさまに熱心に語り聞かせたのにそっくりな話が、読まれることになるのです。

このようなわけで、愛する者たちの生きざまにおいては、川の流れとそっくり同じことが起こるようになるのです。川は行く手をはばまれ、鬱蒼とした茂みや、大きな岩でせきとめられていればいるほど、激しく砕け散り、いっそう大きな音をたてて、ますます多くの泡を噴きだしながら流れくだります。その一方、立ちはだかるものもなく、順調な道筋のどこにも妨げがないときには、美しい水面《みなも》も穏やかに、澄みきった水が音もなくさらさらと流れます。[☆6] 愛する者たちも、同じこと。彼らの欲望の行路をふさぐ邪魔なものによる妨害が大きければ大きいほど、想いに耽りながらますます悶々ともがき、すねた僻心《ひがごころ》の水泡《みなわ》をずるずるとあとにひきずりながら、ますますやかましく嘆きの声をあげるのです。反対に、幸せで、幸運に恵まれ、愛の喜びをあらゆる面で楽しみ、喜びへと向かう道にいかなる困難も立ちはだかっていない者たちは、ゆったりと静かな生き方をしているので、声を荒立てたりしないのが世の慣い。

このとおり、みなさまも御覧のとおりならばですよ。(当然、そのとおりですとも。ペロッティーノ君がいくら頑張ったところで、よこしまな議論で嘘を真《まこと》と言いくるめることなどできますまい)。幸薄き恋人たちの後悔の言葉がおびただしいせいで、幸せな者たちの賞賛の言葉は存在を許されなくなっているのだ、などと言うことができましょうか。そんなことになると誰が思うでしょうか。たとえば、名高い大聖堂にいけば、たくさんの船の絵が描かれているのが見られるでしょう。マストがよれよれになって、へし折れ、帆がぐるぐる巻きになっている船もあるでしょう。危険な岩礁に乗りあげたり、波にもまれてあてどもなく漂う船もあるでしょう。砂浜に打ちあげられて粉々になった船もあるでしょう。いずれも、嵐に翻弄された悲しい遭難事故の証言です。だからといって、楽しく幸福に旅をまっとうした船は全然なかった、などと言うことはできません。そのような船は、必要に迫られていないので、順調で幸運だった航海についての記憶をまったく残していないだけのことです。[☆7]（vii）

さて、ペロッティーノ君も気づいてくれるでしょう。私は古代の物書きにも現代の物書きにも誰にも難癖をつけていませんが、彼の愚にもつかない主張は、自滅して、論破されてしまいました。ですが、みなさまを必要以上に引きとめておくわけにはいきませんので、そろそろ、愛の奇蹟と、その不調和に移ります。この話題では、サラマンドラのように火の中で生きる人々や、死のうとして死にきれず、生きているのに死んでいる人々がでてきました。このような驚異については、神も御照覧あれ、私はペロッティーノ君には驚きません、と返辞するほかはありません。ペロッティーノ君は（私たちに信じさせることができると愚かにも高をくくっていたのでしょうか、それとも後悔しすぎて思い詰めていたのでしょうか）、空々しい作り話を臆面もなく真実として語りました。[☆8] そればかりか、まるでクマエのシビュラの木の葉か、ポイボスの予言の三脚台の託宣《こえ》でもあるかのように、自作のカンツォーネまでもちだして念を押そうとしました。それはそれで結構ではありました。彼のカンツォーネは私たちにとって並々ならぬ気晴らしとなったからです。みなさまの顔色からもそのように拝察されますし、私自身もそのように感じております。おかげで、彼の粗野で残酷な話の辛辣さのせいでささくれだっていた私たちの精気《こころ》も、和《なご》みました。彼のカンツォーネはどれもなかなかすばらしいものでしたから。でも、せっかくのところ、真理もたくさん含まれた歌だったら、私からペロッティーノ君に異を唱えるまでもありませんでしたのに。

ところで、みなさまにはなんと申しあげたものでしょうか。私から申しあげるまでもなく、私たち一人ひとりが、薄々、気づいているのではないでしょうか。そうです、いかなる真理からもあまりにもかけはなれた話をたびたびでっちあげるのは、詩人たちのお家芸でもありますが、愛する者たちのきわめて異例の特権《わがまま》でもあるのです。誰にも信じてもらえないし、見てられないほど矛盾していて、造物主たる自然でさえも、黙認してやろうにも堪忍袋の緒が切れてしまう、それほどまでに新奇なことを書きなぐるきっかけをペンに与えるのも、然り。

いやはや、ペロッティーノ君、ペロッティーノ君、君はなんと気が狂っていることだろう。愛する者たちは、自然そのものにさえできない芸当を成し遂げる力を与えられているだなんて、君のそんな言い分を僕たちが信ずるとでも思っているのだろうか。まともな人々は自然の法則に服しているのに、愛する者たちは人間には生まれついていないとでも言うのだろうか。言わせてもらうが、君の奇蹟とやらは、嘘八百だ。さすらうアゲノルの息子《カドモス》が歯を種播いた話やら、アイアコスの御老体が蟻どもからふんだんに臣民を手に入れた話やら、パエトンが大胆不敵にも大空を疾走した話やら、もっともっと目新しい作り話が千も語り継がれているが、君の話もその手の話と同じで、本当のことなどこれっぽっちも含まれていやしない☆9。

こんな奇習《ならわし》は、今、君が始めたものではない。愛する者たちの中でも、物を書いた人々、あるいは現に書いているすべての人々が、かつてもそのように書いてきたし、今でもそのように書いている。彼らの愛が、喜ばしいものであったにせよ、不運なものであったにせよ、関係はない。なるほど、嬉しい気持の人々は、わざわざ書く気にならないだろう。だが、学芸の女神たち《ムーサイ》の心地よい閑暇の中で慈しまれ育まれた人々の中には、そのような気まぐれを起こす人がでてくることもある。そういう人たちは、長じてのち、ウェヌスの甘美な競技場で鍛錬を積んでいる最中にも、最初につきあっていた貴婦人たち《ムーサイ》を思いださずにはいられない。こういう人々が書くときにも、たいていは、悲しみに打ちひしがれている人々が書いているのとそっくり同じ感情を語る。だがそれは、惨めな悲しき者たちが体験しているとしばしば述べる奇蹟のうちのどれかひとつでも、心の奥底から体験しているからではない。さまざまな話題をインクに提供するためなのだ。そうすれば、とりどりの色彩で歌詞に変化をつけることによって、愛の絵画は鑑賞者の目にいっそう見栄えのするものになるだろうから。

なるほど、ペロッティーノ君は愛の行方における驚異についての議論を補強しようとして、火をもちだしました。その火が、私の紙に、あるいはほかの誰であれ、貴婦人を幸せに愛している者が書いている紙に、満ちあふれていないでしょうか。火だけではありません。火と一緒に氷が、満ちあふれていないでしょうか。つまりは、たいへんな両極端にあるものが、一緒になっていないでしょうか。そのように相容れないものを、心の中に置いておくのはともかく、歌の中ならば角突き合わせて置いておくのも簡単です。わが涙は雨なりけりとか、わが溜息は風なりけりと言うことくらい、誰だって思いつくのではないでしょうか。愛する者は、陽気に浮かれはしゃぐと同時に悲嘆にくれるわけですが、彼らにつきものの、このような戯言や軽口をたたくくらいのことは、誰だってできるのではないでしょうか。愛するご婦人を即座に弓矢の名人に仕立てあげ、あの方の目は鋭き矢となりてわれを射ぬ、と宣《のたま》うことくらい、わけはないのではないでしょうか。このような戯れ言を、古代の人々はおそらくもっと的確につくりあげました。彼らは実にしばしば、狩りにいそしむ妖精《ニンフ》たちと森の獲物たちについてのお話をこしらえました。[☆10] 麗しい妖精たちは、麗しいご婦人方のことを表わします。彼女たちは、どれほど猛々しい男の魂でも、ぐさりと突き刺さる視線の鏃《やじり》で虜《とりこ》にしてしまうからです。あるときは己の身の上を、あるときは貴婦人《こいびと》の身の上を、妖精たちよりもはるかに新奇な千もの外観《すがた》に喩えるくらいは、誰にでもいつもできることでしょう。

そうそう、愉快な若奥様方よ、ふと思いだしましたので、私のこしらえた短いお話をお聞きください。私にとっては、シチリアの蜂蜜、あるいはギリシアの蜂蜜よりも、ずっとずっと甘美なものです。

　マドンナが〈愛〉のおかげでどのようなお姿になられるか
包み隠さずに語ろう。

お叱りを受けずにすみますように。
マドンナのご厚情ゆえに私にその力が授かりますように。
堅牢なあまり、切り分けることのできない石がある。
生まれもった性質のゆえに、
眺める目を満足させ、飽きさせない石もある。
あの硬い石《マドンナ》への私の望みは、飽きることなく
存分に叶えられる。
だから、祝福をもたらす天使のような、ベアトリーチェのごとき甘いまなざしと、
私の命とあらゆる幸福の根とは
人の世のいかなる屈辱であれ、歯牙にもかけず、安泰だ。
　太陽がかげる時刻が遅い西の最果てで
巻き起こる風がある。
その風の息吹は、いたるところで
森という森に、枝葉をいっぱいに繁らせ、
大枝から寒い季節を追い払う。
私の心が
さまざまな想いゆえに鬱蒼と繁った森のようになり、
あらゆる平和、あらゆる甘美さが奪われているときであっても、
あの人の甘い言葉の精気《いぶき》は、そのような微風となって、ラウラのごとく、
たちまちのうちに、私をあらゆる不幸から立ち直らせてくれる。

誠実に仕える男に対して、〈愛〉は
苦しみを刈り入れるのを許すことはないから。
　どのようなところにでも、すくすくと生え伸びてくる
高貴な植物がある。
その草は、太古からの流儀にしたがって、
永遠なる火《たいよう》の方へと、いつも身をめぐらせる。
いま、私の幸先良い運命が、こちらにきなさいと
私を前へ呼びよせるので、
私は、恐れおののきながらも望みをいだく少年のように、ふるまおう。
あの緑《ヘリオトロープ》が太陽の方を向き
太陽だけを探し、敬い、愛するのと同じように、
私にも太古の望みを叶えることができるなら、
私はマリアの方を向いて、いつまでも愛を注ぐだろう、
高き輝きを、私の甘美なる炎を。[☆11]

ご婦人方よ、物書きたちがそぞろ歩く野は、開け放たれていて、誰でも通ることができ、しかもきわめて広々としています。ことに、貴婦人《だれか》を愛していて、かつ〈愛〉について論ずる物書きたちは、ほかのあらゆる人々にもまして、自分たちの才知の果実をかき集めて喝采を浴びるために、新奇な議論にうったえようとするものです。彼らはありえないことをでっちあげるだけではありません。彼らの一人ひとりが、いつでも気が向いたときに、いちばん魂《こころ》にかなうか、より上手に、またはより簡単に述べることができるからといって、楽しいものであろうが悲しいものであろ

うが、書くための話題をほしいままにとりあげるのです。こうして、その話題について、嘘やら、きわめつき珍妙なひらめきやらをくりひろげます。しかも、彼らは、同じ主題から多種多様な結末を導きだしますから、大団円の結末を描く人もいれば、悲しい結末で翳《かげ》らせる人もいるといった按配。それはまるで、同じ食材でも、もともと甘いものであろうが苦いものであろうが、上からかける調味料の性質に応じて、こんな味にでも、あんな味にでも、自在に味つけができるのと同じです。(viii)

なるほど、ペロッティーノ君は、『信じられない　一大事』などと言って心臓《こころ》が身体《じぶん》から離脱する話をこしらえながらカンツォーネをつくり、涙とか、嘆きとか、あまりにも辛い過ちへと話をひっぱってゆきます。しかしながら、私が同じ主題のカンツォーネをこしらえたとしても、驚くほどの喜びと楽しい慰めへと誘われていくことが、妨げられるわけではありません。というわけで、私の奇蹟のうちのひとつをお聞きください。虚空に向かって語りかけなくてもすむように。

　　はじめて日にする　輝きに
心臓《こころ》はとりこに　なりました。
あなたの光を　追うために
我が身を離れて　行きました。
たとえようのない　喜びに
思わず叫びを　あげました。
「愛がまねくのは　光源《ここ》なのだ」。
　貴婦人《あなた》の両目《ところ》に　着いたのに

また物足りなく　なりました。
なりふりかまわず　ひたすらに
身内《なか》まで進んで　行きました。
あなたの心臓《こころ》の　住む場所に
私の心臓《こころ》も　着きました。
そのまま一緒に　居りました。
　星辰《さだめ》が導く　そのままに
優しい気持に　さそわれて
あなたの心臓《こころ》は　往きました。
私の心臓《こころ》の　いた場所に。
あなたは私の　胸中《もと》にいて
私はあなたの　胸中《もと》にいて
心臓《こころ》は宿りを　かえました。[☆12]

さあさあ、ペロッティーノ君、気づいてくれたまえ。君の残酷で深刻な奇蹟は、君にとってどれほどの助けになるだろうか。それに、残酷で深刻な奇蹟のかずかずは、なるほど真実かもしれない。なにしろ、君や、君と御同類の悲しくて惨めな愛する者たちが書き留めているわけだからね。それならば、僕や、僕に似た楽しくて幸せな愛する者たちが書きとどめてみんなを楽しませている、愉快でかけがえのない奇蹟も、同様に真実のはず。僕の言う奇蹟おかげで〈愛〉の苦味がなくなるわけではないかもしれない。だがそれ以上に、君の言う奇蹟がどんなに横車を押したところで、〈愛〉の甘味が消えてなくなることなどありえないのだ。それらが作り話であるならば、作り話として君に引きとってもらいたい。こんなにも美事に描かれた図像、いやむしろ君の神様の空想上の絵空事も、一緒におひきとり願いたい。そういう絵空事について君が語ったあれほど多くのことが、冗談のつもりでなかったのなら、僕には言いたいことがあるし、本気で反論しなければならない。だが君は、自分の誤りを自分で指摘した。本当は〈愛〉は神ではないし、そもそも〈愛〉とは私たち自身が望んでいるものにほかならないととりつくろって、言い逃れた。だから、今さらこのことをむしかえして論争をふっかけたりすれば、僕は古《いにしえ》のペネロペイアのように、ついさっき織りあがったばかりの布地をまたぞろ織り直すことになりそうだ[☆13]」。(ix)

ジズモンドはこう言うと、いったん口を閉ざしました。そして、次に言うべきことを記憶の中で素早くまとめあげているうちに、一人くすくすと笑い始め、話を再開しようとしません[☆14]。彼が何を言いだすかと待ち受けていたご婦人方は、このようすを見て、ますます聞きたい気持がつのってきました。そこで、マドンナ・ベレニーチェは居ずまいを正して座りなおすと、次のように言いました。それまで彼女は一本の若い月桂樹にもたれていましたが、その木は小さな森の端で、せせらぎをたてる泉にいちばん近いところに生えていました。そして、ほかの木々みたいに遠慮などせずに二本の幹をすっくと伸ばし、二本の柱となって彼女の美しい身体を支えていたのです[☆15]。

「あらあら結構なことですわね、ジズモンドさま。くすくすお笑いになるなんて。お話を続けあぐんでいらっしゃるのかしらと気をもんでおりましたのに。なぜなら、私の思いちがいでなければ、あなたは今、ペロッティーノさまが魂について論じ、『人は継続的な苦痛なしに他者を愛することはできない[☆16]』と結論をおだしになった、その件《くだり》にさしかかっていらっしゃいますわ。その結び目が(たとえどれほどたいへんであろうとも)、私としては(ペロッティーノさまには申し訳ありませんが)、あなたにあっさり解いてもらいとうございます。古《いにしえ》のペネロペイアにとって、織ったばかりの布地をほどくことなど、造作もなかったのと同じように。でも、あなたの手に負えるか、心配ですわ。ペロッティーノさまの主張は、きつく緒巻《おまき》に巻きつけられ、結わえつけられているみたいですから」。

ジズモンドは答えました。

「奥方様、そうは問屋が卸さないことを、すぐにでもご覧にいれましょう。彼の主張は貴女さまにはたいへん堅固なものに見えたかもしれませんが、私はそんなことには驚きません。それどころか、ペロッティーノ君のことを考えているうちに、御覧のとおり、笑いださずにはいられなくなりました。おっしゃるとおり、私はそのような主張について反論しなければならないところにさしかかっております。でも彼はなんでまた、これほど見えすいた額《かお》をした嘘を描きながら議論していたくせに、真理の顔立《みせかけ》をふんだんにとりいれるような器用なまねごとができたのでしょうか。なぜなら、彼の言葉をつくづく見直すならば、彼が私たちに真実であると思いこませようとしているものは、真実とほとんど見まごうばかりだからです。まるで、演繹的論法で白を朱と言いくるめるような按配に。なるほど、『人は愛しているものを楽しむことができないときにはいつも、自らの中に苦痛を感ずる。しかし人は、すっかり自分のものになりきっていないものを完全に楽しむことはできない。したがって、私たちは間断のない苦痛をともなわずに他者を愛することはできないのだ』と言うならば、充分に真理に合致しているように見えるでしょう。そのようなことが仮にも真実であるとすれば、アテナイの人ティモンはまぎれもなく賢明でした。この人は、書物によれば、人々を一様に毛嫌いして、決して誰をも愛そうとはしませんでした。[☆17] 私たちとて、同じこと。魂をあえぎ苦しませる〈愛〉などという悪党なんぞはお払い箱にして、友人であろうが、ご婦人方であろうが、兄弟であろうが、父祖《おや》であろうが、わが子であろうが、まったくの赤の他人のようにみな交際を絶つならば、賢者になれるというもの。愛のない人生を送るのは、波風のたたない大海原のようなものでしょうから。ただし、私たちがナルキッソスのように自分自身を愛そうと望むならば、それは例外にしてもらいましょう。ペロッティーノ君も、それには待ったをかけないと思います。私たちは、いつも、私たち自身の中にあるわけですから。[☆18]

ところで、ご婦人方よ、今後はみなさまもご主人さまを愛したりなさらない方が、やはり身のためになるでしょう。ご主人さま方も、よもや気を悪くなさることはありますまい。ペロッティーノ君の忠告を真に受けて、魂の苦痛という肩の荷をおろすためにそうしているのだと、ご承知くださるでしょう。

それにだね、ペロッティーノ君。この先、僕が、君のことを友人だと思わなくなったとしても、勘弁してくれたまえ。君も言っているように、僕たち自身の中にないものを愛することは、僕たちに苦しみをもたらす。だから、僕は君のことを愛するのを、とにかくやめてしまった方がよいだろう。それどころか、人がみな愛するけれども自分《ぼく》たちの中にないものについては、僕はすべて気にかけないことにするよ。人は、愛してもいないものに対しては、さして関心をもたないものだから。

もしも君の主張に丸めこまれて、僕も、君も、ほかのみなも、このようにふるまうようになれば、君はあっというまに人々の人生から〈愛〉をもちさってしまうだろう。しかも、〈愛〉もろとも生命をも奪いさってしまうにちがいない。なぜなら、人が愛することをやめてしまうならば、命かぎりある者たちの情のこまやかなつきあいの習慣もすたれてしまう。それがすたれれば、命ある者たちも途絶えて、いなくなってしまうのは必定だから。

ところで、僕はそのような顛末など恐れていないけれど、それは君も認めてくれるだろうか。僕たちがどんなに作為を弄しても、人々の間から〈愛〉が失われることはありえない。僕たちが友人とか、父とか、兄弟とか、妻とか、子どもを必然的に愛するように仕向けたのは、造物主たる自然そのものなのだ。ならば、いったい、君は自然を恨むのではなく、〈愛〉を恨む必要があったのだろうか。君が咎めだてすべきだったのは、むしろ自然の方だ。自然は、僕たちにとって〈愛〉が必要不可欠であるように定めたくせに、それを甘くしておいてくれなかったのだから。もちろん、君が口では苦いと言っているように、〈愛〉は苦いと信じきっているならばだけれども。お好みとあらば、そういう思いこみに居直ってもらっても結構。君はのんびりと悠々自適に散策《おしゃべり》できるにちがいない。そんなところにまで出向いて君と思いこみを分かちあおうとする御仁など、本当にいるわけはない（と僕は思う）。それほどまでに認識能力《おつむ》の足りない人など、いるわけはないだろうから。勇敢な男を愛したり、平和や、法律や、祖国の称讃すべき習俗、そして祖国そのものを愛することは、苦しみや苦悩にはなるけれど、慰めや楽しみになることはない、などと信ずる人など、いるわけはないだろう（君を愛してくれている人は例外としよう。友人か、親類縁者かはともかく）。しかも、これらのものはすべて、僕たちの外にあるのだ。なるほど、僕たちの中にはないわけだから、それを愛する者たちに苦悩をもたらすこともあるかもしれない。その点については、僕も君に同意するとしようか。だからといって、天を愛すること、天よりも上にある美しいものを愛することは、僕たちにとって悲しいことである、というところまで譲歩してもらえるとでも君は思うのかい。いくら君でも、そこまでは言うまい。そういうものは、僕たちの中にはないかもしれないが、天は僕たちにとって古くからの真の祖国なのだ。祝福されたものからは、悲惨な事象《もの》がひょっこりと顔を出したり、生まれてくるようなことはありえない。そして、彼方なる、高きところにあるものは、まさに祝福されたものなのだ。だから、ペロッティーノ君、僕たちが外のものに対していだく愛は、それが外のものであるがゆえに僕たちに苦痛をもたらす、というのは真実ではないのだ。（x）

ところで、もしも僕が君と仲直りして君の言い分をみんな聞きいれたとしよう。『人は苦しみなしに他者を愛することはできない』という君の意見を結構なものと認めたうえで、次のように言ったらどうだろう。『ご婦人方を愛すること、つまり僕たち男がしていることと、ご婦人方が僕たちを愛することは、他者を愛することではなく、自分自身の一部を、言いかえれば、自分自身の半分を愛することである』と。昨日、御前で歌った第二と第三の乙女たちは、女性が男性を愛する場合を扱っていたようだから。そうしたら、君はなんと言い返すだろう。なぜなら、ペロッティーノ君、人間たちは原初のころ、顔は二つ、手は四本、足も四本、四肢《からだ》のほかの部分についても僕たちの肉体の二人分を具えていたという話を、小耳にはさんだことはないのか。彼らは、そののちユピテルの支配権を簒奪しようとした廉で、ユピテルによって二つに分けられ、今日のような姿にされてしまった。しかし彼らは、以前の完全な姿をとりもどしたいと思った。割られたあとの体たらくぶりとはちがって、かつては二人分の働きができたし、二倍の力を誇っていたわけだから。そこで、立ちあがるやただちに、一人ひとりが、失くした方の自分の半身を見つけてひとつにあわさった。それからというもの、時を超え時代を超え、すべての人々がそのような行動をとるようになった。これこそが、僕たちが今日、〈愛〉と呼び、『愛しあう』と称していることなのだ[☆19]。だから、誰かが彼の貴婦人《こいびと》を愛しているなら、彼自身の半身《はんぶん》を求めていることになる。ご婦人方がご主人様を愛しておられるなら、それも同様。僕がそのように言ったならば、ペロッティーノ君、君はなんと答えてくれるだろう。ひょっとすると、つい先ほど僕が君の奇蹟について論じているときに反論として述べたのと、まったく同じことになるのだろうか。『そういうものは、人々の冗談さ。絵空事、作り話、純然たるでっちあげ、ただの思いつきであって、ほかのなにものでもないよ』とでも言うつもりかい。ペロッティーノ君、これは、人々が描いた絵空事でも、純然たるでっちあげでもない。僕が君に言ったことはみな、誰か人間が言っているのではなくて、自然そのものが語り、論じているのだ。

もしも私たち人間が、男だけ、または女だけならば、私たちは完全ではありません。身も心もすべて、私たちの手の中にはありません。なぜなら、同等の片割れを別途補わなければ存在できないものは、完全体ではないからです。そのようなものは、ただの半分であり、それ以上ではありません。あたかも、ご婦人方よ、みなさまは私ども男がいなければ存在できず、私ども男はみなさまがいなければ存在できないような具合に。このことがどれほど真実であるかは、すぐにご覧いただけるでしょう。つまり、私たちの存在は、みなさま方からだけ、あるいは私どもからだけ、それだけでは手にいれることはできないからです。ひょんなことで、生まれ方について私たちが何か目新しい法則を用いるようになるとか、あるいは、ミネルウァやマルスのような神々の神秘的な出生のしかたが、人間たちにおいても息を吹き返すのではないかぎり[☆20]。

さらに、両性が別々であってもともかくも生まれることができたとしても、生まれたあと、そのままでは生き延びることはできないでしょう。つらつら考えるに、私たちが生きている人生は、数えきれないほどの苦労で満ちあふれています。そうしたすべての苦労を耐えぬくには、一方の性も、他方の性も、己の性だけでは充分ではありません。苦労の挙句、力尽きてしまうのが落ち。まるで、アレクサンドリアのはるか彼方からやってくる駱駝のようなものです。[☆21] 遠い国々から私たちの商品を運んで、へとへとになりながら砂漠を歩いている駱駝たちがいるとして、時としてなんらかの事情で、駱駝使いが一頭の駱駝のこぶの上に二頭分の荷物を背負わせることになるとしましょう。その駱駝はもはやもちこたえることができず、ばったりと倒れて、道の半ばで置き去りにされてしまいます。そんなわけですから、みなさまご婦人方がたずさわっておられるたくさんの用事を男どもがこなさなければならないとしたら、男どもは田畑を耕したり、航海に出たり、建物を築いたり、文学の研鑽に精をだすことなどできましょうか。あるいは、民衆に法律を授けると同時に子どもたちに乳房を含ませ、赤ん坊の泣き声の合間をみては民草《たみぐさ》の争議に耳を傾けたりすることなどできましょうか。[☆22] あるいは、家の地境《じざかい》の内にいて、羽布団にくるまってゆったりとくつろぎながら時満ちるまで辛い身重の暮らしを続ける一方、異国の空の下で剣《てつ》と火を振り回しながら駆けずりまわって戦ったりすることなどできましょうか。[☆23] 私どもの務めとみなさまの務めの両方を引き受けることが、男である私どもにできないのであれば、女性であるみなさまにはなおさらむりだと言わざるをえません。一般に私どものように体力にめぐまれていらっしゃいませんから。

ご婦人方よ、自然はこのことを見通していました。自然ははじめから承知していました。ですから、人間《わたしたち》をつくるさいに、樹木に雌雄の別がないのと同じようにひとつの性だけにしておく方がよほど簡単だったでしょうに、まるで一個の胡桃の実を二つに割るように、私たちを二つに分けたのです。こうして、一方からは私どもの性をかたりづくり、もう一方からはみなさまの性をかたちづくって、私たちを世に送りだしました。どちらの種類の用向きもそつなくこなせるように、みなさまにはか弱い肩に背負いやすい部分を割りあて、私どもには、みなさまよりも肩の強い私どもが運ぶ方がうまくいくだろう部分をずっしり背負わせた次第です。それからというもの、私たちはこのような法則に頼るようになりましたし、生きるために必要な辛い営みが双方にとって混ざりあっているせいで、みなさまは私どもを、私どもはみなさまを必要としております。つまり、一方の性は他方の性がなければうまく機能しないのです。まるで、狩りに出かける二人の仲間のような按配です。一人は杯を、[☆24] もう一人がパン籠をたずさえてゆくとき、歩いている間は二つを別々に運んでいきます。だからといって、休憩するときには各々が自分のもってきたものだけを口にするわけではありません。どこかの木陰で一息つきながら、互いに相手のものも自分のものも分けあいます。男たちと女たちも、同じこと。二つの異なった務めを担うべく定められて、人生という苦労づくめの狩に立ち向かうわけですが、それぞれ自然の本性のゆえに、それぞれの性がそれぞれの用向きに対処するようになっているのです。もちろん、私たちは口ほどにはたくましくありませんので、自分が担ぐべき半分よりも、もっと多くを一人で担ぎきれる人などおりません。たとえば、古《いにしえ》のレムノスの女たちや、好戦的なアマゾネスは、それを試してみて、たいへんひどい損害をこうむりました。力のかぎりを尽くして女であると同時に男でもあろうと望んだ挙句、双方の性を破滅に追いこんでしまったのです。☆25（xi）

このように、男たちも女たちも、互いに他方がなければ、いかなる存在様式《すがた》になることも、その状態を保つこともできません。いずれの性も、生きていくために、あるいは生まれいづるために必要なことの半分しか、自らの内にはないのです。なぜなら（先程も申しましたが）、同等の半身《もの》を別途補わなければならないものは、完全体ではなくて、ただの半分だからです。そうすると、ご婦人方よ、どうすれば、私どもは半身以上であるとか、みなさまは半身以上である、ということになるでしょうか。どうすれば、私どもはみなさまの半身であるのに、みなさまは私どもの半身ではない、ということになるのでしょうか。さらには、どうすれば、男であれ女であれ、本来そうであったはずの、ひとつの完結したものである、ということになるでしょうか。私には見当もつきません。

そして、ざっくりと検討して考えるならば、なるほど、みなさまのご主人様はみなさまご自身の一部をいつも一緒に携えていらっしゃるのだと思われないでしょうか。なんともはや、みなさまの心臓《こころ》からなにやらわからぬものが離れでて、ご主人様の心臓《こころ》にたどりつき、ご主人様がどちらにおでかけになろうとも、切っても切れぬ縁《えにし》の伴侶として、まるで鎖のようにみなさまとご主人様を結びつけているようには見えないでしょうか。まぎれもなく、そうなのです。ご主人様はみなさまの、みなさまはご主人様の、甘美なる半身なのです。そして、私のかけがえのない貴婦人《こいびと》にとっての私も、私にとっての彼女も、同様です。もしも私が彼女を愛しているならば、（『もしも』だなんて縁起でもない。もちろん愛していますし、これからもずっと、今よりも強く愛し続けますとも。今だってもちろん、これ以上はありえないくらい熱烈に愛しておりますけれど）。もしも私が彼女を愛していて、彼女が私を愛しているとしても、私たちのいずれも他者を愛しているのではありません。自分自身を愛しているのです。ほかの愛する人たちにも同じことが言えます、これからも永遠に。

では、これ以上だらだらと論争詩《テンツォーネ》を続けるのはやめて結論を言おう。愛する者たちが相互に愛することによって自分自身を愛しているならば、愛しているものを彼らが楽しむことができるのは、まったく疑いがない。君《ペロッティーノ》が主張したように、楽しむことができないのは他人のものにかぎられる、というのが本当ならば、そうなる。そして、愛しているものを楽しむことができるならば、君がひきだした結論がどこからでてくるのか、つまり〈愛〉はいつも人々の魂を不安におとしいれるとか、（君が言ったように）心を乱すのか、僕にはさっぱりわからない。僕たちを苦しめるのは、楽しむことができないという事実だけなのだ。

ベレニーチェ奥様、たったこれしきのものです。貴女さまがつい先程、私めに解けるかどうか、心配してくださった結び目は。頑丈な緒巻《おまき》に巻きつけられているとおっしゃっていたペロッティーノ君の布地は、せいぜいこの程度のもの。それしきのものは、本当のところ、ペネロペイアの布ではなくて、アラクネの布にでも喩える方がお似合いでした。[☆26]

ですが、ご婦人方よ、このような反証のすべてにもかかわらず、ペロッティーノ君は見解を変えないでしょう。勢いあまった狂気の沙汰でしかない議論の片鱗たりとも主張するのを手控えたりしないでしょう。それどころか、まるで青臭い駄馬のように、魂の苦痛という話題《のはら》をますますめくら滅法に逃げ回りながら、言葉に弾みをつけて、一段と長ったらしく愚かしい与太話をひねりだすことでしょう。ところで、道行く人々は、時として、二つの道から選ばなければならないところにさしかかることがあるものです。そのようなとき、自分の進むべき道を選んだつもりで、まちがった田舎の道に身を置いてしまうこともあります。すると、目的地に早く着こうと急げば急ぐほど目的地からどんどん遠のいてしまいます。ペロッティーノ君も、五十歩百歩。彼は〈愛〉について述べるにあたって、魂の苦痛という誤った道からはいってしまいました。彼もおそらく、真理に到達するのを目論見ながら進んでいたつもりでしょう。しかし、苦心惨憺しながら議論すればするほど、真理からますます離れ、遠ざかってしまうわけです。正しくない道を邁進しているのですから。

このようなことを明らかにするには、簡単な言葉で充分でしょう。しかしながら、ペロッティーノ君の水際立った物語に対抗しなければならないわけですから、私が個々の問題点について一つひとつ検討したとしても、不調法ではないはずです。それに、この題材については、そのようなしかたで喋ることが要求されます。ですから、みなさまの御意にかなうならば、もう少し筋道を調えてお話しさせていただき、彼の誤りがどのようなものであるかが明らかになるように努めましょう」。(xii)

これに対して美しいご婦人方は、あなたにとっての喜びは私たちにとっても喜びですわ、と答えました。そして、お話しになるのがおいやでなければ、どのようなお話をなさるにしても、お聞きするのはちっとも煩わしくありませんわと言いましたので、彼はご婦人方に恭しくお礼を申しあげました。こうして、ご婦人方一人ひとりが待ちかまえていると、彼は待ちわびているご婦人方の方に左腕を少し突きだして、私がこれから申しあげることのほんのわずかでも聞き漏らせばお話ししたことがむだになってしまうので注意深く聞いてくださいと念を押しました。そして、握った拳から二本の指を干し草用の熊手のような具合にして天に向かって突きたててから、話し始めました。

「ご婦人方よ、哲学に打ちこんだ古代の人々は、私たちの魂を二つの部分に分類しています。一方の部分には、彼らは理性を置きます。理性は抑制のきいた歩みで動きながら、迅速で確実な道を通って魂を導きます。もう一方には心の乱れをあてはめます。魂は心の乱れと連れだって、切り立った崖をすすもうと、足元もおぼつかない細道を、辛抱を知らない歩調で駆けぬけます。ところで、人は誰しも、自分にとって善であるように見えるものを手にいれることを望むものですし、手にはいれば所有していることを喜びます。同様に、今にも降りかかってきそうな悪に不安を覚えないような人はいませんし、身に降りかかった悪に胸苦しい思いをしない人もほとんどおりません。したがって、魂の情動は、以上のような規準によって四つに分けることができます。すなわち、欲望（Desiderio）、陽気さ（Allegrezza）、不安（Sollecitudine）、苦しみ（Dolore）です。このうち二つは、現在の、あるいは未来の善を起源としています。残りの二つは、すでに起こった、あるいは今後起こる可能性のある悪から生じます。

ところで、ものに対して欲望をいだくときに、健全な熟慮がはたらいているならばそれは健全な欲望ですが、歪んだ欲心からでてくるときには破滅的です。また、誰であれ陽気に浮かれればはしゃぐことは、ほどほどの限度さえ踏み越えていなければ、咎めだてされる筋合いのものではありません。また、起こる可能性のある悪を忌み嫌うことは、私たちが上手に恐れるならば称讃すべき性質のものになりますが、下手に恐れるならば非難すべき性質のものになります。このようなことから、古代の哲学者たちは三つの情動、すなわち欲望と陽気さと不安を、良いものと良くないものに分類し、魂のうち、理性とともに道行く部分には、立派な欲望、立派な陽気さ、立派な恐れをあてはめています。もう一方にはその正反対の極致、すなわち、度を越して欲望をいだくこと、度を越して陽気に浮かれはしゃぐこと、度を越した恐怖心をあてはめています。第四の情動、すなわち現在の悪に対する憂鬱は、ほかとは異なり、分類していません。彼らに言わせれば、思慮深くて心に揺るぎのない人ならば、人生において起こりうるいかなることについても、決して苦しんだり悲しんだりすることはありませんし、起こってしまったことにいちいち苦しむのは、虚しいうえに、無用なことだからです。ですから、この情動《ゆううつ》だけは、全体を心の乱れにあてはめています。このようなわけで、魂の情動のうち、思慮深く、節度のある情動は三種類、分別がなく、抑制のきいていない情動は四種類になります。これに加えて、自然はいかなる悪もなすことはありえないということと、自然から生ずるものは良いものだけであるということは、きわめてたしかです。ですから、三種類の情動は、良いものであるがゆえに、人間たちにおいては自然なものであると彼らは断言します。また、四種類の情動は、私たち人間において自然の行路から外れたところで生ずる、と彼らは言います。こうして、前者のことを自然にのっとった理性的な情動と呼び、後者のことを自然に反して秩序を失った心の乱れと名づけるわけです。

　ですから、ご婦人方よ、今申しあげたような次第で、魂の道は二つになります。ひとつは理性の道です。あらゆる自然な心の動きは、この道を通って歩みいきます。もうひとつは、心の乱れの道です。自然でない心の動きは、この道を通ってつまずくのです。ところで、よもやみなさまは、自然ではないなんらかの心の動きが理性と同居できるなどとは、お考えではないはずです。自然と同居しているならば、自然であるのが必定。ですが、自然でないものは、一体どうすれば、自然でありうるのでしょうか。同様に、いかなる自然な情動も、いかなる仕方でも心の乱れと混ざりあうことはない、と言うべきです。なぜなら、心の乱れと混ざりあってしまうならば、自然でないものになってしまうからです。要するに、どんなものであれ、自然であると同時に自然でないなどということは、決して、ありえません。それでは、お聞きいただいたような方法で魂の苦痛を分類して論じましたので、くれぐれも肝に銘じておいてほしいことがございます。つまり、いかなる自然な情動も、私たちの魂の中で、心の乱れと共存することはできないのだということを[☆27]。

　それではペロッティーノ君に戻りましょう。彼は〈愛〉を心の乱れの中に置きました。しかし、私たちは次のように論じます。もしも〈愛〉が私たちのもとにやってくるのが自然に反することであるならば、〈愛〉という悪たれ小僧はペロッティーノが置いたところ、つまり心の乱れの中にいるはずです。反対にもしも、〈愛〉が自然によって私たちの魂に与えられた情動であるならば、いかなる仕方でも、邪悪な心の乱れや禍々しくてふてぶてしい魂の情動へと、足を踏み外してしまうことはないはずです。自然がくれるものならば良きものであるのが筋ですし、理性とともに歩みいくわけですから。はてさて、どうしたものでしょうか、目端の利く若奥様方よ。何かまだ言い足さなければなりませんか。私たちにおける愛は自然なものであると、私からお示しする必要があるでしょうか。これについてはもちろん、先程、申しあげました。父や、子どもたちや、親類縁者や、友人たちに対していだく愛情について、議論したところです。それどころか、女性であられるみなさまだけでなく、私たちの話を聞いているここらの月桂樹も、口さえ利けるならば、そのように証言してくれるはずです」。(xiii)

ジズモンドはこのように言いさして、愛嬌のあるご婦人方がなにか答えてくれるのを待つつもりでいたようです。ところが、長いこと黙りこくっていたラヴィネッロが、次のような言葉で突っかかってきました。

「ジズモンド君、ここらの月桂樹が口を利いたりすれば、君が立証しようとしていることについて、都合の悪い証人が現われることになるだろう。なぜなら、月桂樹が初めの親株を写した似姿であるのなら、月桂樹は、まったくもって、なにも愛したことなどないからだ。木や草は親株に似るのが自然の性質というもの。本に書いてあることが本当なら、この樹にはじめて形を与えた女性は恋心をいだいたことなどなかった。[☆28] ここらの月桂樹はみんな、その末裔なのだ」。

ジズモンドは切り返しました。

「それは勘違いだ、ラヴィネッロ君。自然がきっちりと区別しているものを、君は強引につなぎあわせている。なぜなら、ここらの月桂樹は、まさに君の言うとおり、最初の親株を写した素晴らしい似姿なのだ。つまり、自らを捨て去ったときに、最初にその木の樹皮《かわ》をまとった女性《ダフネ》には、似ていない。月桂樹の木は、親株がしていたのと同じように、愛し、かつ愛されている。樹木は大地を愛し、大地は樹木を愛し、愛に満たされているからこそ、季節になると新芽を吹き、実を生らせ、枝葉を伸ばす。大本の親株も、そうやって子孫を生みだしたのだ。樹木の愛は、命とともに尽きるときまで、決して終わることはない。[☆29] 同じことを、神が人間にも望みたもうたならば、ペロッティーノ君もこんなに苦々しく泣き暮らす理由などないだろう。彼はいつも苦々しく泣き暮らしていて、僕としてはもはやこれ以上は勘弁してほしいくらいだ。それはともかく、かの女性《ダフネ》は、君が言うように、愛を求められていながら、愛を返さなかった。それは自然に逆らうことだったから、木の幹に変えられてしまうのが相応の報いだったのだろうし、そのように書いてあるわけだ。人間としての四肢《からだ》を捨てて樹木とか材木になってしまうのは、まぎれもなく、柔らかくてきわめて甘美な自然的情動を捨て去って、あまりにもごつごつした、あまりにも堅い、自然ではない情動を身につけることと同じではないだろうか。

もしも、月桂樹が口を利いたり、僕たちの言葉を理解したりできるならば、今さら人間になど戻りたくないと言うだろう。そう聞かされるだろうと、僕は信ずるよ。なぜなら、僕たち人間は自然に反したふるまいをするけれども、樹木ならばそのようなことはしないから。とどのつまりは、ラヴィネッロ君、月桂樹は、僕が君に話していることについて、またとない立派な証人になってくれるのだ。(xiv)

このようなわけですから、ご婦人方よ、(私からあらためて問いなおすまでもありません)。〈愛〉は、私たちの魂の、自然な情動です。それゆえ、必然的に、良きものであり、理性的であり、抑制がきいています。ですから、私たちの魂の情動に抑制が利かなくなるときには、いつも、その情動は理性的なものでも、良きものでもありません。つまり、必然的に、〈愛〉ではありません。ここのところが、お耳にはいっているでしょうか。混じり気のない単純な真理について、私が話を進めたところまで、ついてきていただいているでしょうか。『それが〈愛〉でないのなら、いったいなんですの。ちゃんと名前はございますの』と、みなさまはお尋ねになるかもしれません。とにかく、名前はあります。しかも、たくさん。それも、ペロッティーノ君が議論の最初のあたりで押しつけたのと、たまたま同じ名前です。彼は〈愛〉について喋っているつもりで、〈愛〉のまがいものについて論じていたのです。すなわち、火、狂気、身をすり減らすこと、やつれること、気狂い沙汰、悲惨、不幸です。これらすべてに加えて、私にも名前をひとつつけさせてもらえるのなら、ほかでもありません、『悪のかたまり』(ogni male)と呼ぶのが最も適切でしょう。なぜなら、

〈愛〉の中には、『善のかたまり』（ogni bene）がこめられているからです。このことについては、おいおい、説明させていただきます。

さらになんと申しあげればよいでしょうか。ご婦人方よ、人が軽々しく口にする、愛だの、愛する者だの、恋している者といった、単純な声《ことば》に惑わされないようにしてください。〈愛〉と呼ばれるものはどれもみな正真正銘の〈愛〉であるとか、愛する者たちとか恋している者たちと思われている人々は誰でもみんな正真正銘の愛する者たちであるなどとは、早とちりしないでください。欲望が芽生えた初めのころは、誰しもが、愛だの恋だのといった名称をしばしば用いますし、そのような欲望はそれなりに抑制が利いていることでしょう。ですが、いったん愛という名前がついてしまうと（そのあと、どのような経緯をたどることになろうとも）、人々の馬鹿げた愚かな意見に助長されて、本当に愛だと思いこんでしまうわけです。人々には、そうした欲望の千差万別の働きに、さまざまな名前をつけて区別しようとする分別のかけらもありません。何かを望んで追求するときに、魂の情動を悪い方に傾けた者であろうと、良い方に傾けた者であろうと、十把一絡げに『愛する者』と呼び習わしているのです。

ですが、見えないものを信じたりせず、ありえないものを見たりしない人は、たぶん大したまちがいをしでかさない、とはよく言うとおりです。私たちが『友人』と呼ぶ人々が、いつも、みな、私たちに対して友好的であるとはかぎりません。また、私たちが『愛する者』とみなしている人が、いつも、みな、愛しているとはかぎりません。この勘違いは、友人の場合も、愛する者の場合も、知らないままでいればいるほど、いっそうひどい結果になります。なぜなら、こういうことはよくあるものですが、私たちに対して顔ではこのうえなく友好的な風を装っているくせに、本心では私たちに対してとんでもない大きな敵意を隠しもっている人がいるものです。そのような輩《やから》は、いざ偽りの見せかけをかなぐり捨てる段になると、私たちから大いに信用されているならばなおのこと、私たちを破滅へと追いやる道を、いっそう思いのままに、いっそうやすやすと、切り開くことになるのです。それと同じように、魂のこの苦痛は、偉大な愛であると私たちが買いかぶっていればいるほど、いっそうみっともなく、いっそう猛烈に、私たちに殉教の苦しみをなめさせます。覆面の下に正反対のものを隠しもっているからです。しかもそのうえ、私たちは、だまされているとも気づかずに優しい気持で愛すれば愛するほど、自分自身をひどく憎む算段になります。こうして、他人の善《しあわせ》の虚像をひとつ望んでいるうちに、自分自身の本物の悪《ふこう》を千も追求する仕儀におちいるのです。ことここにいたってもなお、愛する者であると信じているようでは、私たちは健全な物の見方をなくしたも同然。

いやはや、人々の可哀想な魂はいかにやすやすと騙されることだろうか。命かぎりある者たちの惨めな思いこみは、なんと軽はずみで気狂いじみていることだろうか。ペロッティーノ君、君は愛しているのではない。君の愛は、ペロッティーノ君、愛ではない。君は愛する者ではなく、むしろ愛する者の影なのだ、ペロッティーノ君。[☆30] なぜなら、もしも君の愛が本物だったならば、君の愛は抑制がきいていただろう。抑制がきいていれば、起こってしまったことを嘆いたり、手にはいるわけのないものに欲望をいだいたり探し求めたりすることは決してなかったはずだ。そもそも、苦しみはいつも虚しいうえに、無用なものであるのは、理の当然。そのうえ、手にはいるわけもないものを、まるで手にはいる可能性があるかのように、未練たらしく欲望をいだき探し求めつづけるのはきわめてばかげていて、あらゆる度を越して抑制の歯止めが利かないことだ。詩人たちは、このような気違い沙汰を指し示すために、天を乗っとろうと目論んで神々に楯突いて戦ったけれども、神々の力には及ばなかった巨人《ギガンテース》たちを描きだした。運命は君から、いとしい貴婦人を奪ってしまった。それでもなお、彼女を愛する者でありつづけたいと思うならば、ほかに打つ手はないのだから、もう彼女を望まないようにしたまえ。見てのとおり失われたものは、失われたものとして観念したまえ。純粋に、混じり気なしに、彼女を愛したまえ。手にはいる希望は露ほどもなくとも、愛せるものはたくさんある。彼女の美しさを愛したまえ。かつて君はたいそう感激して、彼女の美しさを褒めちぎっていたではないか。そして、彼女を目で見ることがかなわぬなら、思考の中で眺めることに満足したまえ。それなら誰にもじゃまされることはない。つまるところ、彼女の中にある、今時の世間ではほとんど見向きもされなくなったものを、愛したまえ。悪徳のせいで、良き習俗はことごとく蹴散らされてしまったけれど。つまりは、淑やかさのことだ。それは、賢明なるご婦人一人ひとりの、最高の、きわめて特別な宝物。僕たちにとっても、いつもかけがえのないもの。僕たちの愛する貴婦人がかけがえのない方々であればあるほど、ますますかけがえのないものとなるのだ。僕も以前は、貴婦人のお姿に宿る淑やかさがかけがえのないものに思えるように、懸命に努めたものだ。彼女の美しさがあでやかに思える気持とつりあいがとれるように。それでもやはり、欲望が初めて芽生えてきたころには（鞍や手綱に慣れていない馬みたいなものだが）、魂《こころ》の中で彼女の淑やかさに堪えるのは、少々つらかったし、ちょっとした重荷でもあった[☆31]。

そのころ、このことの証人になる次のようなカンツォーネをつくりました。優美なる若奥様方よ、みなさまのためなら、なおのこと喜んでご披露しましょうとも。お美しいうえにお淑やかでもあられるみなさまには、これまでに歌ったどのカンツォーネよりも、いっそうふさわしいものですから。（XV）

　こんなにも〈愛〉に逆らい、
こんなにも逃げ足早く野の草を踏み、
木々の枝を手で揺り動かす森の乙女《ニンフ》は、いなかった。
どんなに可愛らしい美女でも、
優しくもわれが仇なる女《ひと》のように、
細やかな黄金の編み髪を風になびかせ、
清楚な衣で愛らしい身をつつむことはなかった。
　人の世の路を超えることなれど、
あの女《ひと》のうちでは、美しさと貞淑さが
妙なる調べを奏であう。
世にも稀なること、（私には口惜しいこと）。

美しさは、〈愛〉の望むがままに私の心をつかみとる。
貞淑さは、軽やかに素早く、私の心を傷つける。
痛みが感じられないほど、素早く。

　人里離れたところで、踏み荒されることなく
ひっそりと咲いている薔薇や百合を見るにつけ、
秘めたる望みをあたためる私の魂《こころ》は、一輪、一輪、
あの可憐な花になぞらえずにはいられない。
あの花に匹敵する花を、人は摘んだことがない。
安らかなる麗しさは、魂を安心させ、
それでいて悩ませる。

　穢れを知らずに横たわる
かわいらしい白貂を目にすると、
あの女《ひと》の高貴でめずらかな思いの白さが
心に呼び醒まされる。見ても見ても見飽きない、あの白さを。
こんなにも奇妙な仕方で私を私自身から解き放ったのは、
正真正銘の魔女。
どんな欲望も、激しいものから敬虔なものに変えてしまう女《ひと》。

　大河で氷がいっせいに融けだすときにも、
気高く穏やかな目からあふれだして、
他人《ひと》を満足させる、あの甘い幸せほど

大きな波が押し寄せることはなかった。
まっすぐな川筋から逸れることもなかった。
凪いでいるときの海でさえも、
湖のごとく、これほど静まりかえることはない。
　かすかな灯火《ともしび》に
強い風が吹きつければひとたまりもない。
よろしからぬ快楽はみな
あの女《ひと》の貞淑さに憧れる心に、かき消された。
おお、かしこき魂をつつんだ身体《ヴェール》は幸運なるかな、
並の衣装はどれひとつとして、
あの女《ひと》には似合わないのだから。
　この命が私にとっていとおしいのは、
ひたすらあの女《ひと》のため、あの女《ひと》のおかげ。
私が下衆どもから遠ざかるのも、ただあの女《ひと》のため。
魂はあの女《ひと》の気配のするところに向かおうとする。
だから、ほかのどこかに足跡をつけることなど、なかった。
憧れがつのるにつれて、とどまるところも知らず、
孤独な道を進みいく。
　甘美なるかな、魂をこれほど邁進させる運命は。
甘美なるかな、他人《あのひと》にはうんと近く、私自身からはすっかり遠のいた、

私の心の戦利品は。
辛さは甘美なるかな、苦しみは甘美なるかな、
甘美なるかな、前代未聞の奇蹟は。
甘美なるかな、私が負わされた傷のすべて、
あなたゆえに私の許に残された、祝福された友《きず》は。
〈愛〉がどんなにあくがれ求めようとも、
あの女《ひと》とならぶ貞淑なる美女は、過去にも未来にも見つかるまい。[☆32]（xvi）

さて（先程、措いておいた話に戻らなければなりません）、ご婦人方よ、ペロッティーノ君の誤りがどのようなものであり、彼がどこでつまずいたかは、みなさまもお気づきのとおりです。なぜなら、彼は話をするさいに、〈愛〉へとつながっていく魂の道に身を置かなければならなかったのに、まちがった小道に入りこんで、まったく正反対のところにきてしまったからです。その小道を歩いているうちに、あの大仰な煩わしさ、あの劫罰《くるしみ》、あの悲しい日々、あまりにも悲嘆にくれた夜につぐ夜、あの不面目、あの嫉妬、他人様《ひと》を殺《あや》めたり、はたまたなりゆき次第では自分自身の命を絶つ者たち、あのメットゥスども、あのティテュオスども、あのタンタロスども、あのイクシオンどもに、ばったりと出会いました。しかも最後には、まるで水面を覗きこんだかのように、彼らの中に己自身の姿を見てしまったのです。ですが彼は、まさかそれが自分であるとは気がつきませんでした。気づいていたならば、彼は後悔したでしょうし、彼が流した涙よりも、もっと真摯な涙を目から流すことになったでしょう。彼は自分のことを、愛する者、恋する者と思いこんでいます。ところが、空想に遊んでいる最中に彼の貴婦人に出会うようなことにでもなれば、一頭の孤独な牡鹿になりはてて、そのあと、まるでアクタイオンのような按配で、彼の想いそのものが、子飼いの猟犬どものように、飼主《かれ》を八つ裂きにしてしまうことでしょう。[☆33]彼はそのような想いから逃れようとしないばかりか、それ

を食餌にしようと努めています。時がいたるまえに人生を終えることに憧れ、生きている方が（それがどのような生き方であれ）死ぬよりもはるかによいことであるとは、わかっている気配もありません。彼はまだようやく花咲き初《そ》めたばかりの年頃だというのに、この世にはほとほとうんざりして、これから先はもうどんな果実も摘みとることなど期待していないかのごとくです。ご婦人方よ、ご覧のように、この御仁の若さが涙のせいですっかりそこなわれて、見る影もなくなっているとしても、彼とて私より先にこの世に生をうけたわけではありません。その私も、いちばん短い月である如月の日数《ひかず》を二つばかり少なく数えたとして、二六《それだけ》の歳月よりも長く生きているわけではありません。☆34 それなのにこの御仁ときた日には、まるで百歳に手が届こうとしているかのようなありさま。見捨てられた患者のように、しきりに死神を呼びよせ、住み慣れたこの世からあの世に連れだしてもらおうとしています。空気を変えれば、あるいは治ることもあろうと期待しているのでしょう。

　おお、災難ずくめのペロッティーノ君。本当に災難ずくめのお方よ。われと自ら己の不運を追い求め、己の不運だけでは物足りず、道連れにすべての人々が惨めになるように奮闘するとは。すべての人々はなにかを愛している。当然、一人ひとりみんなが、だ。もしも愛する者たちが、君が言うように、これほどまでに度を越えた欲心、悲嘆にくれた陽気さ、悲しい恐怖、すさまじい苦悩に四六時中つきまとわれているならば、君はまちがいなく、すべての人々を惨めにするだけではすまない。一人ひとりみんなが、悲惨の権化になるように無理強いしているのだ。君の神様の驚異《きせき》が、君も語ってくれたように、残酷な劫罰《くるしみ》をもたらすのは、言わずもがな。それらの劫罰は、人々の命を悲しくてひどいものにするだけでは終わらない。さらに困ったことに、すべての地獄とすべての奈落を過剰なまでにとりそろえることになるのだ。ああ、ばかなやつよ。愚にもつかぬ後悔を日々あらたに蒸しかえすよりも、役にも立たない憂鬱などさっさとけりをつける方が、どれほどましだろうか。意固地になって破滅への道を探しまくるよりも、逃げこむ余裕があるうちに君の救いの隠れ家に駆けこむ方が、どれほどましだろうか。自然が君を世に送りだしたのは、君が自分自身の手で救いをつかみとるようにするためだったと考える方が、どれほどましだろうか。まるで風に栖突くようなありさまで、突拍子もない不平不満をぶつくさ言いながら、まっとうな感覚からも、君自身の救済からも、遠ざかるためなんかではなかったはずだ。

さて、ペロッティーノ君も彼の嘘八百も、そろそろ脇に措いておくことにしましょう。彼は昨日、大変な苦しみに衝き動かされ、〈愛〉に対して大いに恨みごとをかこちました。そのせいで私は今日、返答するのに、思っていたよりも結構長いこと引きとめられてしまいました。それに、ご婦人方よ、私たちは、苦しみとはほかでもなく〈愛〉であると信じたりするほど、おめでたい間抜けではありません。〈愛〉と苦しみはどんな部分も共有などしていないのです。あるいは、『人は苦味なしに愛することはできない』などと考えたりするわけはありません。愛の調味料には、苦味などは少しもはいっておりません。このようなわけで、ペロッティーノ君がずいぶんひどい無頼漢《ならずもの》のような魂《こころ》で〈愛〉に対してふるおうと握りしめた武器は、相手の楯にあたって、まるで鉛でできていたかのように、あっけなく刃がこぼれてしまいました。それではここで、〈愛〉の味方となって戦場に馳せ参ずる者の一人ひとりに〈愛〉が授けてくれる武器がどのようなものであるのかを、見てみましょう。昨日ペロッティーノ君は、翌日になれば私が手にとることができるものは残ってはいまいと決めつけました。もちろん私は、それらを片っ端からぜんぶ手にすることができるとは思ってはおりません。柄《がら》にもなく多くを引き受けるはめになってはたいへんです。よしんば私にそのようなことができたとしても、そのためには私に割りあてられた午後のこの短い時間どころか、たっぷり丸一日をかけてもまだ足りないくらいです。どのみち、愉快な若奥様方よ、私がここまでの話にさらになにか話をつけ加えるなどというのは、お望みではないでしょう」。(xvii)

「あなたをお止めしようなんて、これっぽっちも思っておりませんわ」と、マドンナ・ベレニーチェが口火を切り、仲間のご婦人方の気持ちを察して応えました。

「そのような必要もございません。始めるにあたってお話ししてくださる約束になっていたことがまだはたされていないのが、私たちとしては気になりますけれど。でも、どうかあわてないでくださいましね。もうずいぶん長い間お話しになったようにお感じるかもしれませんけれど、お日様をご覧ください。涼しい時刻までにはまだまだ時間はたっぷり残っておりますことよ。驚くにはおよびませんわ。私たちは、今日、昨日よりも早い時刻にここにきたのです。それに昨日も、もう少しここに残っていようと思えば、できたはずですのよ。あなたがたと一緒にここを立ち去ったときに思っていたのとはちがって、夕の祝宴はなかなか始まりませんでしたわ。ですからご安心ください、ジズモンドさま。さらに話したいとお考えのことを、思う存分ごゆっくり、長々と議論していただいて結構ですのよ」。

この若殿《ジズモンド》は、ご婦人《ペレニーチェ》のお言葉にほっと胸をなでおろしました。それはあたかも、始めるには始めてみたものの、途中で打ち切られるのではないか、時間がぎりぎりなので自分の議論にはわずかな余裕しか認めてもらえないのではないかと気が気ではない人のようでした。ですから、月桂樹の木立がさしかける影を見て、言われたとおりなのを知ると、前の日よりも長いことそこにいられるだろうと希望がもてたので、納得して話の続きにはいろうとしました。

ところがそのとき、雪よりももっと白い純白の鳩が二羽、山から飛んできました[☆35]。鳩は愉快な一団の頭のちょうど真上を舞っておりましたが、いささかも臆することなく、美しい泉の縁に身を寄せあってとまりました。しばらくそこでたたずみながら、ささやきあったり、愛情たっぷりに口づけを交わしておりましたので、ご婦人方も若殿方も大喜びして、みなじっとおし黙ったまま、感心して眺め入りました。それから、嘴を水面におろして水を飲み始めました。そして、みなの前でたいそう人慣れした様子で水浴びを始めましたので、ご婦人方は、この世でもっとも甘やかでもっとも愛くるしいことのように思いました。鳩はなにも怖がることなく、心安んじて水浴びしながら、翼をゆすいだり胸をゆすいだりしておりました。ところが突然、どこからともなく、貪欲な鷲がまっさかさまに急降下して、ほとんど誰にも気づかれるまもなく、一羽を鍵爪でつかんで連れ去りました。もう一羽の鳩は、恐怖のあまり泉に転がり落ちて鳴きわめき、中で消えいらんばかりでした。しまいには意識をとりもどして、ほうほうの体で這いあがってきたものの、すっかり腑抜けてよろよろで、ぐっしょりとずぶぬれになっていました。仲間たちが固唾を飲んで見守っておりますと、鳩はできるだけ一所懸命に翼をばたつかせて、みんなの顔に水しぶきを浴びせかけてから、ゆっくりと空高く飛び去りました。

鳩が突如として攫《さら》われたので、哀れみ深いご婦人方の心にはぐさりと突き刺さる以上のものがありました。この不慮の出来事について、彼女たちはがやがやと声高に話しあいました。罪のない小鳥が、どうしてまた、みんなの真只中で連れ去られるような災難に遭わなければならなかったのだろうと、驚きを禁ずることができなかったのです。こうして、彼女たち一人ひとりが忌々しい鷲を千回もそれ以上も呪いましたので、若殿方も悔しい気持にならずにはいられません。彼らはこもごもに、一羽のこうむった災難やら、もう一羽の味わった恐怖やら、二羽の可愛らしさと人慣れした様子やらについて語りあっていました。そうこうするうちに、さらに洞察を深めて、彼らが目にしたことは偶然に起こったのではないと信ずるにいたる者たちもでてきました。そのとき、ジズモンドは、ご婦人方が静かになったのを見はからって、話を再び始めました。

「ここにいた鳩が、かつて麗しのガニュメデスが誘拐されたときと同じように、尊厳あるしかたで連れ去られたのならば[☆36]、仲間がこんな風にいなくなったとしても、相棒にとってはさして気に病むようなことではないでしょう。それに、私たちは獰猛な鷲にさんざん恨み言を述べましたが、鷲に文句を言うのは見当ちがいかもしれません。とりかえしのつかないことをいつまでもくよくよと悔やむのは、まちがいなく、むだなおこないです。ですから、さあ、私たちの辛い気持もペロッティーノ君の辛い気持も一緒に忘れ去って、そろそろ約束の話題に移りましょう。それでは、〈愛〉の善良さに入ってゆくことにします」。

するとリーザが、彼が話を進めるまえに、甘やかな茶目っ気たっぷりに、ちょっと試してみようと、悪気もなしに言いました。

「ジズモンドさま、なんとも間の悪いときに最初の議論を切りあげてしまわれるのですね。私たちはみんな先程の出来事のせいで釈然としない気持ちになっておりますのに、放ったらかしなんて。なぜって、可哀想な小鳩さんが敵の足爪につかまったのを見たときに私たちが感じた気持は、苦しみでしょう。それに、小鳩さんの可愛らしさのゆえに私たちがうっとりしたときの気持は、愛でしょう。そうしましたら、愛すると同時に苦しむことがありうるのは、明らかですわ。それとも、いつもみんなが言っていることを言って、あなたに反論することもできますわよ。人が口で言うことは、たいてい事実とはかけ離れている、ってね」。

するとジズモンドは、ご婦人方に微笑みかけました。

「この方の言いがかりをご覧あれ。しかし、リーザさん、つい先程、世間知らずの鳩を鷲が攫っていったようにあっさりとは、私の手から真理を奪ったりはさせませんよ。私だって守りを固めさせてもらいます。しかもあなたは、私たちがやっとのことで脱出してきた波間に、私を押し戻すおつもり。でも、魂のいろいろな苦痛と混ぜあわされた愛は、たとえ愛と呼ばれ、圧倒的大多数の人々によって愛とみなされているとしても、本当は愛ではないのです。そう結論をだしておいたではありませんか。だからですね、こういう事実についてはすでに理由を述べましたし、ほかの似たようなことについても説明してあるのですから、またぞろ頭から説明し直すつもりは毛頭ありません。ほかにも理屈はあるかもしれませんが、述べておいた理屈で事足りるはずです。あなたが強情を押しとおそうとするから、いけないのです。美しいご婦人方には、時として、このような欠点があるようですね。美しい馬が頑として動かなくなるのとそっくりです」。

リーザは、顔をすっかり朱に染めて、答えました。

「ジズモンドさま、頑として動かなくなるのは美しい馬だけですか。私はね、美しくもなんともございませんの。（でも以前は、花も恥じらう可憐な乙女だったこともありましてよ）。ですから、美しくもない私なら、話すことがらにも分別があるでしょうし、強情者呼ばわりされるいわれもありませんわ。ところがね、不細工なじゃじゃ馬だって強情という悪い癖をもっていることがあるのですよね。しかも普通の馬《ひと》よりもしょっちゅう。とにかく、私をぴしゃりと黙らせておく妙案を見つけられましたこと。でもいずれ、仕返しさせていただきますわ」。（xviii）

愉快な仲間たちは、これらの言葉や、ほかの言葉や、リーザが顔を赤らめたことについて、ひとしきり笑いさざめきました。そのあと、ジズモンドは、彼の話を脱線させてしまいそうな話題をことごとく切りあげてから、単刀直入に次のような仕方で本題にはいりました。

「ご婦人方よ、これからお話しする〈愛〉の善良さは、まちがいなく、果てしのないものでございます。たとえいかなる仕方で議論を尽くしたところで、その全容を聞き手の方々に示すことなどとうていできません。とはいえ、語ることを通して見定めることのできる部分についてならば、〈愛〉の善良さがどれほどためになるものであるか、どれほど喜びになるかを議論してみれば、いっそう容易に理解できることでしょう。なぜなら、どのような泉でも、そこから流れでる川が大きければ大きいほど、なるほど大きな水源《いずみ》であるとわかるからです。

では、どれほどためになるかという点から始めることにしましょう。どんなものでも、より多くの、かつ、より大きな善の原因であればあるほど、いっそうためになるものであることはまちがいありません。ところで、〈愛〉は、多くのきわめて大きな善の原因であるにとどまりません。天の下で起こるすべての善の起源なのです。ですから〈愛〉とは、世の中のいかなるためになるものよりも、もっとためになるものであると、信じられるでしょう。判断力に恵まれたわがご婦人方よ、〈愛〉について述べるにあたって、あまりにも大風呂敷を広げすぎたうえに、まるで凡庸な男の肩にアトラスの頭[☆37]を載せようとしているみたいに、とてつもなく大きな端緒《あたま》を据えつけるのね、とみなさまに思われるのは承知のうえ。でも、本当のところ、私は言うべきことを言っているだけで、大言壮語などしていません。美しい若奥様方よ、身の周りの森羅万象に思いを馳せてみてください。世界にはどれほどたくさんのものがあるか、どれほど多様な生きものがいるか、生きものたちがどれほど変化に富んでいるか、とくとご覧ください。これほどたくさんのものがあるのに、〈愛〉から生まれてこないものは、ひとつとしてありません。〈愛〉は、あたかも、最初の、きわめて神聖なる、父祖《おや》なのです。なぜなら、もしも〈愛〉が二つの別々の肉体を、しかも似たものを生みだすのに適した者たちを、結びつけないならば、なにひとつとして、生みだすことも、生まれでることもないだろうからです。なるほど、生みだす力のある二つの生きものを、むりやり一緒の場所に置いたり、接触させることならばできるかもしれません。しかし、そこに〈愛〉の仲立ちがなかったならば、そして双方の魂を同じひとつの欲望へと誘導してくれないならば、たとえそのまま千年も一緒に過ごしたところで、一向になにも生みだすことはないでしょう。

波立つ海原では季節がくると、雄の魚が、欲望に燃えたつ雌を求め、雌が雄を求めます。そして、同じように欲望をいだくことによって、種を繁殖させる手段を手にいれます。広々とした大空では、憧れに燃える小鳥たちが、たがいに相手を求めます。望みに恋いこがれる野獣たちは、同じように、人目につかぬ森や巣の中で求めあいます。こうして、みなが互いに愛しあい、同じひとつの法則にのっとって、めいめいが自分たちの短い命を永遠のものとするのです。愛がなければ存在も生命も得ることができないのは、感覚を有する動物だけではありません。あらゆる森の木々も、愛がなければ、場所も形も、いかなる性質も、もつことはないのです。ですから（ここの月桂樹について申しましたとおり）、木々が大地を、大地が木々を愛していなかったならば、木々はいかなる方法をもってしても、幹を生じさせたり、緑を蘇らせる力を得ることはできなかったでしょう。また、私たちが先程から押さえつけている可愛らしい草や、ここらの花でさえも、きわめて自然な愛が彼らの種子《たね》や根を地面と結びあわせてくれなかったら、そして、根が程良い温度の水分を地面に求め、地面がそれを喜んでさしだし、心をひとつに合わせて望みにときめきながら生みだすために抱擁しあうよう愛が仕向けてくれなかったならば、今のように萌えいでて露地を緑豊かなすばらしいものに変えたり、私たちのためにいっそう甘美な絨毯を敷きつめてくれることもなかったでしょう。☆38

ですが、なぜにまた花や草のことなどを話しているのでしょうか。当然ながら、もしも私たちのやさしい両親が互いに愛しあうことがなかったならば、私たちは今ここに、いいえどこにも、存在していないでしょう。私だって、こうして、この世に生を享けることはなかったでしょう。そうなれば、罪なき〈愛〉をペロッティーノ君の手厳しい誹謗中傷から弁護しようにも、それすらかなわぬこと。（XIX）

また、〈愛〉が人間に与えるのは、ご婦人方よ、生まれることだけ、つまり存在の始まりと生命の始まりだけではありません。第二の生命をも授けてくれるのです。むしろそちらの方こそ、つまり良く在ることと良く生きることこそ、第一の生命といってもさしつかえないくらいです。良く生きることができないならば、ともすると、生まれてこなかった方が、あるいはせめて、生まれてすぐに死んだ方が、まだしもましなくらいでしょう。なぜなら、もしも〈愛〉が人間たちに、一緒に集まって共同で暮らすことを思いつかせなかったならば、人々はいまだに屋根もなく、人との交際もなく、家族をつくる習慣もなしに、裸で、毛むくじゃらで、野獣さながらの野蛮な風体で、山や森を歩き回っていただろうからです。いかにも、ペロッティーノ君が、太古の人々はそんな風だったと語ってくれたとおりに。彼らは一緒に暮らせるようになるために、舌をなめらかに動かして最初の声《ことば》をだそうと望みました。こうして、吠えたり叫んだりするのは卒業して、言葉を使い始めたのです。彼らは互いに語りあうことができるようになると、すぐに、住処《すみか》としていた樹の洞《うろ》やごつごつした洞窟から立ち去って、葦で屋根を葺いた小屋を建てました。また、硬い団栗を拾うのをやめ、かつては仲間だった獣を、獲物として追い回すようになりました。

やがて、原初の人々の〈愛〉は生長し、新しい世界も進歩しました。それにつれて、もろもろの技芸も発展しました。そのときはじめて、父親たちは自覚をもつようになり、わが子を余所《よそ》の子どもから見分けるようになりました。また、子どもたちは成長すると父親に挨拶するようになりました。そして、命かぎりある者たちは、妻と夫という甘美な軛を背負いながら、恥じらいある礼節で結びつけられて聖《きよ》らかに生きるようになりました。そうこうするうちに、村々は新しい家で満たされ、町々は防衛《まもり》に適した城壁で囲まれ、称讃される習俗はしっかりした法律で守られるようになりました。そうこうするうちに、尊重されてしかるべき友愛は、すでにてなずけられた土地に自らの種子《たね》を蒔き始めました。友愛という聖なる名前がどこから生まれたのかは、おのずから明らかなとおり。そして、芽をだして生長すると、たいへん甘美な花を大地にちりばめ、たいそう甘美な果実で大地を飾るようになりました。ですから、世界は今でも友愛を大切にしているのです。[☆39]それなのに、時代を経るにつれて美風はすたれてしまい、古《いにしえ》の真実の芳香も、最初の純粋な甘い幸せも、私たちのこの悪辣な世紀には受け継がれておりません。あの時代には、果敢にも亡き夫を火葬する炎によじのぼる夫人たちやら、充分に称讃しつくされることなど決してないアルケスティスやらが生まれました。たいそう忠実で心からいたわりあう親友たちが見られましたし、残忍なディアナの目の前では、ピュラデスとオレステスが気高くも美しい言い争いをしました。[☆40]あの時代に、神聖なる文学が始まり、燃えたつ恋人たちは彼らの貴婦人《こいびと》に最初の詩を歌いました。あとの時代になると、彼らはいっそう巧みに歌うようになりましたので、今では、世間をこのうえなく喜ばせています。このことは、ご婦人方よ、みなさまもよくよくご承知のとおりです。詩人たちをことのほか贔屓にしていらっしゃいますから。彼らは、なるほど、愛にかかわりのないことがらもひんぱんに扱います。それでもなお、これほどまでに喜びにあふれる技芸を私たちに教えてくれる最良の先生は、もちろん、〈愛〉です[☆41]（〈愛〉が教えてくれるものを技芸と呼べるのならばですが）。〈愛〉は、眠り惚けている才知を揺り起こすのにもっとも適任なのです。いとも甘美なるわがご婦人方よ、詩歌という技芸において、このように大勢の人々の中で私めに頭角を現わすことができたかどうかはわかりません。ともあれ、なにがしかの成果をあげることができたならば、〈愛〉が私にそうするように示してくれたのです。〈愛〉がなければ、私は、果実も枝葉も少しも残っていない、端《はな》から相手にされない冬の灌木よりも、もっと情けないありさまになっていたでしょう。

ですが、またなにゆえに、私のことであれ、ほかの人々のことであれ、このようなことばかり喋っているのでしょうか。〈愛〉の大層な力にくらべれば、吹けば飛ぶようなつまらないことがらばかりなのに。目ではなく、魂を用いて、世界という機巧《からくり》仕掛けをとくとご覧ください。[☆42]これほどまでに偉大で、これほどまでに美しい機巧《からくり》仕掛けには、ありとあらゆるものが含まれています。ところが、この機巧《からくり》仕掛けは、〈愛〉に満たされていなかったならば、つまり、調和するものも調和しないものもひとつにまとめあげる鎖[☆43]で結びつけられていなかったならば、存続することはおぼつかないでしょう。それどころか、これまでも存続すらしていなかったでしょう。ですから、ご婦人方よ、ご覧のように、〈愛〉はあらゆるものの原因です。そうであるからには、〈愛〉は必然的に、あらゆるものに生ずるあらゆる善の原因なのです。また（先程も申しましたが）、より多くの、より大きな善の原因であればあるほど、それは、いっそうためになるものです。ですから、今やみなさまご自身で結論をだしていただけるでしょう。〈愛〉は、どんなにためになるものよりも、もっとためになるものである、と。

さあ、ペロッティーノ君、僕にはとるべき反撃の武器など残されていないと思うかね。それとも、とるべき武器《もの》などいくらでもあると思い知ったかね」。（XX）

ここで、ほかのことに話が移るまえに、マドンナ・ベレニーチェが割ってはいり、ジズモンドの方を向いて、大胆不敵にも次のように言いました。彼女は左手で、隣に腰かけていたリーザの右手をとると、実の姉のようにやさしく握りしめ、あたかも、なにかあれば助けてあげようとしているかのような風情でした。

「ジズモンドさま、あなたは先程からさんざんに私どもに噛みつかれましたので、リーザさんはもうあなたと事をかまえるのはこりごりみたいですわ。（それにたぶん、私たちが余計な質問をもちだしたりしないように、わざと意地悪されたのでしょう）。ですから、お友だちにかわって私が武器をとらせていただきますわ。武術の心得はほとんどありませんけれど。では、お伺いいたします。もしも〈愛〉が、おっしゃるように、あらゆるものの原因であり、それゆえまた、あらゆるものがおこなうあらゆる善の原因であるとすればですよ。なぜ、『〈愛〉はあらゆるものがおこなうあらゆる悪の原因でもある』とはおっしゃらないのですか。あなたの議論が成りたつのなら、そうなるはずですわよ。たとえば、私がお祈りの言葉を唱えるのは、〈愛〉のおかげです。私は〈愛〉によって生まれたからです。そうだとすれば、私が憎まれ口を叩くのも、〈愛〉のせいのはずです。私が生まれていなかったら、そのようなことは口走らずにすむわけですから。そして、ほかの人々についても、ほかのあらゆることがらについても、まったく同じ結論をだすことができますわ。ですからね、〈愛〉はすべての善の土台であるのと同じように、あらゆる悪の起源でもあるとするならばですよ、そのような理屈をおっしゃるのでしたら、『〈愛〉はきわめてためになるものであるし、有害なところは全然ない』、などというのは腑に落ちませんわ」。

ジズモンドはすかさず答えました。

「いえいえ、腑に落ちるはずです、奥方さま。（太鼓判を押しますよ）。貴女さまは、ほかのことに気をとられてさえいなければ、つい先程お話したことがするりと頭から抜け落ちるほど、記憶のあやふやなお方には見えませんからね。それなのに貴女さまは、私がこのことでお友達《リーザ》のご気分を害したわけでものに、仇を討ってあげようとご執心。しかも、私たちがやっとのことで脱出してきた海域へと、私を連れ戻そうという魂胆ですね。その遣り口は、お友達と同じではないですか。思いだしてはいただけませんか。すべての自然なものは良きものであるから、〈愛〉も自然なものとして常に良きものであるし、いかなる方法でも決して邪悪になることはない、と申しあげておいたでしょう。ですから、〈愛〉はまさに、貴女さまがなさる良いことの原因です。〈愛〉は、良いことだけをおこなうようにと、貴女さまをこの世に送りだしたからです。しかし、もしも貴女さまが悪いことをなさるならばですよ（よもやそのようなことがあるとは思えませんが）。その咎《とが》は〈愛〉にではなく、貴女さまに働きかける、なんらかの乱れきった、自然ではない欲念にこそ、問いつめるべきです。私たちが生きているこの命は、良いことをおこなうために与えられたのです。悪いことをしながら使いつぶすためではありません。それはあたかも、短剣のようなもの。職人は人々の必要を満たすために短剣をこしらえ、それを人手に渡します。貴女さまにせよ私にせよ、もしも他人様《ひと》を殺《あや》めるために短剣を使うならば、犯罪に手を染めた私たちこそが罪に問われるべきでしょう。職人に濡れ衣を着せるのはお門違い。犯行の凶器をつくったのは職人ですが、それをつくったのは悪い目的のためではなかったのですから。

さて、お気に召しますなら、〈愛〉の甘い幸せに移りましょう。とはいうものの、ご婦人方よ、どれほどすばらしくどれほど偉大であるかを、感ずるは易く言うは難いことについて、言葉で解き明かそうなどと思うのは、もちろん、きわめて困難な課題です。たとえば、いかなる手法を使うかはともかく、絵師は雪の白さを巧みに描くことができます。でも、雪の冷たさは決して描くことができないでしょう。絵画は目に奉仕するものですが、冷たさの判断は、触った感覚に委ねられていて、目には届かないからです。喩えればそれと同じこと。私はつい先程、〈愛〉がどれほどためになるものであるかについて、いくばくかをお示ししました。しかし、甘い幸せは一つひとつの感覚に降りそそぎ、しかも、この庭の泉よりもはるかにこんこんと湧きだす泉となってすべての感覚にあふれかえるわけですから、私たちがどんなに言葉を尽くして語ろうとも、耳でとらえられる言葉には、とてもではありませんが表現しきれません。ただ、私にも慰めはございます。まさかとは思いますが、みなさま御三方は大理石の彫像ではありませんよね。ならば、甘い幸せがどのようなものであるかをご経験になっているでしょうし、今もご存知でしょう。ですから、それらのうちのごくわずかをとりあげてお話ししたとしても、みなさまは必ずや多くを思いだしていただけるはず。ならば、ひかえめな話し方で充分。たとえ可能だとしても、一から十まで全部ご説明するには及びますまい。

ところで、どこから始めたものでしょうか、わが甘美なるご主人さまよ。愛の神《あなた》について、なにから話を始めましょうか。名状しがたく、比べるものとてなく、汲めども尽きせぬ、あなたの甘い幸せについて、なにから話を始めましょうか。それをおつくりになるあなたが、私に手解《てほど》きしてください。私はそこを通らなければならないのですから、私に付き添って、案内してください。

さて、甘い幸せの一つひとつの部分は、それぞればらばらであっても私たちを喜ばせることができるわけですが、話が混乱してはいけませんから、まず最初に、目の甘い幸せに的をしぼって論ずることにしましょう。それは、〈愛〉においては、いつも、第一のものだからです[☆44]」。(xxi)

ジズモンドはこう言ったあと、しばし間を置いて仲間の聞き手たちの注意をひきつけてから、始めました。

「ご婦人方よ、愛する者たちの眼差しは、一般の人々とはちがいます。恋する若者たちが、彼らの視覚《ひかり》の対象をじっと見つめていれば、すばらしい実りが得られます。ところが、恋していない者たちが見ても、さしたる実りはありません。なぜなら、〈愛〉は、翼を羽ばたかせて、下僕《しもべ》たちの目に甘い幸せをふりかけるからです。この甘い幸せは、恋する者たちの目の眩みを綺麗さっぱりと洗い浄めてくれるので、かつてはただ漫然と見ているだけだった彼らはたちどころに宗旨を変え、目の働き具合が驚くほど鋭敏になります。こうして、見るに甘美なるものを、きわめて喜ばしい気持で見るようになるのです。[☆45] それにひきかえ、普通の人々は、きわめて甘美なるものを見ても大して魅力を感じません。それどころか、たいていはなんの魅力も感じません。私たちが一日中眺めているものの中には、甘美なるものはたくさんあるでしょう。そして、人が目で見ることのできるもののうちで、最も甘美なものといえば、みなさまのような美しいご婦人方です。にもかかわらず、美しいご婦人方が美しさをさしだすのは、彼女たちを愛している者たちの目にかぎられます。〈愛〉は彼らにだけ、視力で宝物《こいびと》を見通すことのできる霊験を授けるからです。なるほど、みなさまの可愛らしい美しさになんの魅力も感じないような御仁は男ではありませんから、並みの人にも多少は甘い幸せがさしだされるかもしれません。ただし、それしきのものは、愛する者たちの甘い幸せに比べれば、爛漫たる春全体に比べてのたった一輪の花のようなもの。たとえば、一人の美しいご婦人が、数かぎりない男たちの目の前を通りすぎるときに、男たちがみんな一様に喜んで彼女を見ることがよくあります。そんな男たちのなかにも、こころをときめかせながら彼女を眺める人も一人や二人はいるでしょうが、もはや二度三度と視線を向けようともしない人なら百人はいるでしょう。ところが、この百人の中に、彼女のことを愛している者がまぎれこんでいて、その人が彼女を眺めるならば、見る喜びには終わりというものがありません。彼にとっては千もの薔薇の花園が目の前で花開くように思えます。しかも、心臓の周りに甘味がいっぱいに満ちあふれるのを感ずるあまり、血管の一本一本が心臓から力強い慰めを受けとります。[☆46] かくして、人生にありがちな不運な巡りあわせが置き土産にしていった、どのようなに鬱々とした悩み事であろうとも、追い払われることになるのです。

　彼は彼女をじっと見つめ、目の中に像を結び、彼女の顔立ちにくまなく目を走らせているうちに、愛する者たちだけが知っているうっとりとした気分になって、まずは、みなさまの御髪《おぐし》にそっくりの、なによりも黄金に似た美しい編み髪を眺めます。（美しいご婦人方について語るにあたって、このことやら、ほかのことやらで、みなさまから実例をあげても、つむじを曲げないでください）。その髪は、優しげな頭の峰筋《みねすじ》に沿って一糸の乱れもなく根元から分けられ、いちばん高いところで真直ぐな分け目をしるし、うしろの方にかけては、しかるべく整えられて、たくさんの輪に巻かれています。一方、前の方では、清純《きよらか》なこめかみのところで二筋の巻き髪となって右側《こちら》と左側《あちら》に垂れ、頬のところで甘やかに波打ちながら、そよ風が吹くたびにさらさらと揺れています。それはまるで、積もりたての細雪《ささめゆき》のうえで脈打つ黄玉《トパーズ》という新たなる奇蹟を目の当たりにしているかのよう。あるときは、晴れ晴れとした額に目をとめます。その朗らかな広がりは確たる清純《きよらか》さの兆候《しるし》です。それから、なだらかで物静かな黒檀の眉を、その下には、黒々としてぱっちりとした目を見ます。目は自然な甘さとないまぜになった美しい威厳に満ちあふれ、可愛らしくも愛嬌のある軌道をめぐる二つの星のようにきらきらとまたたいています。彼ははじめてそれを眺めた日と、己の幸せなめぐりあわせを、口にはだささずとも千回も祝福します。そのあと、すべすべした頬を見て、頬の柔らかさと白さを凝乳になぞらえます。それでいて、朝まだきの薔薇の色鮮やかな瑞々《みずみず》しさと、張りあわんばかりのありさま。その下の口許を見逃すわけはありません。それは小さな空間にちょこんとおさまっていて、二つの生気あふれる甘美な小粒の紅玉《ルビー》できており、どんなに冷えきって欲望の涸れはてた男にも口づけしたいという望みを燃えたたせる力を秘めています。さらには、きわめて白い胸の中でも、人目にさらされている部分をつくづくと眺め称讃しながら、覆われている部分をも鋭いまなざしで見つめて品定めし、そちらの方をいっそう大々的に称讃します。それというのも、雅びやかなお召しもののおかげ。ご婦人は世間の風習どおりお身体《からだ》を隠しておられますが、甘美なる林檎は柔らかい唐絹《からぎぬ》などものともせず、実にしばしばその形を忠実に示します。ですから、眺める者たちは、それらの林檎への憧れをいつもさえぎられないですむわけです[☆47]」。

この一言につられて、愉快な一団の目はサビネッタの胸許にすうっと引きこまれました。ジズモンドがとりあげて描写して見せたのは、ほかでもなく、彼女の胸であるように思われたからです。この可愛らしい乙女はたまたま、はじけるような若々しい女性にふさわしく、ひとつには年齢的な理由で、またひとつには暑い季節柄のせいでしなやかできわめて薄手の唐絹をまとっていたので、丸みのある、きゅっと引きしまった、熟れきっていない二つの小さな乳房が、形になじみやすい衣服を通してあますところなくその美しさを表わしていました。[☆48] まじまじと見られていることに気づいて、彼女は恥ずかしくなりました。もしもマドンナ・ベレニーチェがこのことを気取《けど》ってとっさに次のように言ってくれなかったら、ますます小さくなってしまったことでしょう。

「ジズモンドさま、あなたのおっしゃる愛する者とやらは、私たちが隠しておりますお胸の中の方までお見通しだなんて、なかなか大胆に、いちいち細かいところまでご覧になられるのですね。私なら、こんなに微に入り細に入り見つめられたくはございませんことよ」。

ジズモンドは答えました。

「奥方さま、ご自分でもなかなか結構な実入りをせしめられておきながら、[☆49] 知らんぷりですか。じつは、もっと先の方まで言いたかったくらいでしたのに。愛する者たちの視線はどこまでも突き進んでいくし、見えているものを手がかりに、隠されているものを見透かすのも、たやすいことなのです。ですから、一般の男たちに対しては、分別にしたがって、できるだけ身を包み隠してください。だからといって、わが美しきご婦人方よ、愛する者たちに対しては、身を覆い隠すことなどできません。そうなさるべきでもありません。それに、ペロッティーノ君ならば、愛する者たちは盲目であると言うかもしれませんが、盲目なのは彼の方です。彼は見えてしかるべきものが見えていませんのではなく、わけのわからぬ夢の赴くままに、思い描いているだけです。（存在しないもの、それどころか存在することなどありえないものを、見ることなどできませんから）。つまり彼は、空想の中で裸のプットーをでっちあげ、まるで新たなるキマイラのように、[☆50] この小僧に翼と、松明の火と、矢をつぎはぎしました。それはまるで、彼がガラス器をひとつ手にとって、透かして見たのと同じこと。そのようなことをすれば、誰だって、ありもしない虚像に幻惑されるものです。（xxii）

では、先程お話ししていた愛する者に話を戻しましょう。愛する者は、ここでお話しした美しさや話さずにすませたところをじっと見つめ、目の精気を凝らして念入りに探っているうちに、☆51いまだかつて感じたことのない新しい喜びが静脈を駆けぬけるのを感じます。それから、自分自身に語りかけます。『僕が感じているのは、なんという甘い幸せだろうか。おお、愛に満ちた眼差しの驚くべき力よ、僕よりも幸せな者など、いったい、ほかにいるだろうか』。このようなことは、眺める対象のご婦人を愛していない人々ならば、決して言わないでしょう。なぜなら、〈愛〉がないところでは、肉体に具わる視力は魂とともにうつらうつら眠っているからです。彼らの顔についている目は、脳味噌ともろともに、惰眠をむさぼっているも同然です。

　ところがこれは、両目《ひかり》を通して心臓へと伝わっていく甘い幸せの中では、最後のものではありません。ほかにもいろいろありますし、片時の休みもなく、とめどなく押し寄せてくるでしょう。たとえば、貴婦人《こいびと》が乙女たちと連れだって散策しながら、緑なす野原の愉快なかわいらしい草を、あるいは澄みきった小川のきわめて涼やかな岸辺を、あるいは海辺の砂浜のさらさらとくずれるゆるやかな斜面を、甘やかな西風☆52に向かって歩みつつ、踏みしめるのを目にします。時には貴婦人は、気にかけている恋人のために、優しげな砂地に愛の詩を書いてくれることもあるでしょう。あるいは、にこやかに微笑みかける庭園にはいった貴婦人が、真珠のような指先《つめ》☆53で瑞々しい薔薇を枝から摘みとるところを目にします。それはひょっとすると、彼女に恋心を抱いて見ている誰かさんへの、未来の贈りものになるのかもしれません。あるいは、貴婦人が踊りの輪の中にはいってダンスするのを目にすることもあるでしょう。楽器の演奏のテンポに合わせて、たおやかで真直ぐでまとまりのよい身体を動かすさまが見られるのです。ゆったりとした足さばきで畏敬の念を呼びさますさまにせよ、可愛らしくくるくると《ピロエットで》回るさまにせよ、深々とかがんでお辞儀するさまにせよ、どんな所作をしても、踊りの輪の全体をきわめて麗しい奥ゆかしさでいっぱいに満たします。またあるときには、目にもとまらぬ速さで移動しながら、まるで駆け抜ける太陽のように、見ている人々の目に光輝をふりそそぎます。[☆54] しかもこれらはみな、新しい恋人たちの喜びです。つまり、愛がまだ完全には安定していない人々の喜びでしかありません。ですから、もしも存分に愛を楽しんでいる者たちについてお話ししようとすれば、私としては、愛を楽しんでいないすべての人々が、全生涯に感じるであろう喜びをすべて合わせたとしても、愛を楽しんでいる人がわずかな時間に感じるたったひとつの喜びに比べても、足元にも及ばないとしか思えません。愛する者は、貴婦人とともに過ごしながら、安心して彼女を見つめ、なおも見つめ、彼女は彼を見つめ、欲望にわくわくする揺らぐ目で、甘い幸せに重ねて甘い幸せを酌み交わし、互いに酔いしれるのです。(xxiii)

いやはや、私はなぜ、わかりきったことに時間と言葉を無駄遣いしているのでしょうか。ここに述べたようなことは、そもそもそれ自体が、いかなる点でも、誰が眺めようとも、いつも嬉しいに決まっているではありませんか。大いに喜ぶ人と、わずかに喜ぶ人の差はあっても、たかがしれています。いまや、普通の人々が見れば心痛の種となるようなものであっても、愛する者たちにとっては途方もないほどきわめて甘美なものになる場合もあるということを、お話しすべきときなのです。お美しくも親愛なる若奥様方よ、〈愛〉の神聖なる力については、語るはもちろん、思考によって探究するのでさえ、なんと困難をきわめることでしょうか。いったい、最も大切な人々が泣いているのを見るよりも、もっと辛いことがあるでしょうか。大切な人々の涙がこぼれ落ちるのを見て目に苦しみを感じないでいられるほど、酷薄な魂《こころ》の持ち主などおりましょうか。にもかかわらず、愛する者は、このような態度にでることがあるのです。つまり、彼の貴婦人を、世界全体よりも大切にしている女《ひと》であるにもかかわらず、わざと泣かせて喜ぶのです。その喜びは、たいへんなもの。ほかのすべての人々が無限の笑いにたいして感ずる喜びを足し合わせても、それには遠く及びません。

しかし、みなさまお一人お一人の柔らかい胸に宿り、優しく思いやりのあるお心をいっそう朗らかにしてくれる美徳にかけて、どうかお願いいします。かつて私の心がこのような出来事にさいして感じた甘い幸せは、よもや言葉で表現できるとは思いません。しかしながら、どのような展開になろうとも、私にお話しできるわずかなことだけで、どうか、ご満足していただけますように。これからのお話の中には、我慢の限度を超えるような箇所がでてくるかもしれません。誰かがなにについて喋るにしても、みなさまご婦人方は、そうした限度を超えているならば、聞きたくないわというそぶりを男どもにお見せになるものです。ですが、そのような猫かぶりは、別の機会のためにとっておいてくださいい。まじめくさったしかつめらしい態度になられるのは、大広間に戻って女王陛下のお供をされるときで結構。実際上の行動ではとりすました堅物のような態度も必要になるでしょうが、言葉にだして喋ったり聞いたりするだけなら、別に構わないではないですか。それに、緑豊かなこの場にいると話したくてうずうずしてきますし、時あたかも婚礼の無礼講。しかもとりあげようとしているのが愛苦しい内容の話題とあれば、ほかのどんな状況のときにもありえないくらい、熱い舌の手綱を緩めておくように誘われます。そこで、お願いです。どうか、お聞きくださいますよう」。

するとと、マドンナ・ベレニーチェが、仲間のご婦人方の方を向いて、言いました。

「もしもですよ、ジズモンドさまが、およしなさいと注意されれば、これから切りだそうとされているお話を思いとどまってくださるようなお方でしたら、私たちみんなでおよし遊ばせと言いたいところですわね。私から率先して、そう申したてますわ。でもね、ひとたび魂《こころ》に口にだしてしまいたいという気持が湧いてきたからには、私たちが宜《よろ》しいわと申しあげてもお話しになるでしょうし、宜《よろ》しくありませんわと申しあげても、やっぱりお話しになるでしょう。ですから、言い争った挙句に言い負かされてしまうよりも、意見するのは差しひかえることにした方が、まだしもましな気がしますわ。みなさま、それでいかがかしら」。

「私たちも、同感ですわ」と二人の若いご婦人方は答えました。それから、サビネッタが言葉をつないで、言い足しました。

「でも、ジズモンドさま、念を押しておきますわよ。反撃を受けて面子がまるつぶれになるようなことはおっしゃらないよう、ご用心あそばせ。なぜって、リーザさんはあなたの攻撃に仕返しをしたいと思っていらっしゃるみたいですから、うかうかしていたら、待ってましたとばかりにこてんぱんにやられてしまいますわよ。見たところ、ご機嫌斜めのようですし。そのときになってから、みなさまご婦人方は、上品なお話でないならば、聞きたくないわとうそぶりを男どもにお見せになるものです、などと言いつくろっても、なんの甲斐もありませんわよ」。

するると、ジズモンドは、マドンナ・ベレニーチェの方に向き直って、言いました。

「奥方さま、私は不幸な運命よりもこちらのお転婆さんの方がよっぽど恐ろしい。ご覧になりましたか、この方は私《ひと》の言い草をそのまま鸚鵡返しなさいました。ともかくも、うら若き別嬪《べっぴん》のお嬢《サビネッタ》さんよ、おちついてください。ご忠告のとおりさせてもらいますから」。

そして、これらの言葉が終わると、続きを始めました。

「あれは夏のまっさかりのこと。空が一面に澄みわたり、太陽が上り下りの坂道の半ばを早くも過ぎたときでした。私と貴婦人《こいびと》は、彼女の部屋で腰かけて語りあっておりました。彼女は、長きにわたる試練をくぐりぬけてきた私の熱い忠誠心にほだされて、最初のころのようにつっけんどんではなくなっていました。部屋には、東側と北側に開けられた窓から心地よい風が吹きこみ、そよ風が優しく甘美になでてくれましたので、季節の暑さも感じられないくらいでした。美しい場所で二人きりになって、私たちの愛の過ぎ去った苦労話やら長々とした思い出話やらを繰り返しながら、長居するのが楽しい気晴らしになっていましたが、しまいには話の種が尽きてきました。それで、他意はなかったのですが、沈黙を避けるために、うかつにも口をすべらせて、次のように尋ねてしまったのです。『奥方さま、これまでの貴女《あなた》の人生が私への愛のおかげでどのようなものだったか、私の人生があなたへの愛のおかげでどのようなものだったかについては、今しがた語りあいましたし、以前も存分に語りあったことがあります。その実りは良いことずくめ。私たちの精神《こころ》は、純粋に満足でした。それはそれで、結構なことです。ところで、未来のことについては、今日はまだまったくお話ししていません。なぜかはともかく、話題にのぼることも滅多にありません。でも、将来のことについては、もっとたびたび話し合う必要があるのではないでしょうか。すでに終わってしまったことは、なにか具合の悪いところがあっても、やり直すことはできません。人がどんなにやかましく言っても、とりかえしはつきません。でも、これからおこなわれることならば、話し合うとか、知恵をだしあうとかすれば、正しい方向へと導き直すことができるでしょう。ところが、黙ったまま放ったらかしにしていると、ややもすると都合の悪い行路《みち》へと曲がってしまいかねません。私たちは、そんな羽目におちいりたくありません。ですから、私たちの愛の未来について、いくばくかを語りあおうではありませんか』。彼女は、『いとしい方、お望みどおりのことをお話ししましょう』と言いました。このようなわけで、私は冗談半分に切りだしたのです。『私の欲望の畢竟のお目当てよ、私に対していだいていらした、またいだいていらっしゃる偉大なる愛にかけて、教えてください。いつ何時でも起こりうることですが、もしもなんらかの不慮の出来事のせいで私があなたを残して死んでしまい、あなたが私を失われるようなことになれば、あなたの命はどうなるでしょうか』。彼女は答えました。『なにが起ころうとも、私があなたを失うことなどございませんわ、私の精神《こころ》のただひとつのよりどころよ[☆55]。現世《ここ》で長いあいだ愛しあっていた魂は、彼岸《むこう》にもあるのですから。それなのに、なんということをお尋ねになるの。あなたが惨めにも私をおきざりにして逝ってしまわれるなら、私の命がどうなるか、ですって。神様、ジズモンドさまには、貴婦人《こいびと》が生きている間は、僕は逝ってしまうかもしれないなどと口走るのを絶対に止めさせてください。ああ、ジズモンドさまが私を残して逝ってしまわれるなんて』。私の貴婦人は、やっとのことでこのような声《ことば》をしぼりだしました。心はおろか、泰山《たいざん》といえども根本《ねもと》から揺り動かすことができそうなほど[☆56]、哀れをさそう仕草でした。そのとき、たちまち涙がこぼれて、せきあえぬ涙が美しい顔をしとど濡らしました。早くも彼女が喋っている最中から目には涙があふれんばかりでしたが、しゃくりあげたとたんに、言葉が途切れてしまいました。ご婦人方よ、みなさまのなかに、いとしいお方とご一緒のときに同じような場面を経験された方がおられましたら、つまり、私がわが身よりも愛している貴婦人とともに置かれた状況を体験した方がおられましたら、想像していただけるでしょう。このような光景を目にした私の心は、どれほど大きな甘い幸せを感じたことでしょうか。涙の一筋一筋は、私にとって、千の財宝よりも、どんなにかかけがえのないものだったことでしょうか。貴婦人《かのじょ》の涙は、初めはあふれかえる水脈となって目から湧きだしましたが、それでもなお、愛らしい光はなくなりはしません。生まれながらの明るいきらきらした輝きのおかげで、かつまた、心に新しく焚きつけられた火のおかげで、目の光はますます勢いづいて、あたかも二本の松明に灯火が灯されたときのように、涙に煌《きら》めいていたのです。彼女の燃えたつ精気は、黒目と白目をうろうろしながら濡れてしまいました。美しく可愛らしくも澄んだ体液《なみだ》が流れかけていたにもかかわらず、精気はともかくもいっそう多くの炎を憧れ求めたので、炎はあかあかと燃えたちました。まるで、燃え広がった火に水をふりかけたときに、不自然なまでに燃えさかるのと寸分たがわぬありさまでした。それから、ほとばしる水晶[☆57]か朝露のように、目から涙がどっとあふれて、いともすべすべした頬を伝いながら、私の左肩にしたたり落ちました。貴婦人は泣きだしたとき、しょんぼりとうなだれて私の左肩に頭をもたせかけ、そこに右の頬を押しつけていたのでした。おお、いとしくもきわめて甘美なる重みよ、あなたのことをさらに話し続けられるように、私を支えてください。あのとき、心はいたらぬところがありましたが、肩は支えとなってあげたのですから。身体を支えてあげたのはあのときのことですが、魂はいつも支えてあげているのですから。そして、私の精気をこれ以上、頭の重《あなた》みへの想いの甘い幸せで満たさないでください。あのときの感動よりも、もっと感動している場合ではありませんから。おお、ご婦人方よ、ここで白状します。私は貴婦人の慰めになるような言葉をなんら紡ぎだすことができませんでした。しかも、偉大なる愛のためにこんなにも一所懸命に泣いている彼女を見ているうちに、あまりにも大きな甘い幸せが心に感ぜられたので、私は長いあいだ押し黙っていました。こうして、彼女を眺めたり、じっと見つめたり、彼女の目にひとつまたひとつと口づけして彼女の涙を飲んだりしましたが、彼女の涙は早くも私の涙と混ざりあっていました[☆58]。彼女の最初の涙を目の当たりにしたときに、心の優しさゆえにこらえることができず、彼女の涙の上に自分の涙を注いでいたからです。さて、二人とも存分に目が泣き濡れたところで、たがいに黙ったまま、私は彼女の目を、彼女は私の目をぬぐいました。それから私は、涙にたいする過剰な喜びの虜になっていた精気を目覚めさせると、まだ弱々しい声で言いました。『貴婦人よ、死ぬまえに今日と同じくらい甘美な日々を何日かでも貴女とご一緒に過ごせるよう神が望みたまうならば、私はいつ死ぬことになろうとも、世を去るにあたって、まったくの果報者だったと納得できるでしょう』。そして、貴婦人のお好みに応じて、この言葉からあの言葉へと移りゆくままに、美しい涙についてたくさんのことを語りながら、長い時間を一緒に過ごしたのでした。

ところで、ご婦人方よ、このようなことがありうるかいなか、つまり、今後あの日と似たような日々が私に訪れるかどうかは、わかりません。星々の思し召しは私のこのような望みとはくいちがっているかもしれません。ですが、せめて、ほかの愛する者たちのために、あの日のことを体験したそのままに描いてあげることが許されれば嬉しいのですが。私がこの目で見て、たった一度だけ手にすることができたあの喜びを、愛する者たちに耳で聞いてもらって、千回も手に入れていただけるように」。

すると、マドンナ・ベレニーチェが言いました。

「許されれば嬉しいのですがなどと、あらためて許しを求められなくてもよろしくてよ。ジズモンドさま、あなたは語って聞かせるのもお上手ですが、描いて見せるのもお上手ですもの。なぜって、私は、まるで自分がその泣きじゃくる可哀想なお方になったような気がしましたし、あなたが貴婦人《こいびと》にお尋ねになった残酷な質問を、まるで主人から聞かされたように身につまされましたわ。あなたのような方はね、その貴婦人《かた》から簡単に許してもらえなかった方がよろしかったのよ。気違いじみた思いつきのせいで、ご自分の方こそ泣かされる羽目になっていたらいい気味でしたのに」。

ジズモンドはこれに返辞をしませんでした。哀れを誘う貴婦人の涙という今ここで物語ったのろけ話に心を奪われてぼうっとしていたのです。そこで、二人の若いご婦人方とラヴィネッロがお喋りを続けましたが、ご婦人方は口々にマドンナ・ベレニーチェに同調して、ジズモンドが述べた件については彼の身に起こったのとは正反対の運びになっていた方がよかったのにと言いました。こうして、みんな一緒になって、彼をからかうのにまたとない機会がめぐってきたのをもっけの幸いと喜んで、冗談を言いあっておりました。ところが彼は、論争術の悪戯《わざ》にかけては滅多なことではすごすごと引きさがることのない人です。しばらくは彼らがぺちゃくちゃとお喋りしながらさんざめき笑うままにさせていましたが、貴婦人をいとおしむ気持を脇に押しやると、マドンナ・ベレニーチェの顔をじっと見据えて、言いました。

「奥方さま、貴女さまは随分とつれなくて、このような状況に対しても同情の心など微塵もおもちではないのですね。他人事《ひとごと》だからといって、そんな風に決めつけてしまわれるとは。でも、お顔を拝見しているかぎりでは、私の見まちがいでなければ、それほど残酷な方とは思えません。それどころか、世界で最も優しいのよ、という風情。ですから、私は確信いたします。チェルタルド《ボッカッチョ》のお方の語る年若き隠者が、僧房からはじめて外にでたときに目にしたのが貴女さまだったならば、手許に置いて餌をついばませる鵞鳥《むすめさん》として親爺に所望《おねだり》したのは、まぎれもなく貴女さまだったでしょう[☆59]」。

マドンナ・ベレニーチェは、しばし言葉を失い、恥ずかしさ半分、驚き半分といった体《てい》で、仲間のご婦人方の顔を見つめていました。するとリーザが、にっこり微笑みかけました。まるで、自分が赤面する仕儀におちいったあと、ジズモンドが誰かほかのご婦人を相手に冗談口を叩いてくれれば不幸の道連れができるだろうと、ずっと待ちもうけていたかのようでした。ところが、ベレニーチェが呆気にとられて身じろぎひとつしないのを見てとると、リーザはずいと前に進みでて、話しかけました。

「奥方さま、つい先程まで私に降りそそいでいた霰《あられ》や雹《ひょう》が、今度は貴女さまの上に移ってまいりましたので、少し気が楽になりましたわ。もう、ジズモンドさまには文句は言いません。貴女さまでさえも容赦してもらえなかったのですから。くれぐれも申しあげておきます。奥方さま、彼は今日、舌小帯《おしゃべり》の手綱を引きちぎってしまわれました。もはやこの方とはかかわりあいにならないよう、お願いします。薊のように四方八方から突き刺してこられますから」。

マドンナ・ベレニーチェは答えました。

「リーザさん、とくと思い知りました。このお方は、まさにおっしゃるとおりのお方ですわ。それではね、ジズモンドさま、どうぞ御勝手に。私たちはあなたの思う壺にはまって、よいように黙らされてしまいました。私はこれから先、ずっと口をつぐんでおりますことよ」。(xxiv)

ご婦人方が退散してくれたおかげで、ジズモンドはますます自由に議論の走路を駆けることができるようになりました。そこで彼は、次のように話を進めました。

「ご婦人方よ、私について、またほかの愛する者たちについて語られた甘い幸せは、みなさまにとって、語られざる甘い幸せの兆候《しるし》となり、証左《あかし》となるでしょう。語られざるものは、もちろん、たくさんございます。しかも、きわめて新奇で、いついつまでも鮮烈だったりします。ですから、レアンドロスが貴婦人《こいびと》との束の間の逢瀬のために広大で危険に満ちた海原を何度も何度も泳いで渡ったとしても、いまさら驚くにはおよびません。

それでは、もうひとつの感覚についての話にはいりましょう。つまり、到来する声を魂へと送りとどける感覚である聴覚のことです。この感覚の甘い幸せは、じっくり考察するならば、ほかのなにものにも引けをとりません。なぜなら、愛する者たちは、貴婦人を見ることによって多くの仕方で歓喜が得られますが、貴婦人の声を聞くことによっても、同じくらい多くの仕方で歓喜が得られるからです。つまり、同じひとつの対象《もの》であっても、私たちの目が多様な見方をするならば、多様な喜びが得られます。そのように、同じひとつの声であっても、耳が千もの仕方で聞くならば、千もの様態の甘い幸せがもたらされるのです。ともかくも、ご婦人方よ、聴覚の甘い幸せについて、これ以上なにが言えましょうか。私にも、みなさまにも、明らかではないでしょうか。恋する若いご婦人方にとっては、どこかひっそりした場所、あるいは新芽いずる木々の優しい木陰で、ちょうど私たちが語りあっているように、貴公子《こいびと》と一緒に安心して語りあうことが心にどれほど大きな満足をもたらすか、みなさまはご存知ないでしょうか。そのようなところでは、〈愛〉のほかには聞き耳をたてる者とてありません。〈愛〉は怖じ気づく精神《こころ》を励ましてくれますし、聞きおよんだ睦言を内緒にしてくれる用心深い証人となるでしょう。お互いの身に起こった出来事をかわるがわる語りあったり、質問したり、答えたり、祈ったり、感謝したりすることが、愛しあう二つの魂《こころ》をどれほど優しい気持でいっぱいにするか、みなさまには歴然としているのではないでしょうか。一方の魂の言葉の一つひとつ、溜息の一つひとつ、呟《つぶや》きの一つひとつ、声音《こわね》の一つひとつ、声《ことば》の一つひとつが、もう一方の魂をどれほど大きな歓喜でいっぱいにしてくれるか、明白ではないでしょうか。無粋な胸の内で愛の想いの花火が消えかけているような人であっても、想像できないはずはありません。貴婦人《こいびと》が聞いてくれているまえで自作の詩を朗唱するとか、あるいは逆に、貴婦人が朗唱してくれるのを聞くことは、愛する者たちにとってどれほどかけがえがなく嬉しいことでしょうか。古代の愛の物語をいろいろと読んでいるうちに、わが身に起こったのとおなじ出来事が何らかの作家に書いてあったり、他人《ひと》の書物に自分とおなじ気持が書かれているのを見つけるのは、どれほど嬉しいことでしょうか。心に感じているそのとおりのことが紙に書いてあるのを読んで、一人ひとりが感慨深く自分の出来事を思いだしては、他人《ひと》の場合とひきくらべ、なるほど同じだと頷きながら、甘美なる驚嘆にひたらないものでしょうか。私たちの貴婦人《こいびと》が麗しい歌を歌うときに、私たちの精気《こころ》をどれほど大きな甘やかさでかき鳴らすことでしょうか。とりわけ、貴婦人その人がムーサイさながらのたおやかなる手つきで楽器を奏でながら、歌に合わせて伴奏をしているならば、なおさらです。歌を聴くだけでも甘美ですが、恋人たち《わたしたち》がつくったカンツォーネを歌ってくれるならば、あるいはひょっとすると、彼女の自作のカンツォーネを歌っているならば、その甘やかさはどれほど大きくなることでしょうか。[☆60] なるほど、文学や詩は、男たちが独占していると言っても過言ではありますまい。しかし、男ども《わたし》が詩文という技芸を授かるのは、たいてい、〈愛〉が私たちの精神に宿って、みなさま方ご婦人の目《まなざし》の導きによって教えてくれるときです。ですから、たまには、〈愛〉がみなさまのうら若き胸に入りこんで、歌やら詩やらを紡ぎだすことがあるわけです。しかも、みなさまが詩歌をつくられることが稀であればあるほど、私どもにはいっそう貴重なものとして映るのです。このようにして、私たちの貴婦人《こいびと》は、奏でるアルモニアの甘やかさを何倍にも強めながら、私たちの甘い幸せを何倍にも強めます。この甘い幸せは魂にまで突き進み、ほかのなにものにも増して魂を喜ばせます。魂は、天上的なアルモニアから私たちの肉体の中に降りてきたものですので、いつも天上的なアルモニアに憧れています。ですから、地上《こちら》の奏楽《アルモニア》に天上《あちら》の音楽《アルモニア》の味わいを重ねあわせてうっとりと陶酔にひたり、大いなる歓喜を感ずるわけです。その歓喜たるもの、見通しのきく人ならおわかりのとおり、地上的なものごとに対しては感ぜられることもないほどすばらしいものです。ご婦人方よ、アルモニアは、断じて、地上的なものではありません。それどころか、魂と同じような成り立ちをしているのです。その昔は、魂とはほかでもなく調和《アルモニア》であると主張する人々すらもおりました。☆61（XXV）

それではとにかく、私たちの論ずる貴婦人《こいびと》に戻りましょう。貴婦人の奏でる妙なるしらべは、申しあげたようなさまざまな方法で、幾重にもすばらしいものになります。ですから、彼女の歌を聴けば、どんなに悲しみに沈みきった魂も陽気になるでしょうし、どんなに悲嘆にくれる心も慰められるでしょうし、嵐のような想いがどんなに吹き荒れる精神であっても、晴れやかな気持になるのではないでしょうか。あるいは、これほどたくさんの甘い幸せ、これほどたくさんの幸せな巡りあわせの中にひたっていれば、誰でも、にがい苦しみや不幸な巡りあわせなどはすっかり忘れてしまうのではないでしょうか。詩人たちの話には、次のようなことが書いてあります。すなわち、オルペウスがキタラをたずさえて奈落の底を通りかかったときには、ケルベロスは吠えるのをひかえました。ふだんなら通りかかる人に誰彼かまわず吠えかかっていたのに、そんなことはころっと忘れていたのです。また、怨念の女神たち《フリアエ》は良心を厳しく追及するのをやめました。ティテュオスの禿鷹どもも、シシュポスの岩も、タンタロスの水も、イクシオンの車輪も、ほかのありとあらゆる劫罰も、それぞれの罪人たちを懲らしめる拷問の手を休めました。どの劫罰も、歌の魅力にうっとりとして、いまだかつておろそかにしたためしのない務めを忘れてしまったのです。☆62これが言わんとしていることは、ほかでもありません。私たちの人生には辛い心配事が必然的につきまとっていて、さまざまなしかたで人々の魂を責め苛むわけですが、人々が貴婦人《こいびと》の声にうっとりとして、まるでオルペウスの声のように聞き惚れて悲しいことを捨て去り忘れ去っている間は、心配事は懲罰の手を下すのを休んでいてくれるということなのです。このようにきれいに忘れ去ることが、私たちの不幸に対してどれほど薬効あらたかな手当てとなってくれるか、さらにはどれほど容易に私たちが不幸に耐えられるようにしてくれるかは、経験のある方なら誰でもご存知のとおりです。[☆63] さらにまた、人はときおり、骨折り《くるしみ》をやわらげてもらわなければなりません。魂と黒い思考との間に、ときどき、なんらかの喜びを一枚の壁のように置いてあげる必要があるのです。[☆64] なぜなら、肉体は、度重なる労苦の中にあって、まったく休息をとらずにもちこたえることはできませんが、それと同じように、魂も苦しみの中にあって、たまには陽気になるようなことでもなければ、強さを保つことはできないからです。

ペロッティーノ君、君が言っていた忘却とは、こういうことなのだ。愛する者たちは、あまりにも悲しい記憶を、このようにして水に流すのだ。君が語っていた、愛する者たちが飲まされるたいへんな毒をふくんだ薬とは、このようなものなのだ。苦蓬《にがよもぎ》とは、このようなもの。彼らの陶酔とは、このようなもの。[☆65]

それはともかく、耳に入る甘い幸せも、目に映る甘い幸せについて述べたとおりです。つまり、それを発しているご婦人を愛しているわけでも恋しているわけでもない男たちの耳にたまたま触れることになったとしても（それはしばしば起こることですが）、最初の結界を通過できるとは考えないでください。たとえば、この庭でも、庭師がときどき水路の溝に沿って歩き回り、石ころやら枝やらそのほか毎日毎日落ちてくるものをとりのぞいてくれなければ、溝はあっというまにそれらでいっぱいになって目詰まりを起こし、泉から流れてくる水は通れなくなってしまうでしょう。それと同じこと。〈愛〉によってきれいに浄化されていない耳は、甘い幸せがその音を響かせようとしても、それを通してやることはできません。また、もし私の貴婦人の声をここで私たちみなが聞いたとしても、もちろんそれがなんらかの方法で耳に届いたならばのことですが[☆66]、みなさまご婦人方の中の誰一人として、私が感ずるのと同じ甘い幸せを感ずることなどありますまい。それは誰にでもわかるはずです。また、みなさまの愛《いと》しい御主人《ひと》のお声が聞こえてくるようなことになれば、みなさまも同じような気持になられるでしょう。なぜなら、ご婦人は誰でも、ほかのご婦人方の愛《いと》しい人の声を聞いたとしても、自分の愛《いと》しい人の声を聞くときのような大きな歓喜は感じられないだろうからです。

それでは、さらに進みましょう。ご婦人方よ、私は視覚と聴覚という二つの感覚の甘い幸せについて、みなさまをご案内いたしました。しかしながら、ほかの三つ、つまり嗅覚や、味覚や、触覚の甘い幸せについても案内してもらえるだろうとは期待しないでください。思いも寄らぬところにまでたどりついてしまうといけませんから。〈愛〉がみなさまをお連れしてくれますように。私たちの人間らしさがほかのなににもまして望んでいるように見受けられる喜びへのすべての道を、〈愛〉は知りつくしています。みなさまの道案内をお願いするにしましても、〈愛〉よりももっと甘美で、もっとかけがえのない適役《もの》はあるでしょうか。もちろん、ありません。〈愛〉なしに手にいれた喜びは、水のようなもの。味も素っ気もありません。〈愛〉は、そのような喜びでさえ、私たちにとってきわめてかけがえのない、きわめて甘美なものにしてくれるのです。ですから、可愛らしい若奥様方よ、みなさまの導き手として〈愛〉をしっかりとつかまえておいてください。そして私からは、今日、〈愛〉を賛美するために労をとった褒美として、次のようにお祈りさせていただきましょう。〈愛〉よ、ご婦人方《みなさま》がいつも幸せでいられるように導きたまえ、それなしにはいかなる喜びも完璧に嬉しいものにはなることのない核心《もの》を、みなさまが楽しめるように手抜かりなくとりはからいたまえ、と。

それはさておき、今はこちらの道の方にお越しください」。(xxvi)

ジズモンドがこのような言葉を述べている間、三人のご婦人方は伏し目がちになっておりました。彼は間《ま》をおかずに続けました。

「それでは、申しあげます。五官とは、人間にとって肉体の器官であると同時に、魂の器官でもあります。私たちには、さらに、思考がございます。思考はもっぱら魂のものですので、それ自体が五官をはるかに超える卓越性を有しています。思考は、人間とはちがって、動物には授けられていないからです。動物が人間《わたしたち》と同じようにもっているのは、ほかの五官《かんかく》[☆67]だけです。言い換えると、動物は、見るとか、聞くとか、匂いを嗅ぐとか、味をみるとか、触って感触をみるとか、そのほかの内面的な感覚[☆68]を働かせることならば、私たちと同じように上手にできます。しかし、しかるべき仕方で考えを練るとか、思慮をめぐらせることはできません。手短に言って、動物は、私たち人間に与えられているような思考はもちあわせておりません。しかも、思考がいっそう大きな称讃に値するのは、ほかの感覚は獣たちと共通のものだけれども、思考は人間に固有のものだから、というだけにとどまりません。次のような理由もあるのです。つまり、五官は、時間においても場所においても現にそこにあるものにしか働きかけることができません。しかるに、思考は現にあるもののほかにも、望むがままに、過ぎ去ったことに立ち戻ったり、来たるべきことに身を置いたりできますし、近くのものと遠くのものに同時に考えをめぐらせることもできます。さらには、思考という名称に束縛されることすらなく、思考を用いれば、見たり、耳を傾けたり、香りを嗅いだり、味をみたり、触ってみたりできます。そのうえ、ほかの千もの方法をつかっていろいろなものを感じとることができるわけですが、その能力は一人の人のすべての五官《かんかく》を総計してもかなわないほど優れています。それどころか、すべての人々のすべての五官《かんかく》を合わせたものよりも優れているでしょう。このようなわけですから、思考は人間らしい性質よりも、むしろ神聖なる性質に近いものであると、（見通しのきく人ならば）納得してもらえるでしょう。

ところで、思考は、ご覧のように素晴らしい性質をもっているわけですから、立派な働き手が丁寧に地所を耕すのと同じように、思考が役目をしっかりと果たして、自らの持ち場である魂に働きかけるならば、魂の畑仕事から汲めども尽きせぬ甘い幸せが得られます。しかも、魂は肉体よりもはるかに優れたものですから、魂から得られる甘い幸せは肉体の甘い幸せよりもはるかにかけがえがないのです。もしも、ぐうたらで、のろまで、うつけ放題のままごろごろしているだけなら、甘い幸せなど収穫できないのは言わずもがな。肉体《コルポ》に魂《れいこん》が与えられているのは、豚肉《ポルコ》に塩《ベーコン》をまぶすのと同じで、ただ腐らないようにするためだけとしか私には思えません。[☆69]なにも愛していない人々は、そのような体たらくになります。つまり、なにひとつ愛していない人はなにものをも好ましく感じません。なにものをも好ましく感じない人は、なにものにも思考を向けません。要するに、そういう人々の思考は眠り呆けているのです。愛する者たちは、正反対。なにかを愛している人ならば誰しも、愛するものを好ましく感じますし、好ましく感じているもののことを、誰しもがいつもいつも嬉々として考えるものです。このようなわけですから、思考の甘い幸せは愛する者たちのものであって、ほかの人々のものではない、と結論がでてきます。思考の甘い幸せがどれほど大きいかは、今は申しますまい。それを語り尽くすのは、空の星を数えあげるのとさしてかわらないくらい、私には手にあまること。とはいえ、その甘い幸せの一部分なりとも直接眺めてみるならば、どれほど素晴らしいことでしょうか。高貴な愛する者にとって、たとえどんなに遠くに離れていようとも、思考の中で貴婦人《こいびと》のところにあっというまに馳せ参じて、彼女をじっと見つめることは、どれほど大きな喜びとなることでしょうか。それから、彼女と一緒に腰かけて、まるで本当にそうしているときのように優しい愛情をこめて、自分の身に起きた出来事を語ったり、彼女の身に起きた出来事を聞いてあげるのは、どれほど喜ばしいことでしょうか。時には、彼女の身体のいろいろな部分を思考の中で見つめながら、『わが貴婦人の目はすばらしい、こんなふうにくりくりと動くのだから。わが貴婦人の言葉はすばらしい、このように話し、ほかの人にも、私にも、こうして語りかけてくれるのだから。こんなふうに笑い、こんなふうに溜息をつき、こんなふうに考え、こんなふうに黙り、こんなふうに立ち、こんなふうに座り、こんなふうに歩く』と独り言を言うのは、どれほど喜ばしいことでしょうか。それから、ほかの美質に目を移して、誠実さを、甘い幸せを打ち眺め、礼節を、麗しさを、分別を、熟慮を、美徳を、魂を、そして魂のかずかずの美しい部分をしげしげと眺めるのは、どれほど喜ばしいことでしょうか。[☆70]

おお、〈愛〉よ、あなたの手はいつも私によって祝福されてあれ。あなたはその手で私の甘美なる貴婦人のあまりにも多くの絵姿を私の魂に描きこみ、あまりにも多くのことを書きつづり、あまりにも多くのことを刻みつけました。

おかげで、私が片時も肌身離さず携えているのは、ひとつの顔のたった一枚の画布ではなく、数かぎりない肖像が延々と連なった一続きの長い画布。また、いつも読んではまた読み返すのは、彼女の言葉にあふれ、彼女の語り口にあふれ、彼女の声にあふれる一冊の分厚い書物。☆71 そうした絵や書物を眺めるときには、彼女の偉大なる値打ちが千ものきわめて麗しい形をとって現われるのが、短時間のうちに見てとれます。それらの形は、私にとってかくも甘美で、かくもかけがえのないものでしたが、以前、実際にそれらの出来事があったときに、彼女の姿や言葉の優しい作用のおかげで感じたのと同じ気持を、つまり生き生きとした甘い幸せを、思考の中でもありありと感ずることができるのです。仮にもですよ、彼女の姿形《すがたかたち》についての記憶《おもいで》が、それ自体ではあまり頻繁に私の精神を喚起しないような場合を考えましょうか。それでもなお、私が常日頃目にする千もの場所が、つまり、あるときにはある気晴らしのために、ほかのときにはほかの気晴らしのために、貴婦人《こいびと》が訪れた場所が、私の精神を喚起します。そうした場所を目にするやいなや、たちまち、記憶が呼び覚まされるのです。あの日、マドンナはここにいらした、ここでこのようになさった、ここに腰かけられた、ここをお通りになった、私はここから彼女を眺めた、と。☆72 このように考え、思いを馳せながら、あるときは私自身を相手に、あるときは〈愛〉を相手に、あるときは彼女を目にした平野や木々や岸辺を相手に、語りあうのです。

このことは、次のようなカンツォーネでもお示しできるでしょう。拝見するところ、単調な議論が続くよりも、詩とか歌の方がみなさま方お一人お一人に喜んでいただけそうですから。そのカンツォーネは、つい今しがた、このあたりの場所が私の心から引きだしてくれたものです。このあたりは、私に貴婦人のことを思いださせてくれた場所でもあり、私が歌を紡ぎながら歌うのを聞いてくれた場所でもあるのです。(xxvii)

私の心に満ちあふれる
甘く心地よい想いが、

甘く心地よい歌となってでてきてくれるなら、
魂は、ずしりとした重荷を
下ろすことができただろうに。
最後の歌が、最初に歌われるだろうに。
この歌の響きに
耳を傾けてくれるだろう人の胸奥《こころ》を、
〈愛〉は、やすりをかけるようにして、苦しめるだろうに。
人々の中にあっては、私は
名もなく、しがない、森の小鳥でしかないけれど、
高貴なる白鳥となりかわって、
歌声も朗々と、白く輝きながら天高く舞いあがるだろうに。
私の美しい巣は
もっと有名で名誉ある評判をほしいままにするだろうに。
　それなのに、私がはじめて
波間に分けいって進もうとしたとき、星空は
私を引きあげてくれるような配置ではなかった。
私より優れた手本《ひと》のいないところで
〈愛〉に語らせ、
マドンナに応えさせようとするならば、
響きあう音色があまりにも甘やかなので、

私の想いの丈を表わそうにも、
舌は追いつかないし、
言葉を始めようとした途端に
心は消え失せてしまいそう。
陽の光にさらされた雪でさえも、
弱りはてた私のように、あえなく融けたことはない。
私は、ややもすると、わが身さえもてあましたまま
生きている人のように、途方にくれる。
　居丈高で仮借なき法《のり》が
私を鞭打ち、こづきまわして
生きるよすがについて白状させるなら、誰が私の手綱を押さえられようか。
私の心労をはるかに超えて、
世間から私を引き離してしまうならば、
退屈で地上的な文体を、誰が私に与えてくれようか。
土台のがっしりした、びくともしない塔といえども、
倒れることもあるだろう。
だが、〈愛〉よ、あまりにも長きにわたって
あなたは私に断食させ、大変な空腹を与えた。
その空腹を満たすように努力もしないし切望もしないなどということは
私には金輪際、ないだろう。

あなたの矢は、それほどまでに熱くて、鋭かったから。
あなたはその矢で私の心を射抜いたから。
あの女《ひと》の目に身をひそめてから、私の心に入りこんだから。
あの女《ひと》のことを語るだけの技量を私がもちあわせていたら、
どれほど素敵だっただろう。
〈愛《あなた》〉にはどれほど大きな名誉となっただろう。
あたかも、秘められた色が
鏡から立ちのぼって
思いもよらぬところで煌《きら》めくことがあるように、
私の隠された宝石《よろこび》が
この紙から誰かに向かって
きらきらと輝いたことだろうに。
いずれ死ぬことになろうとも、
私たちが孤高を持して、ひとつの極からもうひとつの極へと
飛んでいくのを止めはしなかっただろうに。
私が口をつぐんでいるせいで、愛《あなた》は称賛されないまま。でも、
あなたと一緒に語りあっていたならば、
私の炎はなおも、世間の耳目を驚かせただろうに。
それにおそらく、昔からの芳しくない評判のことごとくを、
千ものけたたましい揉め事を、

〈愛《あなた》〉はしんと静まりかえらせただろうに。
そうすれば、羨《うらや》む人もいただろう。
「忠実で仲睦まじいお二人よ、
なんと多くの甘美な想いを、生きているうちにおもちになることか」。
呆れる人もいただろう。「この男は
ありがたくも幸せな結び目をかたく結んだものだ、
解けている方が、私たちは平和でいられるのに」。
はてさて、〈愛〉にお気に召さぬとあれば、
丘よ、おまえが私の望みを受けとめておくれ。
そして、岩よ、おまえも。
私の貴婦人《こいびと》が髪を編み、衣装をまとって心安らかに
そぞろ歩いたあの日からというもの、
おまえは斜面のいたるところで甘美さをふりまき、愛をあふれさせているのだから。

誠意のこもった祈りが
おまえに少しでも働きかけてくれるなら、
山毛欅《ぶな》の木よ、私の喜びの永久《とこしえ》の 輩《ともがら》よ、
哀れと思う心に締めつけられ、
私と語りあう気になっておくれ。
私の苦しみを見定めてくれそうな人は
おまえの内なる美徳のおかげで　心を動かされますように。

私に無理強いして
知恵を剥ぎとってしまう人もいるけれども、
風が多くの欲望を聞いて、吹き飛ばしたあとにも、
ひとつの欲望が叶えられますように。
早緑《さみどり》匂う木の葉が
おまえの幹からなくなることがないように、
美しい詩が　おまえの木肌で生き続けますように。
おまえの木陰で読み継がれ、書き継がれますように。

おまえもよく知っているとおり、ここで、
二つの明るい星《ひとみ》が　神聖なる輝き《きよらか》で
天をあでやかに飾っていた。
美しいヴェールから覗く
金色《こんじき》の髪が
遠くから甘い香りを漂わせながら
草花をいっぱいに満たしていた。
おまえも知っているとおり、
あの女《ひと》の歌を耳にして
川の水は逆さまに流れ、泉へと駆け登った。
森の木々が聞き惚れて山を降りたので、
見てのとおり、山の地肌はむきだしになった。

獣たちは後ろや横にまとわりつき、
刃《やいば》をもたぬ小鳥たちは　翼を羽ばたかせながら
真上にとどまって　じっと耳を傾けていた。

木の枝が鬱蒼と繁る岸辺よ、
さらさらと音を立てて流れる冷んやりした水よ、
緑あふれる、可愛らしくも花咲き乱れる、愉快な野原よ、
あの女《ひと》がおまえたちをどれほど喜ばせたかを
聞き知っていながら、
私と一緒に激しい火を燃えたたせない人などあろうか。
美しくも甘いいでたちでの
賢くもかけがえのない話しぶりを、
うち続く私の夜に
真昼の太陽のように現われた
甘い灯火《ともしび》を、
ここにきて刻みつけてくれる人は、いるだろうか。
まばゆい輝きを目にしているうちに、
運命などものの数でもないと悟り、
天に昇るための歩みを見つけだすことになった、あの灯火《ともしび》のことを。

雅やかさと、誠実さと、値打ちとが、これほど貴いかたちで
ひとつところに集まっているのを

おまえたちが見たのは、いつ。
いとも美しい目の　いとも甘美なる火に
おまえたちが燃えあがったのは、いつ。
おまえたちの中で、〈愛〉は片時も眠ることはないのだから。
おお、麗しい足が踏みしめた
足跡を、私に教えてくれるのは、誰。
おお、私を草原《くさはら》の中に置き去りにするのは、誰。
罠を仕掛けた　あの白い手の跡を
とどめている、草原《くさはら》の中に。
さりとて、罠を外そうともがくわけでもないけれど。
美しい柳腰の跡を、私の命を締めあげる
両腕の跡を、とどめている草原の中に。
さりとて、息絶えるのも平気、助けを求めるわけでもないけれど。
　手前では　曲がりくねった川が柔らかい足を投げだし、
向こうでは　峨々《がが》たる山が切りたった恐ろしい角を突きたてているところに
住まう人々よ、
あわれ、私があなたがたに立ち混じっていたならば、
美しい森の牧童、
あるいは　あたりの森の見張り番だったならば、
私の支えとなるものを探し求めて、

昼に夜を継いで
そこかしこを巡り歩くだろうに。
このうえなく穏やかに天が晴れあがり、
腰掛が心地よい陰で覆われているところで、
うやうやしく腰をかがめるだろうに。
そこにいたれば、永らくさすらい歩いたことに満足できるだろうに。
野の草に口づけしながら、
千もの溜息に仕返しできるだろうに。
わがカンツォーネよ、まだまだ私は満足できぬ。
この辺りの木の枝の中で　おまえが鳴りを潜めて
人前に出るのを憚《はばか》っていても、おまえのせいにはすまい。☆73（XXVIII）

ところで、私たちの精神に貴婦人《こいびと》のことを甦らせてくれるのは、申しあげましたように、貴婦人《こいびと》をときたま歓迎した場所とか、あるいは、さらによくあることとしては、貴婦人のことをきわめて忠実に覚えていて、きわめて甘美に思いださせてくれる場所だけではありません。いつでも、どんな場所にでも、顔についている目で眺めているうちに、魂の目で貴婦人を見つめるためのよすがとなるものが見つかります。こうして、貴婦人のことが、きわめて甘美に、ありありと目に浮かぶように思いだされるのです。私自身のことを例に挙げましょうか。木の葉の繁る枝から一輪の朗らかな花がのぞいているのを目にすれば、必ずや、美しい花が周りの葉という葉から抜きんでているのと同じように、貴婦人《こいびと》がほかのご婦人方の中で抜きんでている姿を目の当たりにするような気がします。また、ときどき散策するのを習慣にしておりますので、どこかの田舎道を歩いているときには、澄みきった川の緑なす岸辺を見ようとも、綺麗な森の甘美なる光景を見ようとも、金雀児の生えた小山の寂しい小道を、涼しげな腰かけを、ひっそりした木陰を、静まり返った洞穴を、秘密の隠れ家を眺めようとも、『ああ、私と一緒に、〈愛〉と一緒に、貴婦人がここにいてくれたなら。こんなに寂しいところで一人きりでいらしては、私がいても不安かも知れないけれど、それでも道連れにしてくだされればよいのに』という言葉が、思わず口を突いてでてきます。こうして、彼女に想いを向けたあと、彼女のことについて、長い歓喜にひたりながら、長い時間をかけて、長々しい話を、私自身に語り聞かせずにはいられません。[☆74]また、太陽が沈みゆくにつれて地上に影が忍びより、さまざまな物が色を失って、もはや見ることがかなわなくなったときにも、夜の静寂《しじま》の中で純粋《きよらか》な星を眺めながら、『ああ、この世に幸せを配ってくれるのが星たちであるならば、甘美なる必然《さだめ》として私に愛の喜びの運命をはじめて授けてくれたのはどの星だろう』と、思わずにはいられません。あるいは、麗しい月を眺め、冷たい銀色の輝きにじっと眼光《め》をこらしながら、ひとり心の中でつぶやかずにはいられません。『もしかすると、貴婦人も、私が眺めているこの目《ほし》を眺めているかもしれない。私があの女《ひと》のことを思いだしているように、私のことを思いだしながら、「お月さま、今どこの土地を足で踏んでおられるにしても、私のジズモンドさまの目も多分、私が見ておりますように、あなたを見つめていらっしゃいますわ」と言っているはずだろう。こんなふうにして、私たちの目も、私たちの想いも、同じただひとつの天体《もの》の中で、ばったり出会っているかもしれない[☆75]』と。このようにして、あるときにはある仕方で、ほかのときにはほかの仕方で、私の貴婦人について、私たちの愛の喜びについて空想をふくらませているだけでも、私は私自身とともに在るのではなく、むしろ彼女と一緒に在るというわけです。

　それはともかく、遠く離れた片山里のことばかり述べたてたとて、なんの役に立つでしょうか。そのような場所のことを思っても、私たちの思考は何かを思い起こすでしょう。いわんやわが町《ヴェネツィア》をや。街中で美しいご婦人が目の前に現れたら、私の魂はただちに、私の貴婦人の美しさを思い浮かべます。道々、美しい若者が一歩一歩《とぼとぼ》とひとり想いにふけりながら[☆76]身を引きずっているのを見かけたら、『この人も多分、自分の貴婦人のことを考えているのだろうな』

と想像してしまいます。そんな忖度《そんたく》をしているうちに、たちまち、私の貴婦人へのきわめて甘美なる想いにひたるのです。また、ときたま、気分転換のため都会の喧噪からしばし離れて船遊用の小舟に乗ったとしても、次々とすぎていく岸辺に、わが貴婦人がそぞろ歩いているのを、波打つ音に合わせて歌っているのを、乙女のような可愛らしさで貝殻を拾い集めているのを☆77目の当たりにしているように思えてなりません。

　このような機会が、まったく訪れないとしましょう。私の貴婦人のことを思いだすよすがとなるものが、どの場所にも全然、見当たらないとしましょう。それでもなお、彼女の許に想像力と思考を羽ばたかせるためには、途絶えることのない甘美な命綱となるものがあるのです。彼女の真心のこもった、思い出いっぱいの証拠の品を、みなさまにご覧にいれましょう。私はいつもそれを身につけておりますし、命続くかぎり肌身離さず身につけている所存ですとも」。

　ジズモンドは、こう言いながら左手をご婦人方の方に指しだすと、心臓の指《くすりゆび》にはめている、きわめて純粋な黄金でできた小さな指輪を見せました。この指輪は、つい最近彼が暇乞いしたときに、貴婦人が彼を引き寄せて、彼女の手から外し、ジズモンドの同じところにはめてくれたのでした。それ以来、ずっとそのままにしてあったのです。彼は、見せ終わると、次のように続けました。

「こうしたもののほかにも、ご婦人方よ、麗しい思考が、名匠のように巧みに、すでに過ぎ去った喜びの甘い幸せを魂に送りとどける道は、はてしもなく、数えきれないほどたくさんあります。つまり、私たちが望むのと同じだけたくさんあるのです。なぜなら、思考に対しては、門も、通路も、橋も、閉ざされることはないからです。嵐の迫った天も、荒れ狂う海も、ゆく手をはばむ岩礁も、思考を引きとめることはありません。〈愛〉は思考に翼を貸し与えます。その翼にはいかなる邪魔者も歯がたちません。しかも、この翼は、過ぎ去った歓喜へと思考を自由自在に連れ戻してくれるだけではありません。それと寸分たがわず、いつでも好きなときに未来の歓喜へと思考を連れていってくれるのです。未来の歓喜は、過去の歓喜にくらべると、見劣りがするかもしれません。将来のことは確実ではないからです。

けれども、次のような点では優れています。すなわち、かつての甘い幸せは、それに思いを馳せることによって魂に戻ってきますが、その甘い幸せには、かつてのそのときと同じ、ひとつの形しかありません。ところが、これから来たるべき甘い幸せは、一つひとつがかけがえのない、うっとりするような、きわめて喜ばしい、千もの仕方で私たちの前に姿を表します。まだ起こっていないことであるがゆえに、そのようなことが可能になるのです。このように、ものごとが起こるまえには、多様な楽しみが私たちを喜ばせます。起こったあとは、思考の中に確実に呼び起される楽しみが私たちを喜ばせます。ですから、どんな場所にあっても、どんな時にあっても、楽しみは途切れることなく私たちの許にありつづけるのです。これは神々にこそふさわしい喜びであると言われています。

ところで、ご婦人方よ、愛する者たちにとっては、貴婦人を見たり聞いたり考えたりするのはきわめて甘美なことです。だからといって、貴婦人の姿が見られないとき、声が聞けないとき、貴婦人のことを考えていないときには、きわめて辛くて苦々しい気持になるとは思わないでください。そのようなことはありません。金輪際、ありません。なぜなら、真に愛している人ならば、心の中にいつも果てしない甘い幸せが宿っているからです。そこには、はてしないにがい苦しみはもちろんのこと、一抹の憂鬱たりとも、はいりこむ余地はありません。というのも（先程も申しあげましたが）、〈愛〉は苦痛とはかかわりがないからです。〈愛〉は、いかなる仕方であれ、苦痛と混ざりあうことはありませんし、苦痛と分かちあう部分もありません。〈愛〉は常に理性的で抑制の利いたものです。それゆえ、愛する者たちは、理性的に、かつ限度をわきまえた仕方で、所有することができるものだけを追求するのです。もしも愛する者たちが、所有することができるよりも多くを、さらには、欲することが許されるよりも多くを、望んだり追求したりするならば、彼らの欲望には節度がありません。ですから、そのような欲望にのっとられた似非の愛ではなくて、真に愛している人ならば、貴婦人が目や耳にあたえてくれるものを、また彼ら自身が思考に与えてやるものを、喜んで頂戴するものなのです。そうしたものは、彼らにとってはきわめてかけがえのないものですが、それについてはみなさまにお聞きいただいたとおりです。さらに加えて申しますと、彼らは、今後どのようなことが起こるだろうかと悲観的に想いわずらうことはありません。このようなわけですから、愛する者たちが貴婦人に再会するたびに、彼女の声を聞くたびに、彼女のことを考えるたびに、その時間は、あるいはその日一日は、ほかのすべての日々にもまして、きわめて甘美なものとなるのです。かといって、別れ別れになったり、甘美な思考を脇に置いたりしても、彼らにとってはにがい苦しみにはなりません。彼らは貴婦人の姿を見たり、言葉を聞いたり、彼女について考えることから、普段の暮らしにもどるときにも、真実の愛に燃えていればいるほど、いっそう誠実になりますし、また回を重ねるごとにいっそう抑制の利いた状態になるからです。

おお、愛する者たちのいとも幸福なる状況よ。いかなる悪もなく、はてしない善に富み、悲しみの片鱗とてない千もの喜びであふれかえるものよ。おお、とこしえの春の日々よ、鮮やかな紅色の可愛らしい花の野原よ。いかなる野茨からも、いかなる刺草《いらくさ》からも遠いものよ。おお、いかなる心の乱れからも離れた、きわめて静謐な人生よ。あなたに歩み寄る人にはいつも慈母となり、決して継母《ままはは》とはならぬものよ。ペロッティーノ君、これが、愛する者たち《ぼくたち》自身の所有地《ざいさん》なのだ。僕たちの生き方は、このような幸せにおいて、ほかの人々の生き方を上回る特権が与えられているのだ。このように質の高い暮らし、このようにすばらしい状況が、ほかの誰かのものにではなく、本当に、僕たちのものになるのだ。(XXIX)

さて、私たちは喜びに満ちあふれた道をここまでやってまいりましたが、少しばかり後戻りしましょう。申しあげました三つの喜び、つまり、視覚と、聴覚と、思考は、一つひとつばらばらであっても、途方もなく大きな喜びをもたらしてくれます。その一端については、お話ししたとおり。それならば、ご婦人方よ、三つが全部まとまって束ねられているときには、どれほど大きな喜びをもたらしてくれることでしょうか。さてもさても、いかなる味付けも、これほど美味しくはありませんし、これほど甘くはありません。そのような喜びは、あまりにも大きく、あまりにもすばらしいので、舌を使って他人《ひと》に語ることができないのはもちろん、判断力《こころ》で把握するのも困難をきわめます。ところで、昨日、ペロッティーノ君は、悲惨さを〈愛〉であると勘違いして、そこからでてくるさまざまな苦痛を話題にして、いろいろと混ぜ返しながら長い時間をかけてごたごた喋ってくれました。ですから、私としても、〈愛〉という幸福について、順序など気にせずいきあたりばったりに、あっちの話題やこっちの話題をふらふらと渡り歩くのも面倒ではありません。そこからでてくるさまざまな楽しみという話題に、せっかく足を踏みいれたところですから。

　このような談義をしているうちに、黙っておきましょうとお断わりしたはずの感覚、つまり触感や、味覚や、嗅覚の歓喜に、ふとでくわすことになるかもしれません。そうした歓喜が私たちに苦情を申したてるようなことになっては困ります。それどころか、私たちが議論にとりあげずに等閑《なおざり》にしたからといって、そうした歓喜が私たちのもとから一斉に去ってゆくことになっては、なおさら困ります。そのようなことを神は望みたまいませんように。そんなことにでもなれば、私は、たいへん居心地が悪くなってしまいます。ですから、私たちがここで議論をするさいにも、先程思いだしましたように、女王陛下の食卓で食事をとり晩餐を楽しんでいるときと同じようにふるまうのがよろしいでしょう。と申しますのも、趣向を凝らしたかずかずの食べものや飲みものが目の前に並べられますので、私たちは一番気に入りそうなものを一品か二品か三品、じっくりと堪能します。それでお腹を満たしてしまうと、ほかのすべてのメニューについては、この饗宴に対して失礼になってはいけませんから、せめて一碗ずつ、あるいは一切れずついただいて、お味を楽しむことになります。それがこつというもの。私たちは今の議論では、視覚と聴覚という二つの感覚、および思考の甘い幸せという牧草地で満足しています。ですから、触覚や味覚や嗅覚の甘い幸せは、私たちの前にたまたま現われたときに、お味とか風味をちょっぴり味わってから、あとは運を天に任せて立ち去ってもらいましょう。とはいうものの、私としては、言うは易くおこなうは難し。普通の饗宴では、いつも、このようなしかたで自制いたしておりますが、〈愛〉の饗宴ではそのように賢くふるまえるものかどうか。われらの新婚ほやほやの花婿殿[☆78]にも、やはりお勧めできません。〈愛〉は、彼がまだ味わったことのない食べものを最後の締めくくりのメニユーとして目の前に置いてくれるでしょうけれど、それまでに食べたもので満足だからといって、つまり私たちが議論してきたことがらで満足だからといって、風味をたしかめたり味を楽しんだりするだけですぐにさげさせてしまうなどという愚行は。そんなことをしては、地団駄を踏むのが落ち。ところで、美しい若奥様方よ、みなさまは花嫁さまに、どのようなお知恵を耳打ちなさるのでしょうか。(XXX)

ともあれ、本題に戻って、視覚や、聴覚や、思考の甘い幸せについて考えてみましょう。たとえば、昼の美しさがどれくらいすばらしいかものであるかを全面的に把握するためには、反対に、夜がどれほど不便であるかを仔細に検討するのが効果的でしょう。それと同じように、なにも愛していない人々の暮らしぶりについて少し思い起こしてみるならば、愛の喜びがいっそうくっきりと示され、いっそう明確になるかもしれません。

とにかく、なにひとつ愛してしない人々は、喜ばせてあげたい誰かなどいないので、自分自身のことにもまるで無頓着です。身だしなみを雅やかに調えることなど少しもかまいません。それどころか、たいていは、身体なんか自分のものではないとでもいうように、髪も、髭も、歯も、手も、足も、手入れを怠ったまま、無精な格好をさらしています。きたならしくてみすぼらしい服装をして、乱雑で陰気な住まいで暮らします。彼らの家族も、衛兵たちも、馬も、小舟も、屋根も、田畑も、庭園も、ご主人と同じで、陰鬱にしか見えません。彼らには友情はありません。仲間もおりません。ほかの人々に助けてもらうこともなければ、ほかの人々を助けることもありません。人々からであれ事物からであれ、果実を得ることなどありません。いわんや、何かを与えることをや。お祭を避け、広場を避け、饗宴を避けます。たまさか、必要に迫られてか、否応なしに連れだされるという災難にあったせいか、饗宴に顔をだすはめになったとしても、彼らの振舞いも、話し方も、人当たりも、洒落も、冗談も、どれひとつとっても、品がないうえに、野暮ったいものばかりです。彼らには、散文も詩も思い浮かびません。見るのも、聞くのも、考えるのも、どれもこれも押しなべてひとつの仕方でしかできません。要するに、彼らは、外側から見ただけでも、いつも頓馬でぼんやりとした生き方にどっぷりとつかっていますが、魂の内面もその程度のものなのです。

もしもみなさまがそのような人々に、日々の暮らしの中でどのような甘い幸せをお感じになっていらっしゃいますか、と尋ねるとしましょう。すると彼らは、みなさまがそのようなことを言いだすのにきょとんとして、『あんたらには楽しい時間があるかもしれんが、俺たちは生きていても、煩わしさ、後悔、辛い気持しか感じたことなんかないよ』、とぼやくのが関の山。彼らには、人が生きている最中に甘い幸せを感じたり受けとめたりすることがあろうとは、ゆめゆめ想像もつかないのです。ところが、愛する者たちに同じことをお尋ねになれば、彼らはおそらく、まったくちがうことを答えるでしょう。『ご婦人方よ、なんとつまらないことをお尋ねになるのですか。私どもの甘い幸せは数知れませんし、語り尽くすこともできません。なぜなら、美しい貴婦人の目によって〈愛〉が私どもにはじめて手傷を負わせるや、たちまちのうちに、そのときまで惰眠をむさぼっていた私どもの魂は、経験したことのない喜びに感動して、はっと目を覚ますからです（男どもについて言われていることは、美しい若奥様方よ、みなさまにもあてはまることでしょう）。魂は目覚めるとともに、ひとつの思考が目覚めるのに気づきます。[☆79] その思考は、気に入った貴婦人の像の周りを、実に嬉々として飛び回り、彼女に気に入ってもらいたいという望みに火を点けます。この望みこそが、以後の数かぎりない歓喜の始まりとなるのです』、と。

ご婦人方よ、欲望がはじめて生まれるときの胸中に秘められた煌《きら》めきは、考えただけでも驚嘆すべきものです。これらの煌めきは、血管の一本一本にきわめて甘い熱をゆきわたらせ、魂を甘い幸せでなみなみと満たすだけではありません。私たちの精気は、〈愛〉がなければ、消えた灯火《あかり》も同然です。しかし、これらの煌めきは精気に火をともし、私たちを愚鈍でがさつな安本丹から、明敏で高貴な騎士に仕立てあげてくれるのです。なぜかと申しますと、私たちは貴婦人《こいびと》に喜んでもらうため、また、ご厚意と愛を獲得するためならば、いろいろな若者たちがどんなことをしたおかげで称賛されているかを聞きつけると、自分でもその美点を手にいれようと努力するからです。そのような長所が手に入れば、世間でももっとも尊敬に値する評判の高い人士となれるだろうし、貴婦人にもいっそう気に入ってもらえるだろうという算段。このようなわけで、以前は田舎者のように無骨だったのに、そのような所作はあっというまにかなぐり捨てて、日一日、刻一刻と、ますます多くの高貴な立居振舞いを学びとるのです。武芸に没頭する人もいれば、気風《きっぷ》のいいところを見せる人もいます。偉大なる王や偉大なる領主の宮廷に奉公して重用される人も、都会人らしい上品な暮らしをしながら、祖国の名誉ある責務や宮廷風の作法に時間をささげる人もいます。また、文学の研鑽に関心を向け、古代の人々の歴史を読むことによって先達の前例を模範としながら、自分自身をより向上させて彼らに匹敵する士君子になる人もいます。あるいは、きわめて広大な哲学の分野に手を染めて、学識も善良さも春の木々のようにすくすくと生長させる人もいます。あるいは、美しい詩の平野に足を踏み入れて、いろいろな詩形をつかって歌いながら、きわめて甘美できわめて優美な花《ことば》で貴婦人のために名誉ある花冠を編みあげる人もいます。それから、自分には才能があふれていると自負しているせいで、あるいはよりいっそう高尚な愛に突き動かされているせいで、さまざまな装い、武芸、文学、宮廷風の作法などの、称讃され高く評価されるものすべてによって自分自身を飾りたてる人もいます。そうしているうちに、まるで大空の虹のように、千もの色をまとい、人々の眼前にいとも優雅なる姿を現わすことになるでしょう。

このような方法で、一人ひとりが自分のため、たった一人の貴婦人から慕ってもらうためにひたむきに努めているうちに、値打ちあるひとかどの人物としてすべての人々に評価されるようになるわけです。けれども、もしも彼らが〈愛〉の拍車でうながされることがなかったならば、おそらく、誰にも認めてもらえないままだったでしょう。いいえ、もっとありていに言えば、自分自身のこともまったく認識できなかったことでしょう。このようにして、先生が打ちすえようとも、父親が脅しつけようとも、宥めすかしても、ご褒美で釣っても、技巧を弄しても、苦労を重ねても、知恵をしぼっても、どんなに訓練を重ねようとも、さっぱり身につかなかったことを、〈愛〉はたいてい、軽々としかも楽しく教えてくれるのです。

ある書には、キプロスの人チモーネの豹変ぶりのお話が書いてあります。☆80 この人は、いとしいイフィジェニアのたったひとつのまなざしに、たいへんすばらしくもたいへん目新しい甘い幸せを感じたので、ごく短い時間のうちに、薄ぼんやりとした雄羊から勇ましくて輝かしい男になりました。しかも、勇敢このうえない勇士たちの中でも、最強の勇士になったのです。ところで、この話を書いた文豪《ボッカッチョ》は作り話のつもりではありませんでした。（私たちも日頃から目にしているとおり、〈愛〉の手助けだけを頼りに、絶望のどん底から、きわめて高い境遇にまでのぼりつめる人々もいます。でもそれは、このさい、脇に措いておきましょう）。なぜなら、みなさまのペロッティーノ君は、今では人々の口から口へと名誉ある評判が伝えられています。けれども、もしも〈愛〉が文学の研鑽へと招き寄せくれなかったなら、彼とて、いったい、どうなっていたことやら。さしあたっては貴婦人を失うというひどいご褒美を頂戴されたようですが、もしも彼が、本物の愛をいだいている人にふさわしく、抑制の利いた愛し方をしたいたならば、かつまた、運命に打ちひしがれるがままになっていなかったなら、彼の甘い幸せはどれほどすばらしいものだったでしょうか。次のように、自負することができるのですからね。『それでも私は、千人もの男たちにとって、千人ものご婦人たちにとって、かけがえのない存在だ。みな私の作品を読んでくれるし、いつもいつも手にとってくれる。おそらく、ペロッティーノの名を古代の偉人たちの名と同列に置いて、私にも同じ声望をもたらしてくれる。私は貴婦人とともに、はるかのちの世にいたるまで永く生き続けられるかもしれないではないか。今ここに生きておられる無数の人々は、たとえ偉大な教師や偉大な君主諸公といえども、はかなくなる時がくるだろう。しかし、私たち二人は、造物主たる自然がつくりたもうたそのままの姿で、後の世までずっと生き続けるだろう。今の私たちよりもはるかに、生き生きと、輝かしくなって』、と。（xxxi）

〈愛〉は、ご婦人方よ、きわめて甘美な思考、きわめて甘美な果実の中に、私たちを導いてくれます。それは本当に多種多様で、きりがありません。愛する者たちのありようは、ひとつではなくて、たくさんあります。それと同じように、私たちすべての甘い幸せのあり方も、ひとつではなくて、無限にたくさんあるのです。ある人々は、お互いに相手の純粋でまじり気のない誠実さだけを愛します。そして、欲望の絶頂にあって眺めるときにはいつも、彼らの精神はたったひとつのもの、誠実さに満足します。しかもそれは、自分で経験しなければ決して理解できないほどの、すばらしい満足です。ある人々は恋の炎によって熱く熱せられるあまり、愛情の中から『嫌がる』とか『断る』といった要素を追いだしてしまいます。ですから、相手が頼むことをなにひとつ拒んだりはしませんし、一人が望むことを、たちどころに、もう一人も望むようになります。しかも、相手がそうしていたのと同じように真剣な気持で望むようになるのです。このようにして、二つの魂をただ一本の糸であやつりながら、幸福にも、ありとあらゆる可能な喜びへと邁進するわけです。また、ある人々は、このような二つの至福の幸せの中間の位置に陣取ります。あるときは、恥じらい深いおずおずとした態度をすばらしいと褒め称え、あるときは、うちとけた親しみ深さから得られる果実を追い求め、一方のほろ苦さを他方の甘美さと混ぜあわせます。こうして、頬が落ちそうなほど美味しい味を調合するので、彼らの魂はほかの食べものに目移りして、欲しがるようになることはありません。

そのうえさらに、新しい素敵な恋人が通りかかって挨拶してくれれば、はにかみ屋のお嬢さんは、比べるものとてないどきどきするような喜びに胸を躍らせます。ある人は、まだ触れたことのない手でしたためられた、いとしい貴婦人からの手紙に有頂天になります。彼がそこに読みとるのは、文字の羅列ではありません。彼女の声であり、顔であり、心です。またある人は、貴婦人のふるえる言葉を十語ばかり聞いただけで、甘い幸せの蕩々とした海にどっぷりとつかります。多くの人々は、長い間想いをいだきつづけ、幼少のころからうっとりとした優しい気持で憧れていた貴婦人を、炎が最高潮に達した時期に天の差配のおかげで妻として授けられることになるでしょう。これは人間の欲望に対して与えられる、最高の、きわめて高潔なる、幸せな巡りあわせです。また、愛しい恋人同士のカップルのいくつかは、いちばん熱い年頃のうちは、慎重に、他人行儀に過ごします。男は書くことによって、女は読むことによって、二人とも愛の名声と評判を追求することを楽しみます。ところが、こめかみにちらほらと雪《しらが》が降り積もって、疑いをかけられずにすむようになると、腰をおろして語りあい、昔の火をなつかしみながら、心安らかに喜びます。こうして、穏やかにゆったりとくつろぎながら、今までに過ごしてきた時間にますます満足し、人生の残された時間

をきわめて甘美に暮らすのです。[☆81]

それにしても、大勢の恋人たちの喜びと幸せな巡りあわせについて延々と話し続けたとて、どうなるでしょうか。一人ひとりの幸せな巡りあわせだけでも、長々とした物語を、すらすらと書きつづることができるのに。なぜなら、私たちが愛の対象を眺めるときには、私たちの目はいつも、千もの歓喜を一点に見つけだすからです。それらの歓喜は目から乗りこんできて奥へと突き進み、千もの方法で私たちを喜ばせるのです。私たちは、額《ひたい》を見ます。そこで、思考が心に生まれて現われるにつれて、純粋に、赤裸々に、混じり気なしに、きわめて嬉しそうに駆け回ります。そうした額には、『貴婦人よ、私はあなたに喜んでもらうことしか眼中にありません』という文字が書かれています。もう一人の額には、『いとしい主人《ひと》よ、私は真心からあなたのものです』と書いてあります。おお、なんというすばらしい喜びでしょうか。考えてもみてください。美しい光《め》を見つめているうちに、私たちの心の欲望ははじめて、私たちがたいそう愛し、尊んでいる心へと、目を通って乗り移っていくのです。欲望は相手の心《そこ》にとどまって、そこを住処と定めます。そして心はたちまち、相手の心にとって甘美でかけがえがないとわかっているものでなければ、自分にとって甘美だとも、かけがえがないとも、思わなくなります。それからまた、なんとすばらしいことでしょうか。じっと見つめるのは珊瑚と真珠、[☆82]しかも、東洋の宝物庫から集めてきた宝石すべてよりもはるかに高価なもの。あの生垣《くちもと》からはどれほど美しい声が出てくることだろうか、ほかのどんな声もこんなには可愛らしくないだろう、と想像がふくらみます。その声を想像して愛でる魂は、その声を聞くと実際にいつも喜ばずにはいられません。じっと押し黙ったまま見つめるのは、なんとすばらしいことでしょうか。ひとつの沈黙は、千ものお喋りよりも、はるかに甘美なものになります。つまり、目の精気を用いて語りあうからです。その内容は、〈愛〉でなければほかの誰にも、理解することも、書きとることもできません。手に手をとるのは、なんとすばらしいことでしょうか。そうなると、熱い甘露《マンナ》[☆83]の川が心臓に流れこんで、骨の髄までつつみこんだのと寸分違わず、胸いっぱいに甘い幸せがあふれかえります。それからまた、心の中では休みなく口づけしているあの口に、おずおずと大胆に口づけするのは、なんとすばらしいことでしょうか。とたんに、私たちの魂は、唇にでてきて、移り歩こうとします。二つの魂は唇のところでいたずらっぽく出会っては、混ざりあい、あるときはこちらへ、あるときはあちらへと、長い間、甘美なる渡し船に乗ってあちらにと思えばこちらにと行き来するのです。さらには、抱擁の甘い幸せもありますけれども、これは言わぬが花。私たちの生き方は、必然《うんめい》が定めたとおりになっております。ですから、次のように言うほかはありません。私たちはこうして生まれてきたのですから、必然《うんめい》の意志に逆らったりしないのが、いとも甘美なる態度というもの。古代の人々が宴席での座右の銘にしていたように、『飲め、さもなくば帰れ』を人生の掟とするのがよいでしょう、と。[☆84]

　そのうえさらに、どれほど深い満悦が、どれほど大きな満足が、どれほどほっとする安堵が得られるか、おわかりいただけるでしょうか。自分がなにをしたか、どんな不意の出来事に見舞われたか、どんな幸せな巡りあわせに出会ったか、どんな災難にあったか、どんなひどい目にあったか、どんなに嬉しいことがあったかを、二人はなんでも語りあいます。しかも、普通の人ならば自分自身に話しかけるときと同じような安心しきった気持で打ち明けあうのです。連れあう魂は、なにひとつ隠しだてしません。しかも、なにひとつ隠しごとなどするわけがないと信頼しています。喜びの一つひとつを、希望の一つひとつを、望みの一つひとつを、共に分かちあうわけです。相手を休ませてあげるためならば、誰もが自分のためにする以上に、どんな苦労も、どんな面倒も、どんな重荷も、ものともしません。生きるも死ぬも相手のためと覚悟を決めて、嬉々とした顔で、善も、悪も、どんなことにも、甘美に耐え抜きます。このようにしていれば、誰にとっても、順調なものごとはますます喜ばしくなり、不吉なものごとはますます害が小さくなります。ものごとが順調に運んでいるときには、一人の喜びがもう一人を魅了しますので、幸せは成長して無限に増大します。また、順調に運んでいないときには、二人はまたたくまに不幸をわけあって、兄弟のような優しい気持で相手から不幸の半分をとりのぞいてあげるので、不幸はもとの勢いをなくしてしまいます。さらに、慰めたり、相談に乗ったり、助けたりしているうちに、そのような不幸は、まるで太陽にはじめて照らされた雪のように、すっと消え失せてしまいます。あるいは少なくとも、新たなる喜びの影に覆い尽くされてしまいます。こうして、私たちはそのようなものを、過去の忘却の淵の中に投げ捨ててしまうので、そんなことがあったかどうかを思いだすこともなくなるでしょう。[☆85]（xxxii）

演奏家たちが言うところでは、二台のリュートが同じ音程に調弦されているならば、一台のリュートの正面にもう一台を置いて、それを弾くと、二台とも同じ調子で共鳴します。すなわち、誰も弾いていない方のリュートも、奏でられている方のリュートとまったく同じ音をだすのです。[☆86]おお、〈愛〉よ、いかなるリュートが、いかなるリラ[☆87]が、このように共鳴することがありましょうか。あなたの下僕《しもべ》である、愛しあう二つの魂よりも、もっとぴったりと調和して応えあうことなどありましょうか。しかも、二つの魂がそろって同じひとつの音色で響きあうのは、互いに近くにあって、何かの偶然が一方の魂を動かすときにかぎりません。互いに遠く離れていて、どちらも動かされていないときでさえも、きわめて甘美で、美事に調子の合った琴瑟相和《アルモニア》す音を奏でるのです。愛する者は、遠く離れていても、可能なときには、愛しい貴婦人のことばかり考えます。彼女は彼だけに魂を向けます。そして、双方ともに、自分がしているのと同じことを相手もいつもしているのだと信じています。彼らの精神を貫くのは同じひとつの信頼、ひとつの堅固さ、ひとつの愛です。どんな岩を、どんな切り株を、どんな岸辺を眺めても、愛する者は美しい貴婦人の甘美なる顔を見いだし、貴婦人は愛しい人の顔を見いだします。このようなわけですから、私たちはラオダメイアのことが不思議でなりません。遠く離れたプロテシラオスをいつも近くで見ていたいがために、彩色した蝋人形が手放せなかったそうですから[☆88]。

このように、ご婦人方よ、私たちは近くにいようと遠くにいようと、常に喜びを、常に慰めを見つけだします。太陽は星座から星座へと移ろうとも、命かぎりある者たちに対していつも明るい姿を示します。それと同じように、〈愛〉もまた、私たちと一緒に余所の国に移りゆくことはあっても、どこにいようとも、どのような場所にいようとも、私たちに甘い幸せを感じさせてくれるのです。〈愛〉は、平野でも、山でも、陸地でも、海でも、港で安泰にしているときにも、嵐の中で危機に瀕しているときでも、男たちにとっても、ご婦人方にとっても、あたかも健康と同じように、いつも喜ばしく、いつも役に立ちます。ごつごつした洞窟や、質素で貧しい小屋では、鈍重な、さまよえる牧人たちを楽しませます。贅を尽くした宮殿や、金色《こんじき》の部屋では、高貴な王侯の憂いに沈む精神を慰めます。裁判官たちの怒りを鎮め、戦士たちの苦労を癒やします。裁判官たちにおいては、人間が作った過酷な法律に自然の掟を混ぜあわせて、心優しい判決《もの》をひきだしますし、戦士たちにとっては、激しく傷つけあう血みどろの戦いの真只中に平和をもたらし、危害を加えあうことのない純真な状況を回復してくれるからです。〈愛〉は若い人々を養い、お歳を召した方々を支え、老いも若きも喜ばせます。そしてしばしば、見るだに驚異的なことをやってのけます。なぜかと言うと、〈愛〉は、老いさらばえた樹皮《からだ》に若々しい苗木の生命力をとりもどしてくれるからです。また、時季がくるまえから、金髪ですすべした肌はそのままに、肌には張りがなくなり白髪になった人のような千もの老成した思考を授けてくれるからです。[☆89]〈愛〉は別れを甘美なものにしてくれます。なぜなら、恋人が今度戻ってくるときに、私たちがいっそうかけがえのない、いっそう生き生きとした、どきどきするような喜びで満たされるようにしてくれるからです。帰ってきてくれるのは、きわめて甘美です。逗留してくれるのも、きわめて甘美です。そのときの歓喜のことを思えばこそ、遠く別れ別れになるたびに甘やかな気持になれるのです。

〈愛〉はきわめて楽しい昼を私たちにもたらします。そのような昼の時間には、しばしば、二つの太陽が私たちを照らしだし、さんさんと輝きます。[☆90]しかも、夜はなおさら楽しいものとなります。夜になったからといって、私たちの太陽《きふじん》はいつまでも姿を見せないわけではありませんから。貴婦人と会える夜には、おお、〈愛〉よ、私たちの心があなたのおかげで感ずる甘い幸せは、ひょっとすると、そのとき天を回っている星よりも、どれほど多いことでしょうか。ですが、会えない夜であっても、たいていは雅やかな眠りが、目覚めているときには奪われ阻まれている、わくわくするような喜びを、首尾よく私たちにもたらし授けてくれる次第。このようにして、私たちは夢の中で見つめあい、一緒に語りあい、つのる話を数えあい、頬と頬を寄せあうのです。いつなのかはともかく、それを本当に体験している人々のように。甘い幸せは日に日にすくすくと生長し、幸せな巡りあわせは夜を重ねるごとにいや増しに増してゆきます。しかも、次から次へと積み重なっても、下敷きになったものがなくなったり萎んだりすることはありません。それどころか、美しい雪は、さらにそのうえから美しい雪が積もると、いっそう新鮮でいっそう生きのよい状態が保たれます。それと同じように、愛の楽しみは、あとからきたものの甘美なる覆いの下になっても、先にきたものがいっそう甘美に保たれるのです。古い楽しみのせいで新しい楽しみが、昨日の楽しみのせいで今日の楽しみが、白けたり興醒めになったりすることは決してありません。それどころか、数に数が加われば、単独でそれぞれ別々になっているときにはかなわぬくらいとてつもなく大きな和が得られるのと同じように、私たちのときめくような喜びも、ほかの喜びと一緒に次々と積み重ねられ結びあされると、ばらばらになっていたときよりもいっそう大きな甘やかな幸せを、途方もない規模で私たちにさしだしてくれるのです。心ときめく喜びは、個々別々でも充分ですが、一緒にまとまれば増大します。ひとつの喜びは千の喜びを呼びこみます。千の喜びは、たちまちのうちに、その一つひとつから千の喜びが生まれてきます。待ちかまえていたときの喜びは、わくわくするほど嬉しいものです。予期していなかったときには、幸せな巡りあわせとなります。容易に手にはいるときには、かけがえがありません。でも、容易に手にはいらないときには、なおのことかけがえがありません。苦労の末にようやく獲得できた勝利は、凱旋式をいっそう壮大なものにするからです。喜びは、贈られたものも、盗みだしたものも、努力して手にいれたものも、褒美として授けられたものも、語られたものも、溜息をついたものも、涙を流したものも、途切れたものも、もういちど元に戻ったものも、最初のものも、二番目のものも、偽りのものも、真実のものも、長いものも、短いものも、すべてが喜ばしく、すべてが歓迎されるのです。

要するに、春になると、野原という野原、田野という田野、森という森、野山という野山、谷という谷、山という山、川という川、湖という湖、つまり、目に映るすべてのものが可愛らしく見えます。大地はにっこり笑い、海はにっこり笑い、大気はにっこり笑い、天はにっこり笑います。[☆91] すべてのところが、すべての場所が、優しい光で、歌で、香で、甘やかさで、温もりで、満たされます。それと同じこと。愛においては、言うことも、おこなうことも、考えることも、眺めることも、すべてが嬉しく、すべてかけがえがありません。どきどきするような喜び、慰め、遊びのような楽しさ、陽気さ、愉しみ、幸せな巡りあわせ、歓喜、休息、平和によって、一つひとつの状態が、一つひとつの魂が、目一杯、満たされるのです」。(xxxiii)

ジズモンドは言葉を尽くし魂をこめて〈愛〉を褒め称えているうちにすっかり熱く燃えあがり、どうにも止まらなくなってしまいました。ところが、彼が話し続けている最中に宮殿から喇叭の音が響いてきたので、これが合図となって美しい一団はすでに祝賀が始まっていることを悟りました。女王の祝宴では、喇叭の音で踊りの調子をとっていたからです。このようなわけで、そろそろ立ち去る潮時だと思ってみんなが腰をあげたとたんに、ジズモンドが言いだしました。

「わがご婦人方よ、愛の喜びとはどのようなものか聞かせてくださいなと、愛する者である男たちにお尋ねになってみてください。そのような質問をなされば、彼らはおそらく、このようなことやほかのことをたっぷりと語ってくれることでしょう。それに、昨日のわれらの乙女も、つまりペロッティーノ君の乙女に応対して、かくも甘美な歌で応酬してくれた二番目の乙女も、（私の信ずるところでは）同じくらい多くのことを、いいえ、もっと多くのことを、喜んで語ってくれたことでしょう。われらが女王陛下のようにやんごとなきお方を前に気後れしたのか、自分から遠慮したのか、偉大な戦場《わだい》の一つひとつすべてが彼女のカンツォーネに盛りこまれていなかったのは、残念至極。しかも、私まで、走り終える時間はないだなんて。せっかくの競技場なのに、かなり広い空間を放棄しなければならないなんて。でも、明日になれば、ラヴィネッロ君が、愛についての議論を締めくくるための、真打ちを仰せつかっていました。私が今日、望むがままに語りましたが、語り尽くすことができなかった分まで、かわりに述べてくれるでしょう。『話さなければならなかったことを』とは申しません。力およばぬことは百も承知でしたから」。

そのとき、すでに優しい一団と連れだって宮殿の方へと歩きはじめていたマドンナ・ベレニーチェが、言いました。

「ジズモンドさま、あなたが気のすむまでお話しになられたかどうかは、どうでもよろしくてよ。でも、明日はラヴィネッロさまが議論なさる段取りなので、私たちはほっとしておりますの。ラヴィネッロさまは、今日のあなたとはちがって、言葉の節度というものをわきまえていらっしゃいます。もしもそうとは存じあげていなかったら、私としては、またここに戻ってくるべきかどうか、ためらうところですわ」。

ジズモンドが答えました。

「では、奥方さま、なにか余計なことを申しましたか。人間がする以外のこと、するわけのないことを言いましたか。それなのに、貴女さまのご機嫌を損ねてしまったなんて。ならば、ラヴィネッロ君、くれぐれもお願いしておこう。この方のお気に召したいなら、人がしないことについて論じてくれたまえ」。

ところが、ラヴィネッロは話すのは遠慮したいと思って、彼なりの理屈を並べたてました。この件についてはもはや存分に語られていますし、また、これほど立派で、これほど趣向が異なっていて、仲間の二人によってこれほどまでに豊かに支持された二つの意見のあとで、今さら自分の意見を述べたり、ましてや判定をくだす真似事をするのは滅相もありません、と言うのです。しかし、言い訳してもむだでした。なぜなら、ご婦人方は彼にも話をしてほしいと期待していましたし、日頃から立派な人として一目置いている三人の若殿方が一堂に会して、三つ巴で議論をするのを聞いてみたいと熱望していたからです。それでも、ご婦人方ならば不承不承、ラヴィネッロの言い訳に言いくるめられたかもしれませんが、ジズモンドが諦めるはずはありません。さらに追い打ちをかけるように言いました。

「ラヴィネッロ君、話をしますと約束するか、それとも、今夜、君を女王陛下のまえに引きたてていくか、二つに一つだ。陛下のご婚礼の最中にとり決められた約束事があっさりと反故にされたりしないよう、僕が目を光らせているからな。そうなってしまったら、いつのまに約束が決められてしまったのか気がつきませんでしたと、陛下の御前で申し開きするがよかろう」。

ラヴィネッロは答えました。

「祝宴の真最中なんだから、裁判沙汰なんてもってのほか。口論は御法度だよ」。

とはいえ、御前裁判《そんなこと》になっては大変だと観念して、みなさまのお望みのとおりにいたしますと言いました。このようなことを話しあっているうちに、彼らは上の広間にたどりつきました。そこではすでに、若いご家来衆が祝宴を始めていましたが、美しいご婦人方がやってくるのを見かけたので、通り過ぎるまま放っておくようなことはせず、三人揃ってお招きすると、踊りに加わってもらいました。三人の若殿方は、ほかの方々と合流いたしました。（XXXIV）

ピエトロ・ベンボのアーゾロの談論　第三書

議論の争点となるようなものごとは一日中降ってまいりますが、そうしたことがらについて真理を見つけだすのがどれほど骨の折れる仕事であるかは、考えただけでも驚くほかはありません。それは次のような次第です。私たちの精神に疑問がわいてくるような問題はたくさんありますが、中には、疑問に思われるような点もなければ、わざわざ「反対」とか「賛成」とか主張してことさらに討論するまでもないような問題もございます。先の第一書と第二書に収録いたしております、ペロッティーノとジズモンドが相争った討論がそれにあたります。にもかかわらず、このお二方は、議論してくださいと要望がでたときに、お応えしましょうと即答されました。しかも、なかなかの才知に恵まれたお方たちでしたから、発議のあった話題にたいして、逐一、非難する意見と擁護する意見をご披露になったのです。おそらくは、このようなことが契機《きっかけ》となったのでしょう。哲学に打ちこんだ古代の人々の中には、人はなにごとにつけ真実の片鱗たりとも知ることはできぬ、単なる意見あるいは判断しかもつことはできぬ、と考える人々がでてきたのです。

このような信条は、当時のさまざまな優れた学派の受け入れるところとはなりませんでしたし、今日も（私の信ずるところでは）大して支持者はおりません。☆1 しかしながら、数えきれないほど大勢の人々が、口にはださないまでも、概して精神《こころ》の中では、自然に対して不満な気持をつのらせています。自然はものごとの純粋な真髄を私たちにわからないところにしまいこみ、まるで千枚の果皮《かわ》でつつむように、千もの嘘で覆い、ひた隠しにしているからです。そのせいで、どんな問題についても純粋な真髄を見つけだすことなど端《はな》から諦めてかかり、そのようなものはまったく探ろうともしない人が大勢おられます。しかも、そうなったのは自然のせいであると開き直って、ものごとを学ぶことなどやめてしまい、いきあたりばったりに生きておられるのです。また、こうした困難に直面してやる気をなくしてしまい、他人《ひと》様が言っていることを一いち鵜呑みにしてどんな意見にでも耳を傾けているうちに、まるで波にもまれて岩礁に乗りあげるような具合で、なにかひとつの意見にからめとられて身動きがとれなくなる人々もおられます。このような人々の方が、人数ははるかに多く、しかも、いけないことをしているという自覚もほとんどありません。あるいは、ちょっと申しわけ程度に探してみて、とりあえず最初に見つかったもので満足し、それ以上は続けようともしない人々もおられます。

もちろん、初めに述べたごとく真理をまったく探求しない人々については、多言を要しません。そのような人々が獣ではなくて人間に生まれついたのは、何かのまちがいであるとしか思えません。人間と獣との差がつく部分、つまり理性を門前払いにして、魂からは肝心の目的を奪い去り、人生からはもっとも偉大な装飾を引きはがして台無しにしているからです。あとから述べたごとく他人の意見にすがりつく人々にたいしては、そもそもほかの誰かの誤りを軽々しく当てにしたり信じこむような危険をおかすべきではないと、最初に厳しく言っておくのがよいでしょう。意見を提供してくれる人の中には、個人的な好き嫌いの感情のままに動く人もいるでしょうし、いかに生きるべきかについて受けた教育や、たずさわってきた研究の学説にとらわれ、がんじがらめになっている人も見受けられるからです。そのような人々がなにかについて議論したり執筆したりすることになったとしても、そのとおりであると思っておられるわけでも、本気で信じておられるわけでもありません。(もっとも、なにかについて話したり書いたりしているうちに、とりあつかっている思想信条が、知らず知らずのうちにだんだんと魂に染みこんでくるようなことも、時には起こりますが)。そしてまた、真理について探究する以上は、申し訳程度に探すまねごとだけして、なんであれ最初に見つかったもので満足するようではお話にならない、と釘をさしておく必要があるでしょう。そのわけは、ひとつにはこうです。ほかの人々が追求したものについては、他人《ひと》の言うことを一から十まで頭から信じてはなりません。その人々は、まちがいをおかしているかもしれないのです。私たちだってやはり、まちがいをおかす可能性があります。ですから、私たちは自分で見つけた答えであっても、安易に信じてはならないわけです。もうひとつは、こうです。私たちの思慮分別ははなはだしく頼りないものです。このため、しっかりと考察したわけでもないし、たっぷりと時間をかけて思案したわけでもないのに、最初につかみとった意見がきちんとしたまともなものであるためしなど、滅多にないからです。思慮分別が弱いだけではありません。真実はほの暗いところに隠されています。すべてのものごとにおいて、真実は隠れたところにあるのが、自然の性質なのです。ですから、この手の人々、つまり少しだけ追求してやめてしまう人は、自分たちは、なにひとつ追求しない人々と、なんのちがいもないことを思い知るでしょう。それはあたかも、わが国の港に慣れていない船が、港を目前にひどい向かい風にあおられたときのようすに喩えられます。港に入ることができるとは思えなくて、港なり岸辺なりをめざすのをやめてしまい、舵から手を離して風のなすがままに身を任せる人がいるとしましょう。あるいは、港に入ろうという希望のもとに、進路を曲げて陸地の方へ向かおうとしたはよいものの、港の入口がどこにあるかを示す灯台を目を凝らして見つけようとも思わない人がいるとしましょう。いずれにしても、危なっかしいのは同じです。

私の話に耳を傾けてくださる紳士の面々、淑女の面々ならば、そのような横着はなさらないでしょう。ものごとの核心が薄暗いところに隠されていることや、人間の思慮分別にはものごとを見透せるような洞察力が満足に具わっていないことにお気づきになられるでしょうから、他人《ひと》様が検討された問題についても、ご自分でもじっくり考察してみるまでは、うかつに信じたりはなさらないでしょう。疑問のあることがらについて真実を追求するときにも、ほんの少し探求しただけで、これでよし、とはされないでしょう。いわんや、探求を始めたばかりのところで見つかった答えについては、たとえそれなりに満足のいくものに見えたとしても、納得なさることはないでしょう。これまでにも随分と探求してきたのだから、もっと続ければ、もっと満足のいくものが見つかるはずだとお考えになるからです。また、このようなみなさまならば、先に述べたような人々、つまり少し追求してはやめてしまう人々とはちがって、自然は、学ぶべきものごとの真理を明らかでわかりやすいところに置いておいてくれなかったからといって、恨んだりはなさらないでしょう。造物主たる自然は、銀であれ、金であれ、宝石であれ、目立つところに放ったらかしにするのではなく、険しい山脈の鉱脈の中にせよ、流れる川の砂の下にせよ、深い海神《わたつみ》の底にせよ、大地のふところにこっそりと埋めておきました。そこは、最も秘められた場所だからです。こうした貴重な品々は、私たちのはかなくて命かぎりある部分《からだ》を美々しく飾りたてるものですが、ご覧のように、自然はそれを隠しておきました。だとすれば、真理については、どうでしょうか。真理は、魂を美しく飾りますが、それにとどまりません。光であり、案内役となり、支えともなってくれます。度を越した欲望をほどほどに抑え、まちがった陽気さや虚しい恐れを追いはらい、苦しむ精神《こころ》をしずめ、つまりあらゆる悪を敵にまわして戦ってくれます。自然はそれをどこに置くべきだったのでしょうか。誰にでも簡単に手にはいるものは、誰にとって安っぽくなります。しかし、めずらしいものは、いっそう値打ちがでてくるのです。

ところで、ご婦人方にもこうした探求に加わるようにお招きしているからといって、難癖をつける方が大勢いらっしゃるかもしれません。ご婦人方はそのような詮索にかかずらうのではなく、女の務めに精をだすのがふさわしいというのが、その言い分です。そのような言いがかりはどうでもよろしい。そのようなことを言うお方であっても、ご婦人方にも男たちと同じように魂が具わっているということには反対なさらないでしょう。それならば、魂にかかわる問題について探求することを、私たち男はともかく、ご婦人方に禁止する理由がわかりません。魂とはなにか、魂のためにはなにを避け、なにを追い求めなければならないか、といった問題は、さまざまな問題の中でも最もとっつきにくい部類に入ります。そしておそらく、学知の中心軸にあたるものであり、すべての学問はそれを中心に回っています。私たちの行動や思考ひとつひとつの目印であり、標的でもあります。ですから、ご婦人方も、女の務めだと口うるさく言われるような用向きを疎かにするのでなければ、余った時間をついやして文学を研究し、閑暇の中で学ぶべき認識を深められてもかまわないはずです。こうした男どもは掃いて捨てるほどいるのですが、どんなに小言を言われようとも、気にすることはありません。それどころか、世間は時がくればいずれ、探求心旺盛で令名高いご婦人方をもてはやし、その学識を称讃するようになるでしょう。[☆2]

それでは、ラヴィネッロが三日目にペロッティーノとジズモンドの二人が相手にしたよりもはるかに偉大な一団を前にして唱えた議論に、耳を傾けることにしましょう。(i)

ところで、前日のことですが、三人のご婦人方といつも一緒にいたご婦人方が祝宴に向かう道すがら彼女たちを探していたところ、三人は庭に降りていることがわかりました。その理由を聞き知るにおよぶと、噂は口から口へと伝わって、とうとう女王のお耳にまで届きました。陛下はこのことをお聞きになり、一団は素敵な議論をしているという知らせをお受けになりましたが、みんなあれこれ噂を囁《ささや》きあっているだけで、議論の真相について詳しいことを教えてさしあげる婦人《ひと》はおりません。そこで陛下は、立派で学問の造詣が深いという三人の若殿方の煌《きら》びやかな評判に好奇心をそそられ、彼らの議論がどのようなものであったのかを是非とも聞いてみたいと思し召されました。このようなわけで、その日の夕刻、祝宴が催され、正餐とデザートがふるまわれ、あとは女王のお指図を待つばかりとなったときに、マドンナ・ベレニーチェの方にお顔とお言葉を向けて、楽しげに仰せになりました。彼女は、おそば近くに侍るご婦人方の中にいたのです。

「マドンナ・ベレニーチェ、昨日今日、わたくしの庭はお気に召されましたか。ご感想はいかが。お友だちとご一緒においでになっていたとお聞きいたしておりましてよ」。

お言葉をかけられた貴婦人は、恭しく立ちあがって一礼してからお返事申しあげました。

「われらのマドンナさま、たいへん結構にございました。お庭は、陛下のものとしてまったく申し分のないご様子と拝見いたしました」。

しかるのちに、雅やかにお話し申しあげられることはお話しし、ときどきはリーザとサビネッタにも証言してもらいました。二人はさほど遠くないところに控えていたからです。すると、ほかのご婦人方はみんな、庭のことを話に聞かされるばかりで目にしたことがなかったので、見たくてそわそわし始め、女王が腰をあげてくださるまでに千年も待たされているかのようにやきもきしました。太陽は早くも長足の勢いで西の果て《モロッコ》の方に傾いて姿を隠さんばかりになっていましたが、彼女たちは、その日の夕方まだ日があるうちにいってみたかったのです。女王は、ただちに、この気配をお察しになりましたので、マドンナ・ベレニーチェの言葉が終わると、仰せになりました。

「本当に、この庭は結構な気晴らしとなり、わたくしたちを楽しませてくれますわね。それなのに、わたくしはもう何日も庭にでておりません。こちらの貴婦人のみなさまもおそらく、爽やかな空気に触れたいと思っていらっしゃるようですから、これから、みなで涼みにまいりましょう」。

こうしてお立ちになり、マドンナ・ベレニーチェの手をおとりになると、ご婦人方をぞろぞろと引き連れて階段をお降りになりました。美しい庭園にお入りになりますと、ご婦人方にはあちらやこちらを散策するにまかされました。そして、彼女《ベレニーチェ》と連れだって、広々とした平野を見下ろす美しい窓のうちのひとつにお座りになると、仰せられました。

「あなたはこのお庭のことは、なにかにつけて褒めてくださいましたわね。お庭のいろいろなことならわたくしもまえから存じておりますけれども、いささか褒めすぎかもしれませんことよ。ところが、お庭であなたがたがなさっていた議論については、わたくしは存じあげておりませんし、聞きおよぶところではとてもすばらしくとてもおもしろかったという評判《こと》ですのに、わたくしには、なにひとつお話ししてくださりませんのね。ぜひ教えてくださいな。わたくしにとってもかけがえのないものとなるでしょうから」。

マドンナ・ベレニーチェはどうやってお断わりしたらよいかわからなかったので、三人の若殿方をたっぷりと称讃し、ほかにもいろいろなことを述べたあとで、やんわりと言い訳を申しあげました。これほどたくさんのこれほどむずかしい議論の一部始終は、たとえ自分の胸の内で思い返すだけであっても、危なっかしくておいそれとはできかねますし、ましてや陛下にお話し申しあげるなどというのは、なおさら力およばぬことでございます、と。それから一気に話を続け、初めは六人のうち大半がジズモンドに賛成したことと、そのようになった理由から話を始めて、貴婦人たるものが女王に払うべき敬意を片時もゆるがせにすることなしに、ペロッティーノが話した内容とジズモンドが話した内容を細大漏らさず手短にまとめながら、彼らの議論の全体像をできるかぎり巧みにご説明申しあげました。

女王はこれをお聞きになると、何枚もの美しい絵画を一枚にまとめて写しとったスケッチをご覧になっているような心持ちになられました。そして、翌日はラヴィネッロが話をする手はずになっているとお聞きになると、御自らもお聞きになってみたいというお気持になられました。そして、翌日のことならば日の巡りあわせもよく、かくも美しい仲間たちにご自身の御臨席という名誉を授けて進ぜようと思し召しになり、彼女にそれをお告げになりました。それはこの貴婦人《ベレニーチェ》にとっても、またとない良い機会に思えたのです。なぜなら、いやしくも女王がおでまし遊ばすとなれば、議論の内容やら場所柄について怪しからぬ噂話をたてようと思いつく人がいたとしても、そういう口実はきれいさっぱりぬぐい去られるだろうと思ったからです。

マドンナ・ベレニーチェが語り終わるころには、われわれの半球から日の光がすっかり消えて、空のあちこちで星が輝きだしました。そこで、女王もご婦人方も、多くの松明の光で照らされながら再び階段を昇り、それぞれの寝室にさがってご休憩になりました。マドンナ・ベレニーチェは仲間のご婦人方と一緒に寝室に戻ると、先ほどたっぷり時間をかけて女王にお話し申しあげたことを話し、自分の考えを述べました。それから、時をおかずに、三人の若殿方を呼びに遣りました。彼らが到着すると、マドンナ・ベレニーチェはラヴィネッロに言いました。

「ラヴィネッロさま、さっきジズモンドさまに脅されたとおりになってしまいましたわ。あなたは明日、女王陛下の御前でお話しする段取りになりましてよ」。

それから、このニュースの経緯《ゆくたて》を彼らに聞いてもらって、そのことについてしばらく話しあったあとで、彼らには戻ってもらいました。こうして、女だけの時間を、夜のさまざまな用事と睡眠にあてたのでした。(ii)

さて、翌日になりますと、食事が終わって一人ひとりがそれぞれの部屋に戻っておちついたところで、女王は、供回りに欠かせない貴婦人たちと紳士たちを召しだされて、三人のご婦人方および三人の若殿方とご一緒に庭園におでましになりました。女王もまた、ご婦人方と同じように、月桂樹の木陰の、緑なす彩どり豊かな草の上にお掛けになりました。それは、侍女たちが、きわめて美しいクッションを二枚敷いてお待ちしていた場所でした。ご婦人たちや紳士たちも、めいめいの身分に応じて女王のおそば近くに、あるいは少し離れたところで、それぞれのクッションに腰を下ろしました。[☆3] こうして、あとはラヴィネッロの話を待つばかりとなりました。ラヴィネッロは、女王に恭しくご挨拶申しあげてから、始めました。

「女王陛下、陛下のご意向により、わたくしが陛下の御前でお話をすることになったというお知らせを承ってからというもの、ずいぶん長いこと考えに考えを重ね、己の天分の頼りなさや、議論すべきことがらの重大さや、陛下がお越し遊ばすことについて、返す返す思い悩んでおりました。つい昨日までは、わたくしどものささやかな一団に対してお話しする心づもりだったからでございます。そして、われらのご婦人方やわたくしの仲間たちに対してお話ししましょうと約束したものの、このような大役を仰せつかることになってしまったとは、なんとも大変なことになったものだと頭をかかえました。このように申しあげますのは、そのときはおそらく、どうにかこうにか彼らの要望に応えることができるだろうと思っていたからでございます。にもかかわらず、わたくしの言葉が陛下のお耳をけがすことになったのを思い、陛下のお姿を目の前に思い浮かべておりますうちにたちまち、先ほどまで高をくくっていたのとは打って変わって、わたくしの力がまったく不足していて、さらには題材があまりに広大であるのが、疑うべくもなくなってきたのでございます。

このようなわけで、わたくしは厳しい状況に追いこまれて冷や汗をかいておりました。しかし、ついには、陛下の自然体で広大無辺なお優しさに考えがおよぶにいたり、陛下がご仁慈をかけてくださるにちがいないという考えに励まされて気力をとりもどしました。そして、陛下のお言いつけに従っていればまちがいはないはずだと気がつきました。なぜなら、陛下のお優しさは、わたくしがいかなる誤りにおちいろうともご不興を買うことのないくらい、きわめて偉大なものであることを存じあげているからでございます。そしてさらに、このような事実に関連するさまざまなことについてじっくりと考えてみましたところ、次のようなことが了解されました。もしも運命が、語られることがらの広大さに敬意を表わすために、わたくしどもの仲間が相手にしたよりも一段と偉大なる聞き手、一段と高貴な鑑定家をお連れしてきてくれたのならば、このことはわたくしにとって不都合になるはずがございません。なぜなら、陛下からは、わたくしが正しい道を逸れてしまってもお許しを、まごつくことになっても救いの手を、過怠なく、きわめてふんだんに授かることができると思われたからでございます。そのうえ、さらに先まで考えを進めますに、愛についてのわたくしの議論をお聞きになるためにキプロス女王陛下がじきじきにお越し遊ばすのを拝見いたしますのは、この問題においてわたくしが勝利を収めるであろうことのすばらしい保証となるでしょう。この問題を提案したのはジズモンド君であり、ジズモンド君とペロッティーノ君が議論を戦わせたわけですが、彼らのときには御臨席はございませんでしたから[☆4]。

このようなわけですので、女王陛下、かたじけなくもこの身に仰せつかりました吉兆が、わたくしに拝領できた分なりとも現実のものとなりますように。陛下の御臨席が救いとなってお優しい光線を投げかけ、わたくしの話すべきことがらに今しも霊感を授けてくれますように。ちっぽけでおどおどしたわたくしが大胆にも翼をいっぱいに広げられますのは、陛下の雄大なるご加護のあればこそ。それでは、陛下のお許しをいただいて、始めさせていただくことにいたしましょう。(iii)

女王陛下、昨日、われらのご婦人方からお聞き遊ばされた見解、すなわち、わたくしの二人の仲間がご婦人方に向かって唱えた見解は、二つとも筋の通ったものになっていたかもしれません。また、彼らの言い争いは、その気になれば、新たな裁量をまつまでもなく丸くおさめることもできたかもしれません。しかしながら、彼らは事の良否を判断するにあたって、正しい限度を逸脱した挙句、気ままな話に連れられるがままに、狭くて窮屈な袋小路に迷いこんでしまいました。一人は愛するときに感ずる苦しみ（noia）によって、もう一人は喜び（gioia）によって、急《せ》きたてられたせいです。[☆5] 彼らが長い時間をかけて述べたことを手短にまとめるならば、次のようになるでしょう。お一方《ひとかた》は、〈愛〉は常に邪悪であり、善良になることなどありえないと示されました。もうお一方は、〈愛〉は常に善良であり、邪悪になることなどありえないと示されました。ところが、もしも彼らが〈愛〉は善良である、あるいは〈愛〉は邪悪であると言うにとどめ、それ以上余計な限定を加えなかったならば、今さら女王陛下にわたくしの話をお聞きいただくようなご不便をおかけするまでもなかったのです。なぜなら、のちほど彼らにも説明しますが、わたくしどもが議論してまいりました〈愛〉は、本当のところは、善良にも、邪悪にも、なることができるからでございます。彼らはこのように極端な意見を述べたて、お互いに食いちがっているわけですから、必然的に、少なくともいずれかひとつは本当ではないと白状せざるをえない結論になるのは明らかです。にもかかわらず、彼らは自分たちの議論のうえに天晴《あっぱ》れなまでに高々と帆を揚げたので、聞き手の方々には二つともが真実であるように見えかねないありさまでした。しかも、真実から外れているのはどちらなのか、解き明かすのも容易ではありません。ともあれ、このことは、二つ揃って誤謬であることの、なかなか立派な印なのです。なぜなら、真理ならば、触れたとたんに、まるで火花のように嘘の背景《なか》から躍りでて、見ている者の前に姿を現わすはずですから。

なるほど、ペロッティーノ君は、〈愛〉（Amore）はいつも苦《にが》い（amaro）ものであり、いつも害になると示すために、たくさんのことがら、たくさんの語り草、たくさんの議論をかき集めました。一方、ジズモンド君は、〈愛〉はまぎれもなくきわめて甘美できわめてためになるものであると信じてもらうために、たくさんの自慢話をかき集めました。ペロッティーノ君は悲しみにうちひしがれ、ジズモンド君は底抜けに陽気でした。ペロッティーノ君は泣きながらわたくしどもにも貰い泣きさせ、ジズモンド君は冗談を飛ばしてはなんども笑わせてくれました。こうして、お二人とも、さまざまな方法で、つまらない理屈を次々とひねりだしては、躍起になって自説を擁護しようとなさいました。まっとうな人ならば、疑問に思われるような点について真実を引きだすために討論するものです。しかるに彼らは、真実などありもしないところで真実を問題にして討論したのです。

さて、わたくしの仲間たちは、あらぬことを期待しませんように。わたくしは彼らの言い争いの、どちらか一方に反論するようなことはいたしません。どちらの方もかなり熱くなりすぎていたようですから。わたくしが論争の競技に出場するのは、ほんのわずかにとどめておきましょう。まちがった道に誤って踏みこんでしまったことにお二人が気づいてくだされば、それでよいのです。(iv)

それでは、女王陛下、本論にはいらせていただきます。〈愛〉とはほかでもなく、私たちを喜ばせるもののまわりを、ともかくも回る欲望のことです。なぜなら、人は欲望なしに愛することはできないからです。詳しく申しますと、私たちは愛しているものを心から楽しみたいという欲望をいだきます。楽しんでいないものであれば、ほかのかたちで楽しみたいという欲望をいだきます。愛する相手《ひと》と心をひとつにして追い求めているものであれば、いつまでも、深く、味わっていたいという欲望をいだきます。同じことを反対に申しますと、欲望とはほかでもなく〈愛〉のことです。なぜなら、愛してもいないものに欲望をいだくことは、私たちにはできないからです。どう逆立ちしても、できないでしょう。このようなわけで、すべての愛と、すべての欲望は、まったく同一のものです。その次に進みますと、私たちにおいては、愛と欲望には、たった二つの種類しかありません。すなわち、自然的なものと、私たちの意志によるものです。自然的な愛とは、生きるのを愛すること、理解する力を愛すること、自分自身を永続化するのを愛すること、子どもたちを愛すること、媒介をさしはさまずに自然が与えてくれる生殖能力《ためになるもの》を愛することです。このような愛は、常に存続しますし、すべての人々においてその様態《ありよう》はひとつです。その一方、私たちの意志による愛は、一つひとつが別々に生じてきます。意志は対象物からの働きかけによって欲望をいだくようになるわけですが、あるときにはこれを、あるときにはあれを、あるときには大いに、あるときには少しだけ、望みます。このような欲望は、衰えることもあれば、増大することもあります。捨てられることもあれば、戻ってくることもあります。充分であることも、充分ではないこともあります。ある魂にはひとつの様態《ありよう》で、ほかの魂にはほかの様態《ありよう》で存在します。そのようすは、私たちが魂の中でその欲望にどのような状態と居場所を与えたいと思うか、またその下準備が調っているかに応じて、変わってくるわけです。このような事態は、先程も申しましたように、自然によって与えられた愛においては起こりません。☆6

ところが、女王陛下、ここで申しあげております流儀の欲望、つまり自然に導かれた欲望が私たちに与えられたのは、なりゆきまかせ、あるいは偶然ではございません。それどころか、どなたであるにせよ、あれなるお方が秩序ある賢慮によって私たちに授けてくださったのです。あれなるお方とは、私たちと万物に始まりを与えた、きわめて真実なる原因である神様《おかた》のことです。なぜなら、このお方は、人間も動物と同じように世代に世代を重ねつつ、時代に時代を次いで新しく甦りながら、世界とともに歩み続けることを望みたもうたからです。ですから、すべての人々に、先程申しました生命への愛、子どもたちへの愛、生殖能力《ためになるもの》への愛を、動物の場合と同じように、創造しておく必要があると思し召しになられました。ためになるもののおかげで、わたしたちは、よりよい状態、より完全な状態になれるわけです。とにかく、もしも自然によって導かれたこのような愛が存在しなかったならば、私たちの種は最初の人々で跡絶えてしまっていたことでしょう。でも現実には存続しているのです。

ところで、この神様《おかた》は、私たちを、動物とはちがって、より偉大なことのため、より高い目的のためにお創りになりました。そのために、私たちの魂に理性の部分をお加えになりました。そして、理性が怠け放題になって宝の持ち腐れになっては元も子もありませんので、先程も申しましたように、自由で思いのままになる意志を授けることが必要になりました。人間《わたしたち》は、意志というものがあれば、なにが最も良いものに見えるかどうかに応じて、さまざまなものに欲望をいだいたり、いだかなかったり、できるようになるからです。

このような次第で、最初に挙げました自然に導かれた望みにおいては、私たちはみな、それぞれの仕方で愛し、それぞれの仕方で欲望をいだきます。あたかも動物たちが一匹一匹、種をつなぐため、命を永らえらせるため、懸命に生きるのと同じです。ですが、意志による望みはそうではありません。たとえば、ペロッティーノ君ならば愛さないような誰某《だれそれ》を、私が愛することもあるでしょう。私ならば愛さないような誰某を、ひょっとすると、ペロッティーノ君が愛することもあるでしょう。また、私ならば少しも愛さないようなものでも、彼が大いに愛することがあるかもしれないからです。

さて、昨日ジズモンド君が話してくれたことについては、次のことをご承知おき願いとう存じます。つまり、自然は誤りにおちいることがありませんので、自然に導かれた欲望は常に善良であり、いかなる様態《ありよう》でも決して邪悪になることはありません。ところが、意志による欲望は、（昨日ジズモンド君は言ってくれませんでしたが）、私たちの意志は誤りにおちいることもありうるわけですから、しかも、そうなってはほしくないくらい頻繁に誤りにおちいるわけですから、私たちの意志が望んでいる目標がどのようなものであるかに応じて、善良にも邪悪にもなる可能性があるのです。☆7 このような様態《ありよう》の欲望こそが、ジズモンド君が私たちに議論しようと提案したものです。広く一般に人々が明けても暮れても〈愛〉と呼んでいるものです。私たちが十把一絡げに『愛する者たち』と呼ばれる所以《ゆえん》です。私たちは、一人ひとりの自由意志（arbitrio）にしたがって、愛をいだいたり、愛をいだかなかったり、さまざまに愛します。しかし、自然に導かれた欲望の場合とは異なって、いつも、みんなが、同じ対象を、同じ仕方で愛するという必然性はありません。このようなわけですから、意志による愛は、私たちの意志によって与えられた目的の性質に従って、善良にも邪悪にもなりうるのです。ところがジズモンド君は、愛は常に善良なものであって、いついかなるときにも性悪になることなどありえないと言い張ろうとして、自然に導かれた欲望と意志による欲望を混ぜ返してしまいました。でも、

そのような論拠は潰えさってしまったのです。☆8

たとえばのことですが、高貴で徳高いご婦人を私が愛しているとしましょう。また、彼女の才知と、淑《しと》やかさと、雅やかさと、麗しさと、ほかにも魂のさまざまな部分を、身体のさまざまな部分よりも愛しているとしましょう。また、身体のさまざまな部分も、それ自体を愛するのではなくて、魂を見栄《みば》えよく飾るものとして愛しているのだとしましょう。そうしますと、もしも私がこのように愛しているならば、私によって愛され、望まれているものは、良いものですから、私の愛は良き愛です。☆9 このことは、どなた様にもおわかりいただけるでしょう。ところが反対に、不誠実でふしだらなご婦人を愛してしまうとか、あるいは清純で節度あるご婦人であっても、不誠実で放縦な魂の対象となる身体《もの》を愛するような仕儀におちいったとしましょう。そのような愛のことは、邪悪で劣悪な愛だと言うほかはないでしょう。そもそも求めているものが、邪悪で劣悪なものなのですから。なるほど、良い対象《もの》を愛している者にはたいてい、愛する者たちにつきものだとジズモンド君が語ってくれた幸運が次々に訪れるでしょう。すなわち、才知が目覚め、愚かさが消えてなくなり、男としての自信に満ち、低俗で野卑な望みはすっかり退散し、どのような場所でどのようなときに人生の苦しみに見舞われようとも、きわめて甘美できわめて健やかな安らぎの場が確保されているという次第です。ところが、悪い対象《もの》に対して欲望をいだいている者には、不幸ばかりが降りかかってくることになります。なぜなら、愛する者たちが遭遇するとペロッティーノ君が示してくれた、あまりにも多くのあまりにも惨めな災難に、実にしばしば悩まされることになるからです。すなわち、恥さらし、猜疑心、後悔、嫉妬、溜息、涙、苦しみを自ら招き、あらゆる良き行為も、時間も、名誉も、友人たちも、思慮深さも失い、ついには生命と自分自身をも失うことになり、すべてを台無しにしてしまうのです。(V)

けれども、ジズモンド君、僕がこのように話しているからといって、早合点しないでほしいのだ。君が述べたような愛し方が良いことだなどという論には、僕は賛成しかねます。僕の主張は君から隔たっていますし、君の主張は真理から隔たっています。君は、視覚と聴覚、および思考という三つからなる領域からとびだして、欲望のおもむくままに連れ回されたり、愛するときに視覚や聴覚や思考だけでは満足できなくなっているときは、いつも真理から遠のいているのです。なぜなら、良き愛とは、ほかでもなく、美の欲望だからです。この見解は動かしがたい真実です。このような定義を私たちに残してくれたのは古代の人々ですが、彼らの学派はたいへん絶賛されているのです[☆10]。君は昨日、美しい貴婦人のさまざまな部分を事細かに描いてみせてくれました。それと同じくらい熱心に、美とは何かを理解しようと努めたことがあったならば、君は今のような仕方では愛していなかったはず。君が愛しながら追求しているものを、昨日のようにみなの前で褒めちぎったりはしなかったはずでしょう。

なぜなら、美とは、まさしく、複数の要素《もの》の比例と均衡と調和から生じてくる、ひとつの神々しさだからです[☆11]。美をまとう本身に具わっている神々しさが完璧であればあるほど、芯となる本身はいっそう愛らしく、いっそう可愛らしくなります。また、神々しさという付帯性は、人間の肉体に宿るだけではありません。魂にも宿るのです。なぜなら、四肢の各部分の間の比例がととのっている肉体が美しいのと同じく、さまざまな美徳の間で調和がとれている魂も美しいからです。さらに、肉体と魂は、心身の各部分の神々しさがいっそう完全で、かつ心身の各部分が絶妙の均衡をたもっているならば、なおさら、よりいっそう美しくなるのです[☆12]。

要するに、良き愛とは、君もご覧のとおりのもの。すなわち、魂の美への、そして肉体の美への、欲望のことです。そして、真の目的に向かうかのように、美をめざして翼を広げ、羽ばたくのです[☆13]。こうして飛んでいく道筋には、二つの窓があります。ひとつは魂の美へと導いていくもの、すなわち聞くこと。もうひとつは、肉体の美へと導いていくもの、すなわち見ることです。なぜなら、肉体の美がどの程度であるかは、目に明らかに示される形相《すがた》を通して識《し》ることができますし、魂の美がどの程度であるかは、耳で受けとる声《ことば》によって識《し》ることができるからです。自然が私たち人間に話す力を授けた目的は、まぎれもなく、私たちの間で魂《こころ》を表わすことができるようにするためでした[☆14]。ところが、運命と偶然が（よくあることですが）私たちを対象から引き離すときには、しばしば、欲望はこれらの道を通って美にいたる道筋を失います。君も言っていたように、現にそこにないものには、目も耳も届きませんから。しかし、私たちに二つの感覚を授けてくれた自然は、思考をも与えてくれました。いつでも好きなときに、肉体の美や魂の美を、思考によって楽しむことができるようにするためです。このようなわけで、（君が昨日、延々と話してくれたように）肉体の美も魂の美も、それに思いを馳せることによって、私たちの前に現われます。私たち自身がそうしたいと思うたびに、いつでも、いかなる邪魔もなしに、それを楽しむことができるというわけです。

ところで、匂いを嗅いだり、触れたり、味をみたりしても、魂の美に到達することはできません。それどころか、肉体の美に到達することもできません。嗅覚、触覚、味覚といった感覚は、先程述べた視覚や聴覚に比べると、より物質的な対象の薮の中に閉じこめられているからです。なぜなら、君は、ここらの花の香を嗅いだり、草に手を伸ばして味をみれば、どの花が芳《かぐわ》しい香がするか、どの花がひどい臭いがするか、どの草が苦いか、どの草が甘いか、どの草が固いか、どの草が柔らかいかを、ただちに感じとることができるでしょう。しかし、じっくりと眺めて見なければ、それらの美しさがどのようなものであるかは、少しも知ることはできません。それはまるで、肖像画の前に盲人を連れてこようとも、その美しさがわかろうはずもないのと同断。このようなわけで、先程も言いましたが、良き愛とは美への愛ですし、美へ向かって私たちを案内してくれるのは、私たちの中でも、つまり私たちの五官の中でも、目と耳と思考を措いてよりほかにはありません。だとすれば、愛する者たちがほかの感覚を用いながら追求するものはすべて、命の支えとして追求しているものを別にすれば、良き愛ではなくて、悪い愛です[☆15]。そして、この点においては、ジズモンド君、君は美しいものではなく、醜なるものを愛する者になってしまうでしょう。なぜなら、楽しめるも楽しめないも余所様《よそさま》の意向次第なうえに、他者《ひと》の身代《もの》を横取りしなければ手にいれることのできない喜びを追い求めるのは、きたならしくて穢らわしいことだからです。そのような喜びは、それ自体、手にいれるのが面倒なだけでなく、自他ともに害になり、現世的で、煩悩《ど》に濁りきっていますろ。そんなことをしなくても、楽しむか楽しまないかを自分だけで判断して決められるし、ほかの誰かから『それは私のものです』と文句を言われるような身代《もの》を横取りしなくても、楽しむことのできる喜びがあるのです。そのような喜びは、一つひとつが、手に入れるのも簡単ですし、誰にも害になりませんし、霊的で、清らかです。

ジズモンド君、君は昨日、このような喜びを、つまり清らかな喜びを称讃するにとどめておいたらよかったのに。このような喜びなら、散文や歌でいつでも称揚してくれたまえ。どんなに称賛しても、褒めすぎだとたしなめられることは、まずないから。もしも、煩悩に濁《どろ》りきった喜びについても語りたかったなら、口をきわめて非難し、引きずりおろすのが務めでした。そのようにしておけば、良き愛を適切な仕方で称賛したことになっていたでしょう。それなのに君は、あのような話し方をしたせいで、不適切にも、良き愛の体面を傷つけてしまいました。ジズモンド君、良き愛は偉大な神であると言われています。ですから、君の誤りを正すために、古い時代にステシコロスが自らの誤りを正すためにおこなったことと、正反対のことをなさってみてはどうですか。というのも、この詩人はギリシアのヘレネの面目を失墜させる詩をつくったせいで、盲《めしい》になってしまいましたが、彼女を称賛する詩を最初から歌い直したおかげで、癒やされたからです☆16。君もそのようにすればいいのです。昨日は煩悩に濁《どろ》りきった喜びを褒めちぎって話を進めたのと同じくらい大袈裟に、今日は掌を返したようにそれを侮蔑しながら議論をやりなおすならば、失っていた正しい判断力の光明《ひかり》がとりもどせますとも」。(vi)

ラヴィネッロはここまで言うと、しばし口をつぐみました。議論をする人にはありがちなことですが、立ち止まって、次の話をしようと呼吸を整えていたのです。すると女王が、甘やかにも居ずまいをととのえ遊ばされてから、彼に向かって穏やかなお顔で話しかけられました。

「ラヴィネッロよ、よくぞ歌と詩のことを申されました。おかげでひとつ思いだしました。そなたがすばらしい議論をしてくれたので、おっしゃらないままでおられたら、おそらく、わたくしもすっかり忘れていたことでしょう。昨日も一昨日も、そなたのお仲間方は議論の合間に多くの美しい歌をまじえておられたそうではありませんか。そなたのご婦人方は、歌をお聴きになったとか。（そのように聞きおよんでおりますことよ）。ですから、そなたも話の間に、歌をさしはさんではいただけませんこと。わたくしもぜひ、聴いてみとうございます。お仲間方の歌は聴き逃してしまいましたけれど」。

ラヴィネッロは恭しい顔つきでお返事申しあげました。

「女王陛下、陛下は、われらのご婦人方よりも偉大であらせられます。それと同じように、わたくしも仲間たちの歌よりもはるかにすばらしい歌をもちあわせておりましたならば、彼らが昨日と一昨日、仰せのとおり多くの歌を歌ったように、わたくしもいくばくかをご披露させていただいたとしても、尊大の誹りを受けずにすむやもしれません。しかしながら、わたくしの歌は、私どもの最初の小さな輪にさえも満足してもらうには程遠いものでございます。いわんや、陛下のご臨席遊ばすこのような雄大な檜舞台において、まかりまちがってもお聴かせできるようなものではございません。このような次第ですから、陛下におかれましては、わたくしにはお引き受けできかねる重荷を、わざわざ背負わせようとは思し召しになりませんように」。

女王はお応え遊ばされました。

「いともお優しいお気持のゆえとはいえ、そのような敬意を払ってくださるのは大仰にすぎましょう。また、そなたのご婦人方も、そなたのことを快くは思わぬやもしれません。これなる方々は、わたくしのことを実の姉のように大切に慕ってくださっているのですから。そのようなことはともかく、そなたのお仲間方は歌を披露して聞き手のご婦人方を楽しませてあげたのに、そなたが同じようにわたくしを楽しませてくださらぬとあらば、わたくしのことを随分とないがしろにされるおつもりですね。そなたもあふれんばかりに数多くの歌をおもちであることは、しかと聞いておりますわよ」。

このようなわけで、ラヴィネッロは礼儀を失することなくご辞退申しあげる逃げ道がみつからなくなりました。しかも、マドンナ・ベレニーチェが、せめて一曲なりとも彼にカンツォーネを歌わせるようにはからってくださいと女王に雅びやかにお願いしました。ジズモンドはジズモンドで、彼こそはカンツォーネの名手ですと太鼓判を押しました。そのようなやりとりのあと、ラヴィネッロは申しあげました。

「女王陛下、陛下がかくもお喜び遊ばしますうえは、わたくしも歌わせていただきましょう。もちろん、できうるかぎり立派に歌わせていただきます。ご下命のありました今は、まさに、良く愛することによって感ぜられる、清浄無垢なる三つの喜びについてお話ししている折でございました。以前、そのことをまとめたカンツォーネが三つ、一続きになって生まれてまいりましたので、そのような喜びについてのいくばくかをお聴きいただけるでしょう。このようにすることで、危なっかしい道のりを早々に乗り越えて、次の議論をいっそうしっかりした足取りでたどり終えられるようにしたいものです」。

このように言うと、最初のカンツォーネを歌い始めました。(vii)

喜びのおかげで、話したいという気持がふつふつと湧きあがり、
〈愛〉が自ら、私に書きとらせてくれる。
ならば私には、喜びからも、〈愛〉からも、逃れようがない。
ほかの望みなどは、私の胸から一掃されますように。
このような報いだけで、心は満足しますように。
私は、言いたいことを述べて、納得することができるのだから。
あまりにも美しい容貌《かんばせ》が、あまりにも澄んだ声が、
あまりにも気高い思いが、目の前にあるように思えるので、
たとえ天が千年も回り続けたとしても降らせることのない
美しくも物珍しいさまざまなものを、

私の才知やいろいろな技術《わざ》を駆使したところで、
心に感じたそのままに、紙の上に書き綴ることができるなどと
高望みしているわけでは決してないけれど、
それでもなお、私の不動の星々は
一刻一刻と私にそれを語らせずにはおかない。
　それは、菫《すみれ》の花から
氷が消え去り、太陽が装いも新たに
平野から暗い顔をとりさった季節のことだった。
美しい水晶《せせらぎ》と甘やかな緑の間で
高貴なる貴婦人《こいびと》が私の心に駆けこんできた。
駆け寄るのは、たった一度で充分。
幸いな巡りあわせで、その瞬間、黄金の編み髪を
解き放った。あの甘やかで、
楽しげで、雅びやかで、ゆったりした眼差しが
あまりにも幸福でいとしい光明《まなこ》をまもっていた。
それ以後目にしたものはみな、
たとえ人間《わたし》たちの中では愛らしく珍らかなるものであっても、
あの光明《まなこ》のことを思いだすなら、影か煙としか思えなかった。
そして私は独りごちた。
「まちがいなく、すぐそばに〈愛〉がいる」。

それは真実《まこと》だった。太陽とともに朝が訪れるように、
〈愛〉は常に私の貴婦人《こいびと》とともに　やってくるから。
美しい目から片時も離れることはないのだから。
続いて聞こえてきたのは、語らい話す言葉。
とても甘やかな調子で響くので、
人間の舌から出てきたようには思えなかった。
傍らを流れるのは、一筋の美しい泉。
この日、泉の水はいつになく溌剌と
両岸の間を流れていた。
あたりの森では、木々の枝が聖《きよ》らかな目の光線に出会って
いっせいにお辞儀をし、
いっそうびっしりと葉を繁らせた。
彼女の足の下では野の草が花を咲かせた。
彼女の幸多き響き《ことば》が聞こえはじめるや
風はすっかり凪いでしまった。
　彼女をちらりと目にしただけで、私はすべてを手に入れた。
この日まで、愛する者たちが、ついぞ手にしたことのない
大いなる甘い幸せのすべてを。
雪にも優る清純な白い衣装が
足から首までを覆っていた。美しい裳裾には

あたりの雰囲気を和やかにする徳能《ちから》があった。
歩くさまは、見る者の魂から苦痛をとりさってくれたし、
かつて受けた不面目をも、みな、つぐなってくれた。
私を私から引き離した
甘やかで賢げな話しぶりと、
美しい目と、
愛という　愛おしい重荷を結わえる紐となる前髪は、
天国の仲間たちのところから
地上に降り立ったもののように思えた。
世界に平和をもたらし、戦いをやめさせるために。
　「ああ、わが定めによりて、やがて死すべき声であるとしても、
生身の女性《にょしょう》の美しさにすぎぬとしても、
彼女の声を聞き、彼女の姿を見つめる者は、祝福されてあれ。
だが、もしも天女《てんにょ》であるのなら、
彼女に追いすがることのできるすばらしい翼を、いったい誰が、私に与えてくれようか。
溜息や涙の絶えない現世《ところ》に、彼女はいつまでもとどまってはいないだろうに」。
そう、考えこんだ。そして、目の届くかぎりを見わたすに、
一人の者が、私の魂のとある箇所に
優しい顔を描き、
別の箇所に言葉と声音《こわね》を書き記すのを、見てしまった。

その者はこう言った。「さあ、この羽を
いつもつけておきたまえ、彼女と一緒にいけるように」。
私は総身が震《わな》ないて、美しい貴婦人《こいびと》の
お姿とお言葉が、胸に刻みつけられた。
そのままの私が、今、ここにある。

　　ここにとどまれ、カンツォーネよ。気高くも
はかりしれない私の宝に、
おまえは、こんなにみすぼらしい衣装しか着せられなかったのだから。[☆17]（viii）

ラヴィネッロはこのカンツォーネを歌い終わると、もとの議論に戻ろうとしました。ところが女王は、先程彼が三つのカンツォーネが一続きになって生まれましたと言っていたのをお忘れではありません。しかも、このカンツォーネのことをお気に召し遊ばしましたので、ほかの二つもご披露におよぶようお望みになりました。そこで彼は、二つ目のカンツォーネを次のように始めました。

　　憧れに満てる魂は
最初の欲望の中で私を鳥黐《とりもち》で絡めとるかもしれない。
そこから飛びたてるように翼を広げてくれないかもしれない。
それでも、驚くにはおよばない。
これほどまでに甘い火口《ほぐち》から　火の粉が舞いあがり、炎が燃えあがって、
貴婦人《こいびと》よ、貴女について語ろうと私が燃えたつとしても。

中にいるのは貴女《あなた》。外に照り輝くのは
まぎれもなく貴女の光明《ひかり》。
それなのに私には、それを描いて
他人《ひと》に見せられるような気の利いた歌をもちあわせていない。
私が語り伝えるものは、ことごとく、
貴女という根から生ずるのみ。
それなのに、言葉は弱々しくて舌足らず。
もしも充分操れるほどであったなら、
千人もの雅びやかな恋人たちを、私の言葉で魅了できただろうに。

　貴女のための玉座を
心の中にしつらえたその日からというもの、
私の人生はなにもかもが、喜びそのもの。
真実は、長い試練を経て見極められるもの。
ならば、生きようとも死のうとも、
望むらくは、祝福されてあること。
私の幸福が立っているのは、これほどまでに盤石なる足場。
月天の下には、私よりも
喜ばしい運命も、
すばらしい善《しあわせ》も、そもそも、見つからない。
ほかの男《ひと》なら、少しばかりは笑うことがあってもたちまち涙に襲われるから。
私には、苦しみのせいで
清らかな歓びが追い払われることはない。
マドンナよ、あなたのおかげ、わが僥倖。
　もしも、私を傷つけるために、苛酷な運命が
勢いをかって攻め寄せることになろうとも、
はかなくも、か弱く生きていく、この抜け殻《からだ》よりも深く突き刺さることはない。
〈愛〉が喜びで私をつつみ、それが身を守る具足となって
打撃にもちこたえるから。すばらしい喜びをくださる
貴女の御座所までは、罷《まか》り通すこともないから。
ほかの人ならば生きているのもままならない年齢まで
生き永らえたとしても、私の才覚ゆえではない。
私はそもそも、人間のさまざまな不幸の
矢の標的として、生まれついた。
でも、貴女が私の盾となってくださる。
私はもともと、病弱に生まれついているけれど、
偶然《うんめい》にもてあそばれるのを、からくも　まぬがれている。
ああ、私の多種多様な歓喜を
言葉で言い表わせる人などいようか。
　貴女がくるりと目を向けるだけで、たった一言の声だけで、

精気《こころ》がほっこりとくつろぎ、心臓《こころ》の真ん中に
大いなる甘い幸せを残してくれることが、どれほど頻繁にあることか。
舌《ことば》でも、インクでも、数えあげることのできないほどの甘い幸せを。
月桂樹や銀梅花は、いつも変わらぬ緑を保つだろう。
だがそれ以上に、心は憧れの形相《かたち》の一つひとつを、変わらずに保ちつづける。
私の魂は、このような食べものに慣れ親しんでいるので、
貴女ではないもの、
貴女への思いにつながらないものには、
喜ぶことはないし、道から迷いでることもない。
短い昼が
岸辺と野山を雪でおおう季節《とき》も、
長い昼が　野原を燃え立たせる季節も、
花が開く季節も、
枝葉が散りしぼむ季節も。

　貴女の美しい顔に見とれるときに見いだすのは、
百合、金盞花、菫、アカンサス、薔薇、
それに、紅玉《ルビー》、サファイア、真珠、黄金。
貴女に聞き惚れるときに聞こえるのは、
もっともかけがえのないものたちの甘美なる調和《アルモニア》が
大気を伝わりゆくさまと、天なる霊魂たちのやさしい合唱。

楽しませてくれるものや、機嫌をとってくれる喜びを
なにからなにまで集めたとしても、
貴女に思いを馳せるならば、
なにもないのと同じ。
〈愛〉は松明と弓を手にしているけれど、貴い重荷《こいびと》よ、
貴女のように心にぐっと迫ることはありません。
今しも、〈愛〉が貴女の前を
ふてぶてしくも飛びながら、うそぶいているのが目に浮かぶ。
「私は威勢よくしていられるのだ、この方が親しくしてくれるから」と。
　　おまえもまた、カンツォーネよ、ほかの宿りに赴こうと
私のところから出かけていってはならぬ。
己がどれほど野暮ったいかを、わきまえているのなら。[☆18]（ix）

そしてラヴィネッロは、このカンツォーネのあと、時を置かずに三つ目に移りました。

　　私が常々　語っていることを
〈愛〉が　とかく飽きもせず書きとらせるならば、
喜びが　いまだかつてないほど　心の中で激しく疼くならば、
私は語り続けよう。だが、私の声が
真実には力およばないとしても、マドンナさま、お許しを。

人の世《われわれ》の常なるありさまからは、まったくかけ離れたことなれば。
私は低くて重く、あの女《ひと》は高く軽やかだというのに、
どうすれば高くあの女《ひと》のところまで昇れようか。
朝な夕な　できるだけ心を込めて
魂があの女《ひと》にお辞儀をするだけで、足りますように。
大いなる望みが私を駆りたてるときに、
美しいお名前を、滑らかな木肌か、
もっとも信頼できる真砂《まさご》に書きつけるだけで、足りますように。
海があの女《ひと》を呼ぶようになるために。
森がことごとくあの女《ひと》を知って、愛するようになるために。

　貴婦人について語ろうと、舞いあがらんばかりになっている欲望も、
こうすれば、少しは満足できるだろう。
それでいて、落ちるのを恐れて、欲望の手綱を引き締める。
貴婦人を褒め称えるために私がどんなに天翔《あまが》けようとも
(あの方はまさしく高き値打ちの確固たる柱なれば)、
あますところなく語り尽くせるなどとは思わない。
だが、ただただあの女《ひと》からもたらされる
心穏やかな状態を、ほかの人にも示したいので、
私の一つひとつの思考がどのようにして収穫されるかを、
折にふれて書かずにはいられない。

私の心の鍵をめぐらせる
あの甘い微風《こえ》のことを、
私の支えとなる、
きらきらと光る優しい星《まなこ》よ、
あなたたちが私の前に姿を現わすのをいとわないならば。
　貴婦人《あなたたち》の目は私の人生に、ほっと安心できる港を授けてくれる。
太陽の光が世界の隅々にまで満ちあふれ、
風が吹けば霧がうち払われる。それと同じように、
宝石《よろこび》と慰めとが、あなたたちから、私のところにもたらされるから。
あなたたちが現われると、辛さも苦しみも
どこかしことなく、すっかり消えてしまうから。
いまひとつは、マドンナが話すのを聞くとき。
私はあらゆる低俗な企てから引き離され、
魂たちを縛りつけたまま大地《このよ》に引きずりおろそうとする
罠から、解き放たれるから。
おかげで、私は自分に自信がもてる。
この牢獄の外にでることになるときにも、
私自身を死神から奪い返すことができるであろうと。
もっと美しい形相《すがた》をまとって、
愛する者たちの手本となり、模範でありつづけるだろうと。

　三つ目は、孤独で気高い私の思い。
私は思いを込めて、あの女《ひと》の内奥に眺め入り、
あの女の数々の美点を探し回り、ただのひとつたりとも見逃すことはない。
私が見いだすのは、控え目でありながら堂々とした美しい容貌《かんばせ》。
いかなる殉教の苦しみも甘やかなものにしてくれる微笑み。
岩でさえも砕いてしまいそうな歌。
おお、なんと多くのことについて、舌が力を失ってしまうことか。
私の心の中に　どれほど甘やかに封じこめられていることか。
それから、新しい花の咲き乱れる永遠《とこしえ》の庭に
精神《こころ》をとめると、
野の草の囁きが聞こえる。
「この庭は、そなたの貴婦人のためにとってあるのです。
あの方は、ここを夏にも冬にも変えることができるでしょう」。
そのような光景が見たくてたまらなくなり、
そのことばかりを考え、ほかのことは心にかなわない。
　　祝福された魂たちが天上で神を見つめるときに
どれほど大きな歓喜にひたるのかを知らない人は、
私が語る喜びを感得してみるがよい。
その日からは、暑さも、寒さも、
怖くなるだろう。人生のありとあらゆる

屈辱も、わざわざ近づかなくなるだろう。
しかも、マドンナが甘やかで優美な眉を
ほんの少しだけ動かして　挨拶してくれるだけで
私どもの思慮深さなどは、もはや
御無用、運命を打ち負かしてくれるだろう。
可愛らしい光明《まなこ》が
天まで昇るように導いてくれるだろうから。
いちばん真直ぐな道を指し示してくれるだろうから。
命かぎりあるものはことごとく下界に残したまま
飛びたてるようになるだろうから。
　どこにまかりでようとするのか、カンツォーネよ、
先に生まれた詩歌《はらから》は二つとも私のもとにとどまっているのに。
おまえのほうが豊かでも熟達しているわけでもないくせに。☆19（X）

ラヴィネッロは三つのカンツォーネを歌い終えると、最初の議論に戻りました。

「女王陛下、昨日、一昨日と、わたくしの仲間が二人とも、語るにまかせた議論という襞の中になかなか巧みに嘘を隠しおおせていたのは、お耳にされたとおりにございます。わたくしがここに申しあげましたことはわずかではございますが、われらのご婦人方にとりましては、これで充分、二人の嘘が明らかになったことでしょう。しかしながら、陛下におかれましては、物足りない思いをなさっていることであろうと拝察いたします。また、一昨日、陛下の食卓にてかくも可愛らしい歌を披露して、わたくしの話すべきことに先鞭をつけてくれた陛下の若き侍女も、がっかりさ

れているかもしれません。なぜなら、わたくしの仲間たちは、先に歌を披露した二人の乙女の歌の内容《あしあと》をたどるばかりで、三番目に登場した陛下のお付きの侍女の歌の内容《こと》には言及しませんでしたから。

そのようなわけで、わたくしはほとほと途方に暮れておりましたが、運命はまことに折よくも、すばらしい議論を用意しておいてくれたのでございます。それは次のようなわけです。わたくしは今朝方、朝まだきに、こちらのみなさまから離れて城を抜けだしました。そして、いろいろと考えをめぐらせながら一人で歩いておりますうちに、とある小道に足を踏みいれました。それはこちらの裏手の丘に登っていく道でした。どこへいくとも知らぬまま歩いておりますと、小さな森にたどりつきました。その森は、可愛らしい小山の最も高いところを覆っていて、あたかも大きさを合わせて整えられたかのように丸い形に繋っておりました。わたくしの目はこの出会いに満更ではありませんでした。それどころか、愛についての思索がふと途絶えて、はたと足を止め、外側から森を眺めているうちに、いかにも心地よさそうな木陰や深閑とした静けさに心を惹かれて、中まで進んでみたい気持になったのです。こうして、かろうじてそれとわかる獣道に歩を進めました。この獣道は先程の小道から分かれでて、可愛らしい山林へと入っていくものでした。そして、ほとんど見分けのつかない細い道を踏み分けながら森の中を先へ先へと進んでいくうちに、わたくしは、さして広くはありませんが、空き地へとたどりつき、歩を止めたのです。するとすぐに、空き地の片隅に一軒の庵があるのが目にとまりました。しかも、庵から遠からぬところで、木々の間を一人の翁が悠然と散策しておられたのです。その方は、まったくの白髪で、髭を伸ばし、辺りに生えている樫の若木の樹皮《かわ》にも似た襤褸《ぼろ》をまとっておられました。この方は、わたくしにお気づきにはなりません。拝察するところ、深い思索に耽っておられる最中のようであり、ときどき散策の足を止めては、しばしたたずみ、またおもむろに散策を始められるのでした。こうしたことを何度もくりかえしておられたわけですが、そのときわたくしは、ふと思いあたったのです。この方こそは、かねてから聞きおよんでいた、聖なる文学の研究に打ちこみ、高き天《しんり》について思索を深めようと、この近辺にきて隠者のように暮らしておられるという、あの聖なる賢者かもしれない、と。[☆20] ですから、わたくしは進んでこの方の前にでてご挨拶申しあげ、もしも人違いでなければ、わたくしがすべき議論のことでお知恵を拝借するために、本日陛下の御前で話をしなければならなくなったことをご説明しようと思いたったのです。なぜなら、この方はきわめて深い学識を有しておられると聞きおよんでいたからです。しかも、俗世の安逸からは隔絶した神聖なる生活を送っておられ、いつも一人きりで、草の根や野生の漿果や水だけ[☆21]で暮らしておられるにもかかわらず、なかなか気さくで、いつでも誰に対しても優しく人情味あふれる態度で応えてくださるので、安心してどのようなことでも尋ねることができるという評判でした。けれども、思索のお邪魔をするのも失礼な気がしましたので、お姿を眺めながらじっとためらっておりました。するとまもなく、この方はこちらの方をお向きになり、わたくしをご覧になりました。つまり、わたくしが探しあぐねていた好機を授けてくださったのです。そこでわたくしは、この方の前に進みでると、あたうかぎり最大の敬意を込めて、ご挨拶申しあげました。（xi）

聖なる賢者は、わたくしのご挨拶を受けてしばらく考えこんでおられました。やがて、足早につかつかとこちらに歩み寄ると、申されました。

『いよいよご本人のお出ましかな、懐かしのラヴィネッロよ』。

こう言い終わるや、ぐっと近づいて、わたくしの左右の頬を優しく手にとり、額に口づけしてくださいました。どなたさまなのか心当たりのない方から、このように愛想良く歓迎され、しかも名前で呼ばれるのは、まったく思いも寄らないことでした。それに、わたくしのことをどうしてご存知なのかも、さっぱりわかりません。突然のことに意表をつかれたわたくしは、恥ずかしさ半分といった体《てい》で、聖なる賢者をじっと見つめました。ひょっとしたらどなたさまなのか思いだすことができるかもしれないと思ったからです。しかし、これまでにお目にかかったことのない方でしたので、思いだせるはずがありません。わたくしが長い間、なにも言えずに黙っておりましたところ、この方は優しく微笑んでくださいました。わたくしが驚いているのに気づいていることを態度で示されたわけです。そこでわたくしは、意を決して、申しあげました。

『ここにおりますのは、ご老師、おっしゃるとおりたしかにラヴィネッロでございます。ただ、ここにきたのが偶然なのか、運命のお導きによるのかは、忖度いたしかねます。ともあれ、この者[☆22]はあなたさまのことにたいそう驚いております。いかがしてこの者をご存知になられたのかも合点がゆきませぬ。この者は以前この場所にまかりこしたことはございませんし、（思いだせるかぎりでは）お目にかかったこともございません』。

善き翁人《おきなびと》は早くもわたくしの手をおとりになっていましたが、これをお聞きになると、庵のほうへ足を進めながら、嬉しそうに、おちつきはらった顔つきで、申されました。

『ラヴィネッロよ、いと高き天が嘉《よみ》されることに、驚いてほしくはないな。それはそうと、（見たところ）城からここまで歩いてこられたご様子。お見受けするような華奢なお身体で丘を登ってこられたのでは、さぞかしお疲れでしょう。あちらにおいでなさい。この私も、世にも屈強な身体が自慢というわけではないから、ご一緒に腰かけて、じっくりお相手しようではないか。あなたのことを知っているわけについては、ゆっくり腰かけてから、おいおい、お話ししましょう』。

そこで、少しばかり玉鉾《たまぼこ》を進め、小さな家の前にある数本の金雀児[☆23]の下にわたくしをお連れになると、平らに置かれた木の幹の上に腰を下ろし、わたくしにも腰かけるようにうながされました。この木の幹は金雀児の木々に沿って置かれ、聖なる賢者と客人たちにとって簡素ながらも心地よい椅子となっていたのです。こうして、しばらく休ませてくださってから、次のように切りだされました。

『神聖なる摂理の大海原は、若者よ、広々としていて、奥が深い。われわれ人間はその中に身を置こうとも、果てを見いだすことはできないし、真ん中にとどまることもできない。なぜなら、命かぎりある才知の帆を張りつめたところで、はるか彼方まで進んではくれないし、われわれの判断力の艫綱《ともづな》は、どんなに目一杯伸ばしたところで、水底にまでは届かないからだ。神聖なる摂理によって望まれ定められたことが、日夜、次々と起こる。それは、目に見えるとおり。しかしながら、それがどのような仕方で起こるのか、なにが目的なのかは、われわれにはわからない。あなたは驚いておられましたが、私があなたのことを存じあげていたのも、ちょうど、そういうことなのです[☆24]』。

そして、続けて申されましたところでは、つい昨日の夜、眠っておられたときに、わたくしがやってくるのを夢諭《ゆめざと》しの中でご覧になったのです。しかも、現にわたくしが訪れたときと同じ風体でした。夢の中のわたくしは、自分が何者であるかを告げ、昨日、一昨日の出来事の一部始終と、わたくしどもの議論について述べてから、今日はわたくしが陛下の御前でお話をする手はずになっているのだと申したそうです。そして、語ろうと考えていることの一部分を、つまり先程みなさまにお聞きいただいたことをご説明申しあげてから、このことをどのように思われますか、わたくしと同じような按配で話をしなければならなくなられたとしたらどのようにお話しなさいますか、とお伺いをたてたそうです。このような次第で、このお方は随分と長いこと考えこみ、わたくしが現われるまでずっと考え続けておられたのでした。わたくしのことを、まるで顔見知りのように歓迎してくださったのは、このようなわけがあったのです。夜の間に面識ができていたおかげですでに、身近で親しい人になっていたのです。この方のお話をお伺いしているうちに、先程の驚きは百倍にも膨れあがりました。そして、この方は正真正銘の神聖にして賢き人にちがいないという確信は、否応もなく大きくなりました。わくたしは畏怖の念と敬意にすっかりかしこまって、この方のお話が終わるやいなや、申しました。

『ご老師、とくと納得いたしました。わたくしがここにまいりましたのは神々[☆25]のご意志のあったればこそ。あなたさまは、見てのとおり、神々に嘉《よみ》されたお方ですから。ところで、幻夢《ゆめ》をご覧になったのは、神々のお兆候《しるし》にちがいありません。たいへん追いつめられた状況にあるわたくしに、あなたさまが救いの手をさしのべ、お知恵を授けてくださることを、神々は喜びたまうのです。惧れ多くも神々に守られたるわれらの女王陛下におかれましては、神々が望みたもうとおりに尊ばれ遊ばすようにしなければなりません。わたくしにできる程度ではまったく不充分で礼を欠くのです。ですから、厚かましいお願いであることは重々承知のうえで、あなたさまも、神々の望みたもうたことを叶えるのを喜んでくださるとよいのですが』。
『いや、むしろ、一切の善をお喜びになる、あの神様《おかた》こそがお喜びになるであろう。[☆26] あなたの望みを私が叶えてさしあげるのが御意であるのなら』。
聖なる賢者は、このようにお答えになりました。そして、こう申されたあと、静かに天を仰ぎ、しばしじっと見つめておられました。それから、わたくしの方を向いて、再び話を始められました。(xii)
『ラヴィネッロよ、実の息子にもおとらぬ、大事な愛弟子《まなでし》よ。あなたも、お仲間のみなさんも、〈愛〉について、また〈愛〉の性質について論ずるとは、大それた難問に挑戦されたものだ。〈愛〉については、きりがないほど多くを語ることができる。ありとあらゆる人々が、それこそ一日中、〈愛〉を議論の俎上にのせる。しかし、そのような人々は、〈愛〉にはおよそそぐわない要素を〈愛〉の性質であると論じたてる。〈愛〉の固有の性質であることがきわめて確実であり、かつそうであることが避けがたい必然であるような特長《もの》のことを、〈愛〉には関係がないと言わんばかりの態度で等閑視する。これは、なかなか厄介な状況だ。真理を見つけだすには、人々のいろいろな意見に逆らって進まなければならない。まるで、後ろ向きに歩いてゆくようなもので、[☆27] 苦労も並大抵ではない。だが、人は真理を探究することを恐れてはならない。目標に到達するのが骨の折れることであっても、努力もせずに逃げだしてはならない。どんなことでも、それがなんであるかを理解するのは大切なこと。だが、〈愛〉とはなんであるかを知る以上に大切なことは、ほかには滅多にない。いや、まったくないだろう。お仲間の方々の議論では、また、あなたがこれからなさろうとしている議論では、〈愛〉についての理解はどれほど進んでいるのだろうか。この問題の理解については、誰が先んじ、誰が遅れをとっているだろうか。そうしたご判断は、やんごとなき女王陛下にお願いしようと思う。とにかく、〈愛〉について真理を追求しようと、みなさんが大胆にも試みられたのは、大いなる称賛に値することです。[☆28]
ところで、私がなにかをつけくわえたり、探求を進めてさしあげれば、喜んでもらえるということなら、あなたに納得してもらえるまでおつきあいしよう。ただし、余所《よそ》のどこにもない真理が、ここらの金雀児の下に隠されているなどと、買いかぶらないでくれたまえ。☆29

さて、本題に移るまえに、まず尋ねておきたいことがある。というのも、昨夜の夢の中であなたが述べられたところでは、愛は、対象とするものの性質によって、また愛に与えられた目的に応じて、良くなることもあれば、悪くなることもあるとのことだった。ならば、なにゆえ、愛する者たちは往々にして邪にして悪しきものを対象として選ぶのだろうか。彼らは愛することにおいて、理性よりも感覚に従うから。この説明でよろしいかな』。

『ご老師』と、わたくしは答えました。『(思うに)ほかでもありません。まさに、そういう理由です』。

『では、質問の仕方を変えてみよう』と、聖なる賢者は続けられました。『愛する者たちは、なにゆえ、適切で健全な対象に欲望をいだくこともあるのだろうか。そうすると、次のようにお答えになるのではないかね。彼らが、感覚が目の前に示すものよりも、理性が命ずるところに従って愛するような場合は、そのようなことが起こるのだ、と』。

『そのようにお答えしますとも』と、わたくしは申しました。『ほかには答えはありません』。

『ということは』と、このお方は申されました。『人間が感覚よりも理性に従うのは良いことであり、反対に、理性よりも感覚に従うのは悪いことである。そうなるのかね』。

『もちろん、そうでございますとも』と、わたくしは申しあげました。

『ならば、教えてほしい』と、聖なる賢者は続けられました。『人間が理性よりも感覚に従うのは悪いことであるというのは、どのような理由があるからなのだろうか』。

『そのわけは、こうなのです』と、わたくしは答えました。『彼らは、最も優れたもの、すなわち理性を放棄しているからです。理性《それ》はまさに人間《かれら》のものであるにもかかわらず、彼らは一顧だにしません。そのうえ、最良とはいえないもの、すなわち感覚を後生大事にして、それにひきずられるがままになるからでもあります。感覚は人間《かれら》のものではないというのに』。

『理性が感覚よりも優れたものであるということならば、私もそのとおりだと思う』と、聖なる賢者は申されました、『それはともかく、なにゆえまた、感覚は人間のものではないとおっしゃるのか。人間にはものを感ずる力はないのだろうか』。

『ご老師、わたくしに哲学《ものごと》の基礎がわかっているかどうか、試験《ため》されるおつもりですね』と、わたくしは答えました。『虚をつかれて心外ではありますが、ご意向には従わせてもらいましょう』。

そこで、わたくしは申しあげました。

『階《きざはし》には、いくつもの踏み段がございます。最初の一段目にある最も低い段の下には、なにもありません。二段目の下には一つの段、三段目の下には二つの段、そして四段目の段の下には三つの段すべてがございます。神が創りたもうたものも、同じです。最も下等なものから始まって、人間という種にいたるまで、段から段へと高くなっていくのが見られます。まずは、石や、今わたくしたちが腰かけている枯れ木ですが、これらは単に存在しているだけです。ほかのものは、草や樹木がそうであるように、存在しているだけでなく、生命を宿して生きおります。またほかのものは、獣たちがそうであるように、生きて存在しているのみならず、ものを感じる感覚というものをもっております。さらにほかのものは、生きて存在し、感覚を具えているにとどまらず、理性をも有しています。すなわち、われわれ人間です。ところで、それぞれの段階のものについて、それの特性であると言えるのは、ほかのものには具わっていない要素《もの》にかぎられます。たとえば、樹木は生きて存在していますが、樹木の特性であると言うことができるのは生命《いのち》だけです。なぜなら、存在だけを問うならば、石やほかの多くのものも存在しております。しかし、そうしたものには生命は宿っていないからです。また、獣たちは、先程申しあげましたとおり、一頭一頭が生きて存在し、しかも感覚を有しております。けれども、獣たちの特性であると言うことができるのは感覚だけです。なぜなら、生きているかどうかということならば、樹木も生きておりますし、存在するかどうかということならば、樹木も石も存在しております。しかし、樹木や石にはものを感じる感覚は具わっていないからです。われわれ人間についても、同様です。

人間は生きて存在し、感覚も理性ももっておりますが、だからといって、存在や生命や感覚はわれわれの特性であるとは言えません。そのような特性ならば、われわれ人間だけではなく、申しあげている三種のもの、つまり動植物や石にも同じように具わっているからです。理性こそが、われわれの下にある三種の被造物たちのあずかり知らぬものであり、われわれの特性であると言われるのです[☆30]』。

すかさず、『もしも、そのように』と、聖なる賢者は申されました。『理性は人間のものであり、感覚は獣のものであるのならばだよ。理性が感覚よりも完全なものであることは、疑うべくもない。だから、愛するときに理性に従う者たちは、愛の歓びにおいて最も完全なものに従っているがゆえに、人間らしくふるまっている。ところが、感覚に従う者たちは、完全さの劣るものに従っているがゆえに、獣がするようにふるまっている。そういうことだね』。

『このような点につきましては』と、わたくしは答えました。『ご老師、そのようなことは真実でなければよかったのですが、遺憾ながら、そのようなことが当てはまる人々もおられるのです』。

『ということはだな』と、このお方は申されました、『われわれは愛するときに、われわれの最良のものである理性を捨て去り、他者《けもの》のものであって、一段劣るものである感覚に身を任せることが可能なのだね』。

『当然、可能です』とわたくしは答えました。

『それにしても』と、と聖なる賢者は申されました、『なんでまた、そのようなことが可能になるのかね』。

『なぜならば』と、わたくしは答えました。『そのようにふるまうか、ふるまわないかを決めるのは、われわれの意志だからです。われわれの意志が、自由で、思いのままになるのは、先程も申しましたとおりです[☆31]。したがって、感覚よりも理性を優先するように、無理強いされることもありませんし、余儀なくされることもないのです』。

『では、獣たちも』と、このお方は続けられました、『同じことができるのかね。彼らの最良の部分であり、かつ彼らに属する感覚を捨て去って、見向きもしないなどということが』。

『申しあげますなら』と、わたくしは答えました、『事故に遭ったり外部からの暴力を受けたときは別ですけれども、獣たちが感覚を捨てることなどありえません。獣には自由な意志はないからです。獣に与えられているのは、生理的欲求のみ。外界の事物の形相《かたち》は感覚器のはたらきによって知覚されますが、知覚された形相《かたち》につられて欲求が起こります。このような欲求は、感覚から切り離して操作することはできません。たとえば、馬は、飲みたいという衝動に駆られるといつも、水を目にしたとたんにそこにいって飲もうと屈みこんでしまうものです。乗っている人が手綱を引こうとも、やめさせることはできません』。(xiii)

『なんとしたことかね、ラヴィネッロ。まったく異なる答えを聞かせてもらいたかったのに』と、聖なる賢者は申されました。『われわれ人間は愛の歓びにおいて、最良の部分である理性を捨てて、一段劣る部分である感覚に身を任せることがあるのに、獣たちにはそのようなことは起こらないとおっしゃるのだね。獣は草木の段階に転落したりすることはないのに、われわれは獣のように行動することがあるとおっしゃるのだね。だとすれば、若者よ、われわれのほうが、われわれの下の階梯にある獣たちよりも、よほど惨めな境遇にあるとしか言いようがないではないか。しかも、そのようなことが本当であるならば、あなたのおっしゃる自由な意思とやらは、われわれが不幸になるために授けられたことになってしまうだろう。となると、次のようにでも言わなければ説明がつくまい。造物主たる自然は、われわれを創造するにあたって理性という長所を具えつけてくれた。だが、あとになってから、あなたのおっしゃるところの、種の階《きざはし》にたくさんの段々をつくって人間をその最も上に置いたことを後悔された。かといって、今さら理性をとりかえすわけにもいかないので、われわれに自由意志を授けられた。それは、われわれがみずから理性を奪いさり、みずから進んで人間の階梯から獣の階梯に転げ墜ちるようにするためであった、とね。それではまるで、ポイボスのような粗忽ぶり。この神は、トロイアの王女カッサンドラに予言の技を授けたが、あとでこれを悔いることになった。だが、いったん為されたことをもとに戻すわけにはいかないので、彼女が誰からも信じてもらえないように定められた。☆32 こういうことでよろしいかな。あなたなら、どうやって説明なさるのかな』。

『わたくしとしましては、ご老師』と、お答えしました、『どのように思うか思わないかすらも、思いつきません。ただもう、おっしゃるとおりごもっともと頷くほかはありません。お言葉ではありますが、過つことなき自然も後悔することがあると、信じなければならないのでしょうか』。

『滅相もない。そのようなことは信じてはなりません』と、聖なる賢者は申されました。『若者よ、よく考えてみなさい。自然は、まことと、過つことはありえない。だから、自然はわれわれの意志に、感覚に引きずられるままに道を踏みはずし、下位の種へと墜ちてゆく可能性を与えられたかもしれぬが、それだけではなくて、理性につき従って直《なお》き道をたどりつつ、上の種へと昇ってく可能性も与えられたはずなのだ。[☆33] 仮にもだ。われわれが利用したり糧《かて》にしたりするために自然が創造したものは、自然によって与えられた特権の中にいつまでもとどまるように、自然が定めたとしよう。その一方で、万物《それらのもの》の主人であり、万物《それらのもの》の奉仕を受けるわれわれには、自由意志を与えることによって、せっかく授けられた理性という資産《もとで》が四六時中損失の危機にさらされ、いっこうに積み増しされることのないよう、自然が定めたとしよう。そのような仮定そのままの依怙贔屓《いじわる》を、自然がするわけがないではないか。われわれの五官は、あらゆる状態、あらゆる時、あらゆる場所において、魅力的なものを知覚しては、魂に提供する。魅力的なものは、たくさんあるし、いろいろな種類にわたる。ただし、そうした魅力を前に、われわれが自由に、しかも安易に屈服することを自然が許したのは、われわれが欲求にひきずられるがままに堕落して、野蛮な獣になりさがるためだった、などと考えてはいけない。また、その一方で、われわれが理性をつかって自分自身を高め、神々の域に達することができるようになるために、理性がわれわれの日の前に置いてくれる目標《もの》がある。そこへ向かって上昇する可能性《ちから》を、自然はわれわれから奪い、断固拒否したなどとは、考えてはいけない。

なぜなら、ラヴィネッロ、これなる永遠の鏡はなんであるとお思いかな。あなたがご覧になる、いつもひとつで、かくも確固としていて、かくも疲れを知らぬ、かくも燦然と輝く、あの太陽《ひかり》のことだ。また、いつも同じひとつの顔ではない、妹なる月《かがみ》は、なんであるとお思いかな。[☆34] また、われわれの周りを回る、きわめて神聖で、きわめて懐が広くて、感嘆すべき円周《てんくう》のそこかしこに見られる輝きはなんであるとお思いかな。時に応じて円周《うちゅう》のさまざまな美しさを垣間見せてくれる、数多くの星々《かがやき》のことだ。そうした美しさは、若者よ、ほかでもない。星辰やほかのすべてのものを分け与えたもう主人であらせられる、あの神様《おかた》の麗しさなのだ。あのお方は、それらの麗しさを、ちょうど伝令のように、われわれの眼前に遣わされた。われわれが彼を愛するように誘うためだ。ところで、知恵ある人々は次のように述べている。われわれ人間は肉体と魂から成りたっているが、肉体は両親からもらい受けるもの。水と火と土と空気が混ざりあってできているが、各要素に完全な調和はないし、やがては崩れ去るだろう。☆35 しかし、魂は、あのお方が御自ら、われわれに与えたまうもの。だから、きわめて純粋なものであるし、命絶えることもない。魂は、それゆえ、われわれにそれを与えた神様《おかた》の御許《みもと》に戻りゆくことに憧れつづけているのだ、と。

しかしながら、魂は四肢《からだ》という牢獄の中に何年も何年も閉じこめられている。われわれが年端もいかぬ子どものうちは、魂は神の麗しさの薄明すらも見ることができない。長じてのちは、若者らしい欲望が群れをなして押しよせるので、それにどっぷりとつかってしまい、現世での色恋に溺れているうちに、ややもすると神聖なるもののことは忘れてしまう。そこであのお方は、昼には毎日太陽を示し、夜には毎晩星を示し、昼と夜の順繰りに月をお示しになりながら、魂に呼びかけておられるのだ。このようにして示されるものは、まさしく、次のように言って、われわれを叱咤激励する永遠なる声にほかならない。おお、愚かなる人間どもよ、そなたたちはなんとつまらぬ空想に耽っているのか。そなたたちは盲目なるかな。偽りの美しさにかまけて、ナルキッソスよろしく虚しい望みに胸をふくらませるとは。そのような美しさは、そなたたちが捨てて顧みない真の美しさの影にすぎないことに、気づかぬとは。そなたたちの魂は永遠である。それなのになぜ、移ろいゆく麗しさに酔い痴れるのか。われわれ星辰がどれほど美しい被造物であるか、じっくりと眺めるがよい。そして、われわれがお仕え申しあげるあの神様《おかた》がどれほど美しいか、とくと思いめぐらすがよい、と。☆36（xiv）

そして、若者よ。あなたの目の前から濁世《じょくせ》の霞のヴェールをとりはらい、確たる目で真理をしっかりとごらんなさい。そうすれば、つまるところ、あなた方の世間で最も称賛を受けている欲望といえども、すべて、愚かしい虚言でしかないということに、まずまちがいなく気づくはず。ペロッティーノの語る恋人たちや、当のペロッティーノご本人が身をもってたっぷり示してくれたような、たいへんな悲惨に満ち満ちた恋愛については言わずもがなとしても、ほかの種類の愛とていかがなものか。ジズモンドが話したように熱心に追求したり尊重したりしなければならないほどの、揺るぎなき安定性や、完全なる充足や、満ち足りた幸福感などあるだろうか。なるほど、命かぎりある麗しさは、われわれの魂の糧となる。それらを見たり、聞いたり、ほかの感覚を通ったりして、魂に届けられる。また、思考をはたらかせることで、千回、いや何千回も、魂にはいってくる。だが、そうしたものはどれもこれも、なんの役に立つのか、私にはわからない。こうして魂を虜《とりこ》にした麗しさは、徐々にわれわれのうえに猛威をふるうようになり、そこから得られる快楽に溺れるようにわれわれを飼いならしてしまう。するとどうだ。われわれはほかのことなど考えられないようになるし、うつむいて卑しいことに目をとめたまま、自分自身とすらも真正面から向きあうこともできなくなる。挙句の果ては、まるで妖女キルケの飲みものを口にしたみたいに、人間から獣に変えられてしまうのだ[☆37]。もし仮に、そうした麗しさがもたらす歓びが、偽の歓びではない場合を仮定しようか。いずれかの本身の麗しさが、今も見られないし将来も見られないであろうほどに完璧であるとか、耐えられないような欠点がなきに等しいとかであれば、そうした麗しさを知覚する人をあらゆる点で完全に満足させることがあるかもしれない。それでもやはり、命かぎりある麗しさが、本当の意味で満ち足りた歓びを与えるようなことがあろうとは、私には想像もつかないことだ[☆38]。

たとえば、軽い熱病にでも罹ったらどうだろうか。ちょっと微熱がでただけでも、麗しさなど、ひとたまりもなく消し飛んでしまう。病気にならなかったとしても、いずれめぐってくる歳月は、麗しさを運びさる。美しさも、若さも、可愛らしさも、優雅な身のこなしも、やさしい話し方も、歌も、音楽《おと》も、踊りも、饗宴《うたげ》も、遊技も、ほかの愛の歓びも、すべてもち去られてしまう。[☆39] そのようなことになれば、そうしたものに憧れている者たちにとっては、塗炭の苦しみとなるにちがいない。そのような歓びにとらわれるがままになり、縄できつく結わえつけられていれば、なおさら苦しみも大きいであろう。もしも、老境にいたってもなお、このようなものへの欲望がなくならないのであれば、老いの世を子供じみた望みで汚染し、手足は弱りきって震えているくせに若者じみた思考を温めるほど、ちぐはぐで情けないことがあるだろうか。もしも老境にはいればなくなるのであれば、いずれ歳をとれば愛せなくなるものを、若いうちにこれほど熱烈に愛するのは、なんともばかげたことではあるまいか。[☆40] しかも、人生の最良の潮時《とき》において嬉しくもなければ役にも立たないものを、なによりもためになるとか楽しいとか信ずるのは、ばかばかしいことではないだろうか。なぜならばだ、若者よ、われわれの人生における最良の部分とは、もちろん、われわれにおける最良の部分、すなわち魂が、欲求の奴隷という境遇から解放される老年《とき》のことだからだ。そのときになれば、魂は、最良とは言えない部分、すなわち肉体を、節度をもって支配してくれるし、理性が感覚の道案内を務めてくれる。感覚というものは、望み多き若さの熱に翻弄されているうちは、理性に耳を貸そうともしない。好き放題にあちこちふらふらしては、派手にひっくり返る。そういうことについてはだね、私もかつてはあなたのように若かったときもあり、経験してきたことをもとに証言してあげられるだろう。[☆41] ところが、あなたぐらいの年頃だったときにいちばん称讃したり望んだりしていたものを、魂《こころ》に思い返してみれば、今となってはなにもかもつまらないことだったと思えてくる。それは、まるで、すっかり快復した病人のようなもの。そんな人が、熱にうなされていた最中に望んでいたことをふりかえるならば、考えていたことも希《ねが》っていたこともまったくまともではなかったと気がついて、自己嫌悪におちいるだろう。このようなわけで、老年はわれわれの人生の健康であり、若さは病気であると言ってもよいだろう。[☆42] あなたも、今のところは腑に落ちないかもしれないが、いずれそれなりのお年齢《とし》になれば、本当にそのとおりだと得心されるであろう。（XV）

それでは、お仲間《ジズモンド》の方の議論に話を戻そうか。この方は、愛する者たちの小躍りしたくなるような歓びを、逐一、天まで届けとばかりに絶賛されたそうだな。しかし、そうした歓びの中でも最もささやかなものを手にいれるためだけでも、千もの悩み苦しみを経験せずにはすまないだろう。それはそれとしても、最も完全なる歓びの只中にあってもなお、なにかほかのものが欲しくてたまらなくなり、溜息をつきたくなるようなこともあるのではないかな。あるいは、二人の恋人同士が、望みがぴたりと一致し、思考を分かちあい、運命を分かちあい、二人の生命がすっかりひとつに融けあうなどということが、そのようなことが本当に生じるときなどありうるのだろうか。[☆43]たとえ自分ひとりのことであったとしても、毎日毎日、自分自身に嫌気がさすことなど一瞬たりともないような人はいるはずもない。はなはだしくは、まるで二人の人間が互いに別れるように自分自身を簡単に捨て去ることができるのであれば、自らに別れを告げて、別の魂を、別の肉体を、身につけたいと思っている人も、大勢いるというのに。

　それから、ラヴィネッロよ、あなたの論じている愛に話を移すと、私ももちろん、そこのような愛を称賛したであろう。あなたのご意見に頷く部分もあっただろう。ただしそれは、そのような愛が、目の前にある目標《もの》よりもさらに役に立つ対象へと、あなたの欲望を手招きしていたならばのこと。しかも、愛それ自体があなたを喜ばせるからというだけでは、だめなのだ。よりいっそう優れた、誤りとは無縁な目標へと、愛がわれわれを仕向けてくれないのなら、だめなのだ。なぜならば、あなたのお考えとは異なり、良き愛とは美への欲望ではなくて、真の美への欲望なのだから。[☆44]真の美とは、いずれは滅びるような、人間的で、命かぎりあるものではない。神聖にして、命つきることのないものでなければならない。あなたが称賛している美も、しかるべき仕方で目をかけてやったならば、われわれを真の美へと高めてくれることもあるかもしれぬ。それにしても、浮き世の美しきものを称讃するとして、褒めすぎにならないようにするためには、どのように言葉を選べばよいものか。なぜなら、人は、この世の美に魅了されたままでいると、この現世において神々のように生きることを放棄してしまうことになるからだ。そうなのだ、若者よ、神聖なる魂の持主にふさわしく、命かぎりある地上《もの》の美には目もくれぬ人々は、神々も同然なのだ。命かぎりある身体《もの》をまといながらも、神聖なるものを熱望する人々は、神々も同様なのだ。じっくりと熟慮する人々、考えをめぐらせる人々、先々のことを見越す人々、永遠なるものに思いを馳せる人々、自らあやつるべきものとして与えられた肉体を、動かし、支配し、手なづける人々は、神々と同列なのだ[☆45]。人の身ならぬ神々も、五体について、そのようにふるまい、そのように対処しておられる。それはともかく、いったい人の世のいかなる美が、真の美を体現するとか、われわれを心から納得させることができようか。すなわち、あなたの主張するところの、人間が与えられた肢体《もの》に見いだされる、いかなる比例が、いかなる均衡が、いかなる調和が、それほどまでに快く、完璧でありうるのだろうか[☆46]。

ラヴィネッロよ、ラヴィネッロ、あなたの姿形《すがたかたち》はあなたではない。ほかの人々も、外側の見かけはその人ではない。人は誰しも、指で示すことができる姿ではなくて、魂のありようこそがその人の姿なのだ[☆47]。われわれの魂は、この下界にあるいかなる美にも、順応したり、満足するような性質のものではない[☆48]。それゆえ、地上のありとあらゆる美しいものをあなたの魂の前に置いて、そのすべての中から好きなものを選ばせ、少しでも気に入らないところがあればなんでも思いどおりにつくり直すことができたとしても、あなたは満足などしないだろう[☆49]。地上のすべての美女を合成した最高の美人から歓びを得られたとしても、そのような歓びを手放すことになるならば、淋しい思いをするだろう。現に手中にある、いつでも手に入る歓びを手放すときにさえ、淋しい気持になるのと同じように。要するに、魂は命つきることのないものであるがゆえに、命かぎりあるものには満足することはできないのだ。

ところで、すべての星が太陽から光を与えられているのと同じように、美しいものはみな、彼方なる美から、すなわち神聖なる永遠の美から、性質と存在様式《すがた》を与えられている[☆50]。だから、なにか美しいものが魂の前に姿を現わすときには、魂はたいそう気に入って、喜んで眺める。なにしろ、美しいものは、永遠なる美を映す像であり、それを映し返す理性の薄明であるから。しかし、それだけで満足したり、いつまでも喜んでばかりはいられない。魂が恋い求め、憧れているのは、永遠なる、神聖なる美なのだ。魂は、美しいものを見聞きすれば、神聖なる美のことを思いだす。そして、想起された神聖なる美によって、魂は、神聖なる美そのものを求めるように四六時中、鼓舞されているのだ。

たとえば、誰かが眠っているときに食欲がわいてきた場合を例にとるならば、この人が夢の中で食事をしたとしても、満腹になるわけではない。食餌を求めている感覚は、食べものの虚像ではなくて、食べものそのものを望んでいるからだ。われわれとて、それと同じこと。われわれは真の美と、良き歓びを求めているが、そのようなものは地上にはないので、われわれはその影に恋いこがれる。影というのは、物質的で現世的な美の中に示される影、そして物質的で現世的な歓びの中に示される影のことだ。結果的に、われわれは魂を養っているのではなくて、養っているかのように誤魔化しているだけ。そのような中途半端なことにならないように、用心したまえ。太陽の光線の源である広大無比な光輝《かみ》や、真実で幸福で永遠なる美のことなどそっちのけにして、われわれが誰ぞのお顔のささやかな果皮《はだ》や、惨めで欠点づくめで偽りだらけの可愛らしさに現《うつつ》を抜かしているのを、有能《やさしい》な見張番に見とがめられては一大事。見張番がご立腹になり、禍々《まがまが》しき手合いの許にわれわれを押しつけるようなことにでもなれば、大変ですぞ。☆51 いかにも、われわれのこの人生は、一夜の眠りなのだ。ならば、ぐっすりと眠っていながらも、明日は早くから起きだそうと心に決めている人々を、われわれも見習おうではないか。このような人々は、意識はなおも眠っていながらも、目を覚まして起きだすのを夢に見るし、実際にも眠ったまままむっくりと起きあがって、上着を手にとって身支度を始めるものだ。われわれも、そうすべきなのだ。たとえ眠っている最中であっても、食べものの虚像や見せかけ、影でしかない空虚な喜びに、気をとられていてはならない。正真正銘の食べものと、しっかりとして堅固で純粋なる満足を追求しようではないか。夢を見ているさなかにあっても、実質的な食事を始めようではないか。あとで目が覚めたときに、幸《さち》多き島々☆52の女王に覚えめでたく歓待してもらえるように。ところであなたは、この女王のことをお聞きになったことはなさそうだが』。

『ご老師』と、わたくしは申しあげました、『そのようなお話は聞きはじめです。覚えめでたくと言われても、なんの話かさっぱり見当がつきません』。

『では、お話しして進ぜよう』と聖なる賢者は申されて、お続けになりました。(xvi)

『神聖なることを教える古代の教師たちの、最も秘伝とする奥義によれば、そこなる島々、つまり先程申した幸《さち》多き島々に、一人の女王がおられる。この方はきわめて美しく、目も綾なるお姿であり、とうとくも値打ちある御衣《ぎょい》で飾られ、永遠の若さに恵まれておられる。女王は夫をもつことをお望みにならず、いついつまでも乙女のままだが、愛してもらうこと、憧れの目で見つめてもらうことを、ことのほかお喜びになる。そして、女王のことをより真摯に愛する者たちには、愛の見返りとして、より大きなご褒美をお遣わしになる。ほかの者たちには、その愛情の程度に応じて、応分のものをお遣わしになる。ところで、女王はすべての人々について、次のような仕方でお試しになる。彼らは、一人ひとり女王から召しだされ、順にしたがって、一人ずつ御前にまかりでる。すると女王は、その者に小さな鞭で触れてから、退出させる。すると、みな、女王の宮殿からでたとたんに、眠りこんでしまう。女王が目覚めさせてくださるときまで、そのまま眠り続けるのだ。しかるのちに、目を覚ましてから、再び御前にまかりでる。そのときには、眠っていたときの夢が、夢に見たそのままに一分《いちぶ》の狂いもなく額に書きこまれているので、たちまちのうちに女王に読みとられてしまう。そして、狩の獲物のことや、魚釣りや、馬や、森や、獣のことばかりを夢に見ていた者たちは、ただちにお側から追い払われ、獣たちのところに送りだされる。目覚めているときにも、眠っているときに夢で一緒だった獣たちと混じって過ごせるようにするために。女王の判決理由は、こうだ。もしもそなたたちが妾《わらわ》のことを愛してくれていたならば、たまには妾のことを夢に見てくれてもよかったであろう。なのに、そなたたちは夢にも見てくれなかった。だから、獣たちと共に生きるがよい、と。次に、商いの取引きのこととか、家庭や共同体を治めることとか、いろいろな業務をこなすことばかりを夢に見て、女王のことはほとんど思いだすいとまもなかった者たちについては、女王は御領地のあちこちの城下町にて、ある者を貿易商人に、ある者を有力市民に、ある者を長老としてとりたてるものの、心配事や気苦労をずっしりと背負わせたまま、あとはとんとおかまいにならぬ。[☆53]ところが、夢を見ながら女王と一緒にいた者たちについては、女王は彼らを宮廷にお迎えになられる。音楽《おと》や、歌や、とめどなく楽しい歓楽の中で、女王とご一緒つかまつり、食事をしたり歓談したりするためだよ。そして、一人ひとりが夢の中で女王とどのくらいたくさん過ごしたかに応じて、ある者をお側近くに、ある者を離れたところに、侍らせられるのだ[☆54]。

おやおや、ラヴィネッロよ。ついうっかりして、随分と長いことあなたを引き止めてしまった。もうそろそろお仲間のところに戻らなければと思っておられるだろう。いや、戻らねばならない頃合いだ。これ以上、私に尋ねたいこともないであろうし、ぐずぐずしているうちに日が高く昇ってしまうと、でかけるのも億劫になりましょう。なにしろ、太陽はくまなく天を温めたそのうえに、なおもまだ、力を増しているからに』。

『まだまだ、ご老師、戻りたいなどとは少しも思っておりませんし、戻らねばならぬ頃合いでもありません』と、わたくしは申しあげました。『それに、お話ししてくださるのがご面倒でなければですが、わたくしはこれまでになく熱心に、お話をお伺いしたい気持になっております。思い返すに、これほど真剣な気持になったことなどございません。太陽が高々と昇るとしても、ご心配にはおよびません。わたくしは、ただ、下り坂を降りていけばいいだけのこと。そのようなことなら、いつでも簡単にできますから』。

『老いぼれの年寄りが、話をするのを面倒くさがることはないぞよ』と、善き翁人《おきなびと》は申されました。『老人にとっては、格好の気晴らしになるからな。そもそも、あなたに喜んでもらえることを、この私が面倒に思うわけがないはないか。それでは、続けることにしよう』。

そして、このように続きを申されました。(xvii)

『このようなわけだから、若者よ、ペロッティーノとジズモンドに教えてさしあげなさい。やがて目を覚ますことになるときに、目覚めてもなお獣たちのところに追いたてられたのではかなわないと思うのなら、今見ている夢よりももっと良い夢を見るように努められよ、と。しかし、ラヴィネッロよ、あなたも、先程申した女王に可愛がられているわけではない。女王のことはほとんど夢に見ておられないからだ。せっかく与えられた人生《ねむり》を、真に役に立つことのために用いたり使ったりするのではなく、無益に、つまらぬ空想に耽って浪費しておられる。要するに、あなたの愛は良き愛ではないと気づかれよ。あなたの愛は、野獣のような望みと混ざりあっていないという点では、悪質なものではないだろう。しかし、あなたを命つきることなき対象へと引きあげてはくれぬ。それどころか、性質の異なる二つの欲望の中間にあなたを引きとめているわけだから、良き愛ではない。[☆55]どちらにしても、そのようなところでいつまでも右往左往しているのは得策ではない。喩えるなら、川岸で急な斜面に立っていることができず、あれよあれよという間にずるずると下まで滑り落ちていき、上へと登るのができないのと同じこと。なるほど、感覚から得られる快楽を信頼しきっていながらも、自分は劣悪な状況になど転落するはずはないと豪語する人もおられよう。しかしそのような人でも、時には誤りにおちいるようなことになるのではないだろうか。考えればわかるとおり、感覚は誤謬に満ちている。同じひとつのものでも、あるときには良いものに、あるときには悪いものに、あるときには美しいものに、あるときには汚らしいものに、あるときには快いものに、あるときには不快なものに感ぜられる。五官の愉しみを基礎に据えてなにかを築くのは、水の上に基礎を据えるのと同じように不安定なこと。そのような基礎の上に立つ欲望は、どう逆立ちすれば、良きものとなりえようか。そのような愉しみは、手にはいったならはいったで人を堕落させるし、手にはいらぬとあらば拷問にかけられたかのように苦しめられるし、どれもこれもきわめて短い、束の間のものでしかないのは、ご覧のとおり。愛する者たちは、そのようなものを後生大事にして、印象深い美辞麗句を並べたてるが、事実をくつがえすことはできない。なるほど、そのような愉しみであっても、思考の中でならいつまでも味わいつづけることができるだろう。しかし、われわれは天上的で命つきることのない精神をもっているのだ。せっかくもっている精神を、浮世の愛執《ものごと》だけに思考をついやして、葬りさってしまうくらいならば、そのようなものなどもちあわせていない方が、どれほどましなことだろうか。われわれに精神が与えられたのは、命かぎりあるものに似つかわしい毒入りの食餌を精神にあてがっておくためではない。あの健全なる神饌《アンブロシア》を味わうためなのだ。[☆56]

神饌は、美味なるもので、決して人を堕落させたりすることはない。いつも快く、いつも貴い。それが成し遂げられるのは、魂を授けてくださった神にわれわれの魂を向けるときだけ。ほかには方法はない。

若者よ、あなたなら、それがおできになるだろう。だから、よくお聞きなさい。そして、思いを馳せてみなさい。かの神様《おかた》は、これなる聖《きよ》らかな神殿の全体を、つまりわれわれが世界と呼んでいるものを、お創りになった。しかも、神の威令がすみずみまでゆきわたった神殿を、丸い形に調えたもうた。これは驚くべき賢慮ではないか。それゆえ、世界は、神に戻ろうとするし、神を必要としているし、神ご自身に満ちあふれている。[☆57] かの神様《おかた》は、また、この神殿の丸い形に添うように、いくつもの天球を同心円状に配置された。これらの天球は、きわめて純粋な元素である実体《アイテール》でできていて、常に回転している。しかも、最大の恒星天《てんきゅう》が毎日東から西へと回る向きと、より小さい各々の天球が一年がかりで天の座をめぐる向きは、反対向きになっているのだよ。さて、かの神様《おかた》は、一《ひとつ》番外側の天球に、あまたの恒星《ほしぼし》を授けられた。あたり一面できらきらと輝くようにするためだ。さらに、この天球よりも内側に含まれる各天球には、それぞれの天球にひとつずつ、惑星《ほし》を割りあてられた。そして、すべての星がかの輝きから光明《めぐみ》を得ることを、神は望みたもうた。かの輝きとは、惑星《ほしぼし》の軌道を支配する者、昼と夜をつくりだす者、時をきざむ者、生まれいずるすべてのものを生みだし、支配する者、そう、太陽のことだよ。このようにして、おのおのの天体が、それぞれの軌道を、確固とした規則正しい回転でめぐるように、お定めになった。短い期間で回る星もあれば、長い期間で回る星もあるが、それぞれが割りあてられた道行を回り遂げるように、かつ、終わったら再び回り始めるように、お決めになったのだ。そして、天球のすぐ下のところには、四大元素の中で最も純粋なもの、つまり火をお与えになった。その真下から、われわれがいるところまでの空間には、かの神様《おかた》は空気をいっぱいに満たされた。中心部には、つまり、いちばん低い場所には、しっかりと大地《つち》を据えつけられた。世界という神殿からすれば、大地といえども土塊《つちくれ》のようなもの。それから、陸地《つち》のまわりに、海《みず》をちりばめられた。このような順番に並べられたのは、土は水よりも重いし、水は空気よりも重い元素だからであり、また、空気は軽いが、火はもっと軽い元素だからである。[☆58]

それゆえ、これらの火、空気、水、土の四大元素の中で、乾燥や湿り気、冷たさや熱さといった四つの性質[☆59]がどのように組みあわさっているかを、愉しく考察されてはいかがだろうか。それらがいかにして、互いに調和しないようでいて調和しているかについても、考えてみるとよい[☆60]。月の満ち欠けが変わりゆくさまを眺めたり、太陽の運行を観察したり、彷徨う惑星《ほしぼし》のめぐる道筋を見つけたり、彷徨うことのない恒星《ほしぼし》の道筋を見つけたりすれば、愉しいだろう。それらすべてについて、原因と作用を検討することを通して、魂を天に引きあげなさい。このようにして自然と対話することを通して、われわれが地上《ここ》で愛しているものが、いかに儚く卑小なものであるかに、思いをめぐらせなさい[☆61]。というのも、われわれの命かぎりある人生は、どんなに長いものであっても、かずかずの天球がそれぞれに有する真の一年に換算すれば、せいぜい二日にしかならないのだから[☆62]。しかも、星はたくさんあるし、その数は数えきれないほどだが、われわれが知っている星々のなかで一番小さな星でさえも、この固くて丸い球体、つまり地球よりも大きいのだ。われわれは、そのようなちっぽけな地球上にあって傲慢にふんぞりかえっているけれども、身のほど知らずもはなはだしい。そのうえ、地球上には人の住めない地域もあるのだから、われわれが居住できる領域は、ごくごくかぎられた狭い断片でしかない[☆63]。そればかりではない。ここでは、あらゆるものが自然の猛威に対して脆弱で、病に満ちている。風やら、雨やら、氷やら、雪やら、寒さやら、暑さに苦しめられる。また、発熱やら、腹痛やら、胃痛やら、ほかにもあまりにも多くの病気に苦しめられる。こうしたものがわれわれに降りかかったのは、古《いにしえ》のパンドラが壺の蓋を開けて不幸を世にふりまいたせい。とんだ災難だ。それにひきかえ、天上《あちら》では、なにもかもが健全で、安定していて、ふさわしい完全さで満たされておる。そこでは、死が訪れることもなければ、老いに追いつかれることもない。そこには、いかなる欠点も存在しないのだから[☆64]。(XVIII)

ところが、あなたにとって、もっと愉しいことがあるのだよ。あるいは、心の奥底から、驚きの声をあげられるかもしれない。目に見える天球から、目には見えない天へと考察の歩みを高めていきなさい[☆65]。一段また一段と高みに昇りながら、目を凝らして、真実なるものの数々をご覧なさい。こうして、ラヴィネッロよ、あれなる美にいたるまで、あなたの欲望を高めてみなさい。あれなる美とは、目に見える天球よりも上にあるもの、そして、物質世界《めにみえる》のどんな美よりも上にあるもののことだ。私はつい今しがた、人間が感覚で知覚することのできる、物質でできた世界のことをお話ししてさしあげた。それは目に見えるものであるがゆえに、誰もがしばしば話題にとりあげる。しかし、肉体の目で見るのと同じくらい、魂の目で見ることに慣れ親しんでいる人々にあっては[☆66]、この世界のほかにも、もうひとつの世界が存在しているのだ。もうひとつの世界、つまり理想世界は、物質でできているわけではないし、感覚でとらえることもできない。それは、物質世界《この》からは、はかりしれないほど切り離されていて、純粋なのだ。理想世界は物質世界《この》の上をぐるりと囲んでいるし、この世界によって常に求められ、探せば常に見つかる。それでいて、理想世界は物質世界のすべてと、完全にかけ離れている。そこでは、一つひとつの部分に、全体が宿っている。それは、いとも神聖で、きわめて聡明で、まばゆいばかりの光輝にあふれている。そして、究極原因《かみ》に近ければ近いほど、ますます優れた、ますます大きなものとなる。理想世界には、いやしくも、物質世界にある森羅万象のことごとくが存在している。ただし、理想世界《あちら》にあるもののほうが、物質世界《この》にあるものよりも、はるかに卓絶した状態にある。喩えれば、物質世界にあるものの中では、地上的なものよりも天上的なもののほうが恵まれた条件にあるのと同じことかな。それはともかく、理想世界にも、この世界と同じように、大地《つち》があって緑を繁らせ、草木をはぐくみ、動物をやしなっている。海があって、陸地と入り混じっている。空気があって、陸と海を囲んでいる。火がある。月がある。太陽がある。星々がある。天球がある。ところが、理想世界《あちらの》では草が枯れることはない。樹木が古びることも、動物が死ぬことも、海が荒れ狂うことも、大空が曇ることもない。火が燃えさかってものを焼き尽くすこともなければ、星辰《ひかり》なり天球なりが、休むいとまもなく回転することもない。理想世界では、いかなるものも変化しない。つまり、夏とか冬、昨日とか明日といった時の流れに影響されることはない。あるいは、近いか遠いか、広いか狭いかといった空間的な制約を受けることはない。理想世界は、あるがままの状態で満ちたりている。いかにも、最高の幸福、いやしくも欠けたるところなどなき幸福に、満たされているのだからね。こうして、最高無比の幸福を身籠もって、生みだすにいたる。つまり、あなたがご覧になっている、この物質世界が生まれてくる。☆67

この世界の外に、まさか、ほかにも世界があろうなどとは、思いも寄らぬだろう。それならば、われわれとて、小暗《おぐら》い海の底に生まれ育ち、そこで暮らしている人と同じことになる。そのような人は、よもや水の上にいろいろなものがあろうとは一向に想像もつかぬだろう。海藻よりも美しい木々の枝葉、砂がつもった水底よりもずっと美しい平野、魚よりもずっとにぎやかな獣たち、岩に穿《うが》たれた洞穴とはちがった造りの住まいが、あるとは思えまい。それどころか、土や水のほかにも元素があるかもしれないとか、ましてやそのようなものを実際に見ることができるとは、夢想だにできないだろう。ところが、そのような人が陸《おか》にあがって大空の下に立ったとしよう。すると、谷や山、平野や森、農耕地が目に入る。おびただしい種類の野生の動物や、家畜を目にする。こうした動物たちは、われわれが食べるために生まれてきたものも、われわれに楽をさせるために生まれてきたものもあり、顔形や習性も多様で珍しく、勇猛さやら愛嬌やらでわれわれを喜ばせてくれる。それから、都会や、家並みや、神殿、それに、匠の技、人々の暮らしぶり、澄みわたった空気、天に光をふりまきながら昼をもたらす眩しい太陽、漆黒の闇の中に点々と彩りをそえて感動をもたらす夜の星々《かがやき》を見る。そのほかにも、陸上《われわれ》の世界で、すばらしいものを数かぎりなく目の当たりにしているうちに、以前信じていたことが大きな誤りだったことに気づき、もはやもとの生活に戻りたいとは思わなくなるだろう。☆68 われわれとて、同じこと。惨めにも、低くて泥にまみれた土小玉の上で生きるべく送りだされ、空を見やり、空を飛ぶ鳥たちを眺めては感心する。海に棲む人が、海を見やり、海を泳ぐ魚たちを眺めて感心するのと、変わりはない。われわれは少しばかり天が見えるので、その美に思いをめぐらせる。だが、天の彼方にあるものは、海底人が地上にあるものに驚嘆したり、尊《たっと》んだりする以上に、もっと驚嘆すべきものであり、もっと尊いものであるにちがいないのだ。そのちがいがどんなものなのかは、われわれの貧弱な判断力《こころ》には合点がゆかない。だが、ラヴィネッロよ、もしもわれわれをそこにお連れくださる神霊☆69があって、そこにあるものを見せてくださるならば、理想世界《そこ》にあるものだけが真実のものであり、そこで営まれる生だけが真実の生であるように見えるだろう。地上《ここ》にあるものはなにもかも、それらのものの影であり像にすぎぬと思われるにちがいない。そして、あの晴れやかなるところからこちらの闇を見下ろしながら、地上《ここ》にいる人々を惨めな者たちと呼ぶであろう。彼らに憐憫の情をもよおすであろう。あまつさえ、このような生き方に自らの意志で戻ったりはしないだろう。(xix)

しかし、ラヴィネッロよ。なんと言ったらよいだろうか。あなたは、まだ、お若い。そして、若いうちは、どうしたものか、このような考え方がしっかりと根づくことはなかなかむずかしいようだ。仮に根づいたかに見えても、日陰になっている地面の草のようなもの。たいていは、根を張らぬうちにしおれてしまう。しかしながら、あなたの魂の中では、こうした有益な考え方がすくすくと生長しつつあるようだ。あなたが恋いこがれておいでの貴婦人の目は、いずれは瞑目することになる薄明でしかない。そうであるならば、これほどまでに真実で、これほどまでに純粋で、これほどまでに高貴な、あれらの永遠なる美の輝きに対して、あなたはどのようにふるまうのだろうか。あるいはまた、あなたが常々、喜ばしく大切なものと思っておられる貴婦人の声《ことば》にしても、ついこの間までは幼子で泣くことしかできなかったし、やがては永遠《とこしえ》に黙《もだ》してしまう一枚の舌でしかない。それならば、神聖なるものたちの聖歌隊《コロス》が交わしている対話や調和《アルモニア》は、あなたの耳に、どれほど大切に尊く響くだろうか。それから、あなたは貴婦人の仕草を思い浮かべてはにんまりとご満悦だが、その方とて数多くの手弱女《たおやめ》の中の一人でしかない。ならば、もしもあなたの魂が、思考によって、霧たちこめる現世《ここ》から思考のはたらきによって引きあげられ、純粋で汚れなき魂となって天上界《あちら》の純白なる光輝へと昇っていくならば、そして、天上を見そなわされる主の偉大なる御業《みわざ》をよく見つめ、さらに端から端まで眺めて、純真なる情愛をこめて魂の欲望を主に捧げられるならば、あなたの魂はいかなる満足をえられることだろうか。

若者よ、この喜びの大きさは身をもって体験しない者には理解できない。しかも、ほかの歓びにかまけているうちは、体験することなどできはしないのだ。なぜなら、われわれの目は、地上に向けられた望みのせいで目隠しをされたも同然であり、土竜の目では太陽の光を見るに耐えられないからだ。[☆70]残念ながら、たとえどんなに純粋な魂であっても、そこに完全に到達することはできない。しかし、言うなれば、誰か異国の人が国王の宮殿の前を通りかかる場合に喩えられよう。そのようなときに、王が姿を見せるわけでもないし、そこにいるのが王であると教えてもらえないことがあるかもしれない。それでも、大勢の衛兵たちに護られているのを見れば、そこにおわすのはやんごとなきお方にちがいないと察しがつくだろう。しかも、衛兵たちが美々しい出立ちをしていればいるほど、なおさら、それなるお方もいっそう偉大なお方であろうと察しがつく。[☆71]それと同じように、われわれは肉体の目でも魂の目でも、かの偉大なる主を直視することはできない。それでもやはり、それなるは偉大なる主であらせられるにちがいないと言うことができるのだ。すべての元素が、すべての天が、それなるお方にお仕えし、それなるお方の威令に服する下僕となっているのだから。

だから、ラヴィネッロよ、お仲間のお二方が、これまで貴婦人《こいびと》に臣従していたのとは打って変わって、今後はこれなる主君に宮仕えなさるならば、良識ある判断をされたことになるだろう。そして、お二方とも、つまらぬ空想に耽るのはおしまいにして、神殿の中にいるのだということを自覚しながら、心を入れかえて崇敬されるがよい。要するに、偽りの、現世的で、命かぎりある愛からは脱皮して、真実の、天上的な、命はてることのない愛を身にまとうべきときなのだ。もちろん、あなたもそのようになさるなら、結構なこと。なぜなら、あらゆる善がこの欲望の許にあり、あらゆる悪はそこから遠く離れているからだ。

そこには、競争はない。そこには、疑いはない。そこには、嫉妬はない。なぜと申すに、愛されている主君は、たとえ愛する人がたくさんおられようとも、ほかの大勢の人々が愛し、ともに楽しむことを妨げたりはなさらぬからだ。まるで、たった一人の人が愛し楽しむのと、寸分たがわずに。なぜなら、これなる、きわめて光輝にあふれる神は、すべてのものを満足させて、なおかつ、いついつまでも減少したり変質したりすることなく同一のものでありつづけるからだ。そこでは、誰も策略にかけられることはない。誰も侮辱を浴びせられることはない。誰も信頼を踏みにじられることはない。なにごとにつけ、ふさわしい度というものを越して追求するとか、のめりこむとか、欲しがる者はいない。そして、肉体には、おとなしくさせておくために必要最小限のものが与えられる。[☆72]あたかも、ケルベロスが吠えかかってこないように、麦団子を一切れ与えておくのと同じこと。それとは裏腹に、魂のまえには、魂のために要求される、より多くのものが置かれる。誰しも、愛する主君《もの》を追い求めることを禁じられたりはしない。誰しも、愛することによって自ら赴こうとしているあの歓びにたどりつくことを阻まれたりはしない。愛を伝えるために、わざわざ水面を渡ったり、大地を通って、往来することはない。危険を冒して壁をよじ登ったり、屋根に上がることはない。愛を守るための武装した手勢も、護衛も、伝令も必要ない。[☆73]みなが見つめるのは、みなが欲するのは、ただ神のみ。怒りも、赤恥も、後悔も、変化も、偽りの陽気さも、虚しい希望も、苦しみも、恐怖も、そこにはない。運命も偶然も、そこでは力をもたない。そこではあらゆるものが、まったくの安心、まったくの満足、まったくの静謐、まったくの幸福で満ちあふれているのだ。（XX）

ところが、ここ下界で人々が愛し、ご執心になられているものときたら、そうはゆかぬ。そのようなものを手に入れようと邁進しているうちに、世界中が上下をひっくり返したような大混乱におちいることもまれではない。川の流れでさえも、いや、ときには海でさえもが、人の血潮で朱に染まる。われわれの惨めな時代は、このようなことを何度も目にしてきたし、今なお目にしている。つまりは、皇帝権とか、王冠とか、支配権のことだ。[☆74]しかし、どんなに喉が渇いている人でも、澄んだ泉の水があるならば、濁った小川の泥水など求めたりはしないもの。それと同じように、天上のものを愛している人ならば、覇権を追求したりはしない。また、地上《ここ》で生きていればいつ何時でも降りかかってくることだが、貧困や、追放[☆75]や、投獄の憂き目をみようとも、天上のものを愛している人ならば、笑顔で受けとめる。この身がいかなる衣をまとい、いかなる大地の上にたち、いかなる獄《ひとや》の壁に閉じこめられようとも、気に病むことはないと思うからだ。魂の豊かさ、魂の故郷《ふるさと》、魂の自由は、そうしたものに少しでも愛情をいだいているならば、その人から奪われるはずはないのだから。そして、要するに、そのような人は、幸福《あまい》な状態にあっても、有頂天になって喜んだりはしない。不幸《にがい》な状態にあっても、苛立って、生きることを投げだしたりはしない。いずれの状況に置かれても、そのような状態をもたらされた主が望みたもう間ずっと、おちつきはらった態度で過ごす。他方、現世のはかないものを愛している者たちならば、生きている間中、死ぬことを恐れている。華々しい喜びをまるごと、雲を霞と蹴散らしてしまうように思うからだ。そして、いざ死の瀬戸際にさしかかるや、まるで、むりやり突き飛ばされたみたいに、後ろ髪を引かれる思いをしながら敷居を踏み越える。しかるに、天上のものを愛している人は、お呼びがかかったときには、嬉々として、喜んでそこに赴かれる。惨めで嘆きの多い宿りから、楽しくて賑やかなわが家へとでかけていくような気持になるのだ。ところで、われわれが生きているこの人生は、本当のところは、むしろ、死であると言ってもよいかもしれない。[☆76] われわれが地上《ここ》で生きていく巡礼の旅路のいきつく先はどこなのか。こんなにも頻繁にわれわれを四方八方から襲う、こんなにも多くの苦しみへと向かっているのだ。たとえば、こよなく愛している人々との、生き別れ。それこそ、毎日のように、たくさんの人々と、いずれは別れなければならない。また、たとえば、心から大切に思っている人々との、死に別れ。このような悲しみも、じつにしばしば経験しなければならない。そのほかにも、新しい苦しみの原因となるものが、刻一刻と、次から次へと降ってわいてくるだろう。嬉しいことや楽しいことの原因になるはずだと期待していたなら、なおさら、がっかりしたり落胆したりする苦しみが増えるだけ。

このことが、あなたにどのくらいあてはまるかは、ご自分でもよくおわかりであろう。ともかく、私としては、四肢《からだ》という包みから解き放たれて、この牢獄[☆77]から外へ羽ばたき、偽りの宿りから抜けだして、魂の故郷である天上界《あそこ》に戻るときを、千年も待ち焦がれているような気持になる。現世というこの行路においては閉ざされている魂の目を開いて、ずいぶん長いこと愛し焦がれている、あの筆舌に尽くしがたい美《かみ》を、その甘美なるお慈悲のおかげで見られるときが早くきてくれないものかという気持になるのだ。私は今ではご覧のように老いぼれてしもうたが、あの神様《おかた》ならば、若かったころと同じように慈しんでくださるだろう。このようなみすぼらしい格好でまかりでることになったとしても、むげに追い返したりはなさらないだろう。とはいえ、私とてこのままの服装《みなり》で天上界《あそこ》にいくのではない。あなたも今の服装《みなり》でいくわけではない。誰もが、そうなのだ。人が現世《ここ》から旅立つときにたずさえていくのは、ただ己の愛のみ。[☆78] その愛が、もしも下界にある美に向けられていたなら、愛はわれわれを苦しめる。そのような美は彼方なる天上界《たかきところ》に昇っていくことはなく、地上にとどまるからだ。所詮は土でこしらえた美《まがいもの》だからね。そんなことでは、われわれが今ここで、少ししか楽しむことのできない欲望のせいで、いやまったく楽しむことのできない欲望のせいで、苦しめられているのと変わりがない。しかし、その愛がもしも天上なる美に向けられているなら、愛はわれわれを驚くほどの歓びで躍動させてくれる。われわれはそれらの美に到達して、何不足なく満喫するからだ。要するに、ラヴィネッロよ、天上界《それなる》の住まいは永久《とこしえ》なのだから、人が永遠に楽しむことができるものは良き愛であり、人を永遠の苦しみにおとしいれるのは邪悪な愛なのである』。

　聖なる賢者はこのようにお話しになりましたが、そろそろ暇乞いする頃合となりましたので、わたくしを帰らせてくださいました」。

　ラヴィネッロはこう言って、議論をしめくくりました。[☆79]（xxi）

訳注

献辞

☆1――一五〇三年。『アーゾロの談論』の著者ピエトロ・ベンボは、ヴェネツィア貴族の青年。外交官をしていた父の仕事の関係で訪れたフェッラーラ公国が気に入り、たびたび逗留した。
☆2――教皇アレクサンデル六世の娘ルクレツィア・ボルジャ（一四八〇年～一五一九年）。一五〇二年二月にフェッラーラ公エルコレ・デステの嗣子アルフォンソ・デステのもとに輿入れした。フェッラーラではベンボと懇意にしていた。
☆3――ベンボが急遽フェッラーラからヴェネツィアに呼び戻されたとき、弟カルロはすでに亡くなっていた（一五〇三年一二月三〇日）。享年二二歳。
☆4――ベンボの同性の兄弟は、一歳半年下の弟カルロだけだった。姉（妹）のアントニアはすでに他家に嫁いでいた。妾腹の兄バルトロメオはここでは数に入らない。
☆5――弟カルロは兄にかわってヴェネツィア貴族の跡取り息子にふさわしい公私の職務を務めるとともに、兄の原稿の管理なども引き受けた。
☆6――ルクレツィアの父（教皇アレクサンデル六世）は一五〇三年八月一八日に亡くなった。舅のエルコレ公は一五〇五年一月二五日に亡くなった。
☆7――作品の内容について謙遜しているが、ルクレツィアに献上された初版本は特別に羊皮紙に印刷されていた。
☆8――マドンナ・ニコーラはルクレツィアの侍女。ベンボの文通相手でもあった。ニコーラはフェッラーラの男性ビージョ・デ・トロッティと結婚した。
☆9――ルクレツィアの従姉妹でお気に入りの侍女。まだ一〇代後半だった。一五〇五年末、ルクレツィアの義理の弟にあたるイッポリト・デステ枢機卿が、妾腹の弟ジュリオ・デステを手下の者どもに襲撃させるという不祥事が起こった。原因の一端は恋の鞘当てで、アンジェラがジュリオの目の美しさを絶賛したことが枢機卿の逆鱗に触れたせいであるとも伝えられる。アンジェラ自身は一五〇五年晩秋に父親不詳の男児を出産した後、アレッサンドロ・ピオと秘密結婚し、愛のない結婚生活に耐えた。
☆10――エルコレ・ストロッツィ（一四七〇年または七五年～一五〇八年）はラテン語詩人。ルクレツィアにベンボを紹介した。
☆11――アントニオ・テバルデオ（一四六三年～一五三七年）はルクレツィアの秘書。詩人として有名だった。
☆12――アーゾロ在住のキプロス女王カテリーナ・コルナーロが侍女のために催した結婚式。
☆13――本書『アーゾロの談論』が出版されたのは一五〇五年三月。献辞の日付は、作品の完成時期を早く見せかけるための作為。冒頭でルクレツィアが公妃（Duchessa）と呼ばれていることから、この献辞は一五〇五年一月二五日の先代のエルコレ公の死後に書かれたと推測される。なお、この献辞が掲載されているのは初版のみである。

第一書

☆1――「三人の貴公子」、「三日間」、「三人のご婦人方」のように、マジック・ナンバーである「三」が強調されている。ベンボは「三」という構成をとくに好んだのか、のちにライフ・ワークである『俗語論』も三巻構成で執筆した。しかしながら、『俗語論』においても、また『アーゾロの談論』においても、実際に議論を展開する人は四人となっている。キプロス島は、美と愛の女神アプロディテ（ウェヌス）生誕の地。「キプロス女王」は「愛の女神」を連想させる。ただし、女王は純然たる寓意像ではなく、実在の人物カテリーナ・コルナーロ（ヴェネツィア、一四五四～一五一〇年）をモデルとする。コルナーロ家はヴェネツィア共和国のドージェ（国家元首／統領）も出た名門の大貴族。キプロス島はフランス系のリュニジャン家の王が支配していたが、ヴェネツィアの海外貿易の重要な拠点でもあった。カテリーナはキプロス王ジャック二世に嫁し（一四七二年）、翌年の夫の死後、女王に即位する。そののち、ヴェネツィアはキプロス島を直轄統治することを決意し、カテリーナ女王を退位させる（一四八九年）。彼女はひきつづき女王の称号を認められたが、政界から引退してイタリアに帰国した。
☆2――「多くの場合（molte uolte）……多くの人々に（a molti uomini）……大いに（molto）」は、同一語を性数変化しながらくりかえす、執拗なまでに修辞的な表現。この技巧は類音重語法（ポリュプトトン）と呼ばれる。ベンボがこうした技巧にうったえた個所は、しばしば、くどくどした文になる。
☆3――あたかも一般論のような口ぶりだが、ここでベンボは自分の作品の文体を自慢している。すなわち、『アーゾロの談論』は、散文韻文混淆体（プロジメトルム）で書かれているので、娯楽になる詩を喜ぶ読者にとっても、哲学的な散文が魂の滋養になることを期待する読者にとっても、読む価値があると言いたいのである。

☆4——カテリーナ女王は、退位後、アーゾロ周辺に一代かぎりの所領を与えられていた。アーゾロはヴェネト州の丘陵地帯にある小都市。ローマ時代に築かれた山城を起源とする。『アーゾロの談論』が書かれた当時はヴェネツィア共和国領内にあった。現在のパラッツォ・プレトリオは、中世以来の城館の一部である。この城館は、ヴェネツィアから派遣されるポデスタ（派遣知事）やカテリーナ女王の居城として利用された。ただし、カテリーナの居室は現存しない。

☆5——コルナーロ家とベンボ家とはさほど緊密な親類関係にあったとは思われないが、『アーゾロの談論』はヴェネツィア政府による出版許可を得た書物であるから、親類関係にあったという記述はまったくのでまかせではないであろう。ディオニゾッティによると、一四七三年にキプロス島の争乱の最中に殺害されたマルコ・ベンボなる人物はカテリーナ女王の甥だったという（Pietro Bembo, *Prose della volgar lingua. Gli Asolani. Rime*, a cura di Carlo Dionisotti, Milano, Editori Associati, 1989, p. 316, n.1）。カテリーナ女王はカルロ・ベンボ（著者ピエトロの実弟）に、自分の庭で獲れた鶫を贈ったことがあるとされている。女王とベンボ家はそれなりに親しくしていたのであろう。

☆6——この結婚式の年代は、この作品からも同時代の資料からもつまびらかではない。一六世紀末の一史料では、女王の侍女ルイージャがフロリアーノなる男性と一四九一年に結婚したと伝えられるが、この記録の信憑性は薄い。婚礼の宴会が何日も続くのはありふれたことで、サッケッティ『三百物語』第一五四話によれば、ジェノヴァでは婚礼の祝宴は四日間続くのがならわしだった（Sacchetti, *Trecentonovelle*, CLIV: Franco Sacchetti, *Opere*, a cura di Aldo Borlenghi, Milano, Rizzoli, 1957, p. 494）。

☆7——直前の記述では、ヴェネツィアの貴族たちが夫婦同伴で招待されたことになっているが、この作品では三人の夫たちはアーゾロにいない設定となっている。ベンボは初版のあと何十年も経ってから、夫たちが不在である理由を説明する必要に気づいたらしく、死後の一五五三年版（第三版）では、彼らが所用でヴェネツィアに戻っていた由の但書きを加筆している。

☆8——「わたし幸せ　乙女の」（Io uissi pargoletta in festa e'n gioco）。原文は整然とした詩形で書かれているが、既存のいかなる定型詩にも分類できない実験的な詩形である。便宜的にカンツォネッタ・オーデ、または、四行詩句型マドリガーレとされる。一行一一音節の詩行が四行で一単位となり、三つの単位で組み立てられる。各単位は、きわめて規則的に脚韻を踏む。最初の四行の行末を例示すれば、gioco - contenta - tormenta - poco となり、ABBA の閉鎖韻となる。主題は、幸福な人を不幸におとしいれる愛。第一書におけるペロッティーノの議論を先どりする。コルキュスの王女メデイアは、イアソンに恋したせいで、父を裏切り、弟を惨殺し、祖国を捨てたが、結局はイアソンに捨てられた。

☆9——ここで言うカンツォーネは、楽曲つきのイタリア語の詩を指している。しかし、文学史においては、カンツォーネとは、イタリア語の抒情詩における最も長大、荘重かつ高貴な詩形式のことである。ソネット（一四行詩）のような固定した形式ではなく、詩人の創意工夫の余地が大きい。先に指摘したとおり、この詩はカンツォネッタ・オーデ（または四行詩句型マドリガーレ）とみなされるものであり、厳密な意味ではカンツォーネではない。

☆10――「わたし不幸せ　乙女の」（Io uissi pargoletta in doglia e'n pianto）。先の小詩とまったく同じ詩形を用い、しかも同一の半句で始まる改詠詩（パリノディア）になっている。前の詩とは裏腹に、不幸な人を幸福にする愛が主題になっている。第二書におけるジズモンドの議論を先どりする。暗礁に乗りあげる船のイメージは、ペトラルカ『カンツォニエーレ』（Petrarca, *Canzoniere*, 268, vv. 15-16: Francesco Petrarca, *Canzoniere*, a cura di Marco Santagata, Milano, Mondadori, 1996, p. 1066）からの借用。エチオピアの王女アンドロメダは、海の怪獣の生け贄にされるところだったが、ペルセウスに助けられて、結ばれた。そのうえ、死後は天に引きあげられて星座となり、永遠の名声を獲得した。

☆11――三人の若い女性が用いたリュートとヴィウオーラは、いずれも高貴な楽器と考えられていた。ヴィウオーラはヴィオール属の古楽器であり、ヴァイオリン属に分類される現代のヴィオラとは異なる。柔らかくて繊細な音色が、教養ある人々に好まれた。ヴィオラ・ダ・ブラッチョ、ヴィオラ・ダモーレ、ヴィオラ・ダ・ガンバといった種類があった。リュートは独奏にも伴奏にも向いた弦楽器で、一四世紀から一六世紀にかけて愛用された。ボッカッチョ『デカメロン』（Boccaccio, *Decameron*, I, *Introduzione*, 106: Giovanni Boccaccio, *Decameron*, a cura di Vittore Branca, Torino, Einaudi, 1980, p. 46）においても、リュートとヴィウオーラが用いられている。

☆12――「アモルの　清らかな」（Amor la tua uirtute）。歌われる直前の箇所で、この詩は「カンツォネッタ（小型のカンツォーネ）」と呼ばれている。手軽で短い詩であることから、マドリガーレの代用となっている。ただし、実際の詩形はカンツォーネであり、詳しく言えば、一スタンツァで構成されるカンツォーネ・モノストロフィコである。前半四行（フロンテ、aBbA）＋後半七行（シルマ、A.CddC.EE）の構成。七音節詩行と一一音節詩行が混在し、きれいに押韻している（大文字は一一音節詩行、小文字は七音節詩行を表わす）。主題は、先の二人の詩の内容を超越した、真の愛、完全なる愛。第三書における老師（聖なる賢者）の議論を先どりする。黄金時代への憧憬は、ルネサンス盛期の文学者たちによく見られる傾向であり、人間精神の革新への真摯な願いがこめられている。この小詩には、アルカデルトの作曲とされる一声の声楽曲があるので、そのコンパクト・ディスク録音の旋律に合うように訳出した（*Arcobaleno: Il cortegiano. Italian Renaissance Music*, Giuseppe Zambon (counter-tenor) ecc., Belgium, All At Once Music Ltd., 1994）。このなかの第一五曲が『アモルの　清らかな』（*AMOR, LA TUA VIRTUTE*, c. 1540）である。ほかにも、ジロラモ・スコットによる三声のマドリガーレ（一五四一年版の第二四番）がある。歌曲についての情報は、とくに断りのないかぎり、一六世紀ヴェネツィアの楽譜出版業者スコットの出版物を列挙したバーンスタインの研究に依拠する（Jane A. Bernstein, *Music Printing in Renaissance Venice. The Scotto Press (1539-1572)*, New York-Oxford, Oxford University Press, 1998）。

☆13――ベンボによる庭園の描写は必ずしも写実的ではなく、むしろボッカッチョ『デカメロン』にもとづいて書かれた文学的模写である（Boccaccio, *Decameron*, III, *Introduzione*, 5-10）。カテリーナ女王ゆかりの庭園としては、アーゾロのパラッツォ・プレトリオに付随する庭園と、近郊のアルティヴォレに設けられたバルコ庭園が挙げられるが、どちらの庭園も地形的にこの作品の庭園とは符合しない。十字形の蔓棚（パーゴラ）で四つに区切られた整形園は非常にありふれたものだったが、『アーゾロの談論』においては、四つの議論（ペロッティーノ、ジズモンド、ラヴィネッロ、老師）が整然と展開することの前触れとなっている。登場人物である六人が議論に打ち興ずる庭園は、宮廷社会の儀礼からも、一般社会の喧噪からも隔絶された理想郷（locus amoenus）であり、事実、作品中では「平野の眺め」をわざわざ試しにいく人はいない。

☆14――女性たちからリーダーとして慕われ、男性たちから「奥方さま（マドンナ）」として敬われるベレニーチェは、六人のグループの中で別格の扱いを受けている。彼らは互いに親しく“tu”（おまえ、君）で呼びあうが、ベレニーチェだけは皆から“voi”（敬称の「あなた」）で呼ばれる。

☆15――本論に入るにあたって、まずは愛の系譜が問題になる。「愛」（Amor）は男性名詞なので「息子」と称されるが、その父母についての俗説はおびただしい数にのぼる。エレボスとニュクス、メルクリウスとディアナ、マルスとウェヌス、ユピテルとウェヌスといったカップルだけではなく、ウェヌスが単独で生んだとする説まであった。詳細についてはボッカッチョ『異教の神々の系譜』（Giovanni Boccaccio, *Genealogie deorum gentilium*, I, XV, 1; II, XIII, 1; III, XXIV, 1; IX, IV, 1; XI, V, 1: *Tutte le opere di Giovanni Boccaccio*, voll. VII-VIII, *Genealogie deorum gentilium*, a cura di Vittorio Zaccaria, Milano, Mondadori, 1998, p. 140, p. 216, p. 358, p. 900, p. 1086）を参照のこと。しかし、ペロッティーノに言わせれば、愛は神々によって生みだされたものではなく、人間の心そのものが生みだした鬼子にほかならない。したがって、愛に苦しむのは文字どおり身から出た錆、自業自得なのである。愛の母としては女性名詞である「度を過ぎた好色」（souerchia lasciuia）、愛の父としては男性名詞である「怠惰な閑居」（pigro ozio）があてはめられているが、これはストア派の学説を踏襲した見解。ベンボの主たる典拠はペトラルカ『凱旋』の中の「愛の勝利」である（Petrarca, *Triumphus Cupidinis*, I, v. 82: Francesco Petrarca, *Triumphi*, a cura di Vinicio Pacca, in ID., *Trionfi, Rime estravaganti, Codice degli abbozzi*, a cura di Vinicio Pacca e Laura Paolino, Milano, Mondadori, 1996, p. 72）。ペトラルカ『凱旋』は、「愛の勝利」全四章（*Triumphus Cupidinis*, I, II, III, IV）、「徳の勝利」全一章（*Triumphus Pudicitie*, I）、「死の勝利」全二章（*Triumphus Mortis*, I, II）、「名声の勝利」全三章（*Triumphus*

Fame, I, II, III）、「時の勝利」全一章（*Triumphus Tempolis*, I）、「永遠の勝利」全一章（*Triumphus Eternitatis*, I）の六部によって構成されるが、そのいずれについてもパッカによる校訂版を参照する。一五世紀には、プラティナ『ロドヴィーコ・アンジェロに与える愛についての対話』（Bartholomaei Platynae, *Dialogus ad Lodovicum Angelum de amore*, Mediolani, Antonius Zarotus, 1481, c. b3v）やフレゴーソ『アンテロス』（Giovanni Battista Fregoso, *Anteros*, Milano, Ludovico Pachel, 1496, c. a5v）に類例が見られる。

☆16——「アモーレ」＝「アマーロ」の言葉遊びは、中世のラテン語および俗語文学におけるトポス。ここでの直接の典拠はペトラルカ『凱旋』「愛の勝利」（Petrarca, *Triumphus Cupidinis*, I, vv. 76-78）である。

☆17——人間の幸福と不幸を三種類に分けるのは、古代以来の手法。ペロッティーノは当然の常識として述べているが、ここで彼が語りかけているのがベレニーチェであることを念頭に置いておく必要がある。すなわち、この議論に参加している女性たちは、たとえ耳学問であれ、プラトンやアリストテレスあるいはそのほかの哲学者について、かなりの知識をもっていることが前提となっている。三種類の善悪については、アリストテレス『ニコマコス倫理学』一・八を見よ（高田三郎訳、岩波文庫、一九七一年、上、三五ページ）。プラトン『エウテュデモス』二七九AB、『フィレボス』四八E、『法律』七四三Eにも類例がある（高田三郎訳、前掲書、二五六ページ）。ベンボの直前の時代の著作としては、フィチーノの書簡（Ficino, *Lettere*, I, 115, 10-11: Marsilio Ficino, *Lettere I. Epistolarum familiarium liber I*, a cura di Sebastiano Gentile, Firenze, Olschki, 1990, p. 201）、およびロレンツォ『至高善について』（Lorenzo de' Medici, *De sommo bono*, II, vv. 109-114: Lorenzo de' Medici, *Opere*, a cura di Tiziano Zanato, Milano, Einaudi, 1992, p. 278）を参照のこと。

☆18——財産に執着しない賢者として、何人かの哲学者の名が伝わっている。メガラのスティルポンは、祖国が敵に占領されたときに、家族を連れ去られ家産を奪われてもなお、「わがものはすべてわれとともにあり」（omnia mea mecum sunt）と言った。真の財産である学識は失っていなかったからである。七賢人の一人プリエネのビアスも類似の状況で「わがものはすべて身につけて携えるなり」（omnia mecum porto mea）と言った。セネカ『ルキリウス宛書簡集』（L. Annaei Seneca, *Epistularum moralium ad Lucilium*, I, 9, [18]-[19]: Lucio Anneo Seneca, *Lettera a Lucilio*, a cura di Umberto Boella, testo latino a fronte, Milano, Editori Associati, 1994, p. 72）、および、キケロ『ストア派のパラドックス』パラドックス一・一・八（水野有庸訳、鹿野治助責任編集『世界の名著』、第13巻、中央公論社、昭和四一年、八九ページ）を見よ。

☆19——ベンボが自分の目で動物の習性を観察した結果ではなく、キケロ『ラエリウス・友情について』（Cicero, *Laelius de amicitia*, VIII, 27: Cicerone, *L'amicizia*, con un saggio introduttivo di Emanuele Narducci, testo latino a fronte, Milano, Rizzoli, 1994, p. 102）からの借用。

☆20――ペロッティーノは自信たっぷりに断言しているが、キケロ『トゥスクルム荘談論』（Cicero, *Tusculanarum disputationum*, IV, XXXV, 75: Cicerone, *Le discussioni di Tuscolo*, a cura di Gabriele Burzacchini e Luciano Lanzi, Bologna, Zanichelli, vol. II, 1992, p. 176）からの借用。

☆21――愛はあまりにも非道なものであるがゆえに、「火」や「狂気」といった別名で呼ばれる。愛を「火」（fuoco）や「炎」（fiamma）に喩えた例は枚挙にいとまがない。ペトラルカ『カンツォニエーレ』（Petrarca, *Canzoniere*, 127, v. 25; 135, v. 66; 304, v. 2）および『凱旋』「死の勝利」（Petrarca, *Triumphus Mortis*, II, v. 139）、さらにはボッカッチョ『フィアンメッタ』（Boccaccio, *Fiammetta*, I, [1], 4: Giovanni Boccaccio, *Elegia di madonna Fiammetta*, a cura di Carlo Delcorno, in *Tutte le opere del Giovanni Boccaccio*, vol. V, Milano, Mondadori, 1994, p. 25）を参照のこと。「狂気」と呼ぶ例としては、ボッカッチョ『フィアンメッタ』（*Ibid.*, I, [15], 1）や、ポリツィアーノ『スタンツェ』（Poliziano, *Stanze*, I, 13, vv. 5-6: Angelo Poliziano, *Poesie italiane*, a cura di Saverio Orlando, Milano, Rizzoli, 1976, p. 41）などがある。フリアエ（エリニュエス）にとり憑かれた人々の中では、アガメムノンの息子オレステスが有名である。オレステスは母クリュタイムネストラの不義密通と夫殺しを咎めて、彼女を誅殺した。しかし、親殺しの罪をフリアエに責めたてられて、発狂した。フリアエが介在するかどうかは抜きにして、大アイアスも乱心の例として挙げられている。アキレウスが戦死した後の形見分けの競技会で、アイアスはオデュッセウスに敗れて激怒のあまり乱心し、家畜の群に斬りつけた。やがて正気に戻ったとき、己の醜態を恥じて自害したと伝えられる。

☆22――フレゴーソがアリストテレス『命題論』の冒頭部をを引用して述べるところでは、音声（ことば）は魂の苦痛（情念）の音符（表象）である（Fregoso, *Anteros*, c. a7v）。ペロッティーノの演説を聞いているかぎり、言葉はもっぱら苦しみを表現するためにあるようかのように思われてくる。フレゴーソの引用箇所は、アリストテレス『命題論』一・一六a（アリストテレス『ペリ・ヘルメーネイアース』水崎博明訳註、福岡、創言社、一九九六年、五ページ）。

☆23――ペロッティーノはまず、不幸な愛を神話（詩人たちの作り話）から引用する。「不幸な恋愛沙汰」、つまり両人の死に終わった例として、テュラモスとティスベが挙げられる。彼らは家人に反対されて駆け落ちすることにしたが、ティスベは約束の場所で獅子に出くわし、逃げだした。あとからきたピュラモスは噛みちぎられたヴェールを見て恋人は死んだと早合点し、剣で自殺した。まもなく戻ってきたティスベも、その場で自害した。この筋書きは、『ロミオとジュリエット』の悲劇の遠祖と目される。次に、「人倫にもとる炎」すなわち近親相姦の当事者として、二人の女性が挙げられている。キプロスの王女ミュラは、実の父キニュラスに恋心を抱き、暗闇の中で逢瀬を重ねていたが、彼女の正体に気づいた父が剣をもって追いかけてきたため、神々に懇願してミルラの木に変えてもらった。ビュブリスは、双子の兄カウノスに恋した。カウノスは異国に逃れ、ビュブリスは発狂した。最後に、第一の乙女の歌にも歌われていたメデイアは、祖国から脱出したのちも、恋敵であるコリュントスの王女とその父王を毒殺したばかりか、イアソンの裏切りに対する報復としてわが子たちを刺殺するなど、さまざまな残虐行為に手を染めた。

☆24――不幸な愛を歴史（歴史書や年代記）から引用する。フランチェスカ・ダ・リミニはジャンチョット・マラテスタと結婚したが、夫の兄弟パオロとの密通が発覚して殺害された。この悲恋の物語は各種の年代記には記録されていないが、ダンテ『神曲』「地獄篇」（Dante Alighieri, *La divina commedia*, I, *Inferno*, V, vv. 79-142: Dante Alighieri, *La divina commedia*, I, *Inferno*, a cura di Daniele Mattalia, Milano, Rizzoli, 1960, pp. 115-133）によって有名になった。ボッカッチョの説明によれば、ジャンチョットは醜男であったため、美男のパオロを替え玉に仕立ててフランチェスカに見合いの顔見せをさせたという因縁があった（Boccaccio, *Esposizione sopra la Comedia*, Canto V, I, 147-158: Giovanni Boccaccio, *Esposizione sopra la Comedia*, a cura di Giorgio Padoan, Milano, Mondadori, 1994, vol. I, pp. 315-318）。セクストゥス・タルクイニウスは、古代ローマ最後の王タルクイニウス・スペルブスの息子。セクストゥスは副官コラティヌスの妻ルクレティアを手込めにし、彼女は自害した。この事件をきっかけに、王政転覆のクーデターが起こった。セクストゥスはガビイに逃れ、そこで殺された。「トロイアの男」は王子パリス、「ギリシアの女」はスパルタ王妃ヘレネを指す。パリスは女神たちの美人比べの審判を務めた褒美として、アプロディテから、美女の誉れ高いスパルタ王妃ヘレネを授かった。ヘレネを奪われたギリシア勢がトロイアに押し寄せ、一〇年の長きにわたるトロイア戦争が勃発した。

☆25――愛は内乱や戦争などを引き起こし、社会全体を不幸におとしいれる。これは、中世から人文主義の時代にかけてよく見られる論法であり、プラティナ『愛についての対話』（Platyna, *De amore*, c. l3v）やペトルス・ハエドゥス『愛の種類について、またはアンテロティカ』（Petrus Haedus, *De amoris generibus sive Anteroticorum Libri*, Treviso, De Lisa, 1492, c XVv）、およびフレゴーソ『アンテロス』（Fregoso, *Anteros*, c. b1r）でも採用されている。

☆26――古代ギリシアの体育場では、ヘルメスやヘラクレスなどとともにエロス（愛神）が合祀されていた。愛に誓いを立てる例は文学作品に見られる（Ovidius, *Ars amatoria*, II, v. 15: Ovidio, *L'arte di amare*, premessa al testo, traduzione e note di Ettore Barelli, testo latino a fronte, Milano, Rizzoli, 1977, p. 166）。

☆27――人文主義者たちは、詩こそが人間の心を高貴にし、人々に文明をもたらすと信じていた。ここでは詩の起源を狂気に求めるプラトン的な見方ではなく、自然（造物主）に求めるアリストテレス的な見解が採用されている。オルペウスの神話をまじえて語られるこの一節は、『アーゾロの談論』全体の中でも最も美しい部分に数えられる。詩や雄弁を通じての人間の文明化について述べた散文としては、キケロ『発想論』（Cicero, *De inventione*, I, 2, 2: Cicerone, *L'invenzione retorica*, a cura di Amedeo Pacitti, Firenze, Mondadori, 1967, p. 21）やダンテ『饗宴』（Dante, *Convivio*, II, I, 3: Dante Alighieri, *Convivio*, a cura di Giorgio Inglese, Milano, Rizzoli, 1993, p. 83）といった先例がある。

☆28——愛が神格化されたのは愛の強力さを教えるための方便だったとする説明の先行例として、フレゴーソ『アンテロス』（Fregoso, *Anteros*, c. b5r）がある。

☆29——サラマンドラ（火蜥蜴）は伝説の動物で、身体が冷たいので火を消してしまうとされていた。恋愛詩で好まれたモティーフのひとつである（Petrarca, *Canzoniere*, 207, vv. 40-41）。チェッリーニは子どものころサラマンドラが火の中にいるのを見たことがあると主張している（チェッリーニ『自伝』一・四、古賀弘人訳、岩波文庫、上、一九九三年、二二ページ）。雪のように融けくずれて意気消沈する恋人は、ペトラルカ『カンツォニエーレ』に頻出する（Petrarca, *Canzoniere*, 23, v. 115; 30, v. 21; 127, v. 45）。「迷いでた心臓」は、シチリア派から新優美体派にかけての伝統があり、一五世紀の抒情詩におけるトポスのひとつとなっていた。ロレンツォ『自作のソネットへの註釈』（Lorenzo de' Medici, *Comento de' miei sonetti*, XXX, v. 6 in *Opere*, cit., p. 724）、およびポリツィアーノ『リスペット集』（Poliziano, *Rispetto* I, v. 6; *Rispetto* CX, v. 1: Angelo Poliziano, *Rime*, a cura di Daniela Delcorno Branca, Venezia, Marsilio, 1990; p. 53, p. 101）を見よ。

☆30——原文は、「悪・不幸／ひどく」（male）と「善・幸福／よく（知りぬいている）」（bene）を対語として配した言葉遊びになっている。このパラグラフの原文では "bene" と "male" の二語が必要以上にくりかえされているが、悪いものに対処するときの副詞として「よく」（bene）を多用する皮肉な口ぶりは、ペロッティーノのひねくれた心の動きに似あっている。

☆31——「信じられない　一大事」（Quel, che si graue mi parea pur dianzi）。原詩の形式は、バッラータ（バッラータ・メッザーナ）。前半三行（リプレーザ XYY）＋後半一二行（スタンツァ）の構成。一一音節詩行と七音節詩行が混在し、正則にはこだわらずに大まかに二行単位で押韻している。リプレーザの末尾の二行（sono - ragiono）とスタンツァの末尾の二行（dono - perdono）が脚韻を踏んでいるのは正則的である。主題は、心臓を奪われてもなおも生き続ける、愛する者の苦しみ。心臓を捧げた恋人は一五世紀の抒情詩に頻出するトポスであり、その例は枚挙にいとまがない。テバルデオだけでも多くの用例が見られる（Tebaldeo, *Rime*, 19, v. 2; 108, v. 9; 130, vv. 4-5; 144, vv. 12-13; 150, vv. 7-8; 161, v. 2; 185, v. 4; 217, v. 5; 236, v. 9; 269, v. 21: Antonio Tebaldeo, *Rime*, a cura di Tania Basile, vol. II, tom. I, Ferrara, Franco Cosimo Panini Editore, 1992, p. 148, p. 238, p. 261, p. 275, p. 281, p. 293, p. 317, p. 349, p. 368, p. 402）。ロレンツォ『自作のソネットへの註釈』（Lorenzo de' Medici, *Comento de' miei sonetti*, XXX, v. 10）、ルイージ・プルチ『モルガンテ』（Luigi Pulci, *Morgante*, Cantare XIII, 68, v.1: Luigi Pulci, *Morgante*, introduzione, note e indici di Davide Puccini, voll. I-II, Milano, Garzanti, 1989, vol I, p. 435）も見よ。また、

訳詩の五行目にある「心臓を盗んでいった」という表現も一五世紀の抒情詩に頻出する。ポリツィアーノ『リスペット集』（Poliziano, *Rispetto* XXI, v. 1）を見よ。ただし、このような前時代的な趣味は晩年のベンボの嫌うところとなり、この詩は『アーゾロの談論』第二版（一五三〇年）以後は削除されてしまった。しかも、『リーメ（詩集）』一五三〇年版と一五三五年版にも収録されなかった。なお、本書における（xiii）は、ディオニゾッティ版（第三版にもとづく）における第一四章に相当する。

☆32――「苦い涙」（Petrarca, *Canzoniere*, 17, v. 1）も「甘い笑い」（*Ibid*., 42, v. 1; 123, v. 1; 126, v. 58; 149, v. 2; 267, v. 5; 348, v. 4）もペトラルカにもとづく表現。

☆33――愛する者の心の葛藤のすさまじさが、ペトラルカの表現を借りて延々と語られる。愛する者は、熱い気持を燃えたたせると同時に、恐怖に凍りつく（Petrarca, *Canzoniere*, 105, v. 90; 122, v. 4; 132, v. 14; 134, v. 2; 135, vv. 54-60; 150, v. 6; 152, v. 11; 171, vv. 5-6; 178, v. 2; 182, v. 5; 185, v. 8; 224, v. 12; 264, v. 60; 298, v. 3; 335, v. 7; 337, vv. 10-11; 363, v. 7）。愛する者は、心の中では叫び声をあげているのに、実際には一言も言いだせずに黙りこくる（*Ibid*., 71, v. 6; 105, v. 79; v. 13; 134, v. 9; 150, vv. 9-10; 123, 215, v. 11）。こうした葛藤は、フィチーノの哲学書『愛についての書』（Ficino, *El libro dell'amore*, II, VI, 8-10: Marsilio Ficino, *El libro dell'amore*, a cura di Sandra Niccoli, Firenze, Olschki, 1987, p. 35）でも特筆されるにいたる。なお、ここに言う「血の気の多さ」は、ガレノスに基づく中世の医学に則った表現である。四体液のひとつである血液が過剰になると、人は過剰に陽気になる。つまり、恋の行方に過度に楽観的になって、臆面もなく女性に告白したり誘いをかけたりするようになる。日本語の場合のように「血気盛んで喧嘩っ早い」という意味にはならない。

☆34――本書における（xiv）は、おおむね、ディオニゾッティ版における第一五章前半に相当する。

☆35――「辛くて重い　胸の苦しみを」（Quand'io penso al martire）。この詩は直前の箇所で「カンツォーネ」と呼ばれているが、厳密にはカンツォネッタの詩形をとっている。七音節詩行と一一音節詩行が規則正しく交互に並ぶ。四行で一単位となり、全体に三つの単位から構成される。押韻の仕方は閉鎖韻（aBbA）となっている。主題は、愛する者はわれと自ら死を切望するものの、これで死ねるという喜びのせいで気力が蘇ってしまうために、死のうにも死ぬことのできない苦しみ。この主題には、シチリア派や新優美体派以来の伝統がある。死（死の女神）を呼ぶ詩人は、チーノ・ダ・ピストイアのバッラータ（Cino da Pistoia, XLIII: AAVV., *Poeti del dolce stil novo*, a cura di Gianfranco Contini, Milano, Mondadori, 1991, pp. 248-249）、ダンテ『新生』（Dante, *Vita nuova*, XXIII, 9: Dante Alighieri, *Opere minori*. tom. I, parte I, *oVita nuova*, a cura di Domenico de Robertis, Milano-Napoli, Ricciardi, 1984, pp. 155-56）を、生と死の逡巡はペトラルカ『カンツォニエーレ』（Petrarca, *Canzoniere*, 36, vv. 5-8）を参照のこと。死の喜びに支えられた生という主題はスペインでも好まれたらしく、ベンボのカンツォネッタはセルバンテス『ドン・キホーテ』後編六八に逐語訳で引用されている（Cervantes, *Don Quijote*, II, cap. 68: Miguel de Cervantes, *Don Quijote de la Mancha*, edición, introducción y notas de Martín de Riquer, Barcelona, Planeta, 1994, p. 1061）。本訳では、アルカデルト作曲の四声のマドリガーレの楽譜を見ながら上声部を参考にして訳出した（*Jacobi Arcadelt Opera Omnia*, Edidit Albertvs Seay, vol. II. *Madrigali Libro I*, American Institute of Musicology, 1970, no. 44, pp. 96-99）。ほかに、ジロラモ・スコットが二声によるマドリガーレ（一五四一年版の第三〇番）と、三声によるマドリガーレ（一五四一年版の第五一番）の二種類の曲をつけている。ティブルティーノによる三声の歌曲もある（一五四九年版の第一八[XXVI]番）。なお、本書における（xv）は、おおむね、ディオニゾッティ版における第一三章に相当する。

☆36――「身を焦がす火に」（Voi mi poneste in foco）。原詩の詩形はカンツォネッタ。一一音節詩行と七音節詩行が混在する。押韻は単純（aBABbbB）で、四つのスタンツァ（聯）から成る。コンジェード（結句、別れの詩節）を欠いている。主題は、愛する者の二重の死である。愛する者は愛に燃えあがったり、涙に融けたりして、絶えまなく死の危険にさらされているが、二つの不幸（火と水）が互いに相殺しあうために、二重の死（doppia morte）が命を永らえさせるはめになるからである。この詩はワイアット卿によって英詩にパラフレーズされている（<At last withdrawe yowre cruelltie>, in *Collected Poems of Sir Thomas Wyatt*, edited with an introduction by Kenneth Muir, London, Routledge and K. Paul, 1949, pp. 93-94）。本訳では、アルカデルトによる三声のマドリガーレの楽譜を見ながら上声部を参考にして訳出した（*Jacobi Arcadelt Opera Omnia*, Edidit Albertvs Seay, vol. VII. *Miscellaneous Madrigals*, American Institute of Musicology, 1969, no.59, pp. 183-184）。ほかに、ジャンネットによる四声のマドリガーレ（『四声のムーセ第二書』一五五九年版の中の第一番）、スコットによる四声のマドリガーレ（一五四一年版、第五三番）がある。なお、本書における（xvi）は、おおむね、ディオニゾッティ版における第一五章に後半に相当する。ただし、カンツォネッタ「身を焦がす火に」は、ディオニゾッティ版でも第一六章の末尾に位置する。

☆37――ベンボの当時は、現代ならば純然たる自然現象とされるものでも、奇蹟の範疇に入る場合があった。本文に言うところの「自然の通例」や「超自然的なもの（自然的ではないもの）」は、現代の読者が了解する意味内容とは異なったものを指していた。アリストテレス的な自然学では、生命のない物体が運動するのは、自然本性的な運動を別にすれば（重い元素である土と水は下へ落下し、軽い元素である空気と火は上に上昇する）、物体と物体が接触するからである。であるとすれば、接触することなく物体を動かす磁力や静電気引力などは、奇蹟（自然魔術）とでも解釈しなければ説明がつかない。つまり、この時代の人々は、現代人とは異なって、奇蹟を目にする機会に恵まれていたと考えられる。ベンボは奇蹟を論ずるにあたって哲学的な裏づけを与えるように努力し、フィチーノ『プラトン神学』一三・四および一三・五を読んでいた（Ficino, *Theologia platonica de immortalitate animorum*, XIII, IV, 1; XIII, V, 7: Marsilio Ficino, *Platonic Theology*, latin text edited by James Hankins with William Bowen, Harvard University Press, 2004, vol. IV, p. 182; p. 216）。

☆38――念願成就の感謝のしるしに「奉納画」（ex voto）と呼ばれるタブロー画を教会に奉納する風習がある。聖人のことを「一人の神」（uno Iddio）と称するのは人文主義的な表現だが、少々不謹慎である。

☆39――都会に出てきて情報量の多さにたまげる田舎者の比喩は、ダンテ『神曲』「煉獄篇」に見られる（Dante Alighieri, *La divina commedia*, II, *Purgatorio*, XXVI, vv. 67-69: Dante Alighieri, *op. cit.*, a cura di Daniele Mattalia, Milano, Rizzoli, 1960, p. 475）。

☆40――いずれも夫または恋人の死を嘆いて自ら命を絶った（または自殺同然に命を落とした）女性たち。アルゲイアはテーバイの王子ポリュネイケスの妻。ポリュネイケスは双子の兄弟であるエテオクレスとテーバイの支配権をめぐって争い、命を落とした。アルゲイアは夫の遺体にとりすがって嘆き、手厚く埋葬しようとして、これを禁ずる勝者によって殺された。エウアドネはカパネウスの妻。カパネウスはテーバイ攻めの七将の一人だったが、ユピテルの雷霆に打たれて死んだ。エウアドネは、夫の火葬壇に自ら身を投じた。ラオダメイアはプロテシラオスの妻。プロテシラオスはトロイア戦争に参加し、ギリシア勢の最初の戦死者となった。ラオダメイアは夫のあとを追って死んだ。ヘロはヘレスポントス海峡に面するセストスの町に住む乙女。対岸の町アビュドスに住む青年レアンドロスが、毎晩、海を泳いで彼女に会いにきた。彼女は道標となる灯火を掲げていたが、ある晩、明かりが消えたためにレアンドロスは溺れ死んだ。恋人の水死を知って、ヘロは自ら命を絶った。パンテイアはスサの王アブラダタスの妻。アブラダタスはキュロス王と同盟を結び、対リュディア戦争に参加して戦死した。パンテイアは夫の亡骸の傍らで短剣で自害した。なお、パンテイアの物語はクセノポン『キュロスの教育』七・三・一四を典拠とするものであり（松本仁助訳、京都大学学術出版会、二〇〇四年）、ベンボが好んで引用する一四世紀の三大作家（ダンテ、ペトラルカ、ボッカッチョ）の俗語作品には例がない。ベンボの世代にとってはギリシアの典籍が格段に身近なものになっていたことがわかる。

☆41――ペロッティーノは、リーザが自ら書物を繙いて類例を探すことを勧めている。登場人物であれ、読者であれ、女性にも相応の教養があることが当然の前提となっている。

☆42――ペロッティーノによる〈愛〉の図像はエトペア（性格描写）であり、話題の区切りとして利用されている。つまり、長々と博識をひけらかしたり、寓意的解釈を延々とくりひろげたりはしていない。これとは対照的に、ペトルス・ハエドゥスは『愛の種類について』全三書のうち、第一書のほとんど全体（全三二章のうち、第二章から第三〇章まで）をついやして〈愛〉の図像とその解釈を述べたてている。ペロッティーノが描く〈愛〉の図像は、古代から人文主義にいたる伝統に則って、「裸体」、「幼い少年」、「翼」、「松明と弓」の要素から構成されている。その内容は、ペトラルカ『凱旋』

「愛の勝利」(Petrarca, *Triumphus Cupidinis*, I, vv. 23-27) とボッカッチョ『異教の神々の系譜』第九書 (Boccaccio, *Genealogie deorum gentilium*, IX, IV, 10-11) に準拠しているが、ベンボはペトラルカにならって「盲目／目隠し」の要素を排除している。『カンツォニエーレ』(Petrarca, *Canzoniere*, 151, vv. 9-11) を参照のこと。「摩訶不思議な毒」とは、メディアがイアソンのたっての願いで、彼の老父アイソンを魔法で若返らせたことをさす。ペリロスは紀元前六世紀のシチリア島の工匠。拷問の器具として考案した青銅の牡牛を、アクラガス（アグリジェント）の僭主パラリスに献上したところ、パラリスは手始めにペロルス自身を閉じこめて焼き殺した。

☆43――「どうせいずれ　死ぬ私に」(Che gioua saettar un, che si more)。原詩の詩形は、マドリガーレである。最後の二行が対韻 (arme - farme) を成している点では典型的。ただし、詩の前半部分は四行 (ABBA) ＋四行 (aCCA) に分かれており、三行がひとまとまりになるマドリガーレの正則から逸脱している。直前の議論で、心臓を射抜いてもなお射続ける情け容赦ない〈愛〉の弓矢が話題となっていたが、その内容を詩形で要約したのがこのマドリガーレである。「たまゆらの　玉の緒など　断ち切っても」の部分は、原文では「私は滅びる」(pero) と表現されている。ペーロ (pero) はピエトロ (Pietro) の異綴で、一種の掛詞となっている。フェスタによる三声のマドリガーレ（一五四七年版の第二一［XXI］番）、ユベルト・ナイヒ (Vbert Naich) の歌曲（『マドリガーレ第一書』一五四七年版の第二三［XXV］番）、スコットのによる四声のマドリガーレ（一五四二年版の第三〇番）がある。このマドリガーレは、『アーゾロの談論』第二版以後は削除された。ベンボ『リーメ（詩集）』初版には採録されている (Pietro Bembo, *Rime*, Venezia, da Sabbio, 1530, c. Ciijr)。

☆44――欠如は苦しみをもたらす。キケロ『トゥスクルム荘談論』を参照 (Cicero, *Tusculanarum disputationum*, IV, VI, 11)。また、ロレンツォ『自作のソネットへの註釈』も見よ (Lorenzo de' Medici, *Comento de' miei sonetti*, XXX, 9; XL, 5)。フィチーノによれば、完全に所有しているもの、あるいは、完全に欠如しているものに対しては、人は欲望を抱くことはない。愛するのは、欠如しているがゆえである (Ficino, *El libro dell'amore*, VI, VII, 15-16; 19)。この前提に立つならば、「愛・欠如・苦しみ」は常に連動することになる。

☆45――心（心臓）は生命精気の座。「心に触る／障る」は「生命精気の座に触れる・障る・かき乱して危うくする」、つまり「命を奪う」の意味。日本語の場合のように「心の琴線に触れる」という意味にはならない。

☆46――魂の苦痛を四つに分類するのは、キケロ以来の常套的な方法 (Cicero, *Tusculanarum disputationum*, III, 11, 24-25)。苦しみを意味するイタリア語の名詞は多いが、ベンボはキケロの用語 "perturbatio"（情動）を最も印象深い語とみなし、これをイタリア語化した複数形の "perturbazioni" を用いている。本訳では、"perturbazioni" を「心の乱れ」と訳出し、"dolore"（苦しみ）、"passione"（苦痛／情念）などの類義語との区別をはかった。

☆47――愛は四つの苦痛の発端であるという指摘は、ペトルス・ハエドゥス『愛の種類について』（Petrus Haedus, *De amoris generibus*, c. XIVr）にも見られる。

☆48――近親相姦を語るにあたって、ベンボは具体的に名前を挙げることを避けている。風の神アイオロスの息子マカレウスは、妹カナケと共寝しているところを見とがめられた。激怒した父はカナケを自害させた。テセウスの後妻パイドラは、先妻の子ヒッポリュトスに恋心をいだいたが、拒まれたため、偽の告発を残して自害した。テュエステスは、ミュケナイの王におさまった兄弟アトレウスと文字どおり骨肉相喰む争いをくりかえしていた。そして、娘ペロピアに生ませた子供アイギストスが、アトレウスを倒して復讐を果たした。神話や伝説にかぎらない。フレゴーソは歴史から例を引き、カラカッラ帝と継母、ネロ帝と実母、カリグラ帝と姉妹ドゥルシッラ、ドミティアヌス帝と姪、ヘロデ王と義理の姉妹、実の姉妹と結婚したアルマニャック伯、二度までも姉妹を犯したスコットランド王ジェームズを挙げている（Fregoso, *Anteros*, c. f2r）。

☆49――理性は欲望に負け、愛する者は不幸へと突進しているのを知りながら、それを阻止することができない（Petrarca, *Canzoniere*, 135, vv. 39-45; 141, vv. 7-8）。

☆50――朝日は眩しくなくとも、中天にかかった太陽には目がくらんでしまうという喩えは、アルベルティ『デイーフィラ』（Leon Battista Alberti, *Deifira*, in *Opere volgari*, a cura di Cecil Grayson, Bari, Laterza, 1973, vol. III, p. 231）に見られる。

☆51――ペトラルカ（Petrarca, *Canzoniere*, 214, vv. 22-27）を踏まえて、森を駆け抜ける困難をイメージしている。

☆52――幸と不幸の同居（Petrarca, *Canzoniere*, 173, vv. 10-11）も、富と貧乏の同居（*Ibid*, 201, vv. 5-6）も、ペトラルカに見られる。

☆53――妻による夫殺しは、女性嫌いの伝統的なトポス。

☆54――欲望の大きさと喜びの大きさは比例する（Lorenzo de' Medici, *Comento de' miei sonetti*, XXXIV, 3-4; Petrus Haedus, *De amoris generibus*, c. XXv）。

☆55――愛する者は愚かにも、意中の人が「見つめてくれた」、「微笑んでくれた」、「挨拶してくれた」、「握手してくれた」、「足を踏んづけた」からといって、愛し返されているのだと勘違いする。アルベルティ『愛について』（Leon Battista Alberti, *De amore*, in *Opere volgari*. cit., p. 257）を参照のこと。「手が触れること」はペトラルカ『カンツォニエーレ』には見られない要素。ロレンツォ『自作のソネットへの註釈』(Lorenzo de' Medici, *Comenti de' miei sonetti*, XL, vv. 9-10; XIV, 32-40)を参照。

☆56――愛する者は愛のことばかり考えてほかを顧みないので、真人間として社会生活を営むことができなくなる。これもまた、愛を非難するさいにしばしばもちだされる論点である（Petrus Haedus, *De amoris generibus*, c. XIIIr; Ficino, *El libro dell'amore*, VI, IX, 33）。レテ河は、冥界の河のひとつ。死者は忘却の河レテの水を飲むと生前の記憶を失うとされていた。レテ河

☆57――不幸な恋人の描写は、眠れぬ夜（Petrarca, *Canzoniere*, 62, v.1-2; 332, v. 21）、虚しい歩み（*Ibid.*, 35, v.1-2; 74, v.11）、涙とインク（*Ibid.*, 347, v. 8）のいずれも、ペトラルカに倣う。

☆58――オウィディウスは愛の苦しみのおびただしさを海の貝殻に喩え（Ovidius, *Ars amatoria*, II, v. 517-519）、フレゴーソはそれを引用している（Fregoso, *Anteros*, c. d4v）。ベンボはフレゴーソを参考にした可能性もある。

☆59――「こよなく甘美で安らかな日々に」（I piu soaui et riposati giorni）。原詩の詩形は二重セスティーナ。一一音節詩行が六行で一スタンツァとなり、一二スタンツァから構成される（通常のセスティーナは六スタンツァ）。末尾には三行のトルナータ（結句）が置かれる。セスティーナにおいては、最初のスタンツァの各行末に現われた六語のみが、すべてのスタンツァのすべての行末で、所定の順序でのみ使用を許される。この詩で押韻に用いられているのは、「日々」（giorni）、「夜」（notti）、「状態／有様」（stato）、「文体」（stile）、「涙」（pianto）、「暮らし／命」（uita）の六語。トルナータ（結句）においては、行末（notti, stile, uita）からはみだした三語（giorni, stato, pianto）は行の中ほどに置かれている。この二重セスティーナは、ペトラルカ『カンツォニエーレ』第三三二番と同じ詩形。しかも、押韻に使われた語のうち、「夜」（notti）、「文体」（stile）、「涙」（pianto）の三語を借用している。セスティーナは形式的な制約が非常に厳しいため一五世紀にはあまり人気がなかったが、ベンボのこの詩において哀歌（エレゲイア）としての生命を吹きこまれた。この詩の主題は、マドンナ（愛する貴婦人）のせいで破れた愛である。詩人は運命の変わりやすさを慨嘆し、エコー（木霊の精）に慰めを求める。カマテロによる五声のマドリガーレ（『第二書』一五六九年版の第七［14］番）や、スコットによる四声のマドリガーレ（一五四二年版の第二四番）がある。

☆60――愛する人を失って不幸のどん底を味わった人々の例が挙げられる。アルテミシアは、カリアの王マウソロスの妻。夫の死後、巨大な墓廟（マウソレイオン）を建造した。この箇所は、キケロ『トゥスクルム荘談論』からの翻案（Cicero, *Tusculanarum disputationum*, III, 31, 75）。エリサ（Elisa）は、カルタゴを建国した女王ディドの別名。アイネイアスと恋仲になったものの、彼に去られて自害したとされる。ニオベは、テーバイの王アンピオンの妻。七人の息子と七人の娘がいたが、子宝に恵まれた母親として奢りたかぶり、子どもが二人しかいない女神ラトナ（レト）を侮辱したため、女神の子アポロンとディアナ（アルテミス）に全ての子どもを射殺された。ニオベは悲しみのあまり大理石の彫像になり、岩となっても泣きつづけた。

☆61――リュディア王タンタロスは、人間の分際で神々を欺く所業をくりかえしたので、頭上に巨大な岩がのしかかるという恐怖の劫罰を受けた。ユノに手を出そうとしたイクシオン、あるいはペルセポネを誘拐しようとしたペイリトオスも、同種の劫罰を受けたとされる。

☆62――いったん手に入れた愛が失われるかもしれないと怯える恐怖は、ペトラルカ『カンツォニエーレ』には見られない。ベンボはほかの典拠を参照する必要があった。ペトルス・ハエドゥス『愛の種類について』（Petrus Haedus, *De amoris generibus*, c. XIXr）を見よ。

☆63――愛を失うことの恐れに端を発する殺人の例が挙げられる。ミュケナイの王アガメムノンは、トロイア戦争から凱旋帰還を果たすや、ただちに、妻クリュタイムネストラと情夫アイギストス（彼の従兄弟）によって殺害された。オレステスは従姉妹ヘルミオネと婚約していたが、ヘルミオネをネオプトレモスに奪われたので、恋敵を殺害した。ベンボはヘルミオネを「従姉妹」（cugina）と呼んでいるが、『アーゾロの談論』第二版では「姉妹」（sorella）に変更している。テクストの改悪の一例である。

☆64――自ら剣に体重をかけて傷を深める比喩は、アルベルティ『デイーフィラ』（Alberti, *Deifira*, in ed. cit., p. 233）に見られる。

☆65――愛する者は人間社会から逃れ、森で孤独をかみしめる。孤独な詩人の目に映ずる自然の風物（Petrarca, *Canzoniere*, 279, vv. 1-4; 219, v. 3; 303, v. 5）、涙をためた様子（*Ibid.*, 37, vv. 71-72）、人の足跡も稀な森や谷をさすらう様子（*Ibid.*, 129, vv. 1-5; vv. 14-15）、木の株や獣を相手に語りかける様子（*Ibid.*, 129, v. 42; 35, vv. 9-11, 288, vv. 9-14）、いずれもペトラルカからの文学的な借用である。

☆66――「寂しき小鳥よ」（Solingo Augello; se piangendo uai）。原詩の詩形はカンツォーネ。三スタンツァと三コンジェードから構成される。各スタンツァは前半八行（フロンテ、ABBA.BAAB）＋後半四行（シルマ、CcDD）に分けられる。主題は、孤独にひたる不幸な詩人である。同じような境遇にある小鳥に語りかけ、伝言を頼む。この詩には複数の作曲家が曲をつけている。モンテによる五声のマドリガーレ（『第二書』一五七〇年版の第四［6］番）。ピチェンニ（『甘き調べ』一五六二年版の第一一［13］番）。スコットによる四声のマドリガーレ（一五四二年版の第二一番）。このカンツォーネには、同一の冒頭の詩句で始まるソネット・ヴァージョンがあり、自筆稿Qにはソネットの方が掲載されていた。カンツォーネの方は、ベンボが恋人マリア・サヴォルニャンに、スペインから届いた手袋を贈ったさいに添えられていた手紙に記載されている（一五〇〇年六月三〇日）。このカンツォーネは『アーゾロの談論』第二版からは削除され、以後、『リーメ（詩集）』に採録されることもなかった。訳詩六行目の「緑の中」とは、緑なす野原のこと。緑は希望を象徴する色でもある。一二行から一三行目はくどくどした表現だが、原文は "Ma io d'ogni mio ben son casso et priuo. / Casso et priuo son io d'ogni mio bene," となっている。これはコブラス・カプフィニダス（前行末の語句を次の行頭でくりかえす詩作法）を模した技巧である。一六行目の「野原をとぼとぼと」歩く様子は、ペトラルカの有名なソネット（Petrarca, *Canzoniere*,

35, vv. 1-2）のイメージを借用している。

☆67――ここもくどくどした物言いにだが、原文では"… che cosa buona Amor sia? Che Amore sia buono …"となっており、前辞反復（アナディプロシス）の技巧が用いられている。偽キケロ『ヘレンニウスへの修辞学』における"conduplicatio"の項目を参照のこと（Cicero, *Rhetorica ad Herennium*, IV, 28, 38: [Cicerone] *La retorica a Gaio Erennio*, a cura di Filippo Cancelli, Milano, Mondadori, 1992, pp. 525-27）。

☆68――女性のなんでもない仕草が愛する者の心をとりこにする。「一曲の歌、わずかな目の動き」（Petrarca, *Canzoniere*, 264, v. 53）、「身のこなし」（*Ibid.*, 126, v. 57）、「歩く姿」（*Ibid.*, 90, v. 9）、「座っているさま」（*Ibid.*, 270, v. 86）、いずれもペトラルカ『カンツォニエーレ』による。

☆69――「最もささやかな部分」とは、金髪の編髪、ほっそりとした手、顔の黒子、唇の黒子といったものを指す。『アーゾロの談論』自筆稿Qを参照のこと（Pietro Bembo, *Gli Asolani*, edizione critica a cura di Giorgio Dilemmi, Firenze, L'Accademia della Crusca, 1991, p. 55）。愛する者が貴婦人の涙を喜ぶ様子は、ペトラルカ『カンツォニエーレ』第一五五番から第一五八番、いわゆる「ラウラの涙の四連作」を思わせる。本書の第二書に見られる「涙のエピソード」も参照。

☆70――女性の病気に気をもむ恋人は、ローマ時代のエレゲイア詩にも見られる。オウィディウス『愛の治療』（Ovidius, *Remedia amoris*, vv. 615-616, in Ovid, *The Art of Love and Other Poems*, with an English translation by J. H. Mozley, revised by G. P. Goold, Harvard University Press, 1929, p. 218）を見よ。ペトラルカ『カンツォニエーレ』第二三三番では、詩人は恋人の眼病を心配するあまり、自分が眼病に罹ってしまった。

☆71――ペロッティーノはここで、貴婦人の噂を聞いて恋をしたと白状する。ただし、ベンボが『アーゾロの談論』の執筆以前または執筆中に、このような恋愛を経験したことは知られていない。女流詩人ヴェロニカ・ガンバラの評判に関心を抱いたのは、この作品の執筆以後のことである。

☆72――ボッカッチョ『フィアンメッタ』（Boccaccio, *Fiammetta*, VIII, [1], 1）による表現。

☆73――狭いところに押しこめられた火のほうが激しく燃えるという比喩は、ボッカッチョ『フィアンメッタ』（Boccaccio, *Fiammetta*, VI, [14], 9）、アルベルティ『デイーフィラ』（Alberti, *Deifira*, in ed. cit., p. 225）にも見られる。

☆74――「拝みたおし、愛し、泣きくれ」（pregando, amando, lachrimando）は、ペトラルカの詩句「泣いても、祈っても、愛しても」（"lagrimando, pregando, amando", in Petrarca, *Canzoniere*, 265, vv. 12-13）の順序を入れかえたもの。

☆75――タンタロスは冥界で、果物や水は目と鼻の先にあるのに、それを口にすることができないという劫罰を受けている。タンタロスの比喩はボッカッチョ『フィロコロ』（Boccaccio, *Filocolo*, IV, [25]: Giovanni Boccaccio, *Opere minori in volgare*, a cura di Mario Marti, vol. I, Milano, Rizzoli, 1969, p. 469）による。

☆76――波間に揺れる水泡の比喩は、ボッカッチョ『フィアンメッタ』（Boccaccio, *Fiammetta*, II, [15], 8）における岸辺に寄せては返す波の比喩による。高く低く、熱く冷たく、感情が不安定な様子は、ペトラルカ（Petrarca, *Canzoniere*, 152, v. 1-5; 178, vv. 3-4）を見よ。また、ペトラルカには、金剛石ならぬギヤマンの希望を手から落とす失意も見られる（*Ibid*., 124, vv. 12-13）。

☆77――愛する者の魂（心臓）は、本人の肉体を離れて貴婦人のもとにある。よって、愛する者の魂は貴婦人の肉体とともに病気に苦しむ仕儀になる。

☆78――レルネのヒュドラは七つの頭をもち、首を切り落とされるたびに新しい首が二倍になって生えてきた。

☆79――文学の世界では、女性は男性よりも愛にとり憑かれやすいとされていた（Boccaccio, *Decameron*, IV, [3], 5-6; Ovidius, *Ars amatoria*, I, vv. 281-282）。

☆80――中世の西欧では、「恋の病」はものの喩えではなく、正真正銘の病気だった。メランコリー症（精神病ないしは心身症）の一種とされ、医学書では「ヘレオスの恋病」（amor hereos）と呼ばれていた。悪い経過をたどる場合は、患者は衰弱して死にいたると考えられていた。「迷宮」は、クレタ島のラビュリントスのこと。牛頭の怪物ミノタウロスが閉じこめられていた。テセウスはミノタウロスを退治するために迷宮に入ったが、アリアドネに教えられたとおり入り口から糸を伸ばしながら進んだおかげで、無事に脱出することができた。

☆81――二度目に熱がぶりかえしたときの辛さ（Boccaccio, *Fiammetta*, VIII, [18], 2）、涙の別れ（*Ibid*., II, passim）、喜びの喪失（*Ibid*., VII, [1], 10）、身体がいけない場所に魂がいってしまうこと（*Ibid*., VI, [16], 3）、心をとりまく涙の川（Boccaccio, *Filocolo*, III, [4]）のいずれも、ボッカッチョからの借用。「心臓が……ひっこぬかれ」（Petrarca, *Canzoniere*, 264, vv. 24-25）と「真っ二つに切り裂かれる」（Boccaccio, *Decameron*, II, [6], 44）は、ペトラルカとボッカッチョの言葉をつないだ表現。道標としての北極星の喩えは、この作品の冒頭にも見られる。地磁気が知られていなかった当時、方位磁針が北を指すのは北極星から発せられる感応力（influsso）のせいであると考えられていた。

☆82――「まやかしの、むごたらしい私の運命が」（Poscia che'l mio destin fallace et empio）。原詩の詩形はカンツォーネ。五スタンツァと三行のコンジェードから構成される。各スタンツァは、前半六行（フロンテ、ABC.ABC）と後半七行（c.DEeD.FF）に分けられる。コンジェード（結句）を除いて、ペトラルカ『カンツォニエーレ』第一二九番と同じ形式である。貴婦人との別れ、および愛が奪われたことへの嘆きが主題となっている。愛が破れたのはマドンナのせいであること、詩人には苦しみだけが残されたことがほのめかされる。スコットによる四声のマドリガーレがある（一五四二年版の第三一番）。訳詩七行目の「風に散らされる霞か砂埃」（Nebbia et poluere al uento）は、ペトラルカの詩句（"Nebbia o polvere al vento", in Petrarca, *Canzoniere*, 331, v. 22）をほとんどそのまま借用している。訳詩九行目の「ひとつの面影が魂につきまとって離れないのに、魂はそこから逃れようとする」（Ch'un uolto segue l'alma, ou'ella il fugge）は、『カンツォニエーレ』第一二九番のまったく同じ位置（第一スタンツァ第九行）にある詩行（"e 'l volto che lei segue ov'ella il mena", Petrarca, *Canzoniere*, 129, v. 9）を巧みに利用して書きかえたもの。訳詩三三行目「ペーロ」（pero）は、「玉の緒は……絶え果て……」（pero）と「ピエトロ」（Pietro/Pero）との掛詞。

☆83——「ああ、どんなに逃げ回ろうとも、助かる見こみはない」（Lasso, ch'i fuggo: et per fuggir non scampo）。このカンツォーネの形式は、直前のカンツォーネに準ずる。内容も、直前のカンツォーネを発展させたものになっている。自然の風景と回想とを交互に描く手法は、ペトラルカ『カンツォニエーレ』第一二七番を彷彿とさせる。森の情景はペトラルカ『カンツォニエーレ』第一二五番と第一二六番を思わせる。訳詩五三行目の「寂しい海岸」によって回想の場面が海辺に移るところに、著者のヴェネツィア人らしさを見てとることができる。

☆84——愛する者は人間らしい性質に拘束されない（Petrarca, *Canzoniere*, 15, v. 14; Lorenzo de' Medici, *Comento de' miei sonetti*, IV, 2）。

☆85——愛する者の苦悩には、昼も夜も片時の休息もない（Petrarca, *Canzoniere*, 22, passim; 50, passim）。ベンボはペトラルカのほかに、ウェルギリウス『アエネイス』（Vergilius, *Aeneis*, IV, vv. 522-532; VIII, vv. 26-30: Virgilio, *Tutte le opere*, versione, introduzione e note di Enzio Cetrangolo, con un saggio di Antonio La Penna, Firenze, Sansoni, 1966, p. 570）やサンナザーロ『アルカディア』の散文（Sannazaro, *Arcadia*, XII, 4: Iacopo Sannazaro, *Arcadia*, a cura di Francesco Erspamer, Milano, Mursia, 1990, p. 212）を参考にした可能性がある。メットゥス（メッティウス）・フフェティウスは、ローマの隣国アルバ・ロンガの将軍。ローマ三代目のローマ王トゥルス・ホスティリウスは、アルバ・ロンガとの争いに勝ち、ローマ優位の同盟を結んだ。その後の対エトルリア戦争において、王はアルバ・ロンガの将軍メットゥス・フフェティウスの裏切りを見抜き、彼を馬裂きの刑に処した。

☆86——ボッカッチョ『フィアンメッタ』（Boccaccio, *Fiammetta*, VI, [5], 1）による。

☆87——ベンボは夢について論ずるにあたって、心身の不調と妄想について述べたフィチーノ『プラトン神学』の一節を参考にしている（Ficino, *Theologia platonica*, XIII, II, 25）。

☆88——ボッカッチョ『フィアンメッタ』（Boccaccio, *Fiammetta*, V, [29], 7）にもとづく表現。

☆89——「少しはおとなしくなる」（men rotti）は難解な形容。"rotto" には「（人が）自制心なしにうるさく喋りつづける」という意味がある。プルチ『モルガンテ』（Luigi Pulci, *Morgante*, XXII, 20, v. 5）を見よ。

☆90――ティテュオスとイクシオンの比喩は、ボッカッチョ『フィアンメッタ』に見られる（Boccaccio, *Fiammetta*, VI, [14], 4-6）。ベンボは内容にとどまらず、「この輩は……この輩は……」の行頭反復（アナフォラ）の修辞技法をも、『フィアンメッタ』（*Ibid.*, I, [8], 1）からとりいれている。ティテュオスは腕と脚を地面にくくりつけられ、二羽の禿鷹に肝を喰いちぎられている。新月になるとはらわたが再生し、拷問は永久にくりかえされる。ペロッティーノの比喩では愛する者は心臓を喰われることになっており、肝臓を啄まれるよりもいっそうダメージが大きい。肝臓は動物精気の座にすぎないが、心臓は生命精気の座だからである。イクシオンは火焔の車にしばりつけられて、休みなく回転している。もちろん上になっても下になっても不幸であるが、ペロッティーノの比喩では「運命の車輪」のイメージが重ねあわせられており、「頂点に舞いあがり」とは愛が幸福な状況にある瞬間を指している。

☆91――ペロッティーノは〈愛〉に直接話しかける。これは頓呼法（アポストロフェ）と呼ばれる技法で、神への祈願のパロディとなっている。『アーゾロの談論』における〈愛〉への祈願は、カスティリオーネ『宮廷人』第四書のクライマックスにおける愛神への祈願（Castiglione, *Il libro del cortegiano*, IV, LXX: Baldassar Castiglione, *Il libro del cortegiano*, a cura di Giulio Carnazzi, Milano, Rizzoli, 1987, pp. 331-332）や、エクイコラ『愛の本性についての書』第一書冒頭にある「愛の称賛」（Mario Equicola, *Libro de natura de amore*, I, 1, in *La redazione manoscritta del Libro de natura de amore di Mario Equicola*, a cura di Laura Ricci, Roma, Bulzoni, 1999, pp. 217-218）に影響を与えた。

☆92――ペロッティーノの嘆きは、ボッカッチョ『フィアンメッタ』第五巻（Boccaccio, *Fiammetta*, V, [25]）の長々とした嘆きを念頭に置いて書かれている。「物笑いの種」は、ペトラルカ『カンツォニエーレ』巻頭のソネット（Petrarca, *Canzoniere*, 1, vv. 9-10）に見られる有名な詩句。鎖を引きずる犬のイメージは、ペトラルカ『カンツォニエーレ』（Petrarca, *Canzoniere*, 76, vv. 9-10）、ならびにペルシウス『諷刺詩』（Persius, *Satura* V, vv. 157-160, in Persio, *Satire*, con un saggio introduttivo di Antonio La Penna, Milano, Rizzoli, 1979, p. 198）に見られる。

☆93――「唐絹」（drappo）は高級な布地、とくに絹織物を指す。第二版以後は「亜麻の」（di lino）という説明は削除された。

☆94――当時、動物の意匠を散らしたグロテスク画のタイプの装飾が流行していた。

第二書

☆1――魂の病という問題を肉体の病を対比させながら論じ始めるのは、キケロ『トゥスクルム荘談論』（Cicero, *Tusculanarum disputationum*, XXX, I, 1-3）を模した書きだしである。各書の冒頭にそれぞれ序文を置くのもキケロの流儀にならう。美々しい衣装に大枚はたくのは、ヴェネツィア貴族の体面を保つための当然の前提。外国の元首を歓迎するときには金や銀の豪華な衣服が用いられたし、ドージェ（国家元首／統領）とその家族は無制限に贅沢な服装をすることが認められていた。平素の服装については一六世紀に二一回の奢侈禁止令が布告されたが、男性の服装についての禁止条項はほとんど含まれていなかった（ピセツキー『モードのイタリア史』池田孝江監修、平凡社、一九八七年、六八〜七〇ページ）。

☆2――「桃と林檎のちがいがわかる」とは、「真理とそれらしきもののちがいがわかる」の意味。この格言はベンボ以前には先例がない。弁論の練習のために心にもない意見を述べているとして論敵を非難する場面は、人文主義者の対話体の作品にしばしば見られる。ポッジョ・ブラッチョリーニ（Poggio Bracciolini, *De avaritia*, in AAVV., *Prosatori latini del Quattrocento*, a cura di Eugenio Garin, Milano-Napoli , Ricciardi, 1952, p. 276）およびヴァッラ（Lorenzo Valla, *De vero falsoque bono*, critical edition by Maristella de Panizza Lorch, Bari, Adriatica Editrice, 1970, p. 106）を参照のこと。

☆3――ジズモンドは、ペロッティーノの議論の最初の部分を要約しているが、〈愛〉の系譜論についての議論は意図的に無視している。「人はにがい苦しみなしに愛することはできない」は第一書（ix）末尾からの引用。「いかなるにがい苦しみも〈愛〉ではなくてほかのところから、やってくることも、ひょっこり飛びだすこともない」は、第一書（x）の末尾の文言を言いかえたもの。

☆4――「夏のそよかぜ」（Ne le dolci aure estiue）。この詩は短いながら、カンツォーネ・モノストロフィコになっている。マドリガーレにも似た軽やかな筆致で書かれている。主題は、比べるものとてない愛の甘美さ。この詩の情景は、貴婦人の存在と不在を巧みに表現しながら明暗法（キアロスクーロ）の対比をきわだたせている。海の波を親しみをこめてとらえているところに、ベンボのヴェネツィア人らしい感性を見てとることができる。冒頭の一行は、ペトラルカの詩句「夏の甘やかなそよ風」（“aure dolci estive”, in Petrarca, *Triumphus Cupidinis*, IV, v. 126）にもとづく。

☆5――「この手の　ペンは疲れる」（Non si uedra giamai stanca ne satia）。原詩の形式はカンツォネッタ。三スタンツァと二行のコンジェードから構成される。各スタンツァは一一音節詩行と七音節詩行をまじえた八行から成る（AbbA.AbbA）。原文の四行目（Del tuo cotanto honore alcuna gratia:）と八行目（Ond'ei prende uigore, et te rintratia.）には、行の中ほどの語が二行目の末尾の語（Amore）と脚韻を踏んでいる。このような行中韻は第二、第三スタンツァにもあらわれる。ペトラルカ以前の古いタイプの抒情詩に見られる韻律の遊びであるが、ベンボの当時には斬新な詩形であり、はからずも、バロック時代のカンツォネッタの出発点となった。詩の主題は、幸福な恋人の、甘やかでかけがえのない生命。第二スタンツァでは愛の精神性が強調されている。楽曲としては、ペリッソーネ・カンビオによる五声のマドリガーレ（一五四五年版の第一四番）、ジェーロによる二声のマドリガーレ（一五四〇年版の第二七番）、スコットによる三声のマドリガーレ（一五四一年版の第一七番）がある。

☆6――川の流れの比喩はアルベルティ『デイーフィラ』（Alberti, *Deifira*, ed. cit., pp. 237-238）にも見られる。オウィディウス『変身物語』（Ovidius, *Metamorphoses*, VIII, vv. 568-571: Ovidio, *Metamorfosi*, testo latino e traduzione in versi italiani di Ferruccio Bernini, Zanichelli, Bologna, 1986, vol. I, p. 132）も参照のこと。

☆7――「船の絵」は奉納の絵（ex voto）のこと。不幸なのは愛する者みなではなく、そのなかの一部の人々にすぎないとする論法は、フレゴーソ（Fregoso, *Anteros*, c. b8v）にも見られる。

☆8――ポイボス・アポロンは予言を司る神でもある。その聖なる三脚台が唸りをあげるなかで予言が告げられる場面が、ウェルギリウス『アエネイス』（Vergilius, *Aeneis*, III, vv. 90-98）に描かれている。クマエのシビュラ（巫女）は、木の葉に記された予言を厳重に管理していた（Vergilius, *Aeneis*, III, vv. 441-447）。ダンテ『神曲』「天国篇」（Dante, *La divina commedia*, III, *Paradiso*, XXXIII, vv. 65-66: Dante Alighieri, *La divina commedia*, III, *Paradiso*, a cura di Daniele Mattalia, Milano, Rizzoli, 1960, p. 636）には、シビュラの木の葉の比喩が見られる。

☆9――ジズモンドはこれらの神話を、絶対にありえない話として引き合いに出している。アゲノルの息子カドモスは、カスタリアの泉を守る大蛇を退治し、大蛇の歯を大地にばらまいた。すると歯から戦士たちが生えだして、凄惨な殺し合いを演じた。アイアコスはアイギナ島の王。ユノの祟りの疫病で島の住人たちが死に絶えたあと、ユピテルに祈って、蝟集する蟻たちを人間に変えてもらった。アポロンの息子パエトンは、太陽の馬車に乗って天空を走りたいと父にせがみ、神馬たちを御しきれずに墜落死した。

☆10――森の妖精には、ボッカッチョ（Boccaccio, *Genealogie deorum gentilium*, VII, XIV, 6-7）によれば、樫の木の妖精たちであるドリュアデスと、樹木の妖精たちであるハマドリュアデスがある。オウィディウスには、ドリュアデス（Ovidius, *Metamorphoses*, XIV, v. 326）とハマドリュアデス（*Ibid*, XIV, v.624）が見られる。ペトラルカ『カンツォニエーレ』（Petrarca, *Canzoniere*, 159, v. 5; 281, v. 9; 303, v. 10; 323, v. 42）には妖精（ニンフ）が見られる。

☆11――「マドンナが〈愛〉のおかげでどのようなお姿になられるか」（A quai sembianze Amor Madonna agguaglia）。この詩の形式はカンツォーネ。三つのスタンツァから成り、末尾のコンジェードを欠く。各スタンツァは一一音節詩行と七音節詩行が混在する一二行から成り、前半四行（フロンテ、AbbA）と後半八行（シルマ、A.cDDCC.EE）に分けられる。第一スタンツァにベアトリーチェ（ダンテの恋人）、第二スタンツァにラウラ（ペトラルカの恋人）、第三スタンツァにマリア（ベンボ自身の恋人）を詠みこむ。主題は、愛の奇蹟。貴婦人の奇蹟を自然の奇蹟に喩える。第一スタンツァでとりあげられている緑石（エメラルド）は、見る者の目を飽きさせず、叩いても割れないくらい硬いとされていた。第二スタンツァで歌われる西風（ゼピュロス）は、枯れ木に春の息吹をもたらす。第三スタンツァに書かれたヘリオトロープは、常に太陽の方を向くように頭を回転させる。ヘリオトロープの中でも、トリコックムと呼ばれる種類のものは、どこにでも生えると言われていた。なお、訳詩一一行目の「根」（radice）は、ベンボの恋人マリア・サヴォルニャンのセニャール（詩的な象徴）である。このカンツォーネは『アーゾロの談論』第二版以後は削除され、『リーメ（詩集）』初版（一五三〇年）に収録された。

☆12――「はじめて目にする輝きに」（Preso al primo apparir del uostro raggio）。原詩の形式はカンツォーネ。一一音節詩行が七行で一スタンツァとなり、三スタンツァで構成される。各スタンツァは、前半四行（フロンテ、AB.BA）＋中間一行（キアーヴェ、C）＋後半二行（シルマ、DD）から構成される。各スタンツァ五行目のキアーヴェが押韻する（ritenne - conuenne - uenne）。末尾のコンジェードを欠く。この詩の主題は、互いの心臓を交換する恋人たち。心臓をとりかえた恋人たちは、ロレンツォのソネット（Lorenzo de' Medici, *Comento de' miei sonetti*, XXX; XXXI; XXXII）にも見られる。ベンボはこの詩の主題を、アウグレッロのソネットから借用したとされている（Giuseppe Pavanello, *Un maestro del Quattrocento* (*Giovanni Aurelio Augurello*), Venezia 1905, Tipografia Emiliana, p. 225）。前時代的な作風で、気恥ずかしくもある。楽曲としては、モンテによる四声のマドリガーレ（一五六九年版の第一五番）、スコットによる四声のマドリガーレ（一五四二年版の第二七番）がある。

☆13――弁論は、しばしば、機織りに喩えられる。ペトラルカ『凱旋』「名声の勝利」（Petrarca, *Triumphus Fame*, III, vv. 113-114）を参照のこと。ペネロペイアは、夫の留守中に押しかけてきた求婚者を追い払う口実として、布が織りあがるまで待つように要求し、昼はせっせと機を織り夜になるとほどいて、時間をかせいだ。

☆14――微妙な話題について話し始めるまえに優越感をみせて微笑むのは、キケロ以来のおなじみの行為である。一例として『スキピオの夢』（Cicero, *Somnium Scipionis*, 2, 3: Macrobius, *Commentarii in Somnium Scipionis*, edidit Iacobvs Willis, Stuvtgardiae et Lipsiae, Tevbneri, 1994, p. 157）を見よ。

☆15――一株の月桂樹が二本の幹を生やしているとしても、その二本に同時にもたれかかるのは容易ではないだろう。貴婦人が一本の枝にもたれるようすは、ペトラルカ（Petrarca, *Canzoniere*, 126, v. 6）に書かれている。また、「二本の柱」という言い回しはペトラルカ（*Ibid.*, 202, v. 10）にもある。二本の幹は、ベレニーチェに発言する勇気をあたえる、リーザとサビネッタの存在を暗示しているのかもしれない。

☆16――第二書（iii）でジズモンドが再確認した、「人はにがい苦しみなしに愛することはできない」というペロッティーノの主張をさす。「継続的に」という形容が付加されているのは、第一書（xx）に見られる「愛する人は誰であれ四六時中、苦痛を感じて堪え忍ぶものである」という文言をベレニーチェが潜在意識の中で覚えていたのであろう。

☆17——アテナイのティモンはソクラテスと同時代の人とされるが、徹底した人間嫌いとして後世に有名になった。キケロ(Cicero, *Laelius de amicitia*, XXIII, 87）を見よ。フレゴーソ（Fregoso, *Anteros*, c. b4r）もティモンのような生き方を非難している。

☆18——美少年ナルキッソスは、水面に映った自分の姿に恋するあまり、いつまでも見入っていた。ナルキッソスの物語はオウィディウス『変身物語』（Ovidius, *Metamorphoses*, V, vv. 339-510）に詳しい。ジズモンドは、いかにペロッティーノでも人が自分を愛することは認めるだろうと述べているが、ペロッティーノは第一書（XV）において、愛する者は自分も自分の命もないがしろにすると語っていた。

☆19——ジズモンドは、アンドロギュノスの寓話を援用して、恋人を愛するのは自分を愛するのと同じことだと主張する。プラトン『饗宴』一四～一六（久保勉訳、岩波文庫、一九五二年、七七～八五ページ）、およびフィチーノ（Ficino, *El libro dell'amore*, IV, 1）を参照のこと。

☆20——神話には、男女両性を必要としない生誕の例が見られる。ミネルウァ（アテナ）はゼウスの頭部から生まれた（Boccaccio, *Genealogie deorum gentilium*, II, III, 2)。ユノ（ヘラ）はレタスを食べてへべやマルスを一人で生んだ（*Ibid.*, IX, I, 4)。

☆21——ベンボが後年『ヴェネツィア史』（Bembo, *Historia veneta*, VI, 12: Pietro Bembo, *History of Venice*, edited and translated by Robert W. Ulery, Jr., Harvard University Press, 2008, vol. III, p. 102）に記録しているところでは、往時はインド人が海路ジェッダの港に商品を運びこみ、これをエジプト人がラクダでアレクサンドリアまで輸送していた。ヴェネツィア人はアレクサンドリアから船便で持ち帰った商品を輸出して、巨万の富を築きあげた。しかし、ポルトガル船が紅海に進出して商品を買い占めるようになってからは状況が変わり、これを阻止しようとしたエジプト艦隊も一五〇一年にポルトガル勢に敗北を喫したため、以後、ヴェネツィア人のために砂漠を運ばれる商品は激減した。『アーゾロの談論』に登場するヴェネツィア人たちは、アレクサンドリアに到来する貿易品を「私たちの商品」と言い切ることのできる、古き良き時代のなかに安住しているようである。

☆22——民衆に法律を授けるのは、ヴェネツィア貴族の職務のひとつ。ベンボの父はベルガモのポデスタ（派遣知事）職にあったとき、都市条例の草案を起草するようにヴェネツィア本国政府から命ぜられた。当時は乳母による哺育が一般的であったが、授乳は女性にしかできない。

☆23——ここでは女性の安楽と男性の苦労を対比しているように見えるが、実際には、男女それぞれの命がけの行為が比較されている。当時は妊娠、出産にともなう死亡率が高かったため、妊婦は遺言書を書くのが慣わしだった。なお、一五世紀末までは、ヴェネツィア共和国の交戦国はたいてい海外にあったので、著者は、戦争は「異国の空の下」でなされるものだという先入観をもっていた。

☆24――水筒ではなく、「杯」（nappo）である。グリム童話（*Die Gänsemagd*, in *Kinder-und Hausmärchen gesammelt durch die Brüder Grimm*, mit den Zeichnungen von Otto Ubbelohde und einem Vorwort von Ingeborg Weber-Kellermann, Insel Verlag, 1984, Zweiter Band, p. 123）にも旅人が杯（Becher）を携行するくだりがある。

☆25――レムノス島の女たちは、ウェヌスの呪いによって悪臭を放つようになり、夫たちに遠ざけられた。怒った彼女たちは男たちを皆殺しにした。ダンテ『神曲』「地獄篇」（Dante Alighieri, *La divina commedia*, I, *Inferno*, XVIII, vv. 88-90）を参照のこと。黒海南岸の伝説の女戦士アマゾネスは、弓を引きやすいように右の乳房を切り落としたとされる。

☆26――アラクネは機織りの技に秀でていたが、不遜にも女神ミネルウァと対決して惨敗し、蜘蛛に変えられた。はかなく破れやすいものは蜘蛛の巣に喩えられる（Petrarca, *Canzoniere*, 173, v. 6）。

☆27――ジズモンドはここではストア派の見解を採用している。キケロ『トゥスクルム荘談論』（Cicero, *Tusculanarum disputatiunum*, IV, XXI, 47）を参照のこと。

☆28――ダプネはクピドの鉛の矢がささったために、アポロンの求愛を嫌って逃げ回り、月桂樹へと変身した。オウィディウス『変身物語』（Ovidius, *Metamorphoses*, I, vv. 452-567）を見よ。

☆29――月桂樹を愛と繁栄の生きた証拠とする、めずらしい見解である。ラヴィネッロが指摘するように、月桂樹は、通常、ダフネの神話を下敷きにして、恋になびかない女性を連想させる。また、月桂樹の苦い実は、「苦いものとしての愛」（amare come amaro）、すなわち報われぬ恋をあらわす。月桂樹の実については『カンツォニエーレ』（Petrarca, *Canzoniere*, 6, vv. 12-13）を見よ。

☆30――「ペロッティーノ君」という呼びかけが、文頭、文の中間、文の末尾に移動していく、技巧的な語り口である。

☆31――ジズモンドは、ペロッティーノの愚かな愛を非難しているうちに、美徳を忘れて悪徳にそまった現代の世情に苦言を呈するにいたる。手に入るわけのないものを求める愚かさについては、フレゴーソ（Fregoso, *Anteros*, cc. b5v-b6r）、およびロレンツォ（Lorenzo de' Medici, *Comento de' miei sonetti*, VIII, vv. 1-2; VIII, 1-3）を見よ。ギガンテスは、ウラノスが去勢されたときに大地に滴り落ちた血から生まれた巨人たち。オリュンポスの神々に挑戦し、熾烈な戦いをくりひろげたが（ギガントマキア）、手酷い敗北をこうむった。「失われたものは、失われたものとして観念したまえ」は、カトゥッルスの詩行（Catullus, 8, v. 2: Catullo, *I canti*, introduzione e note di Alfonso Traina, traduzione di Enzo Mandruzzato, Milano, Rizzoli, 1982, p. 90）を訳したものであるが、ベンボはアルベルティ『デイーフィラ』（Alberti, *Deifira*, ed. cit., pp. 238-239）から孫引きしていた可能性がある。

☆32――「こんなにも〈愛〉に逆らい」（Si rubella d'Amor, ne si fugace）。原詩の詩形はカンツォーネ。一一音節詩行と七音節詩行をまじえた七行で一スタンツァとなり、八スタンツァと二行のコンジェードで構成される。押韻方式はスタンツァ・ウニソナンス（スタンツァ内部では脚韻を踏まず、次のスタンツァの同じ位置にある行と押韻する）。また、各スタンツァの四行目（第二、三音節）と六行目（第四、五音節）は、ウニソンナス方式で行中韻を踏んでいる。このカンツォーネは、ペトラルカ『カンツォニエーレ』第二九番と同じ形式。一五世紀にしばしば模倣された形式でもある。主題は、美しさと淑やかさがみごとに調和した、類いまれなる甘美な愛。散文で語られる議論の文脈からはひとまず離れ、無益な愛から肯定的な愛に向かうようにペロッティーノを説得する。心の内面が、自然の情景の描写を通して表現されている。楽曲としては、ラガッツォーニによる四声のマドリガーレ（一五四四年版の第六番）がある。訳詩一六行目の「薔薇や百合」は、貴婦人の美しさを暗示する。グイード・グィニツェッリのソネット（Guido Guinizelli, X [XV], vv. 1-2, in *Poeti del dolce stil novo*, cit., p. 36）を参照のこと。訳詩二三行目の「白貂」（アーミン）は、綺麗な毛皮を汚されるくらいなら、いっそのこと自ら猟師に捕らえられる習性があるとされた。それゆえ、魂の無垢を象徴する。ペトラルカ『凱旋』「死の勝利」（Petrarca, *Triumphus Mortis*, I, vv. 19-20）、およびテバルデーオのソネット（Tebaldeo, *Rime*, 150, v. 1）を参照のこと。

☆33――アクタイオンはディアナ（アルテミス）の水浴を見てしまったため、怒ったディアナによって牡鹿に変えられた。彼の猟犬たちは主人とも気づかずにアクタイオン獲物として噛み殺してしまった。オウィディウス『変身物語』（Ovidius, *Metamorphoses*, III, vv. 138-252）を見よ。ペトラルカ『カンツォニエーレ』（Petrarca, *Canzoniere*, 23, vv. 156-160）には、千々に乱れる物思いを犬に見立て、犬どもに追われる牡鹿に我が身を喩える詩句が見られる。

☆34――この部分は、『アーゾロの談論』の作品内で唯一、年代に言及する箇所。ベンボの生年は一四七〇年であるから、足し算すれば一四九六年となる。この年代は、作品の執筆時点、ないしは談論がおこなわれたと設定される時点を、ある程度反映している。

☆35――白い鳩はウェヌスの聖鳥。愛を象徴する。鳩のつがいが水盤の縁にとまっているようすは、フランチェスコ・コロンナ『ポリーフィロの愛戦夢』（Francesco Colonna, *Hypnerotomachia Poliphili*, a cura di Giovanni Pozzi e Lucia A. Ciapponi, Padova, Antenore, 1980, vol. I, p. 63）にも見られる。サンナザーロ『アルカディア』（Sannazaro, *Arcadia*, VIII, 53）にも二羽の白鳩が飛んでくる場面がある。

☆36――ガニュメデスは、類いまれなる美少年だったため、神々に所望され、ゼウスの侍童となって杯に酒をそそぐ役目を与えられた。ガニュメデスを攫ったのは、ゼウスが遣わした鷲であるとも（Vergilius, *Aeneis*, V, vv. 252-257）、ゼウス自身が化けた鷲である（Ovidius, *Metamorphoses*, X, vv. 155-161）とも言われる。

☆37――アトラスはティタン神族の一人。ゼウスとの戦いに破れ、罰として蒼穹を頭と手で支える役目を負わされた。別伝では、アトラスがペルセウスをもてなすのを拒んだため、メドゥーサの首を見せられて山脈に変えられた（Ovidius, *Metamorphoses*, IV, vv. 627-662）。ジズモンドは、アトラスの巨大な頭を支えるのは大変だと言っているが、アトラスの名前からは、むしろ、彼が巨大な天空を支えていることが連想される。

☆38――ルクレティウス『物の本質について』（Lucretius, *De rerum natura*, I, vv. 1-43: Lucretius, *On the Nature of Things*, translated by W. H. D. Rouse, revised by Martin Ferguson Smith, Harvard University Press, 1975, pp. 2-6）を参照のこと。フィチーノも、樹木や獣や人間の愛と生殖について述べている（Ficino, *El libro dell'amore*, III, II, 6）。

☆39――「友愛／友情」（amicitia）という名詞は、「愛」（amore）に由来するとみなされていた。キケロ『ラエリウス・友情について』（Cicero, *Laelius de amicitia*, VIII, 26）を参照のこと。原初の人々の暮らしぶり（Lucretius, *De rerum natura*, V, vv. 925-1010）、夫婦や親子そして隣人のいたわりあい（*Ibid.*, vv. 1011-1027）、言語の始まり（*Ibid.*, vv. 1028-1029）、いずれもルクレティウスに見られる描写である。

☆40――アルケスティスは、アドメトスの妻。アドメトスは神々から、死期が迫ったとき肉親が身代わりに死んでくれるならば寿命を延ばせるという特典を与えられていた。いざ死にそうになったとき、年老いた両親は息子のために命をさしだすことを拒否したが、アルケスティスは夫を生かすために自害した。オレステスはフリアエ（エリュニエス）の呪いを解くために、親友ピュラデスとともに蕃地タウリスを訪れ、神殿のアルテミス神像を盗もうとしたところ、タウロス人たちに捕らえられた。神殿の巫女（オレステスの姉イフィゲネイア）は、二人のうち一人を女神の生贄に、もう一人を使者に立てようとしたが、オレステスとピュラデスはたがいに友をかばい、自分が犠牲になろうとした。

☆41――ジズモンドは、詩人になれるのは愛のおかげであると、プラトン的な見解を述べている（プラトン『饗宴』一九、前掲書、九三ページ）。ただし、これは、努力と修練を重視した円熟期のベンボの思想とは相容れない考え方である。

☆42――この部分には、「機巧仕掛け」（machina）という用語選択を含め、フィチーノ『愛についての書』（Ficino, *El libro dell'amore*, III, III, 20）の影響が見てとれる。フィチーノによれば、愛は世界（宇宙）を結びつける結び目であり、世界の各部分を支える支柱であり、機巧仕掛け全体の基礎である。

☆43――「調和するものも調和しないものもひとつにまとめあげる鎖」（la sua in un tempo et concorde et discordeuole catena）は、逐語的な解釈が困難な箇所。第二版では「調和的な」（concorde）という語が削除されて、「愛自身の不調和な鎖」（la sua medesima discordevole catena）のように改訂されているため、いっそう難解になっている。

☆44――ジズモンドは、ここから先、愛の喜びを三つに分けて論ずる。これはフィチーノによる真の美の三分類（魂の美、肉体の美、声の美）に相応している（Ficino, *El libro dell'amore*, I, IV, 12-13）。

☆45――ボッカッチョ『フィアンメッタ』（Boccaccio, *Fiammetta*, I, [11], 7）による表現。

☆46――貴婦人のおかげで生じた甘味が苦しみを忘れさせてくれるという発想は、ペトラルカ『カンツオニエーレ』（Petrarca, *Canzoniere*, 71, vv. 76-80）と共通する。幸福な恋人は心臓で甘美な生命精気が生成され、この甘美さが血管を通して全身に配分される。

☆47――美しい女性の描写は、ほとんどがペトラルカからの借用で構成されている。この時代には、描写の様式も厳密に定式化されており、順序よく上から下へ（頭から足へ）、お決まりのメタファーを使用するならわしになっていた。「細雪」（Petrarca, *Canzoniere*, 146, vv. 5-6）、「黄玉」（*Ibid.*, 30, v. 37）、「額」（*Ibid.*, 357, v. 14）、「星」（*Ibid.*, 157, v. 10; 160, v. 6）、「薔薇」と「凝乳」（*Ibid.*, 127, vv. 71-72; vv. 77-79）はペトラルカによる表現。「紅玉」はボッカッチョによる（Boccaccio, *Decameron*, IV, *Conclusione*, 4）。丸い乳房の比喩としての「林檎」は、ボッカッチョ『フィレンツェのニンフ譚』（Boccaccio, *Comedia delle ninfe fiorentine*, [XII]: Giovanni Boccaccio, *Opere minori in volgare*, a cura di Mario Marti, vol. III, Milano, Rizzoli, 1971, p. 46）に見られる。

☆48――ペトラルカの高雅な抒情詩では、乳房は表現されない。ベンボは、「丸みのある、きゅっと引きしまった」という表現を『デカメロン』（Boccaccio, *Decameron*, II, [3], 32; IX, [10], 18）から借用している。

☆49――「なかなか結構な実入りをせしめられた」（uoi n'hauete una buona derrata）は「胸を覗かれた」の意味（Bembo, *Prose, Gli Asolani, Rime*, ed. Dionisotti, p. 427, n. 13）。「胸については人目につくボリュームをおもちです」とする解釈もある（AAVV., *Trattatisti del Cinquecento*, tom. I, a cura di Mario Pozzi, Milano-Napoli, Ricciardi, 1978, p. 329）。

☆50――キマイラはリュキアに棲息するとされた空想上の怪物。頭は獅子、胴は雌山羊、尾は蛇であり、三つの口から火を吐くと考えられていた。オウィディウス『変身物語』（Ovidius, *Metemorphoses*, IX, vv. 647-648）を見よ。

☆51――精気は物質と魂を仲介するもので、視覚や聴覚を働かせるために不可欠な要素と考えられていた。

☆52――西風（ゼピュロス）は、恋の季節の到来を告げる春風。ペトラルカ『カンツォニエーレ』第三一〇番に歌われて名高い。

☆53――「真珠のような指先／爪」はペトラルカ『カンツォニエーレ』（Petrarca, *Canzoniere*, 199, v. 5）を模した表現。

☆54――舞台上の踊り子を鑑賞する東洋的な楽しみ方ではなく、みなで一緒になって踊る西洋的な舞踏の楽しみ方をしていると思われる。「踊りの輪の中にはいって」（carolando）はボッカッチョ（Boccaccio, *Decameron*, I, Introduzione, 106）に見られる語。

☆55――ボッカッチョ『フィアンメッタ』（Boccaccio, *Fiammetta*, II, [6], 1）による表現。

☆56――ペトラルカ『カンツォニエーレ』（Petrarca, *Canzoniere*, 156, vv. 7-8）を参照のこと。

☆57――貴婦人の涙は水晶に譬えられる。ペトラルカ『カンツォニエーレ』（Petrarca, *Canzoniere*, 157, v. 14）を参照のこと。

☆58——ボッカッチョ『フィアンメッタ』（Boccaccio, *Fiammetta*, II, [7], 1; II, [13], 2）を参照のこと。

☆59——ボッカッチョ『デカメロン』（Boccaccio, *Decameron*, IV, *Introduzione*, 12-29）を見よ。フィレンツェの人フィリッポ・バルドゥッチは、妻の死後、幼い一人息子とともにアジナイオ山で隠遁生活に入った。息子が一八歳になったある日、はじめてフィレンツェに連れていったところ、生まれてはじめて見た美女たちに心を奪われた。フィリッポは息子に愛欲の念が起こるのを警戒して、「女」という言葉を教えず、彼女たちを「鵞鳥」と呼んでみせた。すると息子は、鵞鳥を一羽、山に連れて帰ってついばませたいと父にせがんだ。

☆60——音楽は耳の中の空気（ないしは空気のごとき精気）と直接接するので、聞き手の精気に強く働きかける。ここでは詩と音楽は不可分のものとして論ぜられているが、ジズモンドが女性の詩作を称讃している点は興味深い。ベンボの恋人マリア・サヴォルニャンは、自作のソネットをベンボに送ってきたことがある（*Maria Savorgnan e Pietro Bembo, Carteggio d'amore (1500-1501)*, a cura di Carlo Dionisotti, Firenze, Le Monnier, 1950, pp. 3-4）。

☆61——「アルモニア／諧調」（armonia）とは、きれいにととのった音階のこと。現代的な意味での和声をさすわけではない。「天上的なアルモニア」は、ピュタゴラス派以来の「宇宙の音楽」（musica mundana）を意識した表現。アリストテレスの伝えるところによれば、霊魂と調和（アルモニア）を同一視する説は多くの人々に信じられていた（アリストテレス『霊魂論』一・四［アリストテレス『心とは何か』桑子敏雄訳、講談社学術文庫、一九九九年、四五～四六ページ］）。

☆62——オルペウスは、亡くなった妻エウリュディケを探すために冥界に下った。彼の竪琴と歌の美しさのあまり、地獄の人々も劫罰を忘れて聞き惚れた。ケルベロスは冥界をまもる番犬。三つの頭をもち、地獄に墜ちた亡者たちに向かってやかましく吠えたてる。ダンテ『神曲』「地獄篇」（Dante Alighieri, *La divina commedia*, I, *Inferno*, VI, vv. 13-33）を見よ。シシュポスは狡知にたけた男で、ハデス（死）やペルセポネ（冥界の女神）をだまして寿命をのばしていたが、いよいよ死んだとき、坂道で巨大な岩を押し上げるが、頂上を目前に岩が転がり落ちるたびに押し上げつづける、という永劫の苦役を課せられた。ウェルギリウス（Vergilius, *Aeneis*, VI, v. 616）、およびオウィディウス（Ovidius, *Metamorphoses*, IV, v. 460）を見よ。

☆63——貴婦人を前にしての忘却は新優美体派からペトラルカにかけての古典的なトポス。恋人は、愛の対象にすっかり一体化してしまうため、自我の意識を失ってしまう。ペトラルカ『カンツォニエーレ』（Petrarca, *Canzoniere*, 23, v. 19; 242, v. 9）を参照のこと。しかしながら、ジズモンドが語る忘却は、恍惚とした忘我の境地ではなく、むしろ、ロレンツォの言う一服の清涼剤（refriggerio）または慰安の意味に転じている（Lorenzo de' Medici, *Comento de' idi sonetti*, X, 11）。

☆64——魂と思考の間に喜びを挟むことができるならば、思考と喜びは魂の外にあることになる。釈然としない箇所。壁の喩えは石造や煉瓦造などの重厚な壁を前提としなければ成立しない。

☆65——忘却の河レテと陶酔は第一書（xxiii）、毒をふくんだ薬は第一書（xxv）、苦蓬は第一書（xv）および（xxiii）に見える。

☆66——一六世紀の人々にとっては、その場に存在しない人の声を聞くという仮定は、きわめて非現実的である。

☆67——現代的な意味での限定的で厳密な触覚ではなく、触覚（圧覚）・温覚・冷覚・痛覚を総合したアリストテレス的な意味での触覚。つまり、手触りや温もりといったものが含まれる。

☆68——動物には体性感覚が備わっているので自らの筋肉や関節の状態を知ることができるし、空腹や病変なども感知できる。ただし、ジズモンドの言う「内面的」（interni）とは、身体的なものではなく、精神的なものかもしれない。たとえば、アリストテレスは多くの獣が心的表象を有すると考えた（アリストテレス『霊魂論』三・三、前掲書、一五三ページ）。

☆69——「豚肉」（porco）と「肉体」（corpo）のアナグラムは、ジズモンドらしい軽口。安閑として暮らす人を豚に喩えることはある。ホラティウス『書簡詩』(Horatius, *Epistularum libri*, I, IV, v. 16: *Orazio, Tutte le opere*, a cura di Tito Colamarino e Domenico Bo, testo latino a fronte, Milano, Editori Associati, 1983, p. 444) を参照。しかし、人間を豚肉に喩えるジズモンドの駄洒落は何倍も辛辣である。

☆70——「こんなふうに……こんなふうに……」（così ... così ... ）の連呼は、ペトラルカ『カンツォニエーレ』（Petrarca, *Canzoniere*, 159, vv. 12-14）に見られる「どのように……どのように……」（come ... come ... ）の連呼にならった技巧。貴婦人の長所の列挙も『カンツォニエーレ』（*Ibid.*, 228, v. 9, 261, v. 2; v. 6）に見られる。

☆71——音声の録音技術がなかった当時においては、書物に書かれた文字こそが言葉／音声の記録だった。

☆72——貴婦人のさまざまな振る舞いを懐かしげに回想するさまは、ペトラルカ『カンツォニエーレ』（Petrarca, *Canzoniere*, 112, vv. 5-14）にも書かれている。

☆73——「私の心に満ちあふれる」（Sel pensier, che m'ingombra）。この詩の形式はカンツォーネ。一一音節詩行と七音節詩行を交えた一五行で一スタンツァとなり、一〇スタンツァと三行のコンジェードから構成される長大な作品。各スタンツァは、前半六行（フロンテ、abC.abC）と後半九行（シルマ、c.deeFfD.gG）に分けられる。思考の気高さを充分に歌い尽くせないもどかしさが主題となっている。冒頭の詩句は、ペトラルカ『カンツォニエーレ』第一二五番の冒頭の詩句（Se 'l penser che mi strugge）のヴァリエーション。第五スタンツァ以後の後半部分では、詩人は自然の風物に語りかける（『カンツォニエーレ』第一二六番を参照）。訳詩九行目の「やすりをかける」は、「絶え間なく苦しめる」の隠喩（Petrarca, *Canzoniere*, 252, vv. 3-4）。訳詩六六行目の「なんと多くの甘美な想い」（Quanti dolci pensier）は、ダンテ『神曲』「地獄篇」（Dante Alighieri, *La divina commedia*, I, *Inferno*, V, v. 113）に見られるものと同じ半句。そこに描かれたフランチェスカ・ダ・

リミニの悲恋の物語を連想させる。第七スタンツァでは、貴婦人の歌声がオルペウスの声に喩えられている。

☆74――「長い」が三度くりかえされる技巧的な文。原文では性数変化があり（lunga ... lunga ... lunghi）、類音重語法となっている。

☆75――月を眺める恋人の描写は、ボッカッチョ『フィアンメッタ』（Boccaccio, *Fiammetta*, III, [10], 4）にもとづく。

☆76――「ひとり想いにふけりながら」（solo et pensoso）は、ペトラルカ『カンツォニエーレ』第三五番の有名な冒頭の半句。

☆77――女性たちが海辺で貝や魚をとって遊ぶ場面は、ボッカッチョ『フィアンメッタ』（Boccaccio, *Fiammetta*, V, [26], 7-9）に見られる。

☆78――第一書（ii）にあるように、カテリーナ女王の侍女と結婚した花婿のこと。

☆79――「ひとつの思考が目覚めるのに気づきます」は、ボッカッチョ（Boccaccio, *Decameron*, V, [1], 8）にもとづく表現。『デカメロン』のこの個所では、後述のチモーネの物語が語られている。

☆80――ボッカッチョ『デカメロン』（Boccaccio, *Decameron*, V, [1]）を見よ。

☆81――老年にいたって浄化された愛については、ペトラルカ『カンツォニエーレ』第三一五番、第三一六番、第三一七番を見よ。

☆82――「珊瑚と真珠」は赤い唇と白い歯を指す。唇の比喩としての珊瑚は一五世紀以後のもの。真珠の比喩は、ペトラルカ『カンツォニエーレ』（Petrarca, *Canzoniere*, 200, vv. 10-11）を見よ。

☆83――マンナは、モーセとともに沙漠をいくヘブライ人たちが神から賜ったとされる食物。コリアンドロの実のように白く、蜜が入っているかのように甘かった。『出エジプト記』一六・一五（*Biblia sacra*, iuxta Vulgatam versionem, Stuttgart, Deutsche Bibelgesellschaft, 1983, p.100）を見よ。

☆84――原文の順序は「帰れ、さもなくば飲め」（o partiti, o bei）。ラテン語の格言「飲むべし、さもなくば帰るべし」（aut bibat, ... aut abeat）にもとづく。キケロ（Cicero, *Tusculanarum disputationum*, V, XLI, 118）を参照。

☆85――愛している者同士ならばどのようなことでも話せるし、喜びも悲しみも分かちあうことができる。いずれも友情について論ずるキケロ（Cicero, *Laelius de amicitia*, VI, 22）に見られる主張。

☆86――楽器の共鳴を魂の共鳴に喩える。二台のリュートの比喩はフィチーノ『プラトン神学』（Ficino, *Theologia platonica*, XIII, II, 14）にある二台のリラの比喩による。

☆87――「リラ」（lire）は、古代の竪琴、または当時のリラ・ダ・ブラッチョのいずれを指すともとれる。

☆88――ラオダメイアは、夫プロテシラオスがトロイアに出征したあと、鑞で夫の形見の像をつくり、やさしく語りかけたり抱擁したりした。オウィディウス『名婦の書簡集』（Ovidius, *Heroides*, XIII, vv. 149-156: Ovidio, *Lettere di eroine*, introduzione, traduzione e note di Gianpiero Rosati, testo latino a fronte, Milano, Rizzoli, 1989, p. 262）を参照のこと。

☆89——金髪（若さ）と白髪（思慮深さ）の対比は、ペトラルカ『カンツォニエーレ』（Petrarca, *Canzoniere*, 213, v. 3）、および『凱旋』「徳の勝利」（ID., *Triumphus Pudicitie*, v. 88）を見よ。

☆90——天体としての太陽と、恋人にとっての太陽である貴婦人。ペトラルカは貴婦人を「私の太陽」（[il] mio sol）と呼んでいる（Petrarca, *Canzoniere*, 153, v. 14; 176, v. 14; 194, v. 8; 359, v. 58）。

☆91——大地、海、大気、天は、四大元素（土、水、空気、火）に対応する。つまり、月下界のすべて、人間にとっての世界全体を指す。

第三書

☆1——ベンボは、ギリシア時代のソフィストや懐疑論派の哲学者たち念頭に、真理の探究を放棄する人々を批判する。いわゆる相対主義の立場をとっていたと考えられるプロタゴラスは、どんな事柄についても相互に相反する二つの言論が成り立つと主張したと伝えられる（ディオゲネス・ラエルティオス『ギリシア哲学者列伝』九・五一、加来彰俊訳、岩波文庫、下、一九九四年、一四〇ページ）。これは、愛について互いに正反対の主張をしたペロッティーノとジズモンドの論争にあてはまる。時代は下って、懐疑論に傾倒した新アカデメイア派の哲学者たちは、人間はどんな真理もとらえることができないと主張したとされる（アウグスティヌス『告白』五・十、渡辺義雄訳、筑摩書房、世界古典文学全集、昭和四一年、七二ページ）。
哲学よりは文学において才能を開花させたベンボであるが、学生時代にはゴルギアスの『ヘレネ頌』をラテン語に翻訳した経験がある。また、父が所有するディオゲネス・ラエルティオスのラテン語の写本を読む機会があった。ベンボの時代は、哲学といえばスコラ哲学かアリストテレス主義を学ぶことを指し、少数ながらフィレンツェで盛んになった新プラトン主義に目を向ける人もいた。このため、懐疑論の支持者はほとんどいないとベンボは証言している。しかし、一五世紀末から一六世紀前半にかけてサヴォナローラや小ピコのようにセクストゥス・エンペイリコスに興味を示す人々が現われはじめ、やがて一五六二年に『ピュロン主義哲学の概要』のラテン語訳が公刊されるにいたる。懐疑論が注目されるようになったのは、それ以後のことである。

☆2——一六世紀には、女性は男性に劣るのか、男性と同じ文学教育に適するかどうかといった問題が、しばしば話題になった。人文主義が優勢だった一五世紀には、フレゴーソの『アンテロス』やハエドゥスの『愛の種類について』のような女性蔑視的な恋愛論が多かったが、ベンボの『アーゾロの談論』が転換点となって、それ以後は女性に優しい恋愛論が優勢になった。ベンボは、女の務めを果たした余暇であれば女も学問をしてもよいと主張する。これは、女だてらに学問をするのなら最小限にとどめておくべきだ、という意味の女性蔑視的な発言ではない。ベンボが生きた一五世紀、一六世紀のヴェネツィアの貴族社会では、男性が学問にとりくむ場合でも、家業や公務など男の務めを果たしたうえでの手すさびとしてしか認められなかったのである。学問が趣味ではなく職業であったとしても、特別扱いはなかった。リアルト学校教官のアントニオ・コルネルは、ヴィチェンツァのポデスタ（派遣知事）に任命され、一年間教壇を離れなければならなかった。史官アントニオ・ナヴァジェーロは、大使職を歴任したため、歴史の執筆に支障をきたした。

☆3――一日目と二日目の議論では六人はみな平等であり、車座になって座っていた。しかし、三日目には宮廷の序列が庭園に持ちこまれ、身分の上下に応じて座る場所に差がつけられる。女王との親疎が席配置として視覚化された状態は、本書（iii XVII）で語られる寓話の伏線ともなっている。

☆4――「キプロス女王」はそこにいるだけで大きな存在価値がある。「女王」という社会的な地位だけでも意味があるが、ウェヌス（アプロディテ）生誕の地とされる「キプロス島」の女王という称号によって、愛と美の女神ウェヌスの臨席と加護が暗示されるからである。実在の人物としてのカテリーナ・コルナーロが、恋愛経験豊富だったかどうか、あるいは愛についての哲学的な学説に通暁していたかどうかは、このさいまったく問題にならない。

☆5――「苦しみ」（noia）と「喜び」（gioia）は、詩においてしばしば押韻に利用される対語。ダンテ『神曲』「地獄篇」（Dante Alighieri, *La divina commedia*, I, *Inferno*, I, vv. 76-78）、ペトラルカ『カンツォニエーレ』（Petrarca, *Canzoniere*, 38, vv. 9-13; 71, vv. 93-97; 125, vv. 42-46）、『凱旋』「愛の勝利」（Petrarca, *Triumphus Cupidinis*, IV, vv. 116-118）、『凱旋』「死の勝利」（ID., *Triumphus Mortis*, II, vv. 35-39）、『凱旋』「時の勝利」（ID., *Triumphus Temporis*, vv. 62-64）を参照のこと。

☆6――ラヴィネッロは愛の定義から話を始める。自然の愛と意志の愛を区別する二分法は、ダンテ『神曲』「煉獄篇」（Dante Alighieri, *La divina commedia*, II, *Purgatorio*, XVII, vv. 91-93）にもとづく。

☆7――自然の愛は誤りをおかさないが、意志による愛は良くも悪くもなりうる。ダンテ『神曲』「煉獄篇」（Dante Alighieri, *La divina commedia*, II, *Purgatorio*, XVII, vv. 94-96）を参照のこと。

☆8――すべての愛を善とするのは誤りである（Dante Alighieri, *La divina commedia*, II, *Purgatorio*, XVIII, vv. 34-36）。自然の愛と意志の愛を混同しているからである。自然の愛の場合は、みんながいつもひとつのものを同じ仕方で愛するという指摘は、ストア的な見解。キケロ『トゥスクルム荘談論』（*Tusculanarum disputationum*, IV, XXXV, 76）を参照のこと。

☆9――目的とするものが良いものであるならば、それは良き愛である。このような弁解は、ペトラルカ『わが秘密』にも見られる（Petrarca, *Secretum*, III, [134]: Francesco Petrarca, *Secretum*, a cura di Enrico Fenzi, Milano, Mursia, 1992, pp. 202-204）。

☆10――良き愛とは美への欲望である。これは、プラトン主義の教説にもとづく、ラヴィネッロなりの定義。プラトンにおいては、

「エロスとは、美を求める愛なのです」（プラトン『饗宴』二〇三、前掲書、一一〇ページ）と表現されている。フィチーノは、「私たちが愛と言うときには、美の欲望として理解してください」（Ficino, *El li bro dell'amore*, I, IV, 9）と述べている。ベンボは独自のアレンジをほどこし、「愛」に「良い」という限定をつけくわえた。

☆11——複数の要素の均斉の中に見られる美を強調するのは、フィレンツェ新プラトン主義に特徴的な思想。フィチーノは「美とは、ある種の神々しさである」（la bellezza è una certa gratia）と述べており、ベンボの用語選択にきわめて近い。フィチーノ『愛についての書』（Ficino, *El libro dell'amore*, I, IV, 9）を見よ。

☆12——ベンボは複数の要素の均斉を論ずるにあたって、「比例」（proportione）、「均衡」（conuenenza）、「調和」（harmonia）の三つの観点を挙げている。フィチーノはこれを「均衡」（conrispondentia）の一語で済ませている（Ficino, *El libro dell'amore*, I, IV, 9）。ベンボの言う「比例」は肉体あるいは物体の調和、「調和」は魂の調和、「均衡」は肉体および魂のすべての要素をひっくるめての総体的な調和をさす。ラヴィネッロが美のことを「付帯性」（accidente）と呼んでいるのは興味深い。「付帯性」とは、簡単に言うならば、本質ではないもの、本身／基体（soggetto）につけくわえたりとりのぞいたりできるもののことである。つまり、ラヴィネッロは無意識のうちに、美女の美しさは本身からとりのぞくことのできる一過性のものであると論じていることになる。これは、現世的な美の儚さを指摘する老師の議論の伏線になっている。ベンボの理解するところによれば、美女の付帯性としては、起居動作、話し方、言葉、笑い、歌、冗談、洒落、音楽、歌、息遣い、声がある。マリア・サヴォルニャン宛の一五〇〇年一〇月五日付の手紙（Pietro Bembo, *Lettere*, vol. I (1492-1507), a cura di Ernesto Travi, Bologna 1987, Commissione per i testi di lingua, 1987, p. 107）を見よ。

☆13——「この世の美」へ向かって羽ばたく比喩は、プラトンに見られる（『パイドロス』二四九D、藤沢令夫訳、岩波文庫、一九六七年、六七ページ）。ただし、プラトンにおいて、精神がこの世の美に向かって飛ぶのは真実の美を想起させられるからであるが、ラヴィネッロの議論は真の美にまで及んでいない。

☆14——魂の美は耳／音によって知られると論ずるラヴィネッロの主張は興味深い。ベンボの言う音（音声）とは、とりもなおさず音声言語のことであり、言葉は魂の表明にほかならないからである。これはフィチーノの哲学的な記述とはかけはなれた点であり、文学者であるベンボは人間の言葉の重要性をことのほか重視している。なお、フィチーノによれば、魂の美を知るのは精神（mente）だけであり、耳で知るのは音声（こえ）の美である（Ficino, *El libro dell'amore*, I, IV, 12）。

☆15——肉体的な愛は、「命の支え」すなわち子孫繁栄のためならば是認される。ペトルス・ハエドゥス『愛の種類について』（Petrus Haedus, *De amoris generibus*, c. XXIVr）を見よ。それ以外の場合は悪とみなされる。フィチーノ『愛について』（Ficino, *El libro dell'amore*, II, IX, 5）、およびロレンツォ『自作のソネットへの註釈』（Lorenzo de' Medici, *Comento de' midi sontti*, VIII,

14）を見よ。

☆16——ステシコロスは、紀元前七世紀から六世紀にかけてシチリアのヒメラで活躍したギリシアの抒情詩人。スパルタ王妃ヘレネはパリスとともにトロイアに移ったが、このため悪女としてしばしば非難された。スパルタ側は彼女を奪回しようとして軍勢を派遣し、彼女のかつての求婚者たちも一緒に参戦せざるをえなくなったが、一〇年に及ぶ戦役によってギリシア勢は多くの戦死者をだし、トロイアも滅亡した。ところが、ヘレネ自身は無事にスパルタに帰国して、王妃の位の復帰したのである。ステシコロスはヘレネのことを悪く言う詩をつくったが、あとになって、彼女は本当はトロイアにはいかなかったと歌い直した。ステシコロスが改詠詩をつくって視力を回復した逸話は、プラトンに見られる（『パイドロス』二四三B、前掲書、四九～五〇ページ）。

☆17——「喜びのおかげで、話したいという気持がふつふつと湧きあがり」（Perche'l piacer a ragionar m'inuoglia）。このカンツォーネは、一一音節詩行と七音節詩行をまじえた一五行で一スタンツァとなり、五つのスタンツァと三行のコンジェードから構成される。各スタンツァは、前半六行（フロンテ、ABC.ABC）と後半九行（シルマ、C.DdEfFE.gG）に分けられる。ラヴィネッロが述べているように、このカンツォーネと後続の二つのカンツォーネを合わせて、三連作となっている。制作年代は一五〇一年初めであり、『アーゾロの談論』の詩の中で唯一、作品の文脈に合わせて書き下ろされた。これらの詩の主題は、良く愛することによって感ぜられる三種類の喜び。つまり、視覚の喜び、聴覚の喜び、思考の喜びが語られる。冒頭に位置するこのカンツォーネは三連作全体の序文の役割を担っており、恋の始まり、春に出現する貴婦人、貴婦人の目の光、貴婦人の言葉の甘美さが歌われている。訳詩一九行目の「美しい水晶」（'l bel cristallo）は、ペトラルカに基づく表現（Petrarca, *Canzoniere*, 219, v. 3; 303, v. 11）。訳詩五七行目の「愛おしい重荷」（care some）は、愛の隠喩。ペトラルカの『凱旋』「愛の勝利」に見られる「辛い重荷」（"l'aspre some", in Petrarca, *Triumphus Cupidinis*, I, v. 45）を裏返しにした表現。

☆18——「憧れに満てる魂は」（Se ne la prima uoglia mi rinuesca）。この詩は、各スタンツァの構成、押韻パターン、全体の長さのいずれについても、前のカンツォーネと同じ形式をとっている。主題は、永続的な愛。視覚と聴覚と思考によってはぐくまれる愛は、どんな悪条件にも左右されることはない。訳詩一二行目の「根」（radice）は、ベンボの恋人マリア・サヴォルニャンのセニャール（詩的な象徴）。これは第二書（viii）に既出。訳詩三六行目の「御座所」は、詩人の心の中にしつらえられた貴婦人の玉座（訳詩一六行目を受ける）。訳詩五〇行目の月桂樹と銀梅花は、ペトラルカが好んで歌う常緑樹。『カンツォニエーレ』（Petrarca, *Canzoniere*, 270, vv. 65-66）を見よ。訳詩六五～六六行目に言う「アルモニア」と「合唱／コロス」（choro）は、天球の音楽、あるいは天使たちや至福者たちの歌声をイメージしている。ペトラルカ『カンツォニエーレ』（Petrarca, *Canzoniere*, 220, vv. 9-10）を参照のこと。

☆19――「私が常々　語っていることを」（Dapoi ch'Amor in tanto non si stanca）。このカンツォーネは、前の二作と同じ形式で書かれている。主題は、視覚と聴覚と思考を通して、三つの段階を経て天上的な生をめざす愛。愛の幸福は、地上の楽園さながらの境地に到達する。訳詩一一行目から一三行目で、詩人は森の木の皮に貴婦人の名前をきざむ。これは田園詩（パストラーレ）のモティーフ。海浜の砂地にまで名前を書きつけるところに、著者のヴェネツィア人らしさを見てとることができる。原文では「美しいお名前」（bel nome）と「海」（'l mar）が一三行目と一四行目に近接して置かれており、「海」（mar）はベンボの恋人「マリア」（Maria）の名前を暗示する。訳詩一四行目は、換言すれば、「愛する者のすべての思考は貴婦人からもたらされる」という意味になる。実際ベンボは、マリア・サヴォルニャン宛の手紙に、「私においては、いかなる思考も、あなたのお名前が私の心に根づかせた根（radice）以外のところから生じてくることはございません」（Bembo, *Lettere*, vol. I: ed. cit., p. 74）と書いている。

☆20――老師に実在のモデルがあったかどうかは不明。むしろ、文学的な類型であろう。ベンボの老賢者は、アルベルティ『テオジェニウス』におけるジェニパトロ、ないしは、サンナザーロ『アルカディア』におけるエナレートに似ている。このため、パオロ・ジョーヴィオはベンボの老師をサンナザーロに比定した。ほかにも、モデルとしてフランチェスコ・ゾルジ（一四六〇年～一五四〇年）が挙げられることがあるが、『アーゾロの談論』が出版された一五〇五年にはゾルジは老齢には達していなかった。

☆21――一六世紀のヴェネツィア共和国領内で現実にそのような食生活をする隠者が存在しえたどうかにはかかわりなく、文学の前例を踏襲した表現。ボッカッチョに見られる、砂漠の修行僧の暮らしぶりを描写した文言にもとづく（Boccaccio, *Decamerone*, III, [10], 30）。

☆22――ラヴィネッロは自分のことをさすのに三人称を用いている。

☆23――金雀児（ginestra）は、ダンテやペトラルカには見られない語彙。ボッカッチョはこの花が室内装飾に用いられた様子を描いている（Boccaccio, *Decameron*, I, Introduzione, 104）。春に黄色い花が咲くが、『アーゾロの談論』の舞台は九月なので、開花していない。

☆24――このパラグラフは、老師の議論のプロローグとなっている。全体に、ダンテ『神曲』をふまえた表現がちりばめられている。海の比喩（Dante Alighieri, *La divina commedia*, III, *Paradiso*, I, v. 113; III, v. 86）、帆の比喩（Dante Alighieri, *La divina commedia*, II, *Purgatorio*, I, vv. 1-2）、水底の比喩（Dante Alighieri, *La divina commedia*, II, *Purgatorio*, XVIII, v. 67; *Ibid.*, III, *Paradiso*, XI, vv. 28-30; XIX, vv. 58-63）を参照のこと。

☆25——ラヴィネッロは、複数形で「神々」(Iddii)と言っている。

☆26——「あのお方」はキリスト教の唯一神。老賢者は間髪を入れずにラヴィネッロの言葉を継ぎ、多神教的な発言をたしなめたのである。

☆27——人々の誤った意見に逆らって真理を探究することが、後向きに歩くことに喩えられている。ヴェネツィアの細い路地で人の流れに逆らって歩くのは、いかにも困難である。プラトンは、あべこべに、誤った意見を強弁することを後向きに泳ぎ進むことに喩えている(プラトン『パイドロス』二六四A、前掲書、一〇五ページ)。

☆28——このパラグラフは『アーゾロの談論』第一書冒頭の序文(i)および第三書冒頭の序文(i)を要約して再提示している。これは、愛についての議論がいよいよ核心にはいる前触れである。

☆29——「金雀児の下に」は「老師の議論の中に」を意味する。『アーゾロの談論』第二版、第三版では、この直後に長大な加筆がほどこされ、愛と欲望は別のものであるという議論が展開されている。老師(または著者)にスコラ哲学ないしはアリストテレス主義の素養があることを示すためであろうが、老師の話が本論に入ろうとするまさにその矢先に、これまでの議論の前提を覆すような脱線を挿入したのは、全体の構成を乱すという意味でテクストの改悪だと言えるだろう。愛と欲望の区別を確認する加筆は、カスティリオーネの『宮廷人』(一五二八年)において語られる新プラトン主義への反発の表われでもある。これに続く、「さて、本題に移るまえに」以下の部分は、第二版以後の版にもとづく現代の校訂版では第一四章に割りふられている。以下、その都度註には示さないが、このような校訂版では章番号がひとつずつずれていく。

☆30——ラヴィネッロが問題にしているのは、ある特性をもっているかどうかではなく、それがアリストテレス的な種差であるかどうかである。理性こそが、人間を野獣からへだてる種差である。無生物、植物、動物、人間、という四つの段階の分類もアリストテレス的。上位のものは下位のものの特性も併せもつという見解は、ダンテ『饗宴』(Dante, *Convivio*, III, II, 11-14; IV, VII, 11)に見られる。

☆31——ラヴィネッロが「先程も申しました」と言っているのは、第三書(v)の自由な意志についての話を指す。ただし、ラヴィネッロが、朝、森を散策していた時点では、まだ当日の議論はなされていなかったわけであるから、厳密には時間の前後関係が矛盾している。

☆32——アポロンはトロイアの王女カッサンドラに恋して、彼女に予言の能力を授けた。しかし恋を拒絶されたため、罰として、誰からも信じてもらえないようにした。カッサンドラはトロイアの滅亡を予言したが、まったく相手にされなかった。カッサンドラの比喩はボッカッチョ『フィアンメッタ』(Boccaccio, *Fiammetta*, VI, [8], 9)に見られる。

☆33――「われわれの上の種」は天使など、霊的な存在をさす。ピコの『人間の尊厳について』に記された有名な「アダムへのお言葉」によれば、世界の中心に据えられた人間には、自らの意志によって高きものにも低きものにもなれる可能性が与えられた（Pico della Mirandola, *De hominis dignitate*, a cura di Eugenio Garin, Pisa, Scuola Normale Superiore, 1985, pp. 8-10）。フィチーノの述べるところでは、人間の霊魂は自分自身の中で、植物の生、獣の生、人間の生、英雄の生、ダイモンの生、天使の生、神の生のすべてを試みる（Ficino, *Theologia platonica*, XIV, III, 2）。

☆34――太陽神アポロンと月の女神ディアナは双子の兄妹。満ち欠けのある月は、常に相貌が変わる。永遠の鏡（太陽）も妹なる鏡（月）も神の麗しさを人間に思いださせるために輝いている。

☆35――水、火、土、空気（または風）は、古代から中世の自然学における四大元素。ここでは、「肉体は物質でできている」と同じ意味。

☆36――地上の美は、水面を覗き見たナルキッソスが恋した自らの虚しい鏡像に喩えられる。美しき天は、神によって人間に遣わされたものである（Dante Alighieri, *La divina commedia*, II, *Purgatorio*, XIV, vv. 148-149; Petrarca, *Canzoniere*, 264, vv. 48-50）。

☆37――キルケはアイアイエの島に住む魔女。オデュッセウスの部下たちがキルケの屋敷を訪れたとき、チーズや麦や蜜や酒をまぜてつくった粥を飲むように勧めたが、そこに仕込まれた秘薬のせいで一行は豚に変えられた。

☆38――「いずれかの本身」は、ラヴィネッロが第三書（vi）で使用した表現。「今も見られないし将来も見られないであろう」と述べることで、現在のありうる状態、未来のありうる状態との比較になっている。現在との比較では、病気や栄養不良による容色の翳りのない状態を、未来との比較は加齢による美貌の衰えがない状態を指す。

☆39――老師が列挙する楽しみごとは、第一書（ii）に描かれたカテリーナ女王によるもてなしを連想させる。身体の若さの華やぎは、病気や時の流れに抗することはできない（Bembo, *Lettere*, vol. I: ed. cit., p. 110）。このあたりから、老師の話は「死を想え」（memento mori）の色彩を帯びはじめる。

☆40――「醜きは老いらくの恋」（turpe senilis amor）はオウィディウス『恋の歌』（Ovidius, *Amores*, I, IX, v. 4: Ovidio, *Amori*, traduzione di Luca Canali, testo latino a fronte, Milano, Rizzoli, 1985, p. 92）に見られる半句。若くもないのに恋することを恥じる文言はペトラルカ（Petrarca, *Secretum*, III, [182]）にも見られる。

☆41――肉体よりも魂が優位に立つ老年の方が幸福であるし、老人ならば若年と老年の優劣を体験にもとづいて比較することができる。この主張はレオン・バッティスタ・アルベルティ『テオジェニウス』（Leon Battista Alberti, *Theogenius*, in ID., *Opere volgari*, a cura di Cecil Grayson, vol. II, Bari, Laterza, 1966, pp. 67-68）に見られる。

☆42――老年のすばらしさを賞讃するのは、キケロ的。ただし、「老年はわれわれの人生の健康であり、若さは病気である」というような格言は、キケロ『大カトー・老年について』には見られない。ミノワによれば、ルネサンス期はむしろ、老年が嫌悪され若さが称讃された時代だった（ジョルジュ・ミノワ『老いの歴史――古代からルネサンスまで』大野朗子他訳、筑摩書房、一九九六年）。『アーゾロの談論』において老師が称讃する老人は、現実の老人ではなく、肉欲から解脱し霊的な導きによって生きる超俗的・脱人間的な理想像である。

☆43――愛しあう男女を一心同体のアンドロギュノスに見立てるジズモンドの議論を批判している。第二書（xi、xii）を見よ。

☆44――「良き愛とは、真の美への欲望である」。老師の議論の核心である。老師は新プラトン主義的な美の階梯、いわゆる「ディオティマの階梯」など眼中になく、被造物の美から一足飛びに至高善へと関心を向ける。

☆45――この一文はキケロ『スキピオの夢』（Cicero, *Somnium Scipionis*, 8, 2）からの翻案。ただし、神々が肉体を有しているかのような説明は、キリスト教の立場からすれば問題である。老師の発言には、雄々しく生きる人間を高く評価するルネサンス的な理想が表明されている。感覚に対する理性の勝利を、古代人の叡智と重ねあわせて理想化し、地上で生きる人間を神のごとく褒めたたえている。

☆46――老師は、ラヴィネッロが第三書（vi）で使用した用語である、比例、均衡、調和の三つを正確に再現しながら、彼の説を批判している。物質や肉体の美は、所詮一時的なものだからである。

☆47――この一文も、キケロ『スキピオの夢』（Cicero, *Somnium Scipionis*, 8, 2）からの翻案。フィチーノ『愛についての書』（Ficino, *El libro dell'amore*, IV, III, 9）も見よ。ただし、肉体ではなく魂が人の本質であるとするのは、人文主義者の言い分であり、芸術家や医師、ある種の哲学者は、人間の容貌と性格との関連性を前提とした人相学を熱心に研究していた。

☆48――魂は肉体の美に満足することはない（Ficino, *El libro dell'amore*, VI, XVII, 17）。

☆49――選りすぐりの美人の中から、好きなように選び、気にくわないところは改良する、という喩えは、ゼウクシスの逸話を思わせる。ギリシアの画家ゼウクシスは絶世の美女を描くにあたって、クロトン市のとりわけ美しい娘たちの中から五人をモデルとして選びだし、各人のもっとも優れた部分を集めて絵にしたと伝えられる。キケロ『発想論』（Cicero, *De inventione*, II, 1, 1-2）を見よ。男性の肉体美については、アルキビアデス、パイドロス、カルミデスから、それぞれの美点をもちよって魂の中で合成すれば、人体の完全無欠な美が得られるとフィチーノは述べている（Ficino, *El libro dell'amore*, VI, XVIII, 14-15）。

☆50――人間が感知できる美は真の美の写しであり、あたかも太陽の光を受けて輝く地上の物体の美しさに喩えられる（Ficino, *El libro dell'amore*, II, V, 1; II, V, 3）。「すべての星が太陽から光を与えられている」とするのは、現代人の常識には合わない。ただし、ダンテ『饗宴』（Dante, *Convivio*, II, XIII, 15）にも同種の記述がある。

☆51――「有能な見張り番」は守護天使、「禍々しき手合い」は悪魔を指す。フィチーノの言う「良きダイモン」と「悪しきダイモン」を言いかえたもの（Ficino, *El libro dell'amore*, VI, III, 17-18）。

☆52――幸多き島々（le Fortunate isole）、あるいは幸福諸島は、世界の果てにあるとされた伝説の地。エリュシオンの野と同一視されたようであり、ギリシアの文学では「世界の涯の極楽（エリュシオン）の野」（ホメロス『オデュッセイア』四・五六三、松平千秋訳、岩波文庫（上）、一九九四年、一一一ページ）、あるいは「至福者の島（マカローン・ネーソイ）」（ヘシオドス『仕事と日』一七〇、松平千秋訳、岩波文庫、一九八六年、三一ページ）として言及されている。ローマ時代にも、ホラティウス（Horatius, *Epodon*, XVI, vv. 42-66: Quinto Orazio Flacco, *Tutte le opere*, a cura di Colamarino e Domenico Bo, testo latino a fronte, Milano, Editori Associati, 1993, pp. 78-80）などに例がある。ペトラルカは、不思議な泉のある島として歌っている（Petrarca, *Canzoniere*, 135, vv. 76-79）。エラスムスによれば、痴愚神の生誕の地である（Erasmo da Rotterdam, *Elogio della follia*, con un saggio di Ronald H. Bainton, traduzione e note di Luca D'Ascia, testo latino a fronte, Milano, Rizzoli, 1989, p. 68）。

この島々は現在のカナリア諸島に比定される。一四九〇年に出版されたプトレマイオス『地理学』では、アプロシトゥス島、ヘレ島、プルイタラ島、カスペリア島、カナリア島、ピントゥアリア島の六つが幸福諸島として地図に記載されていた（プトレマイオス『地理学』織田武雄監修、中務哲郎訳、東海大学出版会、一九八六年、二一〇～二一一ページ）。ベンボの晩年の大作『ヴェネツィア史』によれば、一四九七年にスペイン両王がヴェネツィア共和国に「幸福諸島のうちひとつの島の王」をプレゼントとして送り届けた。王はヴェネツィア元老院の決定により、公費でパドヴァで暮らすことになった（Bembo, *Historia veneta*, IV, 3: Pietro Bembo, *History of Venice*, edited and translated by Robert W. Ulery, Jr, vol. I, Harvard University Press, 2007, pp. 252-254）。このような情報にリアルタイムで接していたのならば、ベンボは幸福諸島が実在するのを充分に承知のうえで、新たな寓話の舞台として選んだことになる。

☆53――狩猟や乗馬は貴族の楽しみ。また、貿易や家政、統治にいそしむのは、模範的なヴェネツィア貴族の暮し方。統治するのが領国ではなくて共同社会／自治都市（comunanze）である点も、一般的な封建領主とは異なっていてヴェネツィアらしい。

☆54――幸多き島々の女王の寓話はベンボの創作であると思われるが、フィチーノの影響も看取される。神饌を供せられたあと神の御許から現世に送りこまれ、現世で神を愛した度合いに応じて神のお側に召される人々の比喩を見よ（Ficino, *El libro dell'amore*, IV, VI, 2-12）。女王が使う「小さな杖」（uerghetta）はダンテ『神曲』「地獄篇」（Dante Alighieri, *La divina commedia*, I, *Inferno*, IX, v. 89）から採られたアイテムであり、権力と魔力を象徴する。女王は、活動的な生活ではなく、観想的な生活を送る者を厚遇する。この寓話は最後の審判のアレゴリーであるが、女王から遠ざけられた者は、地獄に堕ちるのではなく、以前と同じように愛のない暮らしを宣告されるにとどまる。なお、女王の寓話を聞いている人々は、キプロス女王の御前で宮廷の序列を目の当たりにしながら、語られる内容を視覚的にも確認していることを指摘しておきたい。

☆55——ラヴィネッロの「美への欲望」が、霊的な欲望（真の美への欲望）と獣的な欲望との中間にとどまっていることを譴責している。

☆56——神々の食物。ダンテ（Dante Alighieri, *La divina commedia*, II, *Purgatorio*, XXIV, v. 150）およびペトラルカ（Petrarca, *Canzoniere*, 193, v. 2）を見よ。

☆57——世界を神殿に喩えるのは、キケロ『スキピオの夢』（Cicero, *Somnium Scipionis*, 3, 4）にもとづく。宇宙が円くて自足するものであることについては、プラトン『ティマイオス』三三C〜三四B（プラトン『ティマイオス』種山恭子訳、『プラトン全集』第一二巻、岩波書店、一九七五年、三八〜四〇ページ）を見よ。

☆58——言うまでもないが、老師の説く宇宙論は天動説に依拠している。もちろん、アリストテレス＝エウドクソスの系列に属する同心球状の宇宙であり、周転円やエカントなど精緻な数学的技法を駆使するプトレマイオスの体系は度外視してよい。この箇所には、新プラトン主義的な星辰への崇敬が表明されている。人間が住む世界は土、水、空気、火の四大元素で構成されるが、月より上の天界はきわめて純粋な第五元素（アイテール）でできている。天は同心球状になっており、それぞれの球に、月、太陽、当時知られていた五つの惑星（水星、金星、火星、木星、土星）、そして恒星全部が位置する。その外側には原動天があり、すべての天体が東から西へと二四時間で一回転するように原動力を提供すると考えられていた。こうした日周運動とは別に、たとえば太陽が黄道十二宮を一年で一巡することに代表されるように、地上から見た太陽系の天体は西から東へと一年かけて一回転する。ただし、ここでの老師の話の中には、ダンテの『神曲』とは異なり、観測不可能な原動天と至高天は含まれていない。天の回転のありさま、および太陽のさまざまな美称については、ベンボはキケロ『スキピオの夢』（Cicero, *Somnium Scipionis*, 4, 1-2）の表現を踏襲している。中世からルネサンス期にかけての文学作品に見られる宇宙観については、C・S・ルイス『廃棄された宇宙像』（山形和美監訳、八坂書房、二〇〇三年）に詳しい。

☆59——四大元質（乾・湿・冷・熱）のこと。火は熱にして乾、空気は熱にして湿、水は冷にして湿、土は冷にして乾であると考えられていた。四大元素と四大元質による物質の説明は、現代の科学知識を適用して、たとえば水をH_2Oととらえるとナンセンスに見える。だが、土を固体、水を液体、空気を気体と読みかえるならば、現代人にも想像しやすい。たとえば、H_2O は、固体（氷）のときは冷にして乾、液体（水）のときは冷にして湿、気体（水蒸気）のときは熱にして湿の性質を帯びていると解釈できる。

☆60——「たがいに調和しないようでいて調和している」（in un tempo et accordanti sieno et discordanti tra loro）は、第二書（xx）に既出の「調和するものも調和しないものもひとつにまとめあげる鎖」に相応する。

☆61——自然について考察するようにうながす文言は、アウグスティヌスにも見られる（Augustinus, *De vera religione*, [XXIX, 52], 143: ID, *De vera religione: Über die wahre Religion*, Übersetzung und Anmerkungen von Wilhelm Thimme, Stuttgart, Reclam, 1983, p. 86）。

☆62——それぞれの惑星はそれぞれの天球、恒星は恒星天に位置するが、一つひとつの天がそれぞれ長さの異なる「真の一年」を有する。すべての星がにもとの位置に戻るまでの期間が「完全年」となる（プラトン『ティマイオス』三九D）。マクロビウスの計算によれば、世界年（完全年のこと）の長さは一万五千年である（Ambrosii Theodosii Macrobii, *Commentarii in Somnivm Scipionis*, 2, 11, 11: in ed. cit., p. 129）。この数値を三六五等分すると、一日の長さは約四一年、二日の長さは約八二年となるので、ベンボの挙げる「（人の寿命は）せいぜい二日」という値に符合する。キケロ『スキピオの夢』（Cicero, *Somnivm Scipionis*, 7, 4）にもとづく算定では、一完全年は一一三四〇年以上、一日は約三一年、二日は約六二年となるが、ベンボの祖母エリザベッタが八四歳のときも健在だったことを考えあわせれば、六二という数値は小さいと思われる。デッラ・カーサは、ベンボのこのパラグラフを参考にして、人生は一日二日と歌うソネットを書いた（Giovanni Della Casa, *Rime*, LXIV, a cura di Roberto Fedi, Milano, Rizzoli, 1993, p. 179）。

☆63——地球は小さいうえに、人が住める場所は狭い。キケロ『スキピオの夢』（Cicero, *Somnivm Scipionis*, 3, 7; 6, 1）を参照のこと。

☆64——宇宙は老いたり病んだりすることはない（プラトン『ティマイオス』三三A）。パンドラは、プロメテウスが火を盗んだ懲罰として、ゼウスから人類に遣わされた美少女。彼女が手土産としてもってきた甕から、ありとあらゆる災厄が飛びだして、人間界に広まった。老師は数々の災難を挙げるが、氷、雪、寒さが重ねて列挙されていることから、冬への恐れが誇張されているように見える。北イタリアの気候を反映しているのであろう。キケロが挙げる洪水や大火は、ここでは言及されていない（Cicero, *Somnivm Scipionis*, 7, 1）。人は病気の苦しみを完全に免れることはできない（Petrarca, *Secretum*, I, [48]）。発熱、腹痛、疝痛の三つは、ペトラルカ『凱旋』「死の勝利」（Petrarca, *Triumphus Mortis*, II, v. 44）にもとづく表現。

☆65——「見えない天」は、イデア界を指す。ただし、原動天や至高天のように、神に近くかつ観測できない天球のニュアンスも含まれている。老師は、この直前のパラグラフではキリスト教的な天国を暗示していたが、ここでは一転してイデアの世界を称揚する。老師はイデア界を「もうひとつの世界」(un altro mondo) と呼んだり、代名詞や場所の副詞を用いて婉曲に表現しているが、訳文では「イデア界」を「理想世界」と表現する。

☆66——何かを本当に知るためには、肉体を離れて魂の目で見なければならない（プラトン『パイドン』六六C、岩田靖夫訳、岩波文庫、一九九八年、三六ページ）。

☆67——老師が語るイデア界は、天空の上方に位置づけられた天国と類似しているという点で、やや特殊である。隠者が山中で修業しながら既存の学説とは独自に獲得した霊感であると解釈することもできるし、あるいは、本格的に哲学を学ぶ機会がなかったであろうカテリーナ女王やベレニーチェなど女性の聞き手たちにもイデアがイメージしやすいように噛み砕いた説明の仕方にしてあるのだとも解釈できる。

老師が語るイデア界は、純粋で、非物質的で、非感性的で、この世界（物質から成る感性界）からは離れていて、神聖で、聡明で、光にあふれ、一切の変化がない。これらの点は、イデア界についての常識的な説明になっている。「一つひとつの部分に、すべてが宿っている」と言うのは、全中全（各中全）の原理に相当する（Plotinus, *Ennead*, V, 8. [31], 4: ID., with an English translation by A. H. Armstrong, Harvard University Press, vol. V, 1984, p. 250）。イデア界が幸福を身籠もってこの世界を生むという老師の結びの言葉は、完全なるものは必ず次位のものを生むとする、新プラトン主義の発出の概念に準じたものである（Plotinus, *Ennead*, V, 1. (10), 6, ed. cit., p. 32）。また、生まれたものは生んだものを慕うのであるから（Plotinus, *Ibid.*）、「この世界は常にそれ（イデア界）を探しもとめ」る。イデア界に生きた動植物がいて永遠の幸福を楽しんでいるという説明は夢物語さながらであるが、プロティノスによればイデア界にも陸や海や空に生きた動物がいるし植物も生えているということであるから（Plotinus, *Ennead*, VI, 7. [38], 12: ID., with an English translation by A. H. Armstrong, Harvard University Press, 1988, vol. VII, p. 124）、イデア界に生物がいる述べるのはベンボの想像的な解釈ではない。

老師の話に特徴的なのは、「一段また一段と高みに昇りながら」イデア界に目を凝らすという描写や、イデア界がこの世界（感性界）の外側を「囲んでいる」という記述、さらには究極原因に近ければ近いほどより優れたものになるという説明の仕方である。これは、むしろ、高きに存するキリスト教的な天国（あるいは至高天）を思わせる。実際、この直前の（XVIII）で老師が語った「世界という神殿」の描写では、原動天と至高天の説明が欠落していた。なお、ベンボの言う「究極原因」(la sua ultima cagione) は、ダンテ『神曲』「天国篇」(Dante Alighieri, *La divina commedia*, III, *Paradiso*, XX, v. 132) に見られる「第一原因」(la prima cagion) と同じく、神を指す。

☆68——海底人の比喩の出典を指摘する先行研究はない。プラトンの洞窟の比喩に似せてベンボが創作したものかもしれない。

キケロには地底人の比喩が見られる（Cicero, *De natura deorum*, II, 37, 95: Cicerone, *La natura divina*, introduzione, traduzione e note di Cesare Marco Calcante, testo latino a fronte, Milano, Rizzoli, 1992, pp. 234-236）。フィチーノは、水中の日光は空気中のそれよりも暗いことを、神から遠ざかるにしたがって弱まる美の喩えとしている（Ficino, *El libro dell'amore*, VI, XVII, 12）。

☆69――「神霊」つまり「いずれかの神」（alcuno Iddio）とは、敬虔な老師らしからぬ発言。キケロの『スキピオの夢』における先祖の霊、あるいはダンテの『神曲』におけるベアトリーチェのように、天界を案内してくれる霊的な存在をイメージしているのであろう。

☆70――土竜の目の比喩はダンテに見られる（Dante Alighieri, *La divina commedia*, II, *Purgatorio*, XVII, v. 3）。

☆71――屋敷の様子から主人の偉大さを推測するといとう比喩はキケロ（Cicero, *De natura deorum*, II, 6, 17）に見られる。

☆72――ここで話題になっているのは天上的な永遠の愛の境地に到達した人々であるが、どういうわけか、このような人々も肉体をもっていることになっている。

☆73――いずれも、恋の冒険につきものの危険。人は霊的な存在になって、肉体を移動させる面倒や、肉体を防衛する必要や、情報の伝達を使者に頼るもどかしさから解放される。大地の上を歩くのは人の常であり、水上を進むのはヴェネツィア人にとっての日常であるが、壁や屋根に登るのは危険な行状である。これらの行状は、第一書（xvii）の愚かな恋人の行動とそっくりである。

☆74――一四九四年のフランス王シャルル八世の侵攻以来、イタリアは絶え間ない戦乱の舞台と化していた。ベンボが『アーゾロの談論』を執筆していたころには、フランスとスペインがナポリ王国の帰属をめぐって戦っていた（一五〇一年～一五〇三年）。「人の血潮で朱に染まる」は、ダンテの詩句（Dante Alighieri, *La divina commedia*, I, *Inferno*, X, v. 86）に倣った修辞的誇張であるが、ガリリャーノの戦い（一五〇三年一二月）を暗示しているかもしれない。一連の戦乱についての老師の短い言及は、まるで人ごとのような口ぶりであり、著者と歴史的現実との距離感が強調されている。

☆75――小国の支配階級では、追放はほとんど日常茶飯事だった。フランス軍の進出による政局の急変によってフィレンツェから締めだされたメディチ家の三兄弟（ピエロ、ジョヴァンニ、ジュリアーノ）や、チェーザレ・ボルジャの台頭によって祖国を追われたウルビーノ公グイドバルド・ダ・モンテフェルトロなど、その例には事欠かない。ヴェネツィアでも、海軍提督アントニオ・グリマーニがトルコ軍に対する二度の敗戦の責任を問われて一五〇〇年六月にダルマツィアに追放される事件があり、ベンボの父は大変なショックを受けた。

☆76――この世の生命はむしろ死であり（Cicero, *Somnium Scipionis*, 3, 2）、死とは仮の宿から本来の住まいに帰ることである（Cicero,

Cato Maior de senectute, XXIII, 84: Cicerone, *La vecchiezza*, con un saggio introduttivo di Emanuele Narducci, Milano, Rizzoli, 1983, p. 232)。

☆77——肉体を牢獄とみなすのはプラトン主義の伝統。ペトラルカ『カンツォニエーレ』(Petrarca, *Canzoniere*, 349, vv. 9-11) も見よ。

☆78——本書における真の結論。キケロに記録された古代ストア派の思想、フィレンツェ新プラトン主義、常識的なキリスト教の教義を継ぎ接ぎしたうえで、それをダンテやペトラルカの言葉で綴った結果、本書は矛盾だらけの構成になっている。しかし、「人が現世《ここ》から旅立つときに携えていくのは、ただ己の愛のみ」という結論は、詩的であり、感動的ですらある。

☆79——第三書は、物語の枠に立ち戻ることも、女王やほかの人々に言及することもなしに、突然幕切れとなる。突然終わるという手法は、プラトンの『国家』やキケロの『国家論』でも用いられている。老師の教説を宮廷の狭い世間の中に置き直すのを避けることで、第三書の倫理的内容の普遍性が強調される。

ピエトロ・ベンボ　略年譜

一四七〇年五月二〇日　ヴェネツィアにて、ベルナルド・ベンボとエレナ・モロシーニとの間に、嫡出の長男として生まれる。ほかの兄弟としてはすでに、姉（または妹）のアントニア、および腹違いの兄バルトロメオがいた。

一四七一年十二月一〇日　弟カルロが生まれる。

一四七五年一月～一四七六年四月　父ベルナルドが大使としてフィレンツェに赴任。妻子も帯同。父は七五年一月二九日の有名な馬上槍試合を観戦。

一四七八年七月～一四八〇年五月　父ベルナルドがフィレンツェ大使として二度目の赴任。

一四八五年五月　インノケンティウス八世の即位を祝する四人の表敬大使の一人として父ベルナルドがローマを訪問。ピエトロも同行し、旅の途上、即興でラテン語のエピグラムをつくる。

一四八七年一一月～一四八八年一一月　父がローマ大使として二度目の赴任。ピエトロも同行。

一四八九年四月～一四九〇年一一月　父がベルガモにポデスタ（派遣知事）として赴任する。ピエトロも同行。

一四九〇年一一月二八日　父ベルナルドと母エレナ・モロシーニがピエトロをともなってヴェネツィア共和国政府当局に出頭し、息子のために、大評議会の出席権にかかわる金球籤を申請。

一四九一年　ラテン語詩人として評価され始める（占星術師アゴストーニによる一四九一年用の予言書、および一四九一年七月に上梓されたアウグレッロの『カルミナ』において）。

一四九一年六月一九日～七月八日　北イタリアを文献調査のために回っていたアンジェロ・ポリツィアーノが、ヴェネツィアに来訪。ベンボ邸においてピエトロとともにテレンティウスの「ベンビーノの写本」（Vat. Lat. 3226）を精査。

一四九二年頃　『夢』が出版される。ジロラモ・サヴォルニャンに捧げられている。

一四九二年四月　メッシーナへ向けて出立。陸路ナポリまで進み、以後、海路でメッシーナに入る。

一四九二年五月～一四九四年夏　メッシーナ留学。アンジェロ・ガブリエーレとともにコンスタンティノス・ラスカリスに師事して古典ギリシア語を学ぶ。デメトリオス・モスコス宛てのギリシア語の書簡や、ゴルギアスの『ヘレネ頌』のラテン語訳を執筆。
一四九四年七月　アンジェロ・ガブリエーレとともにエトナ山に登る。
一四九四年夏　ヴェネツィアに帰国。
一四九四年秋　パドヴァ大学に一学年間登録。哲学を学ぶ。
一四九四年秋ごろ　メッシーナから一五歳の少年コーラ・ブルーノが到着。ピエトロの従僕兼秘書として生涯忠節をつくす。
一四九五年三月八日　ヴェネツィアの書肆アルド・マヌーツィオの最初の出版物であるコンスタンティノス・ラスカリス『エロテマタ』が刊行される。その底本は、ピエトロとアンジェロがメッシーナから持ち帰った師の原稿だった。
一四九六年二月　『エトナ山旅行記』（ヴェネツィア、アルド・マヌーツィオ刊）初版。この書籍はローマン体の活字で名高い。
一四九七年頃　ヴェネツィアにて、「M・G」なる女性との恋愛（?）。
一四九七年七月～一四九九年七月　父がフェッラーラ副総督として赴任。ピエトロもフェッラーラに赴く。宮廷社会における文学的閑雅をはじめて体験。父に遅れて帰国。
一四九九年七月三〇日　戦地出納官の選挙に落選。賛成二票、反対二〇票。
一五〇〇年頃　〈コンパニア・デッリ・アミーチ〉の結成を計画する。このころのヴェネツィアでの親友は、アンジェロ・ガブリエーレ、トリフォン・ガブリエーレ、ニッコロ・ティエポロ、ヴィンチェンツォ・クイリーニ、トンマーゾ・ジュスティニアン。
一五〇〇年三月～一五〇一年九月　ヴェネツィアにて、マリア・サヴォルニャンとの熱烈な恋愛。マリアは一五〇一年二月にフェッラーラに転出する。
一五〇〇年一二月一九日　ハンガリー大使の選挙に落選。賛成一七票、反対一四二票。
一五〇一年三月一日　ポルトガル大使の選挙に落選。賛成五一票、反対一一四票。
一五〇一年七月　ピエトロが校訂したペトラルカ『俗語詩集』（ヴェネツィア、アルド・マヌーツィオ刊）が出版される。
一五〇二年五月　ローマ旅行（父がポデスタとして赴任したヴェローナには、家族は同行したが、ピエトロは合流しなかった）。ヴィンチェンツォ・クイリーニ、パドヴァ大学での学友ヴァレリオ・スペルキオとともに。ヴィンチェンツォは五月二九日に哲学研究の成果を公開で披露、教皇から博士の記章を拝領する。
一五〇二年～一五〇三年　フェッラーラなどに長逗留。
一五〇二年八月　ピエトロが校訂したダンテ『三行韻詩』（ヴェネツィア、アルド・マヌーツィオ刊）が出版される。
一五〇二年一〇月　エルコレ・ストロッツィの招待を受けて、フェッラーラ郊外のヴィッラに移り住む。フェッラーラをたびたび訪問。ルクレツィア・ボルジャと懇意になる。
一五〇三年一一月二〇日　父の意向でフランス大使選挙の候補者名簿に掲載される。投票にはいたらず。
一五〇三年一二月三〇日　弟カルロが死去。ピエトロはフェッラーラからヴェネツィアに戻る。
一五〇四年三月八日　フランス大使選挙に落選。賛成四三票、反対一三八票。
一五〇四年三月一八日　ドイツ大使選挙、スペイン大使選挙、いずれも落選。
一五〇四年九月～一〇月　ベルガモ、ブレッシャ、ヴェローナをまわる小旅行。女流詩人ヴェロニカ・ガンバラの弟ウベルトと親しくなる。
一五〇四年一二月一六日　ブルゴーニュ大使選挙に落選。このとき当選したのは、親友ヴィンチェンツォ・クイリーニ。
一五〇五年三月　『アーゾロの談論』（ヴェネツィア、アルド・マヌーツィオ刊）初版。一五〇五年三月一七日に、『アーゾロの談論』と『詩人たちのテクストの混乱について』の二作品についてヴェネツィア政府当局より十年間の独占出版販売権を取得。『詩人たちのテクストの混乱について』は出版されず。
一五〇五年四月～五月　父がローマ大使として派遣される。ピエトロも同行。
一五〇五年六月　ローマ旅行の帰路は父とは別行動をとる。パオロ・カナーレとともに、ウルビーノ、フェッラーラ、マントヴァ（イザベッラ・デステと会見）をまわってから、ヴェネツィアに帰国。
一五〇五年六月一〇日、および一四日　ピエトロの帰国を待ちきれない父が、フランス大使、皇帝大使に息子の立候補を届けでる。二つとも反対多数で落選。
一五〇五年九月四日　スペイン大使選挙に落選。
一五〇五年一〇月七日　ナポリ王国への使節に立候補するも、落選。
一五〇六年夏　ヴェネツィアを去る。ウルビーノ公国にてグイドバルド・モンテフェルトロ公のもとに身を寄せる。一時的な滞在のつもりだったが、六年近くとどまることになる。
一五〇七年二月　ウルビーノの宮廷における謝肉祭の祭典のために『スタンツェ』を執筆。オッタヴィアーノ・フレゴーソとともに仮面をつけて出演。
一五〇八年一月　ユリウス二世から、聖ヨハネ騎士団のボローニャのサン・ジョヴァンニの聖職禄を約束される。
一五〇八年四月一一日　ピエトロが聖職禄にかかる諸手続きのためにローマを訪れている間に、ウルビーノ公グイドバルド・モンテフェルトロが死去。後継者はフランチェスコ・マリア・デッラ・ローヴェレ。
一五〇八年九月　一時的にヴェルナに滞在。

一五一〇年初め　ウルビーノ公夫妻に随伴してローマを訪問。
一五一〇年末頃　『リーメ（詩集）』の手稿本（Venezia, Marciana, cod. Ital. IX, 143）をエリザベッタ・ゴンザーガ前公妃に献上。
一五〇九年一一月　母エレナが死去。
一五一二年春頃　ウルビーノを離れ、ローマに移住。フェデリーコ・フレゴーソ邸に身を寄せる。
一五一二年九月一九日　ジャン・フランチェスコ・ピコが、模倣論談義に関して、一通の書簡をベンボにしたためる。
一五一三年一月一日　ピコへの返信として書簡体の論文『模倣論』をしたためる。
一五一三年三月　教皇レオ一〇世から、教皇秘書官に任命される。同僚はヤコポ・サドレート。
一五一三年頃　ファウスティーナ・モロシーナ・デッラ・トッレなる一六歳の女性と恋仲になる。
一五一四年夏　旧友ヴィンチェンツォ・クイリーニ（ピエトロ修道士）がローマでベンボの厄介になるも、吐血して病死。
一五一四年一二月　教皇特別大使としてヴェネツィア共和国に派遣される。教皇庁と共和国の同盟は成らず、ピエトロの枢機卿昇進への希望は断たれる。年末にはローマへの帰路につき、一五一五年元旦にはペーザロに滞在。
一五一五年一二月一八日　ボローニャからルクレツィア・ボルジャ宛ての書簡をしたためる。
一五一六年三月一五日　ラヴェンナからレオ一〇世宛ての書簡をしたためる。同じく、翌一六日にはビッビエーナ枢機卿宛ての書簡をしたためる。四月三日にはローマに戻っていた。
一五一七年　聖ヨハネ騎士団のボローニャの聖職禄が手に入る。
一五一八年春　重病にかかり、四カ月ほど執務できなくなる。
一五一九年四月末　健康上の理由と家庭の事情により、ローマを離れてヴェネツィアに戻ることを教皇から許可される。
一五一九年五月　帰省のついでに、マントヴァ行の用件をことづかってローマを出立。しかし、ボローニャにて父危篤の知らせを受け、予定を変更してヴェネツィアに向かう。
一五一九年五月二八日　父ベルナルドが死去。ピエトロは六月二日にヴェネツィアに入り、約一年間滞在。
一五二〇年四月　ローマに帰還。
一五二一年四月　ローマを退去。パドヴァ近郊の別荘で静養する。八カ月ほどの療養ののち、翌一五二二年三月頃には回復に向かう。
一五二二年春　パドヴァに転居。
一五二二年一二月六日　聖ヨハネ騎士団員として誓願を立てる。純潔の誓いにもかかわらず、モロシーナと同棲。長男ルチーリョ（一五二三年一一月）、二男トルクアート（一五二五年五月一〇日）、長女エレナ（一五二八年六月三〇日）の三児をもうける。

一五二四年一〇月　ローマ訪問。『俗語論』の写本を自らの手でクレメンス七世に献上。一五二五年三月までローマに滞在。
一五二五年八月　ボローニャで『ノヴェッリーノ』が出版される。ベンボの手になる緒言が掲載されている。校訂者カルロ・グアルテルッツィは晩年のベンボにとっての親友となる。
一五二五年九月　『俗語論』（ヴェネツィア、タクイーノ刊）初版。
一五二六年　庶出の兄バルトロメーオが死去。遺児カルレットを引きとる。
一五二九年一二月　ボローニャ訪問。皇帝カール五世の戴冠式が挙行される。翌一五三〇年一月末にはパドヴァに帰還。
一五三〇年三月　『アーゾロの談論』（ヴェネツィア、ダ・サッビオ刊）第二版、『リーメ（詩集）』初版、『ラテン語散文集』（『エトナ山旅行記』、『ウェルギリウスの「クレックス」とテレンティウスの喜劇について』、『ウルビーノ公夫妻について』、『模倣論』）初版を上梓する。
一五三〇年夏　何者かによって毒殺されそうになる。容疑者は甥のカルレット。
一五三〇年九月二六日　ヴェネツィア政府十人委員会の決議により、公式史書官兼図書館長に選ばれる。賛成一二票、反対三票。
一五三〇年一二月　ヴェネツィア共和国公式史書官、ならびにニチェーナ図書館長に任命される。年俸は固辞、執筆に必要なヴェネツィアでの住居費として年間六〇ドゥカーティの補助金を受け、ヴェネツィアに転居。
一五三二年八月　長男ルチーリョが死去。
一五三五年四月　『リーメ（詩集）』（ヴェネツィア、ダ・サッビオ刊）第二版。
一五三五年八月六日　内妻モロシーナ死去。
一五三六年六月　『レオ一〇世の御名によりて執筆せる書簡集』（ヴェネツィア、ジョヴァンニ・パドヴァーノとヴェントゥリーノ・ルッフィネッリ刊）初版。
一五三八年七月　『俗語論』（ヴェネツィア、マルコリーニ刊）第二版。
一五三九年三月一九日　枢機卿に任命される。一〇月にローマに移住。一一月に聖チリアコ・イン・テルミスの助祭になる。一二月に司祭として叙階。
一五四一年七月二九日　グッビオ司教に任命される。
一五四二年五月　パドヴァの留守宅をあずかる個人秘書コーラ・ブルーノが死去。メッシーナ留学以来の従者であり、五〇年近くもの間苦楽を共にした親友でもあった。
一五四三年夏　ヴェネツィアへの最後の帰還。一〇月、長女エレナをヴェネツィア貴族ピエトロ・グラデニーゴと結婚させる。
一五四三年一一月　自分の司教区であるグッビオに定住。

一五四四年二月一八日　ベルガモ司教に任命される。自らは赴任せず、代理人ヴェットル・ソランツォに業務を委託。
一五四四年三月　グッビオを去り、ローマに定住。
一五四七年一月一八日　ローマにて死去。サンタ・マリア・ソプラ・ミネルヴァ聖堂に埋葬される。
一五四八年　ベンボの遺言執行人でもあるカルロ・グアルテルッツィの監修により、『ウルビーノ公夫妻について』第二版、『書簡集第一巻』初版、『リーメ（詩集）』第三版（ローマ、ヴァレリオ・ドリコ刊）が出版される。諸般の事情により、ローマにおける続編の刊行は成らず。
一五四九年　『俗語論』（フィレンツェ、トッレンティーノ刊）第三版が出版される。
一五五〇年　『書簡集第二巻』（ヴェネツィア、アルド刊）初版が出版される。
一五五一年　『ヴェネツィア史』（ヴェネツィア、アルド刊）初版が出版される。
一五五二年　『ヴェネツィア史（俗語版）』（ヴェネツィア、スコット刊）が出版される。
一五五二年～一五五三年　『作品集』（ヴェネーツィア、スコット刊）が出版される。『書簡集第三巻』、『書簡集第四巻』、『ヴェネツィア史（俗語訳）』、『アーゾロの談論』第三版、『親しい人々への書簡集』、『カルミナ（ラテン語歌集）』が含まれる。
一五六〇年　フランチェスコ・サンソヴィーノが、『各国王、君公、枢機卿、知識人の面々がピエトロ・ベンボ猊下にしたためた書簡集』を出版する。
一五六四年　フランチェスコ・サンソヴィーノが、『ピエトロ・ベンボから甥ジョヴァン・マッテオ・ベンボへの私信集』を出版する（ヴェネツィア、ランパッツェット刊）。
一七二九年　『ベンボ全集』（ヴェネツィア、ヘルツハウザー刊）が刊行される。第一巻（『ヴェネツィア史』ラテン語版と俗語版を各ページの左右に配して）、第二巻（『俗語論』、『アーゾロの談論』、『リーメ［詩集］』）、第三巻（『俗語書簡集』）、第四巻（『レオ一〇世の御名によりて執筆せる書簡集』、『私信集』、『ウルビーノ公夫妻について』、『ウェルギリウスの「クレックス」とテレンティウスの喜劇について』、『エトナ山旅行記』、『模倣論』、『カルミナ』、逸失書簡群）の全四冊から成る。

ピエトロ・ベンボ　著作一覧

刊行地、出版者の綴りは、適宜、現代イタリア語のそれに改めた（Vinegia → Venezia など）。原則として刊行年代順に記載しているが、青年期の作品については執筆年代を重視した。

「諷刺詩」“Surge, pater Francisce, tuos insulsus honores” (Cod. Eton College n. 135, c. 168r): cfr. Nella Giannetto, *Bernardo Bembo. Umanista e politico veneziano*, Firenze 1985, Olschki, p. 170.　父ベルナルドが息子の即興詩として、手持ちの書物の余白に記録した小詩。

『夢』*Sogno*, s.l., s.d.　フリウリの名士ジロラモ・サヴォルニャンに献呈されたイタリア語の小詩。文学研究、ないしはギリシア語研究への熱意を寓意的な夢として表現したもの。

『レオンティノイのゴルギアスの「ヘレネ頌」』*Gorgiae Leontini in Helenam laudatio*, a cura di Francesco Donadi, Roma, 1983, «L'Erma» di Bretschneider.　メッシーナ留学中に、師コンスタンティノス・ラスカリスに由来するギリシア語のテクストをラテン語に翻訳したもの。ナポリ副王エルナンド・デ・アクーニャ（一四九四年一二月二日死去）に献呈された。ゴルギアス『ヘレネ頌』は、ギリシア語の初版が一五一三年、ラテン語訳の初版が一五六六年、イタリア語訳の初版が一七五三年に出版されているが、ベンボの翻訳はこれらすべてに先駆ける、時代の先をいく業績になるはずだった。しかしながら、帰国後はベンボ自身がこの小品への興味を失ったこともあり、この翻訳の存在は一九世紀まで等閑視されていた。

『エトナ山旅行記』*De Aetna*, Venezia, Aldo Manuzio, 1496.　学友アンジェロ・ガブリエーレに献呈されたラテン語の対話。メッシーナ留学中にアンジェロとエトナ山に登った経験が語られる。留学からの帰国後まもない夏の日、ベンボ家のノーンの屋敷にて、弱冠二四歳の青年ピエトロが、六〇歳の父ベルナルドとかわす、理想的な親子の会話として描かれる。ピエトロが、タオルミーナの遺跡、エトナ山の火口、足場の悪い山道、山頂からシチリア全島を見渡す絶景を語れば、父ベルナルドは哲学者らしく、岩石が融けて溶岩になる理由を説き明かす。対話の中には、ウェルギリウス、ホラティウス、大プリニウス、ホメロス、ヘシオドス、ピュタゴラス、エンペドクレス、ストラボン、テオクリトスの名が引用され、親子の教養の高さが示される。ヴェネツィア貴族として政治活動と哲学研究を両立させている父を心の奥底から尊敬しながらも、自らは同じ進路をとることに疑問を抱き始めているピエトロの、心の迷いが読みとれる小品である。

「コンパニア・デッリ・アミーチ規約」*Leggi della Compagnia degli Amici*: in Pietro Bembo, *Prose della volgar lingua, Gli Asolani, Rime*, a cura di Calro Dionisotti, Milano, Editori Associati, 1989, pp. 699-703. 未完。

『アーゾロの談論』 *Gli Asolani*, Venezia, Aldo Manuzio, 1505. 本書。

『モッティ（軽口詩編）』*Motti*; in Vittorio Cian, *"Motti" inediti e sconosciuti di Pietro Bembo*, Venezia, 1888, I Merlo Editore, pp. 55-84. なぞなぞ、ことわざ、箴言などを寄せ集めて書き連ねたイタリア語の詩作品。サイコロ占いゲームやシエナ風伝言ゲームなど、ウルビーノの宮廷で流行していた言葉遊びとかかわりが深い。

『スタンツェ（愛の喜び）』*Stanze*, in Rime, Venezia, da Sabbio, 1530, cc. 42r-51r. 一五〇七年二月の謝肉祭のおりにウルビーノの宮廷で上演された作品。八行詩節五〇スタンツァ、計四〇〇行からなるイタリア語の詩。ベンボ自身とオッタヴィアーノ・フレゴーソが、アラビア・フェリクスのウェヌスから遣わされた使者に扮し、通訳担当の役者をともなって出演した。公妃エリザベッタ・ゴンザーガとその親友エミリア・ピオの美貌と貞淑を称賛しながら、愛のすばらしさを甘ったるく歌っており、内容的には『アーゾロの談論』第二書の趣旨と酷似している。当時この作品は人気が高く、一五二二年に出版社ゾッピーノが『アーゾロの談論』を再版したときにベンボに無断で掲載した。一五四五年には楽譜も出版された（*Cinquanta Stanze del Bembo con la musica di sopra composta per l'eccellente musico M. Giaches de Ponte novamente stampate et messe in luce*, Venezia, Antonio Gardane, 1545）。

「ギリシア文学復興のための支援について」*Sul sostegno da dare alle lettere greche* (Milano, Biblioteca Ambrosiana, cod. gr. N 126 sup: London, British Library, cod. Harl.gr. 5628; cfr. AAVV., *Storia della cultura veneta. Dal primo Quattrocento al Concilio di Trento*, a cura di Girolamo Arnaldi e Manlio Pastore Stocchi, Vicenza, 1980, vol. I, ill.19 e 20). ギリシア語による演説草稿。一五〇八年ごろに書かれたと推定される。

『俗語論』*Prose della volgar lingua*, Venezia, Tacuino, 1525. 教皇クレメンス七世に献呈された文学論書。全三書。一六世紀前半の国語論争に、収束へといたる道筋を示した決定的な言語論書でもある。著者の実弟カルロが一五〇二年暮の厳冬のころ、ジュリアーノ・デ・メディチ、フェデリーコ・フレゴーソ、エルコレ・ストロッツィをヴェネツィアの自邸でもてなしたときに交わされた対話という設定で書かれている。フェッラーラのラテン語詩人エルコレは俗語ではなくラテン語を支持する立場、メディチ家の三男ジュリアーノは現代（一五世紀末から一六世紀初め）のフィレンツェ方言の優位を主張する立場、カルロは三大作家を擁する一四世紀のフィレンツェ語を文学語として推奨する立場をとる。ジェノヴァの名門出身のフェデリーコは、中世プロヴァンス文学に造詣の深い人物として会話に参加する。第一書は、ジュリアーノの言葉遣いにエルコレが聞き耳を立てるところから始まる。ラテン語と俗語の優劣比較、俗語の成立過程、話し言葉と書き言葉のちがい、ローマの宮廷語は共通語たりうるかなどの問題が論ぜられる。ローマの宮廷語を支持する説は、物故者ヴィンチェンツォ・カルメータの謬見として侮蔑的に紹介される。ジュリアーノは、時代に即した生きた言語の使用を主張するが、カルロは、文学にふさわしいのは優れた作家の用いた品位ある言語であると反論する。第二書は、ダンテ以前の詩人たちを列挙するところから始まる。俗語詩ではペトラルカに、散文ではボッカッチョにまさる手本はない。ある文章が良い文章となるには質料／題材（la materia o suggetto）と形相／表現形式（la forma o apparenza）の二つの要因がある。本書ではもっぱら後者、すなわち書き方（la scrittura）を扱うが、その要点は選択と配列である。語の選択という点ではペトラルカの方がダンテよりも洗練されている。母音と子音について子細に検討したあと、アクセント位置と音節の長短の関係、さらには語のアクセント位置のちがいによって生ずる荘重さ（la gravità）と軽快さ（la piacevolezza）などが論ぜられる。俗語の書き手は品位（il decoro）と説得性（la persuasione）を追求しなければならないし、説得性（詩を読んだ人をうなずかせる力）に欠けるならば荘重さも軽快さも無益である。第三書は、俗語での文章作法に慣れていないエルコレに自信をもってもらうために、名詞、形容詞、冠詞、代名詞、動詞といった文法事項が詳細に語られる。

『模倣論』*De imitatione*, Venezia, da Sabbio, 1530.　ジャンフランチェスコ・ピコ・デッラ・ミランドラとの文学論争を、ラテン語の書簡にしたためたもの。論争がおこなわれたのは、一五一二年から一三年。文章の模倣を論ずるにあたって、題材の模倣と文体の模倣をはじめて区別した論考として画期的である。ラテン語の文章作法として、複数の作家を模範として学ぼうとする姿勢を批判し、一人の優れた作家に的を絞って文体の修練を積むことを主張する。唯一の模範として推奨されるのは、韻文ではウェルギリウス、散文ではキケロである。いわゆるキケロ主義を唱導する論文となっている。一五一四年には、ベンボの許可を得ないヴァージョンが出版されていたようである。なお、この書簡体作品は、一五三〇年にダ・サッビオから出版されたラテン語の散文集の一部として、『エトナ山旅行記』、後述の『ウルビーノ公グイドバルド・デ・［モンテ］フェルトロと公妃エリザベッタ・ゴンザーガについて』および『ウェルギリウスの「クレックス」とテレンティウスの喜劇について』の三作とともに、一冊の書物として出版された。

『ウルビーノ公グイドバルド・デ・［モンテ］フェルトロと公妃エリザベッタ・ゴンザーガについて』*De Guido Ubaldo Feretrio deque Elisabetha Gonzagia Urbini ducibus*, Venezia, da Sabbio, 1530.　ヴェネツィアの旧友ニッコロ・ティエポロに献呈されたラテン語の対話。舞台は一五〇八年のローマ。シジスモンド・デ・コンティ宅を訪れたサドレートとベンボと小フィリッポ・ベロアルドが、近頃若くして亡くなったウルビーノ公グイドバルドの死を悼む設定で書かれている。フェデリーコ・フレゴーソの書簡、グイドバルド公の家庭教師だったルドヴィーコ・オダーシによる追悼演説（この人物はラテン語イタリア語混合文体であるマケロネアの使い手ティーフィ・オダーシの兄弟である）が紹介されたあと、ベンボが公妃エリ

刊行案内

2025/10

ありな書房

113-0033 東京都文京区本郷1 - 5 -15
TEL 03 (3815) 4604

◎――Livres à venir

ヨーロッパの宮廷と美術I　望月典子責任編集・他著

●祝祭

――宮廷が演じたヨーロッパの夢

5000円

イタリア美術叢書　別巻I　新保淳乃――著

○歓喜と栄光（仮）

――ローマのバロック美術

予価　4500円

碩学の旅VIII　マリオ・プラーツ著／金山弘昌＋新保淳乃共同編集・訳

○イタリアの光と闇（仮）

――言葉のエリュシオンの中に

予価　未定

フランチェスコ・コロンナ著／日向太郎訳

○ポリーフィロの愛の戦いの夢（仮）

――ルネサンス文学における愛という表象

予価　未定

◎――価格はすべて本体価格／●は新刊／○・予価は近刊

◎イギリス美術叢書

イギリス美術叢書I　田中正之監修解説　小野寺玲子責任編集
ヴィジョンとファンタジー
——ジョン・マーティンからバーン=ジョーンズへ　4500円

イギリス美術叢書II　田中正之監修解説　小野寺玲子責任編集
フィジカルとソーシャル
——ウィリアム・ホガースからエプスタインへ　4500円

イギリス美術叢書III　田中正之監修解説　小野寺玲子責任編集
デザインとデコレーション
——ウィリアム・ブレイクからエドワード・M・コーファーへ　4500円

イギリス美術叢書IV　小野寺玲子責任編集
ランドスケープとモダニティ
——トマス・ガーティンからウィンダム・ルイスへ　4500円

イギリス美術叢書V　小野寺玲子責任編集
メディアとファッション
——トマス・ゲインズバラからアルバート・ムーアへ　4500円

イギリス美術叢書VI　山口恵里子責任編集
エロスとタナトス、あるいは愉悦と戦慄
——ジョゼフ・ライト・オヴ・ダービーからポール・ナッシュへ　4800円

小野寺玲子——著
絵画は小説より奇なり
——一八世紀と一九世紀のイギリス絵画を読む　4500円

◎アメリカ美術叢書

アメリカ美術叢書I　田中正之監修解説
創られる歴史、発見される風景
——アート・国家・ミソロジー　4000円

アメリカ美術叢書II　田中正之監修解説
夢見るモダニティ、生きられる近代
——アート・社会・モダニズム　4500円

アメリカ美術叢書III　田中正之監修解説
描かれる他者、攪乱される自己
——アート・表象・ミソロジー　[illegible]円

◎北方近世美術叢書

北方近世美術叢書Ⅰ　尾崎彰宏監修解説

ネーデルラント美術の魅力

——ヤン・ファン・エイクからフェルメールへ

5000円

北方近世美術叢書Ⅱ　尾崎彰宏監修解説

ネーデルラント美術の光輝

——ロベール・カンパンから、レンブラント、そしてヘリット・ダウへ

4800円

北方近世美術叢書Ⅲ　石井朗企画構成

ネーデルラント美術の誘惑

——ヤン・ファン・エイクからブリューゲルへ

5000円

北方近世美術叢書Ⅳ　今井澄子責任編集

ネーデルラント美術の精華

——ロヒール・ファン・デル・ウェイデンからルーベンスへ

4500円

北方近世美術叢書Ⅴ　今井澄子責任編集

ネーデルラント美術の宇宙

——ネーデルラントから地中海世界、パリ、そして神聖ローマ帝国へ

4800円

北方近世美術叢書Ⅵ　今井澄子責任編集

天国と地獄、あるいは至福と奈落

——ネーデルラント美術の光と闇

4800円

木川弘美——著

異世界への憧憬

——ヒエロニムス・ボスの三連画を読み解く

4800円

◎叡知／知識を伝えるアルテ　リナ・ボルツォーニ

L・ボルツォーニ著／足達薫＋伊藤博明訳

記憶の部屋

——印刷時代の文学的＝図像学的モデル

7500円

L・ボルツォーニ著／石井朗＋伊藤博明訳

イメージの網

——起源からシエナの聖ベルナルディーノまでの俗語による説教

6400円

L・ボルツォーニ著／足達薫＋伊藤博明＋金山弘昌訳

クリスタルの心

——ルネサンスにおける愛の談論、詩、そして肖像画

8000円

◎――イタリア美術叢書

イタリア美術叢書Ⅰ　初期ルネサンス　金山弘昌責任編集

黎明のアルストピア

――ベッリーニからレオナルド・ダ・ヴィンチへ

6000円

イタリア美術叢書Ⅱ　盛期ルネサンス　足達薫・金山弘昌責任編集

光彩のアルストピア

――レオナルド・ダ・ヴィンチからミケランジェロへ

4800円

イタリア美術叢書Ⅲ　マニエリスム　金山弘昌責任編集

憧憬のアルストピア

――パラッツォ・デル・テ「クピドとプシュケの間」からボマルツォ「聖なる森」へ

4800円

イタリア美術叢書Ⅳ　バロック　金井直・金山弘昌責任編集

天空のアルストピア

――カラヴァッジョからジャンバッティスタ・ティエポロへ

5000円

イタリア美術叢書Ⅴ　新古典主義　金山弘昌責任編集

新生のアルストピア

――ジャンバッティスタ・ティエポロからアントニオ・カノーヴァへ

4500円

◎――ヨーロッパの宮廷と美術

ヨーロッパの宮廷と美術Ⅰ　望月典子責任編集・他著

●祝　祭

――宮廷が演じたヨーロッパの夢

5000円

ヨーロッパの宮廷と美術Ⅱ　望月典子責任編集・他著

○宮廷芸術家（仮）

――世界を彩るヨーロッパの夢

予価　未定

ヨーロッパの宮廷と美術Ⅲ　望月典子責任編集・他著

○パトロネージ（仮）

――芸術が華開くヨーロッパの夢

予価　未定

イタリア美術叢書Ⅵ　〈知〉の環流　伊藤博明責任編集

叡智のアルストピア

――オリエントから、そしてすべては、イタリアへ

4800円

イタリア美術叢書Ⅶ　金山弘昌責任編集

迷宮のアルストピア

――新しきイマジナリアを求めて

6000円

イタリア美術叢書Ⅷ　金山弘昌責任編集

神秘のアルストピア

――美の起源としての人体表象

7200円

イタリア美術叢書　別巻Ⅰ　新保淳乃――著

○歓喜と栄光（仮）

――ローマのバロック美術

予価　4500円

◎――戦間期美術叢書

戦間期美術叢書Ⅰ　山口惠里子責任編集・他著

躍動する古典、爛熟する時代

――アンリ・マティスからオットー・ディクスへ

4800円

戦間期美術叢書Ⅱ　山口惠里子責任編集・他著

○デザインする形、装飾する色彩（仮）

――視覚文化と装飾する表象

予価　4800円

戦間期美術叢書Ⅲ　山口惠里子責任編集・他著

○移動する都市、円環する関係（仮）

――都市文化と流動する表象

予価　4800円

——ルーヴシエンヌへ　5000円

絵画と受容
フランス近世美術叢書II　大野芳材監修解説
——クーザンからダヴィッドへ　5000円

美術と都市
フランス近世美術叢書III　大野芳材監修解説
——アカデミー・サロン・コレクション　4500円

絵画と表象I
フランス近世美術叢書IV　大野芳材監修解説
——ガブリエル・デストレからユベール・ロベールへ　4800円

絵画と表象II
フランス近世美術叢書V　大野芳材監修解説
——フォンテーヌブロー・バンケからジョゼフ・ヴェルネへ　5000円

◎——エンブレムという綺想の森

エンブレム集
A・アルチャーティ著／伊藤博明訳
——エンブレム原典叢書1　3200円

ヒエログリフ集
ホラポッロ著／伊藤博明訳
——エンブレム原典叢書3　3800円

英雄的ドゥヴィーズ集
クロード・パラダン著／田中久美子訳・伊藤博明監修
——エンブレム原典叢書4　3600円

綺想の表象学
伊藤博明——著
——エンブレムへの招待　7200円

ヨーロッパ美術における寓意と表象
伊藤博明　著／訳
——C・リーパ『イコノロジーア』研究（付『イコノロジーア』全訳）　セット価　36000円

オンリー・コネクト……
J・シアマン著／足達薫＋石井朗＋伊藤博明訳
——イタリア・ルネサンスにおける美術と観者　7200円

ピュグマリオン効果
V・I・ストイキツァ著／松原知生訳
——シュミラークルの歴史人類学　7200円

フォンテーヌブローの饗宴
田中久美子——著
——イタリア・マニエリスムからフランス美術の官能世界へ　4800円

彫刻の解剖学
イメージの探険学I　諸川春樹責任編集
——ドナテッロからカノーヴァへ　4800円

フレスコ画の身体学
イメージの探険学III　上村清雄責任編集
——システィナ礼拝堂の表象空間　7200円

◎——マリオ・プラーツ　文字と視覚と造形の宴

ローマ百景I
伊藤博明＋浦一章＋白崎容子——訳
——建築と美術と文学と　4800円

ローマ百景II
伊藤博明＋上村清雄＋白崎容子——訳
——建築と美術と文学と　4800円

綺想主義研究
M・プラーツ著／伊藤博明訳
——バロックのエンブレム類典　12500円

蛇との契約
浦一章——訳
——ロマン主義の感性と美意識　9600円

ムネモシュネ
高山宏——訳
——文学と視覚芸術との間の平行現象　5000円

ザベッタを称賛する。

『ウェルギリウスの「クレックス」とテレンティウスの喜劇について』*De Virgilii Culice et Terentii fabulis*, Venezia, da Sabbio, 1530. フェッラーラの友人エルコレ・ストロッツィに献呈された文献学談義。一四九〇年代のローマで、ポンポニオ・レートとエルモラオ・バルバロとの間で交わされた対話という設定で、ラテン語で書かれている。二人は、カトゥルス、オウィディウス、ホラティウス、ウェルギリウスなど古典作家のテクストの乱れについて語りあってから、レートがウェルギリウスの（偽作）『クレックス』について、バルバロがテレンティウスの喜劇のいろいろな箇所について、テクストの異同を論ずる。一五〇五年三月に『アーゾロの談論』と同時にヴェネツィア政府から出版権の認可を取得しながら日の目を見ずに終わった『詩人たちのテクストの混乱について』は、『ウェルギリウスの「クレックス」とテレンティウスの喜劇について』の旧稿だったと推測される。

『リーメ（詩集）』*Rime*, Venezia, da Sabbio, 1530. イタリア語の詩集。ソネットを主体とする、一一四篇の抒情詩が掲載されている。詩集の後半には『スタンツェ』も併せて収録されている。抒情詩におけるペトラルキズモの流行のはしりとなった詩集として重要。文学の門戸を女性にも開いたベンボにふさわしく、作品中には少なくとも七人の女性があらわれる。

『ウルビーノ公グイドバルド一世伝』*Vita di Guid'Ubaldo Primo, duca d'Urbino*, dal Bembo tratta in volgare da quella, ch'ei fece latina, e scritta di man sua; in Pietro Bembo, *Volgarizzamento des Dialogs De Guido Ubaldo Feretrio deque Elisabetha Gonzagia Urbini Ducibus*, Kritische Erstausgabe mit Kommentar von Maria Lutz, Genève, Droz, pp. 68-219. ラテン語で書かれた『ウルビーノ公夫妻について』をベンボが自ら俗語に翻訳したもの。

『カルミナ（ラテン語歌集）』*Carminum libellus*, Venezia, Gualtiero Scotto, 1552. 全四一篇。ベンボのラテン語詩集は、死後にはじめて出版された。生前に出版されていたのは、「ゴーリッツのための神への祈り」（*Pro Corycio votum ad Deos*; in *Coryciana*, Roma, Ludovico Vicentino e Lautizio Perugino, 1524）、「ベナクス」（*Benacus*, 1524）、「聖ステファヌス賛美」（*Hymnus ad divum Stephanum*, 1527）の三篇のみで、これらの小品は『カルミナ』に再録されている。

『ヴェネツィア史』*Petri Bembi cardinalis historiae Venetae*, libri XII, Venezia, Aldo, 1551. ヴェネツィア共和国公式史書官として執筆したヴェネツィアの正史。全一二巻。一四八七年から一五一三年までをあつかう。端正なラテン語で書かれている。

『ヴェネツィア史』*Della historia vinitiana di M. Pietro Bembo cardinale volgarmente scritta*, libri XII, Venezia, Gualtero Scotto, 1552. ベンボが自らの手で『ヴェネツィア史』を俗語に翻訳したもの。

『カルミナ』から除外されたラテン語詩（*De Fauno et Galatea; De Christo marmoreo Pyrgotelis; Ficus ad Poetas; Eadem [Ficus ad Poetas]; De Pado exundante; De Arione marmoreo; Ad Lycorim; Sarca*）。

ベンボの作品であるかどうか不確実なラテン語の小詩（*Echo; Petri Bembi Carmen; Lycda; Ex Bembo; Ad Angelum Gabrielem Gratulatio; Iacobi Synceri Sannazari Epitaphium; Raphaelis Sanctii Urbinatis Pictoris Epitaphium; Nicolai Boni Epitaphium; Augustini Folietae Epitaphium*）。なお、『カルミナ』XL の *Iacobi Synceri Sannazari Epitaphium*（冒頭は“Da sacra cineri”）と、ベンボの作品かどうかが不確実な *Iacobi Synceri Sannazari Epitaphium*（冒頭は“Quid moror?”）は異なった作品である。パンテオンに記されたラファエッロの墓碑銘はヴァザーリ（Vasari, *Vita di Raffaello d'Urbino, pittore et architetto*, in ID., *Le vite dei più eccellenti pittori, scultori e architetti*, introduzione di Maurizio Marini, Roma, Newton Compton Editori, 1991, p. 641）にも紹介されているが、ベンボの真作かどうかは確実ではない。

「書簡集」　ベンボは自ら書簡集を編纂し、後世に遺す自画像として理想化した「文学作品」を構築しようと試みた。しかし、彼の生前に出版できた書簡集は『レオ一〇世の御名によりて執筆せる書簡集』（*Epistularum Leonis Decimi... nomine scriptarum*, libri XVI, Venezia, Patavino e Venturino de Roffinellis, 1536）のみであり、出版が死後にもちこされたほかの書簡集については、著者の意志を充分に貫徹することはむずかしかった。結果的に、ベンボの個々の書簡集は、それぞれ独立した文学作品として認知されるにはいたらなかった。現在では、使用言語、宛先、内容などを度外視して、すべての書簡を年代順に並べたトラーヴィ校訂版（Pietro Bembo, *Lettere*, a cura di Ernesto Travi, Bologna, Commissione per i testi di lingua, vol. I [1492-1507], 1987; vol. II [1508-1528], 1990 ; vol. III [1529-1536], 1992; vol. IV [1537-1546], 1993）を利用するのが一般的である。マリア・サヴォルニャンとの文通についてはディオニゾッティによる校訂版（Maria Savorgnan e Pietro Bembo, *Carteggio d'amore (1500-1501)*, a cura di Carlo Dionisotti, Firenze, Le Monnier, 1950）が、ルクレツィア・ボルジャとの文通についてはラボーニによる校訂版（Pietro Bembo e Lucrezia Borgia, *La grande fiamma. Lettere 1503-1517*, a cura di Giulia Raboni, Milano, Rosellina Archinto, 1989）が、文通相手の女性からの書簡も掲載されていて興味深い。

解説　ピエトロ・ベンボ、あるいは恋多き名文家

1　謎の少年時代――華麗なる英才教育

『アーゾロの談論』の著者ピエトロ・ベンボは一四七〇年五月二〇日にヴェネツィアで生まれた。父ベルナルド・ベンボは誇り高きヴェネツィア貴族、母エレナ・モロシーニも名門の出身である。母の実家についてはマルチェッロ家とする誤伝がある。父はパドヴァ大学で自由学芸、続いて両法学を修めて二つの学位を取得し、ヴェネツィア政府の枢要部で政治家として活躍した。フィレンツェの文学者とも親しく交流し、優れた人文主義者として有名だった。ピエトロは、姉（または妹）のアントニア、一心同体のような弟のカルロの、合わせて三人兄弟だった。ほかに、父の学生時代に生まれた庶出の兄バルトロメオがいた。

ベンボ家は、真偽のほどはともかく、西暦六〇二年以来執政官を務めていたとか、西暦八〇〇年にサン・ジョルジョ・マッジョーレ大修道院の設立にかかわったという伝承が残っているような由緒正しい家柄だった。同家の先祖の中にはヴェネツィア人らしく海外雄飛する人々もいたし、父と同姓同名のベルナルド・ベンボなる人物が船と積み荷を失って一四八九年二月二五日に十人委員会（ヴェネツィア政府の中で最大の強権をふるう機関）に助成金を嘆願したという記録も残っている。しかし、ピエトロの家系は永らく海洋貿易とは縁のない暮らしを送っていた。ヴェネツィア共和国は一四〇五年にパドヴァの僭主カッラーラ家を倒して本土領を手に入れたが、このときに接収された土地の一部を

ピエトロの曾祖父が一四〇六年に一万六〇〇〇ドゥカーティで払い下げを受け、以来サンタ・マリア・ディ・ノーンのヴィッラ・ボッツァ（通称ノニアーノ）を拠点とする農地経営で生計を立てていたからである。

ピエトロの幼少時の暮らしや教育については、ほとんど知られていない。一四三三年生まれの父ベルナルドはヴィチェンツァの私塾で中等教育を受けたことがわかっている。ピエトロの受けた教育について詳しい記録が残っていないのは、かえって作為的である。

当時のヴェネツィア本島には、論理学のリアルト学校や、人文学のサン・マルコ学校があった。いずれも政府の方針で大学として組織化することは認められなかった。リアルト学校は『神聖比例論』で有名な数学者ルカ・パチョーリが一五〇八年にユークリッド幾何学を講じたところであるが、その教官は名誉ある地位とみなされ、一五世紀半ば以後、ヴェネツィア貴族が独占していた。官僚養成校として位置づけられていたサン・マルコ学校でも、人文学第二講座にてトラペズスのゲオルギオス、ジョルジョ・メルーラのような優れた人文主義者が相次いで教鞭を執っていた。いずれの学校にもピエトロが通った形跡はない。貴族・市民・平民の三身分制が敷かれていたヴェネツィア共和国において、市民階級のためのサン・マルコ学校にベンボ家の子弟が通学するはずもなかった。

ヴェネツィア貴族は子弟の教育のために家庭教師を雇うのが慣わしだった。家を継ぐ長男にはラテン語や雄弁術、カリグラフィーにいたるまで惜しみなく教育費をつぎこんでも、それ以外の子どもには最低限の読み書き算盤でとどめておくのも、計算高いヴェネツィア人らしい風習だった。ピエトロにも家庭教師がつけられ、弟や姉よりも高い教育を受けた。彼のラテン語の家庭教師は、ジョヴァンニ・アレッサンドロ・ウルティーチョなる人文主義者だった。俗語《イタリア》は、アウグレッロ・アウグレッリ（ジョヴァンニ・アウレリオ）から手ほどきを受けたと推定されている。いずれにせよ、何歳から始め、何が教材だったかを明かすような資料はない。

ともかくも、ピエトロの場合は家庭そのものが類稀なる英才教育の場だった。父ベルナルドが趣味で蒐集したテレンティウスの古写本やペトラルカの『牧歌』自筆稿（Vat. Lat. 3358）、ボッカッチョからペトラルカに贈られた『神曲』

の写本など、質の高い書物がふんだんにあった。ベンボ家には絵画のコレクションもあったが、その中の一枚は父がブルゴーニュ公国に大使（一四七一〜七四年）として滞在していたときに購入した、最新流行のハンス・メムリンクの作品だった。弟カルロが生まれたときにはジャコメットなる画家に幼子の肖像画を描かせている。

外交官としての父の経歴も大きな影響をもたらした。

ベルナルド・ベンボは一四七五年一月から一四七六年四月にかけて、大使としてフィレンツェに派遣される。妻子を伴っての赴任だった。時あたかも、ロレンツォとジュリアーノが君臨する華やいだ時代。ベルナルドは着任早々、あの馬上槍試合を観戦した。まもなくフィチーノとも懇意の仲となる。彼は、フィレンツェの屋敷にフィチーノ、カルコンデュレス、カヴァルカンティを招き、本国から帯同した秘書官ヴィンチグェッラをもまじえて哲学的な議論に興じた（フィチーノ『プラトン神学』一・二・八）。彼ら以外にも、ランディーノ、ヤコポ・ブラッチョリーニ、ナルド・ナルディ、ブラッチェージ、ポリツィアーノらとも親交を結んだ。また、フィレンツェの俗語詩人の習慣にしたがい、理想の貴婦人としてジネヴラ・ベンチを選んだ。レオナルド・ダ・ヴィンチの肖像画によって名を残した美女である。ロレンツォ・イル・マニフィコからは、政治的な交渉相手として以上の共感を勝ち得ている。

二年後、ベルナルドは再びフィレンツェ大使となる（一四七八年七月〜一四八〇年五月）。パッツィ家の陰謀事件の直後で、世相は暗かった。このとき、ピエトロはわずか九歳にしてペトラルカ風のソネットをつくり、周囲の大人たちを感嘆させた。このソネットは残念ながら現存しないが、ベルナルドの取り巻きの人文主義者が少年を褒めた詩が伝わっている。「かわいいピエトロ君」はすぐにでもペトラルカのようになりたいと意欲満々な様子だったという。一伝によると、少年ベンボはロレンツォから直々に白馬を賜り、その感激を生涯忘れなかった。

次に、父ベルナルドは、ポデスタ兼カピターノ（派遣知事兼軍司令官）としてラヴェンナに赴任する（一四八二年四月〜一四八三年六月）。フェッラーラ戦争の最中だったので家族は同伴しなかったらしい。個人的な趣味でダンテの廟墓を私財をなげうって修復させ、フィレンツェの友人たちから感謝された。

翌々年、新たに選出されたインノケンティウス八世への表敬訪問のため四人の大使が派遣される（一四八五年五月）。ベルナルドもその一人となり、ピエトロもローマへの旅に出る。一五歳の少年ピエトロは、マッテオ・ジェラルドなる人物がフランチェスコ・ペトラルカの詩を朗唱するのを聞いて、旅の馬上でラテン語のエピグラムを即興でつくった。父は息子の才能に感激した。

お叱りください、師父なるフランチェスコ、愚か者が名誉を
　おとしめ、富を台無しにしました。
ジェラルドの歌は下手の横好き、
　もはやあなたの作品らしき風格はありません。

二年後、ベルナルドはふたたび大使としてローマに赴任する（一四八七年～八八年）。このとき、バッティスタ・マントヴァーノ、ベネデット・マッフェイ、ポンポニオ・レートらと交友関係を結んだ。ピエトロはヴェネツィアに残って父の代理として刑事裁判を起こし、訴訟相手と路上で揉みあって右手人差し指を切りつけられるという危険な経験をしたが、やがてローマで父と合流する。彼は父や同僚たちとともにネミ湖を訪れた。ローマで知遇を得たマントヴァーノのために少年が書き送ったラテン語のエレゲイア詩が伝存している。

父は、続いて、ベルガモのポデスタ（派遣知事）に任命される（一四八九年～九〇年）。党派抗争に荒れる物騒な町だったが、ピエトロもベルガモに滞在し、ダヴィデ・ブレンバーニやヴィンチェンツォ・ブレッサーニといった人々と知己になった。このころすでにピエトロは、政務に忙殺される暮らしよりも文学に没頭する暮らしを志向しはじめていた。

2　新進気鋭の文献学者の『夢』——メッシーナ留学

一四九〇年一一月二八日、二〇歳のピエトロは父母に伴われて当局に出頭し、金球籤を申請する。ヴェネツィア共和国では二五歳以上の貴族の男性は大評議会に所属することになっていた。一八歳以上の貴族青年は、金球籤が当たれば年齢制限にかかわらず参加を認められた。記録によると、弟のカルロは二年前の一四八八年一一月二八日に金球籤を申請した（一四七一年一二月一〇日生まれの彼は一七歳だったはず）。息子たちに一刻でも早く政界にデビューして欲しいという両親の強い希望のあらわれである。

当時のヴェネツィアでは、貴族の成年男子は政治に携わるのが当然の義務だった。文学を志すならば政務の合間をぬって研究するしかなかった。父ベルナルドは優れた人文主義者として国内外に名を馳せながら、八五年の長い生涯の中でついに一冊の著作も書くことがなかった。ジロラモ・ドナは、外交官などとしての本業のかたわら、アリストテレスの霊魂論の註解に携わった。一五世紀最大の人文主義者の一人エルモラオ・バルバロでさえも、政務に忙殺され、研究時間を確保するのが生涯の悲願だった。本国政府と悶着を起こしながら聖職禄を確保したものの、ほどなくして病に倒れ、不帰の客となる。四〇歳になるかならずだった。

二〇歳のピエトロ・ベンボは、ラテン詩人として頭角をあらわしつつあった。占星術師ジョヴァンニ・バジリオ・アゴストーニによる予測（一四九〇年一一月一一日付で一四九一年出版）や、アウグレッロの『カルミナ』（ヴェローナ、一四九一年七月出版）において、ピエトロはラテン詩人として称讃されている。

ピエトロは文献学者としても優れた力量を見せはじめる。このころポリツィアーノとピコ・デッラ・ミランドラは文献調査のために北イタリアを旅行していた。一四九一年六月一九日から七月八日にかけて二人はヴェネツィアに滞在する。ポリツィアーノはベンボ家を訪れた。父ベルナルドは別荘にでも出かけていたのだろうか、若きピエトロが応対した。二人は膝をつきあわせて、ベルナルド所蔵のテレンティウスの古写本、通称「ベンビーノ写本」（Vat. Lat. 3226）を丹念に調べた。ポリツィアーノは若きベンボに「文学研究に熱心な青年」として一目置くことになる。

ピエトロはポリツィアーノとの出会いに大いに触発され、本格的にギリシア語を学ぶことを考えはじめる。その希望と逡巡を表現したのが、ヴォルニャンに宛てて書かれた『夢』（*Sogno*）と題される俗語のカピトロ詩（三行韻詩）である。この詩は親友ジロラモ・サヴォルニャンに宛てて書かれた。ジロラモはフリウリ地方の最も有力な貴族の家系の出身だが、ポリツィアーノと同時期にヴェネツィアに滞在していた。『夢』の内容は、ピエトロが見た夢である。曰く、うすら寒くてほの暗い洞窟に封じこめられたピエトロとジロラモのもとに一人の女性がやってくる。裸体を恥じたピエトロは岩陰に身を隠しながら「こないでください」と頼むが、女性は「今こそ目覚めなさい」と呼びかけ、文学の道へと誘う。この詩は一四九二年ないし一四九四年に、おそらくデ・グレゴリ兄弟を版元として出版された。これがベンボの処女出版である。

『夢』の女性は、文献学、もしくはギリシア語の擬人像とされる。クレタ島やキプロス島を領有していたヴェネツィア本国には、ギリシア系の住人ならいくらでもいた。サン・マルコ学校ではジョルジョ・ヴァッラが教えていた。ウルバーノ・ヴァレリアーノ修道士が一四九〇年頃に開校したギリシア語の私塾もあった。もちろんパドヴァ大学にもギリシア語に精通した教授がいる。半島内では、敵国とはいえ、ミラノに移ったデメトリオス・カルコンデュレスが多くの弟子を集めていた。しかしピエトロは手近な教師には満足しなかった。

一四九二年四月、ピエトロ・ベンボは同い年の学友アンジェロ・ガブリエーレとともにシチリアに向けて旅立つ。目指すはメッシーナのコンスタンティノス・ラスカリス。帝都コンスタンティノープル出身の亡命貴族で、古典ギリシア語を教える最高の先生である。二人はまず陸路をナポリまで進み、ポンターノと知りあう。ナポリからは船に乗り、メッシーナで師から歓迎される。ピエトロは政務にも家業にも煩わされずに勉学に集中し、一四九三年夏に姉のアントニアがセバスティアーノ・マルチェッロと結婚したときにも一時帰省する暇はなかった。到着後わずか半年ほどで在ヴェネツィアのデメトリオス・モスコス宛にギリシア語で手紙を書き、やがてゴルギアスの『ヘレネ頌』をラテン語に訳してナポリ副王エルナンド・デ・アクーニャに献呈する。彼の勉強ぶりには父もご満悦で、「息子はすっかりギリシア人になりました」とフィレンツェの知人に自慢している。

留学二年目の夏、はじめて休暇をとった二人の青年はエトナ山に小旅行に出かける(一四九四年七月)。しかし、シチリアでの楽しい時間はあっというまに終わろうとしていた。フランス王シャルル八世の侵攻を目前に控えたイタリアは不穏な情勢となり、いそぎ帰国する。ピエトロとアンジェロは師ラスカリスのギリシア語文法をもち帰り、創業まもないアルド・マヌーツィオに提供した。こうして『エロテマタ』が出版された(一四九五年三月八日)。翌一四九六年二月には、アルド・マヌーツィオから『エトナ山旅行記』が上梓された。ピエトロが執筆した、年代の明記された最も古い書物である。プラタナスの木陰も爽やかなノニアーノの別荘を舞台に、ベンボ家の父と息子がくりひろげる対話の形式で書かれたこのラテン語の作品は、学友アンジェロ・ガブリエーレに捧げられている。

3 ヴェネツィアの貴公子——悩める文学青年

ピエトロは帰国後、アンジェロとともにとりあえずパドヴァ大学に登録する(一四九四年秋からの一学年間)。ヴェネツィア人は一四三四年以来、パドヴァ大学以外の大学で学ぶことを禁止され、違反者は学位は無効、罰金五〇〇ドゥカーティという罰則があったので、無難な選択だった。このころのパドヴァではアリストテレス研究で定評のあるニコレット・ヴェルニアが教えていた。ピエトロはアリストテレスの『霊魂論』へのアレクサンドロス・アプロディシアスの註解のラテン語訳(ジロラモ・ドナ訳)を借りて勉強した。

とかくするうち、父ベルナルドは一四九七年七月から一四九九年七月までの二年間、フェッラーラの副総督(vicedomino)の要職に就いた。副総督というポストは、ヴェネツィアがフェッラーラ戦争に勝利して手に入れた利権である。たいていの業務は大使と同じようなものだったが、ヴェネツィアとフェッラーラ間の貿易問題がこじれたときは、副総督が裁定をくだす権限をにぎっていた。

時はエステ家のエルコレ一世の治世。フェッラーラでは雅やかな宮廷文化が花開いていた。そこにはアリオスト、ティート・ストロッツィ、エルコレ・ストロッツィ、アントニオ・テバルデオ、ボイアルド、サドレート、カヴィチエオといった文学者たちがおり、ベルナルドは高尚な会話を楽しんだ。音楽や演劇も盛りだくさんである。もちろん家族も呼び寄せた。八四歳にもなる老母（ピエトロの祖母）エリザベッタ・パルータや、幼女を連れた娘アントニアもやってきた。

ピエトロだけはヴェネツィアに長居していた。"M. G." と記される未詳の女性との恋愛のせいとも言われるが、父との人生観のちがいに不満があったのかもしれない。ともかく、彼も一四九七年の暮までにはフェッラーラに移った。そのさい、フェッラーラ大学で哲学を講じていたニッコロ・レオニチェーノから教えを請うことができた。

エルコレ一世は副総督の御曹司を厚遇した。ピエトロは公爵から提供されたヴィッラ・ベルリグアルドの壮麗なる別荘にて、しばし文学研究に打ち込むことができた。『アーゾロの談論』の構想を練るにはうってつけの環境だった。

ベルナルドが任務を終えて帰国すると、ピエトロもしばらくして帰国した。このときは公職に就くことを考える。ヴェネツィア貴族は政界での役職を選挙で決めるのが慣わしだったので、何度も立候補した。戦地出納官（pagator in campo）、ハンガリー大使、ポルトガル大使、いつも反対票多数で落選した。

落選はピエトロにとっておもしろくなかっただろうが、内心ほっとしたかもしれない。恋愛、友情、文学に忙しかったからである。当時の恋愛の相手マリア・サヴォルニャン。記録に残っているうちで彼の二番目の恋人である。マリアはジロラモ・サヴォルニャンの親戚筋の女性で子連れの未亡人だったが、自作のペトラルカ風ソネットをいきなりベンボに送りつけてくるほどの自信家だった。二人の熱い思いは毎日のように頻繁にやりとりされた手紙にあふれている（一五〇〇年三月から一五〇一年九月にかけて）。

このころピエトロは、文学を愛好する親友たちのサークル、いわゆる〈コンパニア・デッリ・アミーチ〉の結成を計画する。当時のヴェネツィアには大小さまざまな若者集団があったが、これらは靴下を制服がわりにしていたので〈コンパニア・デッラ・カルツァ〉（長靴下の仲間たち）と呼ばれる。さまざまな祝祭や行事を主催する各種コンパニアは、ヴェネツィアの青年貴族が交流を深め結束を強める場だった。すでに三十路にさしかかっていたベンボも、この風習に倣おうとした。ピエトロの手になる規約の草案によれば、発起人はヴィンチェンツォ・クイリーニ、トリフォン・ガブリエーレ（またはトンマーゾ・ジュスティニアーニ）、ニッコロ・ティエポロ、ピエトロ・ベンボの四人。会員は友情の証として特注の金のメダルを肌身離さず左腕につけておくこととされた。入会資格は詩作の才能であり、女性にも門戸が開かれていた。

文学を愛でる友人たちや恋人マリアの励ましを受けながら、ピエトロは文学研究に力を入れる。そのひとつが『アーゾロの談論』の執筆である。もうひとつの重要な業績は、『カンツォニエーレ』と『神曲』の校訂作業である。アルド・マヌーツィオはギリシア古典全集刊行という壮大な計画を着々と実現しつつあったが、一五〇一年からは読書人の座右の書としてウェルギリウスやホラティウスをも手がけ、このシリーズの一環としてペトラルカとダンテをも刊行した。

一五〇一年七月に出版されたペトラルカの『俗語詩集』（*Le cose volgari*）には『カンツォニエーレ』と『凱旋』が収録されている。『カンツォニエーレ』の底本にはペトラルカの自筆稿（vat. lat. 3195）を用いたという誇大宣伝は当初から物議をかもし、出版直前にイザベッラ・デステの家来がアルドの印刷工房に検分に現われるという一幕もあった。企業家アルドは如才ないセールストークでなんとか切り抜けた。校訂者ベンボはギリシア語の知識を応用して俗語の表記にはじめてアポストロフィーを導入し、かつ以前には使用が稀だった重アクセント記号をとりいれた。アルド版『俗語詩集』は、シンプルで美しいイタリック体の活字、ごたごたした註釈のない純粋なテクスト、携帯に便利な小型本（八折版）といった特長のため、『イル・ペトラルキーノ』の愛称で親しまれた。

続いて、翌一五〇二年八月にはダンテの『三行韻詩』（*Le terze rime*）すなわち『神曲』が世に出る。アルド版『神曲』は、父ベルナルドの蔵書にあるボッカッチョからペトラルカに贈られた手稿本（vat. lat. 3199）と、父がダンテ廟修復の御礼としてランディーノから贈られた『神曲註解』（フィレンツェ、ニッコロ・ディ・ロレンツォ・デッラ・マーニャ刊、一四八一年）をもとに、ピエトロが校訂したものであり、いわゆる「ウルガタ」として、一九世紀半ばにいたるまでのすべての『神曲』の刊本の底本でありつづけた。

この間、閑暇（otium）の生活に傾斜しつつあるピエトロは、少しずつ父と距離を置くようになる。一五〇二年四月にベルナルドはヴェローナのポデスタ（派遣知事）に就任し、フランス王を出迎えたり壮大な馬上槍試合を催したりした。同行したのは、長男ピエトロではなく、跡継ぎとして嘱望される弟カルロだった。ピエトロは五月にはクイリーニなど友人たちとともローマを訪問。七月にはフェッラーラのエルコレ・ストロッツィを頼ってレカーノのヴィッラに滞在させてもらい、ペトラルカの俗語作品と『神曲』の筆写を完成する（Vat. lat. 3197）。夏にはいったんヴェネツィアに戻ったものの、一〇月からは再びストロッツィの許に身を寄せて、フェッラーラ、レカーノ、オステッラートで一年以上を過ごす。

折しも、ローマ教皇アレクサンデル六世の娘ルクレツィア・ボルジャがエステ家の嗣子アルフォンソに輿入れして一五〇二年二月にフェッラーラに到着したばかりだった。ピエトロはエルコレ・ストロッツィの紹介でルクレツィアと出会う。二人の仲については同時代人は沈黙を守っている。スペイン語の詩やベンボの自作の詩などについて楽しく語りあったり、ルクレツィアのメダルの炎の図柄のために"Est animum"（魂を焼きつくす）というモットーを提案したり、一房の髪を拝領するなど、次代の公妃と宮廷詩人という構図を超えた親密さだった。

不幸は突然やってきた。一五〇三年一二月、弟カルロが病に倒れた。ピエトロは急遽、帰国するも、死に目には会えない（一二月三〇日死去）。七〇歳の父は悲嘆にくれ、母も姉も涙にぬれ、ピエトロは放心した。原稿の管理のみならず、跡継ぎとしての責務を肩代わりしてくれる弟を失ったからである。ベンボ家の嫡男はピエトロだけとなった。彼は父を慰めるため相次いで立候補する。フランス大使、ドイツ大使、スペイン大使、すべて落選。

ところで、ピエトロのもとに見知らぬ少女から手紙と詩が舞いこんできた。送り主は女流詩人ヴェローニカ・ガンバラ、一七歳。ピエトロは二年も放置していたが、一五〇四年九月から一〇月にかけて小旅行に出かける。ベルガモ、ブレッシャ、ヴェローナをまわったこの旅行では、ブレッシャの才媛に会う機会があったにちがいない。ついでに弟のウベルト・ガンバラとも親しくなった。

一五〇五年三月、老父ベルナルドはローマ大使に任命され、ピエトロを同行させる。落選続きの息子を慰め、公務の面白さを再認識させるためである。父の意向にしたがい、ピエトロは大急ぎで『アーゾロの談論』の印刷をすませて出立した。だが、案に相違して、彼はローマで文学者として身をたてる選択肢に目覚めてしまった。帰路は父と別れ、パオロ・カナルとともに宮廷めぐりを敢行。まずはウルビーノ公妃エリザベッタ・ゴンザーガに会い、グッビオからガレオット・フランチョッティ・デッラ・ローヴェレ枢機卿（ユリウス二世の甥）に手紙を送ってみる。それからフェッラーラを経由して、六月にはマントヴァへ。このときはじめてイザベッラ・デステに謁見する。

ピエトロの帰国を待ちきれずに、父は息子の立候補を届けでる。フランス大使、皇帝大使、いずれも落選。六月末に帰国後、スペイン大使、ナポリ使節に落選。これが最後の立候補となった。

これ以上ヴェネツィアにいても政治家として栄達することは望めない。だからといって老父の手前、文学に専念するのもままならない。ピエトロは二、三年ローマにいかせてほしいと頼んだ。ベルナルドは正面きって反対するかわりに、経済的な支援を断った。息子は諦めない。ローマ行の足がかりをつかむために、一五〇六年夏、ウルビーノに向けて出発する。それは、模範的なヴェネツィア貴族を演ずる義務――家名を継ぎ、良家の令嬢と結婚し、堅実な家庭を築き、政務をばりばりとこなしたうえでなら、文学をたしなんでも恥ずかしくない――を捨てた瞬間だった。

4　祖国を離れて――宮廷人の悲哀

モンテフェルトロ公を頼ってウルビーノにやってきたベンボは、当初、『アーゾロの談論』の著者として歓迎された。公妃エリザベッタ・ゴンザーガは、早くも一五〇八年に現われたというこの作品のフランス語訳を所望したとされる。当時のウルビーノは捲土重来を狙う亡命貴族――ジュリアーノ・デ・メディチ、ベルナルド・ダ・ビッビエーナ、フレゴーソ家のオッタヴィアーノとフェデリーコ、ルドヴィーコ・ダ・カノッサ、チェーザレ・ゴンザーガ、カスティリオーネなど――のたまり場になっていた。ベンボもそんな一人としてカスティリオーネの『宮廷人』に登場している。

ベンボはウルビーノの宮廷に伺候したり、公爵のカステル・ドゥランテのヴィッラや、カトリア山のサンタ・クローチェ・イン・フォンテ・アヴェッラーナのカマルドリ会修道院で静かな時を過ごしたりした。宮廷詩人よろしく謝肉祭のために『スタンツェ』を書いて、オッタヴィアーノ・フレゴーソと二人で上演した（一五〇七年二月）。『スタンツェ』は大変な人気を博して、たびたび筆写された。弟カルロの詩を悼むカンツォーネも好評だった。本人としてはローマを目指す人文主義者として古典研究に力を入れたつもりで、ウェルギリウスとテレンティウスについての文献学的研究を手がけ、古代ギリシアの学芸の復興を訴えるギリシア語の演説を起草（または推敲）した。グイドバルド公の死後は、公爵夫妻の美徳を称揚するラテン語の対話編を書いた。一五一〇年までには俗語の詩集の稿本（Marc. Ital. IX, 143）をまとめ、寡婦となったエリザベッタ前公妃に献呈した。この詩集はサレルノ大司教フェデリーコ・フレゴーソ宛のソネットで締めくくられている。

祖国ヴェネツィアはアニャデッロの戦いを頂点に、存亡の危機に瀕していた。一五〇九年九月、ピエトロは、父ベルナルドに手紙を書き送り、パドヴァの攻防戦でヴェネツィアに加勢する意志のあるウルビーノ人たちを紹介した。一一月には母エレナが亡くなった。葬儀にも弔問にもいくことができず、父宛に追悼の手紙を送るのが精一杯だった。ウルビーノは一五〇八年四月にフランチェスコ・マリア・デッラ・ローヴェレが公爵となってからは住み心地が悪くなってきたが、庇護者であるガレオット・フランチョッティ枢機卿が九月に亡くなったので、ピエトロは時を待った。その間に、新公妃レオノーラ・ゴンザーガの出産を祝うソネットを書いたり、『俗語論』の草稿にとりかかったりした。

ローマのフェデリーコ・フレゴーソの屋敷に移ったのは一五一二年になってからである。ポンポニオ・レートのアカデミーを継いだアンジェロ・コロッチの館や、イタリア人もドイツ人も歓迎するヨハネス・ゴーリッツの館などが、文学者たちの歓談の場となっていた。そのような機会に小ピコと口頭で論争をたたかわせたあと、ベンボは有名な『模倣論』を書く（一五一二年一月）。若き日の憧れの先輩ポリツィアーノとは完全に正反対の文学趣味を表明する書簡体の論文である（実際、この論文は前時代のポリツィアーノ対コルテーゼの論争を、コルテーゼ側に立って継承したものである）。一五世紀の文献学は、さまざまなマイナーな古典作家を発掘することに無上の喜びを見いだし、文学者は多彩な文体を効果的にあしらうのが腕の見せどころだった。ポリツィアーノのように才気走った人物にしてはじめて可能な名人芸である。ベンボは雑駁とした多様性を退け、最も優れた唯一の文体だけを模倣することを奨励する。いわゆるキケロ主義の擁護である。この論文によってシンプルな美を追究する一六世紀的な趣味が確立した。

二カ月後の一五一三年三月、メディチ家出身のレオ一〇世が新教皇に選出される。父同士が友人だった誼《よしみ》もあり、ベンボは早速、教皇秘書官に登用される。同僚はヤコポ・サドレート。二人はキケロ風ラテン語散文の名手としてエラスムスから例外的に褒められた。

出世したベンボを頼って、ヴィンチェンツォ・クイリーニがひょっこりとローマに現われた。出家してカマルドリ修道会に入り、ピエトロ修道士と改名していたが、どっこい、権勢欲のかたまりだった。ヴィンチェンツォは教皇に日参して、教皇庁とヴェネツィアの同盟を画策する。成功の暁には枢機卿にとりたててもらう魂胆だった。旧友と利害の衝突するベンボは悩んだ。一五一四年八月、ヴィンチェンツォは吐血して倒れ、九月末ベンボに看取られながら亡くなった。原因は不明で、七人の医師が首をかしげた。巷では、ベンボによって毒殺されたかのように噂された。

一五一四年一二月、レオ一〇世はベンボを特別大使としてヴェネツィアに派遣する。ピエトロは、かつてすべての公職選挙で彼を落選させた祖国の貴族たちの鼻を明かすことができた。だが微妙な外交案件は却下され、教皇庁での彼の信用は失墜した。

父ベルナルドはこの直前まで十人委員会の要職を何度も務め、政治家としてのキャリアの頂点を極めていた。数年前には顧問団最年長者として統領代行《ドージェ》を引き受け、マリン・サヌードから「副統領」(vice-doxe)と揶揄されたばかりだった(一五一一年五月二一日)。しかし、二つの博士号を誇る男、騎士ベルナルドは、息子の教皇庁大使の一件を境に親メディチ派の色眼鏡で見られ、政界からの事実上の引退を余儀なくされる。公的な場に顔を出す意欲はなくさなかったらしく、現職統領(一五〇一年一〇月即位のレオナルド・ロレダン)を選出した四一人の選挙人の食事会に列席し、仲間たちとともに過去の栄光を懐かしんだ(一五一八年一二月二五日)。

枢機卿への昇進の道を閉ざされたピエトロだったが、収入源の確保に手ぬかりはない。何年もまえにユリウス二世から約束されていたエルサレム聖ヨハネ騎士団のボローニャの聖職禄が、一五一七年にようやく手に入る。レオ一〇世からは、ヴィチェンツァ近郊のサン・ピエトロ・ディ・ヴィッラノーヴァのベネディクト修道院を賜った。名目的ながら聖ヨハネ騎士団のハンガリーの禄も獲得したので、騎士団ハンガリー総長を自称した(本当の総長が空位の時にかぎる)。

教皇の祐筆として大量の書簡を書いたり、ボローニャやラヴェンナにでかけたりと、教皇庁での職務は多忙をきわめた。ピエトロは四カ月以上も病に伏せる。一年後、健康上の理由で帰省のための休暇を願いでる。ついでのことなのでマントヴァ使節を仰せつかって、一五一九年五月、ローマを出発。ボローニャに到着したところで父危篤の知らせを受け、ヴェネツィアへと急ぐ。帰国したときには葬儀は終わっていた(五月二七日夕刻に他界)。遺産は惨憺たる状況にあったが、ノニアーノのヴィッラだけは人手に渡らずにすんだ。ベンボ家の家長となったピエトロは嫁資を工面して、一一月に姉の長女マルチェッラをジョヴァン・マッテオ・ベンボに嫁がせた。ヴェネツィアに伝わるある系図によれば、姉は最初の夫が一五〇一年にコルフ島で戦死したあと、ジャコモ・マルチェッロと再婚した。だが、いずれにしても夫は当てにならなかった。

ピエトロは一五二〇年四月、ローマに舞い戻った。枢機卿昇進の可能性を見極めたかった。親しくしていたビッビエーナ枢機卿が一一月に亡くなり、皮算用は泡となって消えた。

5　パドヴァ隠遁――良き家庭人、良き文学者

一五二一年春、ベンボはパドヴァ近郊のノニアーノのヴィッラに隠遁する。病気療養のためである。年末にはレオ一〇世崩御の知らせが届いた。ピエトロの友人ロンゲイユは、ローマでうっかりフランス讃美の文書を書いて周囲に睨まれ、パドヴァに難を逃れていたが、教皇の死後の身の振り方について重病人のベンボに指示を仰ぐのを遠慮した。八カ月ほども経ってようやく快復の兆しが見えた。ハドリアヌス六世のローマに戻るなど論外。彼はパドヴァに拠点を移すことにした。

ベンボはこれまでは聖職者としての誓願を先延ばしにしてきたが、ついに一五二二年一二月六日、聖ヨハネ騎士団員として誓願を立てる。聖職録を保全するためである。貞操の誓いもなんのその、ローマで知りあったファウスティーナ・モロシーナ・デッラ・トッレを内縁の妻として迎える。もとは卑賤な出自の女性だったが、モロシーナの伝存する唯一の手紙をアンブロジアーナ図書館のアキッレ・ラッティ博士（ピウス一一世）が研究した結果、愛し愛される値打ちのある女性であることが確認された。

誓願から一年もしないうちに、長男ルチーリョが生まれた（一五二三年一一月）。二年後にはトルクアートが生まれた（一五二五年五月）。末娘は懐かしい母にちなんでエレナと名づけた（一五二八年一月三〇日）。ピエトロは公式には認められることのない家族を慈しんだ。

一五二四年夏、『俗語論』が完成する。一〇年以上も中断していた大作である。マリア・サヴォルニャンに予告していた「言語についての観察メモ」（一五〇〇年九月二日の手紙）がその母体にあたるならば、四半世紀もまえからの構想がここに結実した。一〇月、ベンボは『俗語論』を手にローマを訪れ、前年に教皇に即位したばかりのクレメンス七世に献上する。新教皇の掌璽院長にしてヴェローナ司教のジョヴァン・マッテオ・ジベルティにも、ラテン語の詩『ベナクス』を捧げる。『ベナクス』はただちにローマで出版された。

クレメンス七世からは任用の音沙汰はない。ピエトロは一五二五年四月にパドヴァに帰り、個人秘書コーラ・ブルーノの協力を得て、九月には『俗語論』を上梓する（ヴェネツィア、タクイーノ刊）。献辞は一五一五年頃を装い、作品の時代設定は一五〇二年を装う。ジョヴァン・フランチェスコ・フォルトゥニオの『俗語の規則』（アンコーナ、一五一六年刊）に対抗してプライオリティーを主張するためである。強敵フォルトゥニオは、黙殺によって追い落とす（彼の文法も好評で再三にわたって版を重ねていたが、シチリア語法を大幅に容認するなど不徹底な面があるのは否めず、しかも、一五一六年に他界していたフォルトゥニオにはベンボに反論するすべはなかった）。また、いわゆる「宮廷語」を論駁するにあたって、ヴィンチェンツォ・カルメータを厳しく非難する。友人であるカスティリオーネやトリッシノはそっとしておいて、物故者カルメータを矢面に立たせたのである。

『俗語論』はカルロ・ベンボ、エルコレ・ストロッツィ、フェデリーコ・フレゴーソ、ジュリアーノ・デ・メディチの四人の対話形式で書かれている。ピエトロの思い出の人々である。全三書に分かれたこの作品では、ラテン語か俗語《イタリア》のどちらを用いるべきか、俗語の起源と歴史や性質はどのようなものか、そして、文学形式と内容の関係、文学形式を構成する諸要素、俗語詩における模倣、ダンテとペトラルカの優劣、文法と語彙といった多様な問題が論ぜられている。『俗語論』が出版された時期はタイミングがよかった。新しい文学の指針を求めていた世間から大歓迎された。

一六世紀前半のいわゆる言語論争（国語論争）では、文学の言語としてのイタリア語のあり方が徹底的に議論された。まさしく百家争鳴だった。論客たちの立場をごく大まかに分類すると、（1）ダンテ、ペトラルカ、ボッカッチョの一四世紀のフィレンツェ方言を俗語の規範とする、（2）宮廷で使用されるような折衷語を俗語の基準とする、（3）現代、すなわち一五世紀末から一六世紀初めの生きているフィレンツェ語を俗語のモデルとする、という三つの主張があった。

『俗語論』の結論を簡単にまとめるなら、（1）の古典文学語の尊重ということになろう。政治的・文化的に安定的に存続する宮廷のなかったイタリアにおいては、穏当な結論である。ベンボ（またはフォルトゥニオ）以前には、文学者たちは「ドゥー・イット・ユアセルフ」さながら、フィレンツェの俗語の文法規則や使用語彙などを、いちいち自分で調べてまとめなければならなかった。ナポリの詩人サンナザーロは、このような言葉の研究に二八年を費やした。『俗語論』によって、文学者たちはこのようなわずらわしさから解放された。印刷術の普及によって書物の大量生産、大量消費が日常風景の一部となりつつあったこの時代、イタリア語による文学を、不世出の天才や、生粋のトスカーナ人といったかぎられた人々の専有物ではなく、みなの手に届くものに変えたベンボの功績は大きい。

『俗語論』とほぼ時を同じくして、ボローニャで『ノヴェッリーノ』が出版される（一五二五年八月）。校訂者は、弱冠二五歳のカルロ・グァルテルッツィ。ベンボは写本を提供するなど、間接的にグァルテルッツィを指導した。グァルテルッツィの上司ゴーロ・ゲーリ司教の仲立ちで連絡をとっていたらしく、二人はまだ直接の面識はなかった。にもかかわらず、グァルテルッツィはベンボの絶大な信頼をかちとり、隠遁中の大師匠の右腕として頼られる。これ以後、ベンボ自身は俗語文献学に寄与することはなくなるが、古いプロヴァンス語の詩集をまとめて公刊したいという夢は温めつづけた。

ベンボは若い文学者との交流を楽しんだ。ベルナルド・タッソ、ジョヴァンニ・グィディッチョーニ、ジョヴァンニ・デッラ・カーサ、ベネデット・ヴァルキといった人々が彼の薫陶を受けた。ボローニャからはルドヴィーコ・ベッカデッリもやってきた。彫金師チェッリーニもやってきた。また、画家たちからは肖像を描いてもらった（図1〜3）。ピエトロが客人を迎えるパドヴァの屋敷には（現在はイタリア第三軍博物館）、往時は美しい庭園がついていた。書物だけではなく、美術品、工芸品のコレクションもすばらしかった。逸品のひとつは、エジプトの〈イシス飾板〉である。一五三〇年頃に作成されたミキエルの美術品目録によれば、所蔵の絵画は一八枚。ヤコポ・ベッリーニ、マンテーニャ（図4）、ラファエッロが各二枚。セバスティアーノ・デル・ピオンボが一枚。ジュリオ・カンパニョーラの細密画が二枚（図5）。ハンス・メムリンクによる洗礼者聖ヨハネのディプティックが一組。ほかに、一二点の彫刻、

図1――ジョヴァンニ・ベッリーニ
《黒い服を着た男の肖像（ピエトロ・ベンボ？）》一五〇五年
ウィンザー　王立コレクション

図2――ルーカス・クラナハ（子）
《ピエトロ・ベンボの肖像》一五三六年頃
ワシントン・D・C　個人蔵

図3――ティツィアーノ・ヴェチェッリオ
《枢機卿ピエトロ・ベンボの肖像》一五三九～四〇年
ワシントン　ナショナル・ギャラリー

図4――《聖セバスティアヌス》制作年不明
アンドレア・マンテーニャ
ヴェネツィア　カ・ドーロ　ガッレリア・ジョルジョ

図5――《横たわるヌード》一五〇七～一〇年頃
ジュリオ・カンパニョーラ
ロンドン　大英博物館　版画素描室

古代陶器、ガラス器、金銀銅のメダルが記録されている。宝石は指輪にはめこまれて彫像と一緒に展示されていた。

一五二六年、兄バルトロメオが亡くなり、手に負えない甥カルロ（カルレット）をひきとった。姉の次女マリアをベルナルディン・ベレンゴに嫁がせた。一五二九年には姉の三女ジュリアをマルカントニオ・ロンゴに嫁がせた。

一五二七年には聖職録のことでジベルティやピオ家と揉め事になった。ともかくも、ローマ劫掠のときに永遠の都に居合わせなかったのは幸いだった。二年後、神聖ローマ皇帝の戴冠式のためにカール五世とクレメンス七世がボローニャに会したとき、ベンボも学都を訪れる（一五二九年暮れから翌年一月）。聖職録の関係で保有していた自宅に泊まった。ボローニャには、一年ほどまえからコレッジョ伯未亡人ヴェロニカ・ガンバラが居を構えていた。懐かしい女流詩人の家には、ベンボのほかにも、フランチェスコ・マリア・モルツァ、ベルナルド・カッペッロ、ジョヴァンニ・マウロ、ジャン・ジョルジョ・トリッシノが出入りして、文学について楽しく語りあった。さまざまな思惑をもった文学者たちが大挙して押しかけた学都は、言語論争（国語問題）の白熱した討論の場になりつつあったが、ベンボは巻きこまれるのを避けた。

さっさとパドヴァに帰ったベンボは、『アーゾロの談論』改訂版、『リーメ（詩集）』初版、ラテン語の対話集を相次いで出版する（一五三〇年）。対話集には、『エトナ山旅行記』、『模倣論』、『ウェルギリウスのクレックスとテレンティウスの喜劇について』、『ウルビーノ公夫妻グイード・ウバルド・モンテフェルトロとエリザベッタ・ゴンザーガについて』の四編が含まれる。このときの出版物の中で最も人気を博したのは『リーメ（詩集）』だった。同じ年にサンナザーロの『ソネットとカンツォーネ集』が上梓され、翌年にはベルナルド・タッソの『愛』第一巻が、その次の年にはアラマンニの『トスカーナ作品集』が出たことも手伝い、ベンボの『リーメ』が出版された一五三〇年はイタリアの抒情詩におけるペトラルキズモ誕生の年と言われている。

6　祖国への奉仕——共和国の公式史書官

奇しくも、ベンボの『リーメ（詩集）』（初版）が刊行されたのと同じ一五三〇年に、はじめてのマドリガーレ曲集がローマで出版される。洗練された歌詞の美しさを最大限に引きだす歌曲形式としてのマドリガーレの興隆が、言葉の上品な美しい響きに主眼を置くペトラルキズモ（ペトラルカ風抒情詩）の流行とほぼ同じ時期に始まったことになる。ベンボの歌詞にもしばしば曲がつけられた。

抒情詩の分野でも第一人者となったベンボに対して、弟子のアントニオ・ブロッカルドら若手の詩人たちが反旗を翻した。ベンボにかわってアレティーノが論陣を張ってくれた。ブロッカルドは一五三一年に不審死し、騒ぎは一段落した。一五三〇年の夏には、暑いさかりに毒を盛られるという、いっそう憂鬱な事件に巻きこまれた。ベンボはしばらく寝込んだだけで事なきを得たが、当局の捜査により甥のカルレットが容疑者と断定された。温厚な叔父は甥の更正を願ったが、凶悪な不良少年はローマに逃げだした。

一五三〇年九月二六日、ピエトロ・ベンボは十人委員会の決議により、ヴェネツィア共和国の公式史書官兼ニチェーナ図書館長に選出された。賛成一二票、反対三票。ピエトロは経験のない文体《ジャンル》にとりくまなければならないことに不安を感じたものの、祖国から与えられた名誉を受諾した。俸給は自ら固辞。執筆に必要なヴェネツィアの住居の費用として年間六〇ドゥカーティの補助金を受けた。年末にはいそいそとヴェネツィアに転居する。

図書館の司書といえば地味な裏方のイメージがあるが、いわゆるルネサンス期には華やかで理想的な人間類型のひとつだった。司書（図書館長）は、学識が豊かで、風采は見栄えがよく、性格は善良、礼儀正しく、弁舌さわやかでなければならない。ベンボは館長に着任早々、統領が各国大使を招いて開いた食事会に列席したとされる。現代で言えば、文化庁長官か文科大臣に匹敵する顕職である。

ニチェーナ図書館長の職務は、国有蔵書の管理だった。ベッサリオン枢機卿がヴェネツィアに寄贈した七五一点（うち四八二点はギリシア語）の膨大な写本は、箱に詰められたままパラッツォ・ドゥカーレ（統領宮殿）に仮置きされ、かさばって邪魔になっていた。一四九〇年代になっても適切な保管場所はなかった。印刷本の御時世に写本なんかはくず同然と白眼視される。閲覧のスペースすらもないので借りだささなければ読むこともできなかったが、貸出しの管理は杜撰で、盗難が後を絶たない。一五〇六年の貸出禁止令もどこふく風、一五一五年には貴重な写本が屋台で叩き売りされていた。

図書館長となったベンボは、事態の収拾に努める。混乱に拍車をかける信用貸しは禁止。アリストテレスであれシンプリキオスであれ、銀器あるいは相応の貴重品を担保に入れない人には貸さなかった。何十年も借りっぱなしになっている人々をつきとめては、返却を督促し、目録も作成した。ベンボがヴェネツィアに不在のときには、元老院秘書官ジャンバッティスタ・ラムージョ、のちにはジャンマッテオ・ラムージョやベネデット・ランベルティといった有能な人々が業務を引き継いだ。蔵書は一五三一年から五四年までサン・マルコ財務官の管轄のもと教会の一室に置かれた。ヤコポ・サンソヴィーノによる図書館の設計が決まったのが一五三七年。建築家と図書館長は連絡を密にとりあったが、建物はなかなか完成しなかった。ベッサリオン枢機卿の稀覯本は、ベンボの死後、一六世紀半ばにようやく現在のマルチャーナ図書館に居を定めた。

共和国の公式史書官は、一五世紀末頃から徐々に調えられつつある制度だった。前任者アンドレア・ナヴァジェーロは、アルド・マヌーツィオのラテン語作家の出版に協力したこともある人文主義者で、詩人としても定評があったが、ヴェネツィア貴族らしく公務の合間に歴史を執筆しようとしたのは失敗だった。彼は一五一六年に公式史書官兼ニチェーナ図書館長に任命されたが、史書が大してまとまらないうちにスペイン大使やフランス大使を務めることになり、カンブレーの会議に向かう途中ブロワで客死。歴史を書きもせずに三〇〇ドゥカーティを只取りしたとして俸給泥棒の汚名を着せられた。

先々代のマルカントニオ・サベッリコ（コッチョ・マルカントニオ）はサン・マルコ学校の教官だったが、リウィウスに倣って都市の起源からの歴史を一〇巻単位でまとめた『ヴェネツィア史』を一四八七年に出版し、元老院に献呈した。この功績により二〇〇ドゥカーティの年金を与えられた。公式史書官と目されるようになったサベッリコは、今度は世界史の執筆に精を出した。ベンボはサベッリコの『ヴェネツィア史』の記述が終わる一四八六年（統領アゴスティーノ・バルバリーゴの即位）以後の四五年近い歴史を書き継ぐことを依頼された。

ベンボが史書官に抜擢されたのは、キケロ風の典雅なラテン語の文章力を買われたからである。祖国政府の期待に応えるため、六〇歳過ぎの老身ながら誠実に準備にとりかかる。しかし、ヴェネツィアの政治の舞台裏を体験したことのない彼としては、文体の困難以前に、書く内容がない。機密文書閲覧の許可も出たし、ピエトロ・マルチェッロの『統領たちの生涯とヴェネツィアの出来事の小史』やベルナルド・ジュスティニアーニの『ヴェネツィアの起源と事績』を再読してもみたが、埒があかない。あるときマリン・サヌードの『日記』に目を通してすっかり感心した彼は、再度の閲覧を頼む。本人に拒まれたため、統領アンドレア・グリッティに嘆願書を提出。一五三一年九月の十人委員会決議によって、ベンボは『日記』を閲覧する権利を保証された。代償としてサヌードには年金が支払われることになった。

ベンボの『ヴェネツィア史』は立派なラテン語で綴られている。一五三一年三月にはロヴェレ・ディ・トレントの戦い（一四八七年）を過ぎたあたりまで書き進められていた。クレメンス七世の御下問に応えるため、ベンボは『ヴェネツィア史』の序文をローマのヴェットル・ソランツォに送って教皇に見てもらった。一五三二年二月には、統領顧問官マルコ・ボッラーニの元老院演説（第三巻一二節）のあたりまで書き進められていた。

7　栄光と諦念——高位聖職者として

一五三二年八月、まだ九歳の長男ルチーリョが亡くなる。寂しさをまぎらすためか、『リーメ（詩集）』の再編集を計画する。一五三五年四月に出版された『リーメ』第二版（ヴェネツィア、ダ・サッビオ刊）では、初版の詩に手を加えたほか、さらに二五篇の詩を増補した。

『リーメ』第二版が出た数カ月後、愛妻モロシーナが他界した。気をとりなおして伴侶の死を悼む詩が書けるようになるまでに、数年を要した。

悲しみのさなかにあって老詩人の心を和ませたのは、晩年の親友ジロラモ・クイリーニの姉妹、エリザベッタ・クイリーニ・マッソーロである。エリザベッタには成人した一人息子がいた（しかもこのころ、息子は自分の結婚の夜に花嫁を殺害してマントヴァに出奔した）。だが、熟年と言える年齢にあってもエリザベッタの美貌は衰えることなく、ティツィアーノによって描かれた彼女の肖像画（惜しくも散逸）をデッラ・カーサが絶讃している。ピエトロは最後の恋人、才色兼備のヴェネツィアの貴婦人エリザベッタに、さまざまな心の秘密を打ち明けた。

ローマではパウルス三世が教皇に選ばれ、対抗宗教改革が本格的に始まろうとしていた。ベンボは教皇庁に仕官していたころの業績を『教皇レオ一〇世の御名によりて執筆せる書簡集一六巻』（ヴェネツィア、一五三六年出版）にまとめて、新教皇に献上する。在ローマの片腕カルロ・グァルテルッツィを通して、アレッサンドロ・ファルネーゼ枢機卿（教皇の甥）と繋がりをつける。昔と同じ行動様式をとったわけだが、小手先の処世術とは異なる次元で世の中は動いていた。

パウルス三世は、ガスパロ・コンタリーニ（ヴェネツィアの外交官）、レジナルド・ポール（英国人だがパドヴァ大学出身）、ヤコポ・サドレートといった面々を枢機卿にとりたてた。ベンボも候補に挙がった。枢機卿会議は紛糾した。恋愛の達人として浮き名を流したとか、つい最近まで女性と同棲していたとか、過去の失点には目をつぶるとしても、カトリック教会にとっては毒にも薬にもならない文学者で、作品の内容も世俗的にすぎる。しかし、最終的には、教会の改革を推進するには人文主義文化の協力が必要不可欠であるという計算から、この分野の第一人者として全欧的に名高いベンボは、パウルス三世が考案した新制度によって「内密理に」（in pectore）枢機卿に選出された（一五三八年一二月二〇日）。就任が宣言されたのは一五三九年三月一九日のことである。

枢機卿昇進の可能性が見えてから実際に昇進が認められるまで、三年近くかかった。この間、一五三八年には『俗語論』第二版を出版し、『リーメ』の改訂に着手した。枢機卿任命の知らせが届いたのは、モロシーナの死を悼むカンツォーネを書いている最中だった。待ちに待った朗報だった。だが、すべてが変わる。いやしくも枢機卿たる身。政府の許可も出たので『ヴェネツィア史』を書き続けることはできる。書簡集を編纂することもできる。こっそりと詩を書きためることもできる。しかし、向後、生きている間は、いかなる文学作品も、一切、公刊することはできないと覚悟しなければならなかった。

パドヴァの家族と屋敷のことは、忠義な秘書コーラ・ブルーノに任せる。メッシーナ留学以来ずっと苦楽を共にしてきた腹心の部下との、これが最後の別れとなった。一五三九年一〇月、ベンボはローマへと旅立つ。一一月にサン・チリアコ・イン・テルミスの助祭の称号を賜り、一二月には司祭として叙階された。二〇年前のローマとは、顔ぶれもすっかり変わっていた。ポール枢機卿、改宗以前のヴェルジェリオ、アルヴィーゼ・プリウーリ、イル・カルネセッキ、フラミニオ、ヴェットル・ソランツォ、バシリオ・ザンキといった人々と交流があった。女流詩人ヴィットリア・コロンナとは、互いに詩人として尊敬しあっていた。思想的な動揺が続く中、教会の教えに疑問も不安もいだいたことのない旧世代の文学者であるベンボの信仰は、かえって安定感があって頼もしかった。

一五四一年七月二九日、生まれてはじめてミサをあげる。旧友フェデリーコ・フレゴーソの葬儀だった。故人を継いでグッビオ司教の称号を得た。一五四二年二月一五日にはサン・クリソゴノの枢機卿の称号を得た。ローマにあっても祖国への愛は変わらない。『ヴェネツィア史』の執筆を着々と進めていた。

一五四三年夏、パウルス三世は皇帝との会見のためにボローニャに赴く。ベンボ枢機卿も随行したが、数カ月間ヴェネツィアとパドヴァに立ち寄る許可をもらう。実の娘エレナをヴェネツィア貴族ピエトロ・グラデニーゴと縁組みさせるためである。ベンボが故郷の土を踏むのは、これが最後となった。

娘の結婚後、ベンボはグッビオで暮らした。嫁資に大枚はたいたあとなので倹約する必要に迫られていた。『ヴェネツィア史』は第一二巻、すなわちピエトロ自身がサドレートとともに教皇秘書官に就任した一五一三年まで書いたところで擱筆した。若き日の親友ヴィンツェンツォ（ピエトロ修道士）の思い出は美しいまま残しておきたかった。

一年も経たぬうち、司教区がグッビオからベルガモに変更になり、ベンボ枢機卿は教皇からローマに呼び戻される。ベルガモのことはソランツォに任せてローマに帰ったベンボは、サン・クレメンテの枢機卿の称号を授かる。グッビオ在住時からエリザベッタ・クイリーニの激励を受けてとりかかっていた『ヴェネツィア史』の俗語訳も、グァルテルッツィの手をわずらわすことなく、独力で完成させた。一五四六年八月にはジョヴァンニ・デッラ・カーサ宛にソネットを書いた。

まったく、疲れを知らぬ仕事ぶりだった。ベンボ枢機卿は次期教皇候補として噂されるまでになった。一五四七年一月、突如として重態におちいる。落馬が原因とも伝えられる。最後に枕元を訪ねたのはレジナルド・ポール枢機卿だった。ピエトロ・ベンボ枢機卿は一五四七年一月一八日、ローマのカンポ・マルツィオにあったバルダッシーニ侯爵の宮殿で永眠した。享年七六歳。翌日、パウルス三世自身によって葬儀が執りおこなわれ、サンタ・マリア・ソプラ・ミネルヴァ聖堂内の、レオ一〇世とクレメンス七世の間に埋葬された。

パドヴァではスペローネ・スペローニによる追悼演説がおこなわれ、サント（聖アントニオ聖堂）に胸像が据えられた。フィレンツェではベネデット・ヴァルキによる追悼演説がおこなわれた。ヴェネツィアでは追悼文集『ベンボの喪における涙』が出版され、そこにはサドレートによる墓碑銘が収録されていた。デッラ・カーサはラテン語で、ベッカデッリは俗語で、それぞれ『ベンボ伝』を書いた。

ベンボの遺産は次男トルクアートが相続した。本人の遺言に基づいて、ヴェネツィアのジロラモ・クイリーニと、ローマのカルロ・グァルテルッツィが遺稿を管理することになった。遺品がパドヴァ、ヴェネツィア、ローマの三カ所に分散していたために、いろいろな珍現象が起こった。はなはだしきは『リーメ（詩集）』である。ベンボの娘婿ピエトロ・グラデニーゴは、誰にも頼まれもしないのに、たまたま手許にあった原稿をもとに、一五四八年一月にヴェネツィアのジョリートから第三版を出版する。ところがローマでも一五四八年一〇月にグァルテルッツィ校訂の第三版がドリコ兄弟によって刊行される。正式な遺稿を預かりながら出遅れたグァルテルッツィは、教皇やヴェネツィア政府の認可をとりつけて正統性をアピールしたが、実際に頻繁に再版されたのはジョリート版の方だった。一七二九年のヘルツハウザー刊のベンボ全集でさえも、二つのヴァージョンを融合するにあたって、ジョリート版の構成を優先した。

遺稿（の出版権）の争奪戦はなおも続く。グァルテルッツィはいち早く、『ウルビーノ公夫妻について』の再版や、『俗語書簡集』の出版で機先を制する。しかし、『ヴェネツィア史』にも手を出そうとしたのは、やりすぎだった。ドリコ版詩集には好意的だったヴェネツィア政府も、態度を硬化させる。なにしろ、共和国の機密が書かれているかもしれない公文書である。クイリーニがヴェネツィア政府やデッラ・カーサまでも味方に引きこむところまで事態は紛糾し、『俗語論』第三版はローマではなく、フィレンツェで出版されることになる（一五四九年）。最終的には、『ヴェネツィア史』のみならず、残りの書簡集や『アーゾロの談論』や『カルミナ（ラテン語歌集）』までもがヴェネツィア側に引き渡されることに決まった。

こうした紆余曲折を経て、『アーゾロの談論』第三版は、一五五三年に、ヴェネツィアの出版業者グァルテーロ・スコットによって出版された。アルヴィーゼ・コルナーロ枢機卿への献辞が掲載された。

8　『アーゾロの談論』のあらまし

『アーゾロの談論』は、愛を主題とする三書から成る対話集である。対話に参加する人物は、ペロッティーノ（失恋に泣く若者）、ジズモンド（陽気な若者）、ラヴィネッロ（華奢で控え目な若者）、ベレニーチェ（リーダー格の女性）、リーザ（弁の立つ女性）、サビネッタ（いちばん若い女性）の六人のヴェネツィア人である。男性たちは未婚、女性たちは既婚である。

初版には、ルクレツィア・ボルジャ宛の献辞が付されている。この作品はアーゾロを舞台としているにもかかわらず、カテリーナ・コルナーロ女王には献上されなかった。アーゾロの宮廷は、ベンボが二度のフェッラーラ滞在で部外者として体験した宮廷の雰囲気を描くための方便だった。ヴェネツィア貴族たるもの、利害関係の衝突する他国の宮廷を称揚することは許されない。ヴェネツィア領内で、ヴェネツィアの管轄下にアーゾロの宮廷が営まれていたのは、新進気鋭の作家にとって願ったりかなったりだった。ウェヌス（アプロディテ）の生まれ故郷、キプロス島の女王という肩書きは、愛の寓意としてうってつけである。本作品の中のキプロス女王は、恋愛の達人であることは期待されていないし、内容的に意味のある重要な発言もしていない。だが、第一書では第三の乙女に歌を歌うよう命じているし、第三書では老師の議論（作品の最終的な結論）について報告を受けている。女王は、無言のうちに作品の主張を強調する役柄を担っているのである。

第一書

人生の船路や徒路《かちじ》には困難がつきものであるが、とくに人生を困難にする要因は〈愛〉である。そこで著者は、読者諸氏がよりよく人生を送るための手引きとなるように、人から伝え聞いた談論を書きとめることを思いたった（i）。

談論の舞台はキプロス女王カテリーナ・コルナーロが君臨するアーゾロの宮廷。時は九月、女王がお気に入りの侍女を嫁がせた婚礼のときのことである（ii）。宴席にて二人の乙女が、愛の苦しみ、愛の喜びの歌を披露する。女王の御下命により、別の侍女がまことの愛について歌う（iii）。昼食後みんなが午睡しているとき、三人の紳士たちと三人のご婦人方は、庭園の美しさに惹かれて外にでる（iv）。美しい庭にて（v）、愛について議論することをジズモンドが提案する（vi）。ペロッティーノ（vii）とラヴィネッロも承知して（viii）、まずはペロッティーノが語る。

愛は神々が生んだ神ではなく、好色と閑暇から生まれて人間の愚かな精神によって育てられるものである。愛の報酬は苦しみである。〈愛〉（Amore）はにがい苦しみ（amaro）であるから、人はにがい苦しみなしに愛することはできないし、愛のせい以外にはいかなるにがい苦しみに苦しめられることもない（ix）。ベレニーチェが質問し、ペロッティーノが答える。人間には魂の禍福、運命の禍福、肉体の禍福の三つがある。人が無知・貧困・病気といった三つの不幸に苦しむのは、その反対物を愛しているからにほかならない（x）。ジズモンドが質問し、ペロッティーノが答える。愛は火であり狂気であり、あらゆる書物が不幸な恋人たちの物語で満ちあふれている（xi）。リーザが質問し、ペロッティーノが答える。悪の権化である愛が神格化されているのは、その猛威を表現するための詩人たちのフィクションにすぎない（xii）。ここでペロッティーノは第一の歌（心臓を失いながら生きる奇蹟）を歌う（xiii）。愛する者たちは、二つの正反対の感情に翻弄されるがゆえに不幸きわまりない（xiv）。ペロッティーノは第二の歌（死にながら生きる奇蹟）を歌う（xv）。重ねて、第三の歌（二つの生を死に、二つの死を生きる奇蹟）を歌う（xvi）。愛する者は自分が世界一不幸であることを自慢に思うものだが、むしろ愛のせいで不幸にならないほうが異常である（xvii）。ペロッティーノは愛の図像について簡単に触れたあと、第四の歌（無慈悲な射手としての愛）を歌う（xviii）。

ここでジズモンドが、ペロッティーノの議論が長引くことにたいして懸念を示す。ジズモンドのためには翌日あらためて時間をとることで皆が合意する（xix）。

ペロッティーノは、真の結論こそが重要だと前置きしながら、議論を再開する。人は欲するものを所有していないとき、すなわち完全に楽しむことが不可能なときに苦痛を感ずる（xx）。魂の苦痛（心の乱れ）とは、過度の欲望、過度の喜び、未来の悲惨に対する過度の恐怖、現在の悲惨における過度の苦しみの四つである。第一に、欲望はほかのすべての苦痛の原因である。欲望に駆りたてられるあまり近親相姦におちいることもある（xxi）。欲望は多様で数かぎりないので、苦痛も多様で数かぎりない。はなはだしきは道ならぬ恋のために正式な伴侶の死をはかるまでになる（xxii）。欲望が大きければ喜びも大きくなる。過度な喜びのせいで社会人としての責務を忘れ、しかも不幸を不幸と認識できないのは不幸である。愛の幸せは大きければ大きいほど、それを失ったときの痛手も大きい（xxiii）。ペロッティーノは第五の歌（かつての愛の幸せにたいする嘆き）を歌う（xxiv）。大きな幸せをなくしたせいで、落胆して命を落とす人もいる（xxv）。愛する者はいつも貴婦人の心変わりに怯え、未来への恐怖に苦しむ。あるいは、道ならぬ恋を邪魔だてする者を抹殺しようとたくらむ（xxvi）。欲望から生ずる最後の苦痛は、現在の状況における苦しみである。欲望の大小に応じて苦しみにも大小があるが、愛する者は過度に苦しんでむやみに孤独にひたる。ここでペロッティーノは第六の歌（孤独な小鳥に呼びかけながら、わが身の不幸をかこつ）を歌う（xxvii）。

四つの苦痛の議論が終わったところで、ペロッティーノは思いつくままに話す。貴婦人の仕草、涙、病気をきっかけとして始まるのだから、愛の発端は珍奇である。噂に恋いこがれることすらもある（xxviii）。希望のないときでも欲望はなくならないし、心の悲しみを押し殺して楽しいふりをしなければならないのは、なお辛い（xxix）。相手の貴婦人がどのような性格であろうとも苦しみは尽きないし、愛する者には次々と悲しい出来事がふりかかる。女性は愛の攻撃には弱いけれども、だからこそ慎重で用心深いのであろう（xxx）。愛は病気であり、若者にも老人にも害をおよぼす。恋人同士の仲違い、恋のぶりかえし、失われた恋、生き別れと、辛いことばかりである（xxxi）。ここでペロッティーノは第七の歌（自分自身を見失って孤独な境涯を求める苦しみ）を歌う（xxxii）。続けて、第八の歌（孤独の境涯にあっても癒やされない苦しみ）を歌う（xxxiii）。生きとし生けるものにはみな安らぎのひとときが保証されているが、愛する者たちには昼も夜も心休まる暇はない（xxxiv）。愛の犠牲になるときには、身分の上下は関係がない。ここでペロッティーノは、〈愛〉に直接呼びかけて、自らの窮状を訴える（xxxv）。

ペロッティーノの議論は、貴婦人からの最後の贈りものである唐絹で涙をぬぐうところ終わる。三人のご婦人方は宮殿に戻り、三人の紳士たちはペロッティーノを慰めながら野山を散策する（xxxvi）。

第二書

人間は霊魂と肉体の二つから造られているが、たいていの人は肉体は大事にするものの魂は顧みない。人は魂のためにもっと心配りをする必要があるし、〈愛〉はとくに重要な問題である。次の日も六人は庭園にやってきた（i）。

ジズモンドはまず、昨日のペロッティーノの涙に難癖をつけ、議論がいんちきだから涙で誤魔化したのだと非難する（ii）。愛は良きものである。憎しみから甘い幸せ（dolcezza）がでてくると言えば嘘になるように、愛からにがい苦しみがでてくるというのも嘘である。二つの禍福についても、不幸の原因となるのは愛ではなく、運命の変転である。〈愛〉（Amore）と苦い（amaro）が同じであるなら、女子《おなご》／ご婦人方（Donne）と業《ごう》／損害（Danno）も同じということになってしまう（iii）。ここでサビネッタが、若いご婦人方（Giovane）は可愛《かわい》い／役に立ちます（Giovano）と駄洒落で応酬し、みんなでふざけあう（iv）。

ジズモンドは本論に戻る。人はにがい苦しみなしに愛することはできないというのも誤りである（v）。ジズモンドは、その証拠として第一の歌（甘美な愛）を歌う。歌が短すぎるという苦情を受けて、第二の歌（幸せをもたらした愛への感謝）を歌う（vi）。不幸な人はペンに想いを託すから愛の不幸を嘆く詩歌の数は多いが、それは幸福な愛が存在しないことの証拠にはならない（vii）。愛する者たちは珍奇な話をでっちあげる気ままな特権をほしいままにし、ありもしない奇蹟を書きなぐる。その例として、第三の歌（貴婦人がもたらすエメラルドの奇蹟、ゼピュロスの奇蹟、ヘリオトロープの奇蹟の歌）を披露する（viii）。心臓を失っても不幸になるとはかぎらない。その例として第四の歌（貴婦人と心臓をとりかえた幸せ）を披露する（ix）。他者を愛することが苦痛の原因となるのであれば、愛のない人生を送るのが賢明であろう。しかし、人に愛が具わっているのは自然（神）のとりはからいなのだから、愛を恨むのではなく、愛を甘くしてくれなかった自然を恨む方が筋が通っている。また、神への愛から苦しみがでてくることはない。要するに、他者への愛が苦痛の原因であるとは言えない（x）。それどころか、愛する者同士は一心同体なのだから、恋人を愛するのは他者を愛することにはならない。自然（神）は、男性と女性を、互いに協力しあうものとして創った（xi）。伴侶や恋人を愛するのは、自分自身を愛するのと同じなのだから、愛から苦しみがでてくることはない（xii）。

ところで、古代の哲学者たちによれば、魂には理性的な部分と非理性的な部分の二つがある。感情は、欲望、陽気さ、不安、苦しみの四つがある。欲望、陽気さ、不安の三つは、理性的であれば良いものであるが、非理性的であれば悪いものである。苦しみは常に悪いものである。愛は自然によって人間に授けられた感情であるから、理性的であり、その帰結として良いものである（xiii）。

ラヴィネッロが質問し、ジズモンドが答える。ダフネは愛を拒んで月桂樹になったとされるが、その月桂樹とて大地と愛しあっているのである（xiv）。

　愛は自然的な感情であり、ペロッティーノが愛と見まちがえたものは愛ではなくて狂気である。希望のないものを愛するのは、理性的なことではないからである（xv）。ジズモンドは第五の歌（貴婦人の淑やかさについての讃歌）を歌う（xvi）。みんなが不幸になるように誘いこむペロッティーノは誤っている（xvii）。

　突如、二羽の白い鳩が舞い降りる。一羽は鷲に攫われ、ご婦人方の同情を買う（xviii）。リーザが鳩の事件を受けて、愛と苦しみが同居することもあると反論する。ジズモンドは、苦痛と混同される愛は非自然的であり真の愛ではないという結論を再確認してから、頑固なリーザをじゃじゃ馬に譬えて黙らせる（xviii）。

　愛は、ほかのすべてのものの起源であるから、ほかのなににもまして欠かすことのできないものである。そもそも、愛がなければ生命は誕生できない（xix）。愛は第二の生命（よりよい暮らし）、つまり文化をもたらす（xx）。

　ベレニーチェがリーザにかわって、愛がすべてのものの原因であるなら、悪の原因でもあるはずだと質問する。ジズモンドが答える。悪の原因とは、愛ではなく、乱れきった非自然的な欲望である（xxi）。

　さらにジズモンドは愛の喜びを列挙する。愛の喜びの第一は、目の喜びである。愛する者は視覚が鋭敏になり、えもいわれぬ喜びを楽しむ。ジズモンドは美女を眺める喜びを語る。美女の描写が頭頂から始まって胸まで下りてきたところで、一同の目はサビネッタの美しい胸に吸いこまれる。ベレニーチェがジズモンドをたしなめる（xxii）。愛する者の目には、貴婦人のどんな仕草も、立居振舞いも、いとおしい（xxiii）。貴婦人の涙を見ることさえ、喜ばしい。三人の女性たちはジズモンドの議論が極端に走りそうになっているので警戒するが、ジズモンドはサビネッタの超人的な記憶力を揶揄してから、自らの体験談（恋人をわざと泣かせて喜んだこと）を語る。非難がましい感想を述べるベレニーチェを、ジズモンドは鵞鳥に喩えて黙らせる（xxiv）。第二は耳の喜びである。恋人が言葉を交わしたり歌を聴いたりするときは幸せである（xxv）。不幸なときでも、貴婦人の声を聞けば苦しみは吹きとぶ。触覚、嗅覚、味覚の喜びについては、あえて触れないことにする(xxvi)。第三に、人間には動物とはちがって思考がある。現在だけではなく、過去や未来、空間的に遠いところにまでいくことができる思考は、人間を超えた神聖な性質のものに近い。思考を正しく働かせるならば、汲めども尽きせぬ愛の喜びがもたらされる(xxvii)。ジズモンドは第六の歌(自然の風物に語りかけ、ともに貴婦人の想い出にひたる)を歌う(xxviii)。野山にあっても都市にあっても、なにもかもが貴婦人を思いだすよすがとなる。ジズモンドは貴婦人からもらった指輪をみなに披露する。何人も思考による愛の幸せを阻むことはできない(xxix)。視覚、聴覚、思考は、三つが一緒になればさらに大きな喜びをもたらす。触覚、嗅覚、味覚の喜びについては論じないけれども、花婿は遠慮なさらぬがよい(xxx)。愛のない人は愚鈍で頓馬な生き方しかできないが、愛する者は貴婦人に気に入ってもらうために身なりや身のこなしを洗練させ、武芸や文芸を習得してひとかどの人物となる。例として、チモーネを見よ(xxxi)。愛の甘美さは多種多様である(xxxii)。愛する者たちは遠く離れていても共鳴する。ジズモンドは延々と愛を讃え続ける(xxxiii)。

このとき祝宴の喇叭の音楽が聞こえてきたので、六人は明日のことを相談しながら宮殿に戻る。三人のご婦人方は踊りに加わる(xxxiv)。

第三書

愛の真理は簡単に判定がつくと思いきや、ペロッティーノとジズモンドの二人はそれぞれ正反対のもっともらしい議論を展開した。古代の哲学者が懐疑論におちいったのもむりはない。しかし、自然が奥深くに隠した真理を人は忍耐強く探究しなければならない。魂の向上のための探求には、男女の別はない(i)。

ところで、三人のご婦人方が議論のために庭にでていることを、女王がお聞きおよびになる。晩餐のあと、女王はベレニーチェらに庭の感想を尋ねる。夕暮れまぎわに、宮廷のご婦人方はそろって庭にでる。女王は、翌日の議論には臨席するとベレニーチェに申し渡す。寝室に戻ったあと、三人のご婦人方は三人の紳士たちを呼びつけ、女王のご意向を伝える（ii）。

三日目、昼食のあと、六人の男女は庭にでる。女王も宮廷の紳士淑女をともなって同行する。ラヴィネッロは、まずは女王に丁重な謝辞を述べてから（iii）、ご説明を始める。

先日の二人の議論は、ペロッティーノもジズモンドもいずれも極端に走っている。愛は悪である、または愛は善であると一方的に断定するのは誤りである。実際には愛は良くも悪くもなりうる（iv）。愛と欲望とは同じものである。愛と欲望は、自然的なものと意志によるものに二分される。生命や知性や子孫への愛およびそれらへの欲望は自然なものであり、万人に共通である。意志による愛と欲望は各人各様である。いずれの欲望も神から授けられたものであるが、人間にはとくに、より偉大な目的をめざすために理性が与えられたので、意志による愛が存する。意志による愛は、人間の意志によって良くも悪くもなる（v）。ただし、ラヴィネッロはジズモンドの説く良き愛には賛成しない。良き愛とは美への欲望である。美とは、身体的な比例（proportione）と、心身の各要素の均衡（conuenenza）と、魂と美徳の調和（harmonia）という、複数の要素から生ずる神々しさである。美は肉体と魂の双方にやどる付帯性（accidente）であるから、良き愛は肉体の美だけでなく魂の美を対象とする。魂の美を感知する聴覚、肉体の美を感知する視覚、それらに思いをいたすことのできる思考の三つが、良き愛への導きとなる。嗅覚や触覚や味覚は美を感知することはできないし、そうした感覚を用いて追求する愛は悪い愛である（vi）。

ここで女王が歌をご所望になる（vii）。ラヴィネッロは、第一の歌（視覚と聴覚と思考による良き愛の始まり）を披露する（viii）。女王がなおも歌をご所望になったので、ラヴィネッロは第二の歌（いかなる運命にも動じない良き愛の喜び）、続けて第三の歌（良き愛は天上的な生へと上昇する）を歌う（ix／x）。

先日の二人の議論に反論するには以上で充分であるが、ラヴィネッロは女王にお聞かせするために、今朝方、裏手の山で出会った老隠者の話を披露する（xi）。隠者は、三日間の議論の経緯を夢のお告げで熟知していた（xii）。

老師とラヴィネッロの問答がみなに報告される。愛において悪しき対象や悪しき目的を追う者は、理性を捨てて感覚に従っている（xiii）。人はせっかく自然から与えられた自由意志（arbitrio）を、動物に成りさがるためにではなく、自らを高め神々のレヴェルに上昇するために用いなければならない。神は、人が現世的な愛に溺れたままにならないように、太陽や月や星を示して魂に呼びかけておられる（xiv）。地上の美しいものは、完璧ではないうえに、はかない。若いころの愛を病気に喩えるなら、愛に煩わされない老年は健康に喩えられる（xv）。愛とは美への欲望ではなく、真の美への欲望である。真の美は神聖で不死である。現世的な美は永遠の神聖なる美の似姿ではあるが、不死なる魂はそれに満足できない。人は現世での生という眠りにおいても真の美を追求しなければならない。老師は幸多き島々の女王の寓話を紹介する（xvi）。女王は、人々から愛されることを望み、人々の夢を読みとって彼らの愛に審判を下す。狩の夢や仕事の夢ばかり見ていた者は体よく追い払われ、女王の夢を見た者だけが宮廷で歓待される。老師はラヴィネッロが宮殿に帰りたがっていないことをたしかめて、話を続ける（xvii）。五官に基礎を置く欲望は良きものではない。そのようなものを持続させるために思考を使うのは本末転倒であり、人は魂を神に向けなければならない。天界も地上も神の賢慮で満たされているのだから、人はちっぽけな地上の生に囚われずに、四大元素や天界に思いをいたさなければならない（xviii）。さらに、感覚的でも物質的でもない純粋なる世界（イデア界／理想世界）にも魂の目を向けるがよい。そこには天地のすべてのものがそろっていて、なにもかもが最良の状態にある。地上の生は、その影でしかない（xix）。人は神を直接見ることはできないが、被造物を見て神の偉大さを知ることならばできる。神の愛は無限であり、神を愛する者は誰でも完全なる満足をえることができる（xx）。それにひきかえ、地上での愛は戦乱の原因にもなる。天上に心を向け神を愛する者ならば貧困・追放・投獄の憂き目にあっても苦しむことはなく、現世の生に執着することもない。人の魂は肉体という牢獄を抜けだすとき、己の愛だけを携えて神の前にまかりでる。愛が地上的な美に向けられている者は、愛によって苦しめられる。愛が天上的な美に向けられている者は、愛のおかげで喜びを享受できる。人が永遠に享受できるものは良き愛であり、人を永遠の苦しみにおとしいれるものは邪悪な愛である。老師はここまで語るとラヴィネッロを帰らせた。

ラヴィネッロがこのことを報告したところで、本作品は終了となる（xxi）。

9　苦節八年――『アーゾロの談論』初版の出版まで

『アーゾロの談論』初版は、一五〇五年、ベンボ三四歳の春にようやく出版された。前作『エトナ山旅行記』から一〇年近いブランクを経てのことである。ヴェネツィア領内における一〇年間の独占出版販売権が政府から認可されたのは、一五〇五年三月一七日。このときの政府担当委員は、フランチェスコ・バルバディーコ、マルコ・デ・モリーノ、ニコロ・フォスカリ、アンドレア・グリッティの四人。一五〇五年四月には市場に出回った。翌年のウルビーノ移住にさいして、良い布石になった。

この談論の執筆開始時期は一四九七年頃と推定されている。

一六世紀末のアントニオ・コルベルタルド・ダ・アーゾロの『カテリーナ・コルナーロ小伝』によると、カテリーナの侍女が一四九一年に結婚した。これにもとづいて『アーゾロの談論』の執筆時期を一四九一年とする説がある。別の伝承では同じ結婚式が一四九五年とされている。デッラ・カーサの『ベンボ伝』を真に受けるならば、この談論は一四九六年に完成した。いずれも誤りである。

『アーゾロの談論』ではジズモンドの年齢は二六歳となっている。これが著者ベンボの年齢を反映すると仮定するなら、執筆開始時期を一四九六年五月から一四九七年五月までのいずれかの時点と推定できる。ただしこの年代は、著者がそう印象づけたい仮構かもしれない。

現存するベンボの書簡のなかで『アーゾロの談論』にはじめて言及したのは、一四九七年一二月一一日付のトリフォン・ガブリエーレ宛の手紙である。この手紙では、『アーゾロの談論』は親友にとって既知のものとして話題にでている。次に話題になる一四九八年二月二日付のトリフォン宛の手紙では、『アーゾロの談論』は眠っていると言われている。それから一〇カ月も経った一四九八年一二月三日の、今度はアンジェロ・ガブリエーレ宛の手紙でも、例の作品は半分しか終わっていないとこぼしている。一四九九年三月一日付のトリフォン宛の手紙でも、『アーゾロの談論』は眠っていたと述べられている。

晩年のベンボは、死後の出版を見越して書簡集を編纂していた。現存する書簡のかなりの部分は、一種の文学作品として再構築されていると見なければならない。だがとりあえず、上記の手紙に書かれている日付や内容を信用するならば、『アーゾロの談論』は、父ベルナルドがフェッラーラ副総督を務めていた時期、あるいはその直前に書き始められたと思われる。執筆はなかなかはかどらなかったし、この作品のことはトリフォンとアンジェロ以外の友人にも隠していた。

『アーゾロの談論』には、三種類の自筆稿が伝わっている。ディレンミ校訂版に換算してたった九行の断片「自筆稿C」（ヴァティカン教皇図書館、キジ L.VIII.304 写本）、初版の印刷時に利用されたと推定される断片集「自筆稿M」（ヴェネツィア、マルチャーナ国立図書館、イタリアーノ Cl. XI.25 写本）、まとまった分量のある「自筆稿Q」（ヴェネツィア、クエリーニ・スタンパリア図書館、Cl. VI.4 写本）。いずれも初版以前の段階のものであるが、「自筆稿Q」が最も重要である。「自筆稿Q」の『アーゾロの談論』は第一書に相当する部分のみを浄書したものである。著者自身の手になる推敲の跡が見られる。この段階では、作品は逸名のマドンナに捧げられており、議論の導入となる詩は二編、全体の詩の数も一七編（初版の第一書では一一編）である。いずれものちに公刊されたヴァージョンとは大幅に異なっている。ピエトロは一四九二年から九七年頃に書きためていた詩のうちの五編を「自筆稿Q」にとりいれたが、初版では五つすべてが不採用となった。「自筆稿Q」の一七編のうち、そのまま初版に残された詩は四編だけである。これら以外にも、対話に参加する六人が庭に降りたったあとになってジズモンドが二人の乙女たちの歌を思い返して暗唱するなど、「自筆稿Q」の構成にはぎこちなさが目立つ。

想像するに、父ベルナルドが副総督を務めていたころにフェッラーラまたはヴィッラ・ベルリグアルドで書かれていたのは、「自筆稿Q」よりも古い段階の草稿であろう。逸名のマドンナをピエトロの最初の恋人“M. G.”とする説もあるが、これを裏づける史料はない。

ヴェネツィアに帰国後、とりわけマリア・サヴォルニャンとの恋愛に燃えていた時期には、『アーゾロの談論』は（なぜか）すらすらとはかどった。逸名のマドンナに捧げられ、プレ・サヴォルニャンとも称される「自筆稿Q」にも、マリアとの文通に特徴的な「対等に」（di pari）というキーワードがちりばめられている。「自筆稿Q」におけるソネット「寂しき小鳥よ」の箇所の浄書は、一五〇〇年六月三〇年以前に終わっていたにちがいない。この日、ピエトロは、このソネットをカンツォーネに拡張したヴァージョンをマリアに送っているからである（カンツォーネ「寂しき小鳥よ」は初版の第一書の［xxvii］に掲載されている）。

第二書の執筆はマリアとの恋愛と並行していたらしい。第二書にはマリアのセニャール（貴婦人の隠喩となる詩語）である「根っこ」（radice）という単語が見られるし、「私は愛するだろう」（amaria）つまり「マリアのために」（a Maria）という掛詞も使われている（いずれもviii）。マリアはいつもピエトロの本を読むのを楽しみにしていた。一五〇〇年七月三一日付のマリアからベンボ宛の手紙は、『アーゾロの談論』が仕上がっていなかったことを暗示している。約半年後、一五〇一年一月四日付の手紙とともにピエトロからマリアに送られた「三姉妹」は、第三書のラヴィネッロの三つのカンツォーネに相当する。この箇所については散文の執筆と詩の執筆が同時に進行していたらしい。

そののち、『俗語詩集』の刊行、フェッラーラに転居したマリアとの別れ、『三行韻詩』の刊行と忙しかったが、一五〇二年一二月には『アーゾロの談論』は、第一書（ペロッティーノ）、第二書（ジズモンド）、第三書（ラヴィネッロ）の三分冊に製本されて、友人たちに回読にだされていた。この時点での「ペロッティーノ」は、「自筆稿Q」よりも新しい段階のものだったかもしれない。オステッラートに居候していたベンボは、ヴェネツィアでの原稿の管理を弟カルロに任せた。ヴェネツィアでは、トリフォン・ガブリエーレ、ピエル・コルボリ（この人物については未詳）、ヴィンツェンツォ・クイリーニの批評を仰いだ。エルコレ・ストロッツィにも見てもらった。一五〇三年六月三日には第一書をルクレツィア・ボルジャに送る。七月二四日付のベンボの書簡によれば、ルドヴィーコ・アリオストが『アーゾロの談論』を褒める手紙をベンボに書いてきたという。

一五〇三年末に弟カルロが急死したため、出版に向けての動きは停滞した。父の意向を汲んだベンボは、政界に進出しようと忙しくしていたし、軟派な恋愛論の作者ともなれば公職の就任に不利と危惧された。一五〇四年九月二二日のルクレツィア宛の手紙によれば、早く出版するようにとエルコレ・ストロッツィから度々急かされていた。彼はブレッシャ旅行の帰途、一〇月八日には出版の意志を固めていた。

こうして、ようやく一五〇五年三月に『アーゾロの談論』は上梓された。作品の完成時期を早く見せかけるため、一五〇四年八月一日付の献辞を書き下ろした。ローマ大使である父に随行するピエトロは、一五〇五年四月九日にヴェネツィアを出立し、献辞の宛先人であるフェッラーラ公妃ルクレツィアに羊皮紙版を献上した。数日後には普通紙版をサンナザーロに贈った。

『アーゾロの談論』初版は、早くも一五〇五年七月にはフィレンツェでフィリッポ・ディ・ジュンタによって再現された。一〇年の版権が切れた一五一五年には、ヴェネツィアではパガニーノ版とアルド版が出版され、フィレンツェではフィリッポ・ディ・ジュンタによって再版された。さらに、一五一六年（ボローニャ）、一五一七年（ミラノ）、一五二二年（ヴェネツィア）、一五二五年（ヴェネツィア）に刊行された。

10　「みんなが知っているアゾラーニ」（第三版）——化石か剥製か

ベンボは一五三〇年、齢六〇歳にしてヴェネツィアのダ・サッビオから『アーゾロの談論』改訂版（第二版）を出した。このときは、教皇、ヴェネツィア政府、ミラノ公、フェッラーラ公、フィレンツェ共和国から独占出版販売権を取得した。若書きの談論は、『俗語論』の著者の作品にふさわしくなるように書き換えられた。言語的な修正も重要ではあるが、そのような差異は翻訳の過程で大部分が捨象されてしまう。ここでは作品の構成にかかわりのある大きな変更点に簡単に言及しておこう。

第一書では、初版に掲載されていた詩の中から三編が削除された。ペロッティーノ第一の歌「信じられない　一大事」（xiii）、第四の歌「どうせいずれ　死ぬ私に」（xviii）、第六の歌「寂しき小鳥よ」（xxvii）である。詩の削除にともなって、前後の散文も順序を入れかえて再構成された（とくにxiiiからxvi）。ペロッティーノを論駁する第二書のジズモンドの発言も、修正された第一書と辻褄が合うように直されている。

第二書からは、一編の詩が削除されている。「マドンナが〈愛〉のおかげでどのようなお姿になられるか」（viii）である。散文でも「涙のエピソード」（xxiv）が大きく削除されたほか、「指輪のエピソード」（xxix）や「チモーネの逸話」（xxxi）も削除された。

第三書では、老師の議論の初めのところ（xiii）に、「愛と欲望とは別物である」という趣旨の但し書きが加筆されている。

これらの一連の変更によって、一五世紀的ないわゆる宮廷風抒情詩の残り香がとりのぞかれた。また、もともと少なかった自伝的（体験談的）要素が徹底的に排除された。第二版は、一五三九年（出版地不明）、一五四〇年（出版地不明）、一五四〇年（ヴェネツィア）、一五四四年（ヴェネツィア）、一五四六年（ヴェネツィア）で再版された。

晩年のベンボは、枢機卿に抜擢されたため出版活動を自粛していたが、著書の改訂には余念がなかった。ベンボの没後に遺稿を預かっていたグァルテルッツィの観察によれば、『アーゾロの談論』も、（第二版の）刊本に対して一五〇箇所以上の修正が施されていたという。いずれも、細かな推敲や言語的訂正であり、作品全体の構成は第二版と修正稿との差はない。一五五三年にヴェネツィアのグァルテーロ・スコットから出版された死後の版（第三版）は、故人の最終的な意志を反映したテクストとして認識され、決定版としての揺るぎない地位を保った。決定版は、一五五四年、一五五八年、一五六〇年、一五七一年、一五七二年、一五七三年、一五七五年（ジョリート）、一五七五年（ヴィダーリ）、一五八四年、一五八六年に、それぞれヴェネツィアで再版された。

一七世紀には、一六〇七年（ヴェネツィア）のたった一回だけ刊行された。一八世紀には、一七二九年（ヘルツハウザー版ベンボ全集）、一七四三年、一七四六年、一七四九年（ミラノ）、一七六〇年、一七八五年に、たいていはヴェネツィアで刊行された。ほとんどの版が決定版に拠っている中で、第二版に依拠するヘルツハウザー版は特異的である。一九世紀には、一八〇八年にミラノのイタリア古典作家協会出版から刊行された。この版は決定版の系列のテクストとヘルツハウザー版のテクストを混合した、褒められたものではない状態を呈している。一八〇八年版は一八八〇年にも再版された。

一九世紀の混乱は、二〇世紀に入って、カルロ・ディオニゾッティ・カサローネの校訂版（一九三二年、UTET）によって収拾がつけられた。ディオニゾッティは、一九六〇年と一九六六年にも、決定版に基づく校訂版を出した。これとは別個に、マリオ・マルティも一九六一年（サンソーニ社）に校訂版を出している。一九七八年にはマリオ・ポッツィによる抄録も出ている。

マルティは、決定版の信頼性について、改めて検証した。『アーゾロの談論』決定版（一五五三年）を、『リーメ（詩集）』第二版（一五三五年）、『リーメ（詩集）』第三版（一五四八年、ドリコ版）、『俗語論』第三版（一五四九年）、その他の書簡などの自筆稿と仔細に比較検討した。その結果、『アーゾロの談論』第三版にはまちがいなく故人の遺志が反映されていることが文献学的に立証された。

以上のような経緯で、後世の読者は、一五五三年から実に四〇〇年以上にわたって、『アーゾロの談論』を決定版の系列のテクストで読んできた。いわゆる「みんなが知っているアゾラーニ」（Gli Asolani che tutti noi conosciamo）である。第二版の系列のテクストも、作品の構成にほとんど差がないという意味では「みんなが知っているアゾラーニ」の亜種である。広く流布しているという歴史的事実は、まことにあなどりがたい。原著者の最終的な意志を体現したテクストを選ぶのも、ひとつの見識である。ただし、老大家の最終的な意志は、旬の時期における作品の新鮮味を再現することには向けられていなかった。

「みんなが知っているアゾラーニ」のいちばんの特徴は、「おもしろくない」ということである。ベンボには、言語論争を終結に導いた大文学者として、言語面でも内容面でも後ろ指をさされるところのない立派な作品として『アーゾロの談論』を後世に残す務めがあった。決定版は、枢機卿の遺作として永遠に生きることを運命づけられた化石のようなもの、せいぜいが剥製である。なるほど、『アーゾロの談論』であるにちがいないが、もはや生まれたときの新鮮さ、みずみずしさはない。決定版（またはそれに基づく版）で読んだ読者ならば、「ベンボなんか放っておこう」というモンテーニュの言葉に、すんなりと同意するだろう。

「みんなの知っているアゾラーニ」における女性の役割についての批評にかぎってみても、目も当てられないような酷評が多い。ヌッチョ・オルディネによれば、『アーゾロの談論』のベレニーチェは、仲間全員から敬称“voi”で呼ばれる唯一の人物であるにもかかわらず（つまり、グループ全体の主導権を握っているにもかかわらず）、聞き手としての受け身の役割にしがみついている。第三書冒頭で宣言されている「女性にやさしい」立場も、眉唾ものである（一九九〇年）。ラウラ・フォルティーニによれば、『アーゾロの談論』の女性たちは声をもっていないし、彼女たちは話す主体ではない。三人の女性は対話のお飾りであり、庭園と同じ舞台背景であり、意味のないまやかしの主人公である。彼女たちは黙ってばかりで、自分の感情や人生について語ることはない。女性は愛の書における対象物でしかない（一九八四年）。

ところが、一九九一年にディレンミによる校訂版が出現したことによって、『アーゾロの談論』の評価は一転した。ディレンミ版には、「自筆稿Q」と初版と決定版の三種類のテクストが収録されている。初版のテクストを目の当たりにした研究者たちは、それまで読みつがれてきた「みんなが知っているアゾラーニ」は『アーゾロの談論』の出涸らしだったことを悟ったのである。

『アーゾロの談論』は、初版ならばおもしろい。一例を挙げると、第二書ではジズモンドが楽しそうに議論を展開する。彼は、わずらわしい質問を投げかける女性たちを、リーザをじゃじゃ馬に、ベレニーチェを鵞鳥に、サビネッタを「不幸な運命より怖い女」(訳文では鸚鵡)に喩えることによって次々と黙らせる(xviii/xxiv)。実に鮮やかである。しかし、第二版、第三版では「涙のエピソード」(xxiv)の削除にともなってサビネッタとの応酬も削除されたために、サビネッタは全編を通してほとんど発言することのない、身体をじろじろ見られる(第二書のxxii)だけの沈黙の女に変わってしまった。一事が万事、決定版で読んだ批評家たちがこの作品の女性たちの存在感の希薄さを非難したくなるのも当然のなりゆきである。

このような事情から、『アーゾロの談論』における女性についての論評は、ディレンミ版以後は、概して好意的なものに変わってきている。たとえば、アントニエッタ・アッチャーニによれば、『アーゾロの談論』の女性たちは、愛についての真理を探究する主体である。彼女たちは有名人ではないし、実在の人物に比定できるわけでもない。また、参加者たちのいずれとも恋愛関係にはない。これらの特徴は、真理を探究する人々としてふさわしい。この作品においては沈黙も、「そこに居る」ということの在り方であり、かつ、真理を探究することのひとつの在り方である(一九九四年)。クラウディア・ベッラが指摘するように、対話の進行を牛耳っているのは、実は女性たちなのである(一九九六年)。

いささかくどくなるが、敷衍しておこう。たとえば『宮廷人』のように、登場人物が有名人だったり実在の人物をあからさまにモデルにしているような場合は、その人柄や発言内容については、世間一般に了解されている彼らの人物像に見合った書き方をしなければならない。無名の、または架空の人物であれば、そのような制約を受けなくてすむ。また、登場する女性(たち)が参加者のいずれかと夫婦関係にあるならば、話し手も聞き手も、互いに痛いところをつくような単刀直入な議論ははばかられるだろう。恋愛関係にあるとしても、歯に衣を着せぬような議論はできないだろう。さらに、男性の誰かが女性の誰かに片思いしているような場合は、愛の真理について客観的に考察することは不可能となり、話し手は哲学的な議論を装いながら聞き手の気持をなびかせるように誘導的な話のもっていき方をするにちがいない。アレッサンドロ・ピッコローミニの『ラファエッラ』が好例であり、老婦人が若い既婚婦人にもっともらしい恋愛論を説きつけるが、その実、老婆は女衒として彼女を操作しようとたくらんでいる。沈黙と、そこに居ることと、真理の探究の三点セットについては、現代の学会やシンポジウムを想像していただきたい。聴衆は学知を深めるために出席する（そこに居る）わけだが、出席者が黙って聴講しているだけであっても、それは無知や無教養の証拠ではないし、主体性の欠如の顕われでもない。同じように、『アーゾロの談論』の女性たちの口数が少ないとしても、無知や主体性の欠如の顕われではない。彼女たちはたびたび核心をついた質問を話し手たちにぶつけているのだから、なおさらである。

おもしろいかどうかという主観的な判断はさておき、『アーゾロの談論』を一六世紀前半のイタリア文化の中に位置づけながら読むつもりなら、初版で見なければ意味をなさない。『宮廷人』（一五二八年）のカスティリオーネも、『愛の本性についての書』（一五二五年）のマリオ・エクイコラも、『レ・セルヴェッテ』（一五一三年）のニッコロ・リブルニオも、手にしていたのは初版（一五〇五年）のテクストだった。彼らは「みんなが知っているアゾラーニ」は影も形も見たことがなかった。レオーネ・エブレオ（一五二三年以後に没）の『愛の対話』（一五三五年）とベンボの相互の影響関係を云々するなら、『アーゾロの談論』は初版と第二版を見比べる必要があるだろう。ベンボの文法論を研究するなら、初版と第二版と第三版のすべてを比較しなければならない。美術史の方面に目を転ずるならば、ジョルジョーネ（一五一〇年没）やラファエッロ（一五二〇年没）の絵画とベンボのさまざまな作品とのかかわりの有無を論ずるような場合、「みんなの知っているアゾラーニ」に頼るのは、時代錯誤である。

なお、『アーゾロの談論』はほかの西欧の言語にも翻訳されている。フランスではマルタンによる翻訳（一五四五年）が出版され、一六世紀中は何度も再版された。二〇世紀にはゴットフリードによる英語訳、ルンプフによるドイツ語訳が出ている。一五五一年にサラマンカで出版されたスペイン語（カスティーリャ語）訳は杳として行方が知れなかったが、一九九〇年に対訳の体裁で校訂版が出版された。スペイン語訳の興味深い点は、一五五一年という年代にあってなお一五〇五年の初版（またはその系列）を底本としていることである。

11　文学の後進国ヴェネツィア――フィレンツェの文学を素直に受容

『アーゾロの談論』自体はイタリア語で書かれている。一六世紀初頭には「イタリア語」という名称は存在しなかった（「イタリア語」という名称はトリッシノ以後のもの）。ベンボの使用した言語は「俗語」（volgare）と呼ばれる。「俗語」とは、広義には、民衆が日常の生活で用いるような俗ラテン語から発達したロマンス諸語のことであり、古典ラテン語に対立する概念である。ただし、「俗」語とはいえ、局地的にしか通用しない土俗の俚言を指すことはまれである。むしろ、広域的に共有される洗練された文学の言語という意味で使われるのが通例である。

ベンボは中世のプロヴァンス文学にも関心をいだいていたが、イタリア語とは異なることが明らかな古プロヴァンス語も、やはり「俗語」と呼ばれた。中世には、ゲルマン人の影響が強い北フランスと、ゲルマン人の影響をあまり受けなかった南フランスは、別々の文化圏を形成していた。交通の不便な時代のこととて、南フランスでもさまざまな方言が話されていたはずであるが、西暦一〇〇〇年頃に南フランスの伝存する最初の文学作品が記録されたときには、古プロヴァンス語はすでに方言的差異の少ない洗練された共通語として完成された姿になっていた。以後二〇〇年にわたって南仏文学の全盛時代が続く。

トゥルバドゥール（詩人）たちの活躍の場は、封建領主が割拠する細分化された国境にも、いわんや現代の国民国家の国境にも制約されることはなかった。イベリア半島のカタルーニャ地方からは、ギリェム・デ・ベルゲダン、ギリェム・デ・カベスターニュ、チェルヴェーリ・デ・ジロナ、ライモン・ヴィダルのような詩人が出ている。カタルーニャ地方はトゥルバドゥールたちの文学とあまりにも縁《ゆかり》が深かったために、カタルーニャ語はガロ・ロマンス語かイベロ・ロマンス語かどちらの系統に属するのかが問題になるほどである。

イタリア出身のトゥルバドゥールも多かった。ペイレ・デ・ラ・カヴァラーナ、ジェノヴァ商人の息子フォルケット・ディ・マルシリア、ボローニャ出身のランベルティーノ・ブヴァレッリ、ジェノヴァ出身のランフランコ・チガーラ、ペルチヴァッレ・ドーリア、ボニファァーチョ・カルヴォ、マントヴァ近郊出身のソルデッロ・ダ・ゴイトといった具合である。南フランス出身の何人かのトゥルバドゥールもイタリアで活躍した。ラインバウト・デ・ヴァケイラスはモンフェッラート侯ボニファァーチョ一世に仕え、北イタリア各地を点々とした。奇人ペイレ・ヴィダルも同じくモンフェッラート侯に仕えたことがある。アイメリック・デ・ペギリャンはエステ家やマラスピーナ家に仕えた。ウク・デ・サン＝シルクはアルベリーコ・ダ・ロマーノ（ヴェローナの僭主エッツェリーノ三世の弟）に仕えた。

イタリアにおける俗語の最初の文献記録は「カプアの証文」（九六〇年三月）である。土地の権利関係を確認する証文本文はラテン語で書かれているが、地元の農民の証言は俗語で記されている。しかし、イタリアの俗語が高尚な文学を生みだすまでには長い時間を要した。最初に咲いた華麗なる花は、シチリア派の抒情詩である。神聖ローマ皇帝フリードリヒ二世は、シチリアはパレルモの自らの宮廷を、南フランスのいかなる小宮廷にも優る文化の中心地として育てあげた。皇帝は自らも詩を賦すとともに、帝国の官吏たちにも詩作を奨励した。愛を主題とする、高雅で抽象的な作風が好まれた。ジャコモ・ダ・レンティーニ、ピエル・デッレ・ヴィンニェ、グイード・デッレ・コロンネ、ステファノ・プロトノターロ、リナルド・ダクイーノ、ジャコモ・プリエーゼといった政府高官が詩人としても活躍した。シチリア派の時代は、一二五〇年のフリードリヒの死、それに続くホーエンシュタウフェン家の没落とともに終わった。

イタリアにおける俗語詩の中心はトスカーナ地方に移る。コムーネ（自治都市国家）が乱立するイタリア半島で最初に頭角を顕わした詩人は、グイットーネ・ダレッツォである。約三〇〇編もの作品を残したグイットーネは、ほかの多くの詩人たちに影響を与えた。ルッカのボナジュンタ・オルビッチャーニ、ピストイアのメオ・アッブラッチャヴァッカ、フィレンツェのモンテ・アンドレア、コンピウータ・ドンゼッラ、キアーロ・ダヴァンザーティらの詩人がグイットーネ派と目される。一二六〇年代のフィレンツェでは、ブルネット・ラティーニやルスティコ・フィリッポが活躍を始めていた。一三世紀末には、ダンテによって「新優美体派／清新体派」（dolce stil novo）と呼ばれる一群の詩人たちが活動していた。グイード・グイニツェッリ、グイード・カヴァルカンティがその代表である。他にも、ラーポ・ジャンニ、ジャンニ・アルファーニ、ディーノ・フレスコバルディ、チーノ・ダ・ピストイアといった詩人が出た。「新優美体派」とともに、ダンテの時代が始まろうとしていた。

記録に残るフィレンツェ方言の出現時期は遅い（一二一一年の会計簿）。一三世紀はフィレンツェにかぎらず多くのコムーネで、ゲルフ（教皇党）とギベリン（皇帝党）、さらには白派と黒派の絶え間ない抗争がくりかえされていたが、戦乱の世にもかかわらず大躍進をとげたフィレンツェの文学には目を瞠るものがある。ダンテの生年は一二六五年、『神曲』が書き始められたのが一三〇六年から一三〇七年にかけて、ダンテの没年は一三二一年。つまり、フィレンツェ方言は、はじめて文字に記録されてからわずか一〇〇年のうちに、人類史上最高の文学作品のひとつを生みだすところにまで登りつめたのである。フィレンツェが多くの文学者を輩出した理由としては、敗戦国であるがゆえに文化が興隆したとするモンタペルティ／ベネヴェント仮説も提起されている。政治・経済・社会的な状況が整っていたのはもちろんであるが、中世の間も連綿と受け継がれてきたラテン語・ラテン文学の伝統、加うるに、プロヴァンスからシチリアを経てトスカーナにもたらされた俗語による愛の抒情詩の伝統がなかったならば、フィレンツェ方言による文学はこれほど急激な発展を遂げることはできなかったであろう。

ダンテと好一対をなす文学者がパドヴァで活躍していた。プロト - ヒューマニズム（前 - 人文主義）を代表するアルベルティーノ・ムッサート（一二六一年～一三二九年）である。ダンテが俗語で『神曲』（*La Divina Commedia*）つまり「喜劇」を書いたのに対して、ムッサートはラテン語で悲劇を書いて桂冠詩人の栄誉を得た。パドヴァの小さなサークルは、ムッサートとともに跡絶えた。しかし、彼と仲間たちが蒔いた人文主義の種はパドヴァで発芽の時を待っていた。ボローニャ大学に次ぐ古さを誇る、一二二二年創立を公称するパドヴァ大学を擁するこの町は、文化水準も相応に高かった。次の世代の人文主義の御本尊フランチェスコ・ペトラルカが終の棲家として選んだのは、パドヴァ近郊の丘陵地だった。

このころ、ヴェネト地方の街角では、シャルルマーニュとローラン（オルランド）の物語を題材とした武勲詩が歌われていた。もともとはフランス語（中世の北フランス語）が用いられていたが、いつしか地元の言葉（ヴェネト地方の方言、フリウリ語、ラディン語）が混じるようになり、このジャンルに特有の混成語フランコ＝ヴェネト語ができあがった。ニッコロ・ダ・ヴェローナという詩人が、この言語で書いた『パンプローナ攻略』をフェッラーラ侯ニッコロ・デステに献上している。これらの武勲詩がフランス語のオリジナル・ヴァージョンに導入した改変は、のちの一五世紀に、プルチ、ボイアルド、アリオストの騎士道叙事詩に発展していく。

通商相手のフィレンツェ、あるいは目と鼻の先にあるパドヴァを初め、ヴェローナ、フェッラーラなどの小宮廷が栄えていたヴェネト地方一帯がこのような状況にあったとき、アドリア海の女王ヴェネツィアには他国に（かつ後世に）誇れるほどの自国語の文学はなかった。後代のように本土領をもっていなかったこともあり、隣接する本土地域の文化にそもそも関心がなかった。書かれた記録としてのヴェネツィア方言は西暦一二〇〇年頃に登場するが、それぞれの文書の間には、いや同一の文書内においてさえ、言語的な均質性を欠く状況が続いた。フォスカリーニの『ヴェネツィア文学史』によれば、ヴェネツィアには法律関係の文書や年代記の類いはたくさんある。しかし、このような文書はその性質上、言葉の美しさを楽しむとか、他国にも広めて文化的な共有材として分かちあうといった方向には発展しなかった。『アーゾロの談論』において、広く一般に読まれる歴史書とは対照的に「このうえもなくひっそりと忘れ去られた年代記」（第一書のxi）と形容されているのは、このような事情を反映している。

一三世紀のヴェネツィア出身の詩人を強いて挙げれば、バルトロメオ・ゾルジがいる。ゾルジは一二六六年頃に、ボニファーチョ・カルヴォに反論して祖国ヴェネツィアへの愛国心を表明するシルヴェンテーゼをつくった。しかし、ゾルジは自国語ではなく、プロヴァンス語を使用した。大勢のトゥルバドゥールが活躍しているジェノヴァにおいて獄中生活を経験することがなかったならば、ゾルジがトゥルバドゥールとして詩作に目覚める機会は訪れなかったにちがいない。

同じくジェノヴァで投獄されていたのがマルコ・ポーロ（一二五四年〜一三二四年）である。獄中で知りあったルスティケッロ・ダ・ピサが、マルコが語る東方での体験をフランス語で書き留めた。『東方見聞録』（*Le divisament dou monde*）である。オリジナルのフランス語ヴァージョンは散逸したが、フランコ＝ヴェネト語訳がそれに近いとされる。トスカーナ語訳（ポーロの家名 Emilione にちなんだ"Milione"という表題をはじめて採用した）、ヴェネト方言訳、ラテン語訳など、さまざまな言語に訳され、一五〇点もの写本が伝わっている。『東方見聞録』は、訳されるたび、筆写されるたびに生長をくりかえしていった生命力にあふれる実録物で、内容の興味深さや知名度は圧倒的である。ただし、この作品を最初からヴェネツィア方言で書こうという発想や、これを期にヴェネツィア方言を高尚な文学語のレヴェルに高めようという機運は見られなかった。

ヴェネツィアではじめての抒情詩人と目されるのは、一四世紀初頭のジョヴァンニ・クイリーニである。ダンテの信奉者だったジョヴァンニは、チェッコ・ダスコリとの論争でダンテを擁護したり、ダンテと詩のやりとりもしていた。ジョヴァンニと同族のニッコロ・クイリーニも詩人だった。二人のクイリーニが使用した言語は、ヴェネツィア風ではあれ、トスカーナ方言だった。

それから一〇〇年、一四〇五年のパドヴァ征服と相前後して、ヴェネツィアでも遅ればせながら人文主義に対する興味が芽生える。ヴェネツィアの初期の人文主義者はたいてい貴族だった。レオナルド・ジュスティニアン（一三八八年頃〜一四四六年）もそうである。レオナルドはフランチェスコ・バルバロ（エルモラーオの祖父）とともに、当時の最高の教師グァリーノ・ダ・ヴェローナに師事し、ラテン語やギリシア語を学んだ。政治家としては、十人委員会や統領顧問官などの重要な職務を果たし、サン・マルコ財務官（いまで言う財務大臣）の地位にまで登りつめた。統領に推挙される可能性もあったが、惜しくも失明して早世した。人文主義者としては、プルタルコスの『英雄伝』の翻訳を手がけたほか、カルロ・ゼンの追悼演説などの評判もよかったが、伝存する業績は少ない。彼はむしろ、俗語詩人として名を馳せた。ダンテや新優美体派の作品を熟読し、ペトラルカの『カンツォニエーレ』を手づから書写してトスカーナの俗語詩を研究しつくしたうえで抒情詩を作った。一一音節詩行と七音節詩行を基本とする従来の詩形とは異なり、八音節詩行と一一音節詩行と七音節詩行を組みあわせて多様な脚韻を踏むジュスティニアンのカンツォネッタは、まさに「ジュスティニアーナ」形式のカンツォネッタと呼ばれる。「ジュスティニアーナ」は音楽に乗せやすく、庶民的で親しみやすい作風を特長とする。彼の俗語詩は、閣僚級の大貴族と一般の平民が階級対立もなく仲良く暮らす理想郷ヴェネツィアのイメージを他国に広める契機として、実際のできばえ以上に喧伝された。

ジュスティニアンのが詩作に用いたのも、ヴェネツィア方言の要素を加味したトスカーナの俗語だった。近隣諸地域からの人口の流入や、東方その他の諸外国からの人の往来の盛んだった交易都市において、純正なヴェネツィア方言なるものを確定すること自体がむずかしかったにちがいない。こうして、さらに一〇〇年近い年月が過ぎていく。円熟期のベンボは『俗語論』の中で、いかなることばといえども著作家がいないなら真に言語とは呼べない、と言い放っている（『俗語論』一・一四）。彼の祖国ヴェネツィアの方言は、有名作家も名作も有していなかった。純正なヴェネツィア方言による高尚な文学は、ついぞ生まれなかった。それどころか、きわめて衒学的な文体の『ポリーフィロの愛戦夢』（一四九九年、アルド刊）が出版されたときには、言語的なカオス状態も、カオティックなテクストを迎え入れる出版市場の許容度も、極大値に達していた。

文学作品の蓄積のないヴェネツィア方言は、言語（国語）たりえない。ベンボは、ダンテ、ペトラルカ、ボッカッチョによって完成の域に達していたフィレンツェの俗語を、自らの俗語の基盤に置くことをためらわなかった。狭い仲間意識でこりかたまっているヴェネツィア政府の面々でさえ、フィレンツェの俗語を推奨するベンボに制裁を加えようとは思いつきもしなかった。俗語は、あくまで俗語である。ヴェネツィア共和国の面子とか、フィレンツェ共和国の威信といった余分な観念が入りこむところではない。イタリアにおける文学のための共通語の確立は、ベンボの活躍を通して、愛国心や国威発揚とは関係のない次元で進行した。

12「詩のない世紀」——一五世紀的宮廷風抒情詩からの離陸

フィレンツェの俗語の使用がフィレンツェへの愛国心や国威発揚とかかわりがない点では、ベンボが仰ぎ見るペトラルカの場合も同じだった。ペトラルカはフィレンツェからの政治的亡命者の息子だった。頼るべき祖国、守ってくれるコムーネをもたないまま少年期を南フランスで過ごしたペトラルカは、自らのことをイタリア人として意識していた。アヴィニョンの教会で見初めた理想の女性ラウラのために俗語で詩を書くにあたって、牛でさえも韻を踏んで啼くとまで言われた南仏の地にあるからといって、文学的な命脈の絶えて久しきプロヴァンス語を選ぶような失態はおかさない。彼女に読んでもらえるかどうかも、問題ではない。繊細な美意識の持ち主であるペトラルカは、ダンテにいたるまで長足の進歩を遂げ、しかもなおも成長途上にあるフィレンツェの俗語で抒情詩を綴った。彼の代表作『カンツォニエーレ（俗語断片詩集）』は三六六編の詩を収めた大部な詩集であるが、即物的にすぎる語句、生々しすぎる語句、土俗的にすぎる語句は徹底的に除去され、わずか三二七五語の洗練された語彙によってありとあらゆる心の襞が表現されている。『カンツォニエーレ』の言語は、いわば完成されたフィレンツェ語、詩作にのみ適する「中性的な」言語である（デッラ・ヴァッレとパトータ）。換言すれば、余計な味のついていない無色無臭の言語である。

ペトラルカは俗語では一切、散文を書かなかった。書簡、対話体の論文、小説などを書く必要があるときには、ラテン語を使用した。そもそも、ペトラルカが一三四一年に桂冠詩人の栄誉を授けられたのは、ラテン語の叙事詩『アフリカ』が好評を博したからだった。

後輩格のジョヴァンニ・ボッカッチョは、韻文、散文の別を問わず、俗語でさまざまな種類の作品を書いた。とりわけ有名なのは『デカメロン』である。ただし、かけだしの頃のベンボは、むしろ『フィアンメッタ』から多くを学んだ。

ペトラルカは黙して語らないが、一世代前のダンテの存在感は圧倒的だった。ダンテが『神曲』のために開発した独特の三行韻詩形（テルツァ・リーマ）は、多くの詩人たちの模倣するところとなった。ペトラルカの『凱旋』、ボッカッチョの『ディアナの狩り』や『愛の幻』、ファツィオ・デッリ・ウベルティの『ディッタモンド』、フェデリーコ・フレッツィの『四つの王国』など、枚挙に暇がない。

ボッカッチョが一三七五年に亡くなって以後、ポリツィアーノが頭角を顕わす一四七五年頃までのイタリアは、「詩のない世紀」（クローチェ）と呼ばれる。一五世紀に俗語の詩がふるわなかった要因としては、ラテン語による著作が盛んだったこと、当時の詩人たちに熱意が足りなかったこと、この時代を代表する一握りの、あるいはせめて一人の大詩人も出現しなかったことが挙げられる。

「詩のない世紀」は「詩人のいない世紀」ではない。このような不名誉な名前がつけられるにいたった真相は、別のところにある。ベンボがこの時代の文学を完全に無視したからである。ベンボの文学史観は数世紀にわたって支配的でありつづけた。

一五世紀の俗語詩は、試行錯誤の段階にあった。熱意も努力もみなぎっていた。ルネサンスの万能人として知られるレオン・バッティスタ・アルベルティは、ラテン語の優位に対抗して俗語の復権を試みた。彼は、俗語にもラテン語に劣らぬ規範があることを示すべく『ヴァティカン小文法典』（イタリア語についての最古の文法書）を執筆したとされている。ペトラルカの戴冠から百年を経て、アルベルティの発案によって、桂冠詩人競技会が開催された。主題は友情。賞品は銀の月桂冠。一四四一年一〇月二二日、フィレンツェの大聖堂にて、詩人たちが俗語詩を朗唱して競いあった。フランチェスコ・ダルトビアンコ・アルベルティ、アントニオ・デッリ・アーリ、マリオット・ダッリーゴ・ダヴァンザーティ、アンセルモ・カルデローニ、ベネデット・アッコルティ、チリアコ・ダンコーナ、レオナルド・ダーティ、そしてアルベルティ自身。アルベルティは古典語に倣って、六脚韻《ヘクサメトルム》を用いた俗語詩を発表した。斬新で大胆な試みに、一〇人の教皇秘書からなる審査団は判定不能におちいる。優勝者なしという結果に、アルベルティはがっくりと肩を落とした。

ディスペラータ（絶望詩）も頻繁につくられた。詩人が自らの身の上を呪い、幸福だった過去を呪詛するインヴェッティヴァ（罵詈雑言）の一種である。宮廷に伺候する詩人の個人的な体験や具体的な出来事を詠みこむ傾向は、ペトラルカの詩作態度とは対極的だった。この分野の御三家は、アントニオ・ベッカーリ（通称アントニオ・ダ・フェッラーラ）、フランチェスコ・ディ・ヴァンノッツォ、シモーネ・セルディーニ（通称イル・サヴィオッツォ）である。とくに、シエナ出身のサヴィオッツォは、フィレンツェ、リミニ、ナポリなどイタリア中の宮廷を点々とわたり歩き、自らの詩風とダンテ崇敬を各地に伝播した。

ペトラルカの初歩的な模倣もちらほらと見られる。ジュスト・デイ・コンティ（一三九〇年頃～一四四九年）の『麗しの手』は、『カンツォニエーレ』第一九九番から二〇一番の「手袋の連作」に着想を得た詩集である。アントニオ・コルナッザーノ（一四二九年頃～一四八三／八四年）の『新たなるラウラ』は、ペトラルカの恋人にちなんだ表題を持つ詩集である。ニッコロ・レリオ・コズミコ（一四二〇年頃～一五〇〇年）の『俗語断片詩集』にいたっては、詩集の題名そのものがペトラルカの『カンツォニエーレ』の原題と同じである。詩人が自作を詩集として編纂するというあたりまえのような行為も、ペトラルカからの影響ぬきには考えられない。ペトラルカ以前には俗語の詩集をまとめる習慣はなかったからである。ダンテと同時代の詩人の作品のいくつかは『ボローニャの覚書』によって伝わる。『覚書』はボローニャで結ばれたすべての契約や遺言を収めた公証人文書集で、書類の余白には、不正な加筆を防止するための斜線が引かれている。文脈とは無関係な詩作品が斜線の代用として転記されることもある。詩集を編む発想のなかった初期の詩人たちの作品の一部は、このような埋め草として偶然に生き延びた。

レオナルド・ジュスティニアン（先述）もペトラルカを熟読した有名詩人だったが、作品の伝播は偶然にまかせていた節がある。ジュスティニアン風の詩ならば、真の作者が誰であるかにはおかまいなく、どれもこれも彼の作品とみなされた。ジュスティニアンのいくつかのストランボットは、本当はセラフィーノ・アクイラーノの作品であるらしい。

セラフィーノ・アクイラーノ（一四六六年～一五〇〇年頃）の抒情詩も、ジュスティニアンの場合と同じく、音のついた歌曲として広く親しまれた。セラフィーノ・デ・チミネッリ（通称アクイラーノ）は、初等教育ののち叔父と共にナポリに上京し、一二歳のときからポテンツァ伯に小姓として仕えた。ギョーム・ガルニエやジョスカン・デ・プレに音楽を学んだ彼は、あっというまに当時のイタリア人の中で最高のシンガー・ソングライターという評判を得た。ペトラルカの詩をリュートで弾き語りするのも巧みだった。ローマに出てアスカニオ・スフォルツァ枢機卿に出仕し、ついでミラノに移る。イル・モーロの宮廷では、カリテオのストランボットが歌われるの一度聞いただけで、同種の詩を即興で歌ってみせたという。女性たちにもちやほやされたセラフィーノは、愛人の夫に雇われた刺客から頂戴した顔の傷というお土産つきでローマに戻る。ローマではカルメータらと親しくなったが、フランチェスケット・チーボ（教皇インノケンティウス八世の庶子）をからかう詩をつくったのが災いして、刺客に襲われた。フェッランディーノの庇護を得たセラフィーノはナポリに移り、ポンターノやサンナザーロと知己になる。シャルル八世の侵攻にともなう情勢の変化の中で、セラフィーノはウルビーノで公妃エリザベッタ・ゴンザーガに歓迎され、詩人テバルデオからソネットの技法を学んだ。やがて北イタリア各地の宮廷を点々とする身の上となり、一五〇〇年にローマで急死した。アクイラーノの詩集は、一五〇二年から一五一三年までの一〇年ほどの間に二〇回も出版されるほどの大成功を収めた。彼の抒情詩は、作者が宮廷人だったという点でも、洗練された宮廷社会の人々の娯楽を目的としていたという点でも、音楽をつけることを念頭につくられているという点でも、典型的な「宮廷風抒情詩」だった。読者に容易に近づきやすいように中間的――「中間的」とは、題材・人物・文体のすべてを包括しての高級・中級・低級なジャンルを想定した、中世の文学観における「中ぐらい」に該当する――な言語を使い、時には民衆的な伝統を織りまぜながら、多様な表現を試みた。セラフィーノのソネット、バッラータ、ストランボット、バルゼッレッタは、一五世紀後半の宮廷風抒情詩の趣味を見事に体現している。

アクイラーノが出入りした南国の都ナポリも、一五世紀的宮廷風抒情詩あるいはペトラルキズモの牙城だった。トスカーナの俗語詩に学んだデ・イェンナーロ（一四三六年～一五〇八年）、ペトラルカを崇敬したガレオータ（一四八七年没）、ローマ出身の官吏ペルレオーニ（生没年不詳）、「ナポリのペトラルカ」の異名をとったカラッチョロ（一四三七年頃～一五〇六年）などの詩人が出た。ベネデット・ガレス、通称イル・カリテオ（一四五〇年頃～一五一四年）は、バルセローナ生まれのカタルーニャ人だったが、ナポリで官職に就きながら詩人として活躍した。彼の詩集『エンディミオーネ』（一五〇六年刊行）は、ルーナと呼ばれる貴婦人に捧げられている。カリテオの詩集とともに、ナポリでもトスカーナ起源のペトラルキズモの勝利が確定した。

一五世紀的ペトラルキズモを代表する詩人の中でベンボとも親しくしていたのは、アントニオ・テバルディ（通称イル・テバルデオ）である。テバルデオは一四六三年に生まれ、マントヴァ侯妃イザベッラ・デステの家庭教師やフェッラーラ公妃ルクレツィア・ボルジャの秘書を務めたあと、ローマに移り、一五二七年のローマ劫掠で落魄して一五三七年に没した。ベンボとまったく同じ歴史的時代を生きたわけであるが、一五世紀的宮廷風抒情詩に分類される作風ゆえに、文学史上はベンボ（一六世紀）よりも一段階古いところに位置づけられる。

多様な群小詩人たちが跳梁跋扈した「詩のない世紀」は、ポリツィアーノの登場を待ってようやく終わる。文学界のプリンスとも呼ばれるポリツィアーノと、フィレンツェの事実上の君主だったロレンツォ・イル・マニフィコの二人は、一五世紀後半のフィレンツェの俗語詩人たちの中でも傑出している。ベンボはポリツィアーノと面識があったし、彼との邂逅を期にメッシーナ留学を決意するほど尊敬していた。にもかかわらず、ベンボは自らの進むべき方向に目覚めたとき、若かりし日にポリツィアーノから受けた影響をすべて排除することを決意する。内容の面白さを引き立てるためなら雑多な文体が混在することになろうとも意に介さないポリツィアーノの作詩法は、すっきりとした一貫性をめざすベンボの美意識に合わない。-are 動詞の直説法現在三人称複数の語尾として -ano と -ono を適宜（乱雑に）使い分けるような芸当は、生きたフィレンツェ方言の環境内に身を置いている地元の民衆には受けがよくとも、外国人であるベンボにはついていけない。フィレンツェをイタリアの文化的首都として君臨させようと目論む国粋主義あるいは文化的帝国主義のようなものは、ベンボの文学や言語にとっては不純で無益な夾雑物である。

ベンボはポリツィアーノの影響を捨てた。ポリツィアーノにくらべて見劣りのする詩人たちの影響も捨てた。かつてペトラルカは俗衆(たとえ身分や教育程度は高くても高尚な美を理解することのできない俗物)を忌み嫌ったものだったが、ベンボもペトラルカの原点に立ち返り、詩の中から、安易で俗受けする要素をとりのぞく。聴衆の気を惹くための奇をてらった綺想や、音楽に乗せやすくするための単純化された詩形や構文は、一五世紀的な趣味として葬り去られる。

ただし、『アーゾロの談論』の詩作品には、前時代の遺風を残す短詩（一五世紀的宮廷風抒情詩に分類されるもの）もいくつか見られる。若いころのベンボから見ても目に余る詩は「自筆稿Q」から初版への改訂の段階で削除されたし、晩年のベンボのお眼鏡にかなわなくなった詩は第二版への改訂のときに削除された。それでもなお、ペロッティーノの前半の一連の詩に、宮廷風抒情詩のなごりを見てとることができる。これらは、ベンボが真にベンボらしくなるまでの過渡期の状態を表わしていると言えるだろう。

13　女性蔑視からの脱却——野心作か、就職活動か

ヴェネツィア人であるベンボがフィレンツェの俗語を用いて作品を執筆したのは、その文学の伝統がすでに牢固としたものになっていたからである。ベンボが一五世紀の俗語詩に見向きもしなかったのは、さまざまな意味で手本とするに足る優れた作品が存在しなかったからである。彼はペトラルカの「中性的な」詩の言語に、他の追随を許さない高い価値を見いだした。ペトラルカが晩年を過ごしたのはアルクアの丘だったため、ペトラルカの影響がはじめて広まったのは(フィレンツェではなく)北イタリア一帯だった。印刷術がイタリアに導入された直後の時期には、サンタ・ソフィア家に伝わる詩人の自筆稿にもとづくらしいヴァルデゾッコ版『カンツォニエーレ』が、パドヴァで公刊されている。ベンボにとってペトラルカに学ぶのは自然のなりゆきだったし、質の高い写本などへのアクセスという点でも、むしろフィレンツェ人よりも恵まれていた。

ところで、『アーゾロの談論』は愛を主題とした討論集であるが、俗語で何かを書くにあたってベンボが愛を主題

に選んだのも自然ななりゆきだったと思われる。「まことの愛」を中心的主題として展開したトゥルバドゥールの抒情詩以来、ペトラルカの『カンツォニエーレ』も含め、俗語の詩では愛を主題とするのが定番だった。散文の場合も、『デカメロン』を初めとするボッカッチョのおびただしい作品で愛が扱われている。一四世紀の偉大な先人たちの先例は、愛について書こうとする初心の文学者にとって、かけがえのない導き手となった。

愛が主題として選ばれたもうひとつの理由として、一五世紀末頃にミソジニー（女性蔑視、女性嫌悪）に立脚する恋愛論が流行していたことが挙げられる。フィチーノを初めとするフィレンツェの新プラトン主義者たちが愛を称揚したのは、むしろ例外だった。この時代の文学者たちは、著作家として名前を売りだすため、あるいは仕官先を探すさいの手土産にするため、ミソジニー的な恋愛論という俗耳に入りやすい作品を書くことが、まま、あった。出世の道具だったかどうかはともかく、アルベルティもこの種の恋愛論を物している。恋愛四部作に見立てることのできる『デイーフィラ』（*Deifira*）、『エカトンフィラ』（*Ecatonfila*）、『愛について』（*De amore*）、『ソフローナ』（*Sofrona*）がそれである。『デイーフィラ』は、失恋に苦しむ若者パッリマクロと先生役の友人フィラルコの対話である。くりかえされる愛の苦しみの訴えに対して、愛という病気への対処法が次々と提案される。どの処方も役に立たないので、パッリマクロは最終的に転地療養（都落ち）することになる。『エカトンフィラ』は、愛の奥義を知る年輩の婦人による、若い女性に対する語りかけである。といっても、恋の手練手管や白昼人前で口に出せないような秘技を授けるのではなく、ただ一途に愛することが奨励される。『愛について』はパオロ・コダニェッロ宛の書簡で、『デイーフィラ』に言及しながら愛の悪い影響を示し、愛を避けるように勧める。『ソフローナ』は、三度の結婚経験のある上流婦人ソフローナと、若き神学者バッティスタとの対話である。バッティスタは前作『愛について』において女性たちをくさした廉でソフローナから叱責される。四作品のうち、ベンボが『アーゾロの談論』において参考にしたという点でも、一五世紀後半にたびたび出版されたという点でも、『デイーフィラ』が最も注目に値する。

エネア・シルヴィオ・ピッコローミニ（ピウス二世）は、教皇になることなど夢想だにしていなかったのであろう、故郷シエナの裕福な奥方の不倫の恋と破滅を語る『二人の恋人たちの物語』（*Historia de duobus amantibus*）を書いた。ラテン語の小説だったが、たいへんな人気を博した。不道徳な物語に対する非難をかわすつもりか、『愛の治療について』（*De remedio amoris*）と題する書簡をおまけとして付した。友人であるオーストリアの人文主義者ヨハネス・トレースターも、これに倣って『愛の治療について』（*De remedio amoris*）を書き、ピッコローミニに意見を求めた。

ピウス二世の伝記を書いたバルトロメオ・サッキ（通称イル・プラティナ）も、愛を主題とする著作を試みた。『愛についての対話』（*De amore*）の一四六四年から六六年に書かれた初稿はジョヴァン・ヤコポ・ダル・ピオンボ（トレヴィーゾ司教テオドーロ・レッリの部下）に捧げられていた。二度の投獄と出獄を経て身辺の状況が変わったのを受け、一四八一年に出版された第二段階のヴァージョンでは献呈先がロドヴィーコ・アニェッロ（フランチェスコ・ゴンザーガ枢機卿に仕えるマントヴァ人）に改められた。本文の対話に参加する若き恋人への呼びかけはピオンボからアニェッロに機械的に置き換えられ、上司の名もレッリ司教からゴンザーガ枢機卿に変更された。第二段階の写本では、献呈先はステッラなる人物に変更されているが、本文ではアニェッロからステッラへの修正を最初の四カ所以外は忘れている。ステッラの個人名も、ロドヴィーコかアンジェロか混乱している。推敲不充分なままの第三稿は『愛に反論する対話』（*Contra amores*）と改題されて他の作品とともに清書され、シクストゥス四世に献上された。献上本にさえも著者による訂正の書きこみがある。『愛に反対する対話』の主張するところでは、男性は知力でも体力でも女性よりも優れているのだから男性が女性に惹かれるのは馬鹿げているし、愛は男性を堕落させるから愛におちいらないように細心の注意を払わなければならない。とはいえ、プラティナのような人物による、自らの素行不良を棚にあげてのお説教にどれほど説得力があったかは疑問であるし、献呈先をころころ変えながら完全な修正を怠っていることからは、書き手も読み手もこの手の月並みな議論を真剣に吟味していなかったことが疑われる。

ポルデノーネ出身の聖職者ペトルス・ハエドゥスは、愛の危険を真剣に受けとめた。フィレンツェの俗語での著作にはピエトロ・カプレット（Pietro Capretto）、地元フリウリの方言での著作にはデル・ゾコル（Del Zochol）、ラテン語の著作にはペトルス・ハエドゥス（Petrus Haedus）あるいはクリュサエドゥス（Chrysaedus）と署名を使い分けながらマルチリンガルぶりを発揮した彼は、二〇代のころに『愛の治療』（*Il rimedio amoroso*）という俗語の三行韻詩を書いていた。さらに『愛の種類について、あるいはアンテロティカ』（*De amoris generibus sive Anteroticorum libri*）なる三巻の対話編を記して愛を糾弾する。パドヴァ大学で勉強を始めようとしている甥アレッサンドロが、女性の誘惑に身をもちくずすことのないよう、あらかじめ注意をうながすのが執筆の動機である。この対話編の主張によれば、愛は悪であり、知性と自由と名声と栄光を人間から奪いとる。肉体的な長所や、運命から与えられた善性まで台無しにしてしまう。女は男よりも不安定で軽薄で欲深いがゆえに心は醜く汚れている。月経や出産のせいで肉体的にも穢らわしい。貞淑の約束もあてにならない。まともな人間ならば女の視線から目を逸らさなければならないし、女好きの男たちのグループに入ったり、軟弱な詩人たちの作品を読みふけるなどもってのほか。愛に屈することのないヒッポリトス、つまりアンテロスを見習って、人は閑暇を避け、心身を鍛練しなければならない。『愛の種類について』は一四九二年にトレヴィーゾで出版され、一五〇三年にライプツィヒで再版された。『アーゾロの談論』第一書の随所にペトルスの影響がうかがわれる。

ジョヴァンニ・バッティスタ・フレゴーソの『アンテロス』（*Anteros*）も、それなりに真剣だった。フレゴーソはジェノヴァの名門の出身で、弱冠二六歳にしてジェノヴァのドージェの地位に昇りつめたものの、たった五年で権力の座を追われ、政治家としては不遇な後半生を送った。『アンテロス』は亡命中に書かれた作品のひとつで、バッティスタ（愛を経験した若い男）、ピアッティーノ・ピアッティ（先生）、クラウディオ・ダ・サヴォイア（不幸な恋人）の三人が北イタリアの俗語で語りあう。一日目の対話によれば、愛は多くの不幸の原因であり、ペストのごとく忌避しなければならない。霊的な愛はともかく、肉体的な愛とりわけ非合法的な愛は危険きわまりない。恋する男が奇抜なファッションに凝るのは怪しからぬし、詩や歌や舞踏はふしだらである。二日目の対話では、愛の起源についての三つの説が紹介される。女性を見ることによって精気が乱された精神の疾病という説、悪霊の仕業であるという説、魂・

判断力・記憶の病気であるという説である。しかるのちに、愛という病気を治療するためのさまざまな方法が論ぜられる。『アンテロス』はミラノの人文主義者フランチェスコ・プステッラに捧げられ、一四九六年にミラノで初版が出版された。一五八一年にプラティナの『愛に反対する対話』などと合冊でフランス語訳も出版された。

ミラノでは、スフォルツァ家のおかかえの歴史家ベルナルディーノ・コリオが『愛の有益な対話』（*Utile dialogo amoroso*）を書いて、愛を非難した。ただし、著者の真意は、主著『祖国の歴史』（*Historia patria*）を公刊するに先立ち、適当な小品で出版の小手先調べをすることにあった。事実、『愛の有益な対話』は、アルベルティの『デイーフィラ』をロンバルディア方言に訳して、ボッカッチョの『コルバッチョ』の一節を挿入しただけの、オリジナリティに乏しいものであった。

イザベッラとベアトリーチェの二人の才媛を育んだフェッラーラのエステ家の宮廷も、例外ではなかった。フィリッポ・ヌヴォローネは一四七四年頃に『ポリソフォとアルコフィロの愛についての対話』（*Dialogo d'amore tra Polysopho e Archophilo*）と題する対話編を書いて、愛のメランコリー（黒胆汁症）に対処する方法を君主に献策した。

フェッラーラに出入りしたヤコポ・カヴィチェオ（本名カヴィッツォ）は、ルネサンス期の最も成功した感情小説のひとつ『ペレグリーノ』の第二巻において、愛の有害性を論じた。カヴィチェオは実人生においても、聖職者でありながら修道女との関係で告発されるのを恐れてオリエントに逃亡するなど、波乱に富んだ人生を送った。作品にもそれが反映している。時代はエルコレ一世の御代。主人公ペレグリーノは、恋人ジネヴラに会いにいく途中で人違いで逮捕されて裁判にかけられたり、恋人の不興を買ってレパントに贖罪の旅にだされたり、修道院に身を寄せて行方知れずになった恋人について神託を乞うために再びオリエントに出向いたり、夢で地獄をめぐったり、旅でインドを訪れたりしたあと、ようやくラヴェンナで恋人と再会する。晴れて結婚できた喜びも束の間、妻は御産で命を落とし、主人公も悲しみのあまり死んでしまう。『ペレグリーノ』はルクレツィア・ボルジャに捧げられ、一五〇八年にパルマで出版された。

同じくルクレツィア・ボルジャに捧げられたベンボの『アーゾロの談論』は、愛を肯定的にとらえなおしているという点で、これらの先行作品のいずれとも異なっている。それは、スタイルでもスタンスでも「女性にやさしい」恋愛論である。『アーゾロの談論』では、ピッコローミニ、プラティナ、ハエドゥスのようなラテン語ではなく、俗語が使用されている。その俗語も、フレゴーソやコリオのような不安定な北イタリアの方言ではなく、ボッカッチョの『フィアンメッタ』を参考に一四世紀のフィレンツェの模範的な文学語を踏襲したものであり、一般の読者になじみやすく「易しい」言葉で書かれている。内容的にも、愛は悪であると一方的に決めつけたり、女性は悪であるとなじったりするのではなく、女性にも魂があることを認め、女性にも霊的な向上のための哲学的研鑽を呼びかける「優しい」作品となっている。

ベンボは『アーゾロの談論』を執筆するにあたって、プラティナ『愛に反対する対話』、ハエドゥス『愛の種類について』、フレゴーソ『アンテロス』、アルベルティ『デイーフィラ』をかなり参考にしている。また、ヴァッラの『善の真偽について』も参照したらしい。このようなミソジニーの大合唱の只中、女性に優しい『アーゾロの談論』が誕生した。もちろん、父の蔵書にあるフィチーノの『プラトンの饗宴註解』（オックスフォード、ボードリアン図書館蔵、写本［Can. Class. Lat. 156］）も利用したにちがいないが、フィレンツェ新プラトン主義の思想から女性に優しい文学作品が直接的に派生するとは考えにくい。ベンボはベンボなりの仕方で、愛についての先行する議論を包括的にまとめようとした。その結果、先行作家たちと同じ話題、同じ素材を扱いながら、まったく毛色の違う作品ができあがってしまった。

『アーゾロの談論』は、カテリーナ・コルナーロ女王の擬似的な宮廷を舞台としているが、本編の議論が展開するのは宮廷から離れた庭園であり、宮廷からこっそり抜けだした登場人物たちには身分の上下はない。三人の男性と三人の女性は、いずれもヴェネツィア貴族として対等に発言する。女性は体力的な面（第二書 xi）や不幸に直面しての忍耐力（第一書 xix）などの点で男性には劣るにしても、精神的に邪悪であるとか嫌悪すべき存在であるという結論にはならない。女性は蔑視や嫌悪の対象ではないし、男尊女卑といった因習も関係がない。それどころか、作品全体が女性上位に組みたてられている。庭を散歩するとか、愛について議論するとか、さまざまなことを提案するのは陽気な若者ジズモンドであるが、彼とても、わがままな思いつきをみなに押しつけるのではなく、必ず女性たちの顔色をうかがって承諾を待つ。二日目の夜には、マドンナ・ベレニーチェが大人しい若者ラヴィネッロを部屋に呼びつけて、翌日の予定の変更点について申し渡している。根暗なペロッティーノでさえも、女性たちの期待になら応えようと努めている。ペトルス・ハエドゥスがこの嘆かわしい状況を目にしたならば、女もいる場での、女好きの男たちによる、軟弱な詩人たちについての談義であると、眉をひそめて厳重注意するにちがいない（田舎坊主がヴェネツィア貴族に楯突く勇気があるのなら）。

田舎坊主ならぬヴェネツィア貴族たちも、愛を主題とする軟弱な文学には良い顔をしなかった。『アーゾロの談論』によってあたりさわりのないミソジニーの常識をくつがえしたベンボは、ヴェネツィア政界での居場所を失った。一方、公妃エリザベッタ・ゴンザーガの切り盛りする、事実上、男性の主のいないウルビーノの宮廷では、ベンボの受けは良かった。『アーゾロの談論』も、男性の主のいない宮廷の話である。彼の恋愛論は、巷にあふれるミソジニー的言論に飽き飽きしていた女性たちにとっては、胸のすくような斬新な印象を与えたにちがいない。ベンボの書簡を信ずるならば、一五〇八年には『アーゾロの談論』のフランス語訳の写本がヴェネツィアに出現していたらしいうえに、公妃エリザベッタはこの仏訳をご所望になった。オリジナルの俗語ヴァージョンを知ったうえでなお、仏語訳も読みたくなるほどの、大きな魅力があったことになる。

『アーゾロの談論』以後、女性を悪の根源として頭ごなしに断罪するタイプの恋愛論は急激に下火となる。一六世紀前半には、ベンボに触発されて「女性に優しい」恋愛論や女性論が陸続と刊行されるようになる。一六世紀も半ばになると、トゥッリア・ダラゴーナなど女性作家もこの種の論考を執筆するようになる。文学の門戸を女性にも開放しようとした若き日のベンボの目論見は期待以上の成果を生みだしたと言えるだろう。

14　まとめ

一六世紀のもろもろの女性論の先駆けとなった『アーゾロの談論』には、一種独特の目新しさがある。この斬新さは、『アーゾロの談論』が文学と哲学を融合しようとする大胆な試みであるところからきている。この作品では、哲学的な主題を扱うときにも堅苦しくならず、宗教的な話題のときにも抹香臭くならず、猥雑なことをほのめかすときにも下品にならず、あくまで優雅で華やかな雰囲気を崩さぬよう、あぶなげないバランスが保たれている。

『アーゾロの談論』では、哲学的な厳密さは求められていない。愛を主題とするのは同じでも、悲観的な議論も楽観的な議論も立てられるし、同じようにストア哲学由来の感情の四分類をもちいながら、苦しみを強調することも喜びを強調することもできる。そういった論争術の妙味が楽しめるように書かれている。かといって、結論のないディベート大会で終わらせても仕方がないので、最終巻である第三書にはキプロス女王と聖なる賢人が登場して、真の結論へ向けての誘導がおこなわれる。それは理性の賛美、霊魂の救済、永遠の愛（つまり神への愛）である。老師の語る一風変わったプラトン「風の」哲学も、こうした結論に到達するための方途である。お気に入りの侍女に黄金時代を称揚する歌を披露させたカテリーナ女王も、真の美と真の愛の話を聞いて満足したにちがいない（文中には女王の思考過程は書かれていないが）。

本作品で語られるものは、みな、理想化されている。陰気な若者ペロッティーノも、能天気な若者ジズモンドも、内気な若者ラヴィネッロも、女性にもてるのをいいことに簡単に「手を出す」ような不品行なまねは絶対にしない紳士である。森の老師も、老人に特有のさまざまの欠点を免れた、それこそ「神々のような」存在である。キプロス女王についても、老師の話に出てくる幸福諸島の女王に重ねあわせて、若く美しい姿が想像されるように仕組んである。三人の女性たちは、貞淑で聡明な妻であり、女王の礼儀正しい付き人である。彼らが議論する「愛」は、泥臭いところのない、完全に美化されたものである。彼ら（登場人物、つまりは著者）の生の体験が語られることはほとんどなく、ひたすら、神話や歴史、古典文学やイタリア文学からの引用で議論が展開していく。彼らが集うアーゾロの宮廷は、世間の喧騒からも激動の歴史からも隔絶した、静かな理想郷（locus amoenus）である。著者ベンボは、美しい言葉で語ることのできない事項は語ってはならないという信念の持ち主だった。だから、『アーゾロの談論』に書かれている内容が美しいこと（きれいごと）ずくめだったとしても、なんの不思議もない。

現実の世の中は優雅ではなかった。作品中で遠いお伽話の国のように言及されるキプロス島は、十字軍国家の末裔やヴェネツィア商人などの思惑が交錯する利権にまみれた土地だった。アレクサンドリアの彼方の砂漠も、ヴェネツィアの交易圏にあってこの国の経済の死命を制する急所だった。世界の果ての幸福諸島（カナリア諸島）も寓話の世界などではなく、スペイン勢が乗り込んでその首長を連れさったばかりだった。いずれも、夢のようなユートピアなどではなかった。

これとは裏腹に、作品の舞台となるアーゾロの庭園は、所在のはっきりしない浮世離れした空間である。ベンボによって描かれた庭が実在のどの庭園に当てはまるかを調べた研究者もいるが、積極的な答えはでなかった。作品に書かれているような広々とした空間は、山の斜面に築かれた小都市アーゾロでは確保できない。カテリーナの庭であるアルティヴォレのバルコ庭園（「バルコ」と命名したのはベンボであるとも言われる）ならば広さは申し分ないが、平地につくられているので眺望は期待できない。『アーゾロの談論』に描かれた庭園は、ボッカッチョの叙述にならって構成された仮想の場であり、そのとおりのものは現実には存在しないという意味で、文字どおり「ユートピア」である。

このユートピアを訪れる三人の貴公子も、ベンボが自分自身を三分割して創作した架空の存在である。三人はそれぞれに愛を説くが、「ただ一人の貴婦人を愛すべきである」とは、誰も主張しない。作品の設定としては、三人はそれぞれ一人の貴婦人を愛している。しかし、議論の論題としては、愛する対象は一人であるべきか複数であってもよいのか、などといったことは六人の誰ひとりとして問題にしない。実人生においても多くの女性にもてはやされ、多くの女性に惹かれてきた、恋多き名文家らしいベンボの恋愛観である。別れた恋人であっても愛することができると言いはるジズモンド（ベンボ）には、相当の自信があったにちがいない。これに比べて、アルベルティは『エカトンフィラ』において、女性はただ一人の男性を一途に愛すべきであると論ずる。女性に、「ああしろ」、「こうしろ」と義務論を振りかざすところが、逆に悲しい。優れた男である自分が思うようにもてないのは女に見る目がないからだ、とでも言いたいのだろうか。余裕たっぷりのベンボとは対照的である。

ペトラルカを模した中性的で無味無臭の上品な言葉で書かれた『アーゾロの談論』だが、第二書のジズモンドの議論を丹念にたどってみると、少々きわどいところがある。ジズモンドは役にたつ話、ためになる話をすると女性たちに約束する。リーザは期待感を表明してベレニーチェの方を見やり、サビネッタは若い女性は役にたつと駄洒落を飛ばして得意顔。役に立つとかためになるといっても、今日的な博愛精神や人道主義は、そこにはない。ジズモンドの話は生殖や官能へと進む。五官を総動員しての愛の称賛が食事の比喩で婉曲に表現されるが、女性たちは静かに聞いている。ところが、役にたつという言い回しは同じでも、老師の口からでる言葉は永遠なる美すなわち神への愛を説くものとなる。老師も食事の比喩に訴える。どのような話題であっても、あくまで流麗にできるだけ平明な言葉で語るのが、ベンボの文章作法なのである。

哲学的な主題による文学作品を書くにあたって、ベンボは散文と韻文が交互にあらわれる文体《プロジメトルム》を採用した。散文と韻文が混じった作品は目新しいものではなく、ボエティウスまでさかのぼらなくても、ダンテの『新生』やロレンツォ・デ・メディチの『自作のソネットへの註解』などの例がある。こうした先行作品では、詩が主体で、散文は詩を解説するために付されている。ところが、『アーゾロの談論』ではこの関係が逆転している。そこでは、散文による議論が主体となり、詩は、散文による議論の内容を補強するための証拠品として扱われる。別の言い方をすれば、詩形について講釈したり、詩の内容についてむずかしい分析を試みることは一切なく、詩は話の切れ目などに、あたかも議論の小休止として挿入されている。

文学と哲学の二面性をもつ『アーゾロの談論』だが、そこで展開されているのは、精緻な哲学的論理でもなく、おごそかな文学談義でもない。このような特徴は「通俗的」と形容することもできるが、むしろ「肩の凝らない、楽しい読みもの」として肯定的に評価したい。積極的な評価を受けていなかったならば、後続の文筆家たちにこれほど広範な影響を及ぼすことはなかっただろうからである。精神の滋養になる内容が盛りこまれた、読むための愉しみ。それが、著者の『アーゾロの談論』に期待した役割だった。この欲張りな目標は、見事に達成された。読者を真理の探求へといざないつつも、押しつけがましいところのない本作品は、思想信条や時代を超えて、現代の読者にとっても好感のもてる一冊となるであろう。

（仲谷満寿美）

付記――本稿の作成にあたっては、科学研究費補助金（特別研究員奨励費）をつかって入手した資料を利用した（平成五・六・七年度三一七六、および平成一九・二〇年度四・四〇〇八）。

頌辞　ピエトロ・ベンボ、あるいはルネサンスの文学者

ピエトロ・ベンボ、あまり馴染みのない名前かもしれない。日本語で読める作品が、本書『アーゾロの談論』以前には存在しなかったのだから、むりもない。しかし、今も精彩を放つ名前であることは、今年の二月から五月にかけて、「ピエトロ・ベンボとルネサンスの才知」と銘打った展覧会がパドヴァで開催されているところからもうかがい知れる。所蔵品である同時代の名だたるルネサンス画家たちの作品をはじめ、興味深い展示品（後述）もあるらしい。

このたび仲谷満寿美氏のみごとな訳業によってベンボがはじめて日本の読者に紹介されるのは、まことに喜ばしいことである。画期的な訳者の偉業に、まずは心からの敬意を表したい。これだけの量の一六世紀の文章を、丹精込めて読みやすい訳文に仕上げる手腕もさることながら、さらなる驚嘆を禁じえないのは「解説　ピエトロ・ベンボ、あるいは恋多き名文家」の一文である。ベンボの生涯と作品、本書『アーゾロの談論』の作品分析と出版の顛末、そして、一四世紀からベンボの時代にいたるまでの文学・言語・文化状況について、緻密な文献学的調査の成果が詳述されており、ルネサンス文学の薀蓄の深さがしのばれる。「訳注」は読むだけでも心地よい知的刺激となるし、「著作一覧」の的確な解説とポイントをおさえた「略年譜」も、読者にうれしい貴重な資料である。

ベンボが生きた時代はルネサンスの最盛期であった。時を同じくしてヴェネツィアではティツィアーノとジョルジョーネが美術界を盛りたて、ベンボより五歳年下のミケランジェロ、さらに若手のラファエッロ、レオナルド・ダ・

ヴィンチやボッティチェッリ、チェーザレ・ボルジャやマキャヴェッリと、そうそうたる人物が顔をそろえている。文人としては、アリオストとカスティリオーネがほぼ同世代だ。カスティリオーネの『宮廷人』には、第四書後半の登場人物として、対話者の質問に「笑いながら答える」ベンボの姿が描かれている。さらに、イザベッラ・デステ、ルクレツィア・ボルジャなど、ルネサンス宮廷の代名詞ともいうべき女性たちが華やかな彩りを添える。ベンボ自身、出身地のヴェネツィアにとどまらず、フィレンツェ、パドヴァ、マントヴァ、ローマなど、さまざまな都市に足を踏み入れ、名だたる人文主義者、教皇庁や政界の大物とまみえる機会を得た（「解説」「略年譜」参照）。

イタリア語史の分野においてもベンボは看過できないビッグネームである。彼の『俗語論』が、イタリア語初の本格的な文法理論書として、今日のイタリア語の形成に多大な影響を及ぼした。ちなみにここで言う「俗語」とは、書き言葉がラテン語であった時代の、それぞれの地方の「話し言葉」のことである。

一六世紀初頭の言語論争の中で、一四世紀のフィレンツェ語を支持するベンボは三〇代でペトラルカの『カンツォニエーレ』と『凱旋（トリオンフィ）』、およびダンテ『神曲』の校訂にとりくみ、『俗語論』執筆に向けて文法理論を体系的にまとめるべく構想をあたためた。ベンボ五五歳にして刊行にいたった『俗語論』は、当時主流をなしていた対話体による大作で、メディチ家のヌムール公ジュリアーノら実在の人物が、シンタックス、語彙、品詞などにまつわる持論を披露する。つらつらと散文が書き連ねられた文法には、冠詞や名詞の語形一覧表も動詞活用表もなければ索引もない。今日の文法書とは似てもにつかぬ体裁である。通読するにはちょっとした勇気と覚悟が必要だが、内容については「著作一覧」の訳者による解説を参照されたい。

これに先立ち、一五世紀に『ヴァチカン小文法典』が刊行されている。書き手がレオン＝バッティスタ・アルベルティであることがのちに判明したこの書物は、アルファベットの説明に始まって、動詞、代名詞といった品詞別解説と用例が挙げてあり、見た目からすると、ベンボに比べて今日の文法書に近い。しかし、当時まだ言語問題への意識が熟していなかったこともあって、後世への影響力は、ベンボにはるかに及ばなかった。『俗語論』は、やがてフィレンツェに設立されるクルスカ・アカデミーの活動にも寄与する画期的な理論書となった。一六世紀のイタリアのみならずイギリス文学を席巻したペトラルキズモの隆盛にも、クルスカ・アカデミーが果たした役割は大きい。

ダンテ、ペトラルカ、ボッカッチョのフィレンツェ語を擁護したベンボだが、言語の面で最も高く評価したのは、ボッカッチョの散文であった。今日のイタリア人が書く言葉も話す言葉も、このルネサンスの文人がつくりあげた文法体系なくしては、ありえない。「イタリアにバルザックがいないのはベンボの罪。カルヴィーノがいるのはベンボの功績」とは、パドヴァでの展覧会を紹介する新聞記事の文言だ（『コッリエーレ・デッラ・セーラ』紙 二〇一三年二月一日付）。規模の大きなバルザック的小説が育たなかったかわりに、二〇世紀イタリアを代表するイタロ・カルヴィーノが、鋭利にしてスピーディーな筆致のうちにこまやかな心理描写までやってのけるみごとな文体を編みだした。そのもとにあるのは、一四世紀のフィレンツェの人びとの口にのぼった『デカメロン』の気取らない会話の生きた言葉からベンボが編みだした文法体系にほかならない。話し手の口にいったんのぼったあともそのまま消滅することなく、なんども反復されるうちにくりかえしのきく形態としての輪郭が定着して、確固たる文法体系ができあがった。現代イタリア語の原点は、ベンボが体系化したボッカッチョの登場人物の言葉にあるのだ。事実、イタリア語文法を学ぶと最初に出会う、冠詞などのちょっと面倒な形態にも、ベンボの提言によって確立し、今日まで受け継がれてきたものは少なくないのである。

韻文においては、ペトラルカの言語を重んじたベンボであったが、ペトラルカには、実生活においても傾倒していた側面がうかがえる。『エトナ山旅行記』は、メッシーナに留学中のベンボがシチリアのエトナ山に登ったときの体験記である。経済的利得や戦争といった実質的な目的のない、今日風にいえばいわゆる「観光」目的での登山をはじめて敢行したのはペトラルカだった。一三三六年、三六歳のペトラルカは弟とともに南フランスのヴァントゥー山に登っている。また、五〇代を迎えたベンボがローマを去り、パドヴァ近郊に移ったのには健康上の理由があったにせよ、ペトラルカ晩年のパドヴァ近郊アルクアへの隠遁と重ねあわせずにいられない。

本書のオリジナルタイトル「アゾラーニ」(*Gli Asolani*)は、ヴェネト州、ヴェネツィアから三〇キロほど北のトレヴィーゾに近い人口一万に満たない小都市アーゾロの形容詞形だ。山腹に築かれたアーゾロはなるほど風光明媚であり、ブラウニングやエレオノーラ・ドゥーゼといった有名人がこよなく愛した町であった。タイトルには定冠詞"gli"がついているので「アーゾロの人々」と、"Asolani"を名詞ととりたいところだが、それでは内容との間にいささかズレが生じる。本書に姿を現わす主な登場人物たちは全員架空の存在であり、アーゾロの宮廷も方便として選ばれた場所であるとはいえ、アーゾロの人々ではなく、ヴェネツィアの人々なのである。形容詞形「アーゾロの」に「談論」を意味する名詞を補って"I ragionamenti asolani"(「アーゾロの談論」)のようにとるのが順当だろう。本書ではそれを採用している。

では、なぜ、本書にアーゾロが登場するのか。一二世紀末から三〇〇年にわたってキプロス島を統治したリュジニャン家の最後の王ジャコモ二世からキプロスを奪ったヴェネツィア共和国が未亡人カテリーナ・コルナーロ(コルネール)に、ヴェネツィア領内にあったアーゾロを領地として与えたのが、ちょうどベンボの時代であった。カテリーナは、キプロス島で砂糖黍畑を経営し、ビザンツの皇族とも縁戚関係のあるヴェネツィアの富裕な貴族家系の出で、一四八九年から一五〇九年まで、女王としてアーゾロに君臨する。カテリーナ女王の宮廷文化が花開いたこの土地が、ベンボの恋愛論が交わされる場となった。世俗の雑事から隔絶された美しい庭園でプラトン的な愛についての談論がくりひろげられるこの書物は、『俗語論』と同じ三部構成の対話体形式である。

桃源郷を舞台に談義をくりひろげるのは『デカメロン』も同じだが、本書での語り手は三人の独身男性のみ。登場人物としてほかに三人の既婚女性がいる。彼女らも質問をするなどして論議に加わりはするが、おおむね聞き手としての役割に終始する。一見男尊女卑のようだが、「実は雄に尾羽根のファッション・ショーをさせて品定めする孔雀のようなもので、発言の少ない女性の方が上の立場をとっている」という訳者仲谷氏の見解は、言い得て妙だ。プラトン的な恋愛について語る年若い男性たちの談話はどちらかというと抽象的だが、ペトラルキズモ的な技巧をともなう美文調の会話をベースとする以上、それが必定であろう。内容的には決して堅苦しい談論ではなく、今日流に言えば、名士を招いて昼下がりに催される談話会といったところか。

この書物の大きな意義は、「女性観に変革をもたらしたことにある」。本書の刊行を機に、「女性を悪の根源として頭ごなしに断罪する恋愛論は急激に下火と」なり、「ベンボに触発されて〈女性に優しい〉恋愛論や女性論が続々と刊行される」ようになった。そののち女性詩人が次々誕生したのも本書の功績である。登場人物の中でリーダー格の女性ベレニーチェのモデルとされるヴェロニカ・ガンバラもその一人。ペトラルキズモの女性詩人として頭角をあらわした。ちなみに「ヴェロニカ」と「ベレニーチェ」は同じ出処をもつ名前である。

二〇年ほど前、当時、東京大学の大学院生でいらした訳者仲谷さんが、イタリア学会でペトラルカの女性像について発表されたことがあった。この興味深い発表に、会場の名だたる男性学者からの質問が引きも切らなかったが、男どもの、ときに意地悪さも漂う質問を、もののみごとに切りさばいておられた若き女性学者の姿が鮮やかに蘇る。

『アーゾロの談論』から一〇年ほどのちに、同じく愛をテーマにした、しかし、まったく毛色の異なる作品が刊行されている。ベンボよりも四歳年下で同じころフェッラーラの宮廷にいたルドヴィーコ・アリオストの『狂えるオルランド』である。シャルル・マーニュ皇帝軍パラディン騎士たちの物語は、その当時すでに街中で語られるほど庶民にも馴染みがあった。中世以来の武勲詩の伝統に則った韻文叙事詩という形式からしても、時代の寵児ともいうべきペトラルキズモの申し子たるベンボの作品とはまったくの別ものである。しかし「狂気」をテーマとした点が、この作品の、アリオスト自身も認める斬新さであった。また、そこで具体的に語られる若きパラディン騎士やイスラム軍戦士のシンプルな恋愛は、二一世紀という今日の若者にも、むしろ理解しやすいかもしれない。

騎士オルランドは、恋する異国の美女がいつのまにか見ず知らずのイスラム戦士と恋仲になっているらしいことを、樹木に刻まれた落書きをたまたま見つけてしまったばかりに、そしてアラビア語が読めてしまったばかりに、認めざるをえなくなる。失恋はどうやら既成事実のようだ。茫然自失となってハートマークが刻まれた樹木を怪力でなぎ倒し、ついに正気を失う。正気は揮発性の高い液体で、肉体を抜けだすとそのまま上昇して月に到達し、月に保管されている……。福音のヨハネに導かれてオルランドの正気を探しに月まで赴いた同僚のパラディン騎士アストルフォは、まともだと思っていた人物の正気までもが、月の「正気集積場」に積みあげられているのを発見する。つまり地上では誰もが狂っているのだ。「アストルフォ」と書かれた自分の正気まで見つかるし、「オルランドの正気」が詰められた瓶はことのほか大きい。オルランドが正気を失ったのは異教徒の女に現を抜かしたことに対する神の罰、とするあたりには、イスラムを敵とみなすキリスト教精神が見てとれるが、しかしアリオストがこの作品を献上するエステ家の始祖にイスラム教徒の血が流れているという設定には、対抗宗教改革がまだ火蓋を切るまえの、おおらかで自由なルネサンス精神が漂っている。

かたやペトラルキズモという新機軸による恋愛論、かたや中世以来の冒険譚。作品に見るかぎり両者はまるで水と油だ。同じ宮廷に出入りしていたベンボとアリオストが、親しく言葉を交わすことはあったのか、それとも互いに距離を置いていたのか。あいにく詳しい資料をもちあわせないが、アリオストは『狂えるオルランド』にベンボを三回登場させて、彼の業績を顕彰している。「もし才長けた女人らが努力をせずば」の文言で始まる第三七歌で、「これまでは紙とインクは女人の味方でなかったが、当今にてはさにあらず」と女性文人の台頭を歓迎し、その道を開いた者としてカスティリオーネとともにベンボの名を挙げている。第四二歌においても同様だ。しめくくりの第四六歌には、「清らかで、雅やかなるわれらが言語を、生気の失せた、卑俗なる用い方から救い出し、どうあるべきかの模範を、われらに示したピエトロ・ベンボの姿が見える」と、イタリア語に果たしたベンボの功績をもろに賞賛している（引用はいずれも、アリオスト『狂えるオルランド』脇功訳、名古屋大学出版会）。

ベンボの方はどうだろうか。アリオストへの言及が、親しくしていたルクレツィア・ボルジャに宛てた手紙（一五〇三年七月二四日付）の中に一箇所認められるのだが、改竄のあとがあり、脈絡に欠ける意味不明な文言となっている。

書簡集（Pietro Bembo/Lucrezia Borgia: *La grande fiamma – Lettere 1503-1517*, a cura di Giulia Raboni, Le vele/Archinto, Milano 1989/2002）の四七ページから四八ページの注によると、削除がなされるまえの手紙には次のように書かれていた。

> 『アーゾロの談論』に、私はさまざまな点で大いなる羨望をいだいています。この作品がこれほどの幸運をつかむとは思ってもおりませんでした。ルドヴィーコ氏は、成功の波にのったこの作品が、これ以上の世間の評価を勝ちとる必要はもはやないだろうと、手紙を書いてこられました。

アリオストの「皮肉」が削除の対象となったのだろうか。

ところで、ベンボはルクレツィアとどのような関係にあったのか、それについて同時代の人々は口を閉ざしている。ベンボは、書簡集に収められた手紙の宛名に、ときに愛称“FF”を使うことはあっても、「フェッラーラ公爵夫人殿」との宛名もしばしば用いて、丁重な敬語の使用を貫いている。“FF”の由来はつまびらかでないが、「フェッラーラ」となんらかの関わりがありそうだ。

ラブレターにまでペトラルキズモのもってまわった美文調が浸透しているのは、言うまでもない。注による補足部分を引用した先の書簡はきわめて短いものだが、作品をアリオストに紹介してくれたルクレツィアに対して、以下のようなお礼の言葉が添えられている。

> 私自らはあなた様に愛していただくことができなくても、私の書いたものをあなた様がここまで愛してくださいましたとは、この作品に嫉妬をおぼえないではいられません。あなた様がルドヴィーコ氏にお向けくださった無上のお力は、燃えあがるほどのご好意あってのものと理解いたしました。あなた様のご親切にみあう十分な感謝の気持を述べる言葉は、みつかりません。

次に紹介するのは、翌年、ベンボ三〇代半ばの書簡である。

あなた様が私にお手紙をくださる回数があまり多くないと、お気にかけていただくにはおよびません。私があなた様の僕《しもべ》であることを、今後もずっとそうでありつづけることを、どうかお心にとどめておいてください。……あなた様のお美しさが、日々、ますますその度合いを強めていきますようにと、やはり天に祈らずにはおられませんが、しかし、もはや、これ以上の美が添えられる必要もございません。あなた様に一目視線をそそぐ者があなた様の虜になるのが宿命であるとするならば、あなた様が今以上にお美しくなってしまわれたなら、いったいどのようなことが起こるでしょうか。……（一五〇四年三月一八日付）

ペトラルキズモによるラブレター……携帯メールに内蔵された記号でコミュニケーションをとることに慣れた現代人は、この美文調の愛の告白をどう受け止めるべきなのか。

ルクレツィアの美貌は、バルトロメオ・ダ・ヴェネツィアの肖像画によって後世にも知られることになった。その妖艶さに心を乱した男はベンボひとりではない。時代を下って衝撃を受けた男の中には埴谷雄高もいる。「格別期待するところもなく」訪れたフランクフルトの美術館での偶然の出会いから「その前に鑑賞家として立っている私達のすべてが、この絵のなかの一人物である若い女性に、その表面から、さらに魂の奥まで深く眺められている」ような、強烈な印象を受けた（埴谷雄高・藤枝静男集、ちくま現代文学体系、一九七八年、二一九ページ）。埴谷からこの「運命的」な出会いの報告を受けた藤枝静男は、彼女を求めてフランクフルトの美術館をかけずりまわる（同、四五四ページ）。ダリはこの肖像に髭を描き加える悪戯をした。そして、この絵にも描かれた繊細な金髪に対するフェティシズムは、時代を超えて多くの男性を虜にしてきた。パドヴァで開催中のベンボ展には、ミラノのアンブロジアーナ絵画館に保管されてきたルクレツィアの金髪が、ガラスのケースに入れて展示されているという。一九世紀にミラノを訪れたバイロンは、「想像しうるかぎりの最高の金色、これほどの金髪は見たことがない」とため息をもらした。フロベールやゴンクール兄弟、そしてダンヌンツィオも、その強烈な印象を語っている。この一房の金髪はベンボの書類の中から見つかったものだとする噂が一九世紀半ばまで実しやかに語られてきたが、残念ながら今では否定されている。それにしても、絶世の美女と同じ時代を生き、しかもその金髪をじかに愛でることのできたベンボは、なんという果報者であったことか。

当時としても、ベンボは相当にモテる男だったらしい。フェッラーラでルクレツィアと親しくしていたベンボのもとに、マントヴァに嫁いだイザベッラ・デステから一通の手紙が届いたことがある。マントヴァ宮廷への招待状だった。ルクレツィアの伝記作者マリア・ベッロンチによれば、義妹ルクレツィアに対するイザベッラの密かな嫉妬心のなせるわざであったという。

枢機卿にまで昇りつめ、ことによったら教皇にもなっていたかもしれないベンボの女性遍歴が表沙汰になるのは好ましくない、そう危惧したのは、『ガラテーオ（よいたしなみの本）』の作者で大司教でもあったデッラ・カーサ（一五〇三年～六六年）だった。恋の記録から抹消された女性たちもきっと大勢いたのだろう。

公然と記録に残っている中に、四三歳で知りあったファウスティーナ・モロシーナ・デッラ・トッレなる二七歳年下の娘がいる。約束されたままになっていた聖職禄がようやく手に入り生活の安定を保証されると、聖職への誓いを立てた直後に、五二歳のベンボはモロシーナと同棲をはじめ、彼女とのあいだに二男一女を相次いでもうけている。

聖職禄を受けながら子どもをつくるのは、当時、珍しいことではなかったが、もしかすると、これもペトラルカにならってのことだったのか。ペトラルカは、二六歳で司教座参事会員として僧籍に入りながら、三三歳で息子ジョヴァンニを、三九歳で別の女性とのあいだに娘フランチェスカをもうけた。ペトラルカ自身、罪の意識にかられたが、弟ゲラルドは、こうした兄への抗議をこめて修道院入りをしてしまった。

アリオストも聖職禄を得ていた。そのため、長年の恋人アレッサンドラ・ベヌッチと正式に結婚はしたものの、それをひた隠しにして別居を貫いた。

女性遍歴、学問、著作……これらを積み重ねて、最高に近い地位にまで昇りつめたピエトロ・ベンボ。枢機卿として模範的であったかどうかは別にして、私たちの目の前に浮上するのは、内縁の妻と三人の子どもを大事にし、彼らの存在を隠すこともしない、女性にやさしい家庭的な男の姿である。今日的な女性の眼からしても、かなり好ましく語られそうなタイプではないだろうか。ルネサンスの煌めきに思いを馳せながら、ピエトロ・ベンボの、ペトラルキズモによる美文調で語られた恋愛論をゆるやかに楽しんでみるのは、今日の贅沢な愉悦《たのしみ》であるにちがいない。

（白崎容子）

あとがき

本書は、*Gli Asolani di Messer Pietro Bembo*, Venezia, Aldo Romano, 1505 の全訳である。加えて、著者であるピエトロ・ベンボの生涯と文学について簡単な解説を付すとともに、略年譜と著作一覧を作成し、参照の便宜をはかった。

翻訳のきっかけは、ペトラルキズモをテーマとして一九九四年秋から半年ほどパドヴァに留学したさいに、パドヴァ大学のマンリオ・パストーレ・ストッキ教授からの、『模倣論』を初めとするベンボについて示唆であった。サントの裏手にあるパドヴァ市立図書館は開館日が週二、三日しかない地味な図書館であったが、筆写した『アーゾロの談論』初版（Biblioteca Civica di Padova, A 1218）を初めとして、『リーメ』初版（F 1026）、『ラテン語作品集』初版（F 5630）などのベンボの刊本だけでなく、一五二一年刊のアルド版ペトラルカ『カンツォニエーレ』（C. P. 1156）など、目にするだけで心躍るような書物の宝庫であった。

底本とした初版には章分けはないものの、一九六〇年に出版されたディオニゾッティ校訂版（Pietro Bembo, *Prose e Rime*, a cura di Carlo Dionisotti, Torino, UTET, 1960）において細かい章分けが導入されて以来、多くの研究書がこの引用表記を慣例としているので、本書においてもこの方式を採用した。また、章の区切りの位置はディレンミ校訂版（Pietro Bembo, *Gli Asolani*, edizione critica a cura di Giorgio Dilemmi, Firenze, L'Accademia della Crusca, 1991, pp. 75-210）を参考にした。

この訳書を刊行することができたのは、東京大学名誉教授西本晃二先生、東京大学大学院の長神悟先生、同じく浦一章先生を初め、パドヴァ大学教授マンリオ・パストーレ・ストッキ先生、同じくジネッタ・アウッザス先生、日本学術振興会特別研究員として受け入れてくださった京都大学名誉教授齊藤泰弘先生、京都外国語大学で授業を担当させてくださった清瀬卓先生などの諸先生方からいただいた大きな学恩による。

また、慶応大学文学部教授白崎容子先生からは、一六世紀初頭のイタリア文化を俯瞰するルネサンスの時代背景と人間模様についての「頌辞」をご寄稿いただいた。そのほか大勢の方々からの貴重な御指摘や資料の御提供、そして優しい励ましをいただいた。心より感謝申しあげる。最後になったが、九〇年代から忍耐強く待ちつづけ、節目節目で適切な指令をだし、本書の構成を調えてくださった編集者の松村豊氏の優れた見識がなければ、『アーゾロの談論』の全訳が日本語としてまとまった形で仕上がることはなかった。重ねて感謝申しあげる。

二〇一三年二月

仲谷満寿美　識

アーゾロの談論

二〇一三年三月二五日　発行

著　者――ピエトロ・ベンボ
訳　者――仲谷満寿美（京都外国語大学講師／イタリア文学）
解　説――仲谷満寿美（京都外国語大学講師／イタリア文学）
頌　辞――白崎容子（慶応義塾大学文学部教授／イタリア文学）
企画構成――石井　朗（表象論）
装　幀――中本　光
発行者――松村　豊
発行所――株式会社　ありな書房
東京都文京区本郷一―五―一五
電話　〇三（三八一五）四六〇四
印　刷――株式会社　厚徳社
製　本――株式会社　大観社

ISBN978-4-7566-1226-7 C0098